Jan Guillou
Unternehmen Vendetta

Jan Guillou

Unternehmen VENDETTA

Roman

Aus dem Schwedischen von
Hans-Joachim Maass

Piper
München Zürich

Die schwedische Originalausgabe erschien 1991 unter dem Titel »Vendetta« im Norstedts Förlag, Stockholm.

ISBN 3-492-03601-5

Satz: FotoSatz Pfeifer GmbH, Gräfelfing
Druck und Bindung: Mohndruck, Gütersloh
Printed in Germany

1

Der Zeigefinger war exakt in der Mitte des zweiten Glieds gekappt worden. Der Schnitt war sauber ausgeführt, und kein Chirurg hätte etwas einzuwenden gehabt.

Das Problem war, daß der Finger in einem Brief lag, der an Peter Sorman adressiert war, den Staatssekretär im Stockholmer Außenministerium.

Der interne Sicherheitsdienst bei schwedischen Behörden geht nach eingespielten Methoden vor, um Briefe von ungewöhnlichem Aussehen oder verdächtig dicker Form zu entdecken und zu kontrollieren, und so war der Zeigefinger schon früher am Morgen bei der Durchleuchtung durch die ABAB-Beamten entdeckt worden. Nur zu verständlich, daß es einige Aufregung gab. Weniger verständlich waren einige Beschlüsse.

Es war der Sicherheitschef des Außenministeriums, Christian Douglas, der mit der Neuigkeit zum Staatssekretär ging und den Vorschlag machte, die Angelegenheit sofort der Polizei zu übergeben.

Der Brief war jedoch in Palermo abgestempelt, und schon das ließ es geraten erscheinen, ein wenig von der vorgeschriebenen Routine abzuweichen. Es war nämlich nicht schwer zu erraten, welcher von zwei denkbaren Personen der Zeigefinger gehörte.

Ein Sektionschef bei der Sicherheitspolizei wurde hinzugezogen, erhielt den Brief in einer Klarsichthülle und wurde angewiesen, die anschließende kriminaltechnische Untersuchung in aller Diskretion vorzunehmen. Die Polizei sollte den Originalbrief erhalten, bevor er durch die Hände von einem runden Dutzend Regierungsmitgliedern und Beamten des Außenministeriums gegangen war. Der Sektionschef sagte zu, eine Kopie des Briefes innerhalb einer Stunde zurückzusenden. Anschließend wurde eine Sitzung beim Außenminister anberaumt.

Bei dieser Konferenz waren außer dem Außenminister Anders Stensson und Staatssekretär Peter Sorman auch die Leiterin der Rechtsabteilung des Außenministeriums, Agnes Corell, sowie der Sicherheitsberater des Ministerpräsidenten anwesend, Staatssekretär Lars Kjellsson.

Der Brief war, was schon sein makabrer Inhalt hatte vermuten lassen, ein Erpresserbrief. Bemerkenswert daran war, daß sich die Erpressungsdrohung, soweit ersichtlich, gegen den schwedischen Staat richtete und nicht gegen das Privatunternehmen, in dem der Eigentümer des Zeigefingers arbeitete.

Peter Sorman trug die Fakten vor, da er von den Anwesenden der einzige war, der die ganze Geschichte aus nächster Nähe verfolgt hatte.

Vor vierzehn Tagen war ein besorgniserregender Bericht aus Rom eingetroffen. Ein schwedischer Botschaftssekretär hatte einen anonymen Tip erhalten. Das von Swedish Ordnance, dem ehemaligen Rüstungsunternehmen Bofors, mit dem italienischen Staat und einigen italienischen Unternehmen vor einigen Jahren wider alle Vernunft und gegen alle gutgemeinten Ratschläge abgeschlossene Geschäft sollte anrüchig sein. Wie allgemein bekannt, ging es um die Bewaffnung von vier neuen Fregatten. Die Schiffe wurden in Italien gebaut, aber die Bewaffnung sollte ab Anfang 1992 von Schweden geliefert werden. Das Geschäft war vor ein paar Jahren sowohl vom Reichstag als auch der Kriegsmaterialinspektion gutgeheißen worden und hatte zu keinerlei Einwänden geführt. Die Grundsätze des schwedischen Waffenexports, die darauf hinauslaufen, daß Schweden nur Waffen an Käufer liefern darf, die dafür garantieren, daß sie die Waffen gar nicht brauchen, waren mühelos erfüllt worden. Der italienische Staat hatte zugesagt,die Ausrüstung nur für den Eigenbedarf zu verwenden, statt sie weiterzuexportieren. Und Italien war kein anrüchiges Land. Und so weiter.

Der Tip, der die schwedische Botschaft in Rom erreicht hatte, lief jedoch darauf hinaus, daß in Wahrheit nicht vier, sondern nur drei Fregatten gebaut werden sollten. Die Ausrüstung für die vierte Fregatte, so der entscheidende Hinweis, sei für den Weiterexport in den Irak vorgesehen.

Als internationaler Handelspartner spielte der Irak zwar keine große Rolle mehr, aber es war besorgniserregend genug, daß Waffen dieser Art auf Abwege geraten konnten. Denn es handelte sich um Abschußlafetten sowie rund achtzig Raketen und die entsprechenden Feuerleiteinrichtungen, Luftabwehrkanonen und eine erhebliche Menge Luftabwehrmunition.

Folglich hatte sich Peter Sorman sofort nach dem Eintreffen des Botschaftsberichts an den Kriegsmaterialinspekteur gewandt, der daraufhin unverzüglich mit dem schwedischen Unternehmen Kontakt aufnahm. Dort hatte man beschlossen, zwei leitende Angestellte nach Rom zu schicken, um eindeutige Versicherungen der italienischen Geschäftspartner zu erhalten, daß es bei dem Geschäft keinen verborgenen Besteller gebe.

Der Verkaufschef von Bofors, Gustaf Hansson, ehemals Major bei der Küstenartillerie, sowie der technische Direktor Johan Carlemar waren daraufhin nach Rom geflogen. Nach Auskunft der schwedischen Botschaft hatten sie jedoch nur ein einziges Treffen mit ihren italienischen Geschäftspartnern gehabt, eine Besprechung, die offenbar nur kurz gewesen und dann vertagt worden sei. Anschließend seien die beiden Männer ganz einfach verschwunden.

Genau das, verschwunden. Die Botschaft in Rom hatte Kontakt mit dem Hotel der beiden Männer aufgenommen, in dem diese ihr Gepäck und andere Dinge zurückgelassen hatten. Sie selbst aber waren wie vom Erdboden verschluckt.

»Der Brief aus Palermo«, fuhr Peter Sorman fort, »wirft also ein bezeichnendes Licht auf die Sache, gibt aber auch zu größter Sorge Anlaß. Dem Inhalt des Briefes nach zu urteilen dürfte der Zeigefinger entweder Carlemar oder Hansson gehören. In der Sache drückt sich der Absender nicht kristallklar aus, aber trotzdem gibt es keinen Zweifel, worauf das Ganze hinausläuft.«

Das Schreiben war an Peter Sorman persönlich adressiert, und nach einigen höflichen einleitenden Phrasen, die angesichts des biologischen Inhalts einen fast makabren Eindruck machten, wurde eine Einladung ausgesprochen, man möge einen Unterhändler ins Grand Hotel et Des Palmes in Palermo schicken, um über »die weitere Entwicklung unserer Geschäfte zu diskutieren, bei denen die Herren Carlemar und Hansson selbstverständlich einen Teil des Preises ausmachen«.

Der Brief war in anscheinend mühelosem, fehlerfreiem Englisch abgefaßt, jedoch auf amerikanische Weise geschrieben. Er wanderte bei den Konferenzteilnehmern von Hand zu Hand.

»Und jetzt«, erklärte Peter Sorman, »können wir zur Diskussion übergehen und eventuell Beschlüsse fassen.«

Den Vorsitz übernahm wie selbstverständlich der Außenminister, nicht nur, weil die Konferenz in seinem Zimmer stattfand – die Herren saßen in einer leicht ächzenden gustavianischen Sofagruppe –, sondern auch, weil er der politische Anführer dieser Gesellschaft war, der erfahrenste Mann. Wäre er zehn Jahre jünger gewesen, wäre er Nachfolger Olof Palmes als Ministerpräsident geworden.

»Also«, begann er. »Unsere offizielle Politik besteht natürlich darin, daß wir niemals mit Terroristen und Verbrechern verhandeln. Das ist ein ausgezeichneter Grundsatz, gegen den wir nur dann verstoßen, wenn es sich als nötig erweist. Prinzipien einerseits, zwei schwedische Menschenleben andererseits. Wollen wir mit der Rechtslage anfangen?«

Aller Augen wandten sich Agnes Corell zu, der Leiterin der Rechtsabteilung. Sie hatte diesen Posten erst vor relativ kurzer Zeit übernommen, war aber kein weiblicher Karriere-Politruk, sondern eine anerkannt tüchtige Richterin, die ebensogut Oberlandesgerichtspräsidentin hätte werden können. Sie war keine Frau, die man einfach überfahren konnte. Sie war höchst korrekt, grauhaarig, für ihren Scharfblick berühmt und dampfte förmlich vor Intelligenz. Dennoch war unmißverständlich zu spüren, daß sie sich unter Politikern nicht ganz wohl fühlte. Ihr Gebiet war die Jurisprudenz, nicht die Politik, und schon die etwas leichtsinnige Darstellung des Problems durch den Außenminister bewirkte, daß sie zwar unbewußt, jedoch für alle sichtbar Lunte roch.

»Was die Rechtslage angeht, läßt sich folgendes sagen«, begann sie kühl, aber ohne zu zögern. »Falls Straftaten dieser Art auf schwedischem Territorium begegnet werden soll, also im Geltungsbereich der schwedischen Rechtsprechung, könnte man für die Anwendung des Notstandsrechts grünes Licht geben. Wenn ich mich recht erinnere, hat sich die Regierung bei mehreren Gelegenheiten solche Freiheiten genommen, die anschließend vom Verfassungsausschuß untersucht und gebilligt worden sind. Dabei ging es um verschiedene Entführungsdramen, die Geiselnahme auf Norrmalmstorg, die Bulltofta-Geschichte und vielleicht ein paar andere Fälle. Insoweit gibt es keine rechtlichen Probleme, da sind wir der ermessensmäßigen Beurteilung durch die Regierung ausgeliefert.«

»Na, na«, sagte der Außenminister – er war ein wenig verletzt –,

»wir könnten dem mehr oder weniger klugen Ermessen der Regierung ausgeliefert sein. Aber es geht doch jetzt um Italien?«

»Völlig richtig«, fuhr die Leiterin der Rechtsabteilung ungerührt fort. »Die italienische Gesetzgebung auf diesem Gebiet ist, soviel ich weiß, sowohl strikt als auch umfassend. Entführungen sind in Italien ja ein nicht ganz seltenes Problem. Unter anderem ist es dort gesetzlich verboten, mit Entführern zu verhandeln. Ich vermag für schwedische Behörden keine Möglichkeit zu sehen, dieses Verbot zu übertreten. Wir sollten die Angelegenheit also an die betreffenden italienischen Behörden übergeben. Eine andere rechtlich akzeptable Lösung gibt es nicht.«

Sie betonte das Wort *rechtlich* auf eine Weise, die den Außenminister ahnen ließ, daß sie sarkastisch noch andere, tieferstehende und somit *politische* Möglichkeiten andeuten wollte.

»Wie sieht deine Meinung dazu aus, Peter?« fragte der Außenminister, ohne auch nur mit einer Miene erkennen zu lassen, was er über eine wie auch immer geartete Rechtslage dachte.

Peter Sorman kannte seinen Chef sehr gut. Sie arbeiteten schon seit Jahrzehnten in der Partei zusammen, und er begriff, in welche Richtung der Karren gezogen werden sollte.

»Nun ja«, sagte Peter Sorman zögernd, fast lustvoll zögernd, da er an den Blicken der anderen erkannte, daß von ihm eine Lösung des Problems erwartet wurde, »nun ja, es dürfte wohl unzweifelhaft sein, daß wir als erste Maßnahme mit den italienischen Behörden Kontakt aufnehmen müssen. Als zweite Maßnahme könnte man sich vielleicht vorstellen, daß wir uns bei ihnen erkundigen, was sie von einem Versuch halten, mit den Entführern zu verhandeln, ob wir das sozusagen tun können, ohne hinter ihrem Rücken zu agieren, aber doch so, daß die Italiener beide Augen zudrücken. Zunächst aber müssen wir mit den italienischen Behörden Kontakt aufnehmen. In diesem Punkt sehe ich keine andere Wahl, darin hat Agnes recht.«

»Hm«, sagte der Außenminister. »Was hältst du von dieser Vorgehensweise, Agnes?«

»Die Maßnahmen, die in Zusammenarbeit mit den Justizorganen in Italien getroffen werden können, dürfen mit unserer nationalen Gesetzgebung natürlich nicht in Konflikt geraten«, erwiderte sie schnell und fast säuerlich.

»Aha, dann werden wir ja sehen, was sie sagen. Was meinst du zu der ganzen Geschichte, Lasse?« gab der Außenminister den Ball weiter. Was Lars Kjellsson äußern würde, war die Ansicht des Ministerpräsidenten, die nicht ganz bedeutungslos war.

»Im Augenblick kann ich keine andere Möglichkeit erkennen, als daß wir die Sache den italienischen Behörden übergeben, wie Agnes vorgeschlagen hat. Das schließt natürlich auch das Material ein, also diesen Brief«, erwiderte Lars Kjellsson abwartend. Sein Tonfall ließ erkennen, daß er für irgendein abenteuerliches Vorgehen in Palermo keinerlei Begeisterung aufbrachte.

»Vielleicht sollten wir die Polizei trotzdem erst mal feststellen lassen, wem der Zeigefinger gehört«, erklärte Peter Sorman in abwartendem Tonfall.

»Du kannst trotzdem nicht verhindern, daß wir die Sache den Italienern übergeben müssen«, konterte Lars Kjellsson schnell, als ahnte er einen Versuch des Staatssekretärs, den schmalen legalen Weg zu verlassen.

»Gut, dann verfahren wir so. Ich berufe ein neues Treffen ein, wenn ich die Ansicht der Italiener kenne«, sagte der Außenminister und erhob sich. Damit war die Konferenz beendet.

Nachdem die anderen gegangen waren, bat er Peter Sorman zu bleiben und schloß die Tür fast demonstrativ hinter denen, die er offenbar als die gegnerische Mannschaft ansah.

»Diese Paragraphenreiter!« fauchte er. »Hier stehen Menschenleben auf dem Spiel, und außerdem haben wir ein Wahljahr. Nein, ich will nicht zynisch sein.«

»Das bist du aber«, lächelte Peter Sorman ironisch. »Als Leistungen werden im Wahlkampf nur Siege gewertet, das weißt du genau. Wenn wir Erfolge einstreichen, ist alles in Butter. Mißlingt uns das, haben wir das Elend. Die Chancen dürften wohl fünfzig zu fünfzig stehen.«

»Mag sein, aber in der jetzigen Lage haben wir nicht gerade etwas zu verlieren. Hast du die jüngsten Meinungsumfragen gesehen? Die Zahlen, die heute morgen gekommen sind?«

»Nein. Ich lese keine Meinungsumfragen mehr.«

Sie setzten sich unter abwartendem Schweigen. Der Außenminister rückte einen kleinen silbernen Fisch zurecht, den er am Revers trug. Er war begeisterter Sportfischer und versuchte beim

Wahlvolk daraus Kapital zu schlagen, indem er es so oft wie möglich vorführte. Nachdenklich knabberte er an einem der Pfefferkuchen, die während der Konferenz niemand angerührt hatte.

»Wie verfahren wir mit der Kohle?« fragte er schließlich.

»Welchem Geld?« fragte der Staatssekretär zurück, obwohl er es schon wußte.

»Mit der Kohle, die wir brauchen, um die beiden freizubekommen. Was kostet so etwas? Zehn Millionen oder was?«

»Vermutlich mehr.«

»Das geht aber nicht. Soviel Geld haben wir einfach nicht, und außerdem muß ja alles, was aus unseren Kassen kommt, bis auf den letzten Heller belegt werden. Das ist doch auch beim Verteidigungsministerium so, oder?«

»Grundsätzlich ja. Die haben zwar ein paar Reptilienfonds für ihre Nachrichtendienste und so weiter, aber Beträge in dieser Größenordnung lassen sich nicht einfach verstecken.«

»Dann lassen wir Bofors bezahlen. Ich rufe sie an und sage ihnen, sie sollen die Kohle beschaffen. Das können sie doch wohl kaum ablehnen?«

»Nein«, erwiderte Peter Sorman, »das wäre ja noch schöner. Einfach ausgedrückt könnte man sagen, du machst ihnen ein Angebot, das sie nicht ablehnen können.«

»Gut. Dann haben wir das unter Kontrolle. Nächste Frage. Wen zum Teufel sollen wir nach Palermo schicken?«

»Diplomatisches Personal.«

»Du weißt doch, wer in Rom sitzt.«

»Ach ja, natürlich. Das macht die Sache ja nicht gerade einfach. Ola Ullsten, mein Gott ...«

»Wie steht es mit diesem Gauffin. Der hat doch so was schon mal in Beirut miterlebt, nicht wahr?«

»Ja, das war unsere offizielle Version. Er ›begab sich in ein Gebiet, in dem auf Europäer Kopfgeld ausgesetzt ist, und holte die beiden Schweden raus‹, wie wir die Sache damals nachträglich erklärt haben.«

»Wenn man davon absieht, daß es nicht ganz den Tatsachen entsprach.«

»Na wenn schon. Wenn es weiter nichts ist.«

»In Wahrheit war es doch dein alter Intimfeind Hamilton, der die Geiseln befreite.«

»Das kann ich nicht leugnen, zumindest nicht dir, Gott und ihm selbst gegenüber, möglicherweise aber gegenüber allen anderen. Aber du hast doch nicht etwa vor ... Nein, Teufel auch, Anders, überleg jetzt bitte, was du tust.«

»Genau das tue ich gerade. Bei allem Respekt vor unserem Personal im Außenministerium, aber wie vielen Personen würdest du den Auftrag erteilen, Geiseln gegen zehn Millionen in bar auszutauschen?«

»Nicht vielen, zugegeben. Ein solcher Auftrag scheint mir auch ein wenig über das Risikoniveau hinauszugehen, das man unseren Diplomaten abverlangen kann.«

»Siehst du? Wenn wir überhaupt Leute in ein solches Manöver schicken, ein etwas unkonventionelles Manöver, könnte man vielleicht sagen, sollten es Leute mit einer ganz besonderen Kompetenz sein. Und solche haben wir ja neuerdings. Nicht wahr?«

»Ja«, seufzte Peter Sorman. »Leider haben wir heutzutage solche Leute ...«

Luigi Bertoni halluzinierte. Es kam ihm vor, als erhöbe sich das Meer zu einer undurchdringlichen Mauer vor dem Schlauchboot, und bald würde er mit den sieben anderen direkt in die Mauer oder ins Wasser hineinpaddeln.

Er wußte nicht mehr, in welcher Sprache er dachte. Immer wieder versuchte er Worte zu denken, um dann zu bestimmen, aus welcher Sprache sie waren, doch er sah nur Bilder vor sich.

Er hatte seit fünf oder vielleicht sogar sechs Tagen nicht mehr als insgesamt drei Stunden geschlafen, und er wußte, daß es so kommen mußte. Der Unterschied zwischen ihm und den sieben anderen im Schlauchboot war, daß er die »Hell Week« schon viermal mitgemacht hatte, was ihn sowohl besser als auch schlechter rüstete, die Probe zu bestehen. Seine Hände waren immer noch heil und die Schürfwunden an den Füßen erträglich im Vergleich mit denen anderer; diese hatten große rosafarbene oder lila Partien an den Füßen, bei denen die Reibung des Sands in den Stiefeln die oberste Hautschicht zerfetzt hatte. Als die acht restlichen Gruppen vor ein paar Stunden gezwungen worden waren, Wasserball zu spielen, hatte sich das Becken mit umhertreibenden Hautresten gefüllt.

Während die Schlauchboote jetzt nach fünfzehn Seemeilen Paddeln an den Strand der Coronado-Basis glitten, standen putzmuntere und aggressive Offiziere bereit, die Ablösung der vorigen Gruppe zu übernehmen. Sie warteten ein Stück höher am Strand, schrien die Männer an, beleidigten sie und befahlen ihnen wie gewohnt, die Schlauchboote in die Luft zu schleudern, auf ausgestreckten Armen zu tragen und quer über Coronado Island zum Strand auf der anderen Seite zu laufen. Aus diesem Grund hatte man sie nach Körpergröße in Gruppen eingeteilt, damit sie die Schlauchboote ständig auf ausgestreckten Armen tragen konnten. Als ihnen die Arme allmählich weich wurden, begann der Holzboden des Schlauchboots ihnen gegen den Kopf zu schlagen, und alle hatten das Gefühl, ständig einen Riesenhammer über sich zu haben.

Luigi Bertonis Gruppe enthielt die kleinsten Männer. Die anderen Angehörigen der Klasse 181 hatten sie »die Knirpse« getauft. Sie hielten jedoch immer noch mit. Keiner aus ihrer Gruppe war ausgefallen, und inzwischen waren nur noch sechs oder sieben Gruppen übrig.

Luigi konzentrierte sich eine Weile darauf auszurechnen, wieviele es insgesamt waren. Er brauchte jedoch fast die ganze Laufstrecke, um zu erkennen, daß sieben mal acht sechsundfünfzig sind. Da sie zu Anfang zehn Gruppen gewesen waren, mußte zehn mal acht ... mußte das achtzig ergeben. Folglich hatten schon vierundzwanzig Mann aufgegeben. Oder waren es vierunddreißig? Sie mußten schon ziemlich am Ende sein, an einem der letzten Tage. Nein, es war ihm unmöglich zu sagen, welcher Tag es war.

Als sie den Strand auf der anderen Seite erreichten, wurde ihnen befohlen, die Schlauchboote in den Sand zu legen und Ruhestellung einzunehmen. Mehrere der Kameraden machten den Eindruck, als schliefen sie schon, bevor sie den Boden erreicht hatten. Die meisten waren schon nach einer Minute eingeschlafen, aber Luigi wagte es nicht, da ihm diese Ruhepause allzu unmotiviert vorkam. Er lag still da und betrachtete die Ausbilder mißtrauisch mit halbgeschlossenen Augen. Keine Minute später brach die Hölle los: Trillerpfeifen, Sprengungen, Tränengas. Der gesamte Trupp erhielt Order, sich sofort ins Wasser zu begeben und um eine zweihundert Meter draußen liegende Boje herumzuschwimmen. Diesmal sollten sie die Uniformen und Stiefel beim Schwimmen anbehalten, und die Gruppe, die als letzte zurückkam, würde zur Strafe eine Extrarunde drehen müssen.

Luigis Gruppe lief eine Zeitlang Gefahr, als letzte wieder an Land zu sein, da einer der Bauernburschen aus Montana oder Nebraska kaum schwimmen zu können schien, aber die Rettung nahte, als jemand weiter vorn einen hysterischen Anfall bekam und schreiend an Bord eines der Begleitboote gezogen wurde. Medizinisches Personal kümmerte sich um ihn. Anschließend wurde er zur Basis zurückverfrachtet und von den weiteren Ausscheidungskämpfen ausgeschlossen.

HOO YAH! brüllten sie, als sie schließlich an Land torkelten, um sich so lange auszuruhen, wie die dezimierte Gruppe brauchte, um nochmals die Boje zu umrunden. HOO YAH!

Niemand wußte, woher die SEAL-Truppen diesen Schlachtruf hatten. Er war vermutlich ebenso alt wie das Korps.

Anschließend liefen sie acht Meilen in losem Sand mit den nassen Uniformen um die Basis herum. Der Uniformstoff klebte und riß an den Schürfwunden. Die Männer liefen in leichtem Laufschritt, halb trottend, ein wenig breitbeinig und streckten die Arme möglichst weit vom Körper aus, da Sand, Salzwasser und die ständige Reibung in den Achselhöhlen am unerträglichsten waren. Luigi zog von Zeit zu Zeit die Arme an den Körper, wenigstens ein paar Schritte lang, damit der Schmerz Zorn und Verzweiflung steigerte.

Aber auch das wirkte auf doppelte Weise. Als es weh tat, wurde er zwar etwas klarer im Kopf und sah deutlicher. Der Schmerz verstärkte jedoch auch sein Gefühl von Sinnlosigkeit und Beleidigung. IMMERHIN HATTE ER DAS HIER SCHON VIERMAL MITGEMACHT, VERDAMMT NOCH MAL!

Niemand sonst hatte ... doch, einige andere hatten schon. Aber jetzt gab es ja nichts mehr zu beweisen, falls das überhaupt der Sinn der Hell Week war, die zu Anfang einmal Motivation Week geheißen hatte; die sechste Woche des SEAL-Programms, die Woche, in der die Spreu vom Weizen getrennt wurde, die Männer von den Jungen, und wie die Sprüche sonst noch alle lauteten.

Gegen Ende des Laufs, nach etwas mehr als einer Stunde, als die

Männer eher torkelten als liefen, hatten die Knirpse und zwei weitere Gruppen das gleiche Problem. Sie mußten einen der Kameraden mehr oder weniger hinter sich her schleifen, da die nassen Stiefel und der Sand die Schürfwunden unerträglich machten. Die Gruppe aber, die jetzt Gefahr lief, eine neue Runde zu drehen, würde auch weitere Zusammenbrüche riskieren. Einer der Ausbilder tauchte plötzlich neben Luigis Gruppe auf und brüllte etwas, was dieser nur zum Teil verstand. Es lief jedoch darauf hinaus, daß es zwar traurig ist zu verlieren, aber wenn man bei einem Auftrag verliert, ist man tot.

Sie waren auch diesmal nicht die letzten. Der Gruppe, die das Schlußlicht bildete, wurde eine zusätzliche Strafrunde erspart. Vermutlich wollten die Offiziere den anderen die zu lange Ruhepause nicht gönnen. Statt dessen wurden die Schlauchboote wieder auf ausgestreckten Armen getragen, und Klasse 181 marschierte zum Speisesaal inmitten des Naval Special Warfare Center. Die Männer nahmen die Schlauchboote mit in den Speisesaal, stellten sie an der kurzen Wand ab und torkelten zu der Schlange vor der Essensausgabe.

Die Mittagspause dauerte eine Stunde. Man konnte damit rechnen, im Lauf einer halben Stunde gegessen zu haben, wenn die Schlangen nicht zu lang waren. Den Rest der halben Stunde durfte jeder in der Unterkunft nach Belieben verwenden. Einige der Kameraden waren schon in der Essensschlange eingeschlafen und brachten später kaum noch die Kraft auf, etwas zu essen, bevor sie auf die Baracke zutorkelten, um sich aufs Bett zu werfen und zwanzig Minuten zu schlafen. Das war eine Dummheit, aber Luigi hatte sie vergebens zu warnen versucht. Statt dessen mußte man die halblangen, engsitzenden Unterhosen, die wie Radrennfahrerhosen aussahen, gegen neue wechseln, die Füße duschen und neue Strümpfe anziehen. Wenn die Füße nicht mehr mitspielten, war alles verloren. Wenn man zuviel Sand in die Unterhosen bekam, machte die Hell Week ihrem Namen doppelte Ehre. Es war auch aus einem anderen Grund gefährlich zu schlafen. Wenn man die Stiefel auszog und einschlief, bestand die Gefahr, daß Kniegelenke und Füße anschwollen, so daß man anschließend nicht mehr die Stiefel anbekam und sich nicht mehr bewegen konnte. Man mußte die nassen Stiefel mit den Händen ausreiben, so daß jedes Sandkorn beseitigt wurde. So bald wie möglich mußten neue, trockene und weiche Baumwollstrümpfe her. Das war wichtiger als Schlaf. Luigi bemühte sich, positiv zu denken. Immerhin war dies das fünfte und letzte Mal. Jede Stunde, die jetzt noch verging, war eine abgeleistete Stunde, die nie mehr wiederkam. Es war schon viermal vorher zu Ende gegangen und mußte auch jetzt irgendwie zu Ende gehen.

Er wußte aber nicht mehr, welcher Tag es war. Er wußte nicht einmal, ob er hoffen sollte, daß es der vorletzte Tag war, um sich so noch auf den Beinen halten zu können. Oder ob er lieber mit drei Tagen rechnen sollte, um dann angenehm überrascht zu werden. Und er wußte immer noch nicht, in welcher Sprache er dachte. Er hatte Joe eine Zeitlang nicht mehr gesehen. Joe befand sich in der Gruppe mit den zweitlängsten Männern. Luigi versuchte sich daran zu erinnern, wie Joe eigentlich hieß, aber da er die verschiedenen Sprachen nicht auseinanderhalten konnte, verschwand Joes richtiger Name im Nebel der Sprachlosigkeit.

Nach der Lunchpause – oder war es vielleicht schon die Dinnerpause? –, jedenfalls war es noch taghell draußen und spielte ohnehin keine Rolle, wurden sie wieder zum Strand und zu den Baumstämmen beordert. Jeder Stamm wog zweihundertfünfzig Pfund. Sie erhielten den Befehl, gruppenweise mit dem Stamm auf den Armen zu den Wellen hinunterzulaufen, hinein ins Wasser, wieder in die Kälte, dann wieder rauf auf den Strand, die Stämme auf geraden Armen hochheben, dann wieder runter ins Wasser und in die Kälte, wieder rauf auf den Strand, hinein ins Meer, wieder an Land und nochmals ins Meer.

Luigi hatte das Gefühl, als verfolgten die Ausbilder mit dem Mangel an Abwechslung eine Absicht. Die sinnlose Quälerei sollte alles ganz besonders unerträglich machen, als müßte man Gruben ausheben und wieder füllen, wieder neu ausheben und wieder füllen. Gleichwohl kam es nur recht selten dazu, daß jemand einen hysterischen Anfall bekam, die Offiziere anbrüllte oder *four-letter-words* hinausschrie, um dann im Sand zusammenzusinken, zu weinen und von den Krankenpflegern weggetragen zu werden. Aber die meisten waren Amerikaner, die Beleidigungen leichter wegsteckten als wundgescheuerte Füße. Und die wunden Füße hatten die Klasse sicher schon stärker dezimiert als alles andere.

Vielleicht liefen sie fünfundzwanzig Mal mit den Stämmen hinauf und hinunter. Vielleicht zog es sich eine Stunde hin, vielleicht etwas mehr, vielleicht etwas weniger. Aber wie alles im Leben ging auch diese Übung zu Ende, woraufhin sie die Stämme gegen die Schlauchboote tauschten und zu einer der Baracken am Rand des Ausbildungszentrums joggten. Hier durften sie wenigstens einmal die Schlauchboote draußen stehen lassen, bevor man sie in einen großen Hörsaal führte und ihnen befahl, sich zu setzen. Vor jedem Platz lagen ein Stapel Papier und ein paar Bleistifte. Am unteren Ende des Saals stand eine Gruppe von Ausbildern, die sie noch nicht gesehen hatten. Einer von ihnen betrat das Rednerpult und sah sich entzückt um.

»Gentlemen, willkommen bei unserem Kurs in kreativem Schreiben«, begann er. Die Männer im Saal, zumindest diejenigen, die noch die Kraft hatten, Reaktionen zu zeigen, sahen sich wild fragend um, als wollten sie sich vergewissern, daß auch die anderen die Worte gehört hatten, daß sie nicht plötzlich verrückt geworden waren.

»Ich habe hier ein paar Themen für Sie, von denen Sie sich eins aussuchen können, um einen Aufsatz darüber zu schreiben«, fuhr der Ausbilder fröhlich fort. »Beschreiben Sie etwa Ihre letzten Augenblicke in Ihrem Leben als Languste. In wenigen Sekunden werden Sie in einen Topf mit kochendem Wasser geworfen. Oder: Sie sind ein betrunkener Wikinger auf einem Fest, und plötzlich macht sich ein noch betrunkenerer Wikinger über Ihr Mädchen her. Oder: Sie sind eine Fliege, die zwar tödlich getroffen wird, aber nicht von einer Fliegenklatsche. Oder: Sie bürsten sich die Zähne und müssen plötzlich entdecken, daß Sie sich auf einem fremden Planeten wiederfinden. So, und jetzt schreiben Sie, verdammt noch mal!«

Die meisten saßen wie gelähmt da, doch da kamen ein paar Ausbilder vom Strand herein und begannen mit Eiswürfeln in Eimern herumzugehen, aus denen sie denen, die noch nicht mit dem Schreiben begonnen hatten, ganze Fäuste voll Würfel in die Uniformhemden steckten.

Die Klimaanlage war ausgeschaltet worden. Es war Juni, und es saßen etwa fünfzig Mann dicht gedrängt an ihren Schreibpulten. Kurze Zeit dampfte es im Saal vor Körpergeruch und Salzwasser.

Einige schienen tatsächlich schon mit dem Schreiben begonnen zu haben.

Luigi erinnerte sich nur daran, daß es bei einem der Themen um einen Hummer oder einen Krebs ging, der kurz davor stand, in einem Topf mit kochendem Wasser zu landen. Luigi konzentrierte sich darauf, das Thema nicht zu vergessen, begann jedoch erst zu schreiben, als er eine ganze Schaufel voll Eiswürfel ins Hemd bekam. Er wollte das Eis haben, um die Hitze im Gesicht zu lindern, obwohl sein Körper von der Kälte des Seewassers noch ganz starr war.

Er fuhr sich mit einer Faust voller Eisstückchen über Stirn und Augen und zwang sich, so gut es ging, nicht die Augen zu schließen. Er fürchtete, dann sofort einzuschlafen.

Er riß ein paar Augenblicke lang mit aller Kraft die Augen auf und sah plötzlich wie durch flirrende Hitze in der Wüste ganz klar. Er blickte hinunter zu den Besuchern, die vielsagend lächelten.

Bis auf einen trugen sie da unten alle die weiße Uniform der Marine. Dieser eine hatte einen dunkelblauen Pullover mit den Rangabzeichen eines Fregattenkapitäns auf den Schulterstücken. Er war barhäuptig und sah aus, als suchte er mit den Blicken etwas oder jemanden. Er trug die schmalen goldenen Schwingen von SEAL, ein Abzeichen, das nur wenigen bekannt war. Er war also einer von denen, die die Hell Week fünfmal absolviert hatten.

»Ich bin ein Hummer und stehe vor den entscheidenden Augenblicken meines Lebens«, schrieb Luigi. Dann betrachtete er lange die Worte, die er hingeschrieben hatte, spürte, wie die Augen sich zu schließen begannen und wie sein Kopf auf dem Weg nach unten war. Er rieb sich erneut mit dem schmelzenden Eis das Gesicht ein und betrachtete wieder die Buchstaben, die ihm vor den Augen flimmerten. Er hatte auf italienisch geschrieben.

I'm a fucking lobster in one of my life's most decisive moments, zwang er sich zu schreiben. Er versuchte, sich einen riesigen Topf mit kochendem Wasser vorzustellen, versuchte sich auszumalen, wie er zusammen mit sieben Kameraden in einem Schlauchboot lag. Das Schlauchboot wurde plötzlich von der Hand eines Riesen gepackt, der sie hinausschütteln und dem Tod überantworten wollte. Mehrere Männer um ihn herum waren mit dem Bleistift in der Hand eingeschlafen, und diesmal wurden sie nicht geweckt und gezwungen weiterzuschreiben. Die Ausbilder schleppten sie einfach hinaus. Vielleicht waren sie jetzt aus dem Rennen.

»Als Hummer ist es mir vollkommen scheißegal, ob ich sterbe oder einschlafe«, fuhr Luigi fort. Er starrte eine Weile auf die Buchstaben, um zu sehen, welche Sprache es war. Er verstand, was er geschrieben hatte, konnte aber nicht entscheiden, in welcher Sprache er geschrieben hatte.

In diesem Augenblick lichtete sich der Nebel erneut. Er betrachtete den Gast, der Fregattenkapitän war, jedoch ohne amerikanische Uniform. Da ging ihm der Zusammenhang auf.

Er hatte also auf schwedisch geschrieben.

»*This is no fucking good, lobsters don't write no fucking Swedish*«, fuhr er fort. Er preßte sich beide Arme an die Seiten und rieb sie ein paar Mal über die wundgescheuerte Haut, so daß der Schmerz ihn weckte. Dann strich er sorgfältig den schwedischen Satz durch und erzählte, wie die Kameraden in den Topf flögen, einer nach dem anderen. Er selbst jedoch, fuhr er fort, kralle sich mit einer seiner Scheren im Floß fest, während der Riese das Schlauchboot schüttele. Schließlich sei er ein europäischer Hummer aus dem Atlantik mit Scheren und keine gottverfluchte, mutterfickende, scherenlose Languste aus Kalifornien.

Es war kein Eis mehr da. Die stickige heiße Luft dampfte. Inzwischen war mehr als die Hälfte der Kameraden eingeschlafen und hinausgetragen worden. War es möglich, daß sie wegen eines einzigen idiotischen Aufsatzes die halbe Klasse aus dem Rennen warfen?

Es hatte einen Sinn, auszuhalten und weiterzumachen. Der Mann da unten. Luigi hatte seinen Namen vergessen, wußte aber sehr wohl, daß es um etwas ging. Das mußten alle im Saal wissen, wenn sie noch sehen oder denken konnten.

Der europäische Atlantikhummer hat eine besondere Eigenheit, schrieb er verbissen weiter und fühlte dann, wie die Übelkeit in ihm aufstieg und wie der Kopf ihm nach vorn zu fallen begann, als preßte ihn ein riesiges Gewicht – die Hand dieses Riesen –, auf das Schreibpult. Er rieb sich so hart die wunden Stellen an den Ellbogen, daß er vor Schmerz leise aufstöhnte. Als der Nebel sich für ein paar Augenblicke lichtete, sah er, daß die meisten im Saal schon hinausgetragen worden waren. Joe saß aber noch da, nur ein paar Meter von ihm entfernt.

»Joe«, flüsterte er. »Hast du gesehen, wer da unten sitzt?«

Joe hörte ihn zwar, sah ihn mit seinen blutunterlaufenen Augen aber nur verständnislos an. Vielleicht hatte er es auf italienisch gesagt?

»Teufel auch, Joe ...«, fuhr er fort, gab aber sofort auf, da er selbst nicht verstand, was er sagte. Joe nickte ihm zu und führte dann mühsam den Bleistift auf das Papier, das vor ihm lag.

Luigi rieb sich erneut die Wunden und versuchte, seine letzten Zeilen durchzulesen, und gerade in dem Augenblick, in dem der Kopf erneut von dem unsichtbaren Riesen auf die Tischplatte gepreßt wurde, gelang es ihm, ein paar neue Wörter hervorzuzwingen.

Die Scheren des europäischen Hummers sind unregelmäßig gezackt. Da eine dieser Zacken sich in dem gottverdammten Schlauchboot verhakt hat, kann ich nicht in den Topf fallen, wie sehr der Riese das Schlauchboot auch schüttelt, schrieb Luigi und verlor das Bewußtsein.

Als sie ihn schüttelten und fluchend auf ihn einredeten, entdeckte er, daß er als letzter oder vorletzter aufgegeben hatte. Man schleifte ihn jedoch nicht auf dem gleichen Weg hinaus wie die anderen, sondern gab ihm den Befehl, sich mit dem letzten oder vorletzten Überlebenden, der nicht Joe war, in einem Raum zu melden, der hinter dem Hörsaal lag.

Luigi bewegte sich langsam. Die Knie waren dermaßen angeschwollen, daß sie sich wie kleine Fußbälle anfühlten. Er stolperte breitbeinig und taumelnd zur Tür, bis er erneut in Schlaf fiel, diesmal mit dem Gesicht an der Tür. Als er dabei war, zu Boden zu gleiten, schmerzte die sonnenverbrannte Wange unter der Reibung an der Tür, und er klopfte an, während er sich gleichzeitig wieder hochzwang. Er hörte nicht, ob jemand »Herein« sagte, aber der Selbsterhaltungstrieb brachte ihn dazu, nicht stillzustehen. Er öffnete die Tür und torkelte in den angrenzenden Raum.

Zwei der Ausbilder saßen hinter einem Schreibtisch. Der Fregattenkapitän mit der Sonnenbrille stand schräg dahinter und hatte die Arme auf der Brust verschränkt. Luigi versuchte einen

Gesichtsausdruck zu finden, den er deuten konnte, aber das Bild verschwamm ihm immer wieder vor den Augen.

»Soldat Bertoni!« brüllte einer der Ausbilder und warf ein paar Papiere auf die Schreibtischplatte. »Was ist das hier für ein verdammter Bullshit, Soldat Bertoni? Glauben Sie, SEAL sei so eine Art Kindertagesstätte?«

»Nein, Sir«, erwiderte Luigi und spürte im selben Moment, wie ihm der Kopf nach vorn fiel, so daß er fast zu Boden gegangen wäre. Er entdeckte, daß neben ihm ein Mann stand, der in der gleichen Verfassung war wie er selbst.

»Und du! Flaggsergeant Jones, hältst du dies etwa für eine Art Vorschule? Glaubt ihr beide etwa, man könnte von SEAL akzeptiert werden, ohne ein bißchen Grips zu zeigen?« brüllte der Ausbilder.

»Nein, Sir«, erwiderten die beiden halb schlafenden Männer unisono.

Bei Luigi lichtete sich der Nebel erneut ein wenig, als brächte ihn die Wut mehr zu Bewußtsein.

»Es muß euch doch klar sein, daß wir euch mit sofortiger Wirkung ›Ungenügend‹ geben müssen, da ihr solchen Mist geschrieben habt. Habt ihr das kapiert, ihr Scheißkerle?« brüllte der Ausbilder.

»Nein, Sir«, erwiderten beide fast gleichzeitig und fast ohne jedes Lallen.

»Eure Kameraden können jetzt da draußen liegen und pennen. Das haben sie sich redlich verdient, denn sie haben Qualität geboten, während ihr nur Scheiße geschrieben habt. Da ist es doch nur gerecht, daß wir euch rausschmeißen. Oder etwa nicht? Antwortet, verdammt noch mal! Soldat Bertoni!«

»Mein Name ist Luigi Bertoni. Ich habe den Rang eines Unterleutnants und nicht eines einfachen Soldaten. Das ist alles, was ich Ihnen sagen muß«, lallte Luigi.

»Du widersprichst mir, du Scheißkerl?«

»Nein, Sir.«

»Hältst du es nicht für gerecht, daß wir euch beiden einen Tritt geben?«

»Nein, Sir.«

»Du stellst also unser Urteilsvermögen in Frage?«

»Nein, Sir.«

»Dann haben wir also einen gerechten Entschluß getroffen, wenn wir euch jetzt vor die Tür setzen?«

Luigi dachte nach. Er war also durchgefallen. Er war aus dem Rennen. Er und noch einer. Die beiden, die am längsten ausgehalten hatten, bekamen jetzt einen Tritt, weil sie Mist geschrieben hatten. Luigi brachte jedoch nicht mehr die Kraft auf, wütend zu werden. Es war sinnlos zu widersprechen. Wie auch immer: Das Gehirn schien ihm den Dienst zu versagen. Es war, als liefe eine Schallplatte, als hätte jemand plötzlich den Stecker herausgerissen, woraufhin die Platte ein paar Umdrehungen lang falsch tönende Musik von sich gab, die in unverständliches Gemurmel überging, bevor alles still wurde.

Der Kamerad neben ihm war zu Boden gesunken und schlief oder schlief vielmehr fast, da er zu murmeln schien, jetzt sei ihm alles scheißegal. Zwei Ausbilder trugen ihn hinaus. Er schlief in ihren Armen und sah beinahe glücklich aus.

»SOLDAT BERTONI, SIE WOLLEN DOCH WOHL NICHT IM STEHEN EINSCHLAFEN?« brüllte der Ausbilder. Luigi erkannte, daß der Offizier sich bewegt haben mußte, denn er schrie ihm aus wenigen Zentimetern Abstand von hinten ins Ohr.

»Nein, Sir. Ich bin selbstverständlich hellwach«, lallte Luigi schwach.

»Aha, auch noch ein Witzbold? Du gibst Widerworte, du Dreckskerl?«

»Nein, ich bin nur ein Witzbold«, murmelte Luigi. Im selben Moment kippte jemand von hinten einen Eimer kaltes Wasser über ihn.

Es funktionierte. Er wachte auf. Es war kein Salzwasser, und er konnte sich damit das Gesicht abreiben, ohne daß es schmerzte. Die Kälte an den Wangen und Augenlidern bewirkte, daß er plötzlich klar sehen konnte.

Vor ihm standen nur noch zwei Männer.

»Gratuliere, Unterleutnant Bertoni. Die Hell Week ist zu Ende. Sie haben sie vorbildlich hinter sich gebracht, und ich lasse Sie jetzt eine Weile mit Commander Hamilton allein«, sagte der Ausbilder in einem völlig neuen Tonfall. Er stand lächelnd auf, schüttelte den Kopf und ging hinaus.

Luigi versuchte, bei Bewußtsein zu bleiben. Er rieb sich die Seiten, um den Schmerz der Schürfwunden zu steigern, preßte die Handflächen von unten gegen die Augen, um Schleim und Wasser herauszubekommen, blinzelte dann ein paarmal und sah Carl Hamilton offen ins Gesicht.

»Wie steht's? Kannst du jetzt Schwedisch begreifen? Oder sollen wir lieber englisch sprechen?« fragte Carl mit gespielter Ruhe. »Ich will dich nicht bitten, dich zu setzen, denn dann schläfst du sofort ein. Ist das in Ordnung?«

»Yes, Sir«, erwiderte Luigi mit der zusätzlichen Betonung des S-Lautes, der im Amerikanischen Begeisterung signalisiert.

»Gut. Dann kann ich dir folgendes mitteilen. Was dich betrifft, ist die Hell Week zum fünften und letzten Mal zu Ende. Verstehst du, welche Absicht dahinterstand, dich das fünfmal machen zu lassen?«

»Nein, Sir.«

»Es ist jetzt Sonnabend, 14.00 Uhr. Du und Joe habt jetzt frei bis 18.00 Uhr morgen abend. Dann seid ihr dazu abkommandiert, mit mir zu essen. Ich hole euch vor dem Haupteingang ab. Ist das verstanden?«

»Yes, Sir.«

»Ferner kann ich dir mitteilen, daß ich im Namen des Oberbefehlshabers bestätigen kann, daß du in der schwedischen Mari..., Verzeihung, Armee vom Fähnrich zum Leutnant befördert worden bist. Hast du das auch verstanden?«

»Yes, Sir.«

»Gut. Um welche Zeit treffen wir uns morgen also?«

Carl erhielt keine Antwort. Luigi Bertoni-Svensson war zu Boden gesunken und schlief zum ersten Mal seit vier Tagen. Carl schüttelte den Kopf und verließ den Raum.

Außenminister Anders Stensson pfiff leise vor sich hin. Er war ungewöhnlich guter Laune. So wie die Meinungsumfragen jetzt aussahen, gut drei Monate vor der Wahl, hätte er kaum gute Laune haben dürfen.

Die Dinge hatten sich jedoch erstaunlich schnell entwickelt. Er kannte den italienischen Botschafter nicht näher und hatte deshalb im voraus nicht ahnen können, wie dieser Vorschläge zu unkonventionellen Lösungen aufnehmen würde. Deshalb hatte er sich zu Beginn ihrer Gespräche langsam vortasten müssen.

Zunächst hatte er natürlich den Sachverhalt dargelegt und ebenso selbstverständlich darauf hingewiesen, welche gemeinsamen italienisch-schwedischen Interessen auf dem Spiel standen. Mit einem neuen Bestechungs- und Boforsskandal wäre niemandem gedient, weder hier in Stockholm noch in Rom.

Insoweit kam es natürlich zu einer vollen politischen Einigung zwischen Schweden und Italien. Danach mußte Anders Stensson sich jedoch Schritt für Schritt vortasten, so wie man es auf dünnem Eis tut.

Er holte Luft und sagte: »Bei allem Respekt vor der italienischen Gesetzgebung, denn wir auf der schwedischen Seite denken natürlich nicht einmal im Traum daran, sie außer acht zu lassen, aber bei allem Respekt, wie strikt muß man sich eigentlich an das Verbot halten, nicht mit Mafiosi zu verhandeln?«

Der italienische Botschafter, der selbst Jurist war, hatte schnelle, unmißverständliche und sehr ermunternde Auskünfte gegeben: »Innerhalb Italiens, soweit es italienische Behörden und Privatpersonen betrifft, muß man das Verhandlungsverbot als recht rigoros ansehen. Wenn jedoch ein fremder Staat einen entsprechenden Wunsch äußert, entsteht eine völlig andere Lage. In diesem Fall hat die Regierung einen ziemlich weiten Spielraum mit verschiedenen Möglichkeiten, kann auf Notstandsrecht verweisen, auf das Verhältnis zu einer fremden Macht und ähnliches. Falls die schwedische Regierung also bestimmte Wünsche hat ...?«

Anders Stensson hatte da angebissen wie einer seiner Sommerhechte und von seiten der schwedischen Regierung einen *nachdrücklichen Wunsch* geäußert. Der italienische Botschafter hatte daraufhin die Arme ausgebreitet, eine lateinische Geste, die wohl etwa bedeuten sollte, bitte sehr, ihr könnt tun, was ihr wollt. Jedenfalls hatte Anders Stensson die Geste zu Recht oder Unrecht so gedeutet.

Danach war es den beiden gelungen, sehr konkret zu werden. Die beiden Organe, welche die direkte Zusammenarbeit organisieren sollten, waren das italienische und das schwedische Verteidigungsministerium. Der Hintergrund war, daß bestimmte Teile der mit Mafiaverbrechen befaßten italienischen Behörden ganz oder teilweise dem Verteidigungsministerium unterstellt waren. Die Carabinieri etwa sind ja eher eine militärische als eine polizeiliche Organisation. Die anfänglichen Kontakte sollten von den beiden Außenministerien hergestellt werden, dies jedoch nur, um ein gemeinsames politisches Ziel zu formulieren. Die operative Seite sollte dem Militär überlassen bleiben.

Diese Schlußfolgerung machte Anders Stensson die Arbeit erheblich leichter. Er war sich sehr wohl bewußt, wie negativ sein Staatssekretär und enger Freund reagiert hatte, als er die Idee vorgetragen hatte, man müsse von schwedischer Seite einen Mann entsenden, dessen Qualifikationen so ausgeprägt waren, daß nur an Hamilton zu denken war.

Das Erpressungsgespräch mit Bofors war sehr schnell und einfach verlaufen. Dort hatte man natürlich großes Verständnis dafür gezeigt, daß das Unternehmen für die Zahlung geradestehen müsse und nicht der schwedische Staat. Immerhin ging es um eine Problemstellung, die in der schwedischen Industrie schon auf mehreren Seminaren sorgfältig durchdiskutiert worden war, und so wußte man bereits seit einigen Jahren, wie weit man zu gehen hatte. Alle Spitzenleute der schwedischen Industrie hatten sich grundsätzlich darauf geeinigt, in solchen Situationen gegenseitig füreinander einzustehen, und bis zu einer finanziellen Schmerzgrenze, bei der man in unangenehme Zwickmühlen geraten konnte, war es noch ziemlich weit. Ein Betrag von bis zu zehn Millionen Dollar war jedoch vorstellbar. Darin war man sich in der Industrie einig.

Die Geldfrage war also geregelt. Swedish Ordnance würde demnach einen ausreichenden Betrag entweder an die Banca di Sicilia oder eine etwas diskretere Bank in San Marino überweisen, sobald diese Frage aktuell wurde.

Der nächste Schritt bestand darin, das schwedische Militär einzubinden, und zu diesem Zweck hatte Anders Stensson den Chef des militärischen Nachrichtendienstes zu sich gerufen, Kapitän zur See Samuel Ulfsson.

Ulfsson hatte irgendwo draußen auf dem Flur gesessen und eine Viertelstunde gewartet, was Anders Stensson jetzt ausreichend erschien, als er ihn zu sich bitten ließ.

Der Chef des Nachrichtendienstes zeigte deutliche Anzeichen von Nervosität und Unbehagen, was kaum verwunderlich war, denn er wurde nicht jeden Tag zum Außenminister gerufen. Wahrscheinlich dachte der arme Kerl, man habe jetzt etwas entdeckt, was man nicht habe entdecken sollen, habe etwas erfahren, was man nicht wissen sollte, und daß jetzt peinliche Erklärungen bevorstanden.

Anders Stensson konnte es sich nicht verkneifen, darüber ein paar Scherze zu machen, als er den etwas steifen und besorgten Kapitän zur See bat, sich auf das gustavianische Sofa zu setzen, und mit einer Handbewegung Kaffee in Plastikbechern auf blauen Servietten hereinbefahl.

»Nicht wahr, Sam, du hast ganz schön Angst vor dem, was jetzt kommt, was?« gluckste der Außenminister, sobald seine Sekretärin die Tür hinter sich geschlossen hatte.

»In meinem Job ist es nicht schwer, Magengeschwüre zu bekommen. Hast du übrigens etwas dagegen, daß ich rauche?« erwiderte Samuel Ulfsson mit zusammengebissenen Zähnen und zündete sich sofort nach einem wohlwollenden Nicken des Außenministers eine Zigarette an.

»Nun ja, ich werde dich lieber gleich vom Haken nehmen. Ihr habt uns jedenfalls keine Schande gemacht, zumindest mit nichts, was mir bekannt ist. Ich erwarte auch keinen Vortrag solchen Inhalts von dir«, fuhr der Außenminister mit spürbar guter Laune fort.

»Wirklich nett zu hören«, erwiderte Samuel Ulfsson vorsichtig. Er konnte die Munterkeit des Regierungsmitglieds nicht recht deuten.

»Wo steckt Hamilton eigentlich? Nein, nein, er hat wie gesagt nichts angerichtet, ich will nur wissen, wo er steckt. Ist er verfügbar?« fragte der Außenminister plötzlich und überraschend direkt.

»Er befindet sich auf einer Dienstreise im Ausland, wird aber morgen oder übermorgen zurückerwartet«, erwiderte Samuel Ulfsson mit einem plötzlich erwachten Funken Neugier. »Sollen wir wieder auf Reisen gehen?«

»Das kann man sagen. Wie du sicher weißt, sind zwei Leute von Bofors in Italien verschwunden.«

»Ja. Sie sind also entführt worden? Wenn ja, ist das etwas für italienische Behörden.«

»Ich bitte dich, Sam, fängst du jetzt auch noch an«, stöhnte der Außenminister. »Nun ja, wir haben mit italienischen Behörden eine Übereinkunft getroffen. Es geht also darum, die Schweden nach Hause zu holen, das Lösegeld für sie zu bezahlen, also Schweden gegen Geld zu tauschen, und Bofors bezahlt die Zeche. Das ist also der Auftrag. Was hast du dazu zu sagen?«

Samuel Ulfsson hatte keine genauen Ansichten dazu. Die Natur des Auftrags ließ es geraten erscheinen, Personal von der operativen Abteilung des Nachrichtendienstes einzusetzen. Das war durchaus vernünftig. »Wenn es um so etwas geht wie einen nächtlichen Austausch, ein paar Autos an einem Treffpunkt, Geiseln gegen Geld, die Fähigkeit, mit heiler Haut davonzukommen, und so weiter – es ist völlig klar, daß wir derlei lieber kompetentem Personal als Diplomaten überlassen sollten. Na ja, bei allem Respekt vor unseren Diplomaten, aber ...«

Mehr war kaum zu besprechen. Theoretisch ließ sich vielleicht sagen, daß es sich um einen freiwilligen Auftrag handelte, doch nur theoretisch. Sobald Hamilton wieder zu Hause wäre, würde er seinen Marschbefehl erhalten. Samuel Ulfsson war allerdings der Meinung, daß man vielleicht zwei Operateure losschicken sollte. Nicht für die eigentlichen Verhandlungen, aber wenn es zu einem Austausch käme, wäre es ein außerordentlicher Vorteil, wenn die schwedische Seite aus mehr als nur einem Operateur bestand.

Das war im großen und ganzen alles. Samuel Ulfsson sollte die Verbindungen zu den italienischen Streitkräften selbst herstellen, da die über ihr eigenes Außenministerium schon ihr Einverständnis erklärt hatten.

Und je mehr sich diskret erledigen ließ, das heißt durch Geheimkontakte der Militärs, um so besser für die Politiker, welche die Ehre einheimsen würden, wenn alles gutging, und die gern einen Sündenbock hatten, wenn alles schiefging.

»Ich verstehe einfach nicht, was für einen Sinn das haben soll. Es muß doch irgendeinen Sinn geben, aber ich kapiere ihn ganz einfach nicht«, sagte der frischgebackene Leutnant Göran Karlsson, als sie sich endlich zu Tisch gesetzt hatten. Carl hatte sie vor einer halben Stunde vor dem Haupteingang des Naval Special Warfare Center draußen auf Coronado abgeholt, und da hatten beide immer noch den Eindruck gemacht, als könnten sie noch ein paar Tage weiterschlafen. Sie gingen torkelnd, was vor allem an ihren schmerzenden Kniegelenken lag, einem der häufigsten medizinischen Gründe für Mißerfolge während der Hell Week.

Carl ließ sich mit der Antwort Zeit, da er gerade dabei war zu bestellen. Er hatte die beiden zu einem von Tessies mexikanischen Lieblingsrestaurants draußen in La Jolla gefahren.

»Skål«, sagte er kurz und hob sein Weinglas. Er schloß kurz die Augen, als er von dem mexikanischen Wein trank, und ließ sich mit dem kalifornischen Sommerwind einige Erinnerungen ins Gesicht wehen.

»Den Sinn von was, Göran?« fragte er fröhlich, als er das Weinglas abstellte. Sie sprachen mit seiner ausdrücklichen Genehmigung schwedisch, folglich auf Befehl, da es ihnen sonst verboten war, in Gesellschaft von Militärs ihre eigene Sprache zu sprechen.

»Erstens den Sinn darin, daß man sich eine ganze gottverdammte Woche beleidigen lassen muß, und was es zweitens für einen Sinn haben soll, es fünf Mal tun zu müssen. *Fünf* Mal!«

»Die letzte Frage läßt sich am leichtesten beantworten«, sagte Carl mit gespielter Munterkeit, als unterhielten sie sich über Bagatellen. »Ihr braucht nur zu wissen, wie viele Menschen es auf diesem Erdball fünf Mal geschafft haben. Wißt ihr das?«

Die beiden anderen schüttelten den Kopf. Luigi wechselte behutsam die Stellung auf seinem Stuhl; das Sitzen fiel ihm schwer, da er nach der Höllenwoche im Schlauchboot »am Hintern wie ein Pavian aussah«.

»Eure schwedischen Kameraden, niemand sonst«, sagte Carl und breitete die Arme aus, als wäre damit alles erklärt.

»Welche schwedischen Kameraden?« fragte Göran Karlsson mißtrauisch. Jetzt brauchte er nicht mehr Joe Carlson zu sein.

»Die operative Abteilung beim OP 5, euer direkter Vorgesetzter, das heißt ich, und die anderen Jungs, mit denen ihr zusammenarbeiten werdet. Wir sind die einzigen.«

»Wie viele sind wir? Teufel auch ... Wie viele sind wir?« fragte Luigi Svensson, der nicht mehr Bertoni sein mußte.

»Das ist geheim«, entgegnete Carl ironisch. »Aber wenn wir wieder zu der Sinnfrage zurückkehren wollen, gestern nachmittag war ich bei Konteradmiral George R. Worthington, um sozusagen die schwedische Fahne zu zeigen. Ja, wie ihr wißt, haben die jetzt einen neuen Chef, der mir einen kleinen Vortrag hielt. Kurz, schroff und militärisch. Ich glaube, ich bekomme es sogar fast wörtlich zusammen, etwa so: ›Bei der Hell Week geht es darum, sowohl die eigenen Fähigkeiten als auch seine Grenzen zu erkennen. Jeder Mann, der diese Ausbildung durchlaufen oder etwas Ähnliches durchgemacht hat, weiß, daß es irgendwo einen Punkt gibt, an dem er aufgeben will und nicht mehr kann. An diesem Punkt ist ihm alles scheißegal, er möchte gern sterben, wenn man ihn nur noch in Ruhe läßt. Das passiert etwa, wenn man sich übergibt oder einen Weinkrampf kriegt. Nach der Hell Week hat man keine falschen Vorstellungen davon, wie gut man ist. Man weiß aber trotzdem, daß man etwas geschafft hat, was nur wenige andere Menschen schaffen.‹ All das unserem geschätzten Konteradmiral Worthington zufolge.«

Carl trank einen Schluck Wein und sah aufs Meer, als wären alle Erklärungen damit beendet. Dann stellte er das Glas hin und ließ den Blick eine Zeitlang von einem zum andern wandern. Da kam ihm plötzlich die Erkenntnis, daß er hier die Rolle seiner eigenen Legende spielte, und schob den entscheidenden Zusatz nach.

»Aber das gilt natürlich nur für die Amerikaner.«

Sie wurden eine Weile unterbrochen, als einige Schalen mit Chili-Mischung sowie hartes gelbes Maisbrot aufgetragen wurden.

»Und was gilt für Schweden, richtige Schweden oder Kanaken-Schweden?« fragte Göran Karlsson, während er Luigi den Ellbogen absichtlich etwas zu hart an eine wunde Stelle in der Seite stieß. Luigi stöhnte auf, lächelte jedoch.

»Das war ein Einfall des Alten«, sagte Carl nachdenklich und mit vollem Mund.

»Wer ist der Alte?« fragten die beiden gleichzeitig.

»Unser Chef. Oder vielmehr unser inzwischen pensionierter Chef, der uns geschaffen hat«, erwiderte Carl. Er verzichtete darauf, noch mehr Chili nachzuschieben, und fuhr statt dessen fort.

»Der Alte erfuhr natürlich von dieser amerikanischen Einstellung. Er dachte also etwa so, wenn wir die Rekruten diese Scheiße einmal im Jahr durchmachen lassen, und das im Lauf von fünf Jahren, während der gesamten Ausbildungszeit, werden wir noch einen Tick besser. Dann wissen unsere Jungs, daß sie etwas tun können, was sonst *niemand* getan hat. Also sind wir die Besten der Besten, und so weiter. Weiß der Teufel, ob das stimmt, aber hier sitzen wir jetzt jedenfalls. Alle in unserer Waffengattung haben es hinter sich gebracht, und damit stehen wir in der Welt allein. Skål.«

»Was sollte eigentlich diese Scheiße mit dem kreativen Schreiben am Ende?« wollte Göran Karlsson wissen. »Diese Scheißkerle trugen einen raus und kippten einem kaltes Wasser über den Körper und nannten uns Scheißkerle und sagten, man sei durchgefallen und eine Schande für das Menschengeschlecht und so etwas. Dann hieß es plötzlich, gratuliere, du hast bestanden. Was soll das eigentlich?«

»Ich weiß nicht«, erwiderte Carl zögernd. »Das ist etwas Amerikanisches, eine Vorstellung von Selbstbeherrschung. Vielleicht wollen sie den Leuten einprägen, daß man zusammenbrechen kann. Im Grunde verstehe ich es nicht. Dieses Gefühl von Überlegenheit, das sie schaffen wollen, bricht ja sofort zusammen, sobald diese Kerle in der Gefangenschaft landen. Seht euch nur diese Flieger im Irak an. Kurz, ich glaube nicht, daß das der wertvollste Teil eurer Ausbildung gewesen ist. Ihr sollt schließlich nicht an irgendwelchen Sandstränden an Land gehen und fünfzig Prozent Verluste in Kauf nehmen. Dazu seid ihr unter anderem viel zu kostbar.«

Eine Riesenplatte mit Enchiladas wurde aufgetragen, während Carl gleichzeitig aufging, daß er einiges gesagt hatte, was er lieber nicht hätte sagen sollen.

»Wie hoch sind unsere Verluste?« fragte Göran Karlsson nach einer Weile. Carls letzte Äußerung hatte ihn etwas niedergeschlagen gemacht.

»In jüngerer Zeit hat unsere Abteilung, womit ich also diejenigen meine, die unsere Ausbildung mitgemacht haben, null Verluste gehabt.«

»An den Computern oder im Kampf?« fragte Luigi eifrig.

»An den Computern haben wir uns nur manchmal verrechnet. In

den letzten Jahren ist die Abteilung fünf- oder sechsmal in Kampfsituationen gewesen. Der jeweilige Feind hat einige schwere Verluste an Toten und Verwundeten erlitten. Allerdings sind alle unsere Maschinen wohlbehalten zur Basis zurückgekehrt. Das ist natürlich alles geheim, wie euch hoffentlich klar ist, aber etwa so sehen die Fakten aus. Unsere Verluste bisher sind gleich Null.«

Keiner nahm den Faden auf, da ausführlichere Fragen so offenkundig als unangemessen angekündigt worden waren. Sie aßen und tranken eine Zeitlang schweigend.

Carl sah sie an und erinnerte sich an seine eigenen Schürfwunden und seinen körperlichen Schmerz. Jetzt war all das bemerkenswert weit weg und fast ohne Bedeutung. Ich würde gern eine Hell Week pro Monat machen, redete er sich wider alle Vernunft ein, wenn ich nur mit den beiden jungen Männern tauschen könnte, die mir jetzt mit schmerzenden Körpern und stolzgeschwellter Brust gegenübersitzen. Jetzt waren es mehr als zehn Jahre her, seit er einer von ihnen gewesen war, rein und ehrlich, blauäugig, jung und voll schwedischer Vorstellungen von einem geordneten Leben, einem geregelten Dasein mit Familie und einem freien Wochenende.

Seine Tochter würde bald ein Jahr alt sein, und seit weit mehr als einem Jahr hatte er ein Verhältnis mit einer anderen Frau, die er jetzt nach Kalifornien mitgenommen hatte. Wäre das Ganze richtig modern und schwedisch gewesen, wäre seine Geliebte mit einem Ticket geflogen, das mit dem Plastikkärtchen des Staates bezahlt worden wäre. So jedenfalls benahmen sich die normalen Schwindler der unberührbaren schwedischen Obrigkeit. Er zwang sich, die schäbigen Worte zu denken, und schmierte sich eine Zeitlang mit Selbstverachtung und Selbstmitleid ein.

Plötzlich erschienen ihm die gegenübersitzenden Männer noch so rein und unverdorben, fast kindlich. Dennoch waren sie abgesehen von einer noch fehlenden Woche Absolventen der härtesten militärischen Schule, die je erfunden worden war.

Sie waren Leutnants der Küstenjäger- und Fallschirmjägertruppen und besser ausgebildete Feldoperateure, als die Welt früher je hätte hervorbringen können. Überdies waren beide Master of Science, was sie in allerhöchstem Maße von ihren letzten Kumpeln in den Schlauchbooten unterschied. Das alles. Wahrscheinlich mit einer guten Zukunft im zivilen Berufsleben, falls sie diesen Weg einschlugen, woran jedoch keiner der bei den bisher auch nur entfernt gedacht hatte. Sie waren von dem Gedanken erfüllt, *the real thing* zu erleben, wahrscheinlich so, als fände es in einem Abenteuerfilm statt. Und er selbst wußte inzwischen genau, welchen inneren Risiken sie ausgesetzt sein würden – wohl keiner Kampfsituation, denn derlei war nicht sonderlich wahrscheinlich, doch dem Risiko, zu Lügnern und Roßtäuschern zu werden. Er selbst hatte nicht entfernt daran gedacht, sie zu warnen.

Er redete sich ein, das liege ausschließlich daran, daß sie ihm doch nicht glauben würden. Sie glaubten, die höchsten Berge besteigen zu können. Und genau solche Menschen waren sie auch. Sie wollten die Berge besteigen, weil man sie gerade wegen dieser Qualifikation ausgewählt hatte. Die Gleichung war unlösbar. Und außerdem bestand sein Job darin, seine Rolle zu spielen. Er war das Original von Carl Gustaf Gilbert Hamilton, ein Fregattenkapitän, der Konteradmirale dazu brachte, sich zu erheben, wenn er den Raum betrat, oder ein Foto auf Pralinenschachteln, aber gleichwohl war er das Original. Irgendwo in sich hatte er, was diesem äußeren Anschein entsprechen sollte.

Doch in Wirklichkeit war er nur ein einfacher Fremdgänger und Roßtäuscher, ein Ehebrecher.

Samuel Ulfsson fühlte sich erleichtert, als die Besprechung beendet war und er in seinen wartenden Dienstwagen einsteigen konnte. Die sogenannten Sicherheitschefs der Industrie besaßen die Gabe, ihn immer verlegen zu machen, als parodierten sie unbewußt seinen Beruf. Sie sprachen immer militärisch knapp, eckig, abgehackt und mit einer Menge unnötiger Begriffe.

Swedish Ordnance hatte einen besonderen Krisenstab gebildet, der die Entscheidungen des Unternehmens in der Entführungssache verantworten sollte, und alles schien wie eine Art Kriegsspiel oder Übung zu sein, die sie schon oft geprobt hatten.

Sie hatten sich um Frauen und Kinder gekümmert und sie in eine leerstehende Direktorenvilla in Karlskoga verfrachtet. An und für sich war es gut, wenn es ihnen gelang, alle Angehörigen zum Schweigen zu bringen, da eine zu frühe Publizität verheerende Auswirkungen haben konnte.

Sie hatten auch die Geldfrage geregelt, und das offenbar erstaunlich leicht. Jetzt waren zehn Millionen Dollar bei einer Bank in San Marino und der Banca di Sicilia in Palermo hinterlegt worden. Überdies war einem gewissen Carl Gustaf Gilbert Hamilton, der noch nichts von der Sache wußte, Vollmacht erteilt worden, über den Betrag zu verfügen.

Der Sicherheitschef bei Bofors jedoch, im übrigen ein ehemaliger Major, der noch vor Samuel Ulfssons Dienstantritt mehrere Monate lang in der Sicherheitsabteilung des Generalstabs gearbeitet hatte, hatte an der Wahl Hamiltons einiges zu bekritteln gehabt. Es sei, hatte er erklärt, nicht sonderlich diskret, einen Mann zu entsenden, dessen Foto schon auf den meisten Titelseiten der Welt geprangt habe, vermutlich auch in Italien.

Samuel Ulfsson hatte geduldig zugestanden, daß man schon damit rechnen könne, daß Hamilton dem Gegner bekannt sei oder daß dieser schon von ihm gehört habe, daß man dies aber gleichwohl als Vorteil sehen könne. Falls die Gangsterorganisation drohend auftreten wolle oder weitere Gewalttaten plane, wäre es gut, wenn diesen Leuten das Risiko vor Augen geführt werde, daß das Feuer sozusagen erwidert werden könne. Im übrigen habe der Außenminister den Wunsch geäußert, gerade Hamilton einzusetzen. Es sei also der Wunsch der Regierung gewesen, und darüber könne man nicht einfach hinwegsehen. Welche Überlegungen den Außenminister und andere bewogen hätten, gerade Hamilton auszuwählen, könne wohl nur Gegenstand von Spekulationen sein. Vielleicht wollte die Regierung die schwedischen Entführungsopfer unter Fanfaren und mit Pauken und Trompeten befreit sehen. Immerhin sei es ein Wahljahr, aber zu diskutieren gebe es da nicht mehr viel.

Überdies gab es nicht sonderlich viele Personen, unter denen man wählen konnte. Außerdem war Hamilton Chef der operativen Abteilung, in der ohnehin das Personal für diesen Auftrag ausgewählt werden würde.

Schließlich waren gar keine Gewalteinsätze geplant. Es ging nur darum, um Freilassung gegen Bezahlung zu verhandeln, um eine Art geschäftliche Abmachung. Nach Samuel Ulfssons Auffassung wäre es eine erheblich kniffligere Frage, wie man sich verhalten sollte, falls die Entführer zehn Millionen Dollar nicht als ausreichende Bezahlung ansahen. Auf Ulfssons Frage, ob die Herren vielleicht eine Obergrenze festgelegt hätten, erhielt er eine verneinende Antwort. Zumindest wollten sie mit keinem Wort eine solche Möglichkeit andeuten. Es ging ja um Menschenleben, die sich nicht einfach in Geld ausdrücken ließen. Außerdem, erklärte einer der Herren, werde man vielleicht schon bald eine konkretere Unterlage für solche Entscheidungen erhalten. Bis jetzt sei ja nicht mal ein Anfangsgebot abgegeben worden.

Samuel Ulfsson hatte darauf verzichtet, diese Diskussion weiterzuführen, obwohl er gerne die satanische Frage gestellt hätte, wie man sich verhalten solle, wenn der Preis auf fünfundzwanzig Millionen Dollar hochgetrieben werde; irgendwo gab es vermutlich selbst für den ökonomischen Menschenwert eines schwedischen Direktors eine Obergrenze.

Wie Carl den Auftrag aufnehmen würde, machte ihm keine Sorge, und so waren Carls erste spontane Reaktionen recht überraschend.

Carl hatte rote Augen und war erschöpft von der Reise. Er war soeben vom Flughafen Arlanda mit neun Stunden Zeitunterschied im Körper in die Stadt gekommen. Er war offenbar darauf eingestellt gewesen, in seinem Büro nur in einigen Papieren blättern zu müssen, um dann nach Hause gehen und schlafen zu können. Leider war die Zeit kostbar, und je früher er und Joar Lundwall sich nach Italien begaben, um so besser.

»Aber das ist doch nichts für uns! Von uns werden doch wohl qualifiziertere Aufträge erwartet als das hier?« wandte Carl ein, kaum daß Samuel Ulfsson seinen kurzgefaßten Bericht beendet hatte.

»Inwiefern?« fragte Samuel Ulfsson besorgt und streckte die Hand nach seiner Zigarettenschachtel aus. Carl sah wirklich nicht sonderlich begeistert aus.

»Ich meine, mit einfachen Verbrechern zu verhandeln ...«, seufzte Carl und rieb sich mit Daumen und Zeigefinger über die Augen. »Findest du es nicht selbst ein bißchen übertrieben, wegen solcher Bagatellen Personal aus der operativen Sektion des Nachrichtendienstes loszuschicken? Das kann doch jeder beliebige Polizist erledigen. Man könnte sogar jemanden aus dem Affenhaus losschicken.«

»Jetzt übertreibst *du* aber ein bißchen«, konterte Samuel Ulfsson trocken. »Dir muß doch klar sein, daß man nicht Sicherheitspolizisten mit einem solchen Auftrag auf die Reise schicken kann. Die würden ja nur irgendeinen Kurden apportieren und uns vor die Füße legen.«

»Jaja«, seufzte Carl, »ich nehme alles zurück. Aber irgendein richtiger Polizist dürfte wohl genügen. Die haben außerdem Erfahrung mit Verbrechern, was wir nicht haben.«

»Ja, vielleicht. Aber es könnte zu einem Austausch kommen«, betonte Samuel Ulfsson vorsichtig. Er wollte bei der Diskussion nicht zu sehr drängen.

»Na wenn schon«, erwiderte Carl, gähnte und entschuldigte sich mit einer Handbewegung. »Es kann doch nicht so schwierig sein, ein paar Gefangene gegen eine Aktentasche mit Geldscheinen auszutauschen? Außer ein paar beleidigenden Worten dürfte es doch kaum Gewalt geben, oder?«

»Nein«, erwiderte Samuel Ulfsson schnell, »von Gewalt kann keine Rede sein. Es wird verhandelt, man einigt sich auf einen Preis, und dann wird der Austausch vorgenommen. Soviel ich weiß, gibt es jedoch einige bürokratische Gründe dafür, für diesen Job Militärs auszuwählen. In Italien sind Militärs mit der Angelegenheit befaßt, und deshalb ist es für uns leichter als für die Polizei. Du sollst morgen einen Vertreter des Verteidigungsministeriums in Rom treffen.«

»Morgen?« sagte Carl und nickte müde. »Darf ich noch nach Hause fahren und mich umziehen?«

»Aber ja, warum nicht. Etwas Schlaf könnte auch nicht schaden«, sagte Samuel Ulfsson und beschloß gleichzeitig, die Diskussion zu beenden, da Carl ohnehin so zerschlagen und unkonzentriert wirkte. »Beata hat ein paar Papiere für dich, Vollmachten, Hintergrundmaterial und derlei«, fuhr er fort und begann in einigen Dokumenten zu blättern, die vor ihm auf dem Schreibtisch lagen. Er wollte zeigen, daß er noch andere und womöglich wichtigere Dinge zu tun hatte.

Carl nickte müde und ging. Als er mit der Dokumentensammlung, die er von der Sekretärin seines Chefs erhalten hatte, sein Zimmer betrat, versuchte er zunächst zu lesen, ermüdete aber fast augenblicklich. Er fand in der Akte ein Flugticket und stellte fest, daß ihm noch weniger als vierundzwanzig Stunden in Stockholm blieben.

Das veränderte alles. Er fühlte sich feige, als er seine Gefühlsreaktion zu verstehen versuchte. Er hatte Tessie versprochen, sofort nach der Rückkehr aus Kalifornien alles zu regeln, Eva-Britt alles zu gestehen, die finanziellen Dinge zu regeln, über das Sorgerecht zu sprechen, alles.

Statt dessen sollte er jetzt wegen einer idiotischen Verhandlung mit ein paar simplen Verbrechern nach Italien fliegen. Sollte mit Tölpeln reden, die Menschen Finger abschnitten. Wahrlich eher eine Sache für die Polizei als für den Nachrichtendienst. Und dann mußte er Tessie das hier erklären. Es würde sich für sie wie ein Vorwand der eher schwachsinnigen Art anhören. Denn neuerdings legte sie eine fast chirurgische Präzision an den Tag, wenn es galt, seine Ausflüchte in Stücke zu schneiden. Es sah düster aus, sehr düster.

2

Er hatte wie gewohnt im Flugzeug geschlafen. Die Hotelsuite erinnerte ihn an ein Bordell der oberen Preisklasse, und wenn er den Namen des Hotels, Hassler, auf englisch aussprach, bedeutete das Wort sehr richtig Ganove.

Auf dem Marmortisch im Wohnzimmer standen ein Sektkühler mit Schmelzwasser und einer Flasche, möglicherweise Champagner, sowie zwei Gläser auf weißen Deckchen. Neben den Gläsern lag eine Karte, auf der der Geschäftsführer des Hotels ihn als Schweden besonders willkommen hieß. Dann folgte ein Hinweis auf den jetzigen schwedischen König oder den davor. Carl nahm die Flasche prüfend in die Hand und stellte fest, daß es tatsächlich Champagner der Marke Perrier war. Angesichts der Tatsache, daß die Zimmer mehr als eine Million Lire pro Nacht kosteten, war das kein übertriebenes Begrüßungsgeschenk. Er wußte zwar nicht genau, wieviel eine Million Lire in richtigem Geld sind, aber die Summe kam ihm trotzdem reichlich hoch vor.

Er ließ die Flasche in das geschmolzene Eiswasser gleiten und ging mit seiner Reisetasche ins Schlafzimmer. Dieses verstärkte noch den Eindruck von Liebesnest für Gutbetuchte. Die Farben Rosa und Gold dominierten, das Bett war riesig, aber ohne Besuchsritze in der Mitte.

Er suchte eine Weile nach einem Schalter, um die automatischen Rolläden vor den Schlafzimmerfenstern aufzubekommen, als könnte Tageslicht einige seiner Unlustgefühle abwaschen. Es half und brachte ihn vorübergehend auf andere Gedanken. Er blickte durch die französischen Fenster auf Efeu, Palmen und üppig belaubte Bäume, deren Namen er nicht kannte, die ihn aber an Ahornbäume mit Tarn-Uniform um die Stämme erinnerten.

Er packte seine Sachen aus, was schnell gemacht war, und hängte seine Anzüge in den reichlich bemessenen Kleiderschrank, stellte sein Reisenecessaire in das weiße Marmorbad, nahm die Dokumente an sich, die Beata für ihn zusammengestellt hatte, ging wieder ins Wohnzimmer und wiederholte die Prozedur mit den Rolläden.

Von jetzt an brauchte er nur noch zu warten. Er ließ die Schuhe zu Boden segeln, legte die Beine auf den Marmortisch neben den Champagner und blätterte in den Papieren auf dem Knie. Keine Geheimakten, soweit er sehen konnte. Das meiste waren Broschüren sowie einige Ausgaben von *Marin-Nytt*. Kein sonderlich anregendes Lesefutter.

Er rutschte auf dem Plüschsofa, das natürlich im gleichen Stil gehalten war wie alles andere, ein wenig zur Seite, um das Telefon zu erreichen, und wählte Joars Nummer. »Heute wird kaum mehr etwas passieren. Wahrscheinlich ruft mich nachher nur jemand an. Wenn du willst, kannst du gern in die Stadt gehen, wenn dir das lieber ist, als auf dem Bett zu liegen und zu lesen. Ich übernehme dann die erste Wache.« Joar witzelte: »Aha, verstehe. Du hältst die Stellung am Nachmittag und am frühen Abend, damit du dann für Rome by Night frei hast.« Joar zog es jedenfalls vor, erst mal im Hotel zu bleiben und zu lesen. Er hatte von seiner Mutter zu Weihnachten eine Biographie Leonardo da Vincis bekommen. »Das paßt doch gut zu dieser Umgebung. Übrigens, sind die Zimmer nicht fabelhaft?«

»Aber ja, aber ja«, murmelte Carl und legte auf. Er holte tief Luft, bevor er sich in die Broschüren und Zeitschriften vertiefte.

Es fiel ihm zunächst schwer, Interesse für die Sache aufzubringen. Der Irak war kein ernstzunehmender Staat mehr, und schon aus dem Grund hätte das ganze Projekt scheitern müssen oder, wie es den Anschein hatte, zu einem bedeutend kleineren Geschäft mit normalen schwedischen Menschenleben statt mit Waffen werden müssen.

Carl faltete langsam eine große blaue Drucksache auseinander, in der die neue Küstenkorvette HMS Göteborg beschrieben wurde, »das technisch am weitesten fortgeschrittene Kriegsschiff der Welt für U-Boot-Jagd und Seekrieg«, wie in der Überschrift versichert wurde. Carl versenkte sich eine Weile in die Details des Wasserstrahlantriebs, der die traditionellen Propeller und Ruder ersetzt hatte. Abgesehen von dem geräuschärmeren Antrieb bedeutete das auch einige interessante Neuigkeiten beim Manövrieren.

Das hatte keinerlei Bedeutung, da die italienischen Fregatten mit herkömmlichem Antrieb geplant waren. Dann also zu dem, worum es eigentlich ging, der Bewaffnung.

Aha, unbemannte und vollautomatische 57-mm-Kanonen zur Bekämpfung von Luft- und Seezielen, computergesteuert, damit sie innerhalb von Sekunden auf andere Ziele wechseln können. Zehn Kilometer Reichweite, ja, das übliche bei dieser Art Bewaffnung, im übrigen auch ausreichend, um anfliegende Raketen herunterzubekommen, nichts Besonderes.

In dieser Hinsicht waren die beiden 40-mm-Luftabwehrgeschütze schon etwas besser, da die Munition mit Entfernungsmessern ausgerüstet war, welche die Ladung auch ohne direkten Treffer auslösen konnten. In den Händen einer Besatzung aus der Dritten Welt würde nichts davon funktionieren, noch weniger in den Händen einiger sizilianischer Gangster. Sämtliche Funksignale der Zielsuch- und Feuerleitsysteme mußten in einer funktionierenden Kampfleitzentrale koordiniert werden, die nur von munteren jungen Technokraten aus dem Westen bedient werden konnte. Das erforderte Männer, die mit Computerspielen groß geworden waren.

Die Zielsuchantennen? Da genau das gleiche. Sie fangen fremde Radarsignale auf, melden anfliegende Raketen und legen die Richtung zu ihnen fest, worauf die Computer den Typ des Radars klassifizieren, den Typ der anfliegenden Rakete ermitteln. Der Rest soll automatisch ablaufen.

Carl sah alptraumhafte Bilder vom Persischen Golf vor sich. Gegen gerade solche Systeme hatten die Iraker keine Chance gehabt. Die Technologie des Dritten Weltkriegs gegen die des Ersten. Oder wie die Angriffe der polnischen Lanzenreiter, die sich 1939 den deutschen Panzern entgegenstellten.

Glaubten die denn, daß man nur das Gerät kaufen mußte? Nach so vielen Jahren Kriegserfahrung?

Carl erschien das nicht möglich.

Für die italienischen Fregatten war die gleiche Raketenbewaffnung vorgesehen wie für die schwedischen Küstenkorvetten, also vier Abschußlafetten auf jeder Schiffsseite für Raketentyp Nummer 15 zur Bekämpfung von Seezielen. Da gab es die gleichen technologischen Probleme.

Carl blätterte in den offensichtlich ausgewählten Exemplaren von *Marin-Nytt* und fand tatsächlich weitere Informationen über den Raketentyp Nummer 15.

Reichweite siebzig Kilometer, ausreichend Sprengkraft, um mit einem einzigen Treffer ein mittelgroßes Kriegsschiff zu versenken, Zielsuchradar. Aha.

Plötzlich wurde seine Aufmerksamkeit jedoch durch eine Notiz geweckt. Es hieß, man übe jetzt schon im dritten Jahr mit einer bodengestützten Version des Raketentyps 15, der Küstenartillerie der Neuzeit auf beweglichen Abschußrampen.

Das hätte den Irakern vielleicht besser gepaßt? Zugmaschinen und ähnliches ließen sich improvisieren, etwa so, wie sie für ihre Scud-Raketen Scania-Lastwagen eingesetzt hatten.

Carl versuchte, sich an die Topographie im Nordteil des Persischen Golfs zu erinnern. Er stand auf und ging in das rosafarbene Schlafzimmer hinüber, wo er eine Reklamebroschüre der Alitalia mit verschiedenen Weltkarten fand.

Mit Küstenbatterien dieser Art hätten die Iraker unter den kleineren Kriegsschiffen, die in die Nähe gekommen waren, erheblich aufräumen können. Die irakische Küste selbst schien jedoch ungeeignet zu sein, denn sie war nur etwa zehn Kilometer lang und zudem in eine Delta-Landschaft eingeklemmt.

Auch die Vorstellung, es könnte dem Irak gelungen sein, eigene Kriegsschiffe zu bauen und sie mit all diesen Waffen auszurüsten, war völlig undenkbar. Das bedeutete nichts weiter, als eine Milliarde ins Meer zu werfen.

Carls Blick verirrte sich auf dem Kartenblatt und fiel auf Sizilien.

Südlich von Sizilien lag Malta, viel näher an der nordafrikanischen Küste, als er in Erinnerung hatte. Und südlich von Sizilien lag Libyen.

Libyen?

Der Gedanke kam ihm mit überwältigender Kraft. Ihm sträubten sich die Haare an den Unterarmen.

Libyen?

Saddam Husseins Irak war ausgelöscht. Das Gangsterregime in Syrien war immer noch in gewisser Weise ein Verbündeter. Aber auch dort würde es den USA unmöglich sein, den Schwarzen Peter unterzubringen, um die neue Weltordnung aufrechtzuerhalten.

Aber wieder Ghadafi? Warum nicht?

Wenn man in der Verschwörungstheorie Irak und Libyen vertauschte, kam plötzlich Logik ins Spiel.

Die USA waren mit Flugzeugträgern in die Syrte eingedrungen, um Libyens Anspruch auf die neue Siebzig-Kilometer-Grenze zu bestreiten. Unter Hinweis auf die Freiheit der Meere und derlei war es den Amerikanern gelungen, ein paar libysche Maschinen in die Luft zu locken. Natürlich hatten die Amerikaner glänzende Siege erkämpft und waren anschließend nach Hause gedampft, nachdem sie »Ghadafi eine Lektion erteilt hatten«. Die Flugzeugträger konnten jederzeit wieder auftauchen. Ghadafi mußte zumindest darauf eingestellt sein.

Carl betrachtete erneut die Skizze mit den Raketenlafetten. Wenn man auf die komplizierte Einsatzzentrale verzichtete, wenn man statt dessen die Abschußlafetten an Land in festen Positionen eingrub? Und wenn dann ein Flugzeugträger in Reichweite der Raketen geriet? Und: Die USA hatten keinerlei Kenntnis davon, daß diese Scheiß-Araber schwedische Waffen dieses Typs besaßen. Der Flugzeugträger würde mit hoher Wahrscheinlichkeit versenkt werden. Sechstausend Mann, rund hundert Kampfflugzeuge, Kernreaktor und alles übrige. Das wäre so etwas wie die Schlacht am Little Big Horn, der einzige große Sieg der Indianer.

Nach der Vernichtungsorgie am Persischen Golf waren die Ölpreise in die Höhe geschossen. Ghadafi hatte reichlich Geld. Wieviel würde er für achtzig Exemplare des Raketentyps Nummer 15 bezahlen?

Alles, was dazu nötig war, waren ein paar Fernlaster nach Sizilien und anschließend ein paar Fischerboote oder sonst etwas, sowie ein paar Stunden Überfahrt bis Libyen.

Carl ertappte sich dabei, irgendwie Sympathie für diese Idee aufzubringen. Das würde ein schnelles Ende der neuen Weltordnung bedeuten, der heutigen Pax Americana, der Zeit nach der großen Vernichtungsorgie am Persischen Golf. Überdies würde es den USA nie mehr gelingen, für neue Vernichtungsexpeditionen in die Dritte Welt den Sicherheitsrat der UNO hinter sich zu bringen. Und ein neuer Großkrieg zur Vernichtung einer weiteren Arabernation als Rache für den Verlust eines Flugzeugträgers, das war für Carl kein sehr ansprechender Gedanke.

Es war natürlich eine wilde Spekulation, wenn man in der Gleichung Irak gegen das noch existierende Libyen austauschte. Nur eins war sicher: Italienische Gangster hatten zwei Schweden entführt und wollten darüber verhandeln. Und wahrscheinlich ging es einfach nur um Geld, fünf Millionen, zehn Millionen oder fünfzig Millionen.

An der Tür war ein leises Klopfen zu hören. Carl sah auf die Uhr und sammelte schnell seine Papiere ein. Er nahm an, es sei eine Putzfrau, die sein Bett für die Nacht bereitmachen und ihm ein Stück Schokolade auf das Kopfkissen legen wollte. Draußen wurde es allmählich dunkel.

Er ging in den Flur und öffnete, ohne durchs Guckloch zu blikken.

Der Mann, der vor der Tür stand, hatte einen grauen Anzug an, eine dunkle Brille und erinnerte sofort an Augusto Pinochet.

»Good afternoon, Commander. Ich bin Generalleutnant Giuseppe Cortini«, sagte der Pinochet-Doppelgänger mit starkem italienischem Akzent. »Ich gehe davon aus, daß wir uns am besten auf englisch unterhalten«, fuhr er fort, als ihm aufging, daß er seinen Gastgeber ein wenig verwirrt hatte.

»Natürlich, Sir. Seien Sie willkommen. Bitte, treten Sie ein, Sir«, murmelte Carl schnell, als sich sein erstes Erstaunen gelegt hatte. Er trat zur Seite und machte eine einladende Geste ins Zimmer. Im selben Augenblick fiel ihm ein, daß er in Strümpfen war, was ihn sichtlich verlegen machte. Man empfängt Generäle nicht in Strümpfen.

Er bat seinen Gast, sich auf das Sofa an dem Marmortisch zu setzen. Er entschuldigte sich mit einer verlegenen Geste und schlüpfte in die Schuhe.

»Darf ich Ihnen etwas zu trinken anbieten, Sir?«, sagte Carl, als er mit den Schuhen sein Selbstvertrauen zurückgewonnen hatte. »Vielleicht Champagner?«

Carl zeigte einladend auf die Flasche auf dem Tisch, doch sein Gast reagierte mit einer abwehrenden Miene des Abscheus. Statt dessen zündete er sich eine Zigarette an, besann sich und hielt Carl fragend die Schachtel hin. Carl lehnte dankend ab.

»Nein, natürlich. Sie rauchen ja nicht, wie man mir gesagt hat«, lächelte der General und sah sich demonstrativ nach einem Aschenbecher um. Carl stand sofort auf und suchte einen Aschenbecher, den er in bequemer Reichweite auf den Marmortisch stellte. »Wie gut kennen Sie Italien, Herr Fregattenkapitän?«

fragte der General und nahm die Sonnenbrille ab, womit die Ähnlichkeit mit Augusto Pinochet dahin war. Er hatte blaue Augen und überdies blonderes Haar, jedoch den gleichen Mittelscheitel wie der chilenische Massenmörder.

»Ich fürchte, meine Kenntnisse über Italien sind mit Ausnahme Ihrer Streitkräfte recht begrenzt, Sir«, erwiderte Carl defensiv.

»Sind Sie zum ersten Mal in Rom?«

»Ja, und zum ersten Mal in Italien. Wieso?«

»Ach, das war nur etwas, was mir so einfiel. Vielleicht liegt es daran, wie sorglos Sie die Tür aufgemacht haben. Glauben Sie nicht, daß es die Mafia gibt?«

»Doch, Sir. Ich halte sie für sehr real. Ich glaube aber nicht, daß sie hier im Hotel mit Gewalt gegen mich oder meinen Mitarbeiter vorgehen werden. Später wahrscheinlich auch nicht.«

In den Augen des Generals blitzte es amüsiert auf. Er ließ seinem Mund nur langsam Rauch entströmen, um gleichsam ein beredtes Schweigen anzudeuten, bis er mit dem Recht des Ranghöheren das Gespräch fortsetzte.

»Und was läßt Sie glauben, daß unsere sizilianischen Freunde gerade Ihnen einen derart behutsamen Respekt entgegenbringen? Ihr Ruhm vielleicht? In dem Fall könnte ich mir vorstellen, daß es genau umgekehrt funktioniert, weil Sie ein beachtlicher ... wie heißt das, was die Indianer ... also wenn sie jemandem die Haare abschneiden ...?«

»Skalp.«

»Genau, Sie wären ein begehrenswerter Skalp. Für uns wäre es weniger angenehm, denn wir müßten uns hinterher Erklärungen ausdenken und verschiedenen schwedischen Behörden zusagen, wie sehr wir uns anstrengen würden, um ihnen diesen oder jenen Gefallen zu tun. Ich möchte Ihnen folglich empfehlen, diese Sizilianer mit dem allergrößten Ernst zu behandeln.«

»Danke, Sir, danke für Ihre Aufklärung. Aber ich bin im Augenblick wirklich nur ein Bote, später vielleicht auch Geldlieferant. Das bedeutet, daß ich noch einige Fragen habe, wenn Sie verzeihen, Sir, welche die rein juristischen Aspekte unseres Vorhabens betreffen.«

»Sie meinen die Frage, welche Gesetze Sie während Ihres Aufenthalts hier in Italien übertreten dürfen und welche nicht?«

»Völlig korrekt, Sir. Die Situation ist delikat. Wir möchten von schwedischer Seite natürlich nicht daran mitwirken, daß unsere italienischen Kollegen in unangenehme Lagen geraten.«

Der General ließ ein kurzes, meckerndes Lachen hören. Dann betrachtete er Carl erneut mit diesem amüsierten, fast ein wenig überlegenen Glitzern in den Augen, das Erwachsene manchmal zeigen, wenn altkluge Kinder etwas Einfallsreiches, aber Falsches sagen.

»Commander, Sie müssen verstehen, daß es für die italienischen Streitkräfte nicht ganz einfach ist, Sie dieses Vorhaben hier durchführen zu lassen«, fuhr der General fort, nachdem sich seine Heiterkeit gelegt hatte. »Aber selbst wenn ich Ihren persönlichen Mut keinesfalls in Zweifel ziehen möchte, so frage ich mich doch, wie Sie so ... sagen wir unbeschwert auf die Aussichten reagieren, mit *mafiosi* Geschäfte zu machen. Wissen Sie etwas, was wir noch nicht wissen? Das wäre jedenfalls nicht sehr gut.«

Wie weich die Frage auch umhüllt worden war, so unterstrichen doch Haltung und Gesichtsausdruck des Generals den Ernst der Angelegenheit. Carl dachte nach, bevor er antwortete. Er durfte um keinen Preis Mißverständnisse auslösen oder mußte vielmehr Mißverständnisse um jeden Preis vermeiden. Es war immerhin ein Unterschied, ob man mit oder ohne Unterstützung des italienischen Staates gegen italienische Gesetze verstieß.

»Nun, Sir«, begann Carl und mußte sich sofort räuspern, bevor er fortfahren konnte, »nun, kurz gesagt wissen wir folgendes. Es ist behauptet worden, daß die restliche Bewaffnung für die, ja, für die Fregatte, die offenbar nicht gebaut werden soll, in Wahrheit an den Irak geliefert werden soll und daß das von bestimmten Gangsterkreisen erledigt wird, die in der Führungsspitze von OTO MELARA sitzen. Schon der Verdacht, es könnte etwas an diesem nicht ganz glaubwürdigen Szenario dran sein, hat natürlich bewirkt, daß man auf schwedischer Seite Versicherungen erhalten wollte. Die beiden schwedischen Unterhändler wurden entführt. Eine schwedische Behörde hat mit der Post einen abgeschnittenen Zeigefinger erhalten, dazu eine Einladung zu Verhandlungen in Palermo. Ich soll jetzt versuchen, diese Verhandlungen zu führen, vorausgesetzt, es gelingt uns, Sie von der Richtigkeit unseres Vorhabens zu überzeugen. Wir haben die Absicht,

Lösegeld zu zahlen und einen Austausch Geld gegen schwedische Landsleute zu arrangieren. Ja, uns ist bewußt, daß dies gegen italienisches Recht verstößt. Ich kann mir vorstellen, daß man das Ihrem Militär oder anderen Behörden hier in Rom mitgeteilt hat. Und jetzt sitzen wir also hier. Meines Wissens ist das alles. Ich glaube, Sir, daß es von schwedischer Seite aus äußerst unklug wäre, vor Ihnen, der Sie auf der italienischen Seite des Tisches sitzen, nicht mit vollkommen offenen Karten zu spielen.«

»Das hängt unleugbar davon ab, mit *welchen* Italienern Sie verhandeln werden«, konterte der General schnell und erstickte einen Impuls neuer Heiterkeit. »Aber warum haben Sie eigentlich angedeutet, Sie hätten von den Mafia-Leuten nichts zu befürchten?«

»Weil ich mir nichts anderes vorstellen kann, als daß es um ein Geschäft Geld gegen Geiseln geht. Und dann hätte es keinen Sinn, weitere Geiseln zu nehmen. Das würde die Verhandlungen nur unnötig verzögern und komplizieren, vielleicht sogar unmöglich machen. Wenn man damit anfinge, mich in Einzelteilen an das schwedische Außenministerium zu schicken, würde die Begeisterung für die Entsendung eines neuen Unterhändlers ziemlich negativ beeinflußt werden«, erwiderte Carl mit absichtlich betonter Trockenheit.

Diesmal platzte der General vor Lachen laut heraus und brauchte einige Zeit, um wieder zu sich zu kommen. Diese Zeit nutzte er, um sich die Tränen aus den Augen zu wischen und eine neue Zigarette anzuzünden.

Carl fand die Heiterkeit so übertrieben wie unbegreiflich, konnte aber nichts anderes tun, als so neutral wie möglich auf eine Erklärung zu warten.

Und die Erklärung schien auf sich warten zu lassen, weil der General aufstand, den Kopf schüttelte, ans Fenster trat und eine Zeitlang hinaussah. Nein, er sah nicht, er lugte hinaus, vorsichtig, als wollte er sich hinter der Fensterscheibe nicht als Zielscheibe darbieten. Carl bemerkte die Vorsicht und wunderte sich zugleich darüber. Draußen vor dem Fenster gab es keine geeignete Stelle für einen Feuerüberfall. Ein paar Stockwerke tiefer war ein Hof, und auf der anderen Seite des Hofs befand sich eine glatte Wand, an der sich niemand verstecken konnte. Über der Wand eine schütter bewachsene Grünfläche, auf der sich ein Schütze kaum verstecken konnte. Vielleicht ist es ein reflexhaftes Verhalten, überlegte Carl.

Der General ging plötzlich mit energischen Schritten zu seinem Sessel zurück und schnarrte im Hinsetzen eine Frage im Kommandoton hinaus.

»Was bringt Sie dazu, es für unwahrscheinlich zu halten, daß die Waffensendung für den Irak bestimmt sein könnte?«

»Das ist sehr einfach, Sir. In ökonomischem oder militärischem Sinn gibt es den Irak nicht mehr. Das war vor einigen Jahren noch anders, als dieses Projekt eingeleitet wurde. Aber heute gibt es in Bagdad keinen Kunden mehr. Kein Kunde, kein Geschäft. Aus diesem Grund haben wir ein einfacheres und kleineres Geschäft am Hals, Menschenleben gegen eine unbekannte Geldsumme. Und wir sind, wie Sie sicher schon erkannt haben, Sir, bereit, für das Leben schwedischer Mitbürger zu bezahlen.«

»Sehr logisch«, nickte der General. »Sehr logisch. Aber gerade das ist falsch daran.«

»Inwiefern, Sir?«

»Unsere sizilianischen Freunde gehen nicht immer logisch vor. Wenn *ich* Ihr Feind wäre, würden Sie mich verstehen, könnten mit mir verhandeln, in gewisser Weise sogar vorhersehen, was ich plane, ebenso wie ich Sie verstehen und Ihre Schachzüge voraussehen könnte. Sie und ich sind Militärs. Gerade Linien und logische Entscheidungen, das ist ebenso selbstverständlich wie Schweden gegen Italien im Daviscup. Aber mit diesen Sizilianern ist es etwas völlig anderes. Die würden es fertigbringen, Sie mitten in einer Verhandlung umzubringen, weil ihnen Ihre Miene nicht gefällt oder aus irgendeinem anderen ähnlich irrationalen Grund.«

»Und zugleich ihre gesamte Geschäftsidee zerstören? Das organisierte Verbrechen muß doch in gewissem Sinn rational handeln?«

»Wenn es doch nur so wäre«, seufzte der General schwer und anscheinend vollkommen aufrichtig, »wenn es wirklich so wäre, hätten wir sie vielleicht schon längst ausgerottet. Aber ich halte es für wenig sinnvoll, Sie jetzt in Mafia-Geschichte und Mafia-Logik zu unterrichten. Das muß zumindest warten, bis Sie Ihrem Kontaktmann in Palermo begegnen.«

»Sie werden uns also die Verhandlungen führen lassen«, stellte Carl fest, da die Nennung eines Kontaktmanns in Palermo signalisiert hatte, daß die Reise dorthin gehen würde.

Der General nickte ein paar Mal langsam und mit Nachdruck und begann dann mit einem kurzen Vortrag über bestimmte juristische Komplikationen.

»Zunächst widerspricht es italienischem Recht, mit Entführern zu verhandeln. Es gibt gesetzliche Möglichkeiten, das gesamte Vermögen eines potentiellen Zahlers vorübergehend zu konfiszieren, nämlich um solche Geschäfte zu verhindern.

Beim illegalen Drogenhandel können Polizei und in gewissem Umfang auch Militär mit einem Eingreifen warten. Sie können mit Infiltranten arbeiten, und so weiter, bis ein günstigeres Ergebnis zu erwarten ist als zum Zeitpunkt der ersten Erkenntnisse.

Beim Waffenhandel gibt es offiziell keine solchen Ausnahmen. Aber ›einige wichtige Entscheidungsträger‹, die über das Problem diskutiert haben, sind zu dem Schluß gekommen, daß es sich hier nur um eine juristische Formalität handelt, die das verfolgte Ziel unter keinen Umständen behindern darf. Sollte Italien erneut Verschiffungshafen für Waffengeschäfte werden, würde dies den Interessen Italiens in sehr hohem Maße schaden. Ganz abgesehen davon, daß es sowohl politisch wie wirtschaftlich zu erheblichen Störungen des schwedisch-italienischen Verhältnisses kommen würde. Für uns besteht der Zweck Ihrer Expedition darin, die Absichten der potentiellen Käufer in Palermo mit diesem Waffenkauf zu erkunden. Damit sind das Verteidigungsministerium sowie das gesamte Kabinett hier in Rom einverstanden. Daraus ergibt sich selbstverständlich eine Komplikation. Es geht ja auch darum, zwei Schweden freizukaufen, sozusagen als illegales Nebenprodukt des offiziellen Unternehmenszwecks. Insoweit kann ich Ihnen folgendes sagen: Wir haben beschlossen, keine Energie auf die Erkundung dessen zu verwenden, was möglicherweise zwischen Ihnen, Fregattenkapitän Hamilton, und bestimmten Vertretern des organisierten Verbrechens in Palermo stattfindet. Nach der Ankunft dort sollten Sie sofort mit dem lokalen Befehlshaber der Carabinieri Kontakt aufnehmen, Oberst Da Piemonte. Ja, Oberst Da Piemonte ist über das Unternehmen im Bilde und mit Ihrem Vorgehen selbstverständlich einverstanden.

Haben Sie noch Fragen?« beendete der General abrupt seinen Vortrag.

»Ja«, erwiderte Carl zögernd. »Wissen Sie, normalerweise bitte ich Generäle nicht um Ihren Ausweis, aber ich wüßte gern etwas genauer, mit wem ich zu sprechen die Ehre gehabt habe und welche Abteilung bei den italienischen Streitkräften er vertritt.«

Der General sah aus, als könnte er jeden Augenblick wieder loslachen, ließ es aber wieder bei einem amüsierten Glitzern in den Augen bewenden.

»Sind Sie bewaffnet, Commander?« fragte er plötzlich.

»Nein, Sir, natürlich nicht. Weder ich noch mein Kollege hat irgendwelche Waffen nach Italien eingeführt. Das wäre kein guter Start für unser Vorhaben. Außerdem bezweifle ich, daß es überhaupt nötig wäre.«

»Was soll das heißen, nicht nötig?«

»Wir sollen mit Ihren Gangstern verhandeln und sie nicht erschießen. Das überlassen wir liebend gern den italienischen Behörden. Außerdem brauchten wir dazu doch wohl einige Genehmigungen?«

Carl zog die letzte Frage ein wenig in die Länge und lächelte vielsagend, als er sie äußerte.

»Sie fliegen morgen früh nach Palermo?« fragte der General, als hätte er die Frage nicht verstanden.

»Ja, Sir, mit der frühestmöglichen Maschine.«

»Gut. Wir werden Sie und Ihren Mitarbeiter mit ein paar passenden Dokumenten ausstatten, die irgendwann heute abend per Boten ins Hotel geschickt werden. Ich werde selbst zu den Unterzeichnern gehören. Die zweite Unterschrift ist vermutlich die des Verteidigungsministers. Und was meine Funktion bei den Streitkräften betrifft, ich bin operativer Chef des Office R. Falls Ihnen diese Einheit bekannt ist?«

»Selbstverständlich, Sir. Ich arbeite in der entsprechenden Abteilung der schwedischen Streitkräfte. Wir haben schon verschiedentlich miteinander zu tun gehabt.«

»Gut«, sagte der General, erhob sich urplötzlich und reichte Carl die Hand. »Die rein operativen Erkenntnisse können Sie sich bei Oberst Da Piemonte holen.«

Sie schüttelten die Hände, und Carl begleitete seinen Gast in den

Flur, wo dieser sich wieder seine dunkle Sonnenbrille aufsetzte und nach einem kurzen Kopfnicken auf dem Korridor verschwand.

Carl ging zum Telefon und buchte für sich und Joar Plätze in der frühesten Maschine nach Palermo. Dann wählte er Joars Zimmernummer und erzählte, jetzt gelte Bereitschaftsstufe zwei. Rom bei Nacht werde sich auf den Abend beschränken, und vielleicht sollten sie ihn lieber gemeinsam verbringen?

Joar wartete unten in der Halle auf ihn, anscheinend streng mit dem Studium einer Bronzeskulptur beschäftigt, die Romulus und Remus und die Wölfin darstellte.

»Du kennst die Geschichte von Romulus und Remus, nicht wahr?« begrüßte ihn Joar fröhlich.

»Du meinst natürlich die italienischen Zerstörer«, knurrte Carl mit zusammengebissenen Zähnen, als er an der Rezeption seinen Schlüssel abgab.

»Ja, wie war das noch mit denen?« wollte Joar wissen, als sie das Hotel verließen. »Wo in der Stadt sind wir übrigens?«

»An der Spanischen Treppe. Irgendwo hier in der Nähe ist die Spanische Treppe, und die soll berühmt sein. Du weißt auch nichts über Rom?«

Joar schüttelte den Kopf. Sie sahen sich um, konnten aber keine Treppe entdecken. Links konnte sie jedenfalls nicht sein. Folglich gingen sie nach rechts und fanden sich unmittelbar darauf am oberen Ende einer steilen Doppeltreppe voller Touristen wieder. Sie blieben zögernd stehen.

»Romulus und Remus waren zwei Zerstörer. Sie wurden von Schweden in Italien gekauft. Stell dir allein das vor, den Italienern Zerstörer abzukaufen, mitten im Krieg oder vielleicht zu Beginn des Krieges. Anschließend sollten sie mit schwedischer Besatzung nach Hause fahren. Im Ärmelkanal wurden sie von britischen Kriegsschiffen aufgebracht und strichen sofort die Flagge.«

Carl seufzte nach dieser kurzen historischen Rekapitulation. Dies war eine düstere kleine Parenthese über die Geschichte der schwedischen Marine, aber genau einer der Abschnitte, in die sich Åke Stålhandske liebend gern vertiefen würde, schwedischer Verrat, schwedische Feigheit und all das.

»Hört sich an wie eine Geschichte für Åke«, sagte Joar nach einigem Schweigen, das zu lang zu werden drohte.

Carl nickte nur zur Antwort, während er sich die Jacke auszog und die Krawatte lockerte. Er warf sich die Jacke über die Schulter und begann langsam die Treppe hinunterzugehen.

»Du hast die Italiener also getroffen?« fragte Joar, als er festzustellen glaubte, daß sich niemand in Hörweite befand.

Carl nickte nur zur Antwort. Er fühlte sich eigentümlich lustlos, als hätte er sich im Grunde gewünscht, daß die Italiener das Unternehmen abbliesen, damit er nach Stockholm fliegen und sein Leben in Ordnung bringen konnte. Das erschien ihm zwar bedeutend schwieriger, aber auch wichtiger, als nach Palermo zu fliegen und mit einer Gangsterorganisation über Erpressungsgeld zu verhandeln.

»Nun? Was haben sie gesagt? Wir sollen uns offenbar doch in die Sache stürzen?« fragte Joar nach kurzer Zeit mit schlecht verhehlter Ungeduld.

Inzwischen waren sie am unteren Ende der Treppe angekommen und befanden sich im Gedränge zwischen Touristen und Souvenirständen und Trauben hippieähnlicher junger Leute, die entweder Gitarre spielten oder Hasch rauchten.

»Jaa ...«, erwiderte Carl zögernd. »Ich bekam Besuch von einem Mann, der von sich behauptete, General und Chef des Uffice R zu sein. Ich glaube, daß er tatsächlich beides ist. Er sagte, nun ja, wir müssen ein bißchen zwischen den Zeilen lesen, wie du verstehst. Gehen wir nach rechts oder nach links?«

»Links liegt die Via Veneto, weiter rechts auf der anderen Seite des Tiber liegt der Petersdom und vor uns die Fontana di Trevi. Zu Fuß ist es nicht weit«, erwiderte Joar leicht resigniert, als hätte er seine Ungeduld schon niedergekämpft.

»Du weißt vielleicht Bescheid. Hast du dir das angelesen? Hast du dich auch auf Palermo vorbereitet?« fragte Carl und begann geradeaus zu gehen.

Rom hatte einen heißen Tag hinter sich, und der Asphalt war hier und da weich und klebrig.

»Möchte gern wissen, was für eine Temperatur uns in Palermo erwartet«, murmelte Carl.

»Heute um zwölf zweiundvierzig Grad im Schatten«, erwiderte Joar schnell. »Etwa so wie in der Mojave-Wüste an einem kühlen Frühlingstag.«

»Damit dürften wir also zurechtkommen«, lächelte Carl schwach, »aber ich nehme an, du willst wissen, was der Italiano gesagt hat. Zwischen den Zeilen und überhaupt ging es etwa um folgendes. Wir haben grünes Licht und können mit diesen Mafia-Typen nach Belieben verhandeln und dürfen sogar eine Abmachung mit ihnen treffen und einen Austausch Geld gegen Geiseln organisieren. Ja, vorausgesetzt natürlich, wir erledigen die Sache diskret.«

Carl blieb stehen und betrachtete die Inschrift an einem Hydranten.

»S.P.Q.R. Was bedeutet das?« wollte er wissen.

»Senatus Populusque Romanorum. Der Senat und das Volk der Römer«, erwiderte Joar verbissen. »Aber was ist der Preis dafür? Etwas, was wir bezahlen können?«

»Etwas, was wir bezahlen können. Hast du Hunger? Sie wollen nur, daß wir unsere eventuellen Erkenntnisse an sie weitergeben. Reiner Informationsaustausch. Ich sehe nichts, was dem entgegensteht.«

»Ja, ich habe ziemlichen Hunger. Natürlich bekommen die Italiener hinterher von uns eine Art Auswertung, Neutralität hin, Neutralität her. Dies ist schließlich eine Sache der Streitkräfte. Aber wo liegt das Problem?«

»Er meinte, wir sollten bewaffnet auftreten, und hat mir eine Art *license to kill* erteilt. Das macht mir Kummer. Wollen wir hierbleiben? Nein, laß uns das Thema lieber auf der Straße zu Ende besprechen, dann können wir beim Essen von anderen Dingen reden.«

Sie gingen zögernd die Straße entlang. Die Restaurants waren bis jetzt noch schwach besetzt. Anscheinend gingen die Römer erst spät abends aus.

»Na ja«, sagte Joar nach einer Weile. »Dann werden wir wohl so vorgehen können, wie es uns richtig erscheint. Zunächst sollen wir ja nur mit diesen Leuten reden, falls wir überhaupt einen von ihnen erwischen. Dann können wir weitersehen. Falls es überhaupt zu einem Austausch kommt, werden wir wohl mit etwas mehr Vorsicht und Behutsamkeit auftreten müssen?«

»Falls es dazu kommt, ja.«

Carl lächelte matt. Was Joar soeben gesagt hatte, war eine

ebenso groteske wie komische Untertreibung. Beide hatten eine sehr klare Vorstellung davon, wie man einen Austausch zwischen feindseligen Partnern organisieren mußte. Geld gegen Menschenleben. Geld in einer oder mehreren Taschen auf der einen und gefesselte Menschen mit verbundenen Augen von der anderen Seite. Ein verlassener Treffpunkt, Waffen, Nervosität, großes Risiko, sowohl hereingelegt als auch getötet zu werden.

Aber das war ein Problem, daß sich jetzt noch lange nicht stellte. Vielleicht würde man sich sogar gar nicht einigen, weder in den praktischen Dingen noch auf die Höhe der Geldsumme. Was die Unterhändler übrigens in eine sehr knifflige Lage bringen konnte.

Carl brachte für die Probleme keinerlei Interesse auf. Das war erstaunlich, aber trotzdem sehr greifbar. Vielleicht weil es noch ein langer Weg bis zu einer konkreten Situation war, vielleicht weil sein Privatleben ihm so absolut beherrschend vorkam.

Konkrete Situation?

Er dachte in militärischen Umschreibungen, als wäre er sein eigener Militärsprecher in irgendeinem Wüstenkrieg des Westens gegen Araber, Asiaten oder Afrikaner.

Konkrete Situation bedeutete also Kriegführung gegen Gangster. Bis jetzt gab es jedoch keinen Grund zu glauben, daß es je dazu kommen würde. Wenn der Gegenseite so daran gelegen war, mit dem schwedischen Staat zu verhandeln, mußte sie doch wollen, daß die Unterhändler mit heiler Haut nach Schweden zurückkehrten?

Alles andere wäre vollkommen unlogisch.

»Ich glaube jedenfalls, wir sollten zunächst auf jede Form von Bewaffnung verzichten«, sagte Carl leise, als er glaubte, das Problem zu Ende gedacht zu haben.

»Wäre das sehr klug?« fragte Joar kurz und neutral.

»Ja, ich denke schon. Wir sollen ja zunächst mit ihnen verhandeln. Und wenn wir in eine Verhandlungssituation geraten, dürften sie uns zunächst mehr oder weniger höflich bitten, eventuelle Waffen abzugeben. Der Unterschied wäre nur, daß sie dann Waffen bei uns gefunden hätten und daß wir sie abgegeben hätten. Das bietet uns keinerlei Vorteil, sondern nur Nachteile, nicht wahr?«

Joar nickte nachdenklich. Das schien glasklar zu sein, glasklar und logisch.

Sie befanden sich vor einem kleinen Restaurant mit nur wenigen freien Tischen und einigten sich darauf, das für ein gutes Zeichen zu halten. Also gingen sie hinein, setzten sich und zeigten auf verschiedene, ihnen unbekannte Gerichte, da im Lokal niemand Englisch oder eine andere begreifliche Sprache beherrschte.

Carl entdeckte schnell, daß überdies nur italienische Weine auf der Weinkarte standen, in einem kleinen Buch, in das alle Etiketten eingeklebt waren wie bei einem Bilderbuch für Kleinkinder. Carl zeigte auf ein schwarzes Etikett mit dem Namen CATULLO in weißen lateinischen Versalien. Er wählte nur nach der Farbe des Etiketts und der Neugier auf einen Wein, der nach einem geilen Poeten benannt worden war. Er wußte über italienische Weine genausowenig wie über Italien im allgemeinen.

Da Carl seiner Gewohnheit getreu ein Glas Orangensaft in sich hineingekippt und sich zurückgelehnt hatte und im Flugzeugsessel sofort eingeschlafen war, nutzte Joar die Flugstunde nach Palermo für seine Lektüre. Das Unternehmen war jetzt irgendwie in Gang gekommen. Das Handlungsmuster war also gegeben, und jetzt galt es, etwas über den Feind zu lernen. Er hatte fünf oder sechs Bücher. Es war alles, was er im Lauf eines gehetzten Vormittags in der Stockholmer Innenstadt hatte zusammenraffen können.

Er hatte bislang alle Geschichten über die Mafia als Legenden angesehen, als eine Art Hollywood-Unterhaltung des gleichen Typs wie bei den Wildwest-Filmen. Marlon Brando konnte mal einen reitenden Revolverhelden spielen, mal den Paten; Joars einziger Kontakt zum Thema waren überdies die Paten-Filme gewesen.

Bei Carl sah es ähnlich aus. Sie hatten ein paar Mal darüber Witze gemacht, und auch Carl schien es für gegeben zu halten, daß die eine Legende so verlogen war wie die andere. Da es sowieso keinem Menschen je gelingen würde, aus der Hüfte Löcher in Dollarmünzen zu schießen, dazu noch mit Waffen, die in den achtziger Jahren des neunzehnten Jahrhunderts hergestellt waren, während die Münzen durch die Luft segelten, mußten die

Geschichten über die Mafia genauso unwahr sein wie die Rambo-Filme.

Aber schon das wenige, das Joar in dem Buch las, das er aufs Geratewohl aus der Tasche gezogen hatte, ließ ihn sofort ein wenig umdenken. Je weiter er las, um so mehr würde er sein Urteil revidieren müssen, das wurde ihm schnell klar. Er entdeckte viele konkrete Informationen.

Der Einfachheit halber hatte er von hinten begonnen und nicht bei der Entwicklung der sizilianischen Dörfer seit dem neunzehnten Jahrhundert und derlei.

Er schlug das Kapitel »Der Mafia-Krieg in Palermo 1981–1983« auf. Das taktische Auftreten des Feindes im Kampf mußte am schnellsten zu dem notwendigen Wissen führen.

Am meisten fiel Joar die theatralische Grausamkeit auf. Die Mafiosi brachten einander gegenseitig nicht nur in großen Zahlen um – allein in Palermo waren im Lauf weniger Jahre drei- bis vierhundert Männer getötet worden –, sondern legten offensichtlich auch großen Wert auf das Vorgehen dabei. Sie schnitten ihren toten Gegnern die Köpfe ab und legten diese auf die Vordersitze geparkter Autos oder schickten sie den Angehörigen nach Hause, schnitten ihren Opfern die Geschlechtsteile ab und stopften sie ihnen in den Mund. So wurden Leichen geschändet, die wegen Unmännlichkeit verhöhnt werden sollten. Wer wegen Habgier oder Unzuverlässigkeit verächtlich gemacht werden sollte, bekam Geldscheine in den Mund gestopft. Sie verwendeten normalerweise Automatikwaffen aus nächster Nähe, manchmal mit panzerbrechender Munition, um einander die »schußsicheren« Wagen zu durchlöchern, aber Autobomben waren auch eine häufig vorkommende Methode. Die siegreiche Gangsterbande mit Hauptquartier in Corleone – es schien den Ort tatsächlich zu geben – hatte im Hafen von Palermo außerdem eine Folterkammer eingerichtet. Zweck der Folter war nicht etwa die Beschaffung von Informationen bei den Opfern, sondern diese sollten unter so demütigenden Formen wie möglich sterben. Dabei verwendeten die Mafiosi Zementwannen mit Schwefelsäure, Eisenketten und Stromstöße.

Ein junger Mann namens Inzerello, der Sohn eines der Anführer auf der Verliererseite, hatte aus »pädagogischen« Gründen seinen rechten Arm verloren. Man hatte ihm den Arm abgeschnitten, um ihm so zu verstehen zu geben, daß er seinen Vater lieber nicht rächen sollte. Dann war den Leuten offenbar eingefallen, daß diese Methode nicht effektiv genug war, um Rachegefühle zu verhindern, und sie hatten den jungen Mann erschossen.

Die Bosse der verschiedenen Banden gaben Millionen von Dollar dafür aus, sich mit elektronischen Alarmanlagen, Infrarotalarm, gepanzerten Türen, Leibwachen und »schußsicheren« Sonderanfertigungen von Alfa Romeo zu umgeben.

Ebenso verblüffend war die Angabe, die siegreiche Seite habe während drei Jahren Krieg keinen einzigen Mann verloren. Die später siegreiche Seite hatte damit begonnen, zunächst die Führung der Gegenseite zu liquidieren, und anschließend hatten sich die einfachen Soldaten erschießen oder zu Tode foltern lassen, ohne Widerstand zu leisten oder aus Palermo zu flüchten.

Joar Lundwall verfiel ins Grübeln. Wenn dies der Feind war, dann war er weitgehend unbegreiflich und folglich erschreckend. Wenn Carl und er mit solchen Leuten verhandeln sollten, drohte die Gefahr, daß man einander nicht verstehen würde. Es war jedenfalls keine schwedische Verhandlung über Tariflöhne, die ihnen hier bevorstand.

Sizilien zeigte sich als bergige Küste im Sonnendunst. Er weckte Carl mit einem leichten Ellbogenstoß in die Seite.

»Danke«, sagte Carl, streckte sich wie eine Katze und sah auf die Uhr, bevor er einen Blick aus dem Fenster warf. »Muß unangenehme Winde geben, wenn man einen Flughafen so nahe an Berghänge baut«, stellte er dann fest und klappte sein Tischchen an der vorderen Rückenlehne hoch.

Punta Raisi war ein kleiner, schäbiger Flugplatz, etwa so, wie sie erwartet hatten, und überdies auf fast parodistische Weise chaotisch, da eine Boeing 747 soeben mit einer unbegreiflich großen Ladung von Sizilianern aus New York angekommen war. Rom und New York waren die einzigen Weltstädte mit Direktverbindung nach Palermo. Auf dem Flughafen wimmelte es von Carabinieri, denen abgenutzte Maschinenpistolen über die Schultern hingen, aber der Zoll winkte alle Neuankömmlinge einfach durch, als gäbe es nicht den geringsten Anlaß zu glauben, jemand könnte etwas nach Sizilien schmuggeln. Soviel die beiden sehen konnten, waren sie die einzigen Nicht-Italiener in dem Menschengewühl. Um sich herum hörten sie keine andere Sprache als Italienisch. Vor den bescheidenen Tresen der Autovermietungen waren keine Schlangen. Sie mußten trotzdem mehrere Anläufe machen, um eine Firma zu finden, in der jemand englisch sprach. Wagen waren reichlich vorhanden. Sie wählten das Modell mit dem stärksten Motor, einen großen Alfa Romeo.

Kurze Zeit später waren sie nachdenklich schweigend unterwegs nach Palermo. Die Autobahn war von europäischem Standard, das Tempo mäßig, kaum schneller als auf schwedischen Autobahnen im Sommer. Beide Männer schwiegen gedankenverloren, hielten aber ständig nach interessanten Details Ausschau, als hätte ihr Job jetzt begonnen.

»Was war in dem Umschlag, den wir bekommen haben?« fragte Joar nach einer Weile.

»Den man mir beim Bezahlen in die Hand drückte? Weiß nicht so genau«, lachte Carl.

»Was soll das heißen, weiß nicht?«

»Es ist alles auf italienisch, und ich glaube nicht, daß wir das Hotelpersonal um eine Übersetzung bitten sollten, wenn wir ankommen«, sagte Carl und zog den Umschlag aus der Innentasche. Er faltete den Inhalt auseinander. »Es ist jedenfalls ein Dokument, das offenbar vom Verteidigungsministerium ausgestellt ist. Es ist von einem General und einem Verteidigungsminister unterzeichnet. Ja, da steht noch etwas vor Verteidigungsminister. Vielleicht ist er stellvertretender Verteidigungsminister oder ehrbarer Verteidigungsminister.«

»Aha. Und was sagen die Herren?«

»Woher soll ich das wissen? Es sieht aus wie eine Genehmigung zum Waffentragen, aber ich habe den Eindruck, daß es irgendwie ungenau ist oder vielleicht mit Vorbehalten versehen. Das ist sowieso nur von akademischem Interesse.«

»Inwiefern?«

»Weil wir keine Waffen brauchen. Wir sind nur Botenjungen. Ja, und dann steht da noch die Telefonnummer unseres Carabinieri-Obersten.«

Joar wollte keine Einwände erheben, und damit verlief das Gespräch im Sand. Beide kehrten zu ihren mehr oder weniger unbewußten Beobachtungen zurück.

Die Region war dicht bebaut. Die Ortschaften lagen wie eine Perlenschnur an der Küste, und sie fanden sich bald in so etwas wie einem Vorort wieder, der fast überall in der Welt hätte stehen können. Der Verkehr wurde zunehmend dichter.

Palermo wirkte wie eine riesige Vorstadt mit nicht allzu hohen Häusern in einer Art Kessel am Meer. Beide hatten sich vermutlich etwas Schönes oder zumindest Romantisches vorgestellt und zudem eine entschieden kleinere Stadt erwartet. Die Autobahn verlief oberhalb der Stadt, aber nirgends war ausgeschildert, wie man in etwas gelangen konnte, was an eine Stadtmitte erinnerte. Als auf den Hinweisschildern der Name Messina auftauchte, nahmen sie die nächste Ausfahrt. Sie glaubten, Tageslicht und Stadtplan würde es ihnen leichtmachen, zur Via Roma und zum Hotel zu finden.

Nach einiger Zeit steckten sie in einer chaotischen, kochenden Autoschlange. Sie glaubten, die Schlange sei zu einer Art Innenstadt unterwegs, und blieben viel zu lange in der Spur, bis Carl auf dem Stadtplan entdeckte, daß sie eine Ausfallstraße erwischt hatten. Als sie die Richtung zu ändern versuchten, blieben sie in einem System von Einbahnstraßen stecken, das sie am Ende wieder in die gleiche Autoschlange beförderte, in der sie ihren Ausbruchsversuch begonnen hatten. Das Fahren in Fahrspuren war hier offensichtlich unbekannt. Der Verkehr war wie ein träge dahinfließender Lavastrom, in dem viele ständig zu überholen versuchten, oft unter einem Schauer von Verwünschungen. Nach dem, was sie sehen konnten, war es draußen sehr heiß, aber im Wagen waren sie durch die Klimaanlage einigermaßen geschützt.

Selbst geradeaus führende Straßen hatten immer wieder neue Namen, so daß Carl zweimal hintereinander genau in die falsche Richtung fuhr, um erneut in dem Lavastrom der Autos aus der Stadt zu landen.

Aber sie hatten es nicht eilig. So versuchten sie, das Ganze mit Humor zu nehmen. Sie waren auch bald davon überzeugt, daß es wenig sinnvoll wäre, unter kritischen Umständen in Palermo Auto zu fahren.

Als sie gleichzeitig die Via Roma entdeckten, mußten sie feststellen, daß dies ebenfalls eine Einbahnstraße war und daß sie die falsche Richtung erwischt hatten. Was zunächst als einfaches

Manöver aussah, nämlich einen Straßenblock zu umrunden, um dann die richtige Seite zu erwischen, kostete sie fast eine Stunde.

Als sie vor ihrem Hotel zu halten versuchten, wurden sie sofort von heftig schwitzenden und wütenden Polizisten verscheucht, deren Sprache sie nicht verstanden, deren Gesten jedoch andeuteten, daß diese des Falschparkens schuldigen Ausländer irgendeiner minderbegabten Tierart angehören müßten. Zumindest ließ sich die Geste eines der Polizisten, der sich die Ohren langzog, kaum anders deuten. Und dann waren sie wieder draußen im Verkehrsgewühl und mußten mindestens eine weitere Viertelstunde darauf verwenden, an der Rückseite des Hotels einen freien Platz auf dem Bürgersteig zu finden. Die feuchte Hitze schlug ihnen ins Gesicht, als sie den Wagen verließen. Das Hotel war ein düsterer Bau mit grünen geschlossenen Fensterläden.

»Willkommen in dem freundlichen Palermo«, knurrte Carl, als er die Reisetaschen aus dem Kofferraum holte. »Wenn schon die Polizisten so aussehen, als wollten sie Falschparker am liebsten erschießen, fragt man sich schon, wie es um unsere Gangsterfreunde bestellt ist.«

»Noch mürrischer, könnte ich mir vorstellen«, lächelte Joar. Die Absurdität besserte seine Laune merklich.

In der Hotelrezeption gab es zunächst niemanden, der Englisch, Deutsch oder Französisch sprach. Sie gaben schnell alle Versuche auf, sich nach Parkmöglichkeiten oder einem Garagenplatz zu erkundigen. Hingegen bekamen sie mit ihren Zimmerschlüsseln eine Broschüre in mehreren Sprachen. Als Carl darin eine Beschreibung fand, wie man Wertgegenstände beim Empfang hinterlegt, da das Hotel jede Verantwortung für Dinge ablehnte, die im Zimmer aufbewahrt wurden, und auf die entsprechende Textpassage in dem italienischen Abschnitt zu zeigen versuchte, während er gleichzeitig einen kleinen Haufen mit Schlüsseln, Dokumenten und Kreditkarten auf den Tresen legte, erregten seine Versuche beim Personal eine ebenso große wie unerwartete Heiterkeit. In diesem Moment erschien der einzige englischsprechende Portier des Hotels, ein älterer, grauhaariger und sehr eleganter Mann. Dieser erklärte würdevoll, alle Versuche, in Palermo Wertgegenstände zu verwahren, hätten sich als unmöglich erwiesen. Alles, was die Gäste beim Empfang abgäben, würde mit hundertprozentiger Wahrscheinlichkeit gestohlen. Auf den Zimmern sei die Wahrscheinlichkeit, nun ja, zumindest geringer.

Ein Positives hatte ihre Ankunft jedoch. Man hatte sie erwartet. Es lagen Zimmerbestellungen für einen oder mehrere *Schweden* vor, ohne Namen, und das mußte offenbar die beiden Neuankömmlinge betreffen. Schwedische Gäste hätten sie schon lange nicht mehr gehabt, erklärte der Portier.

Sie wurden also erwartet. Demnach hatte wenigstens dieser bisher wichtigste Teil funktioniert.

Sie trugen ihre Taschen selbst zu den Fahrstühlen, die sich als kleine Sardinendosen aus Aluminium erwiesen, obwohl ein Schild an der Wand behauptete, die Blechbüchse sei für sechs Personen zugelassen. Sie nahmen je einen Fahrstuhl.

Dann inspizierten sie ihre Zimmer. Joar hatte eins zur Straßenseite hin erhalten. Es war etwas größer als das von Carl, das auf der Hofseite lag. Der größte Teil der Einrichtung machte einen verfallenen Eindruck. Die Zimmer waren stickig und feucht von der dröhnenden Klimaanlage. In Carls Zimmer fand sich an der beige melierten Tapete an dem einen Bett Blutspritzer. Carl lehnte Joars Vorschlag, die Zimmer zu tauschen, mit dem Scherz ab, es wäre zu ärgerlich, wenn die sizilianischen Freunde den falschen Mann ermordeten. Joar schien dieser Scherz nicht im mindesten zu amüsieren.

»So«, sagte Carl und ließ sich schwer auf das Bett neben dem Telefon fallen, »dann brauchen wir nur noch anzufangen.«

Er suchte eine Weile in seinen Taschen, bis er den Umschlag des Verteidigungsministeriums in Rom fand. Dann wählte er die angegebene Telefonnummer mit der selbstverständlichen Einstellung des Westeuropäers, der immer davon ausgeht, daß er die gewählte Nummer erreicht, daß man nur zu sagen braucht, wer man ist, und den gewünschten Gesprächsteilnehmer verlangt.

Kaum etwas davon traf ein. Nachdem er sich eine Zeitlang immer wieder bemüht hatte, konnte er immer noch nicht mit Sicherheit wissen, ob er überhaupt das Hauptquartier der Carabinieri in Palermo erreicht hatte. Er wußte auch nicht, ob man überhaupt verstanden hatte, wer er war, wen er suchte, oder ob man ihn nur gebeten hatte, zur Hölle zu fahren.

Er überlegte, ob er das Hotelpersonal um Hilfe bitten sollte, schlug sich das jedoch schnell aus dem Kopf. Wenn diese Leute dieses Wissen an die sizilianischen Freunde weitergaben, würde das nur zu unnötigen Mißverständnissen führen können.

Er versuchte es erneut und fragte auf eine Art Italienisch CARABINIERI? Er erhielt eine Antwort, die er als Ja deutete. Dann versuchte er erneut nach jemandem zu fragen, der englisch sprach, und erhielt eine Suada zur Antwort, deren Inhalt er nicht einmal ansatzweise erraten konnte. Als der Wortschwall aufhörte, nannte er seinen Namen, den des Hotels und sagte *colonello Da Piemonte*. Es hörte sich an, als wäre die Botschaft irgendwie angekommen, da die Stimme am anderen Ende sowohl ein geringeres Tempo als auch weniger Empörung an den Tag legte.

»Wenn es nicht klappt, müssen wir mit einem Taxi hinfahren«, sagte er mutlos, als er den Hörer auflegte. »Oder hingehen, da der Taxifahrer wahrscheinlich nicht versteht, was ich sage. Ich dachte, das hier wäre ein Stadtteil wie in New York oder so.«

»In dem man dann ebenfalls nichts außer Italienisch spricht. Was machen wir jetzt?«

»Wir warten.«

»Auf was?«

»In erster Linie darauf, daß dieser Carabinieri-Oberst von sich hören läßt, zweitens auf die Gangster. Wenn sich im Lauf einiger Stunden niemand meldet, werden wir uns wohl auf möglichst intelligente Weise zu Fuß zu den Carabinieri durchschlagen müssen.«

»Ist es gut, wenn man uns dort sieht?«

»Wahrscheinlich nicht. Du hast noch einiges zu lesen?«

»Ja, was darf's denn sein? Ich selbst habe mit der Taktik des Feindes angefangen, aber du kannst dir erst mal den historischen Hintergrund, Ökonomie oder Psychologie vornehmen.«

»Ich glaube, ich gehe der Reihe nach vor. Also erst die Geschichte«, erwiderte Carl. Er erhob sich hastig und ging zur Tür, die laut quietschte, als er sie öffnete. Beide erstarrten und betrachteten sie mißtrauisch. Carl bewegte sie vorsichtig ein paar Mal hin und her. Die beiden Männer wechselten einen amüsierten und vielsagenden Blick und gingen in Joars Zimmer auf der anderen Seite des Korridors. Joar gab Carl ein Buch, das gediegen wissenschaftlich aussah und dem Titel nach zu urteilen den sozialen

Ursprung der Mafia beschrieb, vor allem die Verhältnisse auf dem sizilianischen Land in den neunzehnhundertdreißiger Jahren. Carl betrachtete den blauen Umschlag, seufzte, nickte kurz und ging wieder in sein Zimmer.

»Wir lassen uns ein paar Stunden Zeit. Wenn bis zum Nachmittag nichts passiert ist, müssen wir uns selbst eine Initiative ausdenken«, sagte er im Hinausgehen. Joars Tür quietschte nicht.

Joar legte sich auf sein breites Doppelbett und wartete lächelnd auf das laute Türquietschen auf der anderen Seite des Korridors. Er schlug sein Buch an einer Stelle auf, die er mit einem Eselsohr markiert hatte, überlegte es sich dann aber anders und stand auf, um die Vorhänge zur Seite zu ziehen und besseres Leselicht zu erhalten. Reflexmäßig suchte er mit den Blicken die Fensterläden auf der anderen Straßenseite ab, konnte aber nicht erkennen, was sich dahinter befand. Er befühlte die altmodischen Riegel des Doppelfensters und schob es mit einiger Mühe auf. Abblätternde Farbe und Staub fielen herunter. Es war lange nicht mehr geöffnet worden, und die Welle klebriger Hitze, die ihm entgegenschlug, war Erklärung genug. Er machte das Fenster zu, zog ein paar dünne weiße Gardinen vor und legte sich wieder aufs Bett, um sich erneut in die Taktik des Feindes zu vertiefen.

Carl hatte seine Fensterläden geschlossen gelassen, lag in einem seiner Betten auf dem Rücken und starrte an die Decke. Sie war weiß. Stuckverzierungen in einem unregelmäßigen Karomuster. An der Zimmerdecke hing ein Messingkronleuchter mit drei Glühlampen ohne Schirm. Eine der Glühlampen war kaputt. Über einem Monstrum von Kleiderschrank an der kurzen Wand zum Korridor dröhnte die Luftzufuhr der Klimaanlage, und Carl notierte ohne größeres Interesse, daß das Geräusch es unmöglich machte zu hören, ob sich jemand draußen auf dem Korridor näherte.

Er versuchte zu lesen, ermüdete aber schon nach weniger als einer Seite. Es erschien ihm ebenso unwichtig wie uninteressant, den Versuch zu machen, sich in die Lebensumstände sizilianischer Gangster in einem Dorf der dreißiger Jahre hineinzuversetzen. Überhaupt erschien ihm die gesamte Situation fast traumhaft und im Grunde unvorstellbar.

Er war siebenunddreißig Jahre alt, und seine alles überschattende Beschäftigung bestand darin, die Menschen, die er liebte, Tessie, Eva-Britt und Johanna Louise Jönsson-Hamilton, die bald ihren ersten Geburtstag feiern würde, zu belügen und zu betrügen. Er lächelte über den Namen der Kleinen. Angeblich der perfekte Kompromiß, die künftige Möglichkeit, sich entweder Johanna Jönsson zu nennen, wie Eva-Britt es wollte, oder aber auch Louise Hamilton oder eine Namensgebung zu wählen, die ihr selbst zusagte. Solange es nur nicht Jönsson-Hamilton wurde.

Er lachte kurz und verbittert auf. Nicht wegen des komischen sozialen Klangs – der Mischung eines Namens aus einer vergangenen Gesellschaft, Hamilton, mit einem der »gesteigerten Gleichberechtigung«, sondern über sich selbst. Er konnte sich nicht entscheiden, ob er nun eher eine tragische oder eine komische Figur abgab.

Da er einen großen Teil seiner Zeit darauf verwendete, sich selbst zu bemitleiden, statt den Versuch zu machen, die Dinge zu klären, war er natürlich komisch. Doch es tat auch weh. Es tat so weh, daß es alles verdüsterte und ihn dazu brachte, für lange Zeit die Lust an allem zu verlieren.

Er mußte es Eva-Britt sagen. Er mußte es tun, sobald er wieder zu Hause war. Das waren sehr einfache Schlußfolgerungen. Ebenso einfach war es, Entschlüsse zu treffen, die mit diesen Schlußfolgerungen im Einklang standen. Es war nur so, daß er dies schon so oft getan und sich selbst dann immer wieder verheddert hatte. Er hatte immer wieder den falschen Zeitpunkt gewählt und sich dann damit entschuldigt, daß er sich vorgestellt hatte, der Schaden würde aus diesem oder jenem Grund bei einem anderen, meist späteren Zeitpunkt geringer sein.

Das Telefon läutete. Als er den Hörer abnahm, quoll ein Strom italienischer Worte heraus. Er glaubte etwas zu hören, was Adjutant und Oberst und mit Sicherheit Da Piemonte bedeuten konnte. Als er immer wieder versicherte, er könne nur englisch sprechen, folgte ein neuer Wortschwall. Schließlich legte er einfach auf.

Er legte sich wieder aufs Bett und versuchte sich erneut darauf zu konzentrieren, wie leid er sich tat. Irgendwo mußte es doch Grenzen für sein jämmerliches Selbstmitleid geben; tatsächlich befanden sich zwei arme Kerle, zwei schwedische Direktoren, irgendwo hier auf Sizilien in einer Höhle oder einem Keller. Einem von ihnen fehlte der linke Zeigefinger, und er hatte vermutlich eine stark entzündete und schmerzhaft pochende Wunde. Wahrscheinlich hatten beide auch eine Kapuze auf dem Kopf oder Augenbinden. Sie waren mit an Sicherheit grenzender Wahrscheinlichkeit gefesselt und wurden gerade von Vorstellungen von ihrem Tod heimgesucht. Und hier auf dem Hotelbett lag der Landsmann, der sie auf dem Verhandlungsweg wieder ins Leben zurückholen sollte, und bedauerte sich selbst. Und das nur aufgrund seiner verfluchten Treulosigkeit und seiner Unfähigkeit, in seinem Privatleben ein paar selbstverständliche Dinge zu tun und aufzuräumen.

Das Telefon läutete erneut. Als er resignierend gleich wieder zu versichern suchte, er spreche nur englisch, wurde er in schnellem, flüssigem Englisch mit deutlichem amerikanischem Akzent angesprochen. Er richtete sich schnell im Bett auf, als nähme er Haltung an. Es war nämlich Oberst Da Piemonte höchstpersönlich, der diesmal anrief. Der Oberst schlug ein Essen um zehn Uhr abends vor, und Carl sah sich genötigt zu fragen, ob er tatsächlich richtig gehört habe. Aber ja. Zehn Uhr, nach dem Ende des Arbeitstages also, und zwar in der Residenz. Ein Wagen werde die beiden schwedischen Gäste abholen, jedoch nicht vor dem Hotel, sondern beim Taxistand oben auf der Piazza Verdi, nicht weit vom Hotel. Der Wagen werde exakt elf Minuten vor zehn eintreffen, und das Kennzeichen werde die Zahl dreizehn enthalten. Die Gäste sollten auf dem Weg zum Treffpunkt einige Vorsichtsmaßnahmen treffen. »Haben Sie das alles verstanden?«

Carl wiederholte schnell die Anweisungen. Diese Sicherheitsroutine munterte ihn merklich auf, während er auf seinem Stadtplan von Palermo nach der Piazza Verdi suchte. Als er den Treffpunkt entdeckt hatte, fragte er, ob der Taxistand am Nord- oder Südende der Piazza liege, und erhielt die Antwort, es gebe nur einen Taxistand, und der liege am Nordende neben einem Zeitungskiosk. Nach ein paar schnell heruntergeleierten Höflichkeitsfloskeln wurde das Gespräch beendet.

Als Carl den Hörer auflegte, fühlte er sich überraschend gut gelaunt und begann mit frischer Energie, seine Sachen auszupakken und in den Kleiderschrank zu hängen. Dann zog er sich aus, wühlte ein paar Turnhosen hervor und widmete die folgenden Stunden seinem Körpertraining. Sehne für Sehne und Muskel für Muskel. Es gab ein sehr gut durchdachtes Programm für Orte ohne Geräte wie etwa Hotelzimmer und Gefängniszellen.

Joar hatte damit begonnen, mehrere Bücher parallel zu lesen, und hatte inzwischen einige Notizblockseiten mit Anmerkungen gefüllt. Was das taktische Auftreten des Feindes betraf, hatte er das Gefühl, die wesentlichen Punkte erarbeitet zu haben. Die Mafia trat brutal und oft sinnlos grausam auf, hatte jedoch in technischer Hinsicht nicht viel zu bieten.

Die Voraussetzung der meist sehr einfachen Verfahrensweise war jedoch die Tatsache, daß das Risiko, erwischt zu werden, fast gleich Null war.

So betraten Mafiamörder beispielsweise oft ein Restaurant, zogen ein paar Automatikwaffen hervor und schossen ein paar Magazine auf den- oder diejenigen leer, um die es im Augenblick ging. Anschließend sagten die Männer nur Guten Abend und spazierten davon.

Was daran lag, daß die Augenzeugen alles Mögliche sein wollten, nur nicht Augenzeugen. Diese Urangst schien ebenso ein Bestandteil der Kultur zu sein wie die rationalere Überzeugung, daß Augenzeugen meist nicht mehr lange überlebten.

Und wenn jemand tatsächlich darauf beharrte auszusagen und außerdem bis zum Prozeß am Leben blieb, hatte er trotzdem nicht viel davon. Neunzig Prozent derjenigen nämlich, die vor Gericht gestellt wurden und wegen Verbindung zum organisierten Verbrechen angeklagt wurden, wie der Begriff lautete, wurden freigesprochen. Die Freisprüche wurden meist mit irgendwelchen Formalien begründet. Beispielsweise hieß es oft, Vernehmungsprotokolle seien nicht vorschriftsmäßig geführt worden. Und in den seltenen Fällen, in denen Mafiamitglieder dennoch verurteilt wurden, blieb ihnen der Gefängnisaufenthalt meist unter Hinweis auf medizinische Gründe erspart. Der Gesundheitszustand der Mafiamitglieder schien äußerst besorgniserregend zu sein, denn verurteilte Mafiaführer konnten ausnahmslos ganze Bündel ärztlicher Zeugnisse vorlegen, in denen versichert wurde, daß sie sterben müßten, wenn sie sich nicht am Meer aufhielten, daß sie verrückt würden, wenn sie in einer Zelle sitzen müßten, oder daß es unabdingbar sei, daß sie jeden Tag ihren Wein trinken und den freien Himmel sehen könnten. Und nach etwa einem Jahr eines solchen Gefängnisaufenthalts, der manchmal in Form eines Hausarrests in einer Villa am Meer abgeleistet wurde, pflegte man diese Männer trotzdem unter Hinweis auf Alter, Gesundheit oder Fehler in irgendeinem alten Protokoll freizulassen. Einer dieser vor kurzem entlassenen kranken Männer war zuvor wegen dreiundachtzig Morden verurteilt worden.

Das ließ sich weitgehend nur mit Korruption erklären. Staatsanwälte, die sich offensichtlich nicht korrumpieren ließen, hatten dafür sehr hohe Verlustziffern, ebenso Polizeichefs und Richter. Die Durchschnittszahl für Mafia-Morde in Süditalien betrug mehr als tausend im Jahr. Dort fand also ein permanentes Massaker statt, ein Krieg, von dem der Rest der Welt kaum Notiz nahm.

Entführung gegen Lösegeld schien jedoch nicht so recht zum Verhaltensmuster der sizilianischen Mafia zu gehören. Mit solchen Geschäften beschäftigten sich eher die kalabrische und sardische Mafia. Dort hatte sich ein relativ kompliziertes Geschäftssystem entwickelt, bei dem in mehreren Stufen gehandelt wurde. Man kaufte und verkaufte Enführungsopfer auf Bestellung. Auf Sizilien war dies jedoch kein typischer Wirtschaftszweig. Es gab hier bessere Einnahmequellen. Die sizilianischen Organisationen hatten zusammen mit der amerikanischen Cosa Nostra fast ein Weltmonopol im Heroinhandel. Man hatte errechnet, daß die sizilianischen Gangstersyndikate jedes Jahr ein Überschußkapital von mehr als einer Milliarde Dollar einnahmen. Und unter Überschuß wurde das verstanden, was sich nicht wieder in Heroin investieren ließ oder für Kosten und ähnliches gebraucht wurde. Der jährliche Investitionsbedarf der Gangsterfamilien in der Industrie Italiens und der übrigen EG wurde auf eine Milliarde Dollar geschätzt.

Joar versuchte eine Zeitlang auszurechnen, was eine Milliarde in Form von Aktien oder Industriebeteiligungen bedeuten würde, fand jedoch kurz darauf eine neue Berechnung, die sich auf drei Milliarden Dollar an alljährlichem sizilianischem Heroinüberschuß belief. Wie auch immer: es waren Phantasiesummen.

Das ließ einiges befürchten, was den Preis der entführten schwedischen Direktoren betraf. Für den Feind war ein Menschenleben mehr oder weniger eine *quantité négligeable*. Für den

Feind war ein Einkommen von zehn Millionen Dollar, denn dort lag wohl die Schmerzgrenze der schwedischen Waffenindustrie, wenn es darum ging, einen ihrer Kumpel zurückzukaufen, eine unbedeutende Summe. Warum hatte man die beiden Schweden überhaupt entführt?

Joar spürte ein plötzliches Bedürfnis, über seine Lesefrüchte zu sprechen. Er entdeckte, daß es schon nach vier Uhr war, stürzte zum Telefon und bekam einen atemlosen Carl an den Hörer.

»Ja doch, er hat angerufen. Wir sollen heute abend um zehn bei ihm essen. Komm rüber, dann können wir miteinander reden«, erwiderte Carl ein wenig stakkatohaft, während er heftig ein- und ausatmete.

Joar klemmte sich seine Aufzeichnungen unter den Arm, überquerte den Korridor und öffnete die quietschende Tür. Er senkte verlegen den Blick. Er ahnte schon, daß Carl nackt sein würde. Ihm fiel es selbst zwar nicht schwer, zwischen Arbeitskollegen und Freund und dem zu unterscheiden, was mehr als Kollege und Freund war. Für andere jedoch, die wußten, daß er homosexuell war, ihn aber sonst nicht kannten, würde es vermutlich komplizierter werden. So kam es, daß er in solchen Situationen immer für andere in Verlegenheit geriet.

Carl war tatsächlich nackt, schweißblank und dampfte. Es hatte den Anschein, als hätte er schon recht lange trainiert.

»Kannst du mir Apfelsinensaft oder so was bestellen? Ich will schnell duschen«, sagte Carl und verschwand im Badezimmer. Joar nahm die Telefonanleitung in die Hand und entdeckte, daß man die Neun wählen mußte, wenn man den Zimmerservice wollte, und kurz darauf hörte er einen wütenden Strom italienischer Wörter. Dann wurde am anderen Ende aufgelegt. Er versuchte den Empfang anzurufen und um die Nummer des Zimmerservice zu bitten. Er wiederholte das Wort mehrmals, und schließlich hatte es den Anschein, als hätte man ihn verstanden und das Gespräch weitergeleitet. Doch dann hörte er wieder dieselbe Stimme, die ihn schon zu Beginn angeblafft hatte. Doch dann kam ihm eine intelligente Lösung, was er zumindest selbst fand, denn er wiederholte mehrmals das Wort Coca-Cola und legte dann auf.

Er entdeckte einen Kühlschrank im Zimmer und ging erleichtert hinüber, doch er erwies sich als leer.

Carl kam mit nassem und zurückgestrichenem Haar und einem großen weißen Badelaken um die Hüften aus dem Badezimmer.

»Hast du schon gesehen, daß das Wasser in diesem Hotel tödlich giftig ist?«, sagte Carl heiter. Er schien plötzlich sehr viel bessere Laune zu haben als an den letzten Tagen.

»Wieso tödlich giftig?« fragte Joar zweifelnd.

»Na ja, dieses Schildchen am Badezimmerspiegel. Hast du nicht auch so eins?«

»Nein, ich bin noch nicht im Bad gewesen«, erwiderte Joar. Er ging in Carls Badezimmer, um sich mit eigenen Augen davon zu überzeugen, was es mit der unwahrscheinlichen Vermutung auf sich hatte. Tatsächlich befand sich am Badezimmerspiegel ein deutlich sichtbares Schildchen, auf dem ein Wasserhahn mit zwei gekreuzten roten Strichen zu sehen war. Darunter ein Text, der nichts anderes bedeuten konnte, als daß das Wasser ungenießbar war.

»Wahrscheinlich gehören der Mafia die Mineralwasserfabriken der Stadt«, knurrte Joar, als er zu Carl zurückkehrte. Dieser hatte soeben selbst festgestellt, daß der Kühlschrank leer war.

Es klopfte an der Tür. Ein Kellner erschien mit einem silbernen Tablett und einer einzigen Coca-Cola-Flasche. Es war außerdem die kleinste Coca-Cola-Flasche, die sie je gesehen hatten.

Joar nahm das Fläschchen lachend in die Hand und gestikulierte wiederholt. Immer wieder sagte er *grande*, was in San Diego ohne weiteres funktioniert hätte. Hier bekamen sie jedoch nur wie erwartet einen Wortschwall zur Antwort, der darauf hinauszulaufen schien, größere Coca-Cola-Flaschen gebe es nicht.

»Una dos tres quatro *cinco* Coca-Cola, por favor«, versuchte Joar, jedoch ohne jede Wirkung. Er hielt fünf Finger hoch, zeigte auf die Coca-Cola-Flasche und machte gleichzeitig bittende Gesten. Er faltete die Hände, zeigte auf den Hals, um auf seinen Durst aufmerksam zu machen, zeigte auf das Tablett mit der einsamen Piccola-Flasche, und schließlich klappte es. Der Kellner schüttelte den Kopf, nahm sein Tablett und verschwand. Joar überreichte Carl die kleine Miniflasche als Siegestrophäe. Dieser leerte den Inhalt mit zwei Schlucken.

»Wir müssen wirklich hoffen, daß die Gangster sich einen Dolmetscher leisten«, sagte Carl und wischte sich den Mund. »Wir sind ein bißchen gehandikapt, findest du nicht auch?«

»Ja. Wenn es schon so schwer ist, eine Coca-Cola zu bestellen, wie soll es dann mit den Verhandlungen wegen der Geiseln werden? Wir finden uns in der Stadt nicht zurecht, können uns mit einem Wagen nicht bewegen und vermutlich auch gar nicht durchfragen. Was tun wir hier eigentlich?«

»Wir fangen damit an, daß wir die Umgebung des Hotels erkunden. Wir gehen raus und zeigen uns in der Stadt.«

»Also Flagge zeigen?«

»Ungefähr so. Zieh dir etwas an, was der Temperatur entspricht, aber keine engsitzende Kleidung.«

Joar runzelte die Stirn und wollte sich gerade genauer nach der gewünschten Kleidung erkundigen, als der Kellner mit fünf Coca-Cola-Fläschchen zurückkehrte. Sie mußten ihr Gespräch eine Weile unterbrechen, um mit Hilfe neuer, mehr oder weniger intelligenter Zeichen den Versuch zu machen, Erfrischungsgetränke und Mineralwasser für beide Zimmer zu bestellen. Sie zeigten auf den leeren Kühlschrank, auf den Wasserhahn im Bad und derlei. Joar bezahlte mit einem Zehntausend-Lire-Schein. Dieses Zeichen schien als Erklärung am besten geeignet zu sein.

»Was hast du vorhin gesagt? Keine engsitzende Kleidung?« wollte Joar wissen, als der Kellner gegangen war und sie nicht mehr über ihre albernen Zeichen lachen konnten.

»Also«, sagte Carl, der schon mit dem Ankleiden begonnen hatte, um an sich selbst zu zeigen, was er meinte. »Wir müssen wie Schweden aussehen, aber nicht wie Sportler oder Polizisten. Stell dir das Gegenteil von Stålhandske im T-Shirt mit dem SEAL-Emblem vor, etwa so. Wir sollten wie das genaue Gegenteil aussehen.«

»Dem Feind soll klar sein, daß wir Schweden sind, aber er soll keine Ahnung davon haben, wer wir wirklich sind?«

»Ungefähr so habe ich es mir gedacht«, erwiderte Carl. Er hielt ein weiches, weites Baumwollsweatshirt mit Kragen und halblangen Ärmeln hoch.

Die Abenddämmerung war schon angebrochen, aber es war immer noch mehr als dreißig Grad heiß, als sie auf die Straße traten. Schon nach wenigen Minuten Spaziergang begannen sie zu schwitzen.

Der Verkehr war nicht mehr so dicht wie während der morgendlichen Rush hour, in der sie angekommen waren. Sie gingen um das Hotel herum und stellten fest, daß es nur einen Hintereingang gab. Eine Warenannahme, wie sie vermuteten. Sie versuchten, sich durch den Text auf einem gelben Metallschild unter einer Glocke durchzubuchstabieren und ihn zu deuten.

»Dalle ore 8 alle 12, e dalle ore 14 alle 16«, murmelte Carl. »Bedeutet das nun, daß zwischen diesen Zeiten offen oder geschlossen ist?«

»Spielt für uns jedenfalls keine Rolle«, grinste Joar und zeigte auf das primitive Schloß der grauen Stahltüren. »Wir sollten uns diesen Ausgang ansehen, wenn wir das nächste Mal das Hotel verlassen.«

»Ja, er dürfte irgendeine Verbindung mit dem Hof und dem Personalfahrstuhl hinter meinem Zimmer haben«, murmelte Carl und zuckte die Achseln.

Auf der anderen Seite des Straßenblocks hatte das Hotel einen weiteren Seiteneingang, der zu einem Restaurant führte, das wiederum mit der Halle und dem Haupteingang verbunden war. Es war leicht, sich das alles einzuprägen.

Dann gingen sie stadteinwärts, um die Piazza Verdi zu suchen. In der Via Ruggero Settimo, einer großen Geschäftsstraße, fanden sie eine Buchhandlung. Eine recht große. Joar schlug vor, sie sollten versuchen, die in Stockholm nach dem Zufallsprinzip zusammengekaufte Literatur ein wenig zu ergänzen.

Es war eine moderne Buchhandlung mit einer Klimaanlage, die kühle Luft verströmte. Von Büchern in begreiflichen Sprachen war jedoch nichts zu sehen. Carl und Joar fanden zwar eine ganz kleine Abteilung mit blutigen Umschlägen und vielsagenden Rubriken, die genau das Thema behandelten, in dem sie sich weiterbilden wollten, doch es war alles auf italienisch. Als sich herausstellte, daß der Geschäftsführer Französisch sprach, erfuhren sie auch, daß englische Bücher über Sizilien in ganz Palermo überhaupt nicht zu haben seien. Möglicherweise in Rom oder Mailand.

»Er sagte *Milano* etwa so, als hätte er damit Bagdad gemeint«, schnaubte Joar, als sie wieder in der Hitze auf der Straße standen.

»Ja. Wahrscheinlich werden wir uns damit begnügen müssen zu lesen, wie es der Mafia in den dreißiger Jahren in einem sizilianischen Dorf erging. Erzähl mir, was du gelesen hast«, knurrte Carl. Er konnte für den intellektuellen Teil ihres Vorhabens keinerlei Begeisterung aufbringen. Für einen anderen Teil allerdings auch nicht, wie er sich erinnerte.

Während sie um den abendlichen Treffpunkt herum, an dem ein Wagen mit der Zahl dreizehn im Kennzeichen sie elf Minuten vor zehn Uhr abholen sollte, das Gelände erkundeten und sich darauf einigten, welche verschiedenen Wege zum Treffpunkt denkbar waren, erzählte Joar von dem, was er gelesen hatte.

Unter anderem wohnten sie im Lieblingshotel der Mafia. Das Grand Hotel et des Palmes war beispielsweise Schauplatz der großen Konferenz von 1957 gewesen, als die amerikanische und sizilianische Mafia sich zum ersten Mal trafen, um die Welt zwischen sich aufzuteilen. Die Konferenz hatte in der Sala Wagner im ersten Stock stattgefunden; Richard Wagner hatte seine letzte Oper Parzifal in diesem Hotel geschrieben. In der Bar solle sogar noch sein Klavierhocker stehen, wie Joar erklärte.

»Nun, zurück zum Thema. Lucky Luciano hatte nach seiner Ausweisung aus den USA, nachdem er sich hier in Palermo niedergelassen hatte, eine ganze Abteilung der Bar für sich requiriert. Das war sein Lieblingsplatz. Wir können sie uns ja ansehen, wenn wir wieder im Hotel sind. Jedenfalls gibt es keinen Zweifel, daß das Hotel historischer Boden ist. Angesichts unserer bis jetzt unbekannten Gastgeber wahrscheinlich eine sehr gute Wahl.«

Carl runzelte die Stirn. Ihm wurde immer unbehaglicher zumute, als Joar seine wenigen geschichtlichen Kenntnisse und sein etwas umfangreicheres Wissen über die militärische Taktik der Mafia darlegte, das, was er bisher hatte herausfinden können.

Der Feind war also in höchstem Maße real. Carl erkannte, daß es wohl höchste Zeit war, alle vorgefaßten Meinungen über Legenden und Gangsterromantik aufzugeben. Derlei gab es nur im Kino, aber nicht in Palermo. Allein schon eine kalte Zahl, tausend Morde im Jahr, war überzeugend genug.

Sie bewegten sich in einem Zickzackmuster zum Hotel zurück, da die Hitze und der mehrstündige Spaziergang schon jetzt an ihren Kräften zu zehren begannen und der Besuch in Lucky Lucianos Lieblingsbar zu einer immer verführerischeren Vorstellung wurde.

Sie kamen jedoch zu dem Schluß, lieber doch noch ein paar Runden auf den Straßen unterhalb des Hotels zu drehen und in Richtung Hafen zu gehen. In der Richtung, in der sie sich zunächst bewegt hatten, hatten sie meist Geschäftsviertel, breite Straßen und Gedränge auf den Bürgersteigen vorgefunden. Dort war es vermutlich schwierig, diskret Kontakt aufzunehmen. Dem Stadtplan nach würde es in der anderen Richtung nicht so ein Gewühl geben.

Und schon einen Straßenblock unterhalb des Hotels und der Via Roma nahm das Straßenbild einen völlig anderen Charakter an. Diese Viertel waren heruntergekommen, schwach beleuchtet, und von Gedränge war keine Rede mehr. Vereinzelt kleine Gruppen junger Leute, die ein Motorrad umstanden, einige wenige erleuchtete Cafés mit geschlossenen Türen und an keiner Stelle einsame Spaziergänger oder auch nur Menschen, die zu zweit gingen.

Sie bogen in eine dunkle Seitenstraße ein, die völlig leer zu sein schien, und begannen langsamer zu gehen.

»Vielleicht sollten wir jeden Tag einen Abstecher in diese Viertel machen. Hier kann man sich ja hervorragend mit Leuten treffen, ohne daß es auffällt«, stellte Joar fest.

»Du glaubst nicht, daß sie im Hotel mit uns Kontakt aufnehmen?« fragte Carl. Joars Vortrag hatte ja den Eindruck erweckt, als besäße die Mafia ganz Palermo, als könnte sie überall nach Gutdünken auftreten und tun, was ihr beliebte.

»Aber glaubst du denn, daß sie uns abholen oder einen Treffpunkt bestimmen wollen? Ich glaube, die wollen uns einfach nur schnappen, beide auf einmal und ohne jede Möglichkeit für uns, etwa irgendwo anzurufen«, überlegte Joar weiter.

»Schon möglich. Das wäre logisch«, gab ihm Carl recht.

Joar wollte gerade etwas antworten, blieb jedoch statt dessen stehen und ergriff Carl behutsam am Arm. Zwei Männer, die etwa zehn Meter weiter dicht an einer Hauswand gestanden hatten, gingen jetzt auf sie zu, langsam, als wären sie gerade zu einem solchen Treffen unterwegs, wie Carl und Joar es sich vorzustellen versucht hatten.

»Wie schade, wenn wir dieses Essen heute abend verpassen würden«, lächelte Carl und warf einen Blick über die Schulter.

Die Straße war hinter ihnen völlig leer. »Das hier können ja tatsächlich unsere Freunde sein, oder was meinst du?«

»Ja, oder sie haben nur einen gewöhnlichen Raubüberfall vor«, stellte Joar fest. »Sie scheinen jedenfalls keinen Wagen zu haben.«

Die beiden Männer waren jetzt bis auf ein paar Meter herangekommen. Einer von ihnen zog eine Pistole aus der Tasche und trat schnell ein paar Schritte auf die Straße, um einen möglichen Fluchtweg abzuschneiden, während er Carl und Joar durch Zeichen zu verstehen gab, sie sollten sich mit den Gesichtern an die Hauswand stellen.

»Es wäre wirklich zu ärgerlich, wenn es nur ein Raubüberfall ist«, brummte Carl, während er sich umdrehte, die Handflächen über dem Kopf an die Wand preßte und die Beine spreizte. Joar folgte zögernd seinem Beispiel.

Die beiden Männer waren schnell bei ihnen und begannen von je einer Seite ihre Taschen zu durchsuchen und deren Inhalt herauszunehmen.

»Tja«, seufzte Carl. »Wenn sie bei einem von uns nach der Armbanduhr greifen, schnappen wir sie uns. Oder hast du einen anderen Vorschlag?«

Der Mann mit der Pistole fauchte ihnen etwas zu, was vermutlich darauf hinauslief, sie sollten den Mund halten. Gleichzeitig riß er Joars Arm herunter, um an die Armbanduhr heranzukommen. Zwei Sekunden später lag er bewußtlos auf dem Bürgersteig. Sein Kollege hatte nicht mal Zeit, sich von der Überraschung zu erholen, als er spürte, wie die Welt sich auf den Kopf stellte, einen fremden, knirschenden Laut hörte, den Schmerz im Arm spürte und mit dem Gesicht auf dem Bürgersteig aufschlug.

»Ich bin mir aber gar nicht sicher, ob das für unseren Ruf hier in Palermo sehr gut ist«, murmelte Joar, während er seine Brieftasche dem krampfhaften Griff entwand, denn der Straßenräuber hielt sie trotz seiner Bewußtlosigkeit fest.

»Du meinst, wir würden ein gewisses Überraschungsmoment verlieren«, lächelte Carl, als er wieder aufstand. Er hatte seinen Gegner seitlich auf den Bürgersteig gelegt und sich vergewissert, daß nichts die Atmungsfunktionen störte.

»Ja. Es war wirklich unnötig, ihm den Arm zu brechen. Jetzt

muß er ins Krankenhaus, und dann wird die Sache vielleicht bekannt«, knurrte Joar sauer.

»Tut mir leid. Ich bekam aber einen so schlechten Angriffswinkel, daß mir nichts Besseres einfiel. Du hattest ja schon die Startflagge gesenkt, ich hatte also kaum eine Wahl«, entschuldigte sich Carl und begann sich zu entfernen.

»Verzeihung«, sagte Joar, nachdem er ihn eingeholt hatte. »Ich hatte nicht vor ...«

»Ach was!«, sagte Carl. »Es ist nicht der Rede wert. Geschehen ist geschehen. Außerdem war es nicht sonderlich klug, sich in so ein Stadtviertel zu begeben.«

Sie hielten ein paar Minuten das hohe Tempo und waren bald wieder in der Via Roma in der Nähe des Hotels. Der Schweiß lief ihnen an den Unterarmen entlang, als sie das Hotel betraten, den Marmorfußboden der großen Halle überquerten und der alten Lieblingsbar Lucky Lucianos zustrebten.

Die Bar war völlig menschenleer. Nur die Klimaanlage rauschte. Sie bestellten zwei Bier, die sie mit wenigen kräftigen Schlucken leertranken. Anschließend versuchten sie mit Hilfe der Zeichensprache neue Biere zu bestellen, worauf der Barkeeper ihnen in perfektem Englisch antwortete und fragte, ob sie Carlsberg oder ein anderes Bier oder wieder das gleiche haben wollten.

»Wo hat Luciano gesessen?« fragte Carl lächelnd und sah sich in der Bar um. »Wie heißt du übrigens?«

»Mein Name ist Totti. Nun, Lucianos Separée ist das blaue Zimmer hier nebenan. Damals hatte es jedoch rote Seidentapeten. Darf ich es vielleicht zeigen?« erwiderte der Barkeeper mit einer einladenden Geste. Sie standen mit den Biergläsern in den Händen auf und inspizierten den blauen Salon nebenan. Es war dunkel und etwas stickig da drinnen, aber völlig menschenleer.

»Wir sind Schweden. Mein Name ist Hamilton, und das hier ist Lundwall«, sagte Carl, als sie sich wieder auf ihre Plätze gesetzt hatten. Der Barkeeper übte den Namen Lundwall unter ihren nachsichtigen Blicken dreimal und stellte ihnen dann je ein drittes Bier hin, das, wie er erklärte, auf Rechnung des Hauses gehe. Dann zog er sich mit einer Verbeugung zurück.

Carl betrachtet eine Zeitlang den Fußboden. Er war aus geädertem Marmor. Er sah aus wie altes Elfenbein mit einem Karomuster aus klargrünem Marmor, sehr schön. Einen solchen Fußboden hätte er gern, vielleicht sollte er so etwas für die neue Wohnung bestellen. Falls Eva-Britt ausziehen wollte, und falls ...

»Wie sollen wir uns heute abend anziehen? Übrigens glaube ich, daß wir uns allmählich vorbereiten sollten«, unterbrach Joar Carls Gedankengang.

»Wie? Ach ja, natürlich, dunkler Anzug und Krawatte, das Schlimmste, was man sich bei dieser Hitze nur vorstellen kann.«

»Ist das wirklich notwendig? Wir sind doch nur Schweden.«

»Ein Essen bei einem italienischen Oberst? Doch, ich habe schon den Verdacht, daß alles andere außer dunklem Anzug und Krawatte zu einer reinen Beleidigung würde. Allerdings werden wir ins Schwitzen geraten, wenn wir losgehen, da hast du recht.«

Joar Lundwall kippte den Rest seines Biers runter, sah vielsagend zur Uhr und erhob sich.

»Ich gehe nach oben, dusche und ziehe mich um. Wir sehen uns um elf Minuten vor zehn. Ich komme von Süden oder Westen, du von Norden oder Osten«, sagte er und ging, ohne eine Antwort abzuwarten.

Carl nickte Joars Rücken bestätigend zu. Er war mit den Gedanken schon wieder ganz woanders. Dann unterschrieb er die Rechnung, legte einen Geldschein auf den Tisch und ging auf sein Zimmer. Nichts war gestohlen. Das Zimmer war nicht durchsucht worden.

Zwanzig Minuten später verließ Joar Lundwall das Hotel durch den Haupteingang und bog nach links ab. Er zog sich sein Jackett aus, hängte es sich über die Schulter und lockerte den Krawattenknoten. Es würde unmöglich sein, vierzig Minuten lang zu gehen, ohne schweißnaß und klebrig zu werden. Es gab jedoch keine Möglichkeit, dem Treffen zu entgehen. Er bog erneut nach links ab und begann, ein paar Einbahnstraßen hinaufzugehen, bog dann aus dem Gedächtnis nach rechts in die Via Principe di Belmonte ein, die zur Hälfte Fußgängerstraße voller Straßencafés war; damit war es nicht mehr möglich, ihn mit einem Wagen zu verfolgen.

Die Straßencafés waren voll besetzt. Joar kam es vor, als wäre das Leben in der Stadt nach der Hitze des Tages aufgeblüht. Überall waren Lachen und Stimmengewirr zu hören. Es herrschte ein großes Gedränge, und soweit er sehen konnte, befand sich hier kein einziger Ausländer oder auch nur jemand, der wie ein Tourist wirkte. Vielleicht fiel er jetzt nicht einmal in seinem dunklen Anzug auf. Dunkle Anzüge waren hier reichlich vertreten, ebenso weiße Hemden und Krawatten. Die Italiener lieben es wohl nicht salopp, dachte Joar.

Er bewegte sich wegen der Hitze nur langsam, vermied es, sich umzusehen und versuchte statt dessen, an etwas anderes als an Palermo und die Mafia zu denken. Er begann über Carl zu grübeln, den ihr Auftrag so sonderbar gleichgültig ließ. Immerhin ging es dabei, ob das nun merkwürdig war oder nicht, um gefangene Landsleute. Vielleicht saßen die beiden irgendwo hier in Palermo, vielleicht auch draußen auf dem Land, waren gefesselt und fürchteten, ihr letztes Stündlein sei gekommen, wenn sie jemanden hörten. Allein schon die Ungewißheit mußte eine Hölle sein.

Konnten sie miteinander sprechen? Wenn ja – worüber sprachen sie? Wie hätten er selbst und Åke oder Carl versucht, den seelischen Teil des Überlebens zu bewältigen?

Sie hätten einander Erinnerungen erzählt, hätten über die Weltlage diskutiert, die Vernichtung des Irak, ihre Prognosen über die Entwicklung im Baltikum, die sich bewahrheitet hatten, über die neuen Prognosen, die eindeutig in Richtung Bürgerkrieg und Flüchtlingsströme über die Ostsee wiesen.

Oder wären sie vielleicht persönlicher geworden, hätten von Liebe und Familienleben gesprochen. Irgend etwas bei Carl schien darauf hinzudeuten, daß es ihm in dieser Hinsicht nicht besonders gut ging. Vielleicht war das der Grund dafür, daß er an diesem Auftrag so wenig interessiert war. Sie hätten hin und her über Åkes Zukunft in der Organisation gesprochen, die Aufgaben der beiden neuen Jungs diskutiert, die bald aus San Diego nach Hause kommen würden.

So, etwa so, hätte dieser Teil des Überlebenstrainings wohl ausgesehen. Sie selbst waren darin trainiert und psychologisch vorbereitet, hatten ähnliche Situationen sogar geübt. Aber wie erging es zwei normalen netten schwedischen Wirtschaftsbossen? Sprachen sie etwa über die Möglichkeiten zu flüchten?

Joar hielt ungefähr einen Kompaßkurs. Doch obwohl er sich

völlig sicher war, was Richtung und Entfernung des Ziels betraf, mußte er trotzdem einige Stadtviertel passieren, die sie noch nicht hatten inspizieren können und die auf dem Stadtplan wie normale Wohngebiete aussahen.

Es waren jedoch recht heruntergekommene Viertel, in denen er schon bald der einzige Mann in Anzug und Krawatte war. Er war in enge Gassen geraten, in denen kreuz und quer zwischen den Häusern Wäscheleinen gespannt waren. Auf den Bürgersteigen lagen Haufen von Unrat, die von Fliegenlarven und Ratten wimmelten. Er überlegte, ob er umkehren sollte, schätzte aber die Möglichkeit, diese Viertel schnell zu verlassen, falsch ein. So verirrte er sich immer tiefer und tiefer in diese unbekannte und bedrohliche Gegend. Er sah nur einen einzigen klaren Vorteil: daß er jetzt mit Sicherheit davon ausgehen konnte, daß niemand ihn verfolgte. Dennoch fühlte er sich wie ein wandernder Lockvogel für einen Überfall und machte sich Sorgen, er könnte mit zerrissenen Kleidern oder Blutflecken auf dem Hemd zu dem Essen erscheinen. Das würde keinen guten Eindruck machen. Er steigerte das Tempo ein wenig, um jederzeit jeden überraschen zu können, der ihn entdeckte. Er sah fragende Blicke bei den Menschen, die ihm in der Dunkelheit entgegenkamen oder hinter Fensterläden auf die Straße blickten, konnte sich aber nicht vorstellen, was die feindselige Umgebung von diesem gutgekleideten Besucher hielt. Vielleicht war es nur ein Freier, der sich verirrt hatte, oder ein Mann, der so gefährlich war, daß er nichts zu befürchten brauchte; vielleicht war die letzte Alternative doch die wahrscheinlichste. Wie auch immer: Angst war der schlimmste Feind. Er mußte sich entschlossen und ohne Zögern bewegen, damit keiner der wenigen Männer, denen er in den Gassen begegnete, allzu ehrgeizige Impulse bekam.

Als ein Moped sich schnell von hinten näherte, trat er zur Seite und wirbelte herum. Auf dem Moped saßen zwei junge Leute. Der Fahrer bremste zögernd, doch als er Joar in die Augen blickte, gelang es diesem, die richtige Botschaft zu übermitteln, so daß das Moped erneut schneller wurde und in der Gasse verschwand. Kurz darauf befand sich Joar auf einer dichtbefahrenen Hauptstraße, etwa an der Stelle, an der er hatte herauskommen wollen. Er ging langsamer weiter. Nach ein paar Schritten blieb er stehen, zog ein Taschentuch hervor und wischte sich den Schweiß aus dem Gesicht.

Als Carl sich dem vereinbarten Treffpunkt näherte, waren es noch weniger als dreißig Sekunden bis zum verabredeten Zeitpunkt. Er sah jedoch weder Joar noch einen Wagen mit der Zahl dreizehn im Kennzeichen. Carl dachte auch nicht daran, sich suchend umzusehen, da er selbst leicht zu entdecken war. Er war vergleichsweise blond und einen Kopf größer als die Umgebung.

Auf die Sekunde genau betrat er den Bürgersteig beim Taxistand. Der schwarze Alfa Romeo, der gleichzeitig vorfuhr, hatte dunkle Scheiben und diskret angebrachte Antennen. Es waren also ein Funkgerät und Telefon im Wagen. Als der Alfa neben ihm hielt, hörte er das Klicken der Zentralverriegelung, die alle vier Türen öffnete. Carl riß die Tür zum Rücksitz auf und saß schon, bevor der Wagen überhaupt angehalten hatte, und eine Sekunde später stieg Joar von der anderen Seite ein, als wäre er plötzlich aus dem Nichts aufgetaucht; er mußte sich hinter dem Zeitungskiosk versteckt haben.

»Good evening-a gentlemen-a«, sagte der Fahrer munter und mit kräftigem italienischem Akzent. »It's a pleasure-a to have-a you on board-a.«

Im nächsten Augenblick beschleunigte der Wagen schnell und kühn durch den Verkehr, während der Fahrer seinen Sprechfunk einschaltete und etwas mitteilte, was wohl bedeutete, daß man unterwegs sei.

»Für Italiener nicht schlecht, diese Pünktlichkeit«, stellte Joar fest.

»Behalte deine Vorurteile bitte für dich«, erwiderte Carl mit gespieltem Ernst.

Die Autofahrt war kurz, aber doch so etwas wie ein Erlebnis. Nach einigen Minuten donnerte der Wagen durch ein Tor auf der Rückseite des Stabsgebäudes der Carabinieri. Die großen Eisentore schlossen sich sofort hinter ihnen. Der Innenhof war voller Fahrzeuge und Soldaten mit automatischen Waffen. Sie hatten das Gefühl, als wären sie mitten im Krieg in einen Feldstab geraten. Und genau das war in Wahrheit der Fall. Im Lauf der Jahre waren mindestens zehn Angriffe gegen höhere Offiziere erfolgt, als diese das Hauptquartier erreichten oder verließen. Als eine

Illustration dessen erschien kurz nach ihnen eine kleine Autokarawane mit Motorradeskorte, die mit heulenden Sirenen und blitzendem Blaulicht auf den Hof fuhr. Die Eisentore öffneten sich und schlossen sich dann wieder schnell, und in dem Augenblick, in dem der Wagen in der Mitte anhielt, sprangen zwei bewaffnete Wachposten mit erhobenen Maschinenpistolen heraus, sahen sich um und zogen dann die Person heraus, die sie schützen sollten. Dann zerrten sie den Mann fast mit sich ins Gebäude. All das innerhalb von zehn Sekunden.

Carl und Joar wurden durch eine Sperre mit Metalldetektor geführt. Sie wurden gebeten, ihre Waffen abzugeben. Als sie mitteilten, sie seien unbewaffnet, lösten sie echtes Erstaunen aus. Anschließend brachte man sie in den ersten Stock und führte sie durch einen Korridor, in dem alle zehn Meter bewaffnete Wachen standen.

Man bat sie, sich zu setzen und vor einer Tür zu warten, die den entschiedenen Eindruck machte, die Tür zu einem Chefzimmer zu sein. Sie zupften verlegen ihre Kleidung zurecht und wechselten einige ironische Blicke.

»Möchte gern wissen, wie wir hier in Ruhe essen sollen«, scherzte Joar, und Carl schüttelte zustimmend lächelnd den Kopf.

Dann ging die große Tür auf, und es erschien ein höherer Offizier, der einer Operettenkulisse entsprungen zu sein schien: perfekte Uniform, schwarze Hosen mit breiten roten Biesen, blitzende Messingknöpfe, Monokel und Zigarette in einer langen Spitze.

»Meine Herren, herzlich willkommen. Ich bin Oberst Gustavo Da Piemonte. Es ist wirklich eine große Freude für mich, einen so ehrenvollen Besuch zu erhalten!« strahlte der Operettenoffizier und breitete die Arme aus, als wollte er sie beide umarmen.

Sie waren schnell aufgesprungen. Carl nahm Anlauf und versuchte, sich und Joar vorzustellen, brachte aber nicht mehr als ein paar Worte heraus, bevor er unterbrochen wurde. Ihr Gastgeber versicherte überschwenglich, er wisse natürlich, wer sie seien. Er freue sich auf einen angenehmen Abend, doch zunächst sollten sie vielleicht einige Formalitäten erledigen. Und damit wurden sie von dem Obersten in sein Zimmer geleitet. Er bat sie, vor seinem Schreibtisch Platz zu nehmen, während er sie wohlwollend musterte.

Es war ein großes Dienstzimmer, das von zwei Karten beherrscht wurde, einer Sizilienkarte und einem Stadtplan Palermos. Beide sahen an manchen Stellen wie Nadelkissen aus, da sie mit Stecknadeln übersät waren. Rote, grüne, blaue und schwarze Köpfe.

An der einen Längswand waren Preise, Auszeichnungen und Pokale aufgereiht, an der gegenüberliegenden Längswand drei große Fenster mit grün schimmerndem Panzerglas.

Der Oberst bot ihnen aus einer silbernen Schatulle Zigaretten an. Beide lehnten dankend ab und wehrten mit der Hand höflich ab, als der Oberst sie fragte, ob sie etwas dagegenhätten, daß er weiterrauche.

»Gentlemen, wir haben eine etwas ungewöhnliche Situation am Hals. Ich habe mir gedacht, daß wir zunächst einige rein praktische Probleme klären«, begann Oberst Da Piemonte und sank in seinen gepolsterten Ledersessel hinter dem Schreibtisch.

»Nun, Sir«, begann Carl zögernd, »wir haben natürlich nur die Absicht, mit Ihren Behörden eine möglichst vertrauensvolle Zusammenarbeit zu beginnen, aber ...«

»Aber gleichzeitig wollen Sie nicht, daß wir Ihnen dauernd über die Schulter blicken«, stellte der Oberst schnell mit einer ungeduldigen Handbewegung fest, als wollte er von seiten Carls eine unnötig lange oder diplomatische Erklärung abkürzen.

»Ja, Sir. Etwa so könnte man unseren allgemeinen Wunsch zusammenfassen«, erwiderte Carl gemessen. Der Oberst hatte etwas Energisches im Blick, das einen absolut entschlossenen Willen ausstrahlte, möglichst wenig um den heißen Brei herumzureden.

»Gut«, sagte der Oberst und lehnte sich in seinem knarrenden Ledersessel zurück. »Ich habe heute mit dem Palast Kontakt aufgenommen, nachdem ich von dort deren Vorschläge erhalten hatte, und ...«

»Verzeihung, Sir«, unterbrach ihn Carl. »Der Palast?«

»Ja. *Il Palazzo*. So heißt das bei uns. Das bedeutet Rom. Nicht die Stadt Rom, sondern den hohen Willen Roms, oder wie wir das nennen wollen, und dann ist nicht immer exakt auszumachen, was oder wer gemeint ist. Ich kann Ihnen andeuten, daß wir Carabinieri sowohl dem Innen- wie dem Verteidigungsministerium unterstellt sind. Wenn man so will, sind wir sowohl Polizisten als auch Militärs. Wie auch immer: Im Palast herrscht die ehrenwerte Ansicht, wir sollten Ihnen so weit wie möglich entgegenkommen. Ich bin ein einfacher Soldat in der Provinz und habe keinen Anlaß, mich in diese Dinge zu vertiefen. Also, Comandante: Wie sehen Ihre Absichten aus, und welche Wünsche haben Sie?«

Carl war konsterniert, als sein Gegenüber so direkt zur Sache kam. Er hatte das Gefühl, durch den ersten theaterhaften Eindruck getäuscht worden zu sein. »Unsere Absichten lassen sich sehr einfach zusammenfassen«, erwiderte er schnell, während er noch darüber nachdachte, wie sich diese Absichten zusammenfassen ließen. Er machte eine Kunstpause, um sich selbst einzuholen, bevor er fortfuhr. »Unsere Hauptabsicht ist, auf dem Verhandlungsweg zwei schwedische Staatsbürger freizubekommen, die als Geiseln gehalten werden. Wir sind bereit, sie gegen Lösegeld auszutauschen. Zweitens haben wir vor, die Motive zu ergründen, die hinter diesem Gangsterunternehmen stecken, da es um militärische Hochtechnologie geht. Anschließend werden wir unsere Erkenntnisse den beteiligten italienischen Behörden mitteilen, wie es so schön heißt. Das dürften in erster Linie Sie selbst sein.«

»Jaja«, unterbrach der Oberst mit einer Handbewegung. »Damit haben wir den beiderseitigen Hofknicks hinter uns gebracht. Wie Sie wohl schon wissen, ist die Weitergabe von Informationen die notwendige rechtliche Voraussetzung dafür, daß wir bei Ihren Kontakten mit dem organisierten Verbrechen beide Augen zudrücken.«

»Ja, Sir. Das ist mir bekannt, und ich bin auch damit einverstanden.«

»Ausgezeichnet. Dann brauchen wir uns damit nicht mehr zu befassen. Darf ich aber fragen, ich bin nämlich kein Marineoffizier, aber können Sie mir eine ungefähre Vorstellung davon geben, um was für Waffen es sich handelt? Womit haben wir es zu tun?«

»Es geht um die Bewaffnung vier neuer Fregatten, die von der italienischen Marine bestellt worden sind. Einfach ausgedrückt könnte man sagen, daß diese vier Fregatten die Pazifikflotten der USA und Japans mühelos hätten vernichten können, wenn sie sich gegen Ende des Zweiten Weltkriegs auf See begegnet wären.«

»Interessant. Also Hochtechnologie, ohne jeden Zweifel?«

»Ja, ohne jeden Zweifel.«

»Kann man Verbrechern so etwas in die Hände geben?«

»Ja. Wenn man auch die nötige Ausbildung kaufen kann. Persönlich stelle ich mir das schwieriger vor als den Kauf der eigentlichen Ausrüstung.«

»Wenn diese Waren, sagen wir, vor dem Golfkrieg an den Irak geliefert worden wären, hätte das den Verlauf des Krieges beeinflussen können?«

»Kaum. Zumindest nicht den Ausgang. Wenn man jedoch ein eventuelles Überraschungsmoment voraussetzt, den richtigen Ort, die richtige Zeit und etwas Glück, könnte man sich wohl fünftausend tote Amerikaner vorstellen.«

Der Oberst erhob sich. Er hatte ein Papier in der Hand, das er zur Kontrolle noch einmal durchzulesen schien. Dann richtete er sich zu voller Größe auf und drehte mit den Händen auf dem Rükken zwei Runden durch das Zimmer. Das schien eine sehr bewußte Theaternummer zu sein, und Carl und Joar spielten das höfliche Publikum, ohne etwas zu sagen.

»Aber es muß doch schon recht lange klar gewesen sein, daß der Irak einen eventuellen Kaufvertrag gar nicht hätte erfüllen können«, stellte der Oberst fest und blieb gleichzeitig vor einem der großen Fenster stehen. Er hatte die Hände in die Seiten gestemmt und wandte den Rücken dem Fenster zu, als wollte er das Schicksal herausfordern oder das Schutzvermögen des Panzerglases testen oder zumindest seine Gäste schockieren, denen seine exponierte Position nicht entgangen war.

»Nun ja, zu dem Schluß sind wir zwar auch gekommen ... Verzeihung, Herr Oberst, aber müssen Sie wirklich da stehen?«, sagte Carl, dem im selben Moment aufging, daß er die erstrebte Pointe geradezu herausgefordert hatte.

»Ich möchte lieber hier erschossen werden als in der Wohnung meiner Geliebten. Das ist nämlich ein Schicksal, das meinem seligen Vorgänger widerfahren ist«, grinste der Oberst fröhlich. »Sie wollten gerade sagen ...?«

»Hm, also«, fuhr Carl fort. »Das ist natürlich auch unsere Schlußfolgerung. Es gibt in Bagdad aus bekannten Gründen keine Käufer. Wir haben uns also gedacht, daß hier jemand improvisiert hat, um statt mit schwedischen Waffen ein etwas kleineres Geschäft mit schwedischen Wirtschaftsbossen zu machen.«

»Ich weiß nicht, ob ich das glauben kann«, entgegnete der Oberst, wanderte mit energischen Schritten zu seinem Arbeitsplatz zurück und legte die Handfläche ein Stück südlich von Palermo auf die Sizilienkarte. »Das hier«, sagte er und machte mit der Hand eine Kreisbewegung, »ist der Bezirk der Corleonesen. Sie sind unsere stärkste Familie. Das Zentrum ist also das kleine Dorf Corleone. Wer weiß, vielleicht werden Sie es früher besuchen müssen, als Sie ahnen. Das hier ist Palermo. Hier haben wir gegenwärtig zwölf Familien, aber von denen würden nur drei oben in Rom oder Mailand Geschäfte dieser Größenordnung tätigen. Und hier hinten an der Küste haben Sie Castellammare, und dort sitzt ein vor kurzem zugezogenes *dark horse* aus New York. Jede Familie, von der wir jetzt sprechen, ist für einen Jahresumsatz in der Größenordnung von einhundert Milliarden Lire gut. Was sagt uns das? Was sagen Sie, junger Mann? Hauptmann Lundewallo, war es nicht so?«

»Die Schlußfolgerung ist besorgniserregend offenkundig«, erwiderte Joar blitzschnell, als hätte es ihn nicht im mindesten überrascht, plötzlich angesprochen zu werden. »Warum sollte ein Mafia-Clan seine Geschäfte mit einer kleinen, dazu noch aufsehenerregenden Entführung durcheinanderbringen, die ja kaum mehr einbringen kann als ein paar Milliarden Lire?«

Das Gesicht des Obersten hellte sich auf. Er ging ein paar lange Schritte auf Joar zu, beugte sich über ihn und musterte ihn von Kopf bis Fuß. Dann wandte er sich zu Carl um.

»Ein begabter junger Mann, den Sie da mitgebracht haben, Comandante«, lachte er. »Wirklich begabt. Na ja. Was ich noch sagen möchte, ist folgendes: Dieser zweite Teil unserer Abmachung, also das nachrichtendienstliche Moment, kurz gesagt die Frage, was zum Teufel eigentlich im Busch ist, ist keineswegs nur ein symbolischer Bestandteil unserer Übereinkunft. Wir wollen wirklich wissen, was da los ist. Wir sind wirklich neugierig und wünschen Ihnen aufrichtig Glück bei Ihrer Erkundungsarbeit. Wie sieht es dann mit unserem taktischen Problem aus?«

Der Oberst ließ die rhetorische Frage eine Weile in der Luft hängen, bis er mit ein paar weiten Schritten wieder die Todesposition vor dem Fenster einnahm. Er stellte sich genauso hin wie kurz zuvor und zeigte auf Joar. »Capitano, worin besteht unser alles überschattendes taktisches Problem?«

»Wie wir Kontakt halten sollen. Kommunikation. Überwachung«, erwiderte Joar. Seine Äußerung löste die gleiche entzückte Reaktion aus wie beim ersten Mal. Der Oberst war mit ein paar Sätzen wieder an seinem Ledersessel am Schreibtisch. Er sank darauf nieder und streckte die Beine aus, bevor er sich plötzlich Carl zuwandte.

»Begabt, ein sehr begabter junger Mann ist das. Was meinen Sie selbst zu dem Problem, Comandante?«

»Daß Sie uns nicht überwachen lassen sollten, da dies die Kontakte erschweren kann. Daß wir eine Möglichkeit erhalten sollten, Sie zu jeder Tages- und Nachtzeit telefonisch zu erreichen. Ich habe gesehen, daß es hier in der Stadt Antennen für Autotelefone gibt, und ich würde den Weg vorschlagen, mit oder ohne Scrambler, je nachdem, was Sie dem Feind zutrauen. Ferner, daß wir sofort mit Ihnen Kontakt aufnehmen, wenn unser Deal abgeschlossen ist, vorausgesetzt, es passiert nichts Unvorhergesehenes. Am liebsten erst dann.«

»Das kann einen langen Zeitraum ohne jeden Kontakt bedeuten.«

»Ja.«

»Die Nachteile liegen auf der Hand. Welche Vorteile bietet Ihnen diese Reihenfolge nach Ihrer Ansicht?«

»Wenn Sie entschuldigen, Sir, es ist sehr einfach. Wenn wir den Austausch Geiseln gegen Geld schon vorgenommen haben, bevor wir Sie treffen, haben beide Parteien, also sowohl Sie als auch wir, größere Freiheit. Wenn wir beispielsweise vor einer Situation stehen, in der wir gegen italienisches Recht verstoßen müssen, könnte es schwieriger für Sie werden, zumindest für die polizeiliche Hälfte in Ihnen ... Sir.«

Der Oberst riß die Augen auf und warf Carl einen langen, entzückten Blick zu. Dann stand er eifrig auf und rieb sich die Hände.

»Meine Herren, ich habe Hunger. Es war wirklich einzigartig taktvoll, was Ihnen vorschwebt, Comandante. Aber ich bin ein praktischer Mann und glaube, wir verstehen uns. Falls Sie mir etwas von Gesetzesübertretungen erzählen wollen, werden Sie es wohl so einrichten müssen, daß ich entweder nichts verstehe oder nichts höre. Wie haben Sie sich den eigentlichen Austausch gedacht?«

Der Oberst winkte abwehrend, während er auf einen Klingelknopf drückte und dem Kadetten, der sich blitzschnell in der Tür zeigte, einen Befehl zuschnarrte, bei dem es offenbar um das Essen ging. Dann gab er Carl ein Zeichen, er könne fortfahren.

»Die übliche alte Methode, nichts Besonderes, Sir. Wir haben uns vorgenommen, ein wenig das Gelände zu erkunden und irgendwo ein freies Feld zu suchen. Dann ein Wagen aus jeder Richtung, wir mit dem Geld in dem einen, die Gangsterbande mit den schwedischen Geiseln in dem zweiten Fahrzeug.«

»Dann sollten Sie bewaffnet sein.«

»Selbstverständlich. Dann und nur dann, wenn es so weit kommt, sollten wir bewaffnet sein. Im Augenblick sind wir es jedoch nicht.«

»Klug, sehr klug. Rechnen Sie bei der Waffenbeschaffung auf unsere Hilfe? Meine Herren, hier entlang!«

Am Ende des Amtszimmers wurden zwei Schiebetüren geöffnet, die den Blick auf einen angrenzenden Raum mit einem gedeckten Tisch freigaben. Der Oberst wäre in seiner Begeisterung fast vorgegangen, ertappte sich jedoch dabei und ließ die Gäste als erste eintreten. Er plazierte die beiden mit ausholenden Gesten auf je einer Seite des Tischs und setzte sich selbst an das Kopfende. Er klemmte sich eifrig eine Serviette unters Kinn. Schon jetzt, als erst die Vorspeisen auf dem Tisch standen, war es eine fürstliche Mahlzeit.

»Wo waren wir stehengeblieben?« fuhr der Oberst fort, nachdem sich alle mit mariniertem Tintenfisch, eingelegten Artischokken, gegrillten Auberginenscheiben, Palmenmark in Weinessig, Champignons in Tomatensauce, Walnußsalat und weiteren fünf oder sechs ähnlichen Vorspeisen eingedeckt hatten. »Wo waren wir stehengeblieben? Ja! Wir sprachen von einigen praktischen Details in einem vermutlich späteren Stadium unserer gemeinsamen Gesetzesbrechertätigkeit. Also Waffen. Was haben Sie sich vorgestellt?«

»Nun«, sagte Carl und verlor ein wenig den Faden, weil er einen Olivenkern hatte zu Boden fallen lassen. Ein Kadett sprang hinzu und fegte ihn mit einem langstieligen Handfeger auf eine kleine Schaufel. »Nun, wir haben hier ein Papier, eine Art Genehmigung, die ... es tut mir leid, daß ich kein Italienisch kann ...«

Carl überreichte sein zusammengefaltetes Dokument, das er aus der Brieftasche genommen hatte. Der Oberst studierte es ein paar Sekunden lang intensiv und ließ dann ein anscheinend vollkommen aufrichtiges und sehr herzliches Lachen hören.

»Ah! *Il Palazzo*! Wie wunderbar ist doch unser liebes Vaterland. Meine Herren, ich nehme an, ich soll das für Sie übersetzen?« Er sah seine Gäste fröhlich und triumphierend an, während er auf ein paar Scheiben marinierter Zucchini in Tomatensauce herummümmelte. Carl und Joar starrten ihn fragend an. Ihr Gastgeber mußte es ihnen angesehen haben, daß sie sowohl ihre Neugier zu bezähmen als auch ihre Höflichkeit zu wahren bemüht waren.

»Wir haben es mit einem Stück italienischer Literatur zu tun, meine Herren. Sagen Sie, war es nicht höchste Zeit, endlich etwas zu essen zu bekommen? Sie haben da oben am Nordpol natürlich etwas andere Eßgewohnheiten. Ich hoffe, Sie hatten nicht schon gegessen, bevor Sie herkamen. Also, wo waren wir stehengeblieben? Also!«

Er hob einen Zeigefinger und deklamierte, als wäre es ein Stück Poesie.

»Ein mir unbekannter General, wenn auch sicher ein sehr distinguierter General, und zur Sicherheit auch noch der Verteidigingsminister des Landes haben eben den folgenden Text zustande gebracht: ›*Comandante Carl Graf Hamilton samt Mitarbeiter besitzen das Recht, zu persönlichem Schutz sowie in sonstigen Zusammenhängen, bei denen Waffengebrauch sich mit zwingender Notwendigkeit ergibt und nach den Gesetzen unseres Landes erlaubt ist, die Waffen zu tragen, die für die genannten Zusammenhänge als erforderlich angesehen werden können.*‹ Na ja, und dann unterzeichnet, und so weiter. Wollen Sie eine Übersetzung dieses Texts, meine Herren Offiziere?«

Der Oberst sah sich triumphierend um, und seine schwedischen Gäste konnten nichts anderes tun, als zwischen den Bissen mit dem Kopf zu nicken.

»Wie auch immer«, fuhr der Oberst munter fort, während er

das Dokument mit einer eleganten Geste der einen Hand zusammenfaltete und Carl überreichte, »in direktere Sprache übersetzt heißt das etwa, daß diese Spione, da sie unter staatlichem Schutz stehen, das Recht haben, sich nach Gutdünken zu bewaffnen und zu erschießen, wen sie wollen, vorausgesetzt, sie erschießen nur Mafiosi. Hehe. Sie müssen da oben im Palazzo sehr beliebt sein, Herr Comandante. Graf steht da auch, stimmt das, haben wir also die Ehre ...?«

»Ja, es stimmt«, murmelte Carl verlegen. »Man kann in der Wahl seiner Eltern nicht vorsichtig genug sein. Falls ein operatives Stadium eintritt, nehme ich an, daß wir entweder Material zum Flughafen einfliegen lassen und Ihre Hilfe beim Zoll in Anspruch nehmen, aber vielleicht können wir ja auch ein paar Sachen von Ihnen leihen?«

»Wie Sie wollen. Ein Telefon kann ich Ihnen liefern, dazu die gegenwärtig geltenden Nummern, unter denen Sie mich erreichen können, im Büro, in der Wohnung sowie, wie soll ich sagen, meiner *Zweitwohnung*, damit Sie mich zu jeder Tages- und Nachtzeit erreichen können. Meine Herren! Ich möchte vorschlagen, daß wir zu anderen Dingen übergehen und unseren düsteren Job ein wenig vergessen. Lassen Sie uns beispielsweise über die Probleme der Demokratie aus sizilianischer Sicht sprechen!«

Wie sich zeigte, waren die Probleme der Demokratie aus sizilianischer Sicht ein für schwedische Erfahrungen höchst exotisches Gesprächsthema. Einerseits, so der Oberst, könne die Demokratie das organisierte Verbrechen nicht tolerieren, das die Autorität und die Kontrolle des Staates auf jedem Gebiet mit Ausnahme der Streitkräfte bedrohe. Andererseits müsse die Demokratie in ihrem Kampf gegen dieses organisierte Verbrechen die Überlegenheit des eigenen Systems zeigen. Der Oberst fuhr fort: »Mit Figuren wie Saddam Hussein und anderen in der Dritten Welt wäre das Problem etwa das gleiche. Kann man sie zur Demokratie bomben? Wäre die überlebende irakische Bevölkerung heute dann eher geneigt, die Überlegenheit der westlichen Regierungsform anzukennen?

Natürlich nicht. Wenn man das Ziel jedoch nur als Macht formuliert, Macht für das westliche System, und zwar in dem Sinn militärischer und ökonomischer Oberhoheit, dann ist Ausrottungsbombardement natürlich ein effektives Machtinstrument, nicht wahr?«

Die schwedischen Gäste nickten zustimmend, ebensosehr aus Verblüffung wie aus Höflichkeit, während die Reste der Hors d'œuvres, die von einer ganzen schwedischen Mahlzeit hätten stammen können, hinausgetragen wurden. Anschließend wurden das erste Spaghettigericht und Rotweinkaraffen gebracht. Carl fühlte sich sehr amüsiert. Entweder war ihr Gastgeber Leninist, ohne es zu wissen, oder aber ein ausgewachsener Zyniker.

»Wie auch immer«, fuhr der Oberst fort, der im Unterschied zu seinen Gästen Spaghetti in rasendem Tempo essen konnte, während er gleichzeitig sprach, »der Mann, der mit der wohl größten Effektivität die Mafia bekämpft hat, war Benito Mussolini. In intellektueller Hinsicht war seine Methode nicht sehr verfeinert. Man könnte in Kürze sagen, daß sie darauf hinauslief, in einem ersten Schritt große Militärverbände nach Sizilien zu verlegen und in einem zweiten Schritt alle festnehmen zu lassen, die auch nur so aussahen, als wären sie *mafiosi*. Schritt drei: sie zu foltern. Am beliebtesten war eine Methode, die man damals *la cassetta* nannte. Man folterte die Leute, bis sie entweder starben oder gestanden.

Auf diese Weise ist es natürlich zu einigen Geständnissen gekommen. Die wiederum waren Grundlage neuer Verhaftungswellen, und nach einiger Zeit begann die Mafia, sich relativ ruhig zu verhalten. Insoweit war alles bestens geregelt. Vorausgesetzt, wir diskutieren jetzt nur über das rein operative Problem.

Aus bekannten äußeren Gründen verlor Benito Mussolini jedoch die Macht. Das hatte zur Folge, daß auf Sizilien die Aktien der Demokratie, besonders der westlichen Demokratie und ganz besonders der amerikanischen westlichen Demokratie, einen kräftigen Kurssprung erlebten. Als die Amerikaner an Land gingen, hatten sie nach kurzer Zeit überall Mafiosi als Kundschafter und Wegweiser. Innerhalb weniger Monate hatte die amerikanische Besatzungsmacht in mehr als der Hälfte der kleinen und größeren Städte Siziliens mit der Mafia verbundene Bürgermeister eingesetzt. Im übrigen hatten die Engländer, die an der Nordküste der Insel gelandet waren, jedoch ohne Kontakte zur Mafia und ohne deren Vertrauen, ungeheure Mühe mit ihren Operationen, da alle gegen die Engländer Widerstand leisteten. Wie sehen also die Probleme der Demokratie aus?«

Die plötzlich hinausgeschleuderte Frage schwebte kurz in der Luft, bis Joar, der im Augenblick bei den Spaghetti besser im Rennen lag als Carl, sich fing. Er erwiderte etwas von Rechtssicherheit und sagte, es sei wichtig, zu den eigenen Bedingungen zu siegen, nämlich nach genau den Regeln, die für die gesamte Gesellschaft zu gelten hätten.

Joar heimste erneut einen Schauer lobender Worte ein. Genauso sei es. Falls man das Mafia-Problem als eine einfache Frage möglichst vieler Abschüsse sehen wolle, werde der Staat kraft seiner effektiveren militärischen Organisation und seiner überlegenen Feuerkraft schnell als Sieger dastehen. Aber wolle man einen solchen Sieg?

»Nein und nochmals nein«, gab sich der Oberst selbst die Antwort, »und auf diese Frage ist Mussolini selbst die Antwort. Selbst wenn man die Begeisterung der Mafia für die Demokratie in Rechnung stellt. Außerdem steuern sie auch die Wahlen auf Sizilien. Jedermann weiß, daß Sizilien auf ewig christdemokratisch bleiben wird.

Also, was tun?«

Diesmal wurde die Frage an Carl gerichtet, als wäre es nicht mehr sportlich, Joar in Bedrängnis zu bringen. Carl wurde dadurch gerettet, daß die Spaghettireste hinausgetragen und die nächsten Platten hereingebracht wurden. Es waren *involtini alla siciliana*, panierte Grillspieße aus Kalbfleisch mit Paprika und Zwiebeln. Die überschwenglichen Empfehlungen und Erklärungen des Gastgebers sowie die Tatsache, daß neuer Wein eingeschenkt wurde, gaben Carl eine sehr notwendige Denkpause.

»Also, was tun?«

Carl leitete seine Antwort mit der vorsichtigen Bemerkung ein, er sei ebenfalls der Meinung, daß ein allgemeiner Abschuß nicht zu empfehlen sei. »Sollte man nicht eine langfristige Strategie entwickeln? Sollte man nicht lieber gegen die Einkünfte des organisierten Verbrechens zuschlagen und der Mafia die ökonomische Grundlage entziehen?«

Der Oberst lachte so sehr, daß er viel Wein vergoß. Auf dem Tischtuch bildeten sich große rote Flecke.

»Aber ja, die Idee ist vollkommen richtig. Haben Sie sich möglicherweise schon gefragt, meine Herren, wie es kommt, daß ich einigermaßen fließend englisch spreche? Ich habe früher nämlich sechs Jahre lang in New York als Verbindungsmann zwischen DEA, FBI und den entsprechenden italienischen Behörden Dienst getan.

Das Fundament dieser Leute ist Heroin. Das Rohmaterial kann in Form von Morphinbase aus der Türkei, dem Libanon, aus Afghanistan sowie aus dem Goldenen Dreieck kommen. Große Teile der Morphinbase werden hier auf Sizilien weiterveredelt, und zwar in Mafia-eigenen Raffinierien. Dann geht die Ware weiter nach Marseille und in die USA. Und wie geht man dieses Problem an?«

Diesmal wurde die Frage erneut an Joar gerichtet. Er erwiderte, mit diesem Wissen solle man permanent eine *operation search and destroy* verfolgen, die Raffinerien ausfindig machen und sprengen, eventuell buchstäblich.

Joars anscheinend selbstverständliche und logische Antwort löste beim Gastgeber erneut Heiterkeit aus.

Da Piemonte fing sich wieder und erklärte: »Das Problem ist folgendes. Entweder veranstaltet man eine Treibjagd mit einhunderttausend Mann oder mehr und durchkämmt ganz Sizilien von West nach Ost. Doch damit würden sich die Politiker oben im Palast niemals einverstanden erklären, und zwar aus einer Menge unterschiedlichster Gründe, anständigen wie unanständigen.

Vielleicht könnte man auch mit herkömmlichen Polizeimethoden eine Raffinerie nach der anderen ausfindig machen, um dann mit einer wohlvorbereiteten Operation zuzuschlagen.

So etwas gelingt gelegentlich, mißlingt aber meist, da alle größeren Unternehmen von Maulwürfen und korrupten Politikern verraten werden.

Daraus ergibt sich eine einfache Schlußfolgerung: Die Demokratie kann nie gewinnen. Den Faschismus wollen wir ja nicht, nicht wahr, *Gentlemen*? Folglich heißt es nur, im Dienst zu sterben und bis dahin das Richtige zu tun.«

Beim dritten Hauptgang verirrte sich das Gespräch zu eher privaten und erotischen Fragestellungen.

Carl und Joar kamen spät ins Bett. Sie machten sich Sorgen, weil sie die letzten hundert Meter von der menschenleeren und schlecht erleuchteten Nebenstraße der Via Roma betrunken zu Fuß gehen mußten, von dort, wo der schwarze Alfa Romeo sie absetzte. In legalem Sinn waren sie unleugbar betrunken, zumindest hätten sie in Schweden angesichts der vor kurzem eingeführten neuen Grenzwerte nicht Auto fahren dürfen. Das heißt, sie befanden sich in dem Stadium, in dem die meisten Menschen sich munterer, schneller, intelligenter und stärker als sonst fühlen. Gleichzeitig wußten sie jedoch sehr wohl, daß die greifbare Gefahr bestand, in diesem Stadium scheinbarer Nüchternheit, in Wahrheit jedoch Trunkenheit erneut auf Vertreter des Nachtlebens in Palermo zu stoßen. Es konnte passieren, daß sie das nächste Straßenräuberpärchen aus reinem Mangel an Präzision, aus reiner Unbeholfenheit umbrachten.

Noch immer war nichts in ihren Zimmern gestohlen, die auch nicht durchsucht worden waren. Kurz darauf schliefen beide tief und relativ unbekümmert.

Am nächsten Morgen frühstückten sie unter nachdenklichem Schweigen. Das Frühstück bestand aus Kaffee, der unten in dem bejahrten Speisesaal aus einem Tank von imponierender Größe gezapft wurde. Der Speisesaal konnte zumindest nicht zu dieser Tageszeit an glänzende Verbrecherkonferenzen erinnern. Die beiden versuchten darüber zu scherzen, doch die Phantasie paßte schlecht zu der düsteren Umgebung.

Neben dem Kaffeetank befand sich ein Tank entsprechender Größe, der gekochte Milch enthielt, daneben stand ein Tisch mit etwas, was in der Vorstellungswelt der beiden Schweden entweder Kleingebäck oder Kopenhagener waren. Ein Stück weiter stand ein kleiner Tisch mit zwei großen Saftkaraffen. Eine enthielt Saft von Blutapfelsinen, die andere eine hellgelbe Flüssigkeit, Grapefruitsaft. Sie wählten beide Grapefruit.

Sie hatten sich entschlossen, die Stadt mit dem Wagen etwa genauso zu erkunden, wie sie die Umgebung des Hotels zu Fuß ausgekundschaftet hatten. Sie nahmen sich vor, die nähere Umgebung Palermos in zunehmend größeren Kreisen kennenzulernen und sie sich einzuprägen. Sie konnten nicht einfach nur im Hotel herumsitzen und auf Mitteilungen warten. Das war die einfache

Schlußfolgerung, zu der sie sich während des den Umständen bestens angepaßten einfachen Frühstücks murrend durchgerungen hatten. Sie waren nach ihren nächtlichen Eßorgien bei der Polizeimacht immer noch mehr als gesättigt.

Als sie vor dem Verlassen des Hotels ihre Zimmerschlüssel abgaben, erhielten sie ihre Pässe zurück, die nach Angaben des Portiers für polizeiliche Zwecke einbehalten worden waren. Rechtzeitig erhielt jeder von ihnen eine gleichlautende Mitteilung und ein Paket.

Das Paket kam offenbar von der Polizei, denn es enthielt ein tragbares Telefon und einen handgeschriebenen Zettel mit der Mitteilung, welche Nummern zu welcher Tages- bzw. Nachtzeit angerufen werden konnten.

Die an beide gerichtete Mitteilung war sehr kurz. Sie enthielt nur eine Zeit- und eine Ortsangabe. *Castellammare del Golfo. 14.00 Uhr.*

Sie gingen zu ihrem Wagen hinaus und entdeckten, daß sowohl die Radabdeckungen als auch das Autoradio gestohlen waren. Eine Seitenscheibe war eingeschlagen.

Ihre Karten lagen jedoch noch auf dem Fußboden des Vordersitzes, und das erste, was sie feststellten, war, daß Castellamare eine recht große Stadt war und ein paar Dutzend Kilometer in westlicher Richtung an der Küste lag.

»Hast du einen Vorschlag?« sagte Carl und seufzte müde, während er das Loch betrachtete, in dem sich das Autoradio mit Kassettenteil befunden hatte. Er hatte ein paar Kassetten nach Italien mitgenommen.

»Erst zur Polizei und Strafanzeige erstatten, dann zum Flughafen und den Wagen wechseln. Castellammare soundso liegt in derselben Richtung wie der Flughafen.«

Sie gingen zunächst ins Hotel zurück, um eine Wegbeschreibung zur nächsten Polizeiwache zu erhalten, denn sie hatten sich schnell darauf geeinigt, daß es unpassend wäre, den obersten Polizeichef Palermos, ihren Gastgeber vom gestrigen Abend, wegen dieser Angelegenheit in Anspruch zu nehmen.

Der englischsprechende Portier war offenkundig nicht im Dienst, worauf sie eine Reihe von Pantomimen hinlegen und Diebe darstellen mußten, die Autos aufbrechen, und so weiter. Sie illustrierten ihre Gebärden mit verschiedenen, wie sie meinten leicht verständlichen Ausdrücken auf englisch, französisch und in desperaten Augenblicken auch auf russisch. Die letzte Scharade, als sie die Angelegenheit für notdürftig erklärt hielten, lief darauf hinaus, auf den jüngsten anwesenden Pagen zu zeigen und anschließend auf einen Wagen auf der Straße, worauf Sie etwas mimten, was sich als gemeinsame Autofahrt zur Polizei deuten ließ.

Nach einer aufgeregten Diskussion, die auf der fälschlichen Vermutung zu beruhen schien, daß sie den Pagen ungerechterweise beschuldigt hätten, das Autoradio gestohlen zu haben, schien die Sache endlich erklärt. Anschließend führten sie ihren jungen Mann mehr oder weniger handgreiflich und mehr oder weniger irritiert zum Wagen und baten ihn, den Weg zur Polizei zu zeigen.

Die erste Polizeiwache erwies sich aus unklaren Gründen als die falsche. Die zweite ebenfalls. Die dritte, die ganz in der Nähe der Festräume der gestrigen Nacht lag, hatte eine besondere Abteilung für bestohlene englischsprechende Touristen und war mit einem weiblichen und einem männlichen Beamten besetzt, die so sprachen, als wären sie in New York zu Hause. Davor eine ziemlich lange Schlange weiblicher Touristen, die ihre Handtaschen so losgeworden waren, wie es allen Touristinnen in Palermo ergeht. Der Motorroller kommt in der Regel von hinten.

Die beiden mußten einige Stunden warten, da die Handtaschen ausnahmslos Pässe, Kreditkarten, Bargeld und Heimflugtickets enthalten zu haben schienen, was das Erstatten der Strafanzeigen noch mehr komplizierte, da die meisten Menschen weder ihre Paßnummern noch ihre Kreditkartennummern im Kopf haben.

»Handtaschen sollten verboten werden«, seufzte Joar Lundwall.

»Was ist unter einem Treffpunkt zu verstehen, der nur aus einem Städtenamen besteht?« fragte Carl und beugte sich mit zwischen den Knien gefalteten Händen vor. Sie hatten trotzdem noch viel Zeit bis vierzehn Uhr.

»Es bedeutet erstens, daß wir rechtzeitig hinkommen«, stellte Joar irritiert fest. Inzwischen war noch eine Dame mit einer gestohlenen Handtasche in ihren Wartesaal gekommen, die von sich behauptete, so vermögend zu sein, daß sie vor den übrigen Wartenden angehört werden müsse, obwohl sie es ein wenig anders ausdrückte. Allerdings wurde sie doch bevorzugt behandelt.

Als Joar und Carl an der Reihe waren, ging jedoch alles sehr schnell und leicht. Der Polizeibeamte nuschelte, während er mit flinken Händen die Formulare ausfüllte, das sei jetzt die zehnte solche Strafanzeige, und das schon lange vor dem Mittagessen. Es sehe so aus, als könne er heute für eine einzige Schicht einen persönlichen Rekord aufstellen, nämlich mehr als dreiundzwanzig Autoaufbrüche mit nachfolgendem Diebstahl. Nach ein paar Minuten waren die Formalitäten erledigt. Kurz darauf saßen sie mit ihrer zertrümmerten Seitenscheibe wieder im Verkehr. Die Klimaanlage war damit außer Gefecht gesetzt, so daß sie schon bald heftig schwitzten, während das Wageninnere immer mehr von Abgasen und dem Geruch halb geschmolzenen Asphalts erfüllt wurde.

Sie setzten den Pagen im Hotel ab und steckten ihm einen Geldschein zu, der seiner überschwenglichen Freude nach zu urteilen unangemessen groß war – es fiel ihnen immer noch schwer, sämtliche Nullen auf den Geldscheinen richtig einzuordnen –, und setzten den Weg dann auf Joars Vorschlag hin nach Norden fort, um sich auf dem Umweg über ländliche Nebenstraßen zum Flughafen zu begeben, statt in einem Halbkreis auf der Autobahn an der Küste entlangzufahren.

Was auf der Karte jedoch als einfache Abkürzung ausgesehen hatte, erwies sich in Wahrheit als Labyrinth, durch das sie nur mühsam weiterkamen. Die Ortschaften lagen eng beieinander, dazwischen kleine Flicken braun verbrannter Felder zwischen dem Ende einer Ortschaft und dem Beginn der nächsten. Alle Straßen schienen direkt durch die Dorfmitte zu gehen, und in jedem Dorf blieben sie in träge dahinkriechenden oder stillstehenden Autoschlangen stecken, in denen rechts und links kaum mehr als zehn Zentimeter Manövrierraum blieben. Überdies verfuhren sie sich immer wieder, da die eher willkürliche Beschilderung entweder auf die nächstgelegene Ortschaft verwies, die auf der Karte gar nicht zu finden war, oder auch nur eine ungefähre Richtung angab, in der eine weit entfernte Stadt zu erreichen war. Carl fuhr unter zunehmender Irritation. Joar war begeisterter und hielt von Zeit zu Zeit kurze Vorlesungen über kleine Städte oder Dörfer, die sie passierten oder die den Straßenschildern zufolge in der Nähe zu finden waren. Die Landschaft war bergig. Manchmal sahen sie weit unten in irgendeiner Straßenbiegung einen Zipfel vom Meer.

Torretta sah nach nichts aus. Im Grunde war es nicht mehr als eine einzige, von Autos verstopfte Hauptstraße mit Reihen geschlossener Fensterläden. Joar zufolge hatten die Carabinieri jedoch vor ein paar Jahren bei einer Großrazzia im Dorf bemerkenswerte Funde gemacht. Es stellte sich heraus, daß sich hinter den einfachen Fensterläden entweder ein völlig verlassenes Haus verbarg oder aber ein verblüffender Luxus mit goldenen Wasserhähnen in Badezimmern, die mit Carrara-Marmor ausgelegt waren, mit echten Teppichen und Kunstschätzen für Millionenbeträge. Die Familien des Dorfs, die nicht dem organisierten Verbrechen angehörten, hatte man einfach nur freundlich, aber bestimmt gebeten, aus dem Dorf auszuziehen, und niemand hatte protestiert. Der Rest des Dorfs, vor allem die Frauen, waren in den Heroinschmuggel nach New York eingebunden worden. Jede Frau hatte einen Spezialgürtel nähen müssen, den man unter dem Kleid tragen konnte. Er bot genug Platz für ein paar Kilo Heroin. Anschließend hatten die Frauen in Parfum gebadet, um die Drogenhunde auf dem Kennedy Airport zu täuschen. Alles war gutgegangen, bis eine Frau derart übertrieben hatte, daß die Parfumwolke noch in zehn Meter Entfernung zu riechen war.

Ein paar hundert Frauen, die pro Jahr drei oder vier Verwandtenbesuche in New York machten und jedesmal rund drei Kilo reines Heroin einführten, da brauchte man nur zu rechnen. Die Frauen erhielten einen einwöchigen kostenlosen Aufenthalt in New York und dazu etwa fünfzigtausend schwedische Kronen pro Besuch – eine Million oder zehn Millionen Lire?

Montelepre und Partinico waren Dörfer, die mit dem Namen des letzten großen Banditen Giuliano verknüpft waren. Dieser war mit der Mafia in Konflikt geraten und ermordet worden, nachdem Freunde ihn verraten hatten.

Carl entdeckte schließlich ein grünes Straßenschild, auf dem behauptet wurde, die Autobahn liege in der angegebenen Richtung. Carl machte der Exkursion entschlossen ein Ende, und kurz darauf kühlte sie der Fahrtwind durch die zerschlagene Seitenscheibe, obwohl sie den lauten Windzug in Kauf nehmen mußten.

Am Flugplatz waren die Autovermietungen gerade dabei, über Mittag zu schließen. Während einer so unwahrscheinlichen Zeit wie der dreistündigen sizilianischen Mittagspause wurden ohnehin keine Maschinen erwartet. Joar und Carl schafften es mit knapper Not, einen neuen Wagen zu erhalten. Auch hier wurden Autoaufbrüche als etwas völlig Normales angesehen, und sobald sie ihre von der Polizei ausgefüllten Formulare und Carls Kreditkarte vorgelegt hatten, wurde ein neuer Alfa Romeo vorgefahren. Sie erhielten den Rat, sich nach Möglichkeit um einen Garagenplatz zu bemühen, falls sie in Palermo wohnten, sonst würde der ständige Wagenwechsel ihnen irgendwann unnötigen Ärger machen.

Sie hatten sich verspätet. Zumindest schien es so, da sie bisher nur sechs Zentimeter auf der Karte zurückgelegt hatten, so daß bis Castellammare noch mindestens die gleiche Entfernung blieb. Und obwohl die Entfernung kaum mehr als ein paar Dutzend Kilometer zu sein schien und sie noch eine halbe Stunde Zeit hatten, trat Carl sofort aufs Gaspedal, als sie wieder auf der Autobahn waren.

Infolge der hohen Geschwindigkeit, die sie von dem restlichen Verkehr unterschied, entdeckten sie fast gleichzeitig, daß sie verfolgt wurden.

»Ruf diesen Rittmeister an und frage, was das soll. Das Telefon liegt auf dem Rücksitz«, sagte Carl und trat das Gaspedal durch. Er lächelte, als der Verfolger Mühe hatte, erstens mitzuhalten und sich zweitens zu verbergen, indem er sich ständig in der linken Fahrspur einordnete, um durch den Rückspiegel des Objekts nicht gesehen zu werden. Der Alfa schaffte etwas mehr als zweihundert Stundenkilometer, und der Verkehr war sehr spärlich. Der Verfolger fiel allmählich zurück.

»Die Verkehrspolizei kann es jedenfalls nicht sein«, stellte Joar nach einem Blick in seinen Außenspiegel fest, den er so eingestellt hatte, daß er nach hinten ein freies Blickfeld hatte. Aus dem Hörer ertönte eine unbegreifliche Folge italienischer Worte. Der Oberst schien unter der ersten angegebenen Telefonnummer nicht erreichbar zu sein. Anschließend versuchte Joar es bei ihm zu Hause. Dort nahm eine Frau ab. Es hörte sich an, als wäre er nicht da.

»Er kann doch jetzt in der Mittagspause nicht bei seiner Geliebten sein?« murmelte Joar. Er zögerte, die dritte Nummer zu wählen.

»Das ist doch viel eleganter, als abends fremdzugehen«, bemerkte Carl und bog von der Autobahn ab, da der Verfolger nicht mehr zu sehen war.

»Hast du Erfahrung mit so was?« fragte Joar mit absolut echtem Erstaunen in der Stimme, während er die dritte Nummer wählte.

»Eine höchst unpassende Frage«, fauchte Carl, bremste heftig, brachte den Wagen am Straßenrand zum Stehen und riß das Telefon an sich.

»Prego. Colonello. I am comandante!« brüllte er ins Telefon, jedoch mehr aus Verlegenheit als aus Erregung. Die Frau schien so etwas wie ›Einen Augenblick‹ zu sagen, und ein paar Sekunden später, als hätte sich das Telefon an der Bettkante befunden, meldete sich ein etwas atemloser Oberst Da Piemonte, indem er ein unglaublich aggressives »*Pronto!*« hören ließ.

Carl entschuldigte sich, erklärte die Situation und erhielt schnell die Versicherung, in dem Verfolgerwagen säße keine Polizei. In diesem Punkt habe niemand gegen ihre Abmachung verstoßen. Als der Oberst fragte, worum es gehe und wo sie sich befänden, beendete Carl das Gespräch und streckte sich nach der Karte aus.

»Nein, es war nicht die Polizei. Wir sollten dieser gelben Straße folgen können und es trotzdem noch rechtzeitig schaffen«, bemerkte er und ließ ruhig den Wagen an. »Hast du gesehen, was es für eine Marke war, ein Kennzeichen oder so?«

Joar schüttelte den Kopf. Er hatte nur gesehen, daß es ein dunkelblauer Wagen war und kein Alfa Romeo, denn er hatte größere und zumindest rundere Scheinwerfer.

Sie fuhren in eine Ortschaft, die den Eindruck eines kleinen Badeorts machte. Sie hieß Balestrate. Beide fanden sich schnell auf der Karte zurecht.

»Wir schaffen's, du kannst dich ein bißchen entspannen«, riet Joar.

»Die können uns doch kaum durch all diese verdammten Dörfer verfolgt haben?« fragte Carl. Es war eine rhetorische Frage. Die Schlußfolgerung lag auf der Hand.

»Nein«, gab ihm Joar recht. »Die müssen sich an uns rangehängt haben, nachdem wir den Flugplatz verlassen hatten. Aber wie haben sie uns da gefunden?«

»Der Einbruch«, bemerkte Carl. »Die wußten natürlich, daß wir einen neuen Wagen brauchten.«

»Wir hätten es doch einfach so lassen oder damit bis morgen warten können.«

»Und in dieser Hitze mit einer nicht funktionierenden Klimaanlage rumfahren?«

»Nein, aber ich nehme an, daß wir in jedem beliebigen Avis-Büro einen neuen Wagen bekommen hätten. Oder?«

»Ja. Aber warum hätten wir nicht das nehmen sollen, das an der Straße lag, so wie wir es getan haben?«

Carl hielt an und dachte nach.

»Habe ich den Zündschlüssel gedreht, als wir anhielten, um zu telefonieren? Das habe ich doch nicht getan?« Es war eher eine Feststellung als eine Frage. Joar schüttelte bestätigend den Kopf.

»In Ordnung«, sagte Carl und tastete nach dem Hebel, mit dem Kofferraum und Motorhaube geöffnet wurden. »Du weißt, worum es geht.«

Beide stiegen aus und nahmen sich den Wagen systematisch vor. An das Zündsystem war nichts gekoppelt, der Kofferraum war leer, auch unter dem Wagen war nichts befestigt, und das Abgasrohr war nachweislich nicht blockiert.

»Worum zum Teufel geht es eigentlich? Wir können doch nicht auch noch die Polsterung aufreißen und nach Drogen oder so was suchen«, sagte Joar.

Sie setzten sich wieder in den Wagen und schwiegen einige Augenblicke. Jeder suchte intensiv nach möglichen Erklärungen. Joar streckte aus einer spontanen Eingebung heraus die Hand aus und öffnete das Handschuhfach. Dort lag eine schwarze Pistole. Er nahm sie mit dem kleinen Finger am Abzugsbügel und hielt sie lächelnd hoch.

»Beretta 92. Da ist jemand bestens informiert, zumindest was deine Bedürfnisse angeht«, grinste Joar.

»Scheiß auf die Fingerabdrücke. Nimm die Waffe auseinander. Nein, nicht im Auto, wenn ich bitten darf!«

Joar öffnete die Wagentür und befaßte sich eine Zeitlang mit der Waffe. Dann schloß er die Tür und warf die Pistole ins Handschuhfach.

»Nun? Was Interessantes?« wollte Carl wissen.

»Nichts Besonderes. Fünfzehn Schuß im Magazin, eine Patrone im Lauf. Italienische Munition, ich glaube Militärmunition. Die Markierung deutet darauf hin. Scheint neu und unbenutzt zu sein, und die Seriennummer ist noch dran. Die Pistole war entsichert.«

Carl legte einen Gang ein und beschleunigte unbewußt weich und vorsichtig, was angesichts dessen, wie er den Wagen noch vor kurzem gefahren hatte, nicht besonders rational erschien.

»Du denkst an diese pfiffige Variante, die Bombe, die erst dann ausgelöst wird, wenn man eine bestimmte Drehzahl überschreitet«, lächelte Joar. »Aber das haben wir ja wirklich schon getestet.«

Carl schüttelte lächelnd den Kopf. Ja, das hatten sie tatsächlich schon getestet. Beide sahen gleichzeitig zur Uhr. Sie würden es genau rechtzeitig schaffen.

»Wir pfeifen bis auf weiteres auf die Pistole. Wen sollen wir hier in diesem Castellammare treffen und wo? Was glaubst du?« fragte Carl in einem fast gelangweilten Tonfall, als gäbe es nichts, worum sie sich Sorgen machen müßten. Das war seine grundlegende Schlußfolgerung. Wenn die Gangster verhandeln wollten, gab es keinerlei Grund, irgendeine Teufelei auszuhecken, bevor man sich überhaupt kennengelernt hatte.

»Wir fahren in die Stadt. Langsam und genau zur festgesetzten Zeit. Wenn nichts passiert, fahren wir zur Stadtmitte, parken, steigen aus und warten«, schlug Joar vor.

Carl nickte. Das schien die einzig denkbare Möglichkeit zu sein.

»Aber wenn du anhältst, wirst du den Zündschlüssel abziehen müssen«, grinste Joar nach einer Weile.

»Wieso?« knurrte Carl mit gespielter Entrüstung. »Willst du vielleicht zehn Meter Vorsprung haben?«

»Nicht nötig. Der Wagen ist wahrscheinlich nicht präpariert«, entgegnete Joar.

An einem Bahnübergang mußten sie eine Weile warten, so daß sie die Einfahrt von Castellammare del Golfo auf die Minute genau erreichten. Es ging eine Weile bergauf, und als sie die Straßenkuppe erreichten, konnten sie zwischen zwei Schildern wählen. Eins zeigte auf die Stadtmitte, das andere nach Trapani, das rund hundert Kilometer weiter an der Küste lag. Carl bog in Richtung Zentrum ab. Die Straße führte sofort wieder bergab und in ein Gewimmel von Gassen und engen Passagen.

Bald blieben sie wieder in engem Verkehrsgewühl stecken und konnten jeweils nur ein paar Meter weiterrollen, während sie sich unaufhörlich umsahen und gleichzeitig den Eindruck zu erwekken versuchten, als täten sie es nicht.

Carl bog ab, als er sah, daß er auf einer nicht ganz so stark befahrenen Straße zum Hafen hinunterkommen konnte. Knapp eine Minute später waren sie unten am Wasser. Sie fanden einen Parkplatz neben einem Kai, wo ein mit einer Touristenfamilie vollbeladener Wagen gerade losfuhr.

Carl griff nach dem Zündschlüssel, suchte Joars Blick und zwinkerte vielsagend, bevor er den Motor abstellte. Der Alfa Romeo begab sich mit etwas zur Ruhe, was sich in der Hitze wie ein müder Seufzer anhörte.

»Was habe ich gesagt?«, sagte Joar und öffnete seine Tür.

Sie stiegen aus und wurden erneut von der Hitze überrascht. Sie lehnten sich gegen den geparkten Wagen und begannen sich umzusehen. Dabei versuchten sie sich alles einzuprägen, was sie sahen.

Sie standen in einer Todesfalle. Ganz unten in einem Kessel. Das ließ sich leicht feststellen.

Der Hafen lag in der Mitte einer weich gerundeten Bucht, die von einer hervorschießenden Landzunge geteilt wurde. Diese war vermutlich irgendwann zu Verteidigungszwecken gebaut worden und wurde von hohen Bauwerken und viereckigen Türmen beherrscht. Oberhalb der Türme kletterten unregelmäßig geformte Häuser wie Akrobaten den künstlichen Hang hinauf. Carl und Joar standen mit dem Rücken zum Wasser, auf dem rund zehn schwimmende lange Anleger eine große Zahl von Segelbooten im Zaum hielten, die zweifellos Touristen und Freizeitsegler beherbergten. Auf der einen Seite das Meer, zumindest die innere Bucht, also Wasser, und auf der anderen Seite ein Halbkreis hochgelegener Häuser mit mindestens zweihundert Fenstern, die von Wäscheleinen oder Fensterläden mehr oder weniger verdeckt waren. Die Schußentfernung würde in keinem Fall hundert Meter übersteigen.

»Hier stehen wir vielleicht gut«, grinste Carl, dem es nicht schwerfiel, Joars Gedanken zu lesen. Sie hatten ja das gleiche gesehen.

»Wirklich«, sagte Joar. »Hier stehen wir tatsächlich gut, aber wir dürfen wohl annehmen, daß du recht hast und sie nur mit uns reden wollen. Ich meine, weil wir noch immer heil und unversehrt hier herumstehen.«

Sie musterten die Touristen, die auf den Bootsanlegern herumspazierten. Fast alle schienen Italiener zu sein. Sie sahen über den Hecks der Segelboote nur italienische Flaggen sowie majestätische Motorboote, die nach europäischen oder amerikanischen Maßstäben von Erfolg im Leben kündeten.

Sie entdeckten gleichzeitig auch den dunkelblauen Wagen, der sacht auf sie zurollte. Es war ein Fiat Croma, wie sie jetzt feststellen konnten. Die beiden Männer auf den Vordersitzen trugen dunkle Brillen und dunkle Anzüge, und als sie mit selbstverständlicher Nonchalance neben Carls und Joars Wagen geparkt hatten und ausstiegen, sahen sie genau so aus, wie man erwarten konnte, zumindest wenn man eine auf Gangsterfilmen beruhende Vorstellung davon hatte, wie *mafiosi* auszusehen haben.

Sie waren in der gesamten Umgebung die garantiert einzigen Männer in dunklem Anzug und Krawatte, und diese Umgebung reagierte denn auch mit unsichtbaren Signalen, die sich wie elektrische Wellen bemerkbar machten. Hier gab es keinen Zweifel.

Die beiden Männer schlenderten demonstrativ gemächlich zu Carl und Joar hin, die beide mit vor der Brust verschränkten Armen warteten und keinerlei Neigung erkennen ließen, sich aus ihrer bequemen, an den Wagen gelehnten Haltung aufzurichten.

Als die beiden nur noch einen Meter entfernt waren, blieben sie stehen und verharrten so eine Weile, als wollten sie Carl und Joar Furcht einjagen oder mit übertriebener Deutlichkeit demonstrieren, daß man einander jetzt gefunden hatte. Sie schienen zwischen fünfundzwanzig und dreißig Jahre alt zu sein.

Beide waren frisch rasiert und rochen nach Parfum oder Rasierwasser.

»Willkommen in Castellammare del Golfo«, sagte der eine, der zehn Zentimeter vor dem anderen stand, nahm langsam die Sonnenbrille ab und fixierte Carl, während er gleichzeitig die Hand zum Gruß ausstreckte. »Mein Name ist Giulio. Sie können mich so nennen, Mr. Hamilton.«

Als sie die Hände schüttelten, erkannte Carl, daß der Mann, der sich Giulio nannte, mit etwas Schwererem bewaffnet war als einer gewöhnlichen Pistole.

Eine kleinere Maschinenpistole, Berettas Mini-Modell oder eine UZI, dachte Carl, während er dem Mann die Hand schüttelte.

»Sie können mich Mr. Hamilton nennen, das geht schon in Ordnung. Und dies ist mein Mitarbeiter Mr. Lundwallo«, erwiderte Carl mit einem feinen Lächeln über Joars plötzlich aufkeimende Gereiztheit.

»Sie scheinen ein guter Fahrer zu sein, Mr. Hamilton«, sagte der Mann mit dem angeblichen Namen Giulio. »Dies ist mein Mitarbeiter, und er heißt Roberto.«

»Ausgezeichnet«, erwiderte Carl, ohne die Körperhaltung zu ändern. »Und was machen wir jetzt?«

»Wir haben es nicht mehr weit, wir nehmen Ihren Wagen«, erwiderte Giulio leichthin und öffnete die hintere Tür des Alfa Romeo, während er den Rest der Gesellschaft mit einer einladenden Geste bedachte.

Carl ging um den Wagen herum und setzte sich auf den Fahrersitz, ohne etwas zu sagen. Mit der gleichen Selbstverständlichkeit nahm Joar auf dem Rücksitz neben dem mit einer Maschinenpistole bewaffneten Giulio Platz. Der Mann namens Roberto erweckte einen kurzen Augenblick lang den Eindruck, als hätten ihn die anderen im Stich gelassen, bis ihm aufging, daß noch ein Platz da war.

»Okay, Sie scheinen ein gutes Englisch zu sprechen. Wohin fahren wir?« fragte Carl und setzte den Wagen zurück.

»Wenn man in Brooklyn geboren ist, fällt einem das nicht allzu schwer«, erwiderte der Mann namens Giulio mit einem Lächeln. »Fahren Sie einfach den gleichen Weg zurück, auf dem Sie hergekommen sind, und biegen Sie dann nach Trapani ab.«

Carl folgte den Anweisungen, und sie fuhren eine Zeitlang in dem träge dahinfließenden Autostrom inmitten der Touristen aus der Stadt.

»Es ist Mittagszeit, dann ist es hier immer so«, erklärte der Mann namens Giulio. Sein Tonfall war neutral und freundlich.

Carl war zu dem Schluß gekommen, daß sie es mit Handlangern zu tun hatten und daß es folglich sinnlos war, so etwas wie Verhandlungen einzuleiten. Alles deutete darauf hin, daß sie zu irgendeinem Boß unterwegs waren.

Als sie die Stadt hinter sich hatten, führte die Straße steil bergauf, und kurze Zeit später fuhren sie, während der Verkehr immer mehr nachließ, auf einer Straße, die an eine Corniche an einem Berghang der Riviera erinnerte. Tief unter ihnen verschwand Castellammare wie eine kleine Märchenstadt.

»Ist dieses Tempo in Ordnung?« fragte Carl nach einer Weile. »Haben wir es eilig? Kann uns jemand verfolgen?«

»Nein, es ist alles in Ordnung, alles bestens«, erwiderte der Mann namens Giulio ruhig. »Wir haben es sowieso nicht weit. Ich sage Ihnen bald Bescheid, wann Sie abbiegen müssen, Mr. Hamilton.«

Der Parfumduft breitete sich wie ein Gestank im Wagen aus. Carl stellte die Klimaanlage auf volle Leistung und bemühte sich gleichzeitig, es nicht wie eine Beleidigung aussehen zu lassen, obwohl er im Rückspiegel einem vielsagenden Blick Joars begegnete. Dieser unterdrückte ein Lächeln.

»Hier!« sagte der Mann namens Giulio plötzlich, »hier müssen Sie abbiegen! Lassen Sie es ein bißchen ruhig angehen, die Straße ist nicht sehr gut.«

Carl tat, wie ihm geheißen. Sie passierten eine Villa mit niedrigen weißen Mauern und fuhren dann an einer übertriebenen Zahl von Schildern vorbei, die ziemlich aggressiv mitzuteilen schienen, daß man sich auf privatem Gelände befinde.

Die Landschaft war eben und steinig. Sie fuhren auf eine Art Hochplateau zu, das über das Meer hinausragte. Das Ziel konnte jetzt nur noch eins sein, eine große weiße Villa, die völlig einsam an einem Steilhang zum Meer lag. Fast hundert Meter vor der Villa verlief eine weiße Mauer, auf deren Krone ein dünner Stahldraht gespannt war. In der Mitte der Mauer ein paar stabile Eisentore, die sich automatisch zu öffnen schienen, als sie sich näherten.

Elektronische Alarmanlage, Fernbedienung, dachten Carl und Joar gleichzeitig.

Vor der Villa befand sich ein mit Kies belegter Parkplatz, auf dem ein einziger Wagen stand, ein riesiger schwarzer Lincoln Continental mit schwarz getönten Scheiben.

Carl parkte neben dem amerikanischen Wagen, stellte den Motor ab und hob mit einer fragenden Geste demonstrativ die Hände.

»Seien Sie so freundlich, steigen Sie aus, gehen Sie die Treppe hinauf und warten Sie dort«, sagte der Mann namens Giulio verbindlich. Carl und Joar folgten seiner Aufforderung sofort.

Erst als sie oben auf der Treppe standen, stiegen die beiden anderen aus. Der Mann, der sich Giulio nannte, hielt seine Maschinenpistole vor sich – also doch eine UZI, dachte Carl –, jedoch mehr um sie zu zeigen, als damit zu zielen. Sein Gehilfe öffnete sofort das Handschuhfach, nahm die Pistole heraus und steckte sie sich in den Hosenbund. Im selben Augenblick ging die Haustür auf, und ihre beiden Begleiter gaben ihnen ein Zeichen, hineinzugehen, aber langsam.

Gleich hinter der Haustür befand sich eine Schleuse mit Panzerglas und Stahltüren etwa wie in Botschaftsgebäuden und Gefängnissen. Dort befand sich auch ein Schubfach, in das man Papiere oder größere Gegenstände legen konnte, beispielsweise Pistolen, und hinter der Glasscheibe saß ein Mann, der genauso aussah wie ihre Begleiter. Er fragte sie in ebenso typischem Amerikanisch, ob sie irgendwelche Eisenstücke bei sich hätten, und falls ja, sollten sie sie freundlicherweise in das Schubfach legen.

Carl und Joar schüttelten den Kopf, worauf sie in das erste Abteil der Schleuse eingelassen wurden. Es schien zugleich ein Metalldetektor zu sein, da der Mann in dem dunklen Anzug hinter dem Panzerglas mit beamtenhaftem Ernst ein Instrument betrachtete. Dann klickte es im Schloß, worauf die beiden anderen die Schleuse betraten, ohne ihre Waffen abzugeben.

»Amateure. Während sie da drinnen herumstehen, könnten wir losgehen und alle Menschen im Haus töten«, scherzte Joar.

»Die glauben vielleicht, daß man nur mit Eisenstücken töten

kann«, brummte Carl. Er war noch unschlüssig, ob ihm gefiel oder nicht, was er hier sah. Es war offenkundig, daß sie eine wichtige Person treffen sollten, und insofern war alles gut. Der Ernst jedoch, mit dem man in diesem Haus Waffen betrachtete, war weniger angenehm.

Als ihre beiden Begleiter die Schleuse passiert hatten, zeigten sie durch Handbewegungen, in welcher Richtung es weiterging. Ein Wachhund ging vor, der andere folgte ihnen. Alle vier gingen eine lange Treppe gleich neben dem Eingang hoch. Sie zählten drei Stockwerke, bis sie in ein großes Wohnzimmer geleitet wurden. Die Wände waren mit Gobelins behangen, die einen außerordentlich echten Eindruck machten, und auf dem Marmorfußboden lagen echte Teppiche.

»Isfahan und Nain«, flüsterte Carl in scherzendem Tonfall. »Ich studiere im Augenblick Inneneinrichtung, denn ich werde eventuell umziehen.«

»Please, kein Schwedisch!« sagte der Mann, der sich Giulio nannte und sich jetzt dicht hinter ihnen befand.

»Sorry«, erwiderte Carl auf englisch, »ich habe nur diese Perserteppiche bewundert. Ich habe nämlich vor, mir zu Hause auch welche zu kaufen.«

Die beiden Männer hinter ihnen kicherten, wenn auch unklar blieb, aus welchem Grund.

Am Ende des Raums befand sich eine Reihe französischer Fenster, dahinter offenbar eine große Terrasse. Die einzige Tür war jedoch verschlossen, und neben dem elektronischen Schloß war eine Gegensprechanlage mit Codeziffern und Lautsprecher.

Der Mann, der sich Giulio nannte, ging zur Gegensprechanlage und sagte etwas auf italienisch. Carl und Joar hörten nur ein paar höfliche Phrasen heraus und das Wort »Don Tommaso«. Der Rest ließ sich aus der Situation erschließen. Es klickte im Schloß, und als Carl auf die Terrasse hinaustreten wollte, wurde er von »Giulio« brüsk zur Seite geschoben. Dieser ging vor ihm hinaus, hielt die Waffe im Anschlag, zog den Lauf in einem Halbkreis um sich herum, trat ein paar Schritte zurück und nickte den Gästen dann zu, sie sollten ihm folgen.

Carl mußte die Hand vor die Augen halten, als er in das gleißende Sonnenlicht hinaustrat. Die halbe Terrasse war durch eine

Art Pergola mit Weinranken überdacht. Sie wurde von einer eineinhalb Meter hohen Mauer begrenzt, hinter der die Steilwand offenbar zum Meer hin abfiel. Opernmusik, etwas von Verdi, hing schwer über der Szene.

Links, am Ende des überdeckten Teils der Terrasse, erhob sich ein riesenhafter Mann in Strohhut, weißem Hemd mit hochgekrempelten Ärmeln und weiten Hosen, in denen Carl und Joar zusammen bequem Platz gefunden hätten.

»Wie schön, daß Sie kommen konnten. Sehr angenehm, Commander Hamilton. Ich bin Don Tommaso. Herzlich willkommen in meinem Haus. Ich hoffe, Sie sind Opernliebhaber«, sagte der gewaltige Mann, während er mit ausgestreckter Hand näher kam.

Carl gab ihm die Hand und stellte Joar vor, der dem Riesen jedoch nicht die Hand geben durfte, sondern nur einen kurzen gnädigen Blick erhielt.

»Hier entlang, bitte. Nehmen Sie Platz«, sagte Tommaso und drehte sich auf dem Absatz um, ohne eine Antwort abzuwarten. Als er sich wieder in den Schatten gesetzt hatte, postierte sich der Mann, der sich Giulio nannte, am anderen Ende der Terrasse, während sein Gehilfe sich vor die schon wieder verschlossene Glastür stellte.

Das erste, was Carl und Joar im Schatten entdeckten, war ein großer gedeckter Tisch, der sie einen kurzen, aber dennoch sehr vielsagenden Blick wechseln ließ; ihnen lag die Gastfreundschaft der anderen Seite am vorigen Abend noch schwer im Magen. Und dann entdeckten sie ein kleines Mädchen von etwa sechs Jahren mit Zöpfen und roten Schleifen.

»Sind Sie zum ersten Mal auf Sizilien? Was für einen Eindruck macht die Insel auf Sie?« fragte ihr Gastgeber höflich, nachdem sie sich in weiche, knarrende Korbstühle hatten sinken lassen. Bevor sie Zeit hatten zu antworten, da sie überdies unsicher waren, wer eigentlich angesprochen worden war, begann Don Tommaso mit großen Gesten zu zeigen, daß sie bei den Gaben des Tischs herzhaft zulangen sollten. Die Lautstärke der Musik wurde heruntergedreht.

»Es ist natürlich dieser verfluchte Verkehr. Es gibt hier so viele Ausländer auf Sizilien. Sie strömen aus allen möglichen gottverfluchten Orten hier zusammen, Mailand und Bologna, und, der

Teufel soll mich holen, sogar aus Rom. Aber langen Sie jetzt zu, meine Herren, bedienen Sie sich!«

Carl ließ einen tiefen Seufzer hören und nahm sich dann entschlossen einen Teller.

»Wieso der verfluchte Verkehr?« fragte er und begann, etwas von dem marinierten Tintenfisch zu nehmen, den Champignons, den Artischockenböden in Olivenöl und allem anderen, während er Joar einen vielsagenden Blick zuwarf, der etwa bedeuten sollte, iß, verdammt noch mal.

»Ich meine, Sie müssen ja schon ganz ausgehungert sein, wenn ich an diese Verspätung denke. Es ist ja bald drei, und ich nehme an, daß keiner von uns einen Bissen zu sich genommen hat«, erwiderte Don Tommaso, der schon herzhaft aß.

»Nun ja«, sagte Carl übertrieben reserviert, »wir sind ja Skandinavier. Erstens ist es bei uns zu Hause nicht so warm, zweitens essen wir nicht wie Sizilianer, und drittens haben wir gestern abend bei der Polizei in Palermo ein spätes, aber sehr reichhaltiges Essen erhalten.«

Carl steckte sich eine Olive in den Mund und tat, als hätte er soeben etwas ganz Selbstverständliches gesagt.

Joar hätte sich um ein Haar verschluckt. Don Tommaso verzog keine Miene.

»Aha. Demnach haben Sie Ihre ersten Kontakte mit unserer Küche schon hinter sich. Dürfte ich dann vielleicht um einen jungfräulichen Eindruck bitten«, sagte Don Tommaso mit einem so sanften Tonfall, daß es sich in der flirrenden Hitze sehr kalt anhörte.

»Die Zutaten sind erstklassig, Kräuter und Gewürze ausgezeichnet, aber das Olivenöl und das Tomatenmark neigen dazu, alles zu überlagern. Ich würde diesem marinierten Tintenfisch wahrscheinlich den Vorzug geben. Der Rotwein, den wir gestern bei der Polizei getrunken haben, war vielleicht ein wenig einfach, und ich wüßte gern, wie Ihr sizilianischer Weißwein schmeckt«, erwiderte Carl scheinbar munter, spießte einen kleinen Tintenfischarm auf einen Zahnstocher auf und sog ihn geräuschvoll in sich hinein, bevor er ihn zerkaute und seinem Gastgeber wohlwollend zunickte.

Don Tommasos großes, grobes Gesicht wirkte jetzt wie das

eines Bluthunds, da die Augen so tief in der Haut versanken, daß man kaum noch seinen Blick sehen konnte. Es hatte den Anschein, als hätten sich die Augen ganz einfach in dünne Striche verwandelt. Er streckte sich langsam nach einem Telefon aus, das auf dem Stuhl neben ihm lag, wählte eine Nummer und sah den munter drauflosmümmelnden Carl unverwandt an, während er dem kleinen Mädchen fast nachdenklich über die Zöpfe strich.

Als sich am anderen Ende jemand gemeldet hatte, erteilte Don Tommaso einige schnelle Befehle. Carl schnappte etwas auf wie »Weißwein«, »den besten im Haus«, aber auch »sizilianischer, verdammt noch mal«. Dann legte der Riese langsam den Hörer auf und starrte Carl kurz an, bevor er etwas sagte.

»Möchten Sie vielleicht ein Glas Champagner, Comandante?«

»Nein, besten Dank. Ich finde, daß man sich auf Reisen an die lokalen Weine halten soll, und im Augenblick versuche ich, mich mit Sizilien vertraut zu machen«, erwiderte Carl in demselben erzwungen ungezwungenen Gesprächston wie zuvor, während er Joar gleichzeitig unter dem Tisch einen leichten Fußtritt versetzte und mit entzückter Miene ein Stück Tintenfisch hochhielt.

Joar begann zögernd zu essen.

»Wissen Sie, Comandante, ich muß gestehen, daß ich in der amerikanischen Presse viel über Sie gelesen habe, was mir nicht gefallen hat. Ich habe nämlich bis vor kurzem in den USA gewohnt.«

»Hoffentlich nichts, was unsere Zusammenarbeit negativ beeinflussen könnte«, erwiderte Carl und hielt gleichzeitig sein Weinglas hoch, ohne den Mann anzusehen, der sich von hinten näherte, um ihm einzuschenken. Als Carls Glas gefüllt war, bedankte er sich gemessen und probierte den Wein mit Genuß. Er überlegte kurz und nippte dann erneut.

»Das habe ich schon immer gesagt«, stellte er mit einem leichten Schmatzen fest. »Man soll sich an die lokalen Weine halten. Leicht, fruchtig, erfrischend. Ich muß Ihnen zu diesem außerordentlichen Wein gratulieren, Don Tommaso. Er ist besser als alle norditalienischen Weine, die ich gekostet habe. Allerdings muß ich gestehen, daß ich kein Kenner italienischer Weine bin.«

»Welche Weine sind Ihnen am vertrautesten?« fragte Don

Tommaso mit nicht mehr vollkommen verborgener Feindseligkeit.

»Kalifornische und dann natürlich französische. Was hat Ihnen in der amerikanischen Presse nicht gefallen?«

Carl stellte das Weinglas ab und schob den Teller ein Stück von sich, um zu demonstrieren, daß er eine Antwort erwartete, die ein wenig über Small-Talk-Niveau lag.

»Im *Time Magazine* waren Sie im vorigen Jahr Mann des Jahres. Unter anderem wurde behauptet, Sie hätten sich in die Höhle des Löwen, oder sollte ich lieber sagen des Bären begeben, nach Moskau, wo Sie einen schwedischen Überläufer erledigt hätten. Das stand jedenfalls in der Presse.«

»Sie dürfen nicht alles glauben, was in den Zeitungen steht, Don Tommaso«, erwiderte Carl mit deutlich verändertem Tonfall. Er hörte sich plötzlich sehr kalt an. »Und Sie brauchen sich auch keine Sorgen zu machen. Wir sind nicht hier, um Sie zu töten, denn dann wären Sie schon längst tot. Wir wollen verhandeln.«

Carl schenkte sich demonstrativ nach und füllte sein Weinglas aus der Flasche, die man neben ihn gestellt hatte. Er tat so, als musterte er prüfend das Etikett, während er dem Mann, der sich Giulio nannte, einen Seitenblick zuwarf. Der letzte Wortwechsel hatte diesen dazu provoziert, seine Waffe ein wenig höher zu halten und ein paar Schritte näher zu kommen.

Don Tommaso starrte Carl ausdruckslos an, während dieser sacht das Glas zum Mund führte, kurz nickte und einen tiefen Schluck nahm. Dann lehnte er sich zurück und schien den Wein zu genießen.

Plötzlich begann Don Tommaso zu lachen. Es hörte sich erst wie ein Fauchen an, dann wie ein Husten und schließlich lärmend und herzlich.

»Mir gefällt Ihr Stil. Ich mag Ihren Stil wirklich, Hamilton!« prustete Don Tommaso mit scheinbar echter Herzlichkeit. »Sie sind nicht irgendein kleiner Scheißer, Sie sind ein *uomo di rispetto*. Sie könnten geborener Sizilianer sein.«

Don Tommaso trocknete sich mit einem großen Taschentuch die Tränen, zog es dann ein paarmal über seinen verschwitzten Stiernacken, um dann wieder das kleine Mädchen zu streicheln, das jetzt auf seinen Schoß geklettert war. Er zupfte spielerisch und liebevoll an ihrem Ohr.

»Wenn Sie aber Sizilianer wären«, fuhr Don Tommaso plötzlich mit einem leiseren Tonfall fort, der eine sehr deutliche Drohung enthielt, »wären Sie inzwischen wahrscheinlich tot.«

»Oder ich wäre Don Hamilton. Wollen wir jetzt zum Geschäft kommen?« entgegnete Carl blitzschnell.

»Gern«, sagte Tommaso gedehnt und trocknete sich noch ein paar Mal mit dem Taschentuch ab. Die Hitze schien ihm jetzt mehr zuzusetzen als seinen Gästen. »Zunächst einmal ... ja, Sie müssen schon entschuldigen, aber ich bin manchmal so etwas wie ein Formalist. Zunächst einmal war ich der Meinung, wir seien uns darin einig, daß kein Kontakt zur Polizei hergestellt werden darf?«

»Völlig korrekt. Das waren Ihre Bedingungen. Bedauerlicherweise hatten wir keine Möglichkeit, darüber zu verhandeln«, erwiderte Carl und schob demonstrativ das Weinglas zur Seite.

»Aber Sie sind zuletzt gestern abend mit der Polizei zusammengetroffen«, stellte Don Tommaso fest. »Darf ich nach dem Grund dafür fragen? Und was ist gestern besprochen worden?«

»Es war ein Abend, an dem es sehr lebhaft zuging ...«

»Ja, dieser Piemonte scheint voller Leben zu sein.«

»Es war also ein lebhafter Abend, bei dem davon gesprochen wurde, um jetzt nur bei den relevanten Dingen zu bleiben, daß wir ohne jede Einmischung der Polizei einen Deal mit Ihnen machen können.«

»Wozu dann diese Kontaktaufnahme?«

»Wir wollten uns damit Handlungsfreiheit verschaffen. Es ist besser zu sagen, ›Guten Tag, hier sind wir, laßt uns bitte in Ruhe‹, als von der Polizei entdeckt zu werden. Glauben Sie mir, Don Tommaso, auf Ehrenwort, aber das war die eleganteste Art, mit italienischen Behörden zu einer Einigung zu kommen. Wir haben also die Genehmigung, das Geschäft abzuschließen. Von schwedischer Seite war das unabdingbar.«

»Und Sie trauen der italienischen Polizei?«

Don Tommaso ließ in den dicken Falten des groben Gesichts ein feines Lächeln ahnen.

»Ja. Es war nicht die Polizei, die uns auf dem Weg hierher verfolgt hat.«

»Haben Sie auf dem Weg hierher mit der Polizei Kontakt aufgenommen?«

»Ja. Aber nur um zu fragen, ob es Polizisten waren, die uns auf den Fersen waren. Als das verneint wurde, haben wir sofort aufgelegt und die Verfolger abgeschüttelt. Die Bullen wissen also nicht, wo wir sind, falls es das ist, was Sie wissen wollen.«

Don Tommaso blieb lange Zeit die Antwort schuldig. Er lächelte jedoch, fast herzlich, wie es schien.

»Ich glaube, Sie und ich werden uns gut einigen können, zumindest denke ich, daß wir einander verstehen können, *comandante*. Sie haben Mumm.«

»Man braucht keinen Mumm, um mit einfachen Gangstern und Entführern zu sprechen«, erwiderte Carl mit reptilienhafter Geschwindigkeit, um die freundschaftliche Stimmung auf der Stelle abzutöten.

Don Tommaso lächelte einige Sekunden lang, dann gefror sein Lächeln und verschwand in den unergründlichen Falten des feisten Gesichts. Er erhob sich leicht schnaufend und stellte das kleine Mädchen neben sich auf den Marmorfußboden, als wäre die Kleine ein Spielzeug.

Er trat langsam an die Balustrade, und als er sie erreichte, stützte er sich mit den Ellbogen schwer auf die Steinmauer und winkte seinen Gästen zu, sie sollten sich neben ihn stellen. Carl und Joar wechselten einen schnellen Blick, traten zu Don Tommaso und nahmen ihn in die Mitte. So war zumindest einer von ihnen außer Reichweite der Maschinenpistole des jetzt heftig schwitzenden Mannes, der sich Giulio nannte.

Sie blickten mindestens sechzig Meter in die Tiefe. Die senkrechte Felswand endete in der Brandung, wo das Meer gegen den zerklüfteten Fels prallte. Die letzten zehn Meter bis zu der Position, an der sie standen, waren mit der blanken und völlig glatten Marmorfassade des Hauses verkleidet.

»Da hinten«, begann Don Tommaso mit einem tiefen Seufzer und zeigte, »da hinten liegt Castellammare. Dort habe ich meine Kindheit verbracht. Dort habe ich zum ersten Mal gestohlen. Dort habe ich zum ersten Mal einen Raubüberfall begangen, und dort habe ich zum ersten Mal einen Mann erschossen. Ich weiß nicht, ob Sie Skandinavier überhaupt begreifen, wovon ich jetzt spreche?«

»Sie sind nicht nur ein Entführer, sondern auch ein Dieb und Mörder?« sagte Carl mit gespielter Überraschung.

Don Tommaso schüttelte den Kopf. Er machte ein Gesicht, als hätte er von einer unendlich naiven Person soeben etwas unglaublich Dummes gehört.

»Mein lieber Comandante«, sagte er mit einem schweren Seufzer »Damit haben Sie Ihre Pointe nach Hause gebracht. Ich begreife Ihren Stil, und wir verstehen einander. Aber ich bin Ihr Gastgeber und versuche anständig zu sein und Sie gut zu behandeln. Können Sie dieses dämliche Gequatsche nicht mal lassen und mir zuhören? Das ist doch nicht zuviel verlangt?«

»Der Protest wird akzeptiert«, erwiderte Carl tonlos.

»Na also. Übrigens: Haben Sie die Waffe im Handschuhfach des Wagens nicht gefunden?«

»Doch, aber wir hatten keine Verwendung dafür. Vielen Dank für Ihre Mühe.«

»Wenn wir einander respektieren sollen, Comandante, müssen wir offen zueinander sein, im großen wie im kleinen. Sie haben den Kracher also nicht gefunden?«

»Doch. Er lag im Handschuhfach. Es war eine Beretta 92 in gutem Zustand. Sie sah neu aus, hatte fünfzehn Schuß im Magazin und einen im Lauf. Die Munition war von italienischem Armeetyp.«

Carl seufzte, als machte es ihn ungeduldig, seine Zeit mit Banalitäten zu vergeuden. Don Tommaso ließ ebenfalls einen tiefen Seufzer hören, sah jedoch gleichzeitig zufrieden aus.

»Ist Ihnen nie der Verdacht gekommen, daß der Wagen präpariert sein könnte?« gluckste Don Tommaso.

»Doch, natürlich«, erwiderte Carl sichtlich gelangweilt, »aber in dem Fall hätten Sie uns eine Bombe in die Polsterung praktiziert, die man irgendwo bei Augenkontakt per Funk zur Detonation gebracht hätte. Sonst gab es nichts im Wagen, beispielsweise war nichts an die Zündung gekoppelt. Außerdem ist das eine ziemlich akademische Frage. Was für einen Sinn hätte es haben sollen, uns in die Luft zu sprengen, bevor wir einander überhaupt zugehört hätten?«

»Nun, das war nur für den Fall, daß Sie die Carabinieri im Schlepptau gehabt hätten, aber das hatten Sie ja nicht«, seufzte

Don Tommaso mehr wegen der Hitze als wegen des Themas. »Nun ja, wo waren wir stehengeblieben? Ach ja, Castellammare. Die Stadt meiner Kindheit. Mein Onkel war Don Crozio. Ich weiß nicht, ob Sie schon von ihm gehört haben? Er war jedenfalls ein wunderbarer Mann. Als einer meiner dreisten Vettern einmal die Tochter eines armen Hirten hier oben in den Bergen verführt hatte, begab sich der Hirte zu Don Crozio und legte ihm das Problem vor. Don Crozio rief den Vater des Lümmels zu sich und führte ein freundliches Gespräch mit ihm, worauf das junge Paar heiratete. Sie sind immer noch verheiratet und haben sieben oder acht Kinder. Sie wohnen dort unten in der Stadt. Das, was Sie Mafia nennen, ist viel mehr und auch viel weniger, als Sie sich vorstellen.«

»Sie haben offensichtlich lange in den Staaten gelebt, Don Tommaso. Sind Sie nach Hause gekommen, um auf Sizilien zu sterben? Nein, das soll keine Ironie sein, ich möchte nur gern wissen, wie Sie denken.«

»Kommen Sie«, entgegnete Don Tommaso gedehnt, als hätte ihn plötzlich Müdigkeit befallen. »Kommen Sie, lassen Sie uns wieder in den Schatten gehen.«

Auf dem Weg zum Tisch entdeckten sie, daß die Vorspeisen unmerklich abgeräumt worden waren, und wie befürchtet standen statt dessen jetzt ein paar große Schüsseln mit dampfenden Spaghetti auf dem Tisch. Don Tommaso servierte persönlich und reichte ihnen die Teller. Es konnte keine Rede davon sein, um wenig oder nicht allzuviel zu bitten; Carl und Joar fühlten sich plötzlich wie Kinder. Und Don Tommaso fühlte sich ganz selbstverständlich als der, der er war.

»Sie haben nicht auf meine Frage geantwortet, warum Sie nach Hause gekommen sind, oder sollte ich Sie lieber fragen, warum Sie Sizilien verlassen haben, Don Tommaso?« sagte Carl und starrte feindselig den Haufen dampfender Spaghetti an, die er auf seiner Gabel aufzuwickeln versuchte. Im Augenblick wären ihm kühle Regenwürmer, gern sogar lebende, appetitlicher erschienen. Er drückte desperat eine Ladung in den Mund, schlang sie in sich hinein und verbrannte sich dabei den Mund.

»Tja«, sagte Don Tommaso nachdenklich und wickelte sich mit einer Hand wie selbstverständlich eine Ladung Spaghetti auf, während er sich mit der zweiten Hand das Taschentuch an den Nacken setzte, »das ist eine lange Geschichte. Sie hat jedoch eine gewisse Moral, und ich will sie kurz machen. Es ist mir gut ergangen, und ...«

Er verstummte einige Augenblicke lang, während er sich die Spaghettiladung in das große Gesicht warf und den Eindruck machte, als hätte er sofort alles verschlungen, da er sofort wieder weitersprach.

»... und uns in der Familie ging es auch recht gut. Das änderte sich natürlich alles nach 1957, als alle sich auf *Scheiße* stürzen wollten. Ich bin immer gegen *Scheiße* gewesen. Ich gehe davon aus, daß Sie es auch sind, Comandante?«

»Sie meinen Drogen, Heroin? Ja, das bin ich.«

»Dieses Zeug ist nicht gut. Es ist definitiv nicht gut. Ich meine damit nicht nur die Tatsache, daß eine Menge unschuldiger junger Leute ihr Leben zerstören, auch wenn Sie glauben sollten, daß ich mir deswegen keine Sorgen mache. Eines schönen Tages geht es um die eigenen Kinder oder Enkel wie Giulietta hier. Sie liebe ich am meisten. Verstehen Sie, was ich sage?«

»Sehr gut. Sie lieben Giulietta und sind ein Gegner von Drogen.«

»Soso, jetzt versuchen Sie schon wieder den harten Mann zu spielen. Was ich meine, ist folgendes: Dieses Zeug ist auch für uns nicht gut. Es bekommt Sizilien nicht und auch nicht unseren Familien. Fast alle in meiner Familie sind tot, Comandante, von diesen verfluchten Corleonesen hingeschlachtet. Es war Krieg, und dabei ging es nur um die Macht über die Drogen. Um ein Haar wären wir alle untergegangen. Fast meine ganze Familie ist dabei gestorben.«

»Sie sind also nach New York gegangen?«

»Ja. Gott hat mir beigestanden. Es ist mir dort gut ergangen, und ich hatte einige Freunde.«

»Und jetzt sind Sie wieder hier, um was zu tun?«

»Noch etwas Spaghetti? Aha, lieber nicht. Nun ja, es kommen später noch andere Sachen. Ja, ich bin wieder hier, um ein wenig Ordnung in alles zu bringen. Mit Drogen soll das aber nichts zu tun haben, dieses Zeug zerstört nur. Außerdem kann man wohl in aller Ehrlichkeit sagen, daß es bestimmte amerikanische Behörden unnötig aufregt, die auf keinen Fall so gereizt werden sollten, was zumindest die Corleonesen geschafft haben.«

»Sie wollten sich statt dessen also lieber auf Entführungen verlegen, um unschuldige junge Menschenleben zu schützen?«

»Aber, aber, lieber Comandante, *bitte*, Comandante. Ich habe Sie doch höflich gebeten, nicht mehr mit Zynismen um sich zu werfen. Natürlich haben wir nicht vor, unser Geschäft zu etwas so Primitivem zu diversifizieren. Was mich endlich zum Thema bringt, unseren Geschäften.«

Carl ließ sich nicht überrumpeln. Don Tommaso hatte blitzschnell seine Haltung geändert, den Teller von sich geschoben und sich den Mund abgewischt, alles mit fast einer einzigen Bewegung.

»Wir hören«, sagte Carl, schob ebenfalls seinen Teller weg und betupfte sich den Mund. »Wieviel wollen Sie haben? Sollen wir damit beginnen?«

»Sie scheinen nicht das geringste von dem zu verstehen, was ich gesagt habe, Comandante. Wir wollen Ihre armen Landsleute nicht verkaufen. Ja, ich kann Ihnen versichern, daß es ihnen den Umständen entsprechend recht gut geht. Wir wollen sie wie gesagt nicht verkaufen, wir wollen diese Dinger haben. Das ist alles.«

Carl schwieg eine Weile. In der Haltung des riesigen Gangsterbosses lag etwas grundlegend Überzeugendes. Plötzlich wurde über die Sache gesprochen, doch der Ausgangspunkt verhieß nichts Gutes. Der Mann meinte, was er sagte.

Carl griff nach einer Mineralwasserflasche, die längst nicht mehr beschlagen und deren Inhalt lauwarm geworden war. Er brauchte jedoch die Denkpause. Er goß Joar etwas ein und versuchte ihm gleichzeitig zu signalisieren, daß er immer noch hellwach und keineswegs so benebelt war, wie er gespielt hatte. Er trank ein paar Schlucke, stellte das Glas ab und sah Don Tommaso an, der ihn aus den Falten seines fleischigen Gesichts mit unerschütterlicher Geduld betrachtete.

»Don Tommaso, bei allem Respekt, aber ich muß Ihnen sagen, wie die Lage ist«, begann Carl und machte eine Pause, um wieder einen Schluck Wasser zu trinken, da er plötzlich brennenden Durst spürte. »Es verhält sich so. Sie können die schwedischen

Gefangenen töten, werden aber niemals eine Extra-Sendung Raketen mit all dem erhalten, was dazugehört. Sie können für die gefangenen Schweden Geld bekommen, das ist aber auch alles. Dazu sind wir ja auch hier, nämlich darüber zu verhandeln. Ich meine, das ist unser Auftrag, unser Mandat. Ich schlage vor, daß wir bei dieser Verhandlung eine gewisse Würde wahren, denn schließlich sind wir jetzt nicht auf dem Markt. Wir feilschen nicht um Hähnchen.«

»Nein, wir sprechen wahrhaftig nicht von Hühnerscheiße«, erwiderte Don Tommaso unerschütterlich, jedoch eher mit einer möglicherweise unbeabsichtigten Verdrehung dessen, was Carl gesagt hatte.

Carl fiel auf, daß diese Verdrehung nicht weit hergeholt war; von Hühnerscheiße war nicht die Rede, also ging es nicht um Kleingeld.

»Selbst wenn Sie die Waffen in die Hand bekommen sollten, Don Tommaso, selbst wenn Sie sie hier auf Sizilien für eine schnelle und einfache Verschiffung bereitliegen hätten, würden wir Sie daran hindern, sie zu liefern. Wir wären in der Lage, die Schiffe zu stoppen, und wären ebenso in der Lage, Ihrem Käufer zu stecken, daß uns das Geschäft bekannt ist. Sie können nicht gewinnen, das ist alles.«

Carl trank einen Schluck Wasser, um zu sehen, ob der Bluff erfolgreich gewesen war. Das schien der Fall zu sein, da Don Tommaso unbewußt schnell das Thema wechselte.

»Verhandle ich jetzt mit dem schwedischen Staat?« fragte er sanft.

»Ja. Sofern der schwedische Staat überhaupt mit Ihnen verhandeln kann. Es ist natürlich ein Trick dabei, wenn man Offiziere des Nachrichtendienstes schickt. Wir repräsentieren nämlich den schwedischen Staat und tun es zugleich nicht. Sie wissen sicher, wie es in solchen Fällen heißt: ›*Die Regierung Seiner Majestät wird unter allen Umständen leugnen, je Kenntnis* ...‹, und so weiter. Das dürfte Ihnen doch bekannt sein. Sie haben doch bestimmt ein paar Spionagefilme gesehen?«

»Und kennen Sie Mafia-Filme?« lächelte Don Tommaso.

»Ja. Den ersten und den zweiten Teil des ›Paten‹, aber ich fürchte, daß sich meine Kenntnisse bei diesem Thema darauf beschränken. Mein Kollege und ich machen Witze darüber. Es muß Ihnen doch klar sein, daß es unmöglich ist, einen Staat zu erpressen, Don Tommaso. Schafhirten und Barbiere in einem sizilianischen Dorf der dreißiger Jahre, ja! Aber einen Staat ...?«

»Ach, Sie haben dieses Buch gelesen? Ich finde es selbst sehr gut. Übrigens mag ich diese Filme auch, obwohl sie eher beschreiben, wie es war, bevor die Drogen alles zerstörten. Ich nehme an, daß Sie das Dessert überspringen, aber unsere *involtini alla siciliana* müssen Sie unbedingt probieren, ich bestehe darauf, Comandante!«

Carl nahm sich fast verzweifelt zusammen. Er machte einen tapferen Versuch, die kulinarische Überraschung mit einem Lächeln zu quittieren, die jetzt von einem Stab von Dienern mit weißen Handschuhen auf flinken Händen aufgetragen wurde.

»Sehr interessant. Mögen Sie uns vielleicht erzählen, Don Tommaso, was Involtini sind?« fragte er und versetzte Joar unter dem Tisch einen Tritt. Teils wollte er kontrollieren, daß dieser wach war, teils wollte er ihn zum Essen zwingen.

Sie aßen eine Weile schweigend. Dann verwandte Don Tommaso einige sorglose Minuten darauf, das Gericht zu beschreiben; diesmal waren es Involtini auf Schwertfisch, und Schwertfisch, so erklärte er, werde nur zu bestimmten Zeiten in der Straße von Messina gefangen.

Carl begann sich Sorgen zu machen, das Essen könnte ihn so müde und übersättigt machen, daß es sein Leben in Gefahr bringen konnte. Er war sich nur zu bewußt, daß genau das jetzt auf dem Spiel stand.

Sie verbrachten einige Zeit damit, den Schwertfisch zu essen bzw. in sich hineinzuquälen. Don Tommaso hatte Giulietta auf dem Schoß und fütterte sie, während er sie gleichzeitig in einen Strom zärtlicher Brummlaute einhüllte.

Der Form halber versuchte ihr Gastgeber anschließend, sie zu überreden, zumindest eine der Nachspeisen zu probieren, die das Haus zu bieten habe, zumindest etwas Obsttorte oder Crème Caramel? Eis mit Pistazien oder vielleicht nur ein kleines Stück Schokoladentorte?

Carl und Joar schüttelten verzweifelt, wenn auch höflich den Kopf.

Plötzlich beugte sich Carl zu Giulietta vor und kitzelte sie unterm Kinn. Sie wandte schüchtern das Gesicht ab.

»Ich könnte wetten, daß zumindest Giulietta einen Nachtisch haben möchte. Vielleicht ein Stück Schokoladentorte?«, sagte er.

Giulietta ließ sich ein wenig erweichen, und Don Tommasos Gesicht hellte sich auf. Carl kitzelte sie wieder unterm Kinn und sprach plötzlich schwedisch mit ihr, in einem etwas albernen Tonfall wie bei älteren Damen, die mit Kindern sprechen.

»Los, geh pinkeln, geeeh so in zehn Minuten pinkeln. Nimm iiihnen ihre verfluchten Waffen weg. Wenn du nur einen von ihnen kriiiegst, erschiieß den anderen«, sagte er plappernd und lächelte dabei. Don Tommaso leuchtete wie eine Sonne. Joar hüstelte leicht, um zu zeigen, daß er noch nicht eingeschlafen war, daß er den Befehl verstanden hatte und befolgen würde. Zumindest hoffte Carl, das Hüsteln so deuten zu können.

»Wir müssen hier wirklich klare Verhältnisse schaffen, damit wir einander wirklich verstehen, Don Tommaso«, sagte er, als er das Interesse an Giulietta verloren zu haben schien.

»Kaffee? Einen Espresso werden Sie mir doch nicht abschlagen?« erwiderte Don Tommaso.

Carl nickte müde. Er mochte seine Forderung nicht wiederholen. Don Tommaso bestimmte dennoch allein, wann dieses oder jenes Gesprächsthema an der Reihe war. Sie warteten eine Zeitlang auf den Kaffee, während Don Tommaso sich mit Giulietta beschäftigte, die zu quengeln begonnen hatte. Es hatte den Anschein, als wollte sie nicht länger bleiben und als versuchte ihr Großvater sie dazu zu überreden. Schließlich gab sie nach, und da war Don Tommaso wieder bereit, zur Sache zu kommen.

»Ich bin ganz Ihrer Meinung, Comandante. Sie sagten vorhin, Sie würden unsere Geschäfte zunichte machen. Darf ich fragen, wie Sie das anstellen wollen?«

Dies war der Augenblick der Wahrheit. Jetzt mußte er etwas riskieren und sich auf seine Intuition verlassen.

»Ich nehme an, daß unser lieber Oberst Ghaddafi etwa eine Milliarde Dollar und vielleicht etwas mehr für unsere schwedischen Waffen bezahlen könnte«, sagte Carl, als wäre es eine trokkene Feststellung. Gleichzeitig fixierte er Don Tommaso, um nach Möglichkeit andere Antworten zu erhalten als die, die in Gestalt von Wörtern erfolgen würden.

Don Tommaso saß vollkommen reglos da. Er sah Carl in die Augen, verzog aber keine Miene.

»Sie sind weit schlimmer verraten worden, als Sie glauben, Don Tommaso«, fuhr Carl in fast mitleidigem Tonfall fort. »Es scheint ein ewiger Fluch hier auf Sizilien zu sein, daß man Sie immer verrät.«

Carl entschloß sich, nicht noch mehr zu sagen, den Bluff nicht zu übertreiben, sondern Don Tommaso den nächsten Zug zu überlassen.

Die Sekunden schleppten sich dahin. Don Tommaso dachte nach, das war förmlich zu spüren, doch er zeigte keine anderen Gefühle als reine Zerstreutheit. Er spielte mit Giuliettas Zöpfen.

»Der Mann, der uns verraten hat, wußte nicht sehr viel. Wir haben lange und sehr überzeugend mit ihm gesprochen, bevor er starb«, sagte Don Tommaso schließlich. »Was Sie in Wahrheit andeuten, Comandante, ist etwas anderes, daß es nämlich noch mehr Verräter gibt.«

»Kein Kommentar«, entgegnete Carl abrupt und gab sich äußerste Mühe, das Triumphgefühl zu verbergen, das ihn durchströmte. Sein Bluff hatte ihm die Erklärung geliefert. Diese Erklärung bedeutete jedoch mindestens sechs Milliarden Kronen. Folglich stand das Leben der beiden schwedischen Wirtschaftsbosse in keinem Verhältnis zum Gegenwert. Don Tommasos Erklärung zu Beginn des Gesprächs, daß es der Mafia nämlich darum gehe, die Waffen zu bekommen, und nicht darum, Hühnerscheiße zu verkaufen, ein paar Schweden, hatte also eine sehr stabile Grundlage.

»Nun, lassen Sie uns über die Sache sprechen. Interessieren Sie sich für Politik, Comandante?« fuhr Don Tommaso in einem Ton fort, als hätte er nur das Thema gewechselt.

»Mein Beruf ist in mancherlei Hinsicht so etwas wie praktische Politik«, erwiderte Carl. »Das gefällt mir zwar nicht immer, scheint aber oft so zu werden. So wie jetzt beispielsweise.«

»Hmmm ... ähem ...« brummte Don Tommaso. »Versetzen Sie sich in Ghaddafis Lage. Infolge der amerikanischen Vernichtungsorgie am Golf sind die Ölpreise ja in die Höhe gegangen. Die Flugzeugträger werden wohl jetzt verlegt werden, und Ghaddafi dürfte gute Gründe haben, sich ängstlich zu fühlen. Es wäre nicht mehr als gerecht, wenn er sein Land verteidigen könnte, meinen Sie nicht auch?«

»Sie erstaunen mich immer wieder, Don Tommaso. Und ich habe mal gelernt, die Mafia sei der westlichen Demokratie unerschütterlich treu.«

»Ich bin ein praktisch veranlagter Mann, Comandante. Ich bin durchaus für Demokratie und all das, solange es unsere Geschäfte nicht stört. Ich bin aber auch für Anstand und Chancengleichheit. Wenn ein großer starker Mann einen kleinen schwachen Mann überfällt, ergreife ich Partei für den Kleinen. Manche sagen, das sei altmodisch, so gehe es bei uns auf Sizilien nicht mehr zu, seit die verfluchten Drogen aufgetaucht sind. Aber ich will mit diesen Geschäften aufhören. Gleichzeitig habe ich eine gewisse ökonomische Verantwortung. Und eine Milliarde Dollar ist wirklich keine Hühnerscheiße. Sie haben den Betrag übrigens unterschätzt, wir können bedeutend mehr erzielen.«

Carl nickte nachdenklich und sah auf die Uhr. Das war ein unbewußtes Signal an Joar, der sich schüchtern räusperte und fragte, ob er möglicherweise ein Badezimmer aufsuchen dürfe. Don Tommaso machte nur eine kurze Handbewegung, und Joar erhob sich zögernd und ging auf die Tür zu. Der Mann, der sich Giulio nannte, gab seinem Gehilfen ein Zeichen, worauf beide etwas demonstrativ ihre Waffen zeigten, während sie die Tür öffneten und mit Joar in der Mitte verschwanden.

»Wir können die libysche Küste abriegeln und die Hälfte der gottverdammten amerikanischen Flotte herholen, wenn es gilt, diese Lieferung zu stoppen. Außerdem sind diese Spielsachen für Ghaddafi nicht mehr so wertvoll, wenn er das Überraschungsmoment einbüßt. Sie können nicht gewinnen, Don Tommaso. Der Plan war ausgezeichnet, zum Teil sogar sympathisch und durchaus nach meinem Geschmack. Aber jetzt sind Sie aufgeflogen, so einfach ist es. Wir wollen also unsere Schweden zurückhaben und können dafür eine symbolische Summe zahlen.«

Don Tommaso überlegte einige Sekunden, bevor er antwortete.

»Meine Einstellung ist unerschütterlich, das habe ich schon erklärt. Wenn für unseren geschätzten libyschen Freund das Überraschungsmoment entfällt, könnte man sich vorstellen, daß das den Preis negativ beeinflußt, vorausgesetzt, er erfährt es überhaupt. Wenn aber nichts herauskommt, und wir noch Ihre Schweden haben, dürften Sie kaum den Wunsch verspüren, zur Presse zu laufen. Dann ist das Geschäft immer noch möglich. Und dann bitte ich Sie, noch eins zu bedenken. Wir könnten anfangen, Schweden zu sammeln. In Rom sitzt diese Firma Ericsson, so heißt sie wohl, und außerdem haben wir dort Ihre Botschaft. Außerdem haben wir jetzt Sie beide. Die Frage ist, wie viele Schweden der Staat zu opfern bereit ist. Was glauben Sie selbst? Was werden sie wohl antworten, wenn sie von Ihnen einen Brief dieses Inhalts erhalten?«

»Einen Brief, der meinen Zeigefinger enthält?«

»Das hieße doch stark übertreiben. Man dürfte Ihnen auch so glauben. Nun?«

»Mein geschätzter Gastgeber, ich bedanke mich für eine ausgezeichnete Mahlzeit und ein ergiebiges Gespräch.«

»Ich glaube nicht, daß Sie es so eilig haben, Comandante.«

Zum ersten Mal seit langem ließ Don Tommaso den Anflug eines Lächelns sehen.

»Doch, ich habe in der Stadt noch einiges zu erledigen. Unter anderem möchte ich ein Kunstmuseum besuchen, bevor es zu spät ist. Sie machen aber einen schwerwiegenden Fehler, Don Tommaso. Wie ich schon früher angedeutet habe, können Sie Schafhirten, Barbiere und Dorfschmiede hier auf Sizilien bedrohen, aber Sie wagen sich unleugbar einen großen Schritt vor, wenn Sie einen militärischen Nachrichtendienst zu bedrohen versuchen. Wir wären in der Lage, Sie und Ihre Familie auszulöschen, und der italienische Staat würde dagegen offiziell kaum Einwände erheben.«

Carl lehnte sich in dem knarrenden Korbstuhl zurück. Es gab keinen Anlaß, noch mehr zu sagen. In diesem Augenblick konnte er nichts mehr beeinflussen. Sein Leben ruhte völlig in Joars Händen, ebenso Joars eigenes Leben. Worte hatten nicht die geringste Bedeutung mehr. Jetzt galt es nur noch zu warten.

Don Tommaso saß ebenfalls still da, ob aus Unentschlossenheit oder irgendeinem anderen Grund. Seinem steinernen Gesicht war nichts anzumerken.

Es verging eine Minute, sechzig sich endlos dahinschleppende Sekunden, die Carl wie zwanzig Minuten erschienen.

Dann ging die Glastür auf, und der Mann, der sich Giulio nannte, erschien auf der Terrasse. Er taumelte jedoch, und der Kopf hing ihm auf die Brust.

Das lag daran, daß Joar hinter ihm stand und ihn mit einem Griff um den Jackenkragen aufrecht hielt.

Joar schob sein Opfer durch die Tür, und der vermeintliche Giulio stürzte mit den Händen an den Seiten auf die Terrasse, so daß zuerst der Brustkorb und dann das Gesicht klatschend auf den Steinfliesen landete. Sein Gesicht war blutig, und er war offensichtlich ohne Bewußtsein.

Joar schnaufte und trat wieder ins Zimmer. Kurz darauf zeigte sich, daß er sich eine Maschinenpistole um die Schulter geschlungen hatte und den zweiten Mann namens Roberto hinter sich her schleifte. Er legte sein zweites Opfer neben dem ersten ab, zog einen Korbstuhl am Kopfende des Tischs zu sich heran und legte die Waffe vor sich.

»Die Alarmanlage in der Tür dürfte in etwa dreißig Sekunden ausgelöst werden«, stellte Joar fest. Die Knöchel der linken Hand waren leicht blutverschmiert, doch sonst wies er keinerlei Zeichen von Kampfspuren oder Wunden auf.

»Wie ich schon sagte, Don Tommaso«, sagte Carl und erhob sich, »in Palermo gibt es eine Kunstausstellung, die wir ungern verpassen möchten.«

Er trat zu dem verstummten Don Tommaso, hob das tragbare Telefon auf, das auf dem Stuhl daneben lag, und las die Nummer ab.

»Unter dieser Nummer kann ich Sie offenbar erreichen, zumindest in der Mittagszeit, wie es scheint. Sie wissen, wo Sie uns erreichen können. Wir werden mit Interesse auf Ihr neues Angebot warten, Don Tommaso.«

Der Gangsterboß sah aus, als gäbe er sich die äußerste Mühe, einen Wutausbruch zu unterdrücken oder eine tödliche Beleidigung herunterzuschlucken, was in seinem Fall vielleicht auf das gleiche hinauslief.

Carl gab Joar ein Zeichen, sich bereit zu machen, und streichelte Giulietta, die Geste Don Tommasos nachahmend, die Zöpfe.

»Noch etwas, Don Tommaso. Falls wir ganz sicher sein wollten, daß Sie unseren Wagen nicht in die Luft sprengen oder hinter ihm her schießen, wenn wir verschwinden, würden wir Giulietta natürlich mitnehmen. Und wer weiß, vielleicht ist sie soviel wert wie zwei schwedische Direktoren?«

»Wenn Sie Giulietta anrühren, werde ich Sie bei lebendigem Leib häuten, Hamilton, und ich meine das nicht als Metapher, sondern buchstäblich«, fauchte Don Tommaso, der zum ersten Mal die Kontrolle sowohl über sich selbst als auch die Situation zu verlieren schien.

»Sie haben mein Wort, Don Tommaso. Aber dann habe ich hoffentlich auch Ihr Wort, daß Sie unsere Abfahrt nicht behindern werden, oder?«

Don Tommaso nickte wiederholt und deutlich. Es hatte den Anschein, als könnte er anders nicht antworten.

Im selben Moment hallte das ganze Haus vom Lärm der Alarmanlage wider. Carl zeigte auf das Telefon, und Don Tommaso nahm es an sich, als wöge es zehn Kilogramm. Er wählte vier Zahlen und knurrte dann einige unverständliche Befehle. Die Alarmanlage verstummte.

»Sie können gehen. Wir werden von uns hören lassen, aber Sie können jetzt gehen«, keuchte Don Tommaso. Er machte den Eindruck, als stünde er kurz vor einem Herzinfarkt.

Joar stand schon an der geöffneten Panzerglastür und hielt die Maschinenpistole im Anschlag und den Finger am Abzug. Als Carl näherkam, ließ er die Waffe mit einer Hand los und reichte Carl eine Pistole, ohne das Wohnzimmer aus den Augen zu lassen.

»Hast du den Fernauslöser an dich genommen?« fragte Carl.

»Ja, dieser kleine Typ hatte ihn in der Jackentasche. Ich habe ihn gesichert und eingesteckt.«

»Gut. Dann gehen wir!«

Carl winkte Don Tommaso zum Abschied zu. Dieser saß reglos da und schnappte nach Luft, während er Giulietta fieberhaft über die Zöpfe strich. Das Mädchen schien nichts von dem verstanden zu haben, was geschehen war, denn sie zeigte nur auf die am Boden liegenden Männer und fragte etwas in einem munteren Tonfall.

Carl gab Joar einen Schubs, worauf sie schnell die Treppe hinuntergingen und sich von Stufe zu Stufe mit schußbereiten Waffen abwechselten. Niemand störte sie. Kein Mensch war zu sehen.

Als sie zu dem Wachposten neben der Panzerglasschleuse kamen, hatte dieser demonstrativ die Hände erhoben. Sie warfen einen Blick auf das Schloß und wechselten einen kurzen Blick und lächelten, denn sie hatten den gleichen Gedanken: Das wäre ein schönes Ende, jetzt in einem Aquarium steckenzubleiben.

Carl gab mit der Pistole ein Zeichen, und der Wachposten ließ eine Hand sinken. Im Schloß ertönte ein Klicken, so daß die erste Tür zur Schleuse geöffnet werden konnte. Joar hielt die Tür fest und wartete ab, während Carl auf den nächsten Knopf zeigte.

»Das geht nicht, Sir. Sie müssen erst reingehen und die Tür hinter sich zuziehen, bevor ich die nächste Tür öffnen kann«, sagte der Wachposten und leckte sich nervös die Lippen.

»Seien Sie kein Idiot, öffnen Sie die Tür«, sagte Carl, ohne die Stimme zu heben.

»Aber dann geht die Alarmanlage los, Sir ...«

»Dann müssen Sie die Alarmanlage abschalten oder einfach heulen lassen, aber Sie müssen jetzt aufmachen. Wir haben Don Tommasos Genehmigung, und im Moment sind Sie nicht sonderlich viel wert.«

Carl hob die Pistole, spannte den Hahn und richtete die Waffe auf den Wachposten, der schnell gehorchte und auf den Knopf drückte, der die nächste Tür öffnete. Die Alarmanlage heulte los. Joar überließ seine Tür Carl, betrat die Schleuse und kontrollierte, daß sich die nächste Tür tatsächlich öffnen ließ.

»Keine Eile jetzt, wir finden die Ladung schon, bevor wir verschwinden«, sagte Carl und gab mit seiner erhobenen Pistole ein Zeichen.

Sie schlenderten langsam heraus, als wäre es ihnen wichtig, nicht zu laufen. Sie gingen zu dem Alfa Romeo hin, öffneten die beiden Vordertüren und betasteten die Sitze.

Die Sprengladung war im Sitzkissen des Fahrersitzes verborgen. Carl zog seine Taschenmesserimitation hervor, klappte die Klinge auf und seufzte demonstrativ.

»Wir werden uns wohl wieder einen neuen Wagen holen müssen«, stellte er fest, als er die Polsterung aufschnitt und die Sprengladung hervorholte. Er nahm sie in die eine, die Pistole in die andere Hand und blickte an der Hausfassade hoch, bevor er zu dem schwarzen amerikanischen Wagen hinüberging und die

Autobombe aufs Wagendach legte. Hinter den Fenstern war niemand zu sehen. Sie ließen sich überdies nicht öffnen, wie sie im Haus gesehen hatten.

Sie fuhren zu dem schmiedeeisernen Einfahrtstor, an dem niemand zu sehen war. Einige Meter davor hielten sie an. Sie befanden sich noch immer in Schußweite. Sie hatten jedoch nicht mehr die Zeit, sich Handlungsalternativen zu überlegen, da sich das Eisentor schon öffnete.

»Don Tommaso ist ein Gentleman, wie es scheint«, bemerkte Carl und trat das Gaspedal durch, so daß der Kies um die Reifen aufspritzte. Carl hielt noch weitere hundert Meter eine hohe Geschwindigkeit, bevor er langsamer wurde.

»Du bist mir vielleicht ein Schauspieler, Carl. Ich dachte erst, du hättest einen Sonnenstich bekommen«, sagte Joar, als Carl auf die Hauptstraße von Trapani einbog und sich in den dichten Nachmittagsverkehr einfädelte, in dem sie verschwinden konnten wie ein Fisch in einem Schwarm.

Carl antwortete nicht.

»Nach einiger Zeit hab ich's kapiert«, beharrte Joar. »Wenn man vor diesem Mann auch nur einen Meter zurückweicht, ist man in irgendeiner Hinsicht tot. Hol mich der Teufel, dein Verhalten ihm gegenüber war wahrhaft genial und ...«

»Halt die Schnauze, Joar. Du bist pures Gold. Wenn du nicht gewesen wärst, wären wir jetzt tot oder lägen mit einer Kapuze über dem Kopf irgendwo in einem Keller. Und wenn du nicht schwul wärst, würde ich sagen, ich liebe dich«, entgegnete Carl mit einem einzigen Ausatmen.

Joar lächelte und schüttelte den Kopf. Er sicherte die Maschinenpistole, zog die Patrone heraus, die im Lauf steckte, zog das Magazin heraus, drückte die Patrone hinein und schob das Magazin wieder zurück, worauf er die Waffe auf den Rücksitz warf. Für den Augenblick war die Gefahr vorüber.

»Übrigens«, fuhr Carl in einem bedeutend freundlicheren und merklich ironischeren Tonfall fort, *»what took you so long?«*

»Das hier«, grinste Joar und hielt ein Stück Seife mit einem deutlichen Abdruck hoch. »Einer der beiden, der Kleine, mußte unbedingt mit aufs Klo. Dann stand ich da und rieb eine Weile an der Seife herum, da sie völlig neu und noch nicht weich war und ...«

»War es das einzige Stück Seife?« unterbrach ihn Carl abrupt.

»Nein, zum Glück lag da ein kleiner Haufen mit eingepackten Seifenstücken. Es wird also nichts vermißt werden, sofern diese mißtrauischen Teufel die Seifen nicht gezählt haben. Ein gebrauchtes Stück Seife liegt also immer noch da.«

»Gut«, stellte Carl fest. »Und dann?«

»Also. Die Türen – zumindest die Tür zur Terrasse – werden zum Teil mit einem Schlüssel geöffnet. Den haben wir also jetzt per Seifenabdruck. Dann gibt's da noch einen Universalcode, der vermutlich nicht geändert wird und den nur einige Vertraute kennen.«

»Worauf gründest du diese Vermutung?«

»Darauf, wie dieser angebliche Giulio die Tür öffnete. Das Bedienungspersonal verhielt sich ganz anders, als müßten sie erst nachdenken. Er dachte nicht nach, sondern gab die Zahl so schnell ein, damit niemand sehen konnte, welche Zahlen er wählte. Jedesmal die gleiche Serie. 1937, du verstehst?«

»Aber ja«, lachte Carl. »Er nahm ein Kreuz, etwa so, wie Analphabeten früher eine Unterschrift leisteten. Erst eine Eins, dann schräg runter zur Neun, dann wird von der Drei zur Sieben gekreuzt. Gut, das ist wahrscheinlich ein Universalcode. Wird er wiederholt, wenn man die Alarmanlage abstellen will?«

»Ja, natürlich.«

»Aha. Du hast dir also gedacht, daß wir unseren Besuch irgendwann wiederholen müssen?«

»Man kann nie wissen. Es waren jedenfalls diese kleinen Vorsorgemaßnahmen, die etwas Zeit in Anspruch nahmen. Du hast ja draußen auf der Terrasse einigermaßen sicher gesessen.«

Carl bog auf eine Parkbucht ab. Sie befanden sich oberhalb von Castellammare del Golfo und stiegen aus, um die Aussicht zu betrachten.

Von ihrem Aussichtspunkt mitten zwischen rastenden Touristen konnten sie auf die unter ihnen liegende Stadt und links zu der Festung Don Tommasos sehen.

Sie sagten nichts. Beide wußten, daß der andere das gleiche sah und genauso dachte wie er selbst. Nach einer Weile nickte Carl, und beide stiegen wieder ein.

»Ich fahre weiter, sonst schlafe ich nur ein«, erklärte Carl.

»Haben wir irgendwelche Fehler gemacht? Wir haben die erste Begegnung mit dem Feind überlebt und das Feld als Sieger verlassen. Aber welche Fehler haben wir gemacht?« fragte Joar.

Carl überlegte kurz.

»Die Schweden waren nicht im Haus. Ich kann es mir jedenfalls kaum vorstellen. Es wäre wirklich ärgerlich, wenn sie da unten im Keller gesessen und wir sie nicht hochgeholt hätten. Ich glaube aber nicht, daß es so war«, sagte Carl.

»Ich auch nicht«, stimmte Joar zu. »Sie waren bereit, uns in die Luft zu sprengen, wenn die Polizei uns vom Flugplatz an verfolgt hätte. Vorsichtige Teufel. Nein, insoweit bin ich deiner Meinung. War es ein Fehler, das Mädchen nicht mitzunehmen und einen Austausch vorzuschlagen?«

»Nein, ich glaube nicht ...« begann Carl, fühlte sich aber genötigt, eine Denkpause einzulegen. »Nein, ich glaube nicht«, fuhr er etwas energischer fort. »Ist Giulietta ein Augapfel, du weißt, was ich meine? Antwort ja. Ist sie sechs Milliarden wert oder zehn? Das wissen wir nicht. Hat Don Tommaso sämtliche Operationen des Feindes voll unter Kontrolle? Das wissen wir auch nicht. Teufel auch, denk doch mal nach ... Sollten wir mit einer entführten Sechsjährigen in unserem Hotelzimmer herumsitzen? Oder sollten wir vielleicht unseren Freund, den Rittmeister, bitten, uns das Entführungsopfer eine Zeitlang abzunehmen? Nein, wir haben richtig gehandelt. Auch in psychologischer Hinsicht, glaube ich. Er wußte, daß wir sie hätten mitnehmen können, mindestens bis zum Tor. Ich glaube, der Kerl weiß so etwas zu schätzen.«

Joar antwortete eine Zeitlang nicht. Sie näherten sich dem Flugplatz und wechselten einen schnellen Blick. Sie waren sich einig: für diesen Tag kam ein weiterer Wagenwechsel nicht in Frage. Möglicherweise dachten sie: wir wissen, was wir haben, wissen aber nicht, was wir bekommen. Im Augenblick war ihr Wagen ja bombenfrei, mochte der Fahrersitz auch zerschnitten sein.

»Was hast du mit diesen sechs oder zehn Milliarden gemeint?« fragte Joar, als der Verkehr in der Nähe von Palermo immer mehr ins Stocken geriet und er gezwungen war, seine Karte auseinanderzufalten, um einen besseren Weg in die Stadt zu finden. Gleichzeitig traf ihn die Erkenntnis, daß es eine phantastische Information war. Er hätte sich als erstes danach erkundigen sollen. Er fühlte sich beschämt, weil er glaubte, Carl hätte seine Dummheit gerade in diesem Punkt durchschaut.

»Nun ja, es sieht so aus ...« begann Carl, fluchte jedoch plötzlich, weil er von einem winzigen Fiat, der ihn plötzlich schnitt, aus der Fahrspur gedrängt wurde. »Teufel auch, wir werden hier nie ein Auto benutzen können, wenn es zu einem entscheidenden Stadium kommt. Also, es sieht so aus. Diese Scheißkerle hatten vor, die gesamte Ausrüstung an Libyen zu verkaufen. Und Libyen dürfte das nächste Ziel sein, das der geplanten neuen Weltordnung im Weg steht. Es soll wohl einen Bombenkrieg geben, um Araber auszulöschen, du weißt schon. Ghaddafi ist bereit, eine anständige Summe auf den Tisch zu legen, und das war es, was Don Tommaso meinte. Der Marktwert unserer schwedischen Direktoren liegt also irgendwo zwischen sechs und zehn Milliarden. Bei allem Respekt vor schwedischem Anstand und diesem Börsenjobber, der die Hälfte von Bofors oder den ganzen Laden besitzt, glaube ich nicht, daß sie das bezahlen werden.«

»Und das hat Herr Tommaso dir so ohne weiteres erzählt?« fragte Joar ungläubig.

»Nein, ich habe ihn geblufft. Was hältst du davon, wenn wir hier links abbiegen?«

»Nichts. Es ist zu früh. Ich habe da eine Idee. Dem Stadtplan nach sollten wir erst einen Umweg machen, aber wenn ich an diese Einbahnstraßen später denke, erscheint mir dieser Weg sicherer. Fahr einfach geradeaus weiter. Inwiefern geblufft?«

»Ich habe einfach einen Schuß ins Blaue abgefeuert. Der Kerl mußte ja etwas Wichtiges und Großes vorhaben, und so habe ich die Maxi-Alternative gewählt. Es war ein Volltreffer, mitten ins Schwarze. Das passiert einem nur einmal im Leben.«

»Shit!«

»Ja, kann man sagen.«

»Schöne Vorstellung, die USS Midway oder ein ähnlicher Flugzeugträger würde nichts davon ahnen und arglos in die Syrte einlaufen. Was für eine Reichweite hat diese Rakete Nummer 15?«

»Siebzig Kilometer. Das ist übrigens auch die Seegrenze, die Libyen beansprucht, die von den USA aber aus einer Reihe von Gründen nicht anerkannt wird.«

»Zehn Raketen für jede Anlage?«

»Ja. Mindestens.«

»Wenn sie das Überraschungsmoment auf ihrer Seite haben, können sie ohne weiteres einen Flugzeugträger versenken.«

»Ja. Interessante Vorstellung. Wenn es dabei nicht um fünftausend Menschen ginge, darunter wohl eine unbekannte Anzahl von Kumpeln von uns, würde ich es für eine gute Idee halten.«

»Eine gute Idee ist es trotzdem. Sogar eine verdammt gute Idee. Wart mal, bei der nächsten Abfahrt mußt du links rein!«

»Ich möchte gern wissen«, sagte Carl, als er sich nicht ganz überzeugend in die vielleicht richtige Autoschlange hineinmanövriert hatte, die vielleicht in die richtige Richtung unterwegs war, »was wir in einer anderen Sache machen sollen. Don Tommaso deutete an, er werde sich neue schwedische Geiseln beschaffen. Er war sogar der Meinung, uns schon in der Tasche zu haben, als du draußen auf dem Klo warst. Da wußte er noch nicht, daß du den Spieß umgedreht hattest. Er nannte die Vertretung von Ericsson in Rom und unsere Diplomaten. Damit haben wir ein großes praktisches Problem. Ein kleines praktisches Problem ist hingegen, was wir mit unseren erbeuteten Waffen machen sollen. Hast du einen Vorschlag? Es ist nicht ganz einfach. Aber trotzdem. Was schlägst du vor?«

Joar mußte überlegen. Er war unsicher, ob Carl nur gefragt hatte, um nachzuprüfen, ob sein Mitarbeiter richtig dachte, oder ob er gefragt hatte, weil er die Antwort selbst nicht kannte.

Im selben Moment, in dem er den Mund aufmachte, um etwas zu sagen, gab die Klimaanlage mit einem lauten Seufzer auf. Carl und Joar wechselten einen schnellen Blick, öffneten die Seitenturen, warfen sich aus dem Wagen und rannten los.

Nichts geschah. Der Wagen blieb mit zwei offenen Türen auf der Fahrbahn stehen, und hinter ihnen setzte wütendes Gehupe ein. Sie trotteten verlegen zurück, stiegen ein, kurbelten die Seitenscheiben herunter und füllten den Wagen mit Hitze und Abgasen Palermos.

»Nun«, sagte Carl nach einiger Zeit und knöpfte sich an seinem luftigen Hemd einen weiteren Knopf auf. »Du wolltest gerade etwas sagen?«

»Wir können uns auch morgen einen neuen Wagen holen. Aber Scherz beiseite ... Außerdem können wir uns eine andere Avis-Station aussuchen. Nun, wie auch immer. Wir sollten jedenfalls schnell mit dem Rittmeister Kontakt aufnehmen.«

»Ja«, sagte Carl resigniert. »Das schwedische Personal braucht mehr Schutz. Wir müssen die Beutewaffen loswerden, denn die haben vielleicht bei einigen Verbrechen Verwendung gefunden, und es wäre nicht sehr schön, wenn man sie bei uns fände, nachdem man uns bei lebendigem Leib gehäutet hat, und so weiter. Ich glaube Don Tommaso in dieser Hinsicht übrigens aufs Wort. Nicht nur dabei, sondern in so gut wie jeder Hinsicht.«

»Hat er gedroht, uns lebendig zu häuten?«

»Nein, nur mich. Wie zum Teufel erreichen wir den Rittmeister? Ich glaube, die können dieses Scheißtelefon hier abhören.«

»Vom Hotel aus? Das ist keine gute Idee.«

»Nein, natürlich nicht.«

»Auch keine gute Idee, einfach hinzufahren?«

»Nein, die Kaserne ist zu leicht auszukundschaften.«

»Das spielt doch keine Rolle. Sollen sie's doch erfahren.«

»Wieso?«

»Es ist recht einfach. Glaube ich. Wir sind keine Untergebenen Don Tommasos. Wir sind sein Feind, aber wir spielen mit ihm, wobei unser Gewinn aus zwei Schweden und seiner aus einer verdammten Masse von Waffen besteht. Wir können seine Möglichkeiten immer mehr beschneiden, ohne ihn zu verraten.«

»Wir machen es ihm immer schwieriger, verraten ihn aber nicht. Wir spielen nach beiden Seiten mit offenen Karten. Verdammt gut gedacht. Wie kommen wir zum Hauptquartier der Carabinieri?«

»Zwei Straßen weiter, dann nach rechts, dann die erste links und abwarten, bis ich Bescheid sage.«

Ihre schlimmsten Befürchtungen sollten sich bewahrheiten.

Zunächst jedoch verlief alles vollkommen normal. Sie drängelten sich durch die Hintertür ins Hauptquartier der Carabinieri, nachdem sie eine kurze Diskussion mit der Wache geführt hatten, bei der sie drei Mal auf *colonello Da Piemonte* verwiesen, bis den italienischen Wachen endlich aufging, daß sie offenbar *colonello Da Piemonte* meinten.

Der Oberst befand sich in einer Stabsbesprechung, kam jedoch heraus und nahm persönlich die Waffen entgegen, die seine Gäste zu seinem Erstaunen ganz offen bis zu seinem Büro getragen hatten. Dann nahm er stehend einen kurzen Bericht entgegen.

»Der Feind ist erkannt«, begann Carl. »Er heißt Don Tommaso« – der Oberst ließ keine Anzeichen von Überraschung erkennen –, »und was jetzt sofort eingeleitet werden muß, sind verstärkte Schutzmaßnahmen für schwedische Staatsbürger, die von Entführung bedroht sein könnten. Außerdem muß die schwedische Botschaft gewarnt werden, und die abgelieferten Waffen sollten der üblichen ballistischen Untersuchung unterzogen werden.«

»Sehr gut«, versetzte der Oberst. »Wir sehen uns heute abend elf Minuten vor zehn. Der gleiche Ablauf wie beim letzten Mal.«

Sie hatten erst geschlafen, als wären sie völlig erschöpft. Das war vermutlich der seelische Druck, dem widerstehen zu können sie sich eingebildet hatten. Immerhin waren sie darauf trainiert. Dann hatte jeder sein Trainingsprogramm absolviert, geduscht, geruht und sich demonstrativ einfach gekleidet, ohne Jackett, um dem zu entgehen, was sie am meisten fürchteten.

Es half nichts, obwohl sie sich zunächst in einer vollkommen unbegründeten Sicherheit wiegten. Denn als Oberst Da Piemonte seine Gäste abends frisch geduscht und ziemlich ausgeruht, jedoch ohne Jacke und Krawatte hereinkommen sah, erhob er sich blitzschnell, grüßte und riß sich demonstrativ Jacke und Krawatte ab, bevor er seine Gäste mit einer Handbewegung bat, Platz zu nehmen. Dann klappte er einige bereitliegende Aktenmappen auf, die vor ihm auf dem Schreibtisch lagen.

»Meine Herren, ich kann Ihnen gar nicht sagen, wie sehr ich mich freue, Sie gesund und munter wiederzusehen, lebend, meine ich«, sagte er, nachdem er sich gesetzt und eine Zeitlang in den Akten geblättert hatte.

»Wir haben hier einen sehr interessanten Fall, wirklich, sehr interessant, denn dieser Tommaso, oder soll ich vielleicht *Don* Tommaso sagen, um mir nicht den Zorn Santa Rosalias und aller Sizilianer zuzuziehen, hat einen etwas dramatischen Hintergrund. Ich werde mich sehr kurz fassen, um Ihnen einen Eindruck zu vermitteln.«

Die Kurzfassung war blutig. Don Tommaso hatte als junger

Mann im Kampf gegen die Corleonesen zu der verlierenden Bande der Brüder Inzerello gehört. Seine Erlebnisse mußten traumatisch gewesen sein, selbst für einen sizilianischen *picciotto*, einen kleinen Mörder, der noch ganz unten auf der Karriereleiter stand.

Tommaso hatte die Folterkammer der Corleonesen unten am Hafen kennengelernt, zusammen mit seinem Vater, seiner Mutter, dreien seiner Brüder und einer Schwester. Soweit bekannt, wurde die gesamte Familie vor seinen Augen ermordet, einer nach dem anderen. Vermutlich unter äußerst unangenehmen Formen. »Jaja, Säure, sexuelle Folter, das volle Programm«, bemerkte Da Piemonte mit sichtlichem Abscheu.

»Wir wissen jedoch nicht genau, wie er das alles hat überleben können. Es gibt zwei Theorien dazu. Einmal soll man ihn am Leben gelassen haben, damit er die pädagogische Botschaft weitergeben konnte, wer jetzt noch aufmuckt, dem ergeht es genauso, und so weiter. Das erscheint mir jedoch nicht besonders sizilianisch. Eine zweite Theorie: Es soll ihm gelungen sein auszubrechen, wobei er unter Umständen drei seiner Quälgeister getötet hat. Auch das kommt mir nicht sehr wahrscheinlich vor. Wie auch immer: Er ging in die USA, nahm ein paar übriggebliebene Familienmitglieder mit, unter anderem den erstgeborenen Sohn Giulio und eine Tochter. Seitdem haben wir nichts mehr von ihm gehört. Er ist in den USA nie festgenommen worden. Wir halten es für sicher, daß er sich dem Mafia-Clan um di Maggio in New York angeschlossen hat, aber das sind alles nur Theorien.

Seit zwei Jahren hat er sich wieder auf Sizilien etabliert, offenbar mit einer vollen Streitmacht und starkem Kapital im Rücken. Wir vermuten, daß es Verbindungen in die USA gibt, aber das ist auch alles.

Er hat in der Gegend von Castellammare Grund und Boden im Gesamtwert von etwa zehn Millionen Dollar gekauft, um Ihnen die entsprechende Zahl in Lire zu ersparen. Castellammare ist die Stadt seiner Kindheit. Für uns steht nur eins fest: daß hier kein Rentner zurückgekehrt ist, nur um in sizilianischer Erde begraben zu werden. Mehr wissen wir jedoch nicht. Uns sind nur ein paar selbstverständliche Kleinigkeiten bekannt, etwa daß er eine *cosca* kontrolliert, eine Mafia-Familie in der Gegend von Castellammare, und daß niemand dort ihm den Rang des Anführers streitig macht.

Das dazu, doch jetzt zu Tisch!« rief der Oberst schließlich aus und rieb sich begeistert die Hände.

Carl und Joar erhoben sich wie zwei zum Tode Verurteilte.

Der Abend entwickelte sich etwa so, wie sie es erwartet hatten, obwohl es diesmal in der Mitte der Speisenfolge keine Involtini gab.

Der Oberst sprudelte geradezu vor guter Laune und erklärte sie damit, es komme nicht jeden Tag vor, daß verdeckt arbeitende Polizeibeamte mit Beutewaffen und ohne einen Kratzer wiederkämen. Nein, das Ergebnis der ballistischen Untersuchung liege noch nicht vor, denn immerhin hätten die Wissenschaftler die Wahl unter fünfhundert unaufgeklärten Morden.

Von seiner guten Laune erfüllt, begab sich der Oberst dann auf einen gespielten Ritt um den Tisch. Er galoppierte herum, um zu beschreiben, wie einer seiner besonders eitlen Vorgänger geritten sei, bis das unvermeidliche Ende gekommen sei. Er sei kurz gesagt ein Idiot gewesen.

Die Spaghetti waren schwarz.

Es war keine Fata Morgana. Die Spaghetti waren schwarz.

Und ihr entzückter Gastgeber trug ihnen auf, als hätte der Wechsel zu Hemdsärmeln ihn zum Familienvater gemacht, und erklärte ihnen dabei die sizilianische Spezialität. Kleine Tintenfische seien in ihrer eigenen Tinte gekocht worden, daher die Farbe; *spaghetti al nero de seppia*.

Dazu ließ sich gut Weißwein trinken. Da Piemonte zufolge die Weißweine Siziliens den roten überlegen waren, abgesehen vielleicht von einem sehr charaktervollen Wein von den Hängen des Ätna, der allerdings schwer zu bekommen sei; im übrigen seien die Weine aus seiner, Da Piemontes, Heimat im Norden der Insel ganz allgemein viel besser als alles, was Sizilien sonst leisten könne, doch den könne er ihnen jetzt leider nicht bieten.

Carl betrachtete mißtrauisch die Weinflasche, die ihm von einem Kadetten gezeigt wurde. *Bianco di Menfi* las er. Dann ging ihm auf, daß es die Region war und nicht der Name des Weins. Der Wein hieß Libecchio, und das grün-gelbe Etikett zeigte eine griechische Statue, die dem Meer entstieg.

»Wir sollten jetzt den schlimmsten Hunger stillen, bevor wir uns dem Thema des Tages zuwenden!« schnarrte Da Piemonte, warf sich im nächsten Augenblick ein paar hundert Gramm des schwarzen Breis in den Mund und streckte sich eine Sekunde später nach dem Weinglas, das er seinen Gästen entgegenhob.

Der Wein war kühl und gut, erinnerte ein wenig an türkische und griechische Weine. Sie würden einiges davon trinken müssen, um das Essen herunterzuspülen. Carl und Joar starrten feindselig auf ihre schwarzen Teller, blickten sich kurz an, brachten es jedoch nicht über sich, mit dem Essen anzufangen, bevor Joar *Hoo Yah!* geflüstert hatte, als hätte sich die Schnauze des Landungsboots geöffnet, als müßten sie jetzt auf den dunklen Strand zustürmen.

Carl lachte und schüttelte den Kopf. Er flüsterte ebenfalls *Hoo Yah!* und begann dann mit dem Angriff auf den Tintenfischbrei. Dieser war nicht einmal halb so ekelhaft, wie er aussah.

»Nun zum Geschäft!« trompetete Da Piemonte, der natürlich als erster den Teller beiseite schob und dann in die Hände klatschte. Das Bedienungspersonal erschien eilig, um den nächsten Gang aufzutragen. »Was haben Sie zu Ihrer Begegnung mit Don Tommaso zu sagen?«

»Mr. Tommaso war in mancherlei Hinsicht eine bemerkenswerte Bekanntschaft«, begann Carl, während er überlegte, was Da Piemontes Formulierung zu bedeuten hatte. Er hatte nicht gefragt, *Was ist passiert?*, sondern *Was haben Sie zu sagen?*.

»Angesichts der Verwicklungen«, fuhr Da Piemonte fort, »die ich schon geahnt habe, daß Sie also ein paar erbeutete Waffen mitbrachten, scheint er mir kein so bemerkenswerter Mann zu sein. Also. Was haben Sie zu sagen?«

»Er hat damit gedroht, die Zahl entführter Schweden zu erhöhen. Das könnte einige Vertreter der schwedischen Großindustrie in Rom betreffen, er ließ jedoch die Möglichkeit durchblicken, daß er notfalls auch unser diplomatisches Personal nicht verschonen würde.«

»Hm. Besorgniserregend«, murmelte Da Piemonte und streckte sich nach seiner Zigarettenschatulle. »Nun, Schlußfolgerungen?«

»Das betroffene schwedische Personal sollte demonstrativ verstärkten Schutz erhalten«, erwiderte Carl kurz.

»Selbstverständlich«, bestätigte Da Piemonte ungeduldig, »ich habe aber nicht nach der einfachen operativen Schlußfolgerung gefragt. Unser geschätzter *capo* ist nicht hinter Lösegeld, sondern etwas anderem her. Hinter was?«

»Das ist eine kühne Schlußfolgerung, Sir.«

»Ganz und gar nicht. Das ist selbstverständlich. Don Tommaso hat sich bisher nicht als Großhändler in Sachen Entführung einen Namen gemacht, und folglich ist die Entführung kein Ziel, sondern ein Mittel. Wollen Sie mir sagen, was das Ziel ist, oder wollen Sie es nicht? Vielleicht kennen Sie es auch nicht?«

»Das sind sehr direkte Fragen, Sir.«

»Selbstredend. Und wie lautet Ihre Antwort?«

»Lassen Sie es mich so sagen: Wenn mir die Antwort bekannt wäre und ich Sie Ihnen gäbe, würde unserer Zusammenarbeit vielleicht die Grundlage entzogen werden, da das starke Kräfte in Bewegung setzen würde. Einer der Nebeneffekte wäre, daß man die schwedischen Entführungsopfer töten würde. Ich würde es deshalb vorziehen, den Vorgang etwas hinauszuzögern.«

»Das ist die Antwort eines Orakels, Comandante.«

»Ich fürchte ja.«

»Nun, was ist, wenn wir das Problem von einer anderen Seite her angehen? Was sollte man gegen Tommaso unternehmen?«

»Man sollte seine Handlungsfreiheit Stück für Stück beschneiden, die Schlinge um sein Vorhaben zuziehen, ihn zu der Einsicht bringen, daß es undurchführbar ist; ihn dazu bringen, den billigsten Ausweg zu wählen, nämlich die Schweden auszuliefern. Anschließend können Sie ihn gern zum Frühstück verspeisen.«

»Sie denken wie eine ganze Militärakademie, obwohl Sie sich auf Sizilien befinden. Nun ja. Und wie soll man all das praktisch bewerkstelligen?«

»Ein Schritt wäre, die Entführung öffentlich zu machen und auch den verstärkten Schutz möglicher schwedischer Opfer bekanntzumachen. Der nächste Schritt wäre, öffentlich zu machen, worum es eigentlich geht. Das würde unsere Regierungen unter anderem zwingen, entschiedene und klare Aussagen zu machen. Daß beispielsweise nichts an Italien geliefert werden könne, bevor diese Geschichte geklärt und beendet sei.«

Ihr Gastgeber – denn er erschien immer mehr als Gastgeber bei Tisch denn als vorgesetzter Verbündeter – wollte gerade etwas sagen, blieb aber stumm, als gewaltige Platten hereingetragen wurden, die natürlich erneut seine Begeisterung weckten.

»Ah!« rief er aus. »*Scaloppine al funghi* und *spinaci al burro*. Ich habe mir gedacht, daß wir heute mal etwas Einfacheres essen. Möchten Sie jetzt Rotwein oder lieber weiter diesen Weißwein aus Menfi? Gar nicht übel, was?«

Sie blieben beim Weißwein, füllten ihre Mineralwassergläser und kauten eine Weile tapfer drauflos.

Carl und Joar sahen sich an. Beide hatten das alptraumhafte Gefühl, daß sich alles wiederholte. Gangsterboß oder Kollege – das spielte keine Rolle mehr, sie aßen bei beiden wie Wahnsinnige.

»Wissen Sie, Comandante, ich möchte keineswegs unhöflich sein oder Ihre Intelligenz beleidigen, die mir als sehr bemerkenswert aufgefallen ist. Aber wir sind jetzt auf Sizilien. Sie betrachten den Feind, als wäre er einer von uns, als würde Sie mich bekämpfen. Sie verstehen mich, so wie ich Sie verstehe. Wir haben in diesem Leben die gleichen Kurse besucht. Aber der Feind ist nicht logisch, nicht so vorhersehbar, wie Sie es sich vorzustellen scheinen. Verstehen Sie, was ich meine?«

Die Frage des Obersten hing eine Zeitlang in der Luft und verstärkte Carls Gefühl von *déjà vu*, das Gefühl, zum wiederholten Mal einen Alptraum zu erleben. Möglicherweise schien ihn dieses Erlebnis etwas mitgenommen zu haben, denn der Oberst fuhr ein wenig begütigend fort, bevor Carl hatte antworten können.

»Nun ja, jetzt wollen wir uns die von Ihnen vorgeschlagenen Instrumente einmal näher ansehen. Wer entscheidet über den Zeitpunkt, zu dem wir uns zum ersten Mal an die Öffentlichkeit wenden? Sie? Die schwedische Regierung? Die italienische Regierung? Oder die schwedische Waffenfirma?«

»Das ist unklar. Hingegen ist es sehr leicht, Tatsachen zu schaffen, ohne daß einer dieser Entscheidungsträger darin verwickelt sein muß.«

»Ein gefährliches Spiel für einen einfachen Obersten oder einen Offizier des Nachrichtendienstes. Politiker pflegen so etwas selbst entscheiden zu wollen. Wenn wir uns dann der Frage des verstärkten Schutzes bestimmter schwedischer Staatsbürger zuwenden:

Haben Sie mit der Heimatbasis Verbindung aufgenommen und eine solche Forderung vorgebracht?«

»Nein.«

»Aus welchem Grund nicht?«

»Das hängt mit unserem Auftrag hier zusammen. Wir sind zwar hier, zugleich aber doch nicht hier, falls Sie verstehen. Wenn wir nach Hause berichten und dieser Bericht zur Entscheidungsgrundlage wird, sind wir für die spätere Geschichtsschreibung offiziell hier. Wenn dann etwas schiefgeht, müssen unnötig viele Köpfe rollen, vermutlich unsere oder die unserer Vorgesetzten statt der der Politiker. Hört sich das etwa zu byzantinisch an?«

»Mein lieber Comandante, Sie sind in Italien! Nein, ich verstehe voll und ganz. Sie wollen also, daß ich diese Bewachungsfrage regele, daß wir Italiener die Initiative ergreifen?«

»Sehr gern. Sie können es auch an die Presse durchsickern lassen ...«

Carls feines Lächeln provozierte Da Piemonte zu einem brüllenden Lachen.

Carl betrachtete seinen italienischen Kollegen. Dünnes, schwarzes, nach hinten gekämmtes Haar. Der Mann war hochgewachsen und unbegreiflich schlank, sah durchtrainiert aus. Das ließ sich auf keine vorstellbare Weise mit den Eßgewohnheiten in Einklang bringen. Blieben Spaghetti bei Italienern ohne jede Wirkung?

»Lassen Sie uns eine Weile über unwichtigere Dinge reden. Das würde mir gefallen, und außerdem ergibt sich vielleicht etwas Kluges daraus«, fuhr Da Piemonte fort, nachdem er seine Überredungsversuche bezüglich des Desserts aufgegeben hatte. »Was geschah in der Villa dieses Don Tommaso? Ich meine, abgesehen von dem, was Sie mir über seine Absichten nicht verraten wollen? Also die Kleinigkeiten?«

»Nun ja«, begann Carl zögernd, da er sich der Gefahr ausgesetzt sah, eine Taktlosigkeit zu begehen, »wir erhielten zunächst eine sehr reichliche sizilianische Mahlzeit ... und, na ja. Er wollte nicht über Lösegeld verhandeln, wie Sie schon vorausgesetzt hatten, Sir. Er ging dazu über, uns zu bedrohen, und verstärkte später diese Drohungen noch. Da haben wir sein Personal entwaffnet und das Haus unter wechselseitigen Ehrenbezeigungen und einer Versicherung verlassen, wir würden nach einigem Nachdenken erneut Kontakt aufnehmen.«

Carl kämpfte ein Lächeln nieder. Sein Bericht war absichtlich ein wenig stoisch.

In Da Piemontes Gesicht blitzten Interesse und ein unterdrücktes Lachen auf, als er sich eine neue Zigarette anzündete und sich zurücklehnte, als erwartete er, jetzt gut unterhalten zu werden.

»Ihr Nordlandbewohner seid phantastisch. Sind es die isländischen Sagen, die euch so gemacht haben, oder etwas anderes?«

»Ich habe gar nicht gewußt, daß Sie unsere isländischen Sagen kennen.«

»Man kann nicht dauernd Mafiosi erschießen. Die Seele muß auch mal zu ihrem Recht kommen. Haben Sie also persönlich die Leibwächter Don Tommasos niedergeschlagen und ihnen ihre Waffen abgenommen?«

»Nein. Ich habe nur den Befehl gegeben. Joar hier hat den Befehl ausgeführt.«

Joar, der sich inzwischen daran gewöhnt hatte, daß man ihn als Subalternen betrachtete, an den man nicht das Wort richtete, betrachtete schüchtern die Reste seines Spinats. Das Gesicht Oberst Da Piemontes hellte sich auf. Er musterte Joar anerkennend.

»Santa Rosalia!« rief er aus. »Und die haben sich von Hauptmann Lundwallo einfach entwaffnen lassen? Wie haben Sie das angestellt? Haben Sie höflich darum gebeten oder drohten Sie, sie ins Fegefeuer zu schicken oder ihre Frauen zu verführen, oder was?«

»Ach, wissen Sie«, erwiderte Joar verlegen und wand sich. Es fiel ihm nicht so leicht wie Carl, zu Untertreibungen zu greifen. »Ich bat darum, ins Badezimmer zu gehen, und wie erwartet begleitete mich einer der bewaffneten Wachposten. Wir saßen vorher auf einer Dachterrasse mit einem einzigen Ausgang. Und dann ... ja, im Zusammenhang mit dem Aufsuchen der Toilette habe ich die Herren kampfunfähig gemacht, ihnen die Waffen abgenommen und bin dann befehlsgemäß zur Terrasse zurückgekehrt. Na ja, ich habe die Herren natürlich mitgeschleift. Ach übrigens, da wüßte ich gern ...«

Joar machte eine Pause und fragte Carl flüsternd »der Schlüssel?«, worauf dieser amüsiert nickte.

»Ja ... ich habe mir also den Code zu dieser Tür verschafft, zur

Tür und zum Haus, und nahm einen Seifenabdruck des Schlüssels, den sie benutzen. Und wir wüßten gern ...«

Joar blickte Carl erneut fragend an, und dieser nickte wieder.

»Wir wüßten also gern, ob Sie uns dabei helfen können, nach diesem Abdruck einen Schlüssel herstellen zu lassen. Falls es noch zu weiteren Besuchen in diesem Haus kommt ...«

Oberst Da Piemonte klappte vor Erstaunen der Unterkiefer herunter. Er wirkte zum ersten Mal, seit sie ihn kannten, ein wenig aus der Fassung gebracht.

»Santa Rosalia!« flüsterte er erregt. »Das ist doch wirklich ... na ja, Sie wissen schon, wessen Namen ich in Verbindung mit Santa Rosalia nicht gut nennen kann. Es ist aber wirklich ganz verteufelt, wie Sie das gemacht haben!«

»Wäre es möglich, einen solchen Schlüssel herzustellen, ohne daß es herauskommt? Ich meine, können wir wirklich sicher sein, daß ...« fuhr Carl fort, wurde aber sofort durch eine entschlossene Handbewegung Da Piemontes unterbrochen.

»Einen Augenblick, Comandante, ich denke nach. Aber ja, natürlich, das mit dem Schlüssel werden wir schon auf diskrete Weise regeln können. Aber ich denke ... Sagen Sie, wie übel wurden diese Picciotti zugerichtet, als Sie sie, wie Sie sagen, kampfunfähig machten?«

Joar wand sich. Diese Frage war auf mehr als eine Weise unangenehm, unter anderem deshalb, weil er es nicht genau wußte.

»Nun, Sir, ich bin kein Arzt. Aber ... tja, einer von ihnen hat eine Fraktur am Handgelenk, beide haben eine Gehirnerschütterung, einer der beiden kann innere Blutungen erlitten haben und der andere eine Fraktur des Halswirbels ... aber angesichts dessen, daß sie vermutlich recht schnell ärztlich versorgt wurden ... hat keiner von ihnen lebensbedrohende Schäden davongetragen ...«

»Wie hießen diese Jungs? Wissen Sie etwas darüber?« schnitt ihm Da Piemonte mit fast aggressivem Tonfall das Wort ab.

»Sie erklärten, sie hießen Roberto und Giulio, Sir.«

Oberst Da Piemonte stand heftig auf und rannte fast durch die offenen Schiebetüren in sein Dienstzimmer. Mit einigen Galoppsprüngen war er mit einer der Aktenmappen vom Schreibtisch wieder da. Er hielt zwei Blätter mit Fotografien hoch, die üblichen Verbrecherserien mit Aufnahmen im Profil und von vorn.

»Waren es diese Knaben hier?«

Carl und Joar nickten übereinstimmend. Es gab keinerlei Zweifel.

»Dann dürfte Santa Rosalia nicht mehr helfen«, stellte Oberst Da Piemonte matt fest, sank auf seinen Stuhl und warf die Mappe resigniert vor sich auf den Tisch, so daß einige Papiere herausglitten und an einem Fleck Tintenfischbrei kleben blieben. Er bemerkte das Mißgeschick, unternahm jedoch nichts dagegen.

»Nun, Sir?«, sagte Carl leise.

»Wenn es irgendein beliebiger gedungener Picciotto gewesen wäre«, begann Da Piemonte, nachdem er tief Luft geholt hatte, »hätten Sie ihn vermutlich vor den Augen Don Tommasos filieren oder das mit ihm machen können, was diese Typen selbst zu tun pflegen, ihm die Eier abschneiden und dem Opfer in den Mund stopfen. Na ja, vorausgesetzt, es waren keine jungen Damen anwesend, aber das war ja nicht der Fall. Und ...«

»Doch, so war es schon«, unterbrach ihn Joar. »Ein Mädchen von etwa sechs Jahren namens Giulietta.«

Damit schien eine weitere Bombe detoniert zu sein. Joar und Carl warteten ab, da sie keine Frage zu stellen brauchten. Oberst Da Piemonte erweckte den Eindruck, als müßte er sich erst sammeln, um fortfahren zu können.

»Giulio ist Don Tommasos ältester Sohn«, begann er mit sichtlicher Anstrengung. »Giuletta ist seine Enkelin, die Tochter seiner Tochter, und, wie heißt das noch, sein ...?«

»Augapfel«, ergänzte Carl.

»Genau das, sein Augapfel. Herr Giulio ist also der Onkel der Kleinen. Don Tommaso hat einmal miterlebt, wie seine Familie gedemütigt und ausgelöscht wurde, und Sie dürfen sicher sein, daß er bei der Gelegenheit einige sizilianische Eide geschworen hat. Und Giulio ist, wie gesagt, sein ältester Sohn.«

Da Piemontes abruptes Ende der Darlegung erweckte den Eindruck, als hielte er damit alles für erklärt. Sein Mienenspiel und seine Körpersprache hatten den beiden Schweden gewiß deutlich gemacht, daß die Lage ernst war, doch sie waren mit seiner Interpretation alles andere als einverstanden.

»Die Maschinenpistole, die wir mitgenommen haben, stammte aus dem Besitz Giulios. Es wäre ja interessant festzustellen, ob sie bei irgendeinem Verbrechen verwendet worden ist. Dann hätten wir ein Tauschobjekt«, schlug Carl vor – ein verzweifelter Versuch, sizilianisch zu denken.

Oberst Da Piemonte lächelte matt, als hätte ein Kind eine kluge Verrücktheit geäußert.

»Und wie sollen wir beweisen können, daß die Maschinenpistole tatsächlich direkt aus der Hand Giulios stammt?« fragte Da Piemonte mit gezierter Spitzfindigkeit.

Carl und Joar wechselten einen Blick. Sie fühlten sich wie Dorftrottel.

»Aber wir haben ihm doch die Maschinenpistole weggenommen, da gibt es doch gar keinen Zweifel. Wir sind doch Augenzeugen«, erklärte Joar verzweifelt.

Oberst Da Piemonte sah unverstellt verblüfft aus. Er sah erst den einen, dann den anderen Gast an, um sich zu vergewissern, daß sie ihn nicht auf den Arm nehmen wollten.

»Augenzeugen!« platzte es aus ihm heraus, als er erkannte, daß die Schweden es tatsächlich so meinten, wie einer von ihnen es gesagt hatte. »Augenzeugen! Sie meinen, man geht vor Gericht, schwört einen Eid, sagt vor den Geschworenen aus, und so weiter! Meine Herren, wir sind hier in Palermo. Hier werden keine Zeugenaussagen gemacht. Erstens pflegen Zeugen nicht so lange zu leben, daß sie überhaupt in den Zeugenstand treten können, und sollte es irgendein Überlebender zufällig bis dahin schaffen, sind die Geschworenen der festen Überzeugung, daß der Betreffende verrückt sein muß, da er überhaupt aussagen will. Aus diesem Grund schenkt man seiner Aussage erst dann Glauben, wenn es zu dem Mord an dem Zeugen kommt. Dann glaubt man ihm. Lebende Augenzeugen aber, meine Herren, besitzen hier auf Sizilien keinerlei, und ich meine das wirklich, *keinerlei* Glaubwürdigkeit.«

»Das nenne ich ein deutliches Wort«, bemerkte Carl trocken. »Aber es kann doch wohl nicht direkt ein Nachteil sein, wenn wir die beschlagnahmten Waffen mit einem bestimmten Verbrechen in Verbindung bringen können?«

»Nein, natürlich nicht, das könnte sich schon irgendwie als bedeutsam erweisen«, gestand Da Piemonte großzügig zu.

»Also, wenn wir uns ein bißchen mehr in die Anthropologie

vertiefen wollen«, sagte Carl und versuchte, etwas von seiner und Joars plattgemachter Würde zurückzugewinnen, »so gab es einen Zwischenfall mit dem Mädchen, also der kleinen Sechsjährigen.«

Oberst Da Piemonte riß entsetzt die Augen auf.

»Nein, Sir, nicht so, wie Sie glauben, nichts Unangenehmes«, ergänzte Carl schnell. »Als wir unseren Gastgeber verlassen wollten, hatte ich mit ihm einen kurzen Wortwechsel über Ethik. Ich zeigte auf das Mädchen und stellte fest, daß wir die Kleine als Schutzschild mitnehmen könnten, wenn wir ganz sichergehen wollten, nicht beschossen oder in die Luft gesprengt zu werden. Ich wies aber auch darauf hin, daß sich ein richtiger Mann so nicht benimmt, oder wie man das ausdrücken soll. Als Gegenleistung dafür verlangte ich Mr. Tommaso das Ehrenwort ab, unsere Abfahrt nicht zu stören. Und er hat Wort gehalten. Daher jetzt meine Frage: Funkioniert das sozusagen auch in umgekehrter Richtung?«

»In allerhöchstem Maße«, bestätigte Da Piemonte nachdenklich. »In allerhöchstem Maße. Sie haben sich als ebenbürtiger Mann und als richtiger Mann erwiesen, verstehen Sie? Don Tommaso wird fast aufrichtig um Sie trauern, wenn er Sie umbringen läßt. Und er wird möglicherweise dafür sorgen, daß es würdig und ohne demütigende Umstände geschieht.«

»Lassen Sie uns jetzt bitte kurz zu den praktischen Dingen kommen«, entgegnete Carl kalt.

»Gern«, sagte Da Piemonte ohne sonderliche Begeisterung. »Wie sollen wir mit Ihrer weiteren Bewachung verfahren? Sollten wir Sie nicht auch auf geeignete Weise bewaffnen?«

»Keine Bewachung. Wir haben unsere Verhandlungen mit Mr. Tommaso noch nicht zu Ende gebracht. Waffen sind sinnlos. Wenn wir mit ihnen verhandeln, nehmen sie uns ohnehin erst die Waffen ab, und wir übergeben sie ihnen außerdem sichtbar und freiwillig. Doch dann könnten sie irgendwie auf Abwege geraten und bei irgendwelchen Morden verwendet werden. Das würde weder uns noch Ihnen Freude machen.«

Carls Feststellungen waren vollkommen logisch, das gab Da Piemonte mit einer resignierten Geste zu. Die Logik schien ihn gleichwohl nicht vollständig zu überzeugen.

»Brauchen Sie irgendwelche praktischen Informationen?«

fragte er beinahe müde und warf einen verstohlenen Blick auf die Uhr.

»Ja«, erwiderte Carl. »Diese Bande, heißt die nicht *cosca*? Also diese Gangsterbande Don Tommasos. Haben die für ihre Schmuggeleien einen Verschiffungshafen?«

»Ja. Sciacca an der Südküste. Es liegt auf dem Territorium der Corleonesen, aber die Familien scheinen eine Art pragmatischen Frieden erreicht zu haben. Soll das auch für Waren gelten, die von Sizilien geschmuggelt werden?«

»Kein Kommentar. Aus Gründen, die ich schon genannt habe. Wenn die Zeit reif ist, werden wir alles sagen, was wir wissen.«

»Was wollen Sie sonst noch wissen?«

»Erzählen Sie uns von der Mafia, Dinge, die uns vielleicht nützen könnten. Wir haben heute abend schon eine Menge gelernt, müssen aber zugeben, daß wir ein wenig eckig und militärisch sind. Wir denken zu geradlinig. Würden Sie so freundlich sein, uns ein wenig Unterricht zu geben?«

Carl sah aufrichtig aus und schien es wirklich zu wollen. Oberst Da Piemonte ließ sich sofort erweichen, verlangte aber, erst etwas Grappa einzuschenken.

Carl und Joar lehnten erschreckt ab. Ihre nächtlichen Streifzüge in Richtung Hotel verlangten ein gesteigertes Maß an Nüchternheit.

»Schon der Begriff Mafia ist dubios«, begann Da Piemonte. »So gibt es beispielsweise von der Mafia gekaufte Politiker, die allen Ernstes behaupten, es gebe überhaupt keine Mafia. Der maximale Gegenstandpunkt läuft darauf hinaus, daß die Mafia in ganz Italien insgeheim regiert.

Beide Standpunkte sind gleichermaßen unsinnig. Die Wahrheit liegt irgendwo in der Mitte. Die Frage lautet also, was man unter ›Mafia‹ versteht. Und diese Frage kann kein lebender Mensch, auch kein Toter, weder ein Mafioso noch ein von seiner heiligen Berufung erfüllter Staatsanwalt beantworten.

›Mafia‹ bedeutet jedoch freies Unternehmertum, mehr oder weniger große Unternehmen, die fast immer um eine oder mehrere Familien herum aufgebaut sind. Es hat sich eine ganze soziologische Wissenschaft um die Mafia herum entwickelt, Geschichtsschreibung und historische Erklärungen, etwa die, daß

Sizilien immer wieder erobert worden ist und immer wieder unter Besetzung gelitten hat – wobei heute die Besetzung durch Rom gemeint ist. All das mag stimmen.

Entscheidend ist wahrscheinlich jedoch so etwas Einfaches wie Geld. Die jüngste Heroinraffinerie, die den Corleonesen gehört, obwohl sie im Machtbereich Don Tommasos liegt, in Alcamo, das auf der Karte in der Nähe von Castellammare leicht zu finden ist, hat 1,6 Tonnen Heroin pro Jahr produziert. Es gibt Gerüchte, daß verbesserte Pumpen aus Bulgarien die Produktion in manchen Raffinerien auf bis zu drei Tonnen im Jahr gesteigert haben. Und was drei Tonnen Heroin in Geld darstellen, ist entscheidend. Da greift militärische Logik. Als ich vor ein paar Jahren als Verbindungsoffizier in New York arbeitete, hatte man errechnet, daß die sizilianische Mafia, also nicht deren amerikanische Verwandte, ein Tageseinkommen von fünf Millionen Dollar waschen müsse.

Dieses Geld war der Kern. Beim Geld sitzt die Macht, das Geld ist die treibende Kraft, alles. Jede andere Überlegung wäre romantisch. Der traditionelle Mafia-Boß, den Don Tommaso auf seine sentimentale Art wiederherzustellen versucht, den gibt es im Grunde nicht mehr. Die arbeitslosen Lümmel auf den Straßen Palermos haben ihre Kenntnisse hauptsächlich aus dem Film *Der Pate*. Wenn wir die schnappen und verhören, weil sie irgendeiner alten Frau die Handtasche weggerissen haben, versuchen sie sogar wie Marlon Brando zu sprechen und fordern von ihren gelangweilten Vernehmungsbeamten sogar so etwas wie ›Respekt‹.

Die Gefahr, die von dieser Romantisierung ausgeht, sollte man jedoch nicht unterschätzen. Mord ist ein wichtiger Bestandteil der Geschäftstätigkeit, und der Tagespreis für Mord liegt in Palermo im Augenblick bei etwa eineinhalb Millionen Lire. Verzeihung? Ja, also bei etwa neunhundert Dollar. Und wenn man diese Burschen schnappt, halten sie es für eine Todsünde zu singen: Jeder X-Beliebige kann sich also relativ ungefährdet einen Mörder mieten, irgendeinen Rotzjungen, der das Risiko, geschnappt zu werden, gern auf sich nimmt. Und der Rechtsstaat setzt wahrhaftig nicht gerade die Folter ein, um Beweise aus diesen Rotzjungen herauszupressen. Die glauben sogar, in der Mafia Karriere zu machen, von der sie in Wahrheit nicht die geringste Ahnung haben. Sie wissen nur das, was sie bei Marlon Brando gesehen haben. Übrigens sind diese Filme auf Sizilien unerhört beliebt, vor allem bei echten Mafiosi.

Gefühle und Traditionen spielen eine gewisse Rolle, das stimmt schon. Das ist die eine Seite des Problems mit Don Tommasos Sohn, den Sie so zugerichtet haben. Noch entscheidender aber ist Geld, vor allem, wenn es um Milliarden geht, und ganz besonders, wenn es um Milliarden Dollar geht. Das ist die andere Seite des Problems mit Don Tommasos Sohn. Ich kann Ihnen jetzt nur empfehlen, meine Herren, die nächste Kontaktaufnahme durch Don Tommaso abzuwarten. Wir werden Ihnen ein abhörsicheres Telefon geben. Wenn Sie mit uns Verbindung aufnehmen wollen, müssen Sie die Initiative ergreifen. Wir Carabinieri werden Ihnen nicht ständig auf den Fersen bleiben. Möge Gott Ihnen beistehen.«

Als Carl und Joar endlich in die nächtliche Hitze hinaustraten, stöhnten sie laut über ihre Qualen, die jedoch mitnichten auf der intellektuellen Ebene lagen.

»Ich fühle mich regelrecht gemästet«, bemerkte Joar gequält.

»Ich werde in meinem ganzen Leben nie mehr essen«, erwiderte Carl.

3

Es ist denkbar, daß der Sicherheitschef des geheimen Krisenstabs, den Swedish Ordnance eingesetzt hatte, eine allzufrühe Publizität hätte vermeiden können, wenn er den beiden Frauen nur etwas mehr Vertrauen entgegengebracht hätte. Es ist zumindest mehr als wahrscheinlich, daß er das, was am Ende passieren mußte, noch etwas hätte hinauszögern können.

Er rief die beiden Frauen mehrmals am Tag an, nahm deren Anrufe jedoch nicht mehr entgegen. Die beiden saßen in Karlskoga und hatten das Gefühl, verbannt zu sein. Sie hatten natürlich das Gefühl, daß sie mehr wüßten, wenn sie sich in Stockholm und nicht in Karlskoga befänden.

Überdies waren sie von morgens bis abends zusammen und hatten nur ein Gesprächsthema. Es wäre folglich keine außergewöhnliche psychologische Einsicht nötig gewesen, um zu erfassen, was in ihnen vorging. Schließlich gelangten sie zu der Überzeugung, das Unternehmen habe die zynische Entscheidung getroffen, ihre Männer zu opfern. Sie meinten, es werde nichts unternommen, und man habe sie nur beiseite geschafft, damit sie nicht im Weg waren oder irgendwelche Geschäfte mit irritierenden Forderungen störten, die Firma solle sich etwas mehr anstrengen, um ihren Männern zu helfen.

Sie wußten nicht, daß man Carl Hamilton nach Sizilien geschickt hatte, da der Sicherheitschef des Unternehmens diese Information als »geheim« ansah, die man irgendwelchen »Zivilisten« nicht anvertrauen könne.

Möglicherweise hätte eine so einfache und nicht einmal sonderlich geheime Information die beiden Frauen ganz erheblich beruhigt. Und wenn sie überdies erfahren hätten, daß der Beschluß, Hamilton persönlich zu entsenden, von der Regierung gefaßt worden war, wäre am Ende wahrscheinlich nicht das unheilvolle Telefongespräch zustande gekommen.

All diese vagen Bescheide jedoch, »man werde alles Menschenmögliche tun«, obwohl unklar blieb, was, und die Versicherungen, »man habe gewisse Fortschritte gemacht«, obwohl mit keinem Wort erklärt worden war, welche, all das vermittelte den beiden

Frauen mit jedem Tag immer mehr den Eindruck, daß nichts geschah und daß es überdies ein wichtiger Bestandteil der Verschwörung war, nichts zu tun, sie selbst irgendwo auf dem Land unter Verschluß zu halten und mit falschen Nachrichten abzuspeisen.

Schließlich riefen sie an. Sie hatten keine längere Diskussion gebraucht, da keine von ihnen unter Journalisten persönliche Kontakte hatte, zumindest nicht außerhalb der Klatschpresse. Folglich fiel die Wahl auf *Expressen*, der zwar eine Abendzeitung ist, aber immerhin Schwedens größtes Blatt. Es war nicht anzunehmen, daß *Expressen* mit den großen Unternehmen so unter einer Decke steckte wie die Morgenzeitungen, auf die ihre Männer abonniert waren. Beide hatten reichlich Erfahrung damit, wie die verantwortungsbewußte Rechtspresse immer wieder genau die Dinge vertuschte, die unter anderem ihre Männer von Zeit zu Zeit vertuscht wissen wollten. Daher die Wahl von *Expressen*.

Anfänglich war es ihnen schwergefallen, ihren Gesprächspartner zu überzeugen. Dieser hatte sie beinahe ausgelacht. Der Journalist, ein ziemlich unverschämter und skeptischer Reporter, hatte zu einem Kollegen in der Nähe etwas gesagt wie »schon wieder so 'ne durchgedrehte Alte«.

Nach einigem Hin und Her hatte der Reporter schließlich doch darum gebeten, Namen und Telefonnummer zu erhalten, um sich nach ein paar Kontrollanrufen wieder zu melden.

Und als er nach weniger als einer Viertelstunde zurückrief, hatte sich seine Haltung gründlich verändert. Die Bescheide, die er sowohl von Bofors wie vom Außenministerium erhalten hatte, ließen sich nämlich in zwei Wörtern zusammenfassen:

Kein Kommentar.

Nun mußte alles von vorn beginnen und sorgfältig aufgenommen werden.

Die sizilianische Mafia hatte folglich zwei schwedische Bofors-Direktoren entführt. Der abgeschnittene Zeigefinger eines der beiden war mit einem Brief ans Außenministerium in Stockholm geschickt worden, in dem Verhandlungen vorgeschlagen wurden. Es war jedoch nichts unternommen worden. Man hatte Frauen und Kinder einfach nur beiseite geschafft. Das Außenministerium hatte nicht gehandelt, und auch das schwedische Großunternehmen war untätig geblieben. Das war also ein prachtvoller Skandal, eine Riesenstory, und das bedeutete am folgenden Tag Aushänge mit Kriegsschlagzeilen.

Daß Publizität früher oder später unvermeidlich war, war jedem klar, der in die Sache verwickelt war. Weniger selbstverständlich und unangenehmer war die Möglichkeit, daß eine zu frühe Publizität für die Entführten den Tod bedeuten konnte. Das war etwas, was die beiden verzweifelten Frauen nicht verstanden und was den Journalisten vermutlich gleichgültig war.

Carl hatte an seinem dritten Tag in Palermo einen miserablen Start. Joar und er hatten sich darauf verständigt, auszuschlafen, das Frühstück zu überspringen und um die Mittagszeit irgendwo einen Kaffee zu trinken, da sie sich nachts bei der Rückkehr ins Hotel von dem vielen Essen wie ausgestopft fühlten. Falls sie überhaupt je wieder etwas essen würden, dann mußte es mindestens bis zum folgenden Abend warten.

Carl war früh aufgewacht, immer noch satt an der Grenze zur Übelkeit, einer Übelkeit, die noch durch Assoziationen aus irgendeinem Traum verstärkt wurde, der etwas mit Tintenfisch-Spaghetti zu tun hatte.

Im Kühlschrank stand Mineralwasser. Eine Flasche mit einem grünen und eine mit einem rosa Etikett. Er trank die Flasche mit dem rosa Etikett in wenigen Zügen aus und wurde in dem Augenblick, in dem er die Flasche abstellte, von heftigen Gewissensbissen attackiert.

Es war erstaunlich leicht anzurufen. Neben dem Telefon und der kaputten Radioanlage gab es sogar Anweisungen in mehreren Sprachen, nicht nur auf italienisch. Es war immer noch früh am Morgen.

Eva-Britt nahm nach dem siebten Läuten ab. Sie sei nachts lange auf gewesen, erklärte sie. Es sei etwas mit Johanna Louises Magen, nichts Ernstes, wie es scheine, aber genug, um ihr die Nacht zu verderben.

Sie könne nicht verstehen, weshalb er nichts von sich habe hören lassen. Seine Erklärungen, es habe viel zu tun gegeben, jedoch absolut nichts Gefährliches, kein Grund zur Sorge, nur Kleinigkeiten, provozierte sie nur zu Gegenargumenten. Ob er nicht kapieren könne, daß er sich melden müsse? Ob er sich nicht vorstellen könne, daß sie sich Sorgen mache? Wenn es nur Routinearbeit gewesen sei, hätte ihn das doch nicht daran hindern können, zum Telefon zu greifen?

Er verhedderte sich mit seinen Entschuldigungen. Es war kein gelungenes Gespräch.

Anschließend rief er sofort Tessie an. Auch sie erklärte, sie könne überhaupt nicht verstehen, weshalb er sich nicht gemeldet habe, und so weiter. Ob er vor seiner Abreise mit Eva-Britt gesprochen habe?

Er sagte, er habe urplötzlich abreisen müssen, was die Rechtsanwältin am anderen Ende in einem schnellen Verhör zerpflückte. Er versprach, sich in jeder Hinsicht zu bessern. Er werde sich öfter melden und endlich mit Eva-Britt sprechen, wenn er wieder zu Hause sei. Ja, er werde ihr alles erzählen, gestehen, erklären, sie um Vergebung bitten.

Es war kurz nach acht, als er auflegte. Weiterschlafen? Daran war natürlich nicht zu denken. Er würde nur daliegen und das weiße Karomuster an der Decke anstarren, die Karos zählen, ihre Fläche berechnen, sich ausrechnen, wie das Muster konstruiert worden war, und so weiter. Das wäre kein guter Start für den Tag.

Statt dessen wandte er eineinhalb Stunden für sein Gymnastikprogramm auf. Er begann vorsichtig und ließ sich nur bei den reinen Lockerungsübungen etwas mehr Zeit; er war siebenunddreißig Jahre alt, ein alter Mann, wie Joar zu scherzen pflegte, auf dem Weg in die Midlife Crisis und all das und folglich morgens steifer in den Gelenken. Damit vergrößerte sich das Risiko einer Überanstrengung.

Als er den Schweiß losgeworden war, geduscht und den Vorrat an Apfelsinensaft geleert hatte – das Etikett deutete jedenfalls an, daß die gelbe Flüssigkeit Saft war –, klopfte er an Joars Tür. Möglicherweise in dem Glauben, ihn wecken und ein paar Worte über die Erschlaffung der Jugend verlieren zu können.

Joar war gerade aus der Dusche gekommen und erklärte, er habe schlecht geschlafen, sei früh aufgestanden und habe bis eben ein zweistündiges Trainingsprogramm absolviert.

In einer der Querstraßen in der Nähe, Via Principe di Belmonte, fanden sie ein geeignetes Frühstückslokal. Es hieß Collica. Sie stritten sich eine Weile darum, was das Wort wohl bedeuten mochte. Dort bekamen sie frischgepreßten Saft, den sie sogar auf englisch bestellen konnten. Der Raum wurde durch eine lautlose Klimaanlage angenehm gekühlt und war überdies schön: weißer, geäderter Marmor, unterbrochen durch schwarzen. Im gesamten Lokal, das sich quer durch ein ganzes Haus erstreckte und folglich zwei Eingänge hatte, erstreckte sich ein langer Bartresen in schwarz poliertem Granit. Sie entdeckten, daß man auch Capuccino bestellen konnte, und stellten zu ihrer Überraschung fest, daß man sie sofort verstand. Es gab nur eine Komplikation: Man mußte wie in den USA an einer Kasse bezahlen, und die Kassiererin weigerte sich zu verstehen, was sie sagten, und verlangte ihnen außerdem ein riesiges Bündel Geldscheine ab.

Joar meinte ausrechnen zu können, daß der Saft dreißig Kronen pro Glas gekostet hatte. Carl zuckte die Achseln. Es würden ohnehin andere bezahlen, entweder Bofors, der Steuerzahler oder sonst jemand.

»Wir fahren nach Sciacca und sehen uns die Stadt mal an«, schlug Carl vor, als sie auf die Straße traten. Die Hitze war noch erträglich, wie an einem Sommertag in San Diego. Im Vergleich mit Ridgecrest und einigen anderen Orten im Death Valley, wo sie fünf Jahre lang einen großen Teil ihrer Zeit zugebracht hatten, war es sogar angenehm kühl.

Sie beschlossen, auf eine Klimaanlage zu verzichten und den Wagen noch einen Tag zu behalten. Und wenn auch nur aus dem Grund, bei den Bombenlegern Verwirrung zu stiften. Sie kehrten zur Garage in der Nähe des Hotels zurück und baten, man möge den Wagen auf die Straße fahren, während sie draußen warteten. Da unten hätte niemand den Wagen präparieren können, ohne daß die Techniker der Garage es gemerkt hätten. Und wenn sie etwas gemerkt hätten, würden sie jetzt den Wagen nicht hochfahren, dachte Carl.

Sie untersuchten ihn sicherheitshalber trotzdem, als er in der schmalen Gasse stand. Während sie noch dabei waren, Zündung, Auspuff und anderes zu kontrollieren, wurde eine irritiert hupende Autoschlange hinter ihnen immer länger. Die Fahrer schienen keinerlei Sympathie für einfache Sicherheitsvorkehrungen aufzubringen.

Als Joar die Karte auseinanderfaltete, um eine Fahrtroute zu wählen, entdeckte er, daß sie sehr wohl über Corleone fahren konnten, um das an der Südküste liegende Sciacca zu erreichen. So gab er Carl entsprechende Anweisungen, die zwar mit der Karte übereinstimmen mochten, sich jedoch schnell als wirklichkeitsfremd erwiesen. Zunächst fuhren sie auf der Autobahn nach Messina hin und her, ohne eine Ausfahrt zu finden, die auch nur einen entfernten Zusammenhang mit den von Joar genannten Orten hatte. Dann bogen sie schließlich aus schierer Verzweiflung irgendwo ab. Sie meinten, die Richtung könne nicht ganz falsch sein. Und dann folgte wieder der ganze Zirkus mit kleinen Ortschaften, die fast nahtlos ineinander übergingen, mit Straßenschildern, die Ortschaften anzeigten, die auf der Karte nicht zu finden waren, oder die nur einen sehr entfernten Ort bezeichneten.

Als sie in eine Straße einbogen, die nach Karte, Instinkt und Ortsangaben völlig richtig zu sein schien, war schon eine gute Stunde vergangen, und die Hitze hatte sich verschlimmert.

Die Landschaft wurde allmählich immer bergiger. Das Land war braun und von der Hitze verbrannt. Bald lagen die Dörfer weiter auseinander. Sie stellten sich vor, wo sie sein könnten, wenn sie nicht wüßten, daß sie sich auf Sizilien befanden. Carl tippte auf Syrien, Joar auf Arizona an der Grenze zu Kalifornien.

In Corleone hielten sie an und machten einen kleinen Spaziergang. Das Städtchen hatte keinerlei Ähnlichkeit mit seinem romantischen Ruf. Autoschlangen und schmale Gassen, natürlich. Irgendwie in der Ortsmitte war ein kleiner Marktplatz, darauf ein Standbild mit ausgestreckten Armen, das offenbar einen Mönch darstellte. In der Mitte ein kleiner Park mit Dattelpalmen, verfallenen Fußwegen und einem Springbrunnen mit Papyruspflanzen sowie der Statue eines Generals oder Freiheitshelden aus dem neunzehnten Jahrhundert mit Taubendreck auf dem Kopf.

Sie drehten ein paar Runden im Schatten der Palmen und gingen dann auf den Marktplatz zurück, auf dem Männer in dunklem Anzug, mit Krawatte, Weste und Schirmmütze sie mürrisch und feindselig anstarrten. Es gab jedoch auch andere Touristen in der Nähe. Sie sahen ein paar Amerikanerinnen in Shorts und unter dem Kinn verknotetem Kopftuch. Es fiel ihnen schwer zu glauben, daß dieses Nest Corleone war, und daß die *cosca*, die das

Dorf beherrschte, unten in Palermo einen Krieg gewonnen hatte, bei dem die andere Seite rund vierhundert Mann verloren hatte, während die Corleonesen keinerlei Verluste gehabt hatten. Ebenso unbegreiflich erschien ihnen der Gedanke, daß dies eine der Welthauptstädte des Heroins sein sollte. Am Rand des Platzes befand sich eine Reihe von Verkaufsständen mit billigem Krimskrams, wie ihn nur arme Menschen für sich und ihre Kinder kaufen. Beispielsweise eine große Auswahl an Maschinenpistolen aus Kunststoff, die auf Pappscheiben mit einem Farbfoto von Sylvester Stallone montiert waren.

Die Kirche im Dorf sah aus wie eine Festung: geschlossene eiserne Fensterläden, ein einziges hoch gelegenes Fenster an der Giebelwand zum Marktplatz und eine massive, eisenbewehrte Kirchentür. Es war schwer zu erkennen, daß es überhaupt eine Kirche war. Sie blieben eine Zeitlang stehen und versuchten sich vorzustellen, wie die Ganoven des Orts sonntags zur Messe gingen, angetan mit dunklem Anzug und Schirmmütze und mit ihren züchtigen Familien im Schlepptau; kleine Mädchen mit Zöpfen, junge Mädchen, die eisern unter Aufsicht gehalten wurden.

Anschließend übernahm Joar das Fahren und Carl die schwierige Aufgabe, sich nach einer Karte zu orientieren, die sich nur gelegentlich an die Wirklichkeit hielt. Sie beschlossen, sich nach der Sonne und den Himmelsrichtungen zu orientieren. Wenn sie direkt nach Süden fuhren, mußten sie irgendwann an die Küste gelangen, und an der Küste mußte es möglich sein, die Hafenstadt Sciacca zu finden. Immerhin waren sie angeblich Experten in Sachen Orientierung. Theoretisch mußte es möglich sein, sie mit dem Fallschirm nachts irgendwo auf Sizilien mit dem Auftrag abzusetzen, ohne Murren schnell ein angegebenes Ziel zu finden.

Wie zum Protest gegen ihre Scherze hörten die Schwierigkeiten unversehens auf. Möglicherweise lag es daran, daß es nur einen Weg durch das Bergmassiv gab, durch das sie jetzt fuhren, und somit keine Möglichkeit mehr, irgendwo abzubiegen.

Ein Motorrad tauchte hinter ihnen auf und hielt sich dort etwas zu lange. Die Straße war zwar kurvenreich, was ein Überholen schwierig machte. Ein Motorrad hätte es jedoch schon längst schaffen müssen. Sie betrachteten die Bedrohung eine Weile in den Rückspiegeln, während sie von Zeit zu Zeit gestikulierten und einander ansahen, als wären sie mitten in einer heftigen Diskussion. Es beunruhigte sie, daß das Motorrad einen Mitfahrer hatte.

»Wenn es zu uns aufschließt, steigst du auf die Bremse. Anschließend mußt du sofort beschleunigen und sie überfahren«, befahl Carl.

Joar nickte und schaltete herunter. Er verlangsamte die Geschwindigkeit etwas, bis eine ausreichend lange Strecke zum Überholen auftauchte.

Das Motorrad wurde langsam schneller und schloß zu ihnen auf. Als es neben dem Wagen war, drehte Carl den Kopf, um die Lage einzuschätzen, schaffte es jedoch nicht mehr, etwas zu erkennen, da Joar schon eine Vollbremsung gemacht und damit den Abstand zum Motorrad vergrößert hatte. Als Joar dann wieder beschleunigte und auf das Motorrad zufuhr, entdeckten sie etwa gleichzeitig, daß der Mitfahrer eine Frau war. Da machte Joar erneut eine Vollbremsung mit kreischenden Reifen. Die beiden jungen Leute sahen sich erschreckt und fragend um, bevor sie den Abstand vergrößerten und hinter der nächsten Kurve verschwanden. Carl und Joar wechselten nur einen vielsagenden Blick, da es nichts zu sagen gab.

Carl begann auf der Karte zu suchen. Ein kleiner Ort auf dem Weg sollte Sambuca di Sicilia heißen. Hatte das etwas mit diesem weißen Anislikör zu tun, in den man ein paar Kaffeebohnen legt? fragte sich Carl. Zumindest oben in Europa.

Unbewußt hatten beide schon längst aufgehört, Sizilien als Teil Europas anzusehen.

Sie kamen an eine Gabelung und mußten sich für Ost oder West entscheiden, um ein Bergmassiv zu umfahren. Die Straßen zur Küste und zur Hafenstadt Sciacca schienen etwa gleich lang zu sein, aber da Sambuca di Sicilia auf der westlichen Straße lag, wählten sie die. Überdies würden sie ein Dorf namens Giuliana passieren, was ein schöner Name war und ein weiterer Grund, den Westen dem Osten vorzuziehen. Sie witzelten über eine eventuelle künftige Ermittlung, bei der Kollegen oder Polizeibeamte monatelange Bemühungen auf die Frage verwenden würden, weshalb sie den Weg gewählt hatten, der in den Hinterhalt führte, ob jemand Kontakt mit ihnen aufgenommen und ihnen den unglückseligen Rat gegeben hatte, wann und wie dies geschehen sein konnte, vielleicht während des Aufenthalts in Corleone. Dann würde sich die Frage erheben, ob die Corleonesen beteiligt waren, und am Ende würde man natürlich eine glaubhafte, kunstvoll entwickelte und teilweise dokumentierte Theorie entwickeln, welche die künftige Ermittlung auf einen Irrweg führen würde, weil niemand auf die Idee kommen konnte, daß die beiden in Sambuca di Sicilia die Herkunft des gleichnamigen Likörs vermutet hatten. Wahrscheinlich hatten sie schon selbst oft solche Überlegungen und Berechnungen auf gleichermaßen unsicherer Grundlage angestellt. So ist es nun mal in dieser Welt: Die meisten Entschlüsse haben einen bedeutend weniger rationalen Hintergrund, als sich der Feind vorstellt.

Der Verkehr war inzwischen fast zum Erliegen gekommen, was vielleicht etwas mit der Mittagshitze zu tun hatte. Sie erreichten eine Allee mit hohen Pinien. Der kräftige Nadelwaldduft kühlte sie. In den Baumkronen zirpten ganze Armeen von Zikaden.

Giuliana war nicht nur ein schöner Name, sondern das Dorf sah aus wie ein Gemälde, so wie man sich Sizilien vorstellt. Sie entdeckten es, als sie die Pinienallee verließen, und Joar hielt sofort am Straßenrand an. Sie blieben eine Weile still im Auto sitzen und blickten zu dem Dorf hoch, das wie eine Krone auf der Kuppe eines kleinen Bergs lag. Die Wände der äußersten Häuser stiegen wie eine Fortsetzung des Berges direkt nach oben; die Menschen, die dort wohnten, mußten eine schwindelerregende Aussicht haben und sich ewig um ihre Kinder sorgen, denn die senkrechte Fallhöhe betrug mindestens hundert Meter.

Sie spekulierten eine Zeitlang über die dieser Bauweise zugrundeliegende Verteidigungsabsicht, in welcher Zeit das Dorf entstanden sein mochte und vor welchen möglichen Belagerern man sich hatte schützen wollen. Giuliana erinnerte sie an Don Tommasos Methode, sich an der Steilküste eine sizilianische Festung zu bauen, ein Haus, dessen eine Längsseite eine Fortsetzung des Steilhangs war. Don Tommasos Festung war jedoch keineswegs uneinnehmbar. Das wußten sie schon, ohne näher darüber gesprochen zu haben.

Ein schmaler, gewundener Weg führte zu dem Dorf hoch, doch sie beschlossen, nicht noch einmal der Versuchung zu erliegen, die Touristen zu spielen. Corleone war beunruhigend genug gewesen.

Sambuca di Sicilia war nichts weiter als eine weitere Ortschaft in der langen Reihe und vermittelte keine besonderen Eindrücke oder Assoziationen, die an Likör oder Geschichte, Krieg oder Tod denken ließen.

Auf dem Weg zum Meer hinunter öffnete sich die Landschaft, und sie fuhren abwechselnd durch Weingärten und ausgedörrte Stoppelfelder in Richtung Sciacca, während die Hitze über dem Asphalt flimmerte, so daß die wenigen entgegenkommenden Wagen zunächst unregelmäßige Formen annahmen wie bei einer Fata Morgana. Das Dröhnen des Fahrtwinds, der durch die heruntergekurbelten Seitenscheiben in den Wagen drang, machte Gespräche unmöglich, aber der Windzug trocknete wenigstens ihren Schweiß.

Sciacca war eine bedeutend größere Stadt, als sie erwartet hatten. Sie mußte mehrere hunderttausend Einwohner haben. Sie fuhren in die Stadtmitte, die hoch oben lag, parkten den Wagen und fanden schnell einen großen Marktplatz mit einem Kranz staubiger Palmen und wenigen Steinbänken, auf denen kleine Gruppen älterer Männer mit Schirmmütze und Krawatte saßen und sich leise unterhielten, als machte ihnen die Hitze nicht das geringste aus. Am Rand des Platzes fiel ein Hang steil zum Hafen hin ab. Sciacca war ebenfalls wie eine Festung gebaut. Hauswände und Wehrmauern hatten die Stadt für die Militärtechnik früherer Zeiten uneinnehmbar machen sollen.

Am einen Ende des Platzes ragte eine kleine Terrasse heraus, und dort lag ein einfaches Restaurant namens Miramar. Dieses Lokal machte seinem Namen endlich einmal alle Ehre, denn die Aussicht aufs Meer war unendlich. Sie gingen hinein und setzten sich an einen Fenstertisch, um freie Aussicht auf den Hafen zu haben. Zwei lange Piers erstreckten sich vom Strand ins Meer. Die äußere beschrieb einen weiten Bogen und diente als Wellenbrecher und Schutz, die innere war nur leicht geneigt, so daß die Arme der beiden Piers die aufgereihten Fischerboote gleichsam umarmten.

Sie betrachteten die Fischerboote aufmerksam. Diese waren gut ausgerüstet und recht groß. Im Moment lagen rund hundert am

Kai, und man konnte davon ausgehen, daß ihre Gesamtzahl etwa doppelt so hoch war. Die Boote erweckten den Eindruck, als könnten sie eine ganze Woche auf dem Meer bleiben und überdies mit schwerer See fertig werden. Der Hafen war schwer zu überwachen, da es dort keine richtige Küste gab, nur einen kurzen Strandstreifen, der an Bergwänden und Befestigungsmauern endete. Kein Fremder würde sich draußen auf den langen Piers bewegen können, ohne Aufmerksamkeit zu erregen.

Sie bestellten beide Tomatensalat und Mineralwasser und mußten recht ausführlich erklären und versichern, daß sie tatsächlich nicht mehr essen wollten. Der Restaurantbesitzer, ein Mann mit langem Haar und einem kunstvoll gezwirbelten Schnurrbart, der an Salvador Dalí erinnerte, ließ sich erst nach einer langen Diskussion davon überzeugen, daß die klägliche Bestellung ernst gemeint war.

Ausländer würden nie eine Möglichkeit haben, diesen Hafen auf sinnvolle Weise auszuspähen. Man konnte vermuten, daß Don Tommasos Bande ihre Schmuggelware von hier aus nach Libyen verschiffen wollte. Diese höchst fragwürdige Gewißheit half trotzdem nicht sehr viel weiter, da es ihnen beiden nie gelingen würde, sich davon Kenntnis zu verschaffen, welche Boote in Frage kämen. Noch weniger konnte es ihnen gelingen, an Bord eines dieser Boote zu gelangen, um etwa eine Sprengladung anzubringen, einen Peilsender zu verstecken oder derlei. Wenn das schwedische Schmuggelgut erst mal auf Sizilien war, würde es schon bald in Sciacca ankommen. Und wenn es dort angekommen war, würde kein schwedischer Einsatz den Weitertransport verhindern können. Das war eine strenge, aber vollkommen selbstverständliche Schlußfolgerung.

Wenn Don Tommaso es schaffte, mit der Ware Sciacca zu erreichen, hatte er schon gewonnen. Die Gegenmaßnahmen mußten also unbedingt in einem weit früheren Stadium erfolgen. Sie beschlossen, den Rest des Tages Besichtigungen zu machen und sich nach und nach in die Region um Castellammare zurückzubegeben, Don Tommasos Heimatbasis. Sie wollten sehen, ob sie irgendwo ein Gebiet finden konnten, in dem sie sich nicht sofort verirrten, ein Gebiet mit mehreren Zu- und Abfahrtsmöglichkeiten, ein Gebiet, das auf keinen Fall bergig sein durfte und eine weite Sicht erlaubte. Sie mußten jetzt damit beginnen, sich auf operative Einsätze vorzubereiten. Unabhängig von jeder Wahrscheinlichkeitsrechnung mußten sie sich so vorbereiten, als würden sie das Spiel gewinnen.

Åke Malm hatte eine Eigenheit, die unter den Auslandskorrespondenten in Rom nicht sehr verbreitet war. Er fuhr mit dem Motorroller zur Arbeit im Presseclub in der Via de la Mercede.

Einer der Gründe war, daß er schon seit mehr als zwanzig Jahren in Rom wohnte und daß jeder normale Mann, ob Journalist oder nicht, es schon nach bedeutend kürzerer Zeit leid war, ständig nach einem Parkplatz Ausschau zu halten. Und in der Sommerzeit mit ihrer Touristenschwemme war nicht daran zu denken, in den engen Straßen um die Spanische Treppe herum eine Parklücke zu finden.

Die wenigen Freunde, die er in Schweden noch hatte, waren der Meinung, er sei durch seinen langen Aufenthalt dort unten bei den Wilden latinisiert worden. Der früher so muntere und freche Abendzeitungsreporter hatte sich allmählich in einen etwas ergrauten Gentleman verwandelt. Unabhängig von der Lufttemperatur fuhr er mit Anzug und Krawatte auf seinem Motorroller. Das entsprach nicht so sehr seinem persönlichen Geschmack, sondern war eine berufsmäßige Notwendigkeit. Schwedische Journalisten tragen normalerweise Jeans, seit zehn Jahren außerdem Holzschuhe. Wer jedoch in Italien vorwärtskommen will, muß eine Krawatte tragen und überdies Italienisch können. Åke Malms Italienisch war nach fast zwanzig Ehe mit einer Italienerin vorzüglich.

Er ging gemächlich die Wendeltreppe im Pressehaus hoch. Es war mitten im Sommer. Zu Hause in Schweden hatten die Ferien begonnen, und alle Reportagen über Urlaubsmöglichkeiten in Rom oder Italien waren schon längst an die verschiedenen Blätter abgeliefert worden, für die Åke Malm zu Hause arbeitete, obwohl durchaus zweifelhaft war, ob Schweden vernünftigerweise noch immer sein »Zuhause« war.

Jedenfalls verdiente er bei schwedischen Zeitungen sein tägliches Brot, obwohl er jetzt während des Sommers eine etwas ruhigere Periode erwarten durfte. Außer für die Abendzeitung *Afton-*

bladet arbeitete er für rund zehn kleinere Zeitungen oder Fachblätter wie *Teknikens Värld*; Åke Malm hatte in den letzten Jahren sein Interesse an Technik zu einer Leidenschaft weiterentwikkelt. Unter anderem konnte man ihn mit Fug und Recht als einen Computerfreak bezeichnen.

An einem normalen Tag Ende Juni war nicht damit zu rechnen, daß sein PC auch nur eine einzige Mitteilung aus Schweden für ihn bereithielt. Doch dies war ganz offenkundig ein Tag, der alles andere als normal war. Fast sämtliche Zeitungen »zu Hause«, für die er arbeitete, hatten ihn zu erreichen versucht, jedoch nicht *Teknikens Värld*, wie er enttäuscht feststellte.

Das konnte nur irgendeinen Skandal bedeuten. Oder vielleicht hatte einer der schwedischen Fußballprofis etwas über Maradona gesagt oder angedeutet, nach Schweden zurückkehren, in Italien den Club wechseln oder nie mehr in der schwedischen Nationalmannschaft spielen zu wollen. Falls sich in Schweden plötzlich großes Interesse an Italien zeigte, konnte es jedenfalls nicht um seriöse Nachrichten gehen.

Als erstes rief er ohne jede Begeisterung *Aftonbladet* an.

»Hej«, sagte er müde. »Åke Malm in Rom. Was ist passiert? Sind hier ein paar schwedische Teenager unter die Räder gekommen, oder was ist los?«

»Mann, gut, daß du dich meldest«, trompetete der Chef vom Dienst des *Aftonbladet* in den Hörer. »Wir suchen dich seit einer Stunde wie die Verrückten.«

Das verhieß nichts Gutes. Die guten Nachrichten waren die, die er den Blättern zu Hause mühsam einreden mußte. Die schlechten Jobs waren die, die von zu Hause angeregt wurden.

»Entschuldige, ich hatte den Pieper auf dem Weg hierher nicht bei mir, aber der Tag ist ja noch lang. Was ist los? Was ist passiert?« fragte Åke Malm und erwartete das Schlimmste. Er wurde jedoch schon bald munter.

Das andere Blatt, der Konkurrent, dessen Namen man nie in den Mund nahm, sei heute mit einer Story herausgekommen. Zwei schwedische Bofors-Direktoren seien seit mehr als einer Woche in Italien verschwunden. Erklärung: Sie seien von der sizilianischen Mafia entführt worden. Bei Bofors heiße es nur »kein Kommentar«, genauso beim Außenministerium. Also sei die

Geschichte wahr. Verzweifelte Ehefrauen hätten sich jetzt gemeldet und klagten sowohl Bofors als auch die schwedischen Behörden an, nichts zu unternehmen. So sei die Lage.

Åke Malm fühlte sich sowohl aufgemuntert als auch skeptisch. Eine schwedische Entführungsstory war eine gute Story, und überdies gefiel es Åke Malm, mit den englischsprachigen Kollegen in Jeans zu konkurrieren, die bei solchen Gelegenheiten nach Italien geschickt wurden. In solchen Fällen pflegte Åke Malm zu gewinnen, was sowohl seinem Selbstgefühl als auch der jeweiligen Urlaubskasse guttat.

Der Angabe jedoch, daß es die sizilianische Mafia sein sollte, die schwedische Wirtschaftsbosse entführt hatte, konnte er nur Skepsis entgegenbringen. Diese Brüder beschäftigten sich kaum mit derlei. Wo sollte es passiert sein? In Mailand?

Nein, dafür konnte jede beliebige Gangsterbande verantwortlich sein. Es gab keinen Grund, diese Sache ausgerechnet mit Sizilien in Verbindung zu bringen, da Entführung in Italien ein recht umfangreiches und großes Geschäft ist. Und eine sogenannte Mafia gab es nicht nur auf Sizilien, sondern auch hier und da auf dem Festland. In dem gebirgigen Kalabrien hatte die Natur eine große Zahl natürlicher Höhlen entstehen lassen, und diese Höhlen wurden relativ häufig von italienischen Entführungsopfern bewohnt, nämlich mehreren hundert pro Jahr. Auf Sardinien war es ähnlich. »Das mit Sizilien«, erklärte Åke Malm, »das ist doch nur etwas, was *Expressen*, Verzeihung, ich darf die ja nicht erwähnen, erfunden hat, damit sich die Schweden an das erinnert fühlen, was sie im Kino gesehen haben.«

Er sagte jedoch zu, sofort mit der Arbeit zu beginnen. Åke Malm rieb sich die Hände, nachdem er aufgelegt hatte. Vor einem Jahr hatte er *Aftonbladet* eine ganze Artikelserie über die Entführungskultur in Italien angeboten, doch man hatte ihm geantwortet, in Schweden interessiere sich kein Hund dafür, ob diese Dagos einander gegenseitig entführten, vor allem nicht der »Durchschnittsleser«, für den das Blatt angeblich geschrieben, gedruckt und vertrieben wurde.

Jetzt sah es anders aus. Er brauchte die Artikelserie nur noch einmal durch den Computer zu jagen, um einige Zahlen zu aktualisieren und Jahreszahlen zu verändern; ein technisches Spiel, das ihm Spaß machen würde. Er fühlte sich versucht, sofort damit zu beginnen.

Anständigerweise mußte die eigentliche Nachrichtenarbeit jedoch vorgehen. Er mußte etwas herausfinden, bevor Rom über die Mittagszeit zumachte. Und während der Mittagspause konnte er seine alte Serie etwas aufpeppen, ein paar Varianten erarbeiten und sie an fast sämtliche Blätter zu Hause schicken.

Doch zunächst ging es um die beiden Direktoren Hansson und Carlemar und die Frage der »sizilianischen Mafia«.

Er rief zunächst die schwedische Botschaft an. Diese bestätigte, zwei schwedische Staatsbürger seien unter Umständen verschwunden, die darauf hindeuteten, daß sie einem Verbrechen zum Opfer gefallen seien. Die Angelegenheit sei den entsprechenden italienischen Behörden übergeben worden, und die Botschaft verfolge mit Interesse die weitere Entwicklung, und so weiter.

Auf die Frage, ob es einen Grund für die Spekulationen von *Expressen* gebe, die darauf hinausliefen, daß die Sache etwas mit Sizilien zu tun habe, erhielt Åke Malm unverständliche, wolkige Antworten, die trotz allem als ein Ja gedeutet werden mußten. Das war alles, was die Botschaft mitteilte.

Er rief eine Sekretärin an, die im staatlichen Komitee für den Kampf gegen die Mafia saß und die er recht gut kannte. Es war ein Volltreffer. Ja, es stimme. Ja, es handle sich ohne Zweifel um Entführung. Ja, es gebe Grund zu der Annahme, daß die Spur nach Palermo führe.

Das waren aufmunternde Neuigkeiten. Wenn es eine von der kalabrischen N'drangheta ausgeführte Entführung gewesen wäre, also eine typische Entführung, wäre die Story zu Hause in Schweden nicht so interessant gewesen wie jetzt, da es offenkundig und tatsächlich um Sizilien ging. Ausgezeichnet!

Der nächste Kontakt, den er auf seinen Bildschirm zauberte, war jemand, der in der Abteilung Öffentlichkeitsarbeit des Regionalparlaments von Palermo arbeitete, ein gewisser Salvatore Parlagreco. Von dem erhielt er Namen und Telefon des Polizeichefs in Palermo. Dieser für eventuelle Ermittlungen auf Sizilien höchstrangige Verantwortliche war ein Oberst Da Piemonte in der Caserma Bonsignore, dem Hauptquartier der Carabinieri.

Nachdem Åke Malm sich vorgestellt und sein Anliegen erklärt

hatte, hörte sich die Stimme am anderen Ende sowohl überrumpelt als auch vorsichtig an. Der Oberst fing sich jedoch recht schnell und machte eine Zeitlang Komplimente, weil Signor Malm ein so ausgezeichnetes Italienisch spreche, »denn das ist bei Schweden sonst wohl nicht üblich, zumindest nicht bei denen, die ich kennengelernt habe«.

Åke Malm biß sich wie eine Kobra an der spitzfindigen Überlegung fest:

»Haben Sie besondere Kontakte mit Schweden oder schwedischen Behörden in dieser Angelegenheit, Herr Oberst?« wollte er wissen.

Die Stimme am anderen Ende wurde jetzt sehr vorsichtig. Er könne weder bestätigen noch dementieren, denn unsere Politik in solchen Angelegenheiten ist es immer gewesen, niemals ... und so weiter.

Die gegenwärtigen Ermittlungen und Fahndungen seien aus einleuchtenden Gründen geheim. Daß man an der Sache arbeite, ja, das konnte Oberst Da Piemonte bestätigen.

Åke Malm beschäftigte sich eine weitere Stunde damit, am Telefon zu sitzen und Rundrufe zu machen, vom Innenministerium über das Verteidigungsministerium bis zum Außenministerium und dann wieder zurück. Die Schlußfolgerungen, die er daraus ziehen konnte – besonders aus einem Gespräch mit einem General im Verteidigungsministerium, den er persönlich kannte –, liefen doch eindeutig darauf hinaus, daß sich schon eine Menge getan hatte. Man hatte eindeutige Spuren, und diese hatten unleugbar mit Palermo zu tun, doch am interessantesten war wohl, daß es offenbar eine Zusammenarbeit mit bestimmten schwedischen Behörden gab.

Mehr bekam Åke Malm beim ersten Anlauf jedoch nicht heraus.

Er versuchte es mit einem zweiten Anlauf und konzentrierte sich auf das, was die entführten Schweden in Italien zu tun gehabt hatten. Es zeigte sich, daß es mit dem vor einigen Jahren abgeschlossenen großen Waffengeschäft zusammenhing. Das ließ sich nicht ohne weiteres mit einer Entführung in Verbindung bringen. Obwohl es vielleicht um Sizilianer ging, deutete alles darauf hin, daß es um Lösegeld ging, also eine Summe zwischen zehn und fünfzig Millionen schwedischen Kronen. Was an sich schon verwickelt genug war, da solche Geschäfte gegen italienisches Recht verstießen. Folglich würde jeder leugnen, daß Verhandlungen im Gange seien.

Hier gab es viel zu schreiben. Und mit etwas Glück würde er wie vor zehn Jahren bei dem spannenden Finale dabei sein können, würde die Befreiten vielleicht als erster interviewen können und sich die besten Informationen sichern. Wenn sich die Geschichte nur nicht über den ganzen Urlaub hinzog.

Für den Moment stand nur eins fest: daß es keinen Grund gab, nach Palermo loszustürzen, dazu noch in dieser Hitze. Dort unten herrschte eine Hitzewelle. Er mußte erst alle Hintergrundartikel an die ständig wachsende Schlange schwedischer Zeitungen auf den Weg bringen. Åke Malm war der einzige schwedische Korrespondent mit Dauerwohnsitz Rom.

Hier gab es viel zu tun, und die ganze Urlaubskasse stand auf dem Spiel. Er arbeitete bis zum späten Abend.

Carl und Joar hatten einen sehr langen und heißen Tag hinter sich. Als sie ins Hotel zurückkehrten, lagen keine Mitteilungen für sie im Fach, und nachdem sie einige Zeit später geduscht und sich umgezogen hatten, verspürten beide zu ihrem größten Erstaunen wieder Hunger. Das Gefühl, »im ganzen Leben nie mehr etwas essen zu können«, war im Lauf des Tages unmerklich verflogen.

Sie beschlossen, in das erste beste Lokal zu gehen, das einen Straßenblock weiter in der nächsten Querstraße lag und den unbegreiflichen Namen *Trattoria a cuccagna* hatte.

Dorthin war es vom Hotel aus nur ein Spaziergang von wenigen hundert Metern, aber die feuchte Wärme, die am frühen Abend noch über der Stadt lag, ließ sie schon auf halbem Weg schwitzen. Als sie das fast leere Restaurant betraten, schlug ihnen die Kühle der Klimaanlage ins Gesicht. Sie hatten schon bemerkt, daß die meisten Restaurants in Palermo verhangene Fenster hatten, so daß man nicht hineinsehen konnte. So konnte man nicht erkennen, wie viele oder welche Personen dort saßen. Sie hatten zunächst vermutet, es sei ein Kniff der Restaurantbesitzer, damit Gäste auch dann hereinkamen, wenn das Lokal leer war. Später hatten sie auf eine reine Sicherheitsvorkehrung getippt. Niemand sollte von der Straße aus erschossen werden können. Die Mörder mußten hereinkommen und sich zeigen und ihren Opfern eine männliche, ehrliche Chance geben. Es war also eine reine Dienstleistung, verhangene Restaurantfenster zu haben, damit kein Gast einfach erschossen werden konnte.

»Wir sind vielleicht ein bißchen früh dran. Das Abendessen des Rittmeisters beginnt wohl erst in etwa drei Stunden«, lächelte Joar.

»Na wenn schon«, entgegnete Carl. »Wir essen jetzt zu schwedischer Zeit und unter vernünftigen Formen.«

Auf dem Weg ins Lokal, gleich in der Nähe der Tür, befand sich ein Kühltresen mit großen Mengen ästhetisch angeordneter Mittelmeerfische. Das erleichterte die Kommunikation, da sie auf dem Weg stehenbleiben und zeigen konnten, was sie wünschten. Je einen großen gegrillten Fisch und dazu nur Wein. NEIN DANKE, KEINE PASTA, und AUCH KEINE VORSPEISEN BITTE. Nur Fisch, ja wirklich, nur Fisch.

Der verwirrte Kellner wies ihnen einen Tisch tief im Restaurant an, als hätte er ihren unbewußten Wunsch erahnt, einigermaßen schußsicher zu sitzen.

Ihnen war selbst nicht klar, wie groß ihr Durst war, bevor sie von dem inzwischen eingeschenkten Wein tranken und sich dabei überraschten, die Weingläser mit einem Zug zu leeren, so wie es Schweden sonst bei feierlichen Anlässen nur mit Schnaps tun.

»Heute abend spielt es keine Rolle, aber von morgen an wird gesund und nüchtern gelebt«, sagte Carl halb entschuldigend, halb erklärend. »Heute abend denkt der Feind noch. Morgen lassen sie von sich hören.«

»Und was sagen sie, wenn sie von sich hören lassen?«

»Daß sich an ihrem Entschluß nichts geändert hat, daß wir eine letzte Chance erhalten, unser Verhalten zu überdenken.«

»Und was antworten wir?«

»Daß wir ebenfalls bei unserer Entscheidung bleiben, daß sie eine letzte Chance erhalten, entweder eine hübsche Stange Geld zu verdienen oder gar nichts. Dann werden wir sehen.«

»Was wird unser nächster Zug sein?«

»Publizität.«

»Und das schaffen wir?«

»Ja. Über Schweden. Beispielsweise beim Echo des Tages, dort brauche ich nur anzurufen. Und wenn ich mit einem bestimmten Kontaktmann spreche, glaubt man mir sofort. Dann gibt es neue Bälle und neue Regeln.«

Joar nickte. Das schien vernünftig zu sein. Logisch schien es natürlich auch zu sein, denn alles, was Carl an operativen Maßnahmen vorschlug, schien logisch.

Das Gespräch erstarb, ob aus Müdigkeit, Durst oder weil das Thema im Moment einfach nicht mehr hergab. Sie machten eine Zeitlang halbherzige Versuche, sich für einige der Beobachtungen zu interessieren, die sie am Tag während der Autofahrt gemacht hatten. Erstens war es in ihrer Situation unerhört gefährlich, per Auto zu operieren, da sie davon ausgehen mußten, daß sich der Feind überall zurechtfand und alle Abkürzungen kannte, während sie selbst große Schwierigkeiten hatten, selbst mit Karte und gewisser Übung von Punkt A nach Punkt B zu gelangen.

Fünfzehn Kilometer südlich von Castellammare befand sich ein großes Gebiet mit Weinfeldern. Sie sollten, wie Joar meinte, diese Gegend genau erkunden und dann für einen eventuellen Austausch vorschlagen. Doch das sei eine weit spätere Frage. So verebbte auch dieses Gespräch.

Sie hatten schon fast die ganze Weinflasche geleert, als die lekker gegrillten Fische aufgetragen wurden, serviert von zwei äußerst erstaunten Kellnern, die sich sicherheitshalber erneut erkundigten, ob tatsächlich nichts mehr gewünscht werde. Carl hielt zur Antwort nur die fast leere Weinflasche hoch. Die Kellner zuckten die Achseln und entfernten sich.

Carl und Joar aßen eine Weile schweigend. Das Essen war gut, rein und pastafrei. Kein schwarzer Tintenfisch-Schlamm, soweit das Auge reichte.

Carl war als erster mit seinem Fisch fertig und sah sich eine Zeitlang mit flackerndem Blick und flatternden Gedanken um. Steinfußboden mit braunen, achteckigen Fliesen: bei Querschlägern sehr gefährlich. Die weißen Mauern ringsum im Restaurant waren dagegen nicht aus Stein, sondern aus weiß verputztem Gips oder möglicherweise Holz, das war sicherer. An den Wänden hing zeitgenössische gegenständliche Kunst, meist Lithographien. Drei Meter entfernt stand ein kleiner Tisch mit einer brennenden Kerze und einem rosa Zettel, der in einem Glas steckte. Der Tisch war vermutlich für zwei Personen reserviert. An der Wand darüber das Porträt eines Mannes mit Bart und langem Haar. Carl stand plötzlich auf, trat zu dem Bild und betrachtete es genau. Ja, er hatte tatsächlich richtig gesehen. Es konnte kein anderer sein, es war Che Guevara. Das Bild war mit einer Art Widmung versehen, die sich nicht entziffern ließ (»A san morev«?), und mit Ola Sundehn signiert. Das mußte ein Schwede sein.

»Was war es?« fragte Joar neugierig, als Carl wieder an den Tisch kam.

»Irgendein Künstler hat ein Porträt von einem Mann gemacht, der Che Guevara sein muß. Wahrscheinlich ein Schwede. Weißt du, wer Che Guevara war?« fragte Carl.

»Nein, nicht genau, aber ich weiß, wie er gestorben ist. Ist er eine deiner Jugendlieben?« fragte Joar mit einem spöttischen Unterton.

»Ja, das kann man wohl sagen. Eine hoffnungslose Sache, aber zumindest mit ehrlichen Absichten. Wenn unsere amerikanischen Kollegen die Leichenfotos von ihm nicht veröffentlicht hätten, wäre er inzwischen längst von allen vergessen, und dann würde es auch das Bild da an der Wand nicht geben. Unsere amerikanischen Freunde sind verdammt geschickt darin, aus ihren Gegnern Märtyrer zu machen, ob sie nun Schurken sind oder nicht. Das gilt für Che Guevara wie für Saddam Hussein.«

»Und der nächste wird Ghaddafi sein?«

»Glaubst du?«

»Ja, warum nicht? Die USS Nimitz, USS Saratoga, USS Constellation, und wie sie alle heißen, müssen ja wohl irgendwohin, jetzt wo sie mit dem Persischen Golf fertig sind. Es gibt immer irgendeinen neuen Schurken, der die ganze Welt bedroht, und Ghaddafi dürfte wohl passend sein.«

»Ja, der käme durchaus in Frage.«

Das Gespräch verebbte. Sie wechselten ein paar Blicke, als wollten sie sich vergewissern, daß sie beide in die gleiche Richtung dachten. Die Reichweite der Rakete Nummer 15 betrug siebzig Kilometer. Das war die nicht anerkannte Seegrenze, gegen die irgendwann ein Flugzeugträger demonstrieren würde, indem er sich der libyschen Küste näherte, um mindestens eine Rotte von

Jagdflugzeugen in die Luft zu locken, die man dann abschießen konnte.

Die Fischreste wurden abgetragen, und beide versicherten erneut, daß sie nichts weiter essen wollten.

»Wie würde die amerikanische Öffentlichkeit auf solche Fernsehbilder reagieren? Die USS Midway geht mit 5000 Mann und einhundertzwanzig Maschinen an Bord mit dem Heck in die Luft und verschwindet mit wirbelnden Schiffsschrauben im Mittelmeer?« fragte Joar.

Das war eine phantastische Frage, ein phantastisches Problem, das eine nie gekannte Schockwelle in den gesamten USA auslösen würde. Diese Phase würde ein paar Tage dauern. Dann die Rufe nach Rache, die Forderung nach Atombomben oder der Asphaltierung ganz Libyens. Die UNO würde in eine verzweifelte Situation geraten, wenn sie versuchte, im Nahen Osten einen neuen Vernichtungskrieg zu verhindern. Wenn die Versenkung des Flugzeugträgers vor der Wahl erfolgte, wäre der Präsident ein sicherer Verlierer, wenn er nicht Rache übte. Aber wie soll man einen ganzen Flugzeugträger rächen? Vermutlich würden die Amerikaner sämtliche Regierungsgebäude in Tripoli zerstören und wieder den Versuch unternehmen, Ghaddafi persönlich zu erwischen. Vielleicht würden sie auch versuchen, die Ölförderanlagen des Landes zu vernichten und anschließend einen Ölboykott gegen Libyen verhängen. Sie würden ihre europäischen Verbündeten dazu drängen, es ihnen nachzutun, was vielleicht nicht ganz leicht sein würde. Die Europäer würden nicht ohne weiteres die amerikanische Auffassung teilen, daß es ein Bruch des Völkerrechts sei, sich gegen angreifende Flugzeugträger zu verteidigen. Schweden hätte einige Mühe, das Vorhandensein bestimmter Waffen in Libyen zu erklären. Das war weniger lustig. Bofors hätte eine fabelhafte Werbung für seine Produkte, erheblich besser als die Franzosen für ihre Exocet-Raketen während des Falkland-Kriegs. Was keine sehr große Rolle spielte, da die Franzosen ihre Raketen jetzt ohnehin an niemanden mehr verkaufen durften.

Wie das Vorspiel auch ausging, es würde mit der Vernichtung Libyens enden. Ghaddafi würde Märtyrer werden wie etwa Che Guevara dort an der Wand.

Es sei besser für Libyen, meinte Carl, sich nicht gegen die USA verteidigen zu können, als die Möglichkeit zu haben, einen Schwarm der Rakete Nummer 15 auf einen Flugzeugträger abzuschießen. »Was zu beweisen ist. Folglich gilt es auch aus dem Grund dafür zu sorgen, daß Don Tommaso sein Geschäft nicht zustande bringt. Demnach ist unser Auftrag gut. Was auch zu beweisen ist.«

Das Restaurant hatte sich inzwischen mit Gästen gefüllt, und da sie jetzt in unmittelbarer Nähe Tischnachbarn hatten, beendeten sie automatisch ihr Gespräch über alles, was international leicht zu begreifende Ausdrücke oder Waffenbezeichnungen enthalten konnte.

Zum ersten Mal wurden sie statt dessen tief persönlich, obwohl sie eher zufällig auf solche Themen zu sprechen kamen. Carl hatte, um den Themenwechsel zu markieren, eine Frage nach Joars Privatleben gestellt.

Joar wand sich zunächst ein wenig, da er sich davor gefürchtet hatte, davon zu sprechen. Vom dienstlichen Standpunkt aus betrachtet war es trotzdem etwas, was er mit seinem nächsthöheren Vorgesetzten besprechen mußte, also mit Carl.

Joar holte Luft und begann: »Also, im Augenblick sieht es so aus, daß ich mir überlege, ob ich mit, nun ja, natürlich mit einem anderen Mann zusammenziehe. Er heißt Carlos, ist eingewanderter Spanier und arbeitet als Art Director in einer großen Werbeagentur. Er ist die Liebe meines Lebens. Meine Frage, also die offizielle Frage, soweit es meinen Dienst betrifft, lautet also, ob meine Arbeit dem irgendwelche Hindernisse in den Weg legt?«

Carl errötete und rutschte auf seinem Stuhl hin und her. Er war zutiefst verlegen und überdies verlegen, weil er verlegen war, und das war ihm natürlich auch anzusehen.

»Was hast du diesem Carlos über deine Arbeit gesagt?« fragte Carl mit niedergeschlagenem Blick und schämte sich gleichzeitig wegen des Ausdrucks *diesem Carlos*. Am liebsten hätte er sich in der Sekunde darauf die Zunge abgebissen.

»Ich habe ihm gesagt, daß ich als Programmierer in dem multinationalen Unternehmen arbeite, das sich netterweise einverstanden erklärt hat, die EDV-Zentrale des Nachrichtendienstes in dem Hochhaus auf Gärdet zu verstecken.«

Carl grübelte eine Weile. Dann entgegnete er: »Wenn es tatsächlich eine so ernste Verliebtheit ist, daß du mit ihm zusammenziehen willst, solltest du ihm erzählen, worin deine Arbeit besteht. Natürlich nicht in allen Einzelheiten, aber du kannst ihm schon verraten, daß du Offizier beim Nachrichtendienst bist. Die Heimlichtuerei würde ja sonst nur immer wieder zu merkwürdigen Andeutungen und Erklärungen führen, zu Ausflüchten, unerklärter Abwesenheit und anderen Dingen, die irgendwann unweigerlich die Liebe vergiften würden. Ich nehme an, daß Homosexuelle genauso eifersüchtig und mißtrauisch sind wie andere?

Rein formal gibt es ein paar Schwierigkeiten damit, daß Carlos Ausländer ist. Für Offiziere des Nachrichtendienstes ist es schon nicht ganz einfach, mit ausländischen Frauen zusammenzuziehen. Für Männer gilt natürlich das gleiche.«

Carl gestand plötzlich, ein Verhältnis mit einer Amerikanerin zu haben. »Ich denke im Augenblick sogar über eine Scheidung nach. Eigentlich hätte ich schon vor dem Abflug zu dieser tristen Expedition mit Eva-Britt sprechen müssen, habe es aber ganz einfach nicht gewagt. Ich hatte das Gefühl, daß es nicht der richtige Augenblick war, und habe mir alles mögliche eingeredet, was man vermutlich tut, wenn man ganz einfach nicht den Mut dazu aufbringt.

Jedenfalls habe ich das Problem mit Sam besprochen, die Frage, ob ich mit einer ausländischen Staatsangehörigen zusammenziehen kann. Sam zufolge gibt es da keine Hindernisse, aber dafür ist die fragliche Ausländerin ja auch Amerikanerin, und das hält man vielleicht nicht für so störend wie einen spanischen Mann. Sie heißt übrigens Tessie. Andererseits kann es mir scheißegal sein, was Sam davon hält. Der Dienstanweisung zufolge soll man zu seinem nächsthöheren Vorgesetzten gehen und berichten. So muß ich Sam berichten wie du mir. Und wenn ich okay sage, was hiermit geschieht, kann Sam sich höchstens nachträglich dazu äußern, worauf er sicher gern verzichtet.« Carl reichte Joar demonstrativ die Hand. »Ich wünsche euch also viel Glück. Falls ihr eine Housewarming-Party oder so etwas plant, werde ich gern kommen.«

Sie empfanden beide starke Rührung, als sie einander die Hand gaben, den Griff eine Zeitlang hielten und einander in die Augen blickten.

»Mir fällt es ja ein bißchen leichter, von meinem Job zu erzählen«, sagte Carl begütigend, als sie sich voneinander gelöst hatten. »Bei mir steht ja immer einiges in der Presse. Wir wollen hoffen, daß dir das erspart bleibt, wenn ich mal von den persönlichen Vorteilen absehe.«

»Ist Tessie aus San Diego?« wollte Joar wissen.

»Ja. Wie kommst du darauf?«

»Ist mir nur so eingefallen. Ich weiß nicht, vielleicht kam mir der Gedanke, daß du nicht jemand bist, der sich einfach so verliebt, daß es eine alte Geschichte sein muß. Daher San Diego.«

Carl verlor sich eine Weile in Erinnerungen, bevor er antwortete. Er betrachtete die Weinflasche und beschloß, nichts mehr zu bestellen.

»Das Problem mit Tessie ist nie die Liebe gewesen«, sagte er. »Es war der Umstand, daß ich nichts erzählen durfte. Ich pendelte ja dauernd zwischen San Diego und Ridgecrest, na ja, du weißt ja selbst noch, wie es war, und konnte nie erklären, was zum Teufel ich eigentlich treibe. Am Ende hatte sie es satt, was man nur zu gut verstehen kann. Ich hielt mich ans Reglement, und das war idiotisch.«

»Hast du mir deshalb den Rat gegeben, es Carlos zu erzählen?«

»Ja, natürlich. Ich wünsche dir viel Glück und so weiter, wirklich. Und außerdem will ich nicht, daß es bei dir so schiefgeht wie bei mir.«

»Macht es dir etwas aus, daß Carlos ein Mann ist?«

»Ja, natürlich tut es das, das hast du mir doch schon angesehen. Ich versuche mir aber einzureden, daß es darauf nicht ankommt.«

»Gelingt dir das?«

»Im Prinzip ja.«

»Aber?«

»Aber ... tja. Das alles ist mir so fremd, daß es mir schwerfällt, es mir vorzustellen. Ich kann mir nicht vorstellen, wie du ... na ja, in so einer Situation.«

»In einer sexuellen Situation?«

»Ja. Es ist ja so fremd ... du bist ein verdammt guter Nachrichtenoffizier, du bist wie ich oder Stålhandske. Und ... ja ...«

»Wie Åke? Ist das nicht ein bißchen hoch gegriffen?«

Joar lachte, trank seinen Wein aus und sah Carl fragend an. Dieser schüttelte den Kopf.

»Nein«, sagte Carl. »Keinen Wein mehr. Wir müssen jederzeit Herr der Lage bleiben. Man kann ja nie wissen. Na ja, das mit Stålhandske war vielleicht ein bißchen hoch gegriffen.«

»Er würde es dir nie verzeihen!«

»Nein, vielleicht nicht«, lächelte Carl und blickte verlegen auf die Tischplatte. »Ich wünsche dir jedenfalls viel Glück und komme gern zu eurem Verlobungsfest oder der House-warming-Party, oder wie immer du es nennen willst.«

Man hatte damit begonnen, in der Via Principe di Belmonte rote Reklamefähnchen aufzuhängen. Es erinnerte Carl an den ersten Mai früherer Zeiten. Außerdem war die Straße hier und da mit Palmen in Kübeln abgesperrt, und vor dem Frühstückslokal sah es fast aus wie in einem kleinen Garten. Einige der Palmen waren so hoch, daß sie sich nach draußen in den Schatten setzen konnten, statt in das klimatisierte Lokal zu gehen. Carl würde diese Entscheidung für den Rest seines Lebens verfluchen.

Er war sichtlich düsterer Stimmung, als er das tragbare Telefon auf den Kaffeetisch legte. Es war ihm deutlich anzusehen, und Joar fragte, was passiert sei.

»Nichts Besonderes«, erwiderte Carl, »ich habe nur in Stockholm angerufen und sowohl Eva-Britt als auch Tessie geweckt. Es ist nichts Aufregendes gesagt worden, es war vielmehr so, daß überhaupt nichts gesagt worden ist, und es war ein Betrug von mir, beide gleichzeitig anzurufen, und wenn es noch so zeitsparend gewesen ist.«

Es gelang den beiden, das gleiche Frühstück wie beim letzten Mal zu bestellen. Sie begannen damit, daß sie ihre großen Gläser mit frischgepreßtem Apfelsinensaft leertranken. Joar scherzte über den Preis, und Carl sagte etwas über Tessie.

Sie erkannten die Bedrohung erst, als es zu spät war. Es lag vielleicht daran, daß ihre Sandwiches und der Kaffee genau in dem Moment gebracht wurden, als die große Kawasaki vorsichtig zwischen den Palmenkübeln der Fußgängerstraße herankreuzte.

Das Motorrad blieb in sieben Meter Entfernung stehen. Sie mußten die Situation gleichzeitig erfaßt haben, obwohl sie völlig unterschiedlich reagierten. Als der Schütze auf dem Rücksitz seine Jacke aufklappte, warf sich Joar unter den weißen gußeisernen

Tisch, packte ein Tischbein und kippte ihn wie einen Schild vor sich, während Carl sich schräg nach hinten zu dem größten Palmenkübel warf, um dahinter Schutz zu suchen. Er hörte die erste Salve mitten in der Bewegung, hörte, wie Joar getroffen wurde, hörte, wie die Querschläger von der gepflasterten Straße abprallten. Als er hinter den großen Tonkübel kroch, wandte er den Kopf und sah, wie das Motorrad langsam auf Joar zufuhr. Dieser bewegte sich immer noch und hielt ein Bein des umgestürzten Kaffeetischs mit einem festen Griff umklammert.

Als das Motorrad Joar fast erreicht hatte, der schon an mehreren Stellen getroffen war, hob der Schütze erneut seine Waffe, zielte sorgfältig schräg nach unten und feuerte ein paar Sekunden lang eine Salve auf Joar ab.

Carl erkannte, daß es genau die Sekunden waren, die er selbst dazu hätte verwenden müssen, sich in Sicherheit zu bringen. Jetzt war es zu spät. Der Schütze hob seine Waffe und richtete sie auf Carl, der in diesem Moment alles verloren gab. Er sah dem Schützen in die Augen. Der Mann war nicht einmal maskiert. Dann blickte er in die Mündung der automatischen Maschinenpistole.

UZI, dachte er. UZI scheint ihre Lieblingswaffe zu sein.

Der Schütze tat jetzt jedoch etwas völlig Unerwartetes. Er klappte den Kolben der Maschinenpistole hoch, steckte sie langsam, fast demonstrativ langsam wieder in seine Jacke, zog den Reißverschluß hoch und betrachtete Carl einige Sekunden, bevor er höhnisch einen langen Mittelfinger in die Luft reckte und ihn mehrmals auf und nieder bewegte. Dann klopfte er dem maskierten Fahrer auf die Schultern; die Kawasaki schoß zwischen den Tonkübeln los und kreuzte in Richtung Einbahnstraße.

Jetzt ertönten die ersten Schreie, und so, wie man einen Videofilm aus dem Stillstand in Bewegung setzt, herrschte plötzlich totales Chaos im Café. Carl rannte zu Joar hin, drehte ihn auf den Rücken und riß ihm mit einem einzigen Ruck das Hemd ab.

Joar lebte noch. Er versuchte, etwas zu sagen, hustete und schnaufte jedoch wegen all des Bluts, das ihm in Wellen aus dem Mund schoß. Carl inspizierte verzweifelt die Verletzungen. Beide Lungenflügel waren offenbar durchschossen, der Bauch, die Schultern, ein Arm war zerschossen, so daß zertrümmerte Knochensplitter und ein großer Teil des Oberarmknochens aus einer breiten, pulsierenden Wunde ragten. Carl schrie nach einem Krankenwagen, während er sich verzweifelt den Gürtel abriß, um zunächst den Blutstrom der pulsierenden Wunde zu stillen. Dann riß er kleine Fetzen von Joars Hemd ab und preßte sie in die Einschußlöcher, die eine gurgelnde Oberfläche mit hellrotem Lungenblut aufwiesen. Gleichzeitig riß Joar die Augen auf. Die Pupillen weiteten sich, und der Blick wurde starr, während er immer noch etwas zu sagen versuchte, was durch den Blutstrom aus dem Mund ertränkt wurde.

Carl betastete Joars Brustbein. In dieser kritischen Region sah er nur einen oder zwei Treffer, die das Herz vielleicht verfehlt hatten. Doch als er es mit einer Herzmassage versuchte, schossen an zehn bis fünfzehn Stellen kleine Fontänen hoch, an denen das Blut im Takt mit jedem Stoß gegen Joars Brustbein hervorquoll oder hochspritzte. Irgendwo war schon die Sirene des Krankenwagens zu hören. Zwei kurze Signale, ein kurzes, und dann noch mal ein langes. Carl versuchte es mit Mund-zu-Mund-Beatmung und gab nicht auf, obwohl er hörte und spürte, wie die Luft, die er in Joar hineinzupressen versuchte, in dessen Hals blubberte und gurgelte und fauchte und durch die perforierten Lungenflügel wieder herausschoß, so daß sich schimmernde kleine Trauben von Luftblasen bildeten, in denen sich das Sonnenlicht spiegelte wie bei Kindern, die mit Seifenblasen spielen.

Die Krankenwagenbesatzung riß Carl zur Seite. Einer der Männer trocknete ihm den Mund ab, der mit Joars Blut getränkt und verschmiert war. Hinterher erinnerte sich Carl auch an den Blutgeschmack im Mund und daran, daß ihm plötzlich kalt geworden war. Vielleicht hatte er auch Blut gespien und sich sogar übergeben, obwohl er sich nicht daran erinnern konnte. Er drängte sich trotz der Proteste der Krankenwagenbesatzung mit in den Wagen und schrie die Männer an, sie sollten mit den Wiederbelebungsversuchen fortfahren. Sie schüttelten jedoch nur den Kopf und versuchten statt dessen, ihn zu untersuchen, um zu sehen, ob die zahlreichen Blutflecke, die er an Kleidern, Händen und im Gesicht hatte, von irgendwelchen Wunden herrührten. Carl schlug um sich und begrub das Gesicht in den Händen, so daß er sich erneut mit Joars Blut beschmierte, und begann jetzt wie vor Kälte zu zittern, als die Erkenntnis den Schock einzuholen begann. Er versuchte nachzudenken. Rund zwanzig Treffer aus nächster Nähe, beide Lungenflügel durchschossen, die meisten inneren Organe getroffen, vermutlich auch Herz und Rückgrat: Joar hatte nur noch einige Sekunden gelebt. Carl weinte vermutlich sogar, hinterher konnte er sich nicht daran erinnern.

Im Krankenhaus hatte man es nicht eilig, als Joar in die Notaufnahme gerollt wurde. Carl folgte mit zitternden Knien. Er taumelte fast und stützte sich auf den Krankenwagenfahrer. Man setzte ihn in eine Art Wartezimmer, und jemand stellte ihm ein Glas Wasser hin und legte ein paar weiße Pillen dazu, doch er weigerte sich, sie zu nehmen.

Ein Arzt erschien und versuchte, mit ihm Italienisch zu sprechen. Carl erklärte, er spreche nur Englisch und brauche ein Telefon. Er schien sich nicht verständlich machen zu können.

Dann erschien die Polizei. Jemand hielt ihm das tragbare Telefon hin, das er ins Café mitgenommen hatte, und fragte etwas. Carl nickte, nahm das Telefon entgegen und versuchte den Obersten anzurufen, den Chef der Carabinieri. Er hatte jedoch den Namen vergessen und erinnerte sich nicht einmal mehr an die ersten Zahlen der Telefonnummer. Er reichte dem Beamten hilflos das Telefon und schüttelte den Kopf.

Ein anderer Arzt erschien und fragte ihn auf englisch, ob er den Toten kenne. Carl nickte stumm. Man führte ihn in einen Waschraum, und eine Krankenschwester half ihm dabei, sich zu waschen. Das Becken färbte sich im Wasserstrom hellrot.

Jemand gab ihm ein Glas mit durchsichtigem Inhalt, und in dem Glauben, es sei Wasser, trank er es aus. Im nächsten Augenblick krümmte er sich zusammen und hustete. Das Gebräu schmeckte stark nach Fusel und Traubenkernen.

Gleichwohl schien der Geschmacksschock die beabsichtigte Wirkung zu haben. Er versuchte sich zu konzentrieren, biß die Zähne zusammen und drehte den Zündschlüssel zum Gehirn, während er gleichzeitig auf die Armbanduhr sah. Es war zehn Minuten vor neun. Joar war jetzt seit weniger als zwanzig Minuten tot.

Carl ging wieder ins Wartezimmer, ergriff sein Telefon und rief Oberst Da Piemonte an. Dieser hatte schon von dem Ereignis erfahren. Carl bestätigte den Todesfall und erhielt Befehl, sich in der Caserna Bonsignore einzufinden, sobald die bürokratischen Formalitäten im Krankenhaus erledigt seien. Dann wurde er gebeten, den Hörer dem nächsten Polizisten in schwarzer Uniform zu übergeben.

Von dem englischsprechenden Arzt erfuhr er anschließend, daß der Leichnam obduziert und die Todesursache festgestellt werden müsse. Es müsse zudem ein Protokoll angefertigt werden, bevor die Leiche freigegeben werde. Die Formalitäten würden jedoch in Zusammenarbeit mit dem schwedischen Konsulat erledigt werden, und man wisse in der Klinik darüber Bescheid, welche Maßnahmen dort nötig seien. Verstorbene Ausländer müßten mit der Alitalia transportiert werden, die ein genau geregeltes Verfahren dafür habe. Doch auch das sei im schwedischen Konsulat bekannt. Wie es bei der italienischen Polizei aussehe, wisse man im Krankenhaus nicht genau, aber es sei wahrscheinlich, daß die Polizei so schnell wie möglich einige Vernehmungen durchführen wolle.

Ein Hauptmann der Carabinieri schmuggelte Carl durch einen Kellergang hinaus, da sich im Krankenhaus schon etliche Journalisten eingefunden hatten. Wenn Carl den Hauptmann richtig verstanden hatte, würden die Journalisten einem gewöhnlichen Mord nicht so großes Interesse entgegenbringen, es sei denn, es wäre schon durchgesickert, daß ein Ausländer ermordet worden war.

Das scharfe Sonnenlicht schmerzte Carl in den Augen, und der Wagen fuhr mit heulenden Sirenen und rasender Geschwindigkeit durch den dichten Verkehr Palermos. Carl hatte sich wie aus alter Gewohnheit auf den Kommandoplatz neben dem Fahrer gesetzt, so daß der Hauptmann, den das ein wenig zu stören schien, als Mitfahrer auf dem Rücksitz saß. Die traumgleiche Stimmung begann zu weichen, und gleichzeitig spülte das Gefühl von Trauer über Carl hinweg. Er griff nach seinem Telefon und rief Samuel Ulfssons Durchwahlnummer beim Generalstab in Stockholm an.

Sam war nicht da. Beata nahm ab.

»Hej, Beata. Hauptmann Joar Lundwall ist hier in Palermo vor zwanzig Minuten an Schußverletzungen verstorben«, sagte Carl und atmete tief aus.

Am anderen Ende war es zunächst vollkommen still.

»Ist es wahr? Wenn du es sagst, muß es wirklich wahr sein«, erwiderte Beata flüsternd.

»Ja«, sagte Carl. »Es ist absolut, widerlich wahr. Wo ist Sam?«

»Sam ist draußen auf Berga und wird bald hier sein. Was gedenkst du zu tun?«

Er hörte, daß sie weinte.

»Ich werde versuchen, schon heute abend mit Joar nach Hause zu kommen. Ich rufe später an. Er hat eine Mutter ... und ich habe mir gedacht ... ich habe mir kurz gesagt gedacht, daß wir beide sie heute abend aufsuchen.«

»Sollte nicht lieber die Polizei ... oder ein Pfarrer?«

»Nein, ich glaube, das müssen wir selbst tun. Du und ich. Ich rufe an, sobald ich mich nach Abflugzeiten und derlei erkundigt habe.«

»Wie ... wie ... wie geht es dir?« fragte Beata. Es war deutlich zu hören, daß sie weinte und daß ihr fast die Stimme versagte.

»Genau, wie du es dir vorstellst. Ich bin unverletzt, mir ist nichts passiert. Aber ... ja, ich rufe sofort an, sobald ich etwas weiß. Kein Pfarrer, keine Polizei, wir machen das selbst.«

Er unterbrach das Gespräch und schaltete das Telefon aus. Der junge Hauptmann sah ihn im Rückspiegel an, beugte sich vor und klopfte ihm freundlich auf die Schulter. Diese Jungs sind natürlich schon daran gewöhnt, Kameraden zu verlieren, dachte er. Aber wie kann sich jemand daran gewöhnen? Kann man sich überhaupt je daran gewöhnen?

Oberst Da Piemonte empfing ihn mit einem sehr festen Händedruck, worauf er eine Zeitlang schwieg, als wollte er die Polizeiarbeit und das Persönliche trennen. Er wies mit einer stummen Geste auf das Sofa und setzte sich dann neben Carl.

»Ich weiß, wie Ihnen zumute ist, Comandante. Ich weiß, wie das ist, ich habe selbst auf diese Weise vier Offizierskameraden verloren. Worte reichen da nicht aus, ich weiß das. Was kann ich für Sie tun? Sollten wir vielleicht mit den Formalitäten noch etwas warten? Wäre Ihnen das lieber?« sagte der Oberst langsam und ernst. Er wirkte vollkommen aufrichtig, aber die Gemächlichkeit des Tempos sah ihm doch nicht ähnlich.

»Am liebsten möchte ich«, begann Carl, fühlte aber, daß die Stimme zu versagen drohte, so daß er noch einmal anfangen mußte. »Am liebsten möchte ich Hauptmann Lundwall schon heute nach Hause bringen, falls sich die Formalitäten beschleunigen lassen. Ich bin sein Chef gewesen. Ich habe nicht nur die Verantwortung dafür gehabt, darauf zu achten, daß ... daß er von unserem Auftrag lebend zurückkehrt. Es fällt auch in meine Verantwortung, mit seiner Familie zu sprechen, und ich möchte das erledigen, bevor alles in den Zeitungen steht. Können wir das übrigens verhindern?«

Oberst Da Piemonte schüttelte den Kopf und betrachtete Carl eine Weile mit ernster Miene, bevor er antwortete, als wollte er sich vergewissern, daß der blutverschmierte und irgendwie zusammengesunkene Kollege bei Verstand war und begriff.

»Was die Presse angeht«, begann Da Piemonte langsam, »haben wir das Problem, in einer Demokratie zu leben. Nein, verzeihen Sie mir die Ironie. In sachlicher Hinsicht ist es so, daß die Nachricht morgen sowohl in *L'Ora* wie dem *Giornale Di Sicilia* gebracht werden wird. Die Zeitungen werden auch die Identität Hauptmann Lundwallos enthüllen. Diese Angaben erhalten sie aus dem Krankenhaus, was immer wir versuchen mögen, um es zu verhindern.«

»Wie steht es mit meiner Identität?« unterbrach ihn Carl, ohne aufzublicken. Er starrte auf den Fußboden und folgte dem kunstvollen Sternenmuster der Parkettintarsien.

»Was Sie betrifft, Comandante, erfahren die Zeitungen Ihren Namen vermutlich vom Hotel. Wir haben kaum eine Möglichkeit, das zu verhindern. Wollen Sie, daß wir es versuchen?«

»Ja, sehr gern. Wenn mein Name in einem solchen Zusammenhang genannt wird, bedeutet das für alle Beteiligten Aufregung und Ärger. Ich hoffe, Sie verstehen mich nicht falsch ...«

»Nein, selbstverständlich nicht. Was Ihre übrigen Wünsche betrifft, können wir sofort einiges in Bewegung setzen. Ich habe großen Respekt vor Ihrem Wunsch, persönlich für den Kontakt mit den Angehörigen verantwortlich zu sein. Damit Sie Sizilien schon heute mit Ihrem Kameraden verlassen können, ja, Sie können uns glauben, daß wir uns wirklich Mühe geben werden, was also dazu erforderlich ist, ist folgendes, und zwar in dieser Reihenfolge: Die Identität des Toten und die Todesursache müssen festgestellt werden. Das schwedische Konsulat muß für den

Transport sorgen, wie ich vermute, mit Ihrer freundlichen Hilfe, und außerdem müssen Sie vorher vernommen werden. Das Ergebnis der Vernehmung muß dem Staatsanwalt mitgeteilt werden. Sind Sie wirklich bereit, sich im Verlauf des Tages durch all das hindurchzuquälen?«

»Ja, und ich würde es wirklich sehr zu schätzen wissen, wenn Sie mir dabei helfen«, erwiderte Carl, den Blick immer noch hartnäckig aufs Parkett geheftet.

Oberst Da Piemonte erhob sich vorsichtig, als wollte er nicht unnötig Lärm machen, und schlich fast zu seinem Schreibtisch, wo er den Telefonhörer abnahm.

Er führte drei Gespräche, doch Carl hörte nicht zu und versuchte auch gar nicht zu verstehen, worum es dabei ging. Das Blut an seinen Khakihosen war zu großen, dunkelbraunroten Flächen geworden, die fast an das Muster einer Wüsten-Tarnuniform erinnerten. Er erkannte, daß er einen seelischen Schock erlitten hatte und daß irgendwo im Kopf ein heftiger Kampf zwischen den Guten tobte, die alles verdecken und verdrängen und die Wirklichkeit unwirklich machen wollten, und den Bösen, die in Reih und Glied angetreten waren und ihn anbrüllten, er solle sich zusammennehmen und seinen Job zu Ende bringen.

Kurz nachdem Oberst Da Piemonte sein drittes Telefonat beendet hatte, betrat ein jüngerer Offizier mit einem Tonbandgerät unter dem Arm den Raum.

Sie zogen einen kleinen Tisch an das Sofa heran, auf dem Carl saß, der auf den Fußboden starrte, schlossen das Tonbandgerät an und wühlten in einigen Formularen.

»Nun«, sagte Oberst Da Piemonte, nachdem er sich neben Carl auf das Sofa gesetzt hatte. »Wir verfahren jetzt wie folgt. Wir führen das Verhör durch, nehmen es auf Band auf, und zwar auf englisch, und ich übersetze, was der Hauptmann hier wissen will. Zunächst wünschen wir, daß Sie selbst darüber berichten, woran Sie sich erinnern. Mir ist klar, daß Ihnen das schwerfallen wird, aber Sie wissen genausogut wie ich, daß wir unsere Arbeit tun müssen. Darf ich Sie dann bitten, Comandante, nach bestem Wissen und Gewissen Ihre Erinnerung an das Ereignis von heute morgen zu rekapitulieren?«

Da Piemontes Tonfall war weich und verbindlich, und er warf

einen besorgten Seitenblick auf den anscheinend apathischen schwedischen Kollegen, während sein Untergebener das Tonbandgerät einschaltete. Carl gab mit keiner Miene zu erkennen, daß er antworten wollte.

»Ich bitte Sie, Comandante ... auch wenn es Ihnen schwerfällt«, flehte Da Piemonte.

Carl biß mit einer, wie es schien, quälenden Kraftanstrengung die Zähne zusammen, denn gleichzeitig zitterte ihm sogar der Kopf. Dann setzte er sich etwas aufrechter auf das Sofa, betrachtete das Mikrophon und das herumwirbelnde Band, bevor er begann.

»Wir verließen das Hotel um 08.22 Uhr und kamen vier Minuten später beim Restaurant Collica an. Da es in dem Straßencafé ein paar schattige Plätze gab ... wie ausführlich wollen Sie das alles hören?«

»So detailliert, wie es überhaupt möglich ist«, erwiderte Da Piemonte leise.

»Dann nehmen wir alles hintereinander weg auf. Wir werden sehen, was Sie hinterher noch ergänzt haben möchten. Also. Wir setzten uns draußen in der Nähe der Tür hin. Wir wurden zweimal bedient. Erst bekamen wir Orangensaft von einem Kellner, der etwas Englisch sprach, zwischen fünfundzwanzig und dreißig Jahre alt war, weißes Hemd, schwarze Hosen, Schärpe, eine kleine Waffe, wahrscheinlich eine Pistole des Kalibers .22, die etwa in Höhe der Leber an der Vorderseite seines Gürtels steckte. Er war also Linkshänder. Gewicht fünfundachtzig bis neunzig Kilo, Größe einhundertsiebzig Zentimeter, also ein etwas rundlicher Typ. Acht bis zehn Minuten später brachte man uns die warmen Sandwiches, die wir bestellt hatten. Dieser Kellner war zehn Zentimeter größer und zehn Kilo leichter, genauso gekleidet, jedoch unbewaffnet, soweit man das sehen konnte. Der zweite Kellner war etwas älter als der erste und hatte, sagen wir, halblange Haare. Gleichzeitig mit den Sandwiches kam das Motorrad von unten, also aus Richtung Via Roma näher. Es war ein Motorrad der Marke Kawasaki, fünfhundert Kubikzentimeter, höhergelegte Vordergabel, konventionelle Lenkung. Farbe Silber und Blau, das Kennzeichen begann mit den Buchstaben PA, gefolgt von der Zahl 46 sowie weiteren Zahlen, die ich leider nicht erkennen konnte. Wahrscheinlich gehört die Zahl 5 zu den fehlenden vier unbekannten Zahlen. Der Fahrer war kleinwüchsig, unter hundertsiebzig Zentimeter groß, zartgliedrig gebaut, Gewicht etwa fünfundfünfzig bis sechzig Kilo. Er trug schwarze Jeans, blankgeputzte schwarze Halbschuhe mit gelben Metallspangen, eine dünne schwarze Jacke aus Kunstfaser, die bis zum Hals mit einem Reißverschluß verschlossen war, dann einen schwarzen Sturzhelm mit schwarzem Visier, der ihm also als Maske diente. Der Helm trug keine Marke. An einer Stelle war nur ein gelbschwarzes Reklameschildchen der Kraftstoffmarke Agip aufgeklebt. Der Schütze war genauso gekleidet, jedoch ohne Helm und folglich unmaskiert. Größer als der Fahrer, ich würde sagen, hundertachtzig Zentimeter, gut gebaut, schlank, Gewicht etwa fünfundsiebzig bis achtzig Kilo. Kurzgeschnittenes Haar, braune Augen, ovales Gesicht, schwarzes Haar mit einem hellen Fleck an der linken Schläfe, also keine Neigung zu vorzeitigem Ergrauen, sondern ein heller Fleck, wie er nach einem Schlag oder Verletzungen entstehen kann. Alter fünfundzwanzig Jahre. Schmale Augenbrauen mit einer leichten Tendenz, an der Nasenwurzel zusammenzuwachsen. Am rechten Ringfinger ein Ring aus gelbem Metall, recht groß, mit einem gut sichtbaren blauen Stein, einem dieser Steine, die wie Glas aussehen. Der Ring erinnerte, kurz gesagt, an einen amerikanischen College-Ring. Die Waffe trug er unter der Jacke, eine herkömmliche UZI, also 9-mm-Maschinenpistole israelischen Fabrikats mit aufklappbarem Kolben aus Metall. Das Motorrad hielt in sieben Meter Entfernung, und Hauptmann Lundwall und ich suchten sofort Deckung. Der Schütze feuerte eine Salve von sieben oder acht Schuß auf Lundwall ab, wovon mehrere Treffer waren. Anschließend kam das Motorrad noch etwas näher. Der Schütze feuerte eine weitere Salve von zehn bis zwölf Schuß ab, ja, die Zahl ist schwer zu schätzen. Darauf richtete der Schütze seine Waffe auf mich, und es war mir klar, daß er immer noch Munition im Magazin hatte. Aber statt zu feuern, zeigte er mir den Finger, das heißt er machte das Zeichen, ich soll mich zum Teufel scheren, oder wie man das nennen soll. Dann klopfte er dem Fahrer zum Zeichen, daß sie losfahren sollten, auf die Schulter. Das Motorrad raste sofort los. Unmittelbar darauf leitete ich Rettungs- und Wiederbelebungsversuche ein. Ja, dann kam der Krankenwagen und ... wenn die Herren noch mehr wissen wollen, müssen Sie fragen.«

Eine Zeitlang erfüllte verblüfftes Schweigen den Raum. Die beiden Italiener wechselten einen fragenden Blick. Zunächst brachte es keiner von ihnen über sich, Fragen zu stellen.

»Nun, das nenne ich eine unleugbar ungewöhnliche Zeugenaussage«, begann Da Piemonte vorsichtig. »Aber Sie haben sicher nichts dagegen, daß wir noch ein paar ergänzende Fragen stellen?«

Carl zuckte die Achseln, worauf die beiden kurz auf italienisch beratschlagten, bevor der Oberst sich erneut räusperte und die Initiative ergriff.

»Darf ich dann erstens fragen, ob Sie schon mal in diesem Lokal gewesen waren?«

»Ja, es war das zweite Mal. Wir hatten schon am Morgen zuvor dort gefrühstückt.«

»Aha. Hatten Sie Grund zu der Annahme, daß Sie bis zu dem Lokal verfolgt wurden?«

»Nein. Aber der Umstand, daß keiner von uns etwas von einer Verfolgung entdecken konnte, denn wir hatten natürlich routinemäßig Ausschau gehalten, heißt ja noch lange nicht, daß wir nicht ...«

»Nein, natürlich nicht. Aber das Motorrad war Ihnen bis dahin völlig unbekannt?«

»Ja, bis zu dem Augenblick, in dem es auftauchte.«

»Sie haben offenbar beobachtet, daß einer der Kellner bewaffnet war?«

»Ja.«

»Hat Sie diese Beobachtung nicht beunruhigt?«

»Nein.«

»Darf ich fragen, warum?«

»Ich kam zu dem Schluß, daß die Gegenwart einer kleinkalibrigen Waffe keine Bedrohung meiner Person und Hauptmann Lundwalls darstellte. Der Schütze hätte einem von uns möglicherweise Wunden beibringen können, obwohl selbst das zweifelhaft ist, um danach entwaffnet und verschnürt Ihnen übergeben zu werden. Außerdem habe ich den Eindruck gewonnen, daß hier in Palermo zahlreiche Handfeuerwaffen in privater Hand sind.«

Oberst Da Piemonte konnte seine Verblüffung über die Antwort trotz erheblicher Anstrengung nicht verbergen. Er hob die Augenbrauen fast bis zu dem nicht vorhandenen Haaransatz und verharrte mit dieser Miene, bis er sich nach einer Zigarette ausstreckte.

»Ich glaube nicht, daß wir im Moment noch weitere Fragen haben«, sagte er kurz, nachdem er seine Zigarette angezündet hatte. Dann nickte er seinem Untergebenen zu, dieser solle das Tonbandgerät ausschalten. »Sie haben einen hochentwickelten Sinn für Details, Comandante.«

»Das gehört zu meinem Job. Aber darf ich Ihnen auch ein paar Fragen stellen?«

»Ja, bitte sehr.«

»Warum hat der Mann mich nicht unter Feuer genommen? Der Schütze hatte seine Waffe in nur wenigen Metern Entfernung auf mich gerichtet.«

»Weil nur die Absicht bestand, Hauptmann Lundwallo zu töten. Man hat Ihnen etwas vorgeführt, was hier auf Sizilien *vendetta transversale* genannt wird. Man zeigt auf einen Mann, nämlich auf Sie, erschießt jedoch einen anderen.«

»Was für einen Sinn hat das?«

»Man könnte es eine arrogante Geste nennen, eine Art Machtdemonstration. Man verzichtet aus reiner Verachtung darauf, Sie zu töten.«

»Das erklärt auch dieses *Fuck you*-Zeichen?«

»Ja, ohne Zweifel. Man kann es jedoch auch umdrehen. Aus *Respekt* gerade vor Ihnen zieht man es vor, nur Ihren Untergebenen zu erschießen.«

»Also Don Tommaso?«

»Selbstverständlich.«

»Warum hatte der Schütze sich nicht maskiert, wenn ohnehin allen klar sein muß, wer der Auftraggeber ist? Ich könnte ihn ja etwa bei einer Gegenüberstellung identifizieren.«

»Schwer zu sagen. Normalerweise rechnen unsere *picciotti* nicht damit, geschnappt zu werden, noch weniger damit, daß jemand als Zeuge gegen sie aussagt.«

»Sie haben jetzt ja eine gute Personenbeschreibung. Mit einem solchen hellen Fleck im Haar laufen nicht allzu viele Menschen herum. Ergreifen Sie ihn, dann werde ich gern gegen ihn aussagen.«

Oberst Da Piemonte lächelte schief und schüttelte den Kopf. Carl konnte nicht begreifen, weshalb sein Vorschlag zweifelhaft und unbeabsichtigt komisch war.

»Nun«, sagte der Oberst, als hätte er nichts gehört, »wir sollten uns jetzt einigen anderen Dingen zuwenden. Ihr gesamtes Gepäck ist jetzt im Haus. Sie können sich hier umziehen, wenn Sie wollen. Die Hotelrechnung haben wir erst mal übernommen, und wir haben auch versucht, das Hotelpersonal zum Schweigen zu vergattern. Bleiben noch einige düstere Formalien. Wünschen Sie, daß ich Sie zum Krankenhaus begleite?«

»Ist das nicht ein reichlich kostbarer Personenschutz?«

Oberst Da Piemonte mußte erneut ein in dieser Situation unpassendes Lächeln unterdrücken.

»Nein, nein, Comandante. Ich bin nicht Ihr Personenschutz, sondern will Sie aus Respekt vor Ihnen und unserem gefallenen Kollegen begleiten.«

»Hättest du dieser Zeitung nicht das Maul stopfen können?« brummelte der Ministerpräsident, als sie im Reichstagsgebäude mit dem Fahrstuhl zum Sitzungssaal im neunten Stock fuhren.

Staatssekretär Lars Kjellsson verbarg ein schadenfrohes Lächeln. Die Frage war ja nicht an ihn gerichtet.

»Das ist gar nicht so leicht, wie du zu glauben scheinst«, murmelte Staatssekretär Peter Sorman. »Natürlich wäre es gegangen, mit *Expressen*, *Aftonbladet*, *Rapport* und all den anderen zu sprechen. Es wäre zwar mühsam gewesen, aber im Prinzip wäre es gegangen.«

»Ja, tatsächlich? Und warum hast du es nicht getan?« fuhr der Ministerpräsident mit saurer Miene fort, als der Fahrstuhl hielt und er sich bereit machte, als erster auszusteigen.

»Wäre es dir lieber gewesen, die Nachricht in einer unserer illustren Fernsehstationen präsentiert zu bekommen, mit der Ergänzung, die Regierung habe versucht, alles unter dem Deckel zu halten und damit die freie Meinungsäußerung behindert und all das?«

Die Frage konnte nur mit einer Grimasse des Abscheus beantwortet werden.

Das Parteiführertreffen, denn zu einem solchen waren die drei Vertreter der Regierung gerade unterwegs, ist ein spezifisch schwedisches Forum, eine Methode, die Opposition zum Schweigen zu bringen. Man ruft die Opposition zu sich, erzählt, was man getan hat, und bittet sie, andere Maßnahmen vorzuschlagen. Wenn niemand auf der Stelle einen Gegenvorschlag zustande bringt, der die Billigung der Konkurrenten findet, befindet man sich im Einvernehmen – was eine politische Opposition verhindert und die Geheimnisse bewahrt, die als bewahrenswert gelten.

Das Arrangement ist geschmeidig und unbürokratisch und im Grunde nur mit einigen kleinen politischen Risiken behaftet: Wenn die Regierungspartei den anderen Parteiführern etwas vorlügt, kommt das dicke Ende hinterher, und künftige Übereinkünfte mit dem Ziel, eine Debatte zu verhindern, könnten erschwert werden. Wenn sogar die kleinen Parteien eingeladen werden, die man nicht ohne weiteres zum Schweigen bringen kann, können die Diskussionen unnötig lang werden. Sollten sie aber ausgeschlossen werden, haben sie freie Hand, sich in den Massenmedien auszutoben.

In der Regierungskanzlei war man schnell zu dem Schluß gekommen, daß dieses Treffen am aussichtsreichsten war, wenn man alle Parteiführer einlud, sogar einen Vertreter der Umweltpartei.

Die anderen hatten es sich im Sitzungssaal offenbar schon bequem gemacht, als der Ministerpräsident mit seinen zwei Mitarbeitern hereinkam, ans Rednerpult trat, den Teilnehmern des Treffens zunickte und dem Personal des Sicherheitsdienstes ein Zeichen gab, sie sollten die Türen schließen.

»Es freut mich«, begann der Ministerpräsident, »daß sich alle so kurzfristig haben freimachen können. Wir sind ja mit anderen Dingen mehr als beschäftigt, jedenfalls die meisten von uns.«

Alle Anwesenden im Raum befanden sich in dem beginnenden Höhepunkt des Wahlkampfs. Allein in der letzten Woche war die Temperatur erheblich gestiegen, und in den Massenmedien kamen schon die ersten »Affären« des Wahlkampfs zur Sprache: Ein sozialdemokratischer Politiker war bei einer Steuerhinterziehung erwischt worden, und ein konservativer Reichstagsabgeordneter hatte sich erneut durch Besuche in den bekannten Prostituiertenvierteln Stockholms hervorgetan.

So wie es jetzt aussah, würden die Rollen der Anwesenden in ein paar Monaten vertauscht sein.

»Es geht natürlich um eine Frage, deren Diskussion in der aufgeregten Form, wie sie in einem Wahlkampf vorkommen kann, niemandem dienlich ist«, fuhr der Ministerpräsident fort und sah sich in der wachsamen Versammlung um, die hellwach und kampfbereit zu sein schien. »Ich werde gleich zur Sache kommen. Wie Sie schon wissen, sind es Zeitungsmeldungen über die Entführung schwedischer Staatsbürger durch die italienische Mafia, die zu diesem Treffen geführt haben. Wir haben uns bislang jedes Kommentars enthalten, da wir die Frage zunächst mit Ihnen besprechen wollen. Das Wort hat Staatssekretär Peter Sorman.«

Peter Sorman räusperte sich diskret. Er verzichtete darauf, ans Rednerpult zu treten, jedoch nicht aus Nonchalance, sondern um die Stimmung von Intimität und Kameradschaft über die Parteigrenzen hinweg beizubehalten, die für schnelle Einigungen am günstigsten war.

»Hintergrund ist der Vertrag, den das frühere Bofors, heute Swedish Ordnance, vor ein paar Jahren mit Italien geschlossen hat«, begann er förmlich. Das hätten allerdings schon viele der Anwesenden nach den gestrigen Zeitungsmeldungen vermuten können.

»Im Außenministerium sind einige beunruhigende Meldungen eingegangen, der italienische Staat werde letztlich nur drei Fregatten bestellen, während der vorläufige Vertrag, also der Kontrakt, der von unserer Kriegsmaterialinspektion gebilligt worden ist und für den der italienische Staat ein Schlußverwenderzeugnis ausgestellt hat, für vier Fregatten galt. Diesen Informationen zufolge soll also die Bewaffnung für eine der Fregatten dabei sein, aus dem regulären Markt zu verschwinden.«

Der Führer der Konservativen ließ einen Pfiff hören. Er war vermutlich der einzige im Raum, der die rein militärische Bedeutung des Gesagten sofort erfassen konnte. Er machte gleichzeitig eine entschuldigende Geste, die bedeuten sollte, daß er nicht die Absicht habe, den Redner zu unterbrechen. Als Peter Sorman fortfahren wollte, klopfte es an der Tür.

Hier oben sollte es unmöglich sein anzuklopfen.

Bevor jemand auf die Idee kam, etwas zu sagen, was am ehesten dem Ministerpräsidenten zugekommen wäre, da er der offizielle Gastgeber war, ging die Tür auf, und da stand die Vertreterin der Umweltpartei, Lena Gaase.

Sie war außer Atem und mühte sich mit einer Handtasche ab, die sich am Türgriff verheddert hatte.

»Verzeihung, daß ich mich verspäte«, sagte sie, »aber es ist ja hoffnungslos, ein Taxi zu bekommen.«

Die Versammlung blieb zunächst stumm.

»Ich dachte, ihr in der Umweltpartei fahrt nur mit dem Fahrrad?« murmelte der Parteichef der Liberalen mit einem unterdrückten Lächeln.

»Nee, aber jemand hat mein Fahrrad geklaut. Man kann in Stockholm ja nirgends mehr ein Fahrrad stehen lassen«, fuhr die Grüne fort und sah sich nach einem geeigneten Sitzplatz um. Sie zögerte, da sie ahnte, die Auswahl des Sitzplatzes könnte parteipolitisch gedeutet werden, was jedoch nicht der Fall war, da alle durcheinander saßen. Schließlich setzte sie sich neben den etwas verschlafenen Chef der Linkspartei und breitete die Arme in einer hilflosen Geste aus, die etwa bedeutete, laßt euch bloß nicht durch mich stören, macht einfach weiter.

»Na schön, aha«, brummelte der Ministerpräsident, ohne seine Irritation ganz verbergen zu können. »Da wir jetzt endlich alle versammelt zu sein scheinen, ist es wohl am besten, Peter, du fängst wieder von vorn an.«

Peter Sorman verzog keine Miene, als er erneut ansetzte. Er arbeitete sich schnell und knapp zum Kern der Angelegenheit vor.

»Das Außenministerium hat sich geweigert, die Sache zu kommentieren. Die Erklärung ist natürlich einfach, und ich hoffe, das wird von allen verstanden. Die offizielle Politik Schwedens, unsere Linie also, besteht darin, weder mit Ganoven noch Terroristen zu verhandeln. Diesem Prinzip stehen jetzt jedoch zwei Menschenleben entgegen. Aus diesem Grund hat das Außenministerium in Übereinstimmung mit dem Verteidigungsministerium und der Kanzlei des Ministerpräsidenten beschlossen, Personal nach Italien zu entsenden, damit dieses einen zwar inoffiziellen, aber höchst realen Kontakt zu den Entführern herstellen kann.

Wir wollen nach Möglichkeit erreichen, daß die beiden schwedischen Geiseln gegen ein eventuell gefordertes Lösegeld ausgetauscht werden. Swedish Ordnance hat die dazu notwendigen Geldmittel zur Verfügung gestellt. Die italienischen Behörden sind mit dieser Verfahrensweise einverstanden, obwohl auch für sie hier ein Konflikt mit den öffentlich vorgetragenen herkömmlichen Grundsätzen besteht. Zwischen Schweden und Italien besteht Übereinstimmung.«

Nach diesem kurzen Vortrag stellte der Ministerpräsident fest, man solle sich jetzt darauf einigen, entweder die Linie der Regierung zu billigen oder neue Vorschläge zu machen. Damit gab er die allgemeine Diskussion frei.

»Wenn das alles ist, kann ich unsererseits keinerlei Grund zu Einwänden sehen«, begann der Chef der Konservativen. »Allerdings müssen wir sicher sein, daß es hier keine verborgenen Komplikationen gibt.«

»Was willst du damit sagen?« entgegnete Peter Sorman kalt. »Was sind das für weitere Informationen, die du vermißt?«

»Laß mich zusammenfassen«, sagte der Chef der Konservativen, der sofort in die Defensive ging. »Wir haben also mit einem Versuch begonnen, die Geiseln durch Verhandlungen zu befreien, Swedish Ordnance zahlt die Rechnung, italienische Behörden sind mit dem einverstanden, was wir tun?«

»Wenn ich mich recht erinnere, habe ich gerade genau das gesagt«, stellte Peter Sorman fest und bereute sofort seinen giftigen Tonfall. Dies war nicht der Moment, unnötigen Streit anzufangen.

»Falls diese Waffen auf den illegalen Markt geschleust werden sollen – hat die Regierung eine Vorstellung davon, wohin die Lieferung gehen kann?« fuhr der Chef der Konservativen fort, der sich natürlich entschlossen hatte zu beweisen, daß seine Frage nicht überflüssig gewesen war.

»Ja«, sagte Peter Sorman, »den Informationen des Außenministeriums zufolge besteht das Risiko, daß die Raketen und die übrige Ausrüstung in Wahrheit vom Irak bestellt worden sind.«

»Der Irak will mir nicht als sonderlich aktueller Auftraggeber erscheinen«, konterte der Chef der Konservativen trocken.

»Andererseits ist es jedoch ein äußerst besorgniserregender Gedanke, daß wir überhaupt in die Nähe einer solchen Katastrophe gekommen sind. Nein, ich habe keine weiteren Fragen.«

»Hat jemand Vorschläge für weitere Maßnahmen? Können wir so fortfahren, wie die Regierung entschieden hat? Gibt es noch etwas, was man ergänzend tun könnte?« fragte der Ministerpräsident, als es den Anschein hatte, als hätte die Versammlung keine Einwände vorzubringen, nicht einmal der Chef der Linkspartei, was möglicherweise darauf beruhte, daß er schlief.

»Also, wir können uns auf keinen Fall darauf einlassen, das kommt überhaupt nicht in Frage«, sagte Lena Gaase von der Umweltpartei. Die Versammlung erstarrte.

»Wieso?« fragte der Ministerpräsident besorgt. »Wollen Sie etwa andere Maßnahmen vorschlagen?«

»Na ja, sagen wir mal so. Es geht ja im Grunde um Waffenexport in ein kriegführendes Land. Erstens sollten wir also beschließen, daß überhaupt keine Waffen nach Italien geschickt werden dürfen.«

»Das ist doch eine völlig andere Frage«, ächzte der Ministerpräsident heiser und sah sich verzweifelt bei den übrigen Anwesenden um. Deren Gesichtsausdruck spiegelte jetzt allgemeine Resignation angesichts unvermeidlicher Idiotie wider.

»Die Entführung hängt doch mit diesem Waffenexport nach Italien zusammen. Und wenn wir keine Waffen exportieren, entfällt ja die ganze Frage. Ich finde, wir sollten beschließen, das ganze Waffengeschäft zu stoppen«, fuhr die Grüne eifrig fort, ohne die Mienen der übrigen Anwesenden zu beachten.

»Aber was die Situation der Geiseln betrifft, macht das doch keinen Unterschied, und wir sind doch hier zusammengekommen, um genau das zu diskutieren«, entgegnete der Ministerpräsident resigniert. Er ahnte schon, daß sein Einwand nichts fruchten würde.

»Was sind denn das für Dummheiten«, unterbrach der Chef der Liberalen. »Verzeihung, Herr Vorsitzender, daß ich einfach das Wort ergreife. Aber das Waffengeschäft wurde doch schon vor zwei Jahren abgeschlossen, und ...«

»Und wir waren schon damals dagegen!« unterbrach ihn die Grüne.

»Stimmt, aber ich wäre dankbar, wenn ich jetzt ausreden dürfte. Unabhängig von unseren Ansichten zu schwedischem Waffenexport steht hier das Leben zweier schwedischer Staatsbürger auf dem Spiel. Ich habe das bestimmte Gefühl, daß wir übrigen alles tun wollen, was in unserer Macht steht, um das Leben dieser Staatsbürger zu retten, wenn man will, mit allen zu Gebote stehenden Mitteln. Falls die Umweltpartei dazu eine eigene Meinung hat, kann niemand von uns sie daran hindern, sie an ihre Wähler weiterzugeben.«

Es wurde eine Weile still, während alle mit Ausnahme des schlafenden Parteiführers der Linken den Störenfried betrachteten.

»Also«, sagte der Ministerpräsident, als er den Augenblick für gekommen hielt, wieder die Initiative zu ergreifen. »Wir verfahren folglich weiter nach den Richtlinien, die hier dargelegt worden sind. In der Öffentlichkeit stehen Regierung und Außenministerium dafür ein, daß wir tun, was wir können, daß wir an der Sache arbeiten, daß wir aber nicht sagen können, wie oder mit wem und woran, nur daß wir mit italienischen Behörden zusammenarbeiten. Wie hier schon dargelegt worden ist, bedeutet dies auch, daß wir mit der italienischen Mafia verhandeln oder zumindest die Absicht haben, es zu tun, und daß wir über ein schwedisches Unternehmen bereit sind, ganz einfach ein Lösegeld zu zahlen. Dieses werden wir öffentlich jedoch nicht eingestehen. Wir hoffen, daß Sie diese Linie unterstützen und in der Öffentlichkeit nicht über dieses Treffen berichten.«

Es wurde still im Raum. Man hatte sich geeinigt. Die Anwesenden nickten einander zu und erhoben sich. Auf dem Weg nach draußen stieß der Chef der Bauernpartei spielerisch den ehemaligen Kommunisten an, damit dieser aufwachte und hinter den anderen hertaumeln konnte.

Der Ministerpräsident hatte es eilig, zu einer Wahlversammlung zu kommen, und schob seine beiden Mitarbeiter fast zu den Fahrstühlen.

»Was meint ihr?« fragte er eine Spur heiserer als üblich, und zwar genau in dem Augenblick, in dem die metallisch glänzenden Fahrstuhltüren vor dem Gesicht des erstaunten ehemaligen Kommunisten zugingen.

»Wenn nichts passiert, gibt es keine Probleme«, stellte Staatssekretär Lars Kjellsson fest und warf seinem Kollegen aus dem Außenministerium einen vielsagenden Blick zu, der manches bedeuten konnte.

»Was meinst du, Peter?« fragte der Ministerpräsident, als wäre er dem Blick seines engsten Mitarbeiters gefolgt.

»So etwas dauert meist. Bestenfalls bekommen wir die Jungs rechtzeitig zur Wahl nach Hause«, erwiderte Peter Sorman gemessen. Da war etwas in Lars Kjellssons Tonfall, was ihm ganz und gar nicht gefiel, eine Andeutung wie etwa: Sieh dir doch an, was du angerichtet hast.

»Jaja«, sagte der Ministerpräsident, als die Fahrstuhltüren aufgingen und eine Horde von Sicherheitsbeamten sich bereit machte, die Politiker in verschiedene Richtungen zu transportieren. »Nun ja, dann laßt uns also sagen, daß nichts passiert. Das dürfte am besten sein.«

Sie trennten sich ohne große Formalitäten, und Peter Sorman beschloß, zu Fuß zum Außenministerium zurückzugehen, trotz all der Warnungen des Sicherheitsdienstes, es bestehe die dringende Gefahr von Terroranschlägen irgendwelcher Araber.

Peter Sorman war größer als seine beiden Leibwächter, und als sie im Gänsemarsch über die Riksbron spazierten, sahen sie aus wie Orgelpfeifen. Das war ein unbeabsichtigter komischer Effekt, der zumindest die Konsequenz hatte, daß die kleine Marschkolonne schon von weitem Aufsehen erregte.

Es war ein schöner Sommertag. In der Stadt hielten sich zahlreiche leichtbekleidete Touristen auf. Als die drei Männer bei der Riksbron um die Ecke bogen, mußten sie sich behutsam durchs Dauerpublikum drängen, das die Sportangler und das letzte grüne Fischerboot mit Senknetz im Auge behielt. Der Bürgersteig war hier sehr schmal. Vom Sicherheitsstandpunkt aus war es natürlich falsch, hier zu gehen, doch Peter Sorman tat es fast aus Trotz. Dies ist Schweden, dachte er, unser Land, und hier werden wir niemals vor einer unbekannten äußeren Bedrohung unseres Systems kapitulieren.

Er blieb ein Stück abseits der Menschentraube stehen, stützte sich mit den Ellbogen auf das gußeiserne Geländer und blickte in die Lichtreflexe des Wassers und die Stromwirbel hinunter. Das war natürlich ein schöner Anblick. »Das Venedig des Nordens« und all das. Das Wasser war jedoch auch sauber. Hier, hundert Meter von seinem Amtszimmer in der Stadtmitte Stockholms entfernt, konnte man wieder Lachse und Meerforellen fangen, Edelfische, die gegen Wasserverschmutzung extrem empfindlich sind. Das Wasser war so sauber, daß man schon lange wieder darin baden konnte, und all das sagte etwas über das Schweden aus, das während des letzten halben Jahrhunderts aufgebaut worden war. Es war für Peter Sorman ein bitteres Gefühl, daß Schweden vielleicht schon in wenigen Monaten einer in sich zersplitterten und unfähigen bürgerlichen Opposition übergeben werden mußte, die, wenn sie die Macht gehabt hätte, niemals ein System erschaffen hätte, das dem Lachs mitten in Stockholm das Überleben ermöglichte.

Peter Sorman hatte eine kurze Zeit in der Opposition verbracht. Ola Ullsten, der Chef der Liberalen, war damals in den Palast des Erbfürsten eingezogen und hatte Sorman angeboten, Botschafter im nordkoreanischen Pjöngjang zu werden. Das war ein böser Scherz gewesen, der bestraft worden war: Bei der Rückkehr an die Macht hatte man Ola Ullsten ein paar Jahre in Quarantäne gehalten, bevor er seinen Botschafterposten erhielt. Jetzt saß dieser Taugenichts in Rom, da es üblich war, besiegten Parteiführern anständige Jobs anzubieten, also nicht Pjöngjang, sondern Rom und ähnliches. Etwa so wie bei untauglichen Ministern.

Die beiden Sicherheitsbeamten hatten Peter Sorman in die Mitte genommen und taten ihr Bestes, um Aufmerksamkeit zu erregen. Sie trugen weite Jacken, um ihre Waffen zu verbergen, Jacken, die für die Sommerwärme viel zu dick waren. Einer hatte sich sogar eine dunkle Pilotenbrille aufgesetzt. Sie sagten nichts, traten aber auf der Stelle und bewegten sich unruhig, als könnten sie ihr Unbehagen so vermitteln.

Es gelang auch. Peter Sorman zuckte die Achseln und ging dann schnell die hundert Meter zum Haupteingang des Außenministeriums. Auf dem Weg zu seinem Zimmer hängte er irgendwo die beiden Leibwächter ab. Er hatte nicht einmal gemerkt, an welcher Stelle. Das ist doch irgendwie pervers, dachte er, aber die beiden sind ja fast zu einem Teil meines Lebens geworden, so selbstverständlich, daß ich gar nicht mehr an sie denke.

Seine Sekretärin kam ihm schon in der Tür entgegen. Es war ihr anzusehen, daß etwas geschehen war.

»Es darf sein, was es will, aber nichts mit unseren Geiseln«, murmelte Peter Sorman lächelnd, als er sein großes helles Amtszimmer mit der Einrichtung aus dem achtzehnten Jahrhundert betrat.Seine Sekretärin blieb in der Tür hinter ihm abrupt stehen. Er merkte es erst, als er sich in seinen Stilbruch fallen ließ, den modernen Schwingsessel aus schwarzem Leder mit Chromgestell, der inmitten der Rokokomöbel wie ein Protestschrei wirkte.

»Was ist?« fragte er mit gerunzelter Stirn.

»Der Generalstab, Kapitän zur See Samuel Ulfsson. Er hat schon viermal angerufen, und es geht, glaube ich ... ja, um die Geiseln«, erwiderte sie unsicher, als hätte sie etwas falsch gemacht.

»Verbinde mich mit ihm«, erwiderte Sorman kurz. Er lehnte sich in den Sessel zurück, studierte den Stuck an der Decke und beschloß, nichts zu glauben oder zu erwarten und auch keine Angst vor etwas zu haben, da er es ohnehin gleich erfahren würde.

Es läutete nur Sekunden später.

Was Samuel Ulfsson zu sagen hatte, waren außerordentlich schlechte Nachrichten.

»Einer unserer nach Sizilien entsandten Männer, Hauptmann Joar Lundwall, ist heute morgen in Palermo erschossen worden, offenbar auf offener Straße. Fregattenkapitän Hamilton ist unverletzt und versucht, soviel wir wissen, die sterblichen Überreste Hauptmann Lundwalls schon heute nach Hause zu bringen. Fregattenkapitän Hamilton hat den Wunsch geäußert, das Außenministerium möge darauf verzichten, die einzige Angehörige zu benachrichtigen, Lundwalls Mutter, da Hamilton offenbar vorhat, sie noch heute abend aufzusuchen. Das ist die Lage. Mehr wissen wir im Augenblick auch nicht.

Wir warten darauf, daß Fregattenkapitän Hamilton sich wieder meldet, denn wir haben ihn in den letzten Stunden nicht erreichen können. Sobald ein Kontakt hergestellt ist, werden wir sofort anrufen.«

Peter Sorman ließ die Hand noch einige schwierige Augenblicke lang auf dem Hörer liegen, nachdem er aufgelegt hatte. Das sah nicht gut aus, ganz und gar nicht. Jetzt erhob sich die Frage, in welcher Reihenfolge was zu tun war.

Er ließ das Telefon los. Der Ministerpräsident stand jetzt ohnehin auf irgendeinem Marktplatz herum und versicherte, Schweden werde untergehen, wenn es im September einen Regimewechsel gebe.

Sorman schaltete die Gegensprechanlage ein und erfuhr von seiner Sekretärin, daß sich der Außenminister im Haus befand und sich soeben von einer Delegation der Vereinigten Arabischen Emirate verabschiedet hatte. Etwa eine Minute später betrat Sorman das Zimmer des Außenministers. Dieser war ungewöhnlich guter Laune und fing gerade an, etwas Lustiges zu erzählen. Die Sicherheitsbeamten hätten sich ganz merkwürdig verhalten, da es ihre Schuldigkeit gewesen sei, Araber zu schützen, statt sich sozusagen gegen sie wehren zu müssen.

»Es ist etwas Trauriges passiert, Anders«, unterbrach ihn Peter Sorman. »Das kann zu einem Problem werden.«

»Setz dich«, sagte Außenminister Anders Stensson und wies mit einer resignierten Geste auf die Rokoko-Sitzgruppe. »Nie darf man sich freuen. Nun?«

»Einer unserer beiden Militärs ist heute morgen in Palermo ermordet worden. Wir haben soeben ein Treffen der Parteiführer gehabt und allen versichert, daß schon nichts passieren werde«, erwiderte Peter Sorman.

»Doch nicht dieser Hamilton?«

»Nein, leider. Es ist der jüngere Bursche, ein Hauptmann Lundwall.«

»Was zum Teufel meinst du denn mit ›leider‹?«

»Streich das. Ein Problem bedeutet es trotzdem. In welcher Reihenfolge gehen wir die Sache jetzt an?«

»Wo hält sich Carl im Augenblick auf?«

»Auf einer Wahlveranstaltung in Upplands Väsby oder einem ähnlichen Kaff. Wird in ungefähr einer Stunde wieder da sein.«

»Hast du mit Lars Kjellsson gesprochen?«

»Nein, ich habe die Nachricht erst vor einer Minute erhalten.«

»Wann kommt die Sache raus?«

Peter Sorman war gezwungen nachzudenken. Wenn der italienische Rundfunk die Meldung schon im Lauf des Tages brachte, würden die Nachrichten des zweiten schwedischen Fernsehprogramms die Meldung in der 21-Uhr-Sendung bringen.

»Frühestens in den Fernsehnachrichten heute abend, spätestens im Echo des Tages morgen um die Mittagszeit«, erwiderte er.

»Was haben die Bourgeois beim Parteiführertreffen gesagt?«

»Da hat es keine Probleme gegeben. Na ja, Carl Bildt hat ein bißchen gejammert, er sei nicht ausreichend informiert, was er im Augenblick auch nicht ist, obwohl er es vorhin noch war.«

»Wo steckt Hamilton?«

»Irgendwo in Palermo. Er scheint zu versuchen, seinen Kollegen heute schon nach Hause zu bekommen, und hat den Wunsch geäußert, die Familie selbst zu benachrichtigen.«

»Das ist ja eigentlich unsere Sache.«

»Ja, aber wenn es ihm wirklich gelingt, die italienische Bürokratie so schnell zu überwinden und den Hauptmann schon heute abend nach Hause zu bringen, ist das ja wirklich nicht falsch. Ich weiß nicht, wie sich diese Geschichte gegen uns wenden kann. Und es dürfte auch klar sein, daß Carl Bildt versuchen wird, die Sache gegen uns zu verwenden.«

»Davor sollte er sich lieber hüten. Es geht um militärisches Personal, so einen Hamilton-Mann. Wir haben schließlich keinen beliebigen Zivilisten in den Tod geschickt, falls man die Anklage so formulieren will. Ich glaube, wir sollten das genaue Gegenteil tun: Heldentod, Staatsbegräbnis. Vielleicht mußt du hingehen und einen Kranz niederlegen, oder schlimmstenfalls tue ich es selbst. Das ändert jedoch nichts daran, daß wir die Lage jetzt sofort unter Kontrolle bringen müssen.«

Schon nach einer Minute hatten sie eine Reihe von Entschlüssen gefaßt. Der Außenminister sollte persönlich mit der Botschaft in Rom Kontakt aufnehmen, hauptsächlich weil das persönliche Verhältnis zwischen Staatssekretär und Botschafter in Rom mehr als gestört war. Die Botschaft sollte dem Konsulat in Palermo assistieren, um Hamilton reibungslos durch die Bürokratie zu helfen. Peter Sorman sollte sofort den Chef der Konservativen informieren sowie den Sicherheitsberater des Ministerpräsidenten, Lars Kjellsson. Das waren keine vergnüglichen Telefonate, doch sie waren unabdingbar und mußten schnell erfolgen.

Carl hatte mit der Bürokratie des Todes zu tun. Normalerweise hätte sich der gesamte Vorgang mehrere Tage hingezogen, doch soviel er wußte, hatte er jetzt mehr als die Hälfte der Formalitäten hinter sich gebracht. Zusammen mit Oberst Da Piemonte hatte er Joar offiziell im Krankenhaus identifiziert und einen Oberarzt dazu überreden können, schon vor einem Gerichtsbeschluß eine summarische gerichtsmedizinische Untersuchung vorzunehmen. Als Todesursache wurden mehrfache Schußverletzungen festgestellt.

Während sich Da Piemonte persönlich zur Staatsanwaltschaft begab, um die offizielle Genehmigung zu erhalten, den schwedischen Leichnam außer Landes zu bringen, hatte sich Carl, diesmal mit einer schwerbewaffneten Eskorte, zum schwedischen Konsulat begeben.

Wie sich zeigte, lag es in der Via Roma 489 schräg gegenüber dem Grand Hotel et Des Palmes. Trotz der vermutlich annehmbaren Adresse sah das Haus recht heruntergekommen aus. Über dem braunen hölzernen Portal mit der abgeblätterten Farbe befanden sich zwei Wappenschilde, die sehr alt zu sein schienen. Auf dem einen hieß es, dies sei das Königlich Schwedische Konsulat. Die Tür war verschlossen, und Carl mußte eine Weile unter den Knöpfen der Gegensprechanlage suchen, bis er neben dem Schild eines Reisebüros einen mit schwarzer Tinte hingekritzelten Hinweis auf ein »consulato« fand.

Das Konsulat war eine Kombination aus Reisebüro und den Konsulaten Hollands und Schwedens. Das verstaubte Büro war leer bis auf eine Sekretärin, die hinter einer Mischung aus Tresen und Paravent saß. Sie hob erst in dem Moment den Blick von ihrer Schreibmaschine, als Carl mit seinem bewaffneten Gefolge eingetreten war. Sie schaffte es sogar, »bitte nehmen Sie Platz« zu sagen, bevor sie hochsah und Anlaß erhielt, eine schnelle Neueinschätzung der Lage vorzunehmen, als nämlich einer der mit Maschinenpistolen bewaffneten Carabinieri an das Fenster zur Via Roma trat und die Jalousien herunterzulassen begann.

Konsul Salvatore De Luca kam mit einem breiten Lächeln ins Zimmer, das beim Anblick der Besatzungsmacht sofort erstarrte, die sich inzwischen auf die Räume verteilte, um sämtliche Fenster und Türen zu sichern.

Carl stellte sich vor, erklärte, in welcher Angelegenheit er gekommen sei, und wurde ins Nebenzimmer gebeten, wo er sich unter dem Porträt einer Königlichen Hoheit hinsetzte.

Salvatore De Luca war fast rotblond und sah aus wie ein Skandinavier oder Brite. Er sprach ein begreifliches Englisch und lächelte ständig. »Seitdem ich den Job des Konsuls 1968 von meinem Vater geerbt habe«, begann er, »ist hier kein Schwede mehr gestorben. In Palermo sterben zwar Holländer, aber keine Schweden. Schweden werden nur überfallen und ihrer Taschen beraubt, in denen sie offenbar alle Pässe, Geld und Kreditkarten aufbewahren.« Die Bürokratie des Todes, erklärte Salvatore De Luca weiter, sei für Holländer etwa die gleiche wie für Schweden, und es werde unmöglich sein, alles in wenigen Stunden zu regeln.

Es zeigte sich jedoch rasch, daß etliche Hindernisse schon überwunden waren. Carl präsentierte einen kleinen Stapel Dokumente, die für die Genehmigung der Ausfuhr und Einfuhr Joar Lundwalls notwendig waren. Zugleich mußte Carl Joars Verwandte in Stockholm nennen, die entsprechende Kirchengemeinde in Stockholm sowie die Todesursache und den Nachweis erbringen, daß die Gebühren an die jeweiligen italienischen Behörden und Unternehmen entrichtet worden waren. Dies betraf vor allem den Transport.

Ferner wurde ein Zeugnis über die Einbalsamierung des Leichnams mit einem halben Liter Formalin für den Transport verlangt. Ein solches Zeugnis lag schon vor.

Den Vorschriften der Alitalia zufolge mußte der Holzsarg innen mit Zink ausgekleidet sein und eine Außenhülle aus Jute haben, damit Fluggästen, die den Sarg eventuell zu sehen bekamen, ein unangenehmer Anblick erspart blieb.

Dazu war eine Vereinbarung mit einem Beerdigungsinstitut nötig. Carl versuchte zu erklären, daß nur ein Institut in Frage komme, das eine der üblichen Kreditkarten akzeptiere. Ein solches Beerdigungsinstitut war in Palermo jedoch nicht zu finden, und der Konsul zögerte, einen so hohen Bargeldbetrag vorzustrecken. So kam es, daß eine Zeitlang über diese finanzielle Frage verhandelt wurde, bis das Gespräch durch einen Anruf für Carl unterbrochen wurde.

Am Apparat war Schwedens Botschafter in Rom, Ola Ullsten. Carl verstand zunächst nicht, wer es war, denn er schwebte zunächst in einem Zustand der Unwirklichkeit. *Ola Ullsten* hörte sich genauso komisch und unwirklich an, als hätte sich die wohlbekannte Stimme mit *Donald Duck* gemeldet. Es war wie eine Erinnerung aus einer anderen Zeit, aus der Kindheit oder wann auch immer, nur nicht wie etwas aus der Gegenwart.

Das Außenministerium in Stockholm wolle Carl dringend sprechen, erklärte Ullsten, doch es gelang Carl, dem Phantasiewesen mit der bekannten Stimme aus einer anderen Zeit zu garantieren, daß die Kosten für Zinksarg, Persenning und Holzsarg mit Löwenfüßen gedeckt seien. Damit übergab er den Hörer dem Konsul auf der anderen Seite des Tischs. Dieser war mit grünem Filz belegt, als diente er normalerweise als Bridgetisch. Carl selbst füllte mit Hilfe von Joars Reisepaß weiter Formulare aus.

Die finanzielle Frage war schnell geregelt, worauf der Konsul sich in ein Nebenzimmer begab, um dort bei der Alitalia einen Platz für Sonderfracht zu buchen. Damit überließ er Carl sein Telefon für das Gespräch aus Stockholm.

Es meldete sich Staatssekretär Peter Sorman. Er hörte sich sehr gemessen und sehr präzise an. Carl erstattete kurz und knapp Bericht und wurde dann gefragt, welche Maßnahmen er vorschlage. Er verlangte, man müsse sofort den Schutz schwedischer Staatsbürger und schwedischen Eigentums in Italien verstärken, da gegen weitere Schweden mit Entführung gedroht worden sei. Nein, am Telefon wolle er dies nicht näher erläutern. Nein, nicht am Telefon. Er rechne damit, später am Abend im Generalstab einen ausführlichen Bericht abgeben zu können. Jetzt sei nur nötig, erklärte Carl, daß das Außenministerium die Botschaft in Rom ermächtige, den Konsul in Palermo zu beauftragen, bestimmte Papiere abzustempeln.

Während dieser Prozedur betrachtete Carl sich selbst, so kam es ihm jedenfalls sehr deutlich vor: Er stand im Zimmer ein wenig abseits und sah sich selbst am Spieltisch des Konsuls unter dem Porträt einer Frau sitzen, die am Ende wohl doch Königin Beatrix von Holland war. Er hatte das Gefühl, als hielte ihn nur dieses Abseitsstehen, diese Selbstbetrachtung von außen, zusammen. Er füllte methodisch ein Papier nach dem anderen aus, fragte erneut, welche Bescheinigungen noch fehlten, versicherte, daß Oberst Da Piemonte diese Papiere noch vor dem Lunch besorgen werde, und hakte die Checkliste ab, die er bei den ersten langen Tiraden des Konsuls über die Unmöglichkeit von Carls Vorhaben mechanisch, fast unbewußt angefertigt hatte.

Schließlich blieb nur noch, mit einem Beerdigungsinstitut in Stockholm Verbindung aufzunehmen, das am Flughafen Arlanda mit einem geeigneten Fahrzeug warten solle, »da ich meinen Kollegen ja nicht im Taxi nach Stockholm mitnehmen kann«.

Er rief den Generalstab in Stockholm an und erwischte Beata, deren Fragen nach seiner Gesundheit er schnell und ungeduldig abtat. Er teilte mit, wann er mit der Alitalia-Maschine aus Mailand eintreffen werde, wo er mit Joar umsteigen müsse, bat sie, die Codezahlen zu Joars privatem Panzerschrank zu besorgen sowie die Adresse von dessen Mutter, ferner die von einem Art Director bei einer der größten Werbeagenturen Stockholms namens Carlos. Der Mann sei Spanier. Nein, das Außenministerium könne schreien, soviel es wolle, er habe jetzt nichts weiter zu sagen. Er werde noch am selben Tag bei Sam Bericht erstatten, etwa eine Stunde nach der Ankunft in Arlanda. Ja, er sei körperlich unversehrt.

Nichts von dem, was er in diesen Stunden tat oder sagte, kam ihm wirklich vor. Trotzdem erschien ihm alles selbstverständlich, etwa so wie selbst die wildesten Absurditäten in einem Traum selbstverständlich werden. Er hob nicht mal die Augenbrauen, als Oberst Da Piemonte sich persönlich einfand und die Wachposten überall im Büro mit ihren Waffen klirrten und Haltung annahmen. Als er die letzten ausgefüllten und abgestempelten Papiere auf den schon vorhandenen Stapel fertiger Dokumente legen konnte, kam es zu einer kurzen Diskussion über Löwenfüße aus Bronze oder schwarzem Metall, aus schwarzer Eiche oder braunem Holz oder vielleicht einem helleren und einfacheren Modell aus Pinienholz. Auch dieses Gespräch betrachtete Carl gleichsam von außen, während er sich selbst schließlich Oberst Da Piemonte die Hand geben und für alle Hilfe danken sah, während er höflich auf Fragen antwortete, was als nächstes geschehen werde, ohne die Fragen zu beantworten, so daß der Oberst schnell aufgab. Da Piemonte nahm so etwas wie Haltung an und verneigte sich steif vor Carl, bevor er sich hastig umdrehte und verschwand.

»Wo waren wir stehengeblieben?« fragte Carl den immer noch angestrengt lächelnden Konsul. »Welche Hindernisse müssen wir jetzt noch überwinden?«

Die Wirklichkeit holte ihn erst dann allmählich wieder ein, als er schwitzend in seinem Flugzeugsessel saß. Da war irgendein Geräusch aus dem Laderaum. Er deutete es als etwas Schweres, was ihm zu schaffen machte, und da ging ihm auf, daß er jetzt mit Joar nach Hause fliegen sollte, daß Joar tatsächlich da irgendwo mit einem halben Liter Formalin in sich lag, in einem vorschriftsmäßigen Zinksarg, der in einem Sarg mit Löwenfüßen und Jute steckte.

Carl begann den gesamten Ereignisablauf zu wiederholen, so wie man etwa einen Videofilm unterbricht, zurückspult und sich einen Abschnitt nach dem anderen vornimmt; wie sie sich am Morgen getroffen hatten, wie er über die Telefongespräche mit Tessie und Eva-Britt gegrübelt hatte, wie er vorgeschlagen hatte, sie sollten sich lieber draußen hinsetzen, da es noch nicht so heiß sei und die Palmen Schatten spendeten, wie das Motorrad auftauchte und wie die Schüsse fielen, die ersten Schüsse.

Er wiederholte die Bilder der ersten Schüsse. Joar hatte sich neben den Fuß des pilzförmigen gußeisernen Tischs geworfen und ihn als Schutzschild hochgerissen. Jedoch nicht für sich selbst, sondern für Carl. Deshalb war es dem Schützen so leichtgefallen, ihn zu treffen, da Joar das Ziel gewesen war und nicht Carl. Joar mußte also noch Zeit gehabt haben, sich etwas zum Schutz von Carl auszudenken. Aus diesem Grund hatte Joar die ersten Treffer ziemlich tief in der Magengegend erhalten, da er den Tisch schon als Schild hochgerissen hatte, als der Schütze das Feuer eröffnete. Joar verlor dann den Tisch, der hart und metallisch gegen das Pflaster schlug und ein wenig zur Seite rollte, während er sich zusammenkauerte, sich den Bauch hielt und etwa eine Sekunde lang ungeschützt dalag, bevor die tödlichen Schüsse fielen.

Wären sie bewaffnet gewesen, hätte Joar überlebt. Wenn sie sich entschlossen hätten, im Restaurant zu essen, hätten die Mörder nicht so leicht an sie herankommen können. Wenn Joar klar gewesen wäre, daß er das Ziel war und nicht Carl, hätte er überleben können. Dann hätte er den Tisch ganz anders verwendet. Er war immerhin aus Gußeisen, und 9-mm-Geschosse hätten ihn unmöglich durchschlagen können. Vor allem wäre jedoch alles anders gewesen, wenn sie selbst Waffen getragen hätten. Wenn Carl eine Pistole oder einen Revolver bei sich gehabt hätte, hätte er sowohl den Fahrer als auch den Mitfahrer auf dem Motorrad in dem Moment kampfunfähig machen können, als das Feuer auf Joar eröffnet wurde. Dieser wäre zwar mit einem Bauchschuß, jedoch lebend ins Krankenhaus eingeliefert worden, wäre ein paar Stunden operiert worden und hätte später noch am selben Tag mit Carl sprechen können. Danach wäre es nicht mehr möglich gewesen, sie zu überraschen.

Carl war also der Schuldige. Er war verantwortlich, daran war nichts zu deuteln. Schuld war sein arroganter Entschluß, daß sie sich beide unbewaffnet in der Stadt bewegen sollten. Carl hatte, ohne zu verstehen, was er damit tat, Don Tommaso beleidigt, statt sich zum Schein zu unterwerfen. Er hatte gesagt, sie sollten lieber draußen sitzen, statt im Lokal Schutz zu suchen. Und jetzt reiste Joar, für den Transport einbalsamiert, im Laderaum dort unten.

Carl schloß die Augen, als wollte er damit die unaufhörliche Wiederholung von Bildern verhindern, die von der Netzhaut aufs Gedächtnis übertragen wurden, doch wenn er die Augen schloß, wurden die Bilder nur stärker, noch deutlicher, messerscharf in den Details und rollten langsamer ab, wie in Zeitlupe. Sie ließen ihn deutlich den dumpfen Laut der ersten Treffer hören, die Joar in den Bauch trafen.

Carl erkannte, daß es ihm zum ersten Mal seit sehr langer Zeit, solange er sich zurückerinnern konnte, nicht gelingen würde, einen Flug schlafend zu überstehen.

4

Der Alte war ausgebildeter Psychologe, ein etwas ungewöhnlicher Hintergrund für einen pensionierten Spionagechef. Er kannte Carl vermutlich besser als jeder andere Mensch. Dennoch fiel es ihm schwer, seine Eindrücke zu deuten. Sam hatte ihn am Nachmittag angerufen und einen kurzen Bericht gegeben sowie ihn gebeten, mit der ersten besten Maschine nach Stockholm zu fliegen. Das hatte wie gewöhnlich einige Komplikationen mit den Enkeln gebracht, die zu Besuch waren. Es war ja Mittsommerzeit.

Carl war bleich, unrasiert und sprach schnell, mechanisch und ein wenig beamtenhaft, was für den Schockzustand, in dem er sich befand, typisch war.

Sam machte Aufzeichnungen und rauchte unaufhörlich. Die drei waren allein im Raum.

Über den eigentlichen Ablauf der Ereignisse war nicht mehr viel zu sagen, aber dem Alten fiel es nicht schwer, in Carls Bericht einen Unterton von Selbstanklage herauszuhören. Es würde eine lange und beschwerliche Angelegenheit werden, diese Schuldgefühle zu verarbeiten, das war vollkommen klar.

Sam hatte diese Untertöne Carls offenbar auch bemerkt, denn er legte plötzlich den Bleistift weg, nahm einen tiefen Zug aus der Zigarette und betrachtete Carl so lange, daß er seinen Blick fangen konnte, und hielt dann eine kurze, moralisierende Ansprache.

»Jetzt hör mal zu, Carl«, begann er mit fester Stimme, »der Job von Hauptmann Lundwall bringt nun mal solche Risiken mit sich. Es ist nicht anders als bei dir. In Wahrheit ist es ein schieres Wunder, daß wir nicht schon früher solche Verluste erlitten haben. Darüber wissen nicht sehr viele von uns Bescheid, aber wir drei hier im Raum wissen es genau, nicht wahr? Es hätte schon früher passieren können und kann in Zukunft wieder geschehen. Es hätte genausogut dich treffen können wie Joar oder Åke. Und wir, die wir euch solche Aufträge gegeben haben, haben die ganze Zeit gewußt, welche Risiken wir damit eingehen und welche Verantwortung wir übernommen haben. Das muß dir doch eigentlich klar sein?«

»Ja«, erwiderte Carl leise und blickte zur Seite, was ihm nicht ähnlich sah. »Ja, natürlich verstehe ich das. Was du da sagst, ist selbstverständlich, wenn man es ausspricht, aber es ist verdammt noch mal weniger selbstverständlich, wenn es geschieht.«

Der Alte betrachtete Carl durch halbgeschlossene Augenlider. Der Junge stand kurz vor einem Zusammenbruch. Vermutlich hielt er sich nur noch mit dem aufrecht, was immer noch unausweichlich getan werden mußte, doch das war bald erledigt, vielleicht schon in einigen Stunden.

Es mußten einige Entscheidungen getroffen werden. Das Außenministerium hatte vorgeschlagen, ein Pressekommuniqué zu veröffentlichen, sobald Frau Elizabeth Lundwall benachrichtigt worden sei, folglich in etwa einer Stunde. Der Entwurf des Kommuniqués war kurz und, wie nicht anders zu erwarten, in mehreren Punkten recht unklar. Es wurde darin kaum mehr mitgeteilt, als daß Hauptmann Joar Lundwall bei Nachforschungen wegen der zwei schwedischen Entführungsopfer in Palermo ermordet worden sei, daß er sich im Auftrag sowohl des Außenministeriums wie des Generalstabs in Palermo aufgehalten habe sowie daß er beim OP 5 des Generalstabs angestellt gewesen sei.

All das würde ohnehin herauskommen, und nach Auffassung des Außenministeriums war es besser, es vorbeugend zu sagen, statt sich von der Presse zuvorkommen zu lassen. Das Kommuniqué endete mit einer unklaren Formulierung, die Arbeit an der Rettung der schwedischen Entführungsopfer gehe selbstverständlich unermüdlich weiter.

Gerade dieser letzte Satz erschien jetzt als eine glatte Lüge. Da aus Carls Bericht eindeutig hervorging, daß die Entführer kein Geld wollten, sondern Waffen, und daß sie damit gedroht hatten, weitere schwedische Ziele anzugreifen, falls man ihre Forderungen nicht erfülle, müßte man jetzt eigentlich daraus den Schluß ziehen, daß die Operation abgeblasen wurde, daß die Verhandlungen beendet waren, daß die Regierungen Schwedens und Italiens öffentlich versichern mußten, daß Waffen nur an den italienischen Staat geliefert werden würden. Damit wären die Forderungen der Entführer praktisch unerfüllbar.

Carl wandte ein, gerade diese neue Situation könne bedeuten, daß die Entführer beschlössen, ihre Opfer entweder zu töten oder zu verkaufen, wenn auch für einen bedeutend bescheideneren

Betrag, als bei dem Waffenverkauf hätte erlöst werden können. Folglich sollte man um der beiden Schweden willen einen neuen Verhandlungsvorstoß Don Tommasos und seiner Auftraggeber abwarten. Denn wäre es nicht immer noch sinnvoll, alles zu tun, um die beiden Schweden freizubekommen?

Sam zuckte die Achseln. »Diese Frage hat Zeit bis später. Außerdem scheint diesem Don Tommaso klar zu sein, wie man mit dem schwedischen Außenministerium Kontakt aufnimmt. Nach der Publizität, die jetzt kommen wird und jede Verhandlung über Waffenlieferungen unmöglich macht, liegt der Ball ja wieder bei ihm. Außerdem kann man sich jetzt schon fragen, welcher schwedische Unterhändler sich freiwillig melden wird, nachdem der ersten Verhandlungsdelegation diese Geschichte in Palermo passiert ist. Aber das ist dann Sache des Außenministeriums. Von seiten des Generalstabs ist die Operation jetzt im Grunde abgeschlossen. Was unter anderem bedeutet, daß du jetzt mit sofortiger Wirkung dienstfrei nehmen solltest, Carl.«

Carl blickte zu Boden und nickte sacht mit dem Kopf. »Ich kann ja ab morgen meinen Vaterschaftsurlaub nehmen«, sagte er, »denn Eva-Britt und ich haben über diese Möglichkeit schon gesprochen. Sie hat in diesem Jahr Sommerurlaub, und wir wollten ein bißchen segeln, zumindest haben wir das vage geplant. Die Frage ist nur, ob Eva-Britt vom Mutterschaftsurlaub direkt in den normalen Urlaub wechseln kann. Das ist im Moment noch unklar.«

»Damit hast du von 00.00 Uhr an Vaterschaftsurlaub«, entschied Sam schnell.

»Allerdings bleiben noch einige praktische Probleme«, fuhr Sam fort. »Du mußt Joars Wohnung durchsuchen, der Dienstanweisung zufolge mit einem anderen Beamten des OP 5. Ihr solltet euch gemeinsam Schlüssel und Codes geben lassen, sie quittieren und dann das Material abgeben, das ihr holt, außerdem Dokumente und was immer ihr noch in der Wohnung findet, damit die beschlagnahmten Gegenstände erfaßt werden können. Ich habe zu dem Zweck Åke Stålhandske kommen lassen. Das erschien mir am geeignetsten.

Diese Operation müßt ihr heute abend oder heute nacht durchführen, sobald du mit Beata bei Frau Lundwall gewesen bist. Es ist jetzt schon nach neun, so daß es allmählich eilig wird. Wenn ihr diesen Besuch hinter euch gebracht habt, mußt du sofort anrufen, da das Pressekommuniqué möglichst schnell raus soll.«

Daß es dringend war, wurde jetzt noch dadurch unterstrichen, daß Beata hereinkam und erzählte, es sei ein aufgeregter Reporter vom Fernsehen am Telefon, von der *Aktuellt*-Redaktion, der bestätigt haben wolle, daß Hauptmann Joar Lundwall heute morgen von der Mafia ermordet worden sei. Der Reporter wolle Sam wegen eines Kommentars sprechen.

»Was zum Teufel sage ich jetzt?« seufzte Sam und suchte Blickkontakt mit den beiden. Carl schien außer Reichweite zu sein. Er saß nur da und fixierte eine Stelle auf dem Fußboden.

»Sag, daß es stimmt, daß wir aber dabei sind, jetzt die Angehörigen zu benachrichtigen, und daß sie den Namen nicht nennen dürfen, bevor wir das hinter uns haben«, schlug der Alte ruhig vor. »Ich meine, du kannst ja nicht lügen oder so tun, als hättest du keine Zeit, die Frage zu beantworten.«

»Weiß Frau Lundwall, daß Joar in Palermo gewesen ist?« fragte Sam in Richtung Carl, der plötzlich zusammenzuckte, als wäre er ganz woanders gewesen.

»Ich glaube nicht. Ich glaube, er hat ihr etwas von Rom gesagt, aber ich bin da nicht ganz sicher«, erwiderte Carl leise und blickte wieder zu Boden.

Samuel Ulfsson riß den Hörer an sich und drückte auf den Knopf, um das Gespräch anzunehmen.

Er tat genau das, was der Alte vorgeschlagen hatte. Er bestätigte alles und bat um Rücksicht auf die Angehörigen, die noch nicht benachrichtigt worden seien. Ein paar Sekunden später befand er sich mit den Fernsehfritzen in einer Verhandlung. Es lief darauf hinaus, daß *Aktuellt* ein Interview mit Samuel Ulfsson für die Sondersendung am nächsten Morgen erhalten würde, wenn die Reporter sich jetzt anständig zeigten und den Namen nicht nannten. Dann wäre *Aktuellt* auf jeden Fall als erstes Medium mit der Meldung da.

Samuel Ulfsson ging seufzend auf alle Forderungen ein und brummelte etwas von Mafia-Methoden, als er auflegte.

Carl nickte Beata kurz zu und stand auf.

»Ich ziehe mich an und mache mich etwas frisch, bevor wir zu Joars Mutter fahren«, sagte er und verließ den Raum.

Draußen auf dem Flur wartete Åke Stålhandske. Er hatte rote Augen, als hätte er geweint, und trug Uniform. Sie sahen sich an, sagten aber nichts und nahmen sich dann in die Arme. Carl hatte das Gefühl, ein großes Stück Granit anzufassen. Åke hatte das Gefühl, als hätte Carl alle Kraft verloren, als wäre er krank oder verwundet.

Sie trennten sich behutsam und ließen die Hände auf den Oberarmen des anderen, sahen einander kurz in die Augen, als wäre dort eine Antwort zu finden.

»Früher oder später mußte es einem von uns ja passieren«, flüsterte Åke Stålhandske.

»Ja«, erwiderte Carl mit einem Kloß im Hals. »Früher oder später, und jetzt ist es passiert, und zwar Joar. Du mußt noch reingehen und einige Papiere abzeichnen. Wir sehen uns dann in etwa einer Stunde zu Hause bei Joar. Warte draußen.«

Carl machte sich frei und ging zu seinem Zimmer, ohne sich umzudrehen. Åke blieb eine Weile stehen und sah ihm nach, bevor er eintrat und sich bei seinem höchsten Chef meldete.

Carl öffnete seinen Panzerschrank und entnahm ihm einige Toilettenartikel, die er für alle Fälle dort aufbewahrte. Neben einer Tüte mit blauen Einwegrasierern lag seine Pistole. Sie war geladen und gebrauchsfertig. Auf dem Boden des Panzerschranks stand ein automatischer Karabiner.

Carl zögerte lange, bevor er sich plötzlich nach der Pistole ausstreckte und sie eine Weile in der Hand wog. Ihm kam der Gedanke, daß ihn jetzt nur eine Sekunde vom Tod trennte. Er betrachtete den Hamiltonschen Wappenschild auf dem Kolben und legte die Waffe dann mit einer Grimasse des Abscheus zurück, nahm die Toilettenartikel an sich und ging zum Waschraum weiter unten im Korridor.

Nachdem er sich rasiert hatte, kehrte er in sein Zimmer zurück, öffnete den Kleiderschrank und holte seine Uniform heraus.

Zehn Minuten später saß er mit Beata in einem Dienstwagen des OP 5 und fuhr zu Frau Elizabeth Lundwalls Wohnung auf Kungsholmen. Auf Vorschlag Carls fuhr Beata, da er sich als Fahrer im Moment nicht sehr geeignet fühlte. Sie bewahrte dadurch die Fassung, daß sie methodisch das Protokoll der Streitkräfte durchging, das für solche Fälle genaue Anweisungen enthielt.

Was die Beerdigung betraf, konnten die Angehörigen wählen, ob sie eine private Trauerfeier wollten oder eine offizielle Feier der Streitkräfte. Für die letztere gab es eine Reihe von Vorschriften. Der Sarg sollte von Offizieren des gleichen Regiments oder der gleichen Waffengattung getragen werden. In diesem Fall waren es Küstenjäger des KA 1. Bei der Beisetzung sollten die nächsthöheren Vorgesetzten ebenfalls anwesend sein. Unter Umständen kam sogar der Marinechef persönlich in Frage, doch das hing vermutlich davon ab, inwieweit man nach außen erkennen lassen wollte, welchen Auftrag und welche Funktion Joar bei den Streitkräften gehabt hatte.

Carl machte einen zerstreuten Eindruck, als hörte er nicht einmal zu. Beata redete ein wenig nervös drauflos, als hätte sie Angst vor der Stille, die sonst unweigerlich entstehen würde.

Der Alte und Samuel Ulfsson waren mit ihren Instruktionen für Åke Stålhandske gerade zu Ende gekommen und hatten ihm eine Reihe von Formularen zur Unterschrift vorgelegt. Als sie jetzt allein im Raum zurückblieben, saßen sie stumm und wie gelähmt da, unfähig, etwas zu tun.

»Wir haben schon früher Leute verloren. Es ist doch ein Teil unserer Tätigkeit«, sagte der Alte schließlich.

»Das war in der Zeit, als du und deine wahnsinnigen Vorgänger im Baltikum gehaust haben. Das war in den fünfziger und sechziger Jahren, verdammt noch mal«, fauchte Samuel Ulfsson unerwartet aggressiv.

»Gewiß, gewiß«, seufzte der Alte. »Wir hatten unter unseren Operateuren damals nämlich Verluste von hundert Prozent. Die Russen haben sie geschnappt, einen nach dem anderen. Vermutlich waren wir unterwandert, da kein einziger entkam. Die Russen schienen alles zu wissen.«

»Wie wird diese Geschichte unsere Arbeit beeinflussen? Was meinst du?« fragte Samuel Ulfsson mit fast demonstrativ verändertem Ton. Diese alten Geschichten waren für die politische Wirklichkeit von heute ohnehin irrelevant.

»Schwer zu sagen«, erwiderte der Alte und dachte kurz nach. »Wir haben getan, was uns möglich war. Wir sind Risiken eingegangen, um Mitbürger zu retten, und haben dieses Mal verloren. Nein, die Öffentlichkeit wird uns nicht verurteilen.«

»Und die Politiker?«

»Die werden sich darin überbieten, uns ihre Hochachtung zu bezeugen. Wir haben immerhin ein Wahljahr, und ich möchte den Politiker sehen, der Joar Lundwall, das heißt uns, mit Schmutz bewirft. Nein, wir werden mit heiler Haut davonkommen.«

»Und Carl? Wie wird es ihm ergehen?«

»Das macht mir schon eher Kummer. Er befindet sich noch immer in einem Schockzustand. Immerhin kann jeder sehen, daß er einen Berg von Schuldgefühlen mit sich herumschleppt. Das hast ja sogar du gesehen.«

»Was meinst du damit, sogar ich?«

»Vergiß es. Ich mache mir Sorgen wegen Carl, sogar ganz erhebliche. Er hat ja schon früher Tendenzen zu Schuldgefühlen und Grübeleien gezeigt, und jetzt kriegt dieser Affe noch mehr Zucker. Dann sind da noch seine Familienschwierigkeiten, was die Lage auch nicht gerade verbessert.«

»Du meinst diese Geschichte mit der Amerikanerin? Vielleicht tut es ihm aber gut, wenn er sich eine Zeitlang auf private Probleme konzentrieren kann. Was meinst du?«

»Private Probleme? Da kennst du Carl aber schlecht. Sein einziges privates Problem oder sein einziges Problem überhaupt heißt im Augenblick Joar Lundwall.«

Schweigen erfüllte erneut den Raum. Dann rief die Redaktion von *Aktuellt* an. Man wolle ein Team schicken, um das Interview über den ermordeten schwedischen Spion zu machen, natürlich mit einer Sperrfrist, bis die Familie benachrichtigt sei.

Carl und Beata standen zögernd vor einer Gegensprechanlage in der Pilgatan gegenüber dem alten Garnisonskrankenhaus, das inzwischen in eine Art Bürokratenburg verwandelt worden war. Es war keine angenehme Vorstellung, sich um halb zehn Uhr abends über eine Gegensprechanlage erklären zu müssen. Carl zögerte ein paar Augenblicke, als er den Zeigefinger auf den Knopf neben dem Namen Lundwall legte, bis er Beata einen verlegenen Blick zuwarf und die Hand in die Tasche steckte, um ein Instrument hervorzukramen, das er vor Beata verbarg, als er ihr den Rücken zudrehte und das Türschloß in Angriff nahm.

Er brauchte fünf Sekunden, um die Tür aufzumachen. Etwa so

lange, als hätte er einen Schlüssel gehabt, dachte die verblüffte Beata.

Frau Elizabeth Lundwall wohnte ganz oben im fünften Stock. Carl und Beata nahmen den Fahrstuhl, schlossen die Fahrstuhltüren vorsichtig, als wollten sie ihre Ankunft bis zur letzten Sekunde geheimhalten. Sie stellten sich vor die Tür, sahen sich ein letztes Mal besorgt an und holten gleichzeitig tief Luft, nachdem Carl den Arm ausgestreckt und geläutet hatte. Ein Gong irgendwo in der Wohnung ließ das Geläut von Big Ben ertönen. Sie warteten eine Weile, doch es war nichts zu hören. Carl drückte erneut auf den Klingelknopf, und im selben Moment fragte eine helle, ängstliche Frauenstimme, wer da sei.

»Fregattenkapitän Carl Hamilton vom Generalstab«, erwiderte Carl unnötig laut und mit einer Stimme, die ihm nach dem halben Satz versagte.

Auf der anderen Seite der Tür wurde es zunächst vollkommen still. Carl fiel plötzlich etwas ein, und er nahm die Uniformmütze ab. Er klemmte sie sich unter den Arm und stellte sich vor das Guckloch der Tür, um richtig gesehen zu werden. Es hatte fast den Anschein, als fände er vor den Augen der Frau auf der anderen Seite keine Gnade, denn nichts geschah. Die Frau sagte auch nichts mehr. Doch nach längerer Wartezeit, in der Carl und Beata sich mehrmals unruhig angesehen hatten, rasselte es im Schloß, und die Tür wurde sacht aufgeschoben.

Frau Elizabeth Lundwall saß in einem Rollstuhl. Sie war sehr blaß und riß wie vor Schreck fast die Augen auf, als sie Carl sah. Sie schlug die Hände vors Gesicht und atmete heftig, als litte sie an Atemnot oder als hätte man ihr die Luftzufuhr abgeschnitten.

»Wir müssen Sie leider stören, Frau Lundwall ... Können wir vielleicht reinkommen?« fragte Carl leise. Das Entsetzen in den Augen der Frau beim Anblick seiner Uniform und seines Gesichtsausdrucks zeigte, daß sie schon verstanden hatte, worum es ging.

Sie drehte den Rollstuhl herum und fuhr langsam in die Wohnung. Carl und Beata stahlen sich schnell durch die Tür und zogen diese vorsichtig zu, bevor sie der anscheinend flüchtenden Frau im Rollstuhl folgten.

Frau Lundwall fuhr in ein großes Wohnzimmer, das von einem riesigen Kristalleuchter beherrscht wurde sowie von einem persischen Teppich, der fast den gesamten Parkettfußboden bedeckte. Irgendwann in der Geschichte der Familie muß es ein großes Haus gegeben haben, stellte Carl fest.

Auf dem Weg ins Zimmer hatte die Frau den Kristalleuchter irgendwie eingeschaltet, war darunter stehengeblieben und mit dem Rollstuhl herumgewirbelt, so daß sie ihren beiden Besuchern jetzt das Gesicht zuwandte. Sie war leichenblaß geworden vor Schreck, denn sie hatte offenbar schon verstanden. Carl und Beata waren in der Tür zu dem großen Wohnzimmer stehengeblieben, so daß sie jetzt gut fünf Meter von der Frau im Rollstuhl entfernt waren.

Ein paar Sekunden lang, die wie eine Ewigkeit wirkten, sagte niemand etwas. Doch dann nickte die Frau im Rollstuhl auffordernd, als wäre sie bereit, und Carl holte tief Luft.

»Als direkter Vorgesetzter Hauptmann Joar Lundwalls habe ich die traurige Pflicht, Ihnen mitzuteilen, Frau Lundwall ...«

Carl mußte Luft holen und sich sammeln, bevor er fortfuhr.

»... daß Joar heute morgen bei einem militärischen Auftrag auf Sizilien getötet worden ist. Er und ich sind auf einer Dienstreise dort gewesen. Joar hat versucht, mir das Leben zu retten, und soviel ich weiß, hat er das auch getan. Hauptmann Joar Lundwall war einer der großartigsten Offiziere Schwedens.«

Carl brachte es nicht über sich, weiterzusprechen. Er hatte das Gefühl, als wäre sein Schädel blitzschnell entleert worden, als hätte man Wasser aus einem Eimer gegossen.

Die Frau im Rollstuhl starrte ihn mit weit aufgerissenen Augen an. Ihr Gesicht war starr und ausdruckslos, und sie sagte nichts. Statt dessen rollte sie langsam auf Carl zu, streckte die Hand aus und berührte den Ärmel seiner Uniform. Dann wirbelte sie in ihrem Rollstuhl herum, entfernte sich etwa einen Meter und schlug die Hände vors Gesicht. Erst dann kamen die Tränen. Sie weinte erst mit einem leisen Ächzen und Schluchzen, dann, als versuchte sie die Tränen zu unterdrücken, bis diese sich heftig und unwiderstehlich Bahn brachen.

Carl und Beata betrachteten eine Zeitlang ihre zuckenden Schultern und sahen sich unschlüssig an, bis Beata vortrat und der Frau den Arm um die Schultern legte und ein paar tröstende Worte zu sagen versuchte.

Carl ging fast auf Zehenspitzen um die beiden Frauen herum und setzte sich in einen großen schwellenden Plüschsessel, so daß er Joars Mutter genau gegenüber saß.

Sie sah nach einer Weile hoch und versuchte sich die Tränen aus den Augen zu wischen, wobei sie etwas Wimperntusche verschmierte.

»Es ist so unwirklich ...« schluchzte sie. »Wenn ich Sie sehe, weiß ich ja, daß Sie Joars Chef sind. Er hat es mir erzählt ... Wenn ich Sie sehe, Hauptmann Hamilton, Fregattenkapitän ... wird es so unwirklich. Ich kann nicht glauben, daß es wahr ist, obwohl Sie hier sind und ganz wirklich vor mir stehen. Deshalb mußte ich Sie vorhin anfassen.«

Carl wußte nicht, was er tun sollte. Sollte er still dasitzen oder erneut bestätigen, daß das Unwirkliche wirklich war? Sollte er anfangen, Joars Leistungen zu loben?

Beata reichte Joars Mutter ein Taschentuch. Diese trocknete sich das Gesicht, bis fast alles Schwarze verschwunden war. Es war ihr deutlich anzumerken, wie sehr sie sich bemühte, die Fassung wiederzugewinnen und ihre Trauer für später aufzuheben, nur um jetzt einen gefaßten Eindruck zu machen.

»Wie ist es passiert? Ist das geheim, oder können Sie es mir erzählen?« fragte sie leise und versuchte Carl in die Augen zu sehen. Sie wandte den Blick jedoch sofort ab, da sie dort nur die Bestätigung der unwirklichen Wirklichkeit fand.

»Bei unserem Auftrag ging es darum, nach Möglichkeit zwei Schweden zu befreien, die von der sizilianischen Mafia entführt worden sind. Sie haben es vielleicht gehört oder in der Zeitung gelesen, Frau Lundwall ...?«

Sie nickte und bestätigte mit einer Handbewegung, daß sie verstanden hatte. Dann forderte sie Carl auf fortzufahren.

»Wir haben also mit den Entführern verhandelt. Wir hatten den Auftrag, die schwedischen Gefangenen gegen ... nun ja, sie freizubekommen. Es sah nicht hoffnungslos aus, aber heute morgen wurden wir von zwei gedungenen Mördern überrascht, die aus nächster Nähe das Feuer eröffneten. Joar war schon tot, als ich ein paar Sekunden später bei ihm war. Es ist also sehr schnell gegangen.«

»Haben diese Leute Sie verfehlt?«

»Nein oder ja ...« begann Carl unschlüssig, da er nicht wußte, wie oder worüber er eigentlich lügen sollte, »aber man kann sagen, daß Joar mir das Leben gerettet hat. Er kippte einen eisernen Tisch als Schutzschild um, und zwar in demselben Augenblick, in dem die Mörder angriffen. Das bedeutet, daß er mich schützte, sich selbst aber entblößte. Etwa so ist es gewesen.«

»Wird Schweden anerkennen, daß er ... Ja, ich frage danach. Es ist vielleicht dumm, und für mich macht es natürlich keinen Unterschied, aber ich habe eben an seinen Vater gedacht. Sein Vater hätte großen Wert darauf gelegt, daß ... verstehen Sie, was ich meine?«

»Ja, Frau Lundwall, ich glaube schon. In etwa einer Stunde wird der Generalstab ein Pressekommuniqué veröffentlichen, in dem wir mitteilen, daß ein Offizier unseres Nachrichtendienstes bei einem dienstlichen Auftrag getötet worden ist.«

»Hat man Sie schon früher zu solchen Aufträgen entsandt? Gemeinsam?«

»Ja, Frau Lundwall. Einiges davon muß leider geheim bleiben, aber ich kann beispielsweise erzählen, daß Joar vor etwa einem Jahr einer meiner Mitarbeiter war, als wir diese Polizeibande schnappten, die draußen in Vaxholm einen Massenmord plante. Joars Einsatz war damals entscheidend, aber da er beim Geheimdienst arbeitete, ist es nie bekannt geworden. Wie ich vorhin schon sagte, war Joar einer der großartigsten Offiziere des Landes. Und er wußte, daß sein Job gefährlich ist und daß er einer der sehr wenigen war, die so etwas überhaupt bewältigen können ...«

Carl verstummte verlegen. Er hatte das Gefühl, nur dazusitzen und zu plappern, als wäre alles, was er sagte, ohnehin sinnlos. Was spielte es jetzt noch für eine Rolle, daß Joar ein großartiger Mann gewesen war, als er noch lebte?

Seine Mutter hatte ihn verloren, und auch Carl hatte ihn verloren, so wie alle ihn schnell und unerbittlich verloren hatten, als hätte keine von Joars Qualitäten auch nur die geringste Bedeutung, da jeder Mensch stirbt, wenn ihm ein Gangster aus einer Automatikwaffe auf den Brustkorb feuert.

»Haben Sie mit Carlos gesprochen?« fragte sie plötzlich und blickte hoch. Sie hielt Carls Blick stand, ohne sich abzuwenden.

Carl spürte, daß er dabei war zu erröten und hätte sich vor Wut ohrfeigen können.

»Nein«, sagte er. »Sie sind natürlich die erste, die wir aufgesucht haben, Frau Lundwall, aber ich werde mich von hier gleich zu Carlos begeben ...«

Ihm ging auf, daß er vergessen hatte, Beata um die Adresse zu bitten. Er warf Beata einen fragenden Blick zu. Sie nickte beruhigend und streckte sich nach ihrer Handtasche aus, die sie auf den Couchtisch gelegt hat

»Wie gesagt«, sagte Carl, »werde ich mich jetzt gleich zu Carlos begeben. Wenn Sie mich also entschuldigen wollen, Frau Lundwall ...«

Er erhob sich zögernd, trat ein paar Schritte vor und streckte zum Abschied die Hand aus. Sie gab ihm die Hand, überlegte es sich jedoch plötzlich und zog ihn an sich, so daß er sich plötzlich halb kniend vor dem Rollstuhl wiederfand und sie umarmte. Sie fühlte sich in seinen Armen sehr klein und zerbrechlich an. Ihre Rückenmuskeln zitterten leicht, ob nun wegen der körperlichen Anstrengung, sich vorzubeugen, oder vor Rührung.

Carl machte sich behutsam frei und streckte hinter dem Rollstuhl die Hand aus. Beata legte ihm einen Zettel hinein, worauf sie einen langen Blick wechselten. Sie hatten sich darauf verständigt, daß sie bei Joars Mutter bleiben sollte. Dann ging Carl, ohne noch etwas zu sagen. Auf dem Weg hinaus ging ihm auf, daß Beata die Wagenschlüssel hatte. Er wollte trotzdem nicht wieder in die Wohnung gehen und wieder von vorn anfangen. Er hatte das Gefühl zu flüchten.

Draußen war es hell, mittsommerhell. Im Park des Garnisonskrankenhauses sang eine Amsel. Er sah sich unschlüssig um, entschied sich dann aber, zur Hantverkargatan zu gehen, um ein Taxi zu bekommen. Es herrschte jedoch kaum Verkehr, und von einem Taxi war nirgends etwas zu sehen. Er schlenderte zum Kungsholmstorg hinunter, denn er wußte, daß dort ein Taxistand war. Er fühlte sich wie auf einer Maskerade, als hätte er sich als Carl Gustaf Gilbert Hamilton verkleidet, als die vereinzelten nächtlichen Flaneure, denen er begegnete, ausnahmslos zusammenzuckten und ihn anstarrten, als wäre er ein Geist. Es war diese verfluchte Uniform, die die Leute so glotzen ließ.

Der Taxifahrer geriet vollkommen durcheinander, als er entdeckte, wer sich da neben ihn setzte und eine Adresse im Stadtteil

Östermalm nannte, als wäre es selbstverständlich, daß ausgerechnet er jetzt in ausgerechnet diesem Taxi nach Östermalm fuhr.

Carlos Figueras wohnte in einer Altbauwohnung am Karlavägen mit einem Balkon, der an der gesamten Wohnung entlanglief. Dort fand gerade eine Party statt, eine recht altmodische Party mit lauter Musik, Massen von Blondinen, Erdnüssen und Leuten aus der Welt der Werbung wie der Künste, Leuten aus Schweden und dem Ausland, sowohl Homosexuellen als auch Heterosexuellen sowie einigen anderen eher unbestimmbarer sexueller Identität.

Es war eine schwungvolle Party, bei der es noch mehrere Stunden dauern würde, bis alle abgefüllt waren und der Verfall begann. Die Wohnungstür war offen. Das Stimmengewirr und die Musik in der Wohnung machten jeden Versuch zunichte, an der Tür zu läuten. Carl brauchte nur einzutreten und war sofort die Sensation, als wäre es ein besonders witziger Einfall, ihn einzuladen, als wäre er so etwas wie ein wandelnder Scherz in Uniform, ein geschickter Offiziersimitator oder so etwas. Jemand versuchte ihm ein Champagnerglas in die Hand zu drücken, eine Frau wollte unbedingt mit ihm tanzen, und einige andere Leute wollten ihn auf ein Sofa zerren.

Schließlich fand er Carlos draußen auf dem Balkon mitten im Gedränge. Natürlich erstarb sofort jede Konversation in der Umgebung, als Carl auf den Mann zuging, den man ihm als Carlos bezeichnet hatte, der wie ein Spanier aussah und überdies feminin und homosexuell wirkte. Carl stellte sich steif vor und bat um ein Gespräch unter vier Augen. Als auch Carlos versuchte, ihm Champagner aufzudrängen, erklärte er angestrengt, auf dem Balkon sei es leider nicht möglich, alles zu erklären. Auch Carlos schien der Meinung zu sein, Carls Auftritt hier sei eine Art Scherz.

Carls Gesichtsausdruck ließ ihn jedoch nachgeben, und so lotste er seinen unerwarteten Gast durch die Menge der Partygäste in der großen Wohnung zu einem Arbeitszimmer, in dem sie sich genötigt sahen, eine bestimmte erotische Aktivität zu unterbrechen, sich zu entschuldigen und demonstrativ die Tür zu schließen.

»Nun«, sagte der Spanier fröhlich und breitete mit einer einladenden Geste die Arme aus, »was um Himmels willen hat einer wie du einem wie mir zu sagen? Soll das Ganze ein Scherz sein oder was?«

»Nein«, sagte Carl knapp. »Dir ist offenbar nicht bekannt gewesen, wo Joar Lundwall gearbeitet hat?«

Das Lächeln verschwand sofort aus Carlos Figueras' Gesicht. Carls Gesichtsausdruck und seine Uniform enthielten eine sehr beunruhigende Nachricht, obwohl die Wahrheit sich schon bald als viel schlimmer erweisen würde als die böse Vorahnung.

»Was zum Teufel ... ist Joar Militär? Davon hat er mir aber nie etwas gesagt. Aber ihr könnt doch wohl nicht mit ...«

»Setz dich!« schnitt ihm Carl das Wort ab. »Ich habe dir etwas sehr Schmerzliches mitzuteilen.«

Er machte eine halb einladende, halb befehlende Geste und wies auf einen italienischen Chefsessel, ein Designermodell, das hinter dem graphitgrauen, vollkommen leeren Schreibtisch stand, der noch vor kurzem einem liebenden Paar als Unterlage gedient hatte.

Carlos Figueras erbleichte sichtlich. Er erweckte den Eindruck, als hielten sich Zorn und Besorgnis in ihm die Waage. Nach einigem Zögern setzte er sich jedoch und machte eine Geste, die etwa bedeuten sollte, ich bin jetzt bereit zuzuhören.

»Ich bin Joars direkter Vorgesetzter gewesen. Er hat also in dem geheimsten operativen Teil des Nachrichtendienstes der schwedischen Streitkräfte gearbeitet«, begann Carl und erkannte zu spät, daß er die falsche Reihenfolge gewählt hatte. Diese Erklärung hätte noch Zeit gehabt.

»Was zum Teufel ... Habt ihr ihn etwa gefeuert, weil er ...«, begann Carlos Figueras mit etwas, was sich schnell in einen Vulkanausbruch zu verwandeln schien.

»Nein! Es ist nicht, wie du glaubst, es ist viel schlimmer!« unterbrach ihn Carl verzweifelt, denn er wußte, was er jetzt sagen mußte, und schämte sich seiner Unbeholfenheit. »Hauptmann Joar Lundwall ist heute morgen während eines dienstlichen Auftrags erschossen worden. Ich war mit ihm am Tatort, konnte das Geschehen aber nicht verhindern. Der Tod ist auf der Stelle eingetreten.«

Carl machte eine Pause, da er sich unsicher war, ob er sich überhaupt verständlich gemacht hatte. Das hatte er, denn der grazile Spanier erhob sich plötzlich ganz langsam, während sich sein Mund gleichzeitig wortlos bewegte.

»Setz dich, dann werde ich fortfahren!« befahl Carl. Der Spanier gehorchte augenblicklich. Carl sah schon das Glitzern der ersten Tränen in dem Gesicht des Spaniers.

»Ich bin soeben bei Joars Mutter gewesen und habe es ihr erzählt. Sie äußerte den Wunsch, daß ich auch dir die Nachricht überbringe, bevor du sie aus den Nachrichten erfährst. Es ist meine Pflicht, die nächsten Angehörigen zu benachrichtigen, und wenn du dich fragst, woher ich von eurem Verhältnis weiß, liegt es daran, daß Joar mir davon erzählt hat. Ich habe ihm grünes Licht gegeben ... Ich habe ihm also gesagt, daß ich als Chef natürlich keine Einwände habe, habe ihm aber den Rat gegeben, dir zu erzählen, worin seine Arbeit eigentlich besteht.«

»Ich habe doch nicht gewußt ... ich hatte keine Ahnung ...«, schluchzte Carlos Figueras, der jetzt offen weinte. »Joar war geschmeidig wie eine Katze und unglaublich durchtrainiert. Ich dachte, er wäre Turner oder so was. Aber in Wahrheit war er also ...?«

»Ja«, erwiderte Carl. »Er war einer von uns, einer der Allerbesten, the best of the best. Sein Job war folglich sehr gefährlich, aber er wußte, worauf er sich eingelassen hatte.«

Carl stand verlegen mitten auf dem Fußboden und hielt die Hände auf dem Rücken, während Joars Geliebter, ja, Carl zwang sich, das nach einigem Widerstand anzuerkennen, auf die Schreibtischplatte fiel und den Kopf in den Händen barg, während der Oberkörper schluchzend erzitterte. Jemand riß die Tür auf, und Musik und Gelächter strömten in den Raum. Carl hörte Stimmen, die von ihm sprachen. Stimmen, die ihm bestätigten, daß er tatsächlich dort stand, wo er stand. Er drehte sich um und schloß die Tür hart und entschlossen und hörte, wie auf der anderen Seite Glas klirrte. Dann ging er zu dem kleinen Spanier hin, hob ihn fast vom Stuhl hoch, umarmte ihn, strich ihm übers Gesicht, als wollte er ihm die Tränen trocknen, und schüttelte ihn dann sanft an den Schultern.

»Joar hat dich geliebt. Er hat es mir erzählt und mich auch zu eurem Fest eingeladen, für den Tag, an dem ihr ... ja, zusammenziehen wolltet oder so«, sagte Carl, der wieder einen Kloß im Hals hatte. Dann setzte er den kleinen Mann wieder auf den Stuhl, drehte sich um und verließ schnell das Zimmer. Er drängte sich durch die Feiernden, begab sich auf die Straße und setzte sich in sein wartendes Taxi.

Er bat, das Autotelefon benutzen zu dürfen, nachdem er die Adresse am Norr Mälarstrand angegeben hatte, rief die Durchwahl von Samuel Ulfsson an und teilte mit, der Auftrag sei ausgeführt. Dann bat er um die Nummer von Stålhandskes Autotelefon, rief diese Nummer an und teilte Stålhandske mit, er werde in zehn Minuten da sein, lehnte sich zurück, strich sich über die Augen und bemühte sich, die Tränen zurückzuhalten.

Der Taxifahrer saß kerzengerade auf seinem Sitz, so daß er an einen Fahrschüler erinnerte, während er seinem Fahrgast von Zeit zu Zeit im Rückspiegel einen Blick zuwarf, als müßte er sich ständig vergewissern, daß er richtig gesehen hatte.

»Was war das für ein Auftrag, den du gerade erledigt hast? Hast du wieder jemanden umgenietet oder so?« fragte der Taxifahrer schließlich.

Carl lächelte nicht einmal.

Als das Taxi vorfuhr, stieg Stålhandske aus seinem Wagen. Sie nickten sich kurz zu und gingen dann die fünf Treppen hinauf, als wollten beide vermeiden, sich in einem Fahrstuhl anzuschweigen. Stålhandske zog seinen Zettel mit den Codenummern aus der Tasche, öffnete die Türen und stellte dann schnell die Alarmanlage an der Innenseite der Tür ab. Sie machten Licht und betraten das Wohnzimmer mit der Aussicht auf den Riddarfjärden. Vermutlich dachten beide an das Fest, das Joar hier einmal zu seinem Einzug gegeben hatte.

»Nun ja«, sagte Stålhandske. »Wir fangen am besten mit dem Schlafzimmer und den Panzerschränken an.«

Er schüttelte seine beiden großen grünen Reisetaschen aus, die er zusammengefaltet unter dem Arm getragen hatte, und ging mit schweren Schritten zum Schlafzimmer. Carl folgte ihm zögernd.

Sie öffneten zunächst die Panzerschränke und stopften alle Waffen und die technische Ausrüstung in die Taschen. Dort lagen jedoch auch einige persönliche Habseligkeiten, darunter ein Bündel Briefe. Carl betrachtete die Briefe. Er war unsicher, ob er sie liegen lassen oder mitnehmen sollte. Es waren Briefe von Carlos Figueras. Carl steckte sie ein, überlegte es sich und legte sie dann statt dessen in eine der Taschen. Er nickte kurz zu den Briefen hin und sagte, die sollten dem Absender zurückgegeben werden. Sie seien von Joars ... Joars Verlobten, oder wie man ihn nennen solle.

Sie durchsuchten etwa eine Stunde lang die Wohnung, jedoch mehr der guten Ordnung halber, als daß sie erwarteten, etwas zu finden, was entfernt werden mußte. Wenn nicht einmal Joars ... Freund ... nein, Joars Mann etwas wußte, würde sich außerhalb der Panzerschränke kaum etwas Interessantes befinden. Joar hatte ein perfektes Doppelleben organisiert.

»Was machen wir mit denen hier?« fragte Stålhandske schließlich und hielt zwei hellblaue Etuis hoch.

Carl wußte sehr wohl, was sich in den Schachteln befand, konnte es dennoch nicht lassen, sie Stålhandske aus der Hand zu nehmen und zu öffnen. Sie betrachteten eine Zeitlang den Inhalt.

»Die Tapferkeitsmedaille ist persönliches Eigentum und muß seiner Mutter übergeben werden, der Sankt-Olafs-Orden geht wieder an Norwegen zurück. Nach der Beerdigung, nehme ich an«, sagte Carl und legte die beiden Schachteln in eine der Taschen, wo sie zwischen mehreren Munitionsschachteln verschwanden.

Sie sahen sich ein letztes Mal in der Wohnung um. Alles war sauber, ordentlich und perfekt aufgeräumt. An den Wänden viel Kunst, meist moderne Lithographien, doch nirgends war etwas zu entdecken, was Auskunft darüber gab, was für ein Mensch Joar Lundwall eigentlich gewesen war.

Möglicherweise mit einer Ausnahme. Auf einem kleinen Tischchen, das vielleicht für einen Blumentopf oder etwas Ähnliches gedacht war, lag eine grüne Baskenmütze der Küstenjäger. Das Licht der Abenddämmerung, das Licht der Mittsommernacht, ließ den goldfarbenen Dreizack leicht aufleuchten.

Åke Stålhandske warf Carl einen fragenden Blick zu. Carl nickte, worauf Stålhandske die Baskenmütze nahm und ebenfalls in eine der Taschen steckte.

Eine Stunde später hatten sie im Generalstabsgebäude ein schriftliches Protokoll angefertigt, in Åke Stålhandskes Zimmer sämtliche Waffen in den Panzerschrank gelegt und die Protokolle auf Sams Schreibtisch deponiert. Alle anderen waren schon längst nach Hause gegangen.

Carl bat Åke Stålhandske, er möge auf ihn warten, ging in sein

Zimmer, zog Zivilkleidung an und nahm seine beiden Flugtaschen mit in den Korridor, überlegte es sich, ging wieder ins Zimmer und holte ein Scheckheft, das er in die Jackentasche steckte.

»Kann ich über Nacht bei dir bleiben?« fragte er tonlos, als er wieder in Åke Stålhandskes Zimmer war. Die Antwort war ein kurzes Kopfnicken. Sie löschten das Licht und gingen in die Mittsommernacht hinaus. Kurz darauf waren sie bei Åke auf Gärdet, und als sie die Wohnung betraten, fiel Carl sofort der große Unterschied in Einrichtung und Geschmack auf. Stålhandskes Stil war unleugbar etwas üppiger. Dicke Ledersessel, Marinegemälde an den Wänden, gekreuzte Säbel im Flur.

Carl stellte seine Taschen ab und ging selbst als erster ins Wohnzimmer. Dort machte er eine Schreibtischlampe an, holte ein Flasche Bourbon und zwei Gläser aus dem Barschrank, goß ein und reichte Åke ein Glas. Stålhandske nahm es ohne ein Wort entgegen. Jetzt erst kam beiden die Erkenntnis, daß sie fast den ganzen Abend nicht miteinander gesprochen hatten.

»Wie hat sie es aufgenommen? Ich meine, Joars Mutter?« fragte Stålhandske und sank Carl gegenüber in einen der großen englischen Sessel.

»Schwer zu sagen«, erwiderte Carl zögernd. »Verdammt schwer zu sagen. Wir haben wohl alle einen Schock bekommen. Wie hast du es aufgenommen? Wie habe ich es aufgenommen?«

»Joar war ein guter Kerl, ein verdammt guter Kerl«, stellte Åke Stålhandske fest, rieb sich die Augen, kippte seinen Whisky, goß erneut ein Glas voll und hielt Carl fragend die Flasche hin. Dieser folgte seinem Beispiel.

»Was passiert jetzt? Was zum Teufel sollen wir tun?« fragte Stålhandske nach einer Weile.

»Ich bin beurlaubt. Du bist ebenfalls beurlaubt«, erwiderte Carl kurz und geistesabwesend.

»Ich bin doch nicht beurlaubt, verdammt noch mal«, wandte Åke Stålhandske ein.

»Doch«, gab Carl knapp zurück. »Du bist seit einer Stunde beurlaubt. Ich bin dein direkter Vorgesetzter, ich habe die Papiere ausgefüllt, die dazu nötig sind, und sie Sam auf den Schreibtisch gelegt.«

Åke Stålhandske betrachtete Carl mit spürbarem Mißtrauen.

Dies sah Carl überhaupt nicht ähnlich. Man kann doch nicht einfach zusammenbrechen und heulen. Sie hatten ja alle gewußt, womit sie sich beschäftigten. Es hätte ihnen allen dreien widerfahren können, es hätte jedem einzelnen von ihnen passieren können und konnte immer noch passieren. Und das wußten sie auch.

»Ich habe verdammt nochmal nicht vor, als beurlaubt herumzusitzen und Trübsal zu blasen. Ich mag dir kaum sagen, daß du nicht den allerbesten Eindruck auf mich machst«, sagte Åke Stålhandske säuerlich und betrachtete seinen zusammengesunkenen Chef.

Carl nahm plötzlich eine andere Haltung an. Er erinnerte Åke Stålhandske an eine aufblasbare Figur, die mit Luft gefüllt wird, bei der man erst die Umrisse erkennt und die dann allmählich ausgefüllt wird. Diese Augenblicke würden ihm für immer im Gedächtnis bleiben.

Carl stellte sein Glas hin, sah hoch und fragte, ob Åke eine Karte von Sizilien im Haus habe. Dieser holte sofort einen Atlas und schlug ein Kartenblatt von Süditalien auf. Unterdessen hatte Carl einen Scheck ausgeschrieben, den er Åke überreichte.

»Hier sind fünfhunderttausend Kronen für deine Spesen. Laß dir für alles eine Quittung geben«, begann Carl. Åke Stålhandske nahm den Scheck ohne jeden Protest entgegen, faltete ihn zusammen und steckte ihn in die Brusttasche.

»Es ist privates Geld, und wir werden die Quittungen brauchen«, erklärte Carl und legte dann den Finger auf die Sizilienkarte. »Das hier wird unser Operationsgebiet. Du sollst dich hier als amerikanischer Seglerhippie etablieren, in der Bucht vor Castellamare del Golfo. Miete dir irgendwo auf dem Festland ein Boot und segle dann rüber. Das Boot sollte für vier Personen plus Ausrüstung Platz bieten, eine ganze Menge Ausrüstung sogar. Das Boot sollte wie ein schwedischer Kutter aussehen oder ein kleineres Fischerboot. Das wäre ideal. Was für eine private Taucherausrüstung hast du?«

Åke Stålhandske war so verblüfft, daß er zunächst nicht antworten konnte. Carl hatte im Lauf einer Minute eine totale Persönlichkeitsveränderung durchgemacht. Dies war kein am Boden zerstörter, verzweifelter und handlungsunfähiger Stabsoffizier mehr. Dies war ohne Zweifel das genaue Gegenteil davon, dies war *Trident*.

»Ich fragte, was für eine private Taucherausrüstung du hast«, wiederholte Carl gebieterisch.

»Die übliche Sporttaucherausrüstung, Gummianzüge, Preßluftflaschen.«

»Gut. Nimm das alles mit. Laß dir im Ausrüstungszentrum der Marine vier weitere Taucheranzüge geben und nimm die auch mit. Die Sauerstoffgeräte besorgen wir anderweitig. Du sollst in diesem Gebiet also tauchen und den Touristen spielen, ist das klar?«

»Ja, verstanden. Ich spiele einen amerikanischen Touristen, der sich für Meeresbiologie interessiert.«

»Ja. Und du fängst Tintenfische, die du an die Restaurants verkaufst.«

»Verstanden. Bemühe mich, Bekanntschaften zu schließen und Freunde zu finden. Muß mich so schnell wie möglich etablieren. Ist das hier das Zielgebiet?«

»Ja. Zumindest für einige Operationen.«

»Operative Zielsetzung?«

»Zwei Dinge. Offizieller Zweck des Unternehmens ist es, die zwei Schweden zu befreien. Dann haben wir beide noch ein privates Ziel, das ich wohl kaum näher zu erklären brauche, denke ich.«

»Nein, das brauchst du wirklich nicht. Weißt du, wer geschossen hat?«

»Wenn wir ihn sehen, werde ich ihn wiedererkennen. Noch wichtiger aber ist: Ich weiß, wer den Befehl gegeben hat.«

»Wer ist für das Unternehmen verantwortlich?«

»Ich übernehme die Verantwortung. Die italienischen Streitkräfte werden wohl auch einen Teil davon übernehmen. Wie du verstehst, riskieren wir damit unseren Job und noch etwas mehr. Wenn du willst, kannst du nein sagen. Du verstehst ja, daß deine Beurlaubung ... nun ja, es sind nicht gerade Sam oder der König, die dich bitten, nach Italien zu reisen. Du kannst also nein sagen, wenn du willst.«

Åke Stålhandske starrte seinen Chef ungläubig an, als hätte er nichts von der Ironie verstanden.

»Will ich aber nicht. Ich bin schon dabei. Wie und wann nimmt man Kontakt mit mir auf?« fragte Stålhandske, als er erkannte, daß Carl zumindest der Form halber eine Antwort auf die Frage nach der außerplanmäßigen Beurlaubung haben wollte.

»Ich selbst oder ein anderer Mitarbeiter nimmt draußen auf dem Meer oder im Hafen von Castellammare mit dir Kontakt auf. Mach dir keine Sorgen. Du brauchst dich nicht bei uns zu melden, wir melden uns bei dir. Es ist aber wichtig, daß du ein perfektes Cover hast, bevor wir loslegen.«

»Ist es schwer, da unten zu arbeiten?«

»Ja. Kein Mensch versteht, was du sagst, und die Pizzen sind schlechter als in San Diego. Jeder zehnte Mann, den du auf der Straße siehst, gehört zum Feind, aber du kannst nie wissen, wer. Du bekommst von keinem Menschen Informationen, kannst niemandem trauen, du findest nichts, und es ist unmöglich, sich mit dem Wagen zu bewegen.«

»Düstere Aussichten. Wenn das die Nachteile waren, wie sehen unsere Vorteile aus?«

»Der Feind kennt nur mich, und diesmal werde ich zurückschießen. Ihr anderen werdet dem Feind völlig unbekannt sein. Dann das übliche, das wie immer und überall unser Vorteil wäre.«

»Ja. Die Dunkelheit. Feuerkraft, wenn es uns gelingt, die entsprechende Ausrüstung zu besorgen und die Logistik auf die Beine zu stellen. Aber dazu brauchen wir einige Sachen ...«

»Ja, das kann man wohl sagen. Ich werde das erledigen und die Infrastruktur aufbauen, während du an deinem Cover arbeitest. In Ordnung?«

»Ja. In Ordnung. Dann werden wir uns eine Weile nicht sehen.«

»Richtig.«

»Und werden diese verdammte Flasche heute nacht leermachen müssen. Warum fährst du übrigens nicht nach Hause?«

»Weil ich morgen früh um neun Uhr ins Ausland reise. Ja, jetzt machen wir diese Flasche leer und werden sentimental und unterhalten uns über San Diego.«

»Ist das dein Reiseziel morgen?«

»Ja, aber das ist dir doch schon klar gewesen. Jetzt saufen wir, und morgen reisen wir ab.«

Anschließend sprachen sie nicht mehr über das Unternehmen,

das schon einen selbstverständlichen Namen hatte, *Operation Swordfish*, da Swordfish Joars Codesignal gewesen war. Sie tranken den Whisky aus und wurden sentimental wie beabsichtigt. Von jetzt an würden sie bis aufs i-Tüpfelchen nach Plan vorgehen.

Samuel Ulfsson glaubte im Gesicht des Alten ablesen zu können, daß dieser vor Besorgnis fast verzweifelte.

Es war 8.13 Uhr, und soweit sich beide erinnerten, war die Konferenz für 8.00 Uhr anberaumt worden, und Carl war nicht der Mann, der zu spät zu kommen pflegte. Außerdem war da noch das Papier, das auf Sams Schreibtisch lag, eine säuberlich geschriebene, kurzgefaßte Bewilligung eines Sonderurlaubs für Hauptmann Åke Stålhandske, unterzeichnet von Fregattenkapitän Hamilton.

Sie hatten bei Stålhandske in der Wohnung angerufen, doch niemand hatte abgenommen. Fünf Minuten später rief Eva-Britt Jönsson an, die soeben die Morgennachrichten gehört hatte. Ihren Äußerungen war zu entnehmen, daß sie wußte, daß Carl sich mit Joar Lundwall in einem dienstlichen Auftrag in Italien aufgehalten hatte. Er habe, erklärte sie, zuletzt gestern morgen von Palermo aus angerufen.

Er war also nicht zu Hause, hatte sich nicht einmal bei seiner Frau gemeldet, und Samuel Ulfsson hatte einige Mühe, einerseits zu versichern, Carl befinde sich in Sicherheit, und zweitens zu erklären, daß er nicht sagen könne, wo diese Sicherheit sei. Es werde sich jedoch alles aufklären, es gebe keinerlei Grund zur Besorgnis, und so weiter.

Die Mischung aus Qual und Unruhe wurde keineswegs geringer, als eine Tessie O'Connor anrief und darum bat, mit dem Spionagechef persönlich sprechen zu dürfen.

Als Samuel Ulfsson das Gespräch entgegennahm, verlief es ungefähr so wie das vorige mit Eva-Britt Jönsson. Nein, Carl befinde sich außer Gefahr. Nein, bedauerlicherweise könne er nicht sagen, wo Carl sich aufhalte. Nein, er könne die Frage nicht beantworten, ob dies auf militärischer Geheimhaltung oder mangelndem Wissen beruhe. Samuel Ulfsson wehrte sich eine Zeitlang heftig gegen Tessie O'Connors bohrende Fragen.

»Sie ist Anwältin, glaube ich«, erklärte der Alte leise, als

Samuel Ulfsson auflegte und seinen alten operativen Chef fast verzweifelt ansah.

»Ich will verdammt sein, wenn wir jetzt keine Sorgen haben«, stellte Samuel Ulfsson fest. »Was haben die wohl vor? Was meinst du?«

»Ich glaube, zwei Dinge. Etwas Gutes und etwas Schlechtes. Was willst du als erstes hören?« seufzte der Alte.

»Das Gute!«

»Sie sitzen auf irgendeiner Schäreninsel, saufen und sind sentimental. Du weißt ja, daß die Jungs einander recht nahestanden.«

»Und das Schlechte?«

»Sie werden in ein paar Stunden in Palermo eintreffen und haben Namen und Adresse des Mörders.«

»Du lieber Himmel!«

»Ja, etwas in der Richtung.«

»Sind sie zu einer Art Vendetta unterwegs?«

»Ein Motiv hätten sie zumindest, und die Kapazität auch.«

»Aber das wäre ja vollkommen unverantwortlich!«

»Ja, selbstverständlich. Normalerweise sind die Jungs aber nicht unverantwortlich, zumindest nicht Carl. Ich glaube eher an die Variante mit der Schäreninsel.«

»Ich könnte ja mit unseren italienischen Kollegen Verbindung aufnehmen und alles stoppen, was ...«

»Nein, nur das nicht! Wenn sie tatsächlich auf einer Insel in den Schären sitzen, blamieren wir uns nur. Wenn sie auf eigene Faust eine Operation durchführen, blamieren wir uns ebenfalls und entziehen den Jungs überdies unsere Unterstützung.«

»Und du meinst, das können wir nicht tun?«

»Nein, sie können da unten ohne Unterstützung durch ihre Gastgeber nichts unternehmen, das glaube ich jedenfalls. Laß uns eine Weile abwarten. Wie steht es mit der Beerdigung?«

Samuel Ulfsson schob das große unangenehme Problem beiseite, um sich schnell des kleinen unangenehmen Problems anzunehmen. Beata sollte die Organisation übernehmen. Frau Lundwall habe, so Samuel Ulfsson, dankbar akzeptiert, daß die Streitkräfte die Beisetzung arrangierten, wolle das Ganze jedoch so schnell wie möglich hinter sich bringen, am liebsten schon zum Wochenende. »Soweit ich eben von Beata erfuhr«, fuhr er fort,

»besteht das größte organisatorische Problem im Moment darin, am Wochenende eine Militärkapelle zur Arbeit zu bewegen. Außerdem gibt es gewerkschaftliche Probleme mit den Geistlichen, denn die kann man nur schwer dazu bringen, am Sonntag zu arbeiten, dem Tag des Herrn. Dann gibt es noch einige Fragen der Etikette, wer anwesend sein soll, ob das Außenministerium einen Vertreter schickt, ob die Streitkräfte auf höherer Ebene vertreten sein müssen als durch mich, obwohl ich als höchster Vorgesetzter der Sektion dabei sein muß. Der direkte Vorgesetzte ist ja Carl gewesen, und da sehe ich keine Hindernisse, denn der ist der Öffentlichkeit ja bekannt. Schwieriger wird es schon mit jüngeren Kollegen in geheimen Diensten.

Beata hat für die nächsten zwei Tage jedenfalls alle Hände voll zu tun. In dieser Zeit müssen wir jedoch auch mit Carl Verbindung bekommen, denn sonst müssen wir die Alarmsirenen heulen lassen. Wenn es sein muß, bis nach Palermo.«

Carl hatte mehr als sieben Stunden lang schwer und traumlos geschlafen. Er hatte jedoch nicht das Gefühl, daß Zeit verstrichen war. Es fiel ihm anfänglich schwer, sich zu orientieren, als er aus dem Fenster sah. Er tippte zunächst auf Norwegen, und erst langsam, fast widerwillig überzeugte er sich davon, daß das da unten die Rocky Mountains waren und er somit nur noch ein paar Stunden bis L.A. hatte.

Er hatte zwei breite Erster-Klasse-Sessel für sich gehabt und sich wie ein Kind darin gebettet. Er hatte sich fast in den Schlaf geflüchtet, war vor dem geflüchtet, was plötzlich mit betäubender Kraft zurückgekehrt war.

Joar war tot. Es war absolut real, daß Joar tot war. Und immer dann, wenn Carl vor dieser Wirklichkeit einschlief, würde er wieder unerbittlich in ihr aufwachen.

Er klappte das Tischchen vor sich herunter und bestellte zwei Glas Apfelsinensaft. Dann nahm er Papier und Bleistift, überlegte es sich aber wieder. Er nahm sein Reisenecessaire und ging auf die Toilette, wo er sich rasierte und mit kaltem Wasser wusch.

Dann machte er sich an die Arbeit. Deren strategisch-theoretischer Teil lief darauf hinaus, in erster Linie dem Nachrichtendienst der Vereinigten Staaten mit allen nur denkbaren Tricks das notwendige Material zu entlocken, als nächstes Kontakt zu der Regierung der USA und den Nachrichtendiensten Schwedens und Italiens aufzunehmen. Es war ein ansehnlicher Plan, der jedoch einfach aufgebaut war.

Noch einfacher war der taktisch-operative Teil, da es nur darum ging, eine Liste der benötigten Ausrüstung zu erstellen.

Das Wesentliche war Dunkelheit, immer wieder Dunkelheit, und damit auch eine recht selbstverständliche Liste von Laser, Nachtsicht- und Nachtzielgeräten sowie einer Kommunikationsausrüstung, bei der sie sicher sein konnten, daß niemand mithörte.

Wenn Dunkelheit der eine gegebene Vorteil war, so war das Meer der andere. Auf den Landstraßen wären sie dem Gegner immer unterlegen, unter Wasser jederzeit überlegen. Der Rest war Mathematik und lief fast nur auf die Frage hinaus, welches Niveau an Feuerkraft sie sich zulegen sollten.

Die Arbeit war in weniger als einer Stunde erledigt. Er versuchte sich vergebens dafür zu interessieren, alles noch einmal durchzusehen, da es ihm dann gelingen würde, seine Gedanken von anderen Dingen fernzuhalten. Es ging jedoch nicht. Dieses Andere drängte sich unwiderstehlich auf.

Nach der Landung mußte er natürlich sofort anrufen, alle beide. Ihnen in etwa erklären, wie die Dinge lagen. Er mußte ihnen zumindest sagen, daß er zum Death Valley unterwegs war und mindestens vierundzwanzig weitere Stunden wegbleiben werde. Daß es ihm einigermaßen gut gehe, daß er Sehnsucht habe und bald wieder zu Hause sein werde. Ungefähr so, etwa die Hälfte Wahrheit und die Hälfte Lüge. Allerdings stimmte es, daß er bald nach Stockholm zurückkehren würde. Er mußte aus mehreren Gründen über Stockholm fliegen, nicht zuletzt, um alle in der Heimatbasis zu beruhigen und ihnen zu erklären, daß das, was bald geschehen würde, nicht geschehen werde.

War es aber wirklich die richtige Situation, um alles aufzuklären? War es der richtige Moment, Eva-Britt zu sagen, daß er eine andere Frau liebte? Konnte er ihr jetzt mit finanziellen und praktischen Vorschlägen kommen, um dann gleich zu Tessie zu stürzen und zu berichten, daß er gebeichtet habe? Um sich dann zu verabschieden und nach Palermo zu fliegen, um vielleicht nie mehr zurückzukehren?

Die Gefahr weiterer Verluste schätzte er auf fünfzig Prozent. Und bei einer Beurteilung der Risiken innerhalb der Gruppe gab es keinerlei Zweifel, wie sie sich verteilten, denn der Plan bestand unter anderem darin, daß er selbst das Feuer des Feindes auf sich ziehen sollte, damit die anderen Angehörigen der Gruppe mehr Spielraum erhielten.

Das schien keine geeignete Situation zu sein, um privates Elend anzurichten. Anderen privaten Maßnahmen konnte er sich jedoch unmöglich entziehen: Er mußte ein Testament verfassen, eine Kulturstiftung gründen und Johanna Louises Zukunft sichern.

Er sah sie vor sich, plötzlich sehr deutlich. Sie war eine weitere Wunde seines schlechten Gewissens. Sie hatte sehr dünnes helles Haar, das auf dem Scheitel fast durchsichtig war und sich im Nakken kräuselte. Sie lachte oft, wenn er ihr die Windeln wechselte, sie wusch, mit Salbe einrieb und in ein neues Paket einwickelte. Mehrere Tage lang hatte sie in seinen Gedanken nicht einmal existiert. Das war unbegreiflich, ebenso wie ihm jetzt alles unbegreiflich erschien: Kleine Zufälligkeiten, die sich selbst zu lenken schienen, konnten im Verlauf weniger Sekunden das ganze Leben von Menschen durcheinanderbringen. Wenn Eva-Britt ihn damals nicht wegen zu schnellen Fahrens angehalten hätte, wenn Tessie ganz einfach nicht zu Hause gewesen wäre, als er sie vor ein paar Jahren in Santa Barbara besucht hatte, wenn er Joar nicht gesagt hätte, sie sollten draußen unter den Palmen essen, wenn er nicht so verdammt naiv gewesen wäre und geglaubt hätte, sie würden keine Waffen brauchen – dann hätten sie ohne jede Mühe sowohl den Mörder als auch dessen Fahrer erschossen. Wenn er Tessie während der ersten fünf Jahre nicht belogen hätte, wenn er Eva-Britt schon vor einem Jahr die Wahrheit gesagt hätte, wenn nicht dies, wenn nicht das. Irgendwo in der Kette kleiner, lebensentscheidender Zufälle steckte, zumindest theoretisch, sein eigener freier menschlicher Wille, der sich erst dann deutlich zeigte, wenn es zu spät war. Etwa so wie jetzt, als er sich mit einer gelinde gesagt umfassenden Betrugsoperation befaßte, die sich gegen das meiste von dem richtete, was er normalerweise zu verteidigen behauptete. Wo befand sich sein freier Wille in all dem? Was gab es für Alternativen? Außer, wie Stålhandske es ausdrückte, *ein-*

fach nur dazusitzen und Trübsal zu blasen? Aber nichts, was in den nächsten Wochen, dem nächsten Monat oder überhaupt in Zukunft geschehen konnte, wie lange die Operation auch dauern würde, konnte Joar wieder lebendig machen. Ebensowenig würde es etwas an der Konstellation Eva-Britt, Carl, Tessie und Johanna Louise ändern. Es war dennoch alles festgelegt wie von einer höheren Macht, und von dem freien Willen war nirgends etwas zu sehen.

Er wurde zum ersten Mal in seinem Leben beim Zoll angehalten und in einen Nebenraum geführt, um dort untersucht zu werden. Er nahm an, daß sich bald alles erledigen würde. Er hatte überdies keinen einzigen Gegenstand in seinen Taschen, der das Mißtrauen von Zollbeamten erregen konnte, wie er meinte.

Das erwies sich jedoch mit kalter Deutlichkeit als Fehlurteil. Unter den ersten Dingen, welche die beiden schwarzen Zöllner in seiner Reisetasche hervorkramten, befanden sich ein Hemd und ein paar khakifarbene Hosen, die mit braunem Blut verschmiert waren und zusammenklebten; erst da fiel ihm wieder ein, daß man ihm in Palermo beim Packen geholfen hatte.

Es war nicht die Situation für Erklärungen, und die wahre Erklärung war überdies nicht dazu angetan, in bürokratischer Hinsicht etwas besser zu machen. Er wies darauf hin, daß es seines Wissens kein Gesetz gebe, das einem Reisenden blutiges Gepäck verbiete, was die Sache natürlich auch nicht besser machte. Statt dessen wurden seine Kleider und das gesamte Gepäck Millimeter für Millimeter durchsucht. Es schien kein Ende nehmen zu wollen. Überdies war es zu spät, den Diplomatenpaß zu zeigen, denn er hatte schon seinen normalen Paß hochgehalten. Folglich blieb nur eine Möglichkeit.

»Geben Sie TRIDENT und die Zahlen 547501 ein«, sagte er und zeigte auf einen der Computer im Raum. Die Zahl enthielt sein Geburtsjahr, das Jahr, in dem er sich auf der Sunset Farm eingeschrieben hatte, sowie die Nummer, die er beim Abschluß des Kurses erhalten hatte.

Die beiden Zöllner zögerten, da sie dazu wohl noch nie aufgefordert worden waren. In Carls Haltung lag jedoch etwas Ruhiges und Selbstbewußtes, was sie dazu brachte, auf seinen Vorschlag einzugehen.

Er selbst sah nicht, welche Information auf dem Bildschirm auftauchte, sondern sah nur den veränderten Gesichtsausdruck der beiden Zollbeamten, als sie die Informationen lasen. Anschließend packten sie sein Gepäck schnell wieder ein, verschlossen die Tasche, reichten ihm die Schlüssel, nannten ihn abwechselnd Sir und Fregattenkapitän und wünschten ihm einen angenehmen Aufenthalt in den Vereinigten Staaten von Amerika.

Åke Malm war kämpferisch zumute. Er hatte sozusagen Heimvorteil und zudem mehrere Stunden Vorsprung. Die schwedischen Konkurrenten, die in Palermo vielleicht zu erwarten waren, waren gezwungen, über Mailand zu fliegen und dort ein paar Stunden zu warten, bevor sie den Flug nach Palermo fortsetzen konnten. Überdies sprachen sie wohl wie gewöhnlich nicht Italienisch. Seine Chancen standen also sehr gut.

Der große Alarm war ausgelöst worden, als das Außenministerium und der Generalstab ihr Kommuniqué veröffentlichten. Wenigstens dieses eine Mal zeigte man zu Hause Interesse an einem Mafia-Mord, aber das war schließlich kein Wunder. Ein Offizier des schwedischen Nachrichtendienstes, der auf klassische Gangstermanier ermordet worden war, während gleichzeitig zwei schwedische Industriebosse von der Mafia entführt worden waren. Das konnte nichts anderes werden als eine gute Story.

Die Witterung war während der ersten paar Stunden Arbeit in Palermo schnell immer stärker geworden. Die Carabinieri errichteten eine steinerne Mauer aus *kein Kommentar* um das Ereignis, und im Grand Hotel et Des Palmes, dem klassischen Mafia-Hotel, hatte das Personal mit fast verängstigter Beharrlichkeit immer wieder behauptet, man wisse von nichts, könne keine einzige Frage beantworten, und so weiter.

Jemand war dabei, einen eisernen Vorhang des Schweigens um das Ereignis zu legen, und folglich war es besonders interessant.

Åke Malm war seit fast zwei Jahren nicht in Palermo gewesen, gerade weil man zu Hause süditalienische Morde als uninteressant ansah, selbst wenn es sich jedesmal um Dutzende handelte. Er hatte jedoch immer noch gute Kontakte und vertraute sich wie gewohnt der Fotoagentur Labruzzo an, in der man über alles

Bescheid wußte, was Mafia-Morde anging, und wo – noch besser – bekannt war, wer in Palermo was wußte.

Sie hatten damit begonnen, das Krankenhaus aufzusuchen. Einer der Ärzte in der Intensivstation hatte in etwa erklärt, was zu erwarten gewesen war: mehrfache Schußverletzungen, Automatikwaffe aus nächster Nähe, und so weiter. Er hatte jedoch auch etwas Überraschendes verraten: Es war noch ein Schwede beteiligt, ein Schwede, der offenbar über sehr gute Verbindungen zu den Carabinieri verfügte, da deren Chef, ein Oberst Da Piemonte, ihm persönlich assistiert hatte. Und damit nicht genug. Da Piemonte und der Schwede hatten die Mauern der gewohnten Bürokratie geradezu niedergewalzt, hatten sogar in größter Eile Gerichtsbeschlüsse erwirken können, so daß der ermordete Schwede schon an dem Tag, an dem er umgebracht worden war, nach Hause transportiert werden konnte. Es mußte sich also um einen sehr einflußreichen Schweden handeln.

Die Spur führte dann zum schwedischen Konsulat, das ja an allem beteiligt gewesen sein mußte, was mit dem Leichentransport zu tun gehabt hatte. Doch der schwedische Konsul, ein Sizilianer namens De Luca, schien völlig verängstigt und behauptete im Brustton der Überzeugung, er könne nichts darüber sagen, wer der andere Schwede gewesen sei. Er verwies an die schwedische Botschaft in Rom.

Und in der Botschaft, die Åke Malm schon vom Konsulat in der Via Roma aus anrief, lief er erneut gegen eine Steinmauer: kein Kommentar.

Wie er schon erwartet hatte, erwies sich dieser Oberst Da Piemonte als liebenswürdig und höflich, legte dafür aber ein totales Desinteresse an einem Gespräch über Schweden an den Tag, über das, was Schweden auf Sizilien vielleicht zu suchen hatten oder wer oder welche sich außer dem ermordeten Hauptmann Lundwall dort vielleicht aufgehalten hatten. Eines gestand der Oberst jedoch gezwungenermaßen ein: Es gebe einen Zusammenhang zwischen dem Besuch schwedischer Militärs auf Sizilien und der Entführung zweier schwedischer Industriebosse. Mehr könne er im Augenblick aus naheliegenden polizeilichen Gründen nicht sagen.

Åke Malm bekam eine sehr kräftige Witterung in die Nase. Hier sollte um jeden Preis die Identität eines anderen Schweden geschützt werden. Folglich mußte diese Identität um jeden journalistischen Preis enthüllt werden. Eine sehr einfache Logik.

Über das Krankenhaus war es jedoch nicht möglich, ebensowenig über das Hotel, nicht einmal mit Bestechungsgeld, und die Carabinieri schwiegen ebenfalls eisern. Dann bleibe nur noch eine Möglichkeit, erklärte der freiberufliche Fotograf der Fotoagentur Labruzzo: Die Schweden müßten nach Hause geflogen sein, sowohl der tote wie der lebende. Der Fotograf namens Mario Genco, der kaum älter als zwanzig oder zweiundzwanzig Jahre zu sein schien, hatte einen Vetter, der draußen am Flughafen bei der Alitalia arbeitete. Es sei natürlich streng verboten, die Passagierlisten einzusehen, aber, nun ja, es gebe da Möglichkeiten gegen eine gewisse finanzielle Kompensation.

Åke Malm zögerte keine Sekunde. Ein Schwede, der von allen Beteiligten derart geschützt wurde, daß nicht mal die italienische Presse seinen Namen in Erfahrung gebracht hatte, mußte interessant sein.

Eine Stunde später saß er draußen auf Punta del Raisi in einem Kabuff neben dem Buchungsbüro der Alitalia und buchstabierte sich durch die Passagierlisten nach Rom und Mailand vom Vortag.

»Bingo«, flüsterte er leise vor sich hin, als er plötzlich den Namen las. Es sah fast unwirklich aus. Die Italiener hatten sich nicht einmal verschrieben, und sämtliche Namen waren voll ausgeschrieben, so daß es nicht einmal theoretisch ein Mißverständnis geben konnte: Carl Gustaf Gilbert Hamilton, Mr.

Daraus waren einige ebenso blitzschnelle wie selbstverständliche Folgerungen zu ziehen. Erstens konnte man all dieses Gequatsche vergessen, Schweden habe sich nicht Mühe gegeben, seinen gefangenen Staatsbürgern zu helfen. Wenn man schon den abgefeimtesten offiziellen Mörder des Landes mit mindestens einem weiteren von gleichem Schrot und Korn entsandt hatte, so sprach das eine nur zu deutliche Sprache. Überdies war es in Zusammenarbeit mit italienischen Behörden geschehen, was aus der Mauer des Schweigens hervorging, welche die Carabinieri in Palermo errichtet hatten. Schweden hatte mit Billigung des italienischen Staates Personen geschickt, die eine Lizenz zum Töten besaßen. Das waren keine schlechten Neuigkeiten.

Allerdings hatte Schweden verloren, zumindest die erste Runde.

Åke Malm wußte, daß kein Konkurrent es schaffen konnte, bis zur Mittagszeit nach Palermo zu kommen und die gleichen Erkenntnisse zu gewinnen. Er würde den Scoop ganz für sich allein haben.

Schweden entsendet Mörder mit dem Recht zu töten, ungefähr so. Keine schlechte Story. Na ja, vielleicht sollte man das Wort *Mörder* in *Agenten* ändern.

The Sunset Farm sah aus wie immer. Hier schien sich nie etwas zu ändern. Der Wachposten am Tor hatte Carl wiedererkannt und ihn sofort in die kleine vollklimatisierte Baracke in der Nähe gebeten, in der die Verwaltung untergebracht war. Carl bat um einige Anforderungsformulare. Soweit er sich erinnerte, waren es die Formulare, die bei *top security clearance* verwendet wurden.

Er erhielt eine Schreibmaschine, zog seine Notizen hervor und leerte eine Flasche Pepsi, bevor er seine Materialanforderungen aufschrieb und unterzeichnete.

Oberst Skip Harrier würde in etwa einer Stunde da sein. Leutnant Luigi Bertoni-Svensson kam mit dem Wagen aus San Diego und würde in etwa einer weiteren Stunde hier sein; Carl hatte sich während der Autofahrt von L.A. bei beiden gemeldet. Er hatte nicht viel gesagt, weder Skip noch Luigi. Es genügte die Erklärung, daß er im Lande sei und vom Wagen aus telefoniere. Außerdem hatte er noch erklärt, es gehe um eine Angelegenheit von größter Wichtigkeit. Einem solchen Bescheid konnte niemand widerstehen, zumindest niemand aus ihrer Bruderschaft. Carl würde nicht plötzlich aus Europa angeflogen kommen, nur um ein paar private Besuche zu machen. Skip und Luigi würden sich natürlich hereinlegen lassen, unter Umständen sogar völlig freiwillig, doch es war eine andere Frage, wie es weiter oben im System gehen würde. Es war immerhin kein kleiner Bluff, der hier vom Stapel laufen sollte.

»Fett, alt und stinkend wie ein Skunk!« brüllte Skip Harrier als ersten Gruß, als er mit gerötetem Gesicht und schweißblank mit einer Bierdose in der Hand durch die dünne Holztür trat.

»Ist das ein Urteil über mich, oder stellst du dich nur vor?«

lächelte Carl schwach. Skip Harrier war unverändert. Er wurde mit jedem Jahr zwar etwas grauhaariger, blieb aber auf eine selbstverständliche Weise immer der Alte.

»Stelle mich vor, verdammt! Du glaubst doch wohl nicht, daß ich etwas so verflucht mutterfickend Herabsetzendes über einen meiner gottverfluchten Lieblingsmörder sagen könnte«, erwiderte Skip. Er kam entschlossen näher und umarmte Carl, entdeckte etwas in dessen Augen und setzte sich ein Stück weiter weg schnell hin. Dann trank er langsam die halbe Dose aus, bevor er etwas sagte.

»Okay, Kleiner. Spuck's aus. Irgend was Beschissenes ist passiert. Was?« Er strich seufzend mit der Handfläche über sein graues, kurzgeschnittenes Haar.

»Joe ist tot«, erwiderte Carl leise.

»Verflucht. Verflucht, verflucht!«, sagte Skip Harrier, sah seine Bierdose an, trank den Rest aus, drückte sie mit einer Hand zusammen und warf sie in den Papierkorb auf der anderen Seite des Raums, ohne zu zielen und ohne ihn zu verfehlen. »Das sind eure ersten Verluste, nicht wahr?«

»Ja«, flüsterte Carl fast. »Voher hatten wir noch keine Verluste.«

»Wie fühlst du dich?«

»Nicht besonders gut, nehme ich an.«

»So was passiert. Es passiert in unserem verdammten Job ja dauernd. Du mußt ihn in Frieden fahren lassen, das siehst du hoffentlich ein?«

»Es ist eine verdammte Sache, es zu sagen, eine ganz andere, es zu akzeptieren.«

»Hast du dich ein wenig umgesehen, seit du heute hier bist?«

»Nein. Ich habe hier nur mit etwas Papierkram gesessen.«

»Was denn für Papierkram? Nein, lassen wir das bis auf weiteres, aber wenn du dich etwas umgesehen und nach ein paar alten Freunden gefragt hättest oder so, wäre dir etwas aufgefallen.«

»Was denn?«

»Fünfundzwanzig Prozent der Jungs sind weg. Wir haben in den letzten zwei Jahren fünfundzwanzig Prozent Verluste gehabt. Lateinamerika, Irak, diese ganze Scheiße. Es sind immer Leute wie wir, die die größten Verluste haben, und das weißt du. Meine

Kumpel. Ich habe die meisten gekannt. Einige von ihnen waren auch deine Kumpel, soviel ich weiß. Teufel auch, Carl, so was passiert. Wie geht es Al?«

»Ich nehme an, er ist okay, jedenfalls besser drauf als ich selbst, glaube ich.«

»Du bist mir eine Runde Bier schuldig. Als du das letzte Mal hier warst, hast du dich gedrückt.«

»Ich weiß. Wollen wir es heute abend nachholen?«

»Das ist ein Wort. Also dann heute abend. Und dann haben wir noch einige Papiere, sagtest du. Ach, übrigens, da war doch noch was. Wie ist es passiert, und warst du dabei?«

»Ich war dabei. Wir waren in Palermo hinter dem Mob her. Sie haben uns aus nächster Nähe erwischt, Automatikwaffe, rund zwanzig entscheidende Treffer.«

»Scheiße! Wie viele habt ihr erwischt?«

»Wir waren nicht bewaffnet.«

»Gottverdammte Holzköpfe! Unbewaffnet hinter dem Mob her. Das nenne ich schlau gedacht.«

»Ich weiß. Diese Kritik kommt nur etwas zu spät.«

Skip Harrier seufzte und stand auf. Er trat an den Schreibtisch und riß die Anforderungen an sich, die Carl ausgefüllt hatte. Er suchte eine Zeitlang nach seiner Lesebrille, bevor er sich auf den Besucherstuhl setzte und zu lesen begann. Von Zeit zu Zeit gluckste er und lächelte bei der Lektüre leicht vor sich hin, doch dann begann er immer mehr die Stirn zu runzeln. Als er fertig war, legte er langsam die Papiere auf den Schreibtisch und warf Carl einen langen, forschenden Blick zu. Dann erweckte er den Eindruck, als wollte er es doch von der scherzhaften Seite her angehen.

»Well, well, well. Wollt ihr Jungs in Palermo denn nie schlafen?« begann er.

»Doch. Wieso?«

»Nachtarbeit. Es geht ja nur um Nachtarbeit. Ihr schlaft am Tag und arbeitet nachts wie irgendwelche verfluchten mutterfikkenden Vampire. Ist das der Plan?«

»Yepp. So haben wir uns das gedacht. Palermo ist am Tag kein guter Ort für Weiße. Zu viele Indianer.«

»Na schön, diese Infra-Pisse und einiges andere, ist ja in Ordnung, und der Mob wird ganz schön dämlich gucken. Ich möchte ihre Gesichter sehen, wenn ihr ihnen diese Sachen ins Gesicht drückt. Aber hier reden wir auch noch von anderen Dingen, nämlich von Feuerkraft, ist dir das klar?«

»Yepp. Von erheblicher Feuerkraft.«

»Erheblich? Hier reden wir von einem kleineren Krieg oder einer Krise mittlerer Größenordnung, wie das heutzutage heißt. Wie konntest du eigentlich vergessen, auch noch taktische Kernwaffen auf die Liste zu setzen?«

»Das ist gegen das Gesetz, und das sollte selbst ein Früchtchen wie du wissen, Skip.«

»Okay, okay, okay. Wir reden von Krieg. Dann laß uns auch von Krieg reden, zum Teufel. Du bist kein mutterfickender Politiker, und ich bin es auch nicht. Was du über die Operation auch sagst, es spielt keine Rolle, ob ich vor Glück einen Steptanz hinlege. In Washington wird so manches Arschloch die Augenbrauen hochziehen, wenn es diese Anforderungsliste sieht.«

»Ich weiß. Ich wäre erstaunt, wenn sie es nicht täten. Selbst ein Politiker kann ja lesen und das eine oder andere mit seiner Phantasie ergänzen.«

»Diese Perspektive scheint dich nicht sehr zu beunruhigen.«

»Keineswegs. Ich bin kein bißchen beunruhigt.«

»Dann sind wir also auch mit im Spiel, und mit *wir* meine ich die Vereinigten Staaten von Amerika, um jedes diplomatische Mißverständnis zu vermeiden.«

»Yepp. Ihr seid auch dabei.«

»Dann ist es wohl endlich an der Zeit, daß du mich ins Bild setzt. Was zum Teufel ist im Gange? Ich nehme an, wir sollen euch nicht nur irgendeine Vendetta ermöglichen?«

Carl lächelte. Bis jetzt lief alles wie erwartet. Jetzt brauchte er nur noch eine knappe und genaue Lagebeschreibung zu geben.

»Es geht um den Mob in Palermo«, begann er, »um diese Burschen, die Joe getötet haben, aber das ist leider nicht die Hauptsache. Sie versuchen rund achtzig Raketen in die Krallen zu bekommen, schwedische Raketen, die wir an Italien liefern sollten. Die Italiener bauen ein paar neue, moderne Fregatten. Die Raketen tragen die Typenbezeichnung R 15, und es handelt sich um Boden-Luft- und Boden-See-Raketen. Der Mob hat einen neuen Kunden, der besser zahlt als der italienische Staat, nämlich euren alten Freund Moammar Ghaddafi. Der Mob hat einige Schweden entführt und sich sonst noch ein paar Dinge erlaubt. Das Spiel ist noch nicht zu Ende. Es besteht die Gefahr, daß Moammar Ghaddafi eine Lieferung von achtzig solcher Raketen erhält. Darum geht es.«

»Okay, Carl, endlich kommt etwas Fleisch auf die Knochen. Das ist immerhin schon etwas. Darf ich mal fragen, was diese R 15 für ein kleiner Mutterficker ist? Was kann er für Kunststücke?«

»Unter anderem versenkt er Flugzeugträger.«

»Jesus Christus! Habt ihr Schweden solche Klamotten?«

»Ja. Es gab früher mal ein Land, das die Sowjetunion hieß, falls du dich erinnerst. Unser unberechenbarer böser Nachbar. Wir haben solche Dinger gebaut, um seine Landungsflotte auszuschalten.«

»Na schön, aber wenn ihr solchen russischen Dreck ausschalten könnt, ist das doch noch lange nicht das gleiche wie ein amerikanischer Flugzeugträger? Ich will nicht leugnen, daß ihr gut seid, aber so verdammt gut seid ihr nun auch wieder nicht. Es weiß doch jeder, daß ein Flugzeugträger nicht zu versenken ist.«

»Du kannst mich mal. Erinnerst du dich an den Falklandkrieg, als die Exocet-Raketen für Aufregung sorgten?«

»Aber natürlich. Der erste britische Zerstörer hieß Sheffield, glaube ich.«

»Genau, so hieß er. Und als das Radar sagte, es seien Raketen im Anflug, stellte sich das EDV-System auf Bekämpfung der russischen Styx-Rakete ein, denn kein Mensch hatte erwartet, NATO-Waffen in den Hintern zu bekommen. Hier hast du das gleiche Problem. Eure verdammten Computer sind auf die russischen Systeme eingestellt, neuerdings vielleicht auch auf die Exocet, aber Herrn Svenssons R 15 haben eure verdammten Computer noch nie kennengelernt. Kapierst du die Pointe?«

»Mm, schon kapiert. Aber man kann doch keinen Flugzeugträger ...«

»Das kommt darauf an. Frag doch deine Offizierskollegen von der Navy. Coral Sea, Franklin D. Roosevelt und Midway haben keine Panzerung. Die R 15 läßt sich in Salven abfeuern. Die Reichweite beträgt etwa fünfzig Meilen, und acht Treffer versenken jeden dieser Flugzeugträger, die ich genannt habe. So ist die Lage.«

»Teufel auch! Steht dieser Hintergrund auch in deinem zweiten Bericht?«

»Yepp.«

»Wo und wann willst du die Dinger geliefert haben?«

»In Palermo, per Luftfracht, so schnell wie möglich. Der Form halber an den Befehlshaber des dortigen Wehrbereichs adressiert. Was meinst du?«

»Was ich meine? Ich meine, daß es oben in Washington schon irgendwie klargegangen wäre, wenn du darum gebeten hättest, das gesamte Marinekorps zu bekommen. Dies ist doch eine offizielle Anfrage, von euren Behörden an unsere und all das?«

»Natürlich. Du glaubst doch nicht, daß ich hier bin, um mein persönliches Hobby zu befriedigen.«

»Okay, Commander, jetzt sind wir uns einig. Ich spreche bestimmte Empfehlungen aus, stemple das ganze Zeug entsprechend ab und bekomme es innerhalb der nächsten Stunden vom Schreibtisch. Wann sehen wir uns?«

»In zwei oder drei Stunden. In dem gleichen Schuppen wie früher. Ich muß erst ein paar Worte mit einem unserer Jungs reden. Er ist auf dem Weg hierher.«

»Bertoni.«

»Natürlich. Er ist immerhin halber Italiener.«

»Guter Junge, verdammt guter Junge. Weißt du schon, daß er den Kurs hier als Bester beendet hat?«

»Nein, das habe ich nicht gewußt. Teufel auch. The best of the best of the best. Hoffentlich ist auch Gott dieser Meinung.«

»Ja, hoffen kann man es zumindest. Prüfungstag war hier letzte Woche. Ich dachte schon, du würdest kommen.«

»War leider in Palermo beschäftigt. Das ist wirklich ein Ding. Hat er es tatsächlich als Bester geschafft.«

»Du hast damals ja auch als Bester abgeschlossen. Ihr haltet wirklich die Fahne hoch, obwohl ihr nur Schweden seid, hehe.«

Carl schüttelte den Kopf und ging hinaus. Jetzt war das Unternehmen unwiderruflich in Gang. Angesichts der Tatsache, wie stark amerikanische Interessen jetzt berührt waren, mußte als sicher erscheinen, was Skip Harrier gesagt hatte: Kein Politiker oder halbpolitischer CIA-Ratgeber oder eine ähnliche Figur in Washington würde einen Knüppel in die Speichen stecken. Neue, unkontrollierbare Raketen in den Händen Ghaddafis waren natürlich einer der schlimmsten Alpträume, die man in Washington ersinnen konnte. Daß es bei Alpträumen bleiben würde, war eine andere Sache, denn wie immer das Unternehmen ausging, so stand vermutlich schon jetzt fest, daß Ghaddafi niemals Raketen des Typs Nummer 15 erhalten würde. Folglich würde man die Operation immer als erfolgreich darstellen können. Es hatte also alles seine Richtigkeit und seine Ordnung. Nichts konnte amerikanische Politiker so sehr erschrecken wie der Gedanke an bewaffnete Araber mit der Fähigkeit zurückzuschlagen.

Carl meldete der Wache, er wolle sich in seinem alten Zimmer eine Weile ausruhen, und bat darum, Leutnant Bertoni zu ihm zu schicken, sobald dieser sich in der Basis eingefunden habe.

Carls Bett war gemacht und hergerichtet wie immer. Hinter dem Kopfkissen war ein kleines Namensschildchen aus Silber an die Wand geschraubt, in das sein Name, das Kursusjahr und sein Abschluß als Jahrgangsbester eingraviert waren. Er stellte die Reisetaschen ab, zog seine dünne Wildlederjacke aus, lockerte die Krawatte und legte sich mit den Händen unter dem Kopf aufs Bett.

Es waren außer ihm nur zwei junge Burschen in der Baracke, die dasaßen und dabei waren, einige kleinere Blessuren zu versorgen, die sie sich offenbar bei der letzten Übung zugezogen hatten. Sie hatten für Carl keinerlei Interesse gezeigt, doch als er sich jetzt hinlegte, wurden sie schnell hellwach und rannten herbei, als wollten sie ihn mit Gewalt von dem Bett hochreißen.

»Verzeihung, Sir!« schrie der erste, der bei ihm war. »Verzeihen Sie mir, Sir, aber da können Sie nicht liegen!«

»Ach nein? Und warum nicht?« lächelte Carl. Er stellte in diesem Moment fest, daß der Kamerad des empörten jungen Mannes, der jetzt auch am Bett stand, um seinem Kameraden beizuspringen, den Zusammenhang erfaßt hatte.

»Weil es Commander Hamiltons Bett ist! Niemand schläft je in diesem Bett, bitte, Sir!« fuhr der junge Kollege fort, der noch nichts gemerkt hatte. Sein verschwitzter Freund stand schon hinter seinem Rücken und flehte mit den Augen höhere Mächte an.

»Ich tue es aber. Es ist nämlich mein Bett«, erklärte Carl ruhig und schloß die Augen, als wollte er sich zur Ruhe begeben oder den jungen Hähnen Gelegenheit geben, sich zurückzuziehen, ohne daß er noch etwas zu sagen brauchte. Als er einen Augenblick später mit einem Auge blinzelte, waren beide verschwunden. Danach schlief er ein.

Luigi Bertoni-Svensson war unterwegs zweimal wegen zu schnellen Fahrens erwischt worden, hatte beim ersten Mal einen Strafzettel bekommen und war beim zweiten Mal ohne davongekommen, da er erklärt hatte, er sei Offizier in geheimen Diensten und sei zu einem eilig einberufenen Treffen unterwegs.

Seine Gedanken waren ein einziges Durcheinander. Er hatte vor der Heimreise nach Europa so vieles zu erledigen. Ihm fielen die Abschiedsparty ein, die Freunde und der Auftrag, der jetzt auf eine traumgleiche Art Wirklichkeit zu werden schien. Fregattenkapitän Hamilton würde nicht anrufen und ihn nach Ridgecrest bestellen, wenn es nicht ernst war. Offenbar ging es um etwas, was nicht einmal bis zu seiner Rückkehr nach Stockholm in ein paar Tagen Zeit hatte. Folglich war etwas Großes im Gang. Etwas, was weitab von der Alltagsroutine in einem geheimen Stab in Stockholm lag. Es schien so etwas wie ein Ernstfall zu sein.

Er hatte keinen gültigen Passierschein für die Sunset-Farm mehr, aber der Wachposten erkannte ihn und wußte außerdem, in welcher Baracke er sich einfinden sollte.

Er fand Carl schlafend im Bett vor.

Luigi fragte sich, wie er sich verhalten sollte. Man schüttelt einen *Trident* nicht einfach an den Schultern wach. Nach einigem Zögern stellte Luigi sich neben das Bett und räusperte sich laut. Als Carl sofort die Augen aufschlug, meldete Luigi sich zur Stelle. Aus Nervosität oder wegen der Umgebung tat er es auf englisch.

»Sir! Leutnant Bertoni-Svensson meldet sich befehlsgemäß zur Stelle!« sagte er, als er mit Carl Blickkontakt bekommen hatte.

»Es ist gut, Leutnant, stehen Sie bequem!« befahl Carl auf schwedisch. Er richtete sich schläfrig und langsam auf und streckte sich. Dann ergriff er seine Aktentasche und ging mit Luigi in eine der kleineren Baracken, in denen manchmal Vernehmungen simuliert wurden, und betrat einen Raum, der bis auf einen einfachen Schreibtisch und zwei Stühle leer war. Er bat Luigi, sich vor den Schreibtisch zu setzen, und entnahm der Aktentasche einiges Kartenmaterial, das er auf den Tisch legte, bevor er sich auf den Platz des Vernehmers setzte.

»Wie ich höre, hast du den Kurs als Bester beendet. Das ist wirklich eine Leistung, gratuliere«, begann Carl, während er in einigen Akten wühlte.

»Danke, Fregattenkapitän!« erwiderte Luigi in dem abgehackten Tonfall, der ihm inzwischen schon in Fleisch und Blut übergegangen war. Fünf ewig lange Jahre der vermutlich härtesten militärischen Ausbildung, die es je gegeben hatte, waren nicht ohne Wirkung geblieben.

»Wie dir klar ist, habe ich dich nicht nur hergebeten, um dir Sonnenschein in den Arsch zu blasen, wie unser Freund Skip sagen würde«, sagte Carl geschäftsmäßig.

»Nein, Fregattenkapitän, natürlich nicht!« erwiderte Luigi so laut, daß es im Raum widerhallte.

»Und sei so nett und hör endlich mit diesem militärischen Drill auf. Wenn wir allein sind, sind wir Arbeitskollegen, sozusagen nur Schweden, wenn du willst, und dabei schreien wir uns nicht ständig an, ist das klar?«

Carl hob schnell die Hand, um das gebrüllte JA, FREGATTENKAPITÄN! zu dämpfen, das schon herauswollte. Beide lächelten sich verlegen an. Luigi zuckte die Achseln und machte eine Miene, die in etwa sagen sollte, die Umstellung fällt mir nicht ganz leicht.

»So ist die Lage«, fuhr Carl plötzlich geschäftsmäßig fort. »Wir haben hier in der Gegend von Palermo, also auf Sizilien, mit einer Operation begonnen. Hauptmann Joar Lundwall, den du nicht kennst, der aber einmal einer deiner Kollegen gewesen ist, ist im Verlauf des Auftrags gestorben. *Killed in action.* Unsere Aufgabe ist jetzt, das Unternehmen zu beenden, und zwar ungeachtet des Risikos neuer Verluste. Ich bin der Chef des Unternehmens, und du erhältst deine Anweisungen von mir. Allerdings ist der Auftrag im Grundsatz freiwillig. Irgendwelche Fragen insoweit?«

»Nein, Fregattenkap ... nein, keine Fragen.«

»Gut. Bist du dabei?«

»Selbstverständlich. Natürlich bin ich dabei.«

»Gut. Du sollst dich so schnell wie möglich in der Gegend von

Castellammare del Golfo als italienischer Tourist etablieren. Es liegt hier ...«

Carl zeigte es auf der Karte.

»Nicht nötig, Fregattenkap ... also, ich kenne die Gegend einigermaßen. Wir haben ein paarmal auf Sizilien Urlaub gemacht. Ich soll also einen Italiener darstellen?«

»Ja. Bereitet dir das irgendwelche Probleme?«

»Nein, nicht, wenn ich aus Mailand kommen soll. Wenn ich allerdings einen Sizilianer spielen soll, wird es schon schwieriger.«

»Nein, du bist Mailänder. Du fliegst so schnell wie möglich nach Mailand und mietest dir dort irgendeinen Minibus, den du mit Ausrüstung vollstopfst, wie sie ein Tourist braucht. Gern auch eine Taucherausrüstung, natürlich die zivile Variante mit Preßluftflaschen und so weiter. Du badest, reißt Mädchen auf, besorgst dir Freunde und Bekannte, was auch immer. Geld hast du genug, das bekommst du über dein American Express-Konto. Hast du vielleicht deine Karte da ...«

Der Vortrag wurde eine Zeitlang unterbrochen, als Carl die Nummer von Luigis amerikanischer Kreditkarte abschrieb.

»Du wirst also über ausreichend Geld verfügen. Nun. Der erste Teil des Auftrags besteht darin, in dieser Region, also südlich von Castellammare, möglichst viel mit dem Wagen herumzufahren. Etwa in dieser Gegend. Weinfelder, große Weiten, freie Sicht. Wir müssen uns dort zurechtfinden, als wären wir dort aufgewachsen, ist das verstanden?«

»Ja, ist verstanden. Was ist das Ziel des Unternehmens, wenn ich fragen darf?«

Carl sah von den Kartenblättern hoch. Es überraschte ihn, wie jung und unschuldig Luigi wirkte. Dieses Aussehen eines Filmstars, die weißen Zähne, die Sonnenbräune. Die glänzende körperliche Verfassung war natürlich nicht das einzige, was jeden mißtrauisch machen konnte, der in der Lage war zu sehen, daß dies nicht das Produkt eines kalifornischen Fitneßcenters war, sondern ein Gerät, das für den Einsatz gedacht war; allein schon die eigentümlichen Schwielen an den Händen und die dicke, sich schuppende Haut an den Handkanten. Der Feind würde solche Details jedoch vermutlich nicht erkennen. Die Gegner würden nur das Gesamtbild sehen, und dem ließ sich nicht ohne weiteres entnehmen, daß es sich hier um einen der hundert oder vielleicht zehn am besten ausgebildeten Mörder der Welt handelte.

»Das Ziel des Unternehmens«, begann Carl langsam nach einer Denkpause, »besteht darin, zwei Schweden zu befreien, die sich in Castellammare del Golfo als Geiseln bei einer Mafia-Cosca befinden. Deren Capo ist ein gewisser Don Tommaso, der die letzten zehn bis fünfzehn Jahre in den USA verbracht hat. Sagt dir das etwas?«

»Nein. Nein, nur daß es eine schwierige Operation zu sein scheint. Die sizilianische Mafia auf deren heimischem Boden, Jesses!«

»Genau, Luigi. Jetzt knallt es. Dafür bist du ausgebildet worden. *This ist the real thing, make us proud.*«

»Yes, Sir!«

»Gut. Wir reisen nicht nach Sizilien, um Zweite zu werden. Ich nehme an, du verstehst das. Wir werden bei dem Unternehmen zu dritt sein, du, ich und einer unserer Kollegen von zu Hause. Die gesamte Ausrüstung wird an Ort und Stelle geliefert werden. In ein paar Tagen kannst du damit beginnen, mich im Grand Hotel et Des Palmes in Palermo zu suchen, damit wir Kontakt herstellen können. Irgendwelche Fragen soweit?«

»Ja, mehrere. Du kannst natürlich nicht *under cover* arbeiten, aber wir anderen sollen es tun. Wie soll ich dann mit dir Verbindung aufnehmen, ohne daß unser Cover platzt? In Palermo wird das Telefon nicht nur von der Post abgehört.«

»Da mußt du deinen Grips einsetzen. Ich nehme an, du willst nicht ins Telefon schreien, Leutnant Svensson meldet sich zur Stelle. Sobald wir jedoch den ersten Kontakt hergestellt haben, werden wir uns eine abhörsichere Direktverbindung zulegen, und damit ist das Problem aus der Welt. Weitere Fragen?«

»Ja. Die Taktik. Da einer von uns schon im Einsatz getötet worden ist, ist die bisherige Taktik doch ein Mißerfolg gewesen?«

Carl lächelte über die selbstverständliche, vermutlich gespielt naive Schlußfolgerung.

»Völlig richtig«, sagte Carl. »Wir haben es zunächst mit gutem Zureden und Verhandlungen versucht. Wir sind da wie Leute vom Peace Corps aufgetreten, unbewaffnet. Jetzt setzen wir folglich eine neue Taktik ein. Im ersten Stadium terrorisieren wir diesen Don Tommaso und seine Familie. Im nächsten beginnen wir ein wenig unter seinen Gorillas aufzuräumen, und dann lassen wir das Ganze eskalieren, bis wir die beabsichtigte Wirkung erzielen.«

Luigi machte ein skeptisches Gesicht. Die militärisch geschönten Umschreibungen, die Carl verwendet hatte, konnte Luigi natürlich mühelos deuten. Es war nicht schwer zu erkennen, was unter Gorillas »aufräumen« bedeutete, doch er fragte sich, ob sein schwedischer Chef tatsächlich die Konsequenzen überblickte.

»Sizilien, das ist nicht gerade ein Spaziergang im Park«, sagte er vorsichtig.

»Ich weiß«, erwiderte Carl, »und wenn ich es vorher nicht gewußt habe, habe ich es auf die harte Tour erfahren müssen, auf die verdammt harte Tour. Unter anderem deshalb brauchen wir dich. Du sollst aber nicht glauben, wir hätten die Schwierigkeiten nicht erkannt. Dagegen haben wir ein paar Vorteile auf unserer Seite, und die werden wir auch nutzen. Wir sind in der Dunkelheit immer und unter allem Umständen besser als die. Wir haben eine überlegene Ausrüstung, ein größeres technisches Wissen und können auf eine Weise koordiniert auftreten, die denen unbekannt ist. Wie ich schon sagte, *this is the real thing*. Und wir haben nicht vor, als Zweite durchs Ziel zu gehen.«

»Wie stellen sich die italienischen Behörden dazu? Ich meine, wir können ja nicht einfach mit leichter Feldartillerie auf kleinen Karren in Palermo einmarschieren und dann vor dem Grand Hotel et Des Palmes parken, ohne daß das zu Fragen führt oder einige Aufmerksamkeit erregt. Ganz von dem zu schweigen, was passiert, wenn wir zum ersten Mal ... unter den Gorillas aufräumen.«

»Völlig richtig. Wir werden unsere Operation jedoch mit den Carabinieri abstimmen. Es gibt nämlich eine Reihe gemeinsamer Interessen. Diese Bande um Don Tommaso hat vor, rund achtzig Raketen des Typs Nummer 15 zu stehlen, die Bofors an den italienischen Staat liefert. Das ist bei den italienischen Behörden keine angenehme Vorstellung, bei ihren NATO-Verbündeten auch nicht, da Ghaddafi der potentielle Kunde ist.«

Luigi ließ einen Pfiff hören und nickte bestätigend, als wäre damit eine völlig andere Lage entstanden.

»Dann habe ich im Grunde nicht mehr viele Fragen, bis wir an

Ort und Stelle sind«, sagte er mit der Miene eines Mannes, der alles begriffen hat. »Es sei denn vielleicht, was deinen Schutz betrifft. Mein Kollege und ich, wir werden durch unsere Anonymität geschützt. Wir sind sozusagen wie die Fische im Wasser. Aber das gilt ja kaum für dich?«

»Nein, für mich gilt das nicht. Das ist jedoch ein Teil unseres Plans. Sie werden nämlich ihre Affen auf mich ansetzen, aber mein Schutz besteht darin, daß ich legal Waffen trage und das legale Recht besitze, sie zu gebrauchen. Und bei allem Respekt vor deinen weniger teuren Landsleuten, diesmal kommen sie nicht davon.«

Luigi grübelte kurz über das nach, was er soeben gehört hatte. Die Logik des Ganzen war einleuchtend. Und eine *license to kill* war nicht das Problem. Das Problem lag in der weiteren Dynamik des Verlaufs.

»Also, diese Mafiosi können in einigen Punkten recht empfindlich sein«, begann er diplomatisch. »Eins ist klar: Wenn sie dir in einem ersten Versuch ein paar freiberufliche *picciotti* auf den Hals schicken – der Preis für gedungene Mörder liegt in Palermo im Augenblick bei 1200 Dollar –, geht für sie natürlich alles schief. Du schießt die zwei oder drei ersten weg, aber dann, glaube ich, werden sie sich mehr in acht nehmen. Außerdem sind sie sehr prinzipientreu, wenn es um ihren Rachedurst geht.«

»Durchaus«, erwiderte Carl ruhig, »so weit habe ich auch schon von ganz allein gedacht ...«

»Verzeihung, ich habe damit nicht gemeint ...«

»Nein, unterbrich mich nicht. So weit bin ich also schon durch eigenes Nachdenken gekommen. Aber dann kommst du ins Bild, und wir haben anschließend eine Koordination, die funktionieren wird, eine überlegene Ausrüstung und überlegene Taktik. Eins kannst du mir glauben: Du wirst schon noch zeigen können, was du kannst, Luigi.«

Luigi errötete und blickte auf die Tischplatte. Er fühlte sich etwas aus dem Gleichgewicht gebracht, weil er nicht wußte, wie er sich seinem Chef gegenüber verhalten sollte. Der amerikanische Teil von ihm hätte zu allem, was dieser gesagt hätte, einfach nur YES SIR gebrüllt. Aber da sie sich jetzt auf schwedisch unterhielten und sich duzten, lud die Situation dazu ein, auch einmal zu widersprechen, vor allem da es um Italien und einen besonderen Aspekt des italienischen Lebens ging, von dem nur wenige von Luigis schwedischen Freunden und Bekannten überhaupt etwas wußten, falls überhaupt einer davon eine Ahnung hatte. Und Carl Hamilton hatte sich zum Teil so angehört, als wäre er nur einer dieser Schweden. Vielleicht lag es ganz einfach daran, daß sie sich auf schwedisch unterhielten. Das hatte Luigi dazu verleitet, auf eine Weise Einwände zu erheben, die ihn nachträglich nur verlegen machte. Der Mann, der ihm gegenübersaß, war tatsächlich TRIDENT, ein, wie behauptet wurde, unerreichbares Ideal für jeden, der auf die Sunset Farm kam.

»Ich bitte um Entschuldigung«, sagte er leise. »Ich wollte nur auf ein paar Komplikationen hinweisen.«

»Wann kannst du abreisen?« schnitt ihm Carl das Wort ab.

»Ich gebe morgen eine Abschiedsparty, aber wenn es wichtig ist, kann ich die absagen und ...«

»Nein, bereite deinen Abflug vor wie geplant, das macht nichts. Wohin wolltest du anschließend?«

»Lustigerweise nach Mailand. Um meine Familie zu sehen. Was soll ich denen sagen?«

»Was immer du willst, solange du nichts davon sagst, daß du im Auftrag des Geheimdienstes deines Landes nach Palermo fliegst. Zu Hause hat es nämlich wegen Hauptmann Lundwalls Tod einige Publizität gegeben. Weiß deine Familie, wozu du ausgebildet worden bist?«

»Nein, das heißt, sie wissen nur von dem zivilen Teil, daß ich jetzt einen MA in Datentechnik habe. Über Ridgecrest habe ich jedoch nichts gesagt. Ich überlege immer noch, wie ich mit einer derart guten Ausbildung einen niedrig bezahlten Job bei den Streitkräften begründen soll.«

»Die Streitkräfte haben schließlich deine Ausbildung bezahlt. Na ja, die Frage hat Zeit bis später. Miete oder kauf alle Ausrüstung, die du brauchst, in Mailand. Dann reist du mit Mailänder Kennzeichen am Wagen nach Palermo. Hast du übrigens die Möglichkeit, italienische Ausweise zu verwenden?«

»Ja. In Italien bin ich wie hier in den USA Luigi Bertoni, und so steht es auch auf meiner Kreditkarte. In Schweden bin ich Svensson. Ich weiß nicht, ob das ganz legal ist, aber ...«

»Es gibt sehr vieles, was nicht ganz legal ist, jedoch sehr praktisch. Fahr so schnell wie möglich nach Palermo.«

»Was soll ich zu Hause sagen?«

»Du bist bekanntlich im Lügen ausgebildet worden. Erzähl was von einer Liebesgeschichte oder was auch immer. Es dürfte in Italien wohl genauso sein wie in allen anderen Ländern, daß die Leute wegen der Liebe durchdrehen und ihr Urteilsvermögen verlieren?«

Luigi breitete in einer scherzhaft resignierten Geste die Arme aus, und Carl schrieb einige Angaben auf, von denen er wußte, daß Luigi sie sich merken und anschließend vernichten würde, ohne daß es ihm überhaupt befohlen werden mußte. Dann gaben sie sich die Hand und wünschten einander gute Reise und ein glückliches Wiedersehen in Palermo, als wären sie irgendwelche Geschäftsleute, die ein gemeinsames Projekt planten.

Carl sah Luigi nach, als dieser zu seinem Wagen ging, einem offenen Pontiac Firebird. Statt die Wagentür zu öffnen, sprang Luigi mit beiden Beinen in die Luft und drehte sich während des Sprungs leicht, so daß er weich und präzise hinter dem Lenkrad landete. Carl lachte über diese Zirkusnummer, die nicht gerade zurückhaltend war. Er vermutete jedoch auch, daß Luigi sich derlei nur draußen auf der Sunset Farm erlaubte, daß er in San Diego die Tür geöffnet und sich so hinters Lenkrad gesetzt hätte wie ein gewöhnlicher netter Student der UCSD.

Denn wenn Luigi nach fünfjähriger Ausbildung als Bester abgeschlossen hatte, bedeutete das eine ganze Menge. Bei den Prüfungen wurde ja nicht nur auf Präzision beim Schießen oder Geschicklichkeit in der Fälscherwerkstatt geachtet, auf die Fähigkeit, Schmerz und Erschöpfung zu ertragen. Ebensosehr wurde die Fähigkeit bewertet, die eigene Identität zu verbergen, zu lügen, sich zu verstellen und die Anfangsgeschwindigkeit eines Geschosses im Verhältnis zu Windabdrift und Abstand zu berechnen.

Als der Pontiac in einer roten Wolke aus Wüstenstaub verschwand, bekam Carl einen kurzen Anfall von Sentimentalität und bedachte die schwindelerregenden Zeitabläufe. Luigi wirkte so jung. Folglich war es sehr lange her, daß Carl wie Luigi gewesen war. In diesem Augenblick hätte er ziemlich viel dafür gegeben, mit Luigi zu tauschen und die Zeit um zehn oder zwölf Jahre zurückzudrehen und wieder von vorn anzufangen.

Sein Anrufsignal wird TRITON, dachte Carl. Halb Meeresgott, halb Mensch, menschlicher Oberkörper, Unterleib wie ein Fisch, halb Italiener, halb Schwede, voller angenehmer Eigenschaften und Teufeleien zugleich, lebensgefährlich, ihn zu unterschätzen, und dennoch fällt es so leicht, ihn zu unterschätzen.

Im übrigen ist der Gedanke einfach lächerlich, man könnte die Zeit zurückdrehen. Nichts läßt sich mehr zurückdrehen, nur vorwärts geht's weiter.

Und jetzt galt es, nach vorn zu gehen, mit ganzer Kraft.

Carl ging in die Unterkunft zurück, duschte und zog sich um. Zwei Gruppen von je acht Mann kamen von einer Übung zurück. Sie waren mit rotem Staub bedeckt und verschwitzt und hatten einige Blessuren in Form von Kratzwunden und blauen Flecken. Sie waren müde und gereizt und diskutierten über ein paar Übungsmomente, die sie aus irgendeinem Grund für unpassend hielten. Carl hörte nicht so genau zu.

Er stand an seinem Bett und packte seine Reisetasche um. Er zog sich amerikanische Freizeitkleidung an und merkte erst nach einiger Zeit, daß es in der Baracke still geworden war.

Sie saßen sieben oder acht Meter entfernt in einer dichten Traube. Der Schweiß lief an ihnen herunter, und die meisten hatten Coca-Cola-Dosen in den Händen, aber es kam Carl vor, als wären sie in dieser Position erstarrt und mitten in einem Satz verzaubert worden.

Und etwa das war auch geschehen. Jemand hatte plötzlich auf den Mann gezeigt, der gerade das Bett machte, das sonst immer perfekt hergerichtet war und dem niemand zu nahe kommen durfte. Ein anderer hatte den Namen geflüstert.

Carl bemerkte das Schweigen und sah hoch. Es waren sechzehn Mann, zwei Gruppen, die nach Körpergröße sortiert waren, also SEAL-Anwärter.

»Ihr Jungs seht aus, als müßtet ihr euch beim Tauchen etwas abkühlen. TAY-HOO!« sagte Carl lächelnd, salutierte, nahm seine Taschen und ging hinaus. Er hatte das Bett militärisch perfekt gemacht.

Als er auf die knirschende Holzveranda der Baracke hinaustrat, traf ihn erneut die Hitze. Es mußten mehr als vierzig Grad sein. Er bildete sich jedoch ein, daß die Hitze hier im Death Valley nicht so gefährlich war, daß es für ihn heimatliches Territorium war, etwas, was man beherrschen konnte, wenn man fünf Jahre lang hier gewohnt und geschwitzt hatte; kurz, etwas völlig anderes als die feuchte, schmutzige Hitze von Palermo, als säße die Widerstandskraft im Kopf statt in den Poren.

Der Wagen kochte natürlich vor Hitze, da er mehrere Stunden in der prallen Sonne gestanden hatte. Carl schaltete jedoch nicht einmal die Klimaanlage an, sondern begnügte sich damit, die Fenster zu öffnen.

Ridgecrest hatte sich natürlich nicht verändert. Eine einzige Straße mit ein paar Hamburger-Schuppen, einem Einkaufszentrum, ein paar Tankstellen und, was kaum zu begreifen war, fünf Immobilienmaklerbüros. Wer wollte in diesem Teil des Landes Grundstücke kaufen?

Die kleine Traube von Fertighäusern war etwas größer geworden, aber Skips Hütte lag ein wenig abseits und fiel immer noch durch die überall herumliegenden Bierdosen auf, durch ein paar abgefahrene Autoreifen und ein Autowrack hinter dem Haus.

Carl öffnete vorsichtig die wackelige Holztür mit dem Moskitonetz und rief, er komme herein, nicht so sehr aus Feingefühl, sondern weil er vermeiden wollte, ein Mißverständnis auszulösen, das einiges an zerschlagenem Mobilar kosten konnte. Denn Skip hatte einen geheimen Traum: Er träumte davon, daß irgendein Gangster, Einbrecher oder Mörder die Dummheit beging, sich in sein Haus zu begeben, am liebsten an einem Abend, der etwas Spaß nötig hatte. So lustig würde es natürlich nie werden. Nur wenige Gangster machten in Ridgecrest Station, die letzte anständige Schlägerei unten bei McKenna oder in einer der beiden anderen Kneipen lag schon Jahre zurück.

»Nimm dir ein Bier, ich komme gleich«, rief Skip aus der Dusche, als wäre es selbstverständlich, daß Carl hereingekommen war.

Carl ging zu dem großen Kühlschrank, drehte ein Budweiser aus einem von drei vollen Sechserpacks und setzte sich auf einen der knirschenden Korbstühle vor dem Fernseher.

Skip kam aus dem Badezimmer. Er hatte sich ein Handtuch um den Leib geschlungen. Er war um die Taille ein wenig in die Breite gegangen, und Carl überlegte kurz, ob andere sehen würden, was er selbst sah: die Armmuskulatur, die schwieligen

Hände, rund zwanzig mehr oder weniger unauffällige Narben, die von den verschiedensten Kriegsverwundungen erzählten.

»Ich habe mir gedacht, daß wir erst das Geschäftliche erledigen und dann zum Vergnügen übergehen«, sagte Skip und ließ sich schwer in den zweiten ächzenden Korbstuhl fallen, wobei er mit einer Hand eine Bierdose aufriß. Carl hatte nie richtig begriffen, wie dieser Trick funktionierte.

»Hab' nichts dagegen«, erwiderte Carl. »Also wie steht's mit den Geschäften?«

»Ich habe die ganze Scheiße nach Washington auf den Weg gebracht und die Sache telefonisch vorangemeldet. Die Bürokratenärsche hörten sich ganz begeistert an. Das Ende dürfte also unter Kontrolle sein. Ich bin eigentlich nur neugierig.«

»Auf was.«

»Wie man auf den Mob losgeht. Es ist ja nicht das gleiche, wie Gooks zu jagen.«

»Fang nicht schon wieder mit dieser Scheiße an.«

»Nix da, das hatte ich gar nicht vor. Al dürfte inzwischen schon einiges hinter sich haben, aber ist es sehr klug, einen Grünschnabel zu einer solchen Operation mitzunehmen?«

»Du meinst Luigi?«

»Mm.«

»Sizilien ist eine perfekte Umgebung für das, was er zu bieten hat. Er wird *under cover* arbeiten, und außerdem besteht seine Aufgabe hauptsächlich darin, uns Rückendeckung zu geben und für die Logistik zu sorgen.«

»Hört sich nett an. Was wollt ihr also mit den Mutterfickern machen?«

»Ihnen die Daumenschrauben anlegen.«

»Ihnen die Daumenschrauben anlegen? Teufel auch, Carl, ich habe mir deine Anforderungen angesehen. Übrigens habe ich diese Funkgeräte gleich mitgenommen. Sie stehen in einer Plastiktüte draußen in der Küche. Hab mir gedacht, daß es besser ist, wenn ihr gleich Kommunikation habt. Vergiß nicht, daß du den Scheiß quittieren mußt. Die Papiere liegen hier irgendwo rum.«

»Gut gedacht, ausgezeichnet gedacht, Skip. Je schneller wir eine unabhängige Kommunikation haben, um so schneller können wir die operative Phase einleiten.«

»Dem Mob die Daumenschrauben anlegen?«

»So ungefähr habe ich mir das gedacht.«

»Hör zu, du Hühnerschiß. Ich habe dir doch gesagt, daß ich mir deine Anforderungen durchgelesen habe. Ihr wollt Schiffe und Häuser sprengen, nächtliches Zielschießen üben und kurz gesagt halb Sizilien in Schutt und Asche legen. Was zum Teufel meinst du damit, ihnen die Daumenschrauben anlegen?«

»Wir sollten all das tun *können*, wovon du sprichst, Skip. Wenn der Zug abgefahren ist, ist es ja zu spät, dich anzurufen und dich zu bitten, mehr Material zu schicken. Wir müssen für alle Eventualitäten gerüstet sein, das ist alles.«

»Aha. Alle Eventualitäten?«

»Ja. Wir räumen ein bißchen unter ihnen auf, lichten sozusagen ein wenig ihre Reihen. Dann sehen wir, ob eine Eskalation nötig ist oder ob sie das Handtuch werfen. Du brauchst dir nicht die geringsten Sorgen zu machen.«

»Einen großen Teil der Ausrüstung dürftet ihr selbst haben. Bei deiner letzten Anforderung habt ihr ja solche Mark-15-Aggregate mitgenommen. Habt ihr die nicht mehr? Schalldämpfer, Laserzielgeräte und anderes, das kann ich verstehen. Aber die ganz normale Munition und diese Liste mit dieser albernen normalen Tarnausrüstung und anderem – warum nehmt ihr nicht euer eigenes Zeug?«

»Weil wir sowieso eine Ladung bei euch anfordern müssen. Dann ist es genausogut, den ganzen Mist auf demselben Weg anzufordern. Wenn ein NATO-Land an ein anderes NATO-Land liefert, und zwar direkt an Ort und Stelle, wird es ja bürokratisch viel leichter, als wenn wir so täten, als wären wir ein paar dämliche Touristen. Dann müßten wir den ganzen Scheiß durch fünfzehn Zollkontrollen bringen, von dem kleinen netten und neutralen Schweden bis nach dem bösen Sizilien. Auf diese Weise vereinfachen wir eine ganze Menge. Das ist alles.«

»Habt ihr interne Zölle in Europa? Jaja, das erklärt ja einiges. Wie wollen wir es mit der Rechnung halten?«

»Wie immer. Setz es auf irgendeine Jahresrechnung oder so, wie wir es beim letzten Mal gemacht haben. Muß ich noch mehr unterschreiben?«

Es gab noch einige weitere Papiere, die Carl unterzeichnen

mußte. Er versicherte darin auf Ehre und Gewissen, im Namen des Königreichs Schweden für das Material die Verantwortung zu übernehmen sowie dessen Herkunft im Fall von Konflikten und ähnlichem geheimzuhalten. Darauf überreichte er Skip Harrier den Namen des offiziellen Adressaten in Palermo, Oberst Da Piemonte, quittierte die drei Funkgeräte, die er anschließend aus Skips Küche holte und eine Zeitlang ausprobierte. Die Geräte waren mit Scrambler ausgerüstet. Es war also unmöglich, die Gespräche abzuhören, wenn die Dechiffriermaschinen nicht die richtigen Chips hatten oder die richtigen Codes.

Damit war der geschäftliche Teil erledigt. Carl fühlte sich erleichtert und befreit, als sie das Haus verließen. Er stopfte die Plastiktüte mit den drei Funkgeräten, die Mobiltelefonen zum Verwechseln ähnlich sahen, auf den Rücksitz des Mietwagens.

Sie sprangen in Skips Jeep und fuhren zu McKennas Lokal. Der Laden hatte sich nicht im mindesten verändert. Selbst bei McKenna war die Zeit stehengeblieben, und noch immer wurde etwas, was Skip Harrier Niggermusik nannte, wie amerikanischer Pfannkuchensirup über das Lokal ausgegossen.

Es war noch früh am Abend. Die Sonne ging allmählich unter, und es befanden sich nur wenige Gäste im Lokal. Sie fanden einen Tisch mit Trennwänden in einigermaßen sicherer Entfernung von der Jukebox und beschlossen, eine Kleinigkeit zu essen, damit sie eine Grundlage hatten, bevor sie zu ernsteren Dingen übergingen, das heißt zu McKennas selbstgebranntem Whisky, dessen feierlicherer und offizieller Name Ridgecrest Moonshine Special war.

Beide aßen ein T-Bone-Steak mit ein paar Spiegeleiern und Bratkartoffeln und tranken dazu den schwachen amerikanischen Kaffee. Carl wunderte sich, wie leicht es ihm fiel, sich wieder an die kulinarische Barbarei anzupassen.

»Okay, Mutterficker, jetzt ist es an der Zeit, wieder ein bißchen schwedisch und persönlich zu werden«, eröffnete Skip Harrier sanft das Gespräch, als sie das Essen beendet hatten und ein Anderthalbliterkrug mit Moonshine Special auf dem Tisch stand. »Was frißt denn diesmal an dir? Hast du wieder so ein gottverdammtes Weiberherz geknickt, das dir wieder so einen verfluchten Weltschmerz gibt? Oder passiert sonst was Lustiges im Leben des Fregattenkapitäns?«

Carl fühlte sich entwaffnet und konnte nicht umhin zu lächeln.

»Genau ins Schwarze wie immer, Skip. Dein Feingefühl ist einmalig«, brummelte er, während er sein Lächeln zu verbergen versuchte.

»Ja, zum Teufel. Ich kenne dich, du Mutterficker. Erst gehst du los und sprengst dieses halbe verdammte Rußland in die Luft – diese Operation Big Red –, und dann sitzt du zu Hause und heulst um irgendein verdammtes Frauenzimmer. Ich kapiere einfach nicht, wo ihr Schweden das alles hernehmt.«

»Woher hast du den Codenamen erfahren?«

»Du meinst Big Red?«

»Mm. Das soll eins unserer am besten gehüteten Geheimnisse sein.«

»Aber Carl, denk doch mal nach, zum Teufel! Auch damals bist du mit einer Bestelliste hergekommen, die sogar ein Bürokrat hätte deuten können. Lautloses Tauchen bis dreißig oder vierzig Meter Tiefe. Ihr habt vor, etwas Großes zu sprengen, und es geht dabei um die Ostsee. Wer hat denn was Großes in der Ostsee, wenn nicht die Bolschewiken. Wir wollen doch schließlich wissen, ob wir an einem großen Spaß mitgewirkt haben. Ihr habt Russen in die Luft gesprengt, nicht wahr?«

»Ich kann dir erzählen, worum es gegangen ist, aber danach muß ich dich töten.«

Skip Harrier warf den Kopf in den Nacken und brüllte vor Lachen. Seine Heiterkeit wirkte ansteckend.

»Das wäre wirklich was, Carl, das wäre ein Mordsspaß! Es ist also gut gegangen? Alle Maschinen wieder sicher zur Basis zurückgekehrt?«

»Yep. Al, Joe und ich selbst. Ich verrate jetzt gerade Staatsgeheimnisse an eine imperialistische Macht.«

»Den Imperialismus kannst du dir in den Arsch stecken, Carl.«

»Ich weiß, das sagst du mir immer.«

»Es ist immerhin etwas, was ein bißchen an mir nagt. Möchte gern wissen, was passiert, wenn wir mal auf verschiedenen Seiten landen, du und deine Jungs zu Hause und ein paar von uns hier auf der weißen Seite.«

»Ist das dein Ernst?«

»Ja, wirklich. Wie du weißt, haben wir eine total neue Verteidigungsstrategie. Wir üben Krisen von niedriger und mittlerer Intensität. Du kapierst sicher ungefähr, wofür diese verdammte Schönfärberei steht.«

»Aber sicher. Kleine Jungs wie Grenada und Panama sind Krisen von geringer Intensität, und mittelschwere Halbstarke wie der Irak liegen im oberen Bereich der mittleren Intensität. Ungefähr so, nicht wahr?«

»Yep. Etwa so. Seit kurzem wird auch von Europa gequatscht. Wir haben tatsächlich damit begonnen, uns an denkbaren europäischen Zielen zu üben. Dahinter steckt der Gedanke, daß ihr uns irgendwann das Öl klaut oder etwas in der Richtung, so daß wir zu euch rübermüssen, um auch euch Manieren beizubringen, als wärt ihr irgendwelche gottverfluchten Araber.«

»Nette Perspektive. Aber es würde auch Spaß machen.«

»Wieso denn Spaß machen?«

»Wenn wir euch empfangen, habt ihr wenigstens keine Sprachschwierigkeiten. Tay-Hoo, Jungs! Alle SEAL-ausgebildeten Saboteure vortreten. Wir würden für euch eine besondere Offiziersmesse einrichten und erzählen euch in der Gefangenschaft dann von unseren Erinnerungen aus früheren Zeiten.«

»Sehr lustig. Wir würden euch die Ärsche blutig peitschen.«

»Auch sehr komisch. Ihr seid zu sehr daran gewöhnt, über kleine Jungs in der Dritten Welt herzufallen. Wir sind aber in der gleichen Größenordnung wie ihr selbst.«

»Well, wahrscheinlich hast du recht. Scheißegal, die Politik wird sowieso nicht von uns bestimmt. Das tun diese gottverdammten Politiker. Aber mal im Ernst: Das ist wirklich keine lustige Perspektive.«

»Nein. Das ist es nicht. Wenn wir mal ernst sein wollen, dann seid ihr dabei, für den Untergang der zivilisierten Welt zu trainieren. Ist es das, was du mir sagen willst? Du weißt, welchen Ausdruck ich meist für die zivilisierte Welt verwende, aber übt ihr tatsächlich so etwas?«

»Hör mal, Carl, du weißt doch genausogut wie ich, daß Übungen und Vorbereitungen etwas völlig anderes sind als der Ernstfall. Daraus wird sowieso nie was. Ich fand es nur lustig, es irgendwie zu erwähnen, wenn ich jetzt schon hier sitze und mit einem europäischen Kumpel rede.«

»Wirklich lustig. Es bedeutet jedenfalls, daß irgendein Betonkopf in Langley oder Washington herumsitzt und solche Szenarien malt. Der große böse Weltpolizist, nicht wahr?«

»Ich habe gar nicht gewußt, daß du etwas gegen Bullen hast.«

»Sehr komisch.«

»In erster Linie geht es jedenfalls um die Mutterficker in der Dritten Welt. Dort kommt es natürlich zu den Krisen geringer Intensität, bei denen Leute wie du und ich fünfzig Prozent Verluste erleiden. Hast du übrigens gewußt, daß von unseren zweiundzwanzig Toten in Panama elf SEAL-Jungs waren?«

»Willst du nun saufen oder dummes Zeug reden?«

»Skål.«

»Auf dich, du Arschloch.«

»Himmel, was sind wir heute liebenswürdig. Nun, wie steht es um deinen gottverdammten Weltschmerz? Du hast nicht schon wieder irgendein Terroristenweib erschossen, das du eigentlich liebst, weil sie zutiefst gut ist. Also worum geht es diesmal?«

»Möchtest du wenigstens einmal ernst bleiben, wirklich ernst?«

»Aber ja. Ich bin ganz dein. Papa hört zu.«

Carl nahm einen etwas zu großen Schluck von dem selbstgebrannten Whisky und grimassierte verlegen. Bei Skip war es ein Ritual, illegal gebrannten Whisky zu trinken. Es hatte nichts mit Geschmack oder Genuß oder auch nur damit zu tun, daß er sich betrinken wollte. Es war wie bei bestimmten rituellen Anlässen in Schweden. Carl brauchte eine kurze Pause in dem zwanghaften Gespräch, um mal all den kurzen Sätzen zu entkommen, die hauptsächlich mit immer denselben Wörtern von vier Buchstaben ausgeschmückt waren.

Dann sagte er, wie es war, jedenfalls in großen Zügen. »Ich bin unglücklich verheiratet. Falsch verheiratet, könnte man sagen. Die Frau, die ich wirklich liebe, ist jetzt in Stockholm. Ich habe ihr versprochen, mich scheiden zu lassen, habe aber noch nicht die richtige Situation gefunden, um es meiner Frau zu sagen. Außerdem habe ich eine Tochter, die noch nicht mal ein Jahr alt ist, und ich habe keine Ahnung, wie ich mich aus dieser Situation herauswinde.

Vielleicht habe ich von dir als meinem alten Lehrer und guten

Freund vorsichtige Nachdenklichkeit erwartet, ja sogar so viel Diplomatie und Feingefühl, wie ein Skip Harrier in seinen besten Augenblicken vielleicht aufbringen kann.«

So kam es jedoch nicht. Statt dessen explodierte Skip und hielt eine Ansprache, die nicht nur der Länge, sondern auch der Häufigkeit von *four-letter-words* nach die längste war, die Carl bei dem Choleriker je gehört hatte.

»Jetzt hör mal zu, du mutterfickender Scheißkerl«, begann Skip weich und holte dann Luft, um festzustellen, ob Carl bereit war, bevor er fortfuhr. »Von allen gottverdammten Idioten, Scheißkerlen und Schleimern, die im Lauf der Jahre hier durchgekommen sind, glaube ich tatsächlich, daß du Arsch von Mutterficker die Krone bist. Du bist wirklich einzigartig. Wenn man dich bei sechzig Grad Kälte in Badehosen aus elftausend Meter Höhe ohne gottverdammten Fallschirm mitten in der Nacht und über irgendeinem gottverdammten mutterfickenden Negerland und fünfzigtausend hungrigen Kannibalen da unten abwirft, so setzen wir als selbstverständlich voraus, daß du nicht nur wohlbehalten auf den Füßen landest, sondern auch wohlbehalten das Stückchen Holz apportierst wie so ein gottverfluchter Bernhardiner. Gottverdammt verflucht einfach, was? Sieh dich doch nur an, zum Teufel, sieh dich doch nur an. Du bist hochdekoriert wie so ein verdammter Operettengraf, und außerdem bist du sogar noch ein echter verdammter Graf, und reich bist du auch noch, du Scheißkerl, und siehst gut aus, und, soviel ich weiß, bist du zwischen den Beinen auch normal ausgerüstet, und so ein verfluchter Nationalheld bist du auch noch und Mann des Jahres von *Time Magazine* im letzten Jahr, und es kann in ganz Skandinavien keine einzige Möse geben, die sich nicht gern an dir festsaugen würde, wenn du näher als auf zehn Kilometer an sie rankommst, und statt gezwungen zu sein, in der Weltgeschichte herumzureisen und in der Lateinamerikahölle Dagos zu erdrosseln wie deine amerikanischen Waffenbrüder, hast du sogar das Glück gehabt, einen Haufen gottverdammter *edler* Operationen durchzuführen, hörst du das, du Arschloch, *edle* Operationen, und hast geholfen, den gottverdammten Weltfrieden zu bewahren, und ich weiß nicht was noch für Scheiße. All das bist du, du elende Arschgeige. Ich möchte nicht prätentiös sein, aber einfach nur als Vergleich, vergleich dich doch mal mit Onkel Skip, verdammt noch mal, sieh dir diese elende Bruchbude hier an, die Alte ist mit dem Rest abgehauen, wie du weißt, und zwar mit zwei Katzen, einem Hund und zwei undressierten Teenagern, nimm doch einfach nur das als Vergleich, wenn du das in deinen dicken Schädel reinkriegst, du Arschgeige! Was soll ich also über dein strahlendes Leiden sagen, das dich jetzt so krank macht? Soll ich dich in den Schlaf wiegen und dir kleine Wiegenlieder vorsingen oder dir nur eine Weile Sonnenschein in den Hintern blasen? Du solltest mal deinen Kopf untersuchen lassen, weißt du das, du elender Scheißgraf. Du kapierst wohl gar nichts, was?«

Carl hatte unter stark schwankenden Stimmungen zugehört, unter zunehmender Verblüffung, der ein kurzer Stich von verletztem Selbstgefühl folgte, das sich schnell in überbordende Heiterkeit verwandelte.

»Ist das alles?« fragte er.

»Nein, zum Teufel! Das ist noch lange nicht alles, ich muß nur auftanken, bevor ich wieder abhebe!« brüllte Skip Harrier, leerte sein Whiskyglas und sah aus, als wollte er tatsächlich wieder abheben.

»Was soll ich deiner Meinung nach also tun? Etwas konkreter, bitte. Ich brauche nicht nur den Rat, meinen Kopf untersuchen zu lassen«, lachte Carl.

»Du kannst wenigstens eins dieser Weiber erschießen, am besten die Frau, die dir am unsympathischsten ist, dann bleibt dir nur noch eine Wahl!« brüllte Skip Harrier mit teils gespielter, teils echter Wut. »Übrigens«, fügte er mit plötzlich tiefernster Miene hinzu, »habe ich das mit dem Erschießen nur bildlich gemeint. Ich bin überzeugt, daß es dir gelingt, eine nicht nur geschmackvollere, sondern auch sehr viel edlere Lösung zu finden!«

Carl lachte laut und lange. Er hatte Tränen in den Augen. Er konnte sich nicht erinnern, je so gelacht zu haben.

»Okay, okay, okay«, sagte er, als er wieder einigermaßen zu sich gekommen war und ergeben die Hände hob, »ich glaube, ich habe verstanden, worauf du hinauswillst, Skip. Ich gebe mich geschlagen. Bedingungslose Kapitulation. Ist es das, was du hören willst?«

»Gut«, knurrte Skip Harrier, der seinem normalen Selbst jetzt schon wieder ähnlicher war. »Ausgezeichnet. Dann können wir vielleicht zu einem etwas ernsthafteren Saufen übergehen, statt uns diesem Mutterfickergequatsche zu widmen.«

Danach war es, als hätte sich ein heißer Sommertag nach einem Gewitter abgekühlt. Das Gespräch strömte träge wie eine leichte Brise dahin und wechselte von sentimentalen Erinnerungen an Joar – Skip Harrier erzählte einiges von dem, was Joar während des ersten Ausbildungsjahrs widerfahren war – zu etwas gröberen Zwischenfällen, als einige mit einem Fußtritt aus der Sunset Farm rausgeflogen waren, um dann zu den urkomischen Besuchen hoher Tiere und in einem Fall sogar eines Politikers zu kommen, ganz zu schweigen von einigen Journalisten der *Los Angeles Times*, die nachts einmal versucht hatten, sich heimlich auf das Gelände zu schleichen, um etwas zu fotografieren, und die von eine der Hundestreifen erwischt worden waren – »ja, du glaubst nicht, wie deren Ärsche hinterher aussahen« –, bis hin zu einer ausgewachsenen Schlägerei, denn es war ein so ungeheurer Spaß, sich wie John Wayne auf Bauerntölpelweise zu prügeln, etwa so wie Zwerge im Zirkus mit platten Boxhandschuhen. Sind Zwergenkämpfe in Schweden verboten? Und Zwergewerfen auch? Was zum Teufel soll das? Was soll aus der Freiheit der zivilisierten Welt werden, wofür kämpfen wir denn eigentlich?

Als Carl Skip nach Hause führte – er selbst hatte zumindest versucht, mäßig zu trinken –, fühlte Skip sich genötigt, ein Lied des Marinekorps anzustimmen, worauf jemand aus der Nachbarbaracke des schäbigen Hausgewimmels einen Militärstiefel nach ihnen warf und sie nur haarscharf verfehlte, worauf beide johlend lachten.

In Schweden, wo es durch den Zeitunterschied neun Stunden früher war, begann soeben ein neuer Arbeitstag.

Samuel Ulfsson hatte schon eine Stunde am Telefon gesessen und versucht, den bohrenden Fragen mit immer neuen Manövern auszuweichen. Es war nicht leicht, Varianten des Ausdrucks »Kein Kommentar« zu finden. Vor allem deshalb nicht, weil das, weswegen die Journalisten von *Aftonbladet* anriefen und immer wieder zeterten, wohlbegründet war. Es entsprach in höchstem Maß den Tatsachen, daß Carl Hamilton persönlich sich in Palermo aufgehalten hatte, als Hauptmann Joar Lundwall ermordet worden war. Und es war durchaus nicht unsinnig – das gestand sogar Samuel Ulfsson ein, dessen Verständnis für Journalisten normalerweise begrenzt war –, dieses Wissen für ein paar Spekulationen zu nutzen. Hatte Schweden auf eine Befreiung mit Gewalt gesetzt? Waren die italienischen Behörden mit einem solchen Unternehmen einverstanden? Hatte die andere Seite Verluste erlitten? Hatte Schweden jetzt verloren, oder beabsichtigte man, einen neuen Versuch zu machen? War das Außenministerium mit diesem Vorgehen einverstanden? Was wußte die Regierung? Hatte der Generalstab oder die Regierung die Initiative ergriffen und Personal vom Kaliber Carl Hamiltons nach Sizilien entsandt? Befanden sich die entführten schwedischen Bosse übrigens auf Sizilien?

Kein Kommentar, erwiderte Samuel Ulfsson immer wieder. »Ich kann aus operativen Gründen in dieser Frage keine Auskunft geben, ich kann mit Rücksicht auf eine fremde Macht nicht darauf antworten. Diese Frage darf ich mit Rücksicht auf Angehörige nicht berühren, ich muß auf die Arbeit der italienischen Polizei Rücksicht nehmen und kann die Frage deshalb nicht beantworten, ich kann, da ich beim Generalstab arbeite, nichts über das Tun und Lassen des Außenministeriums sagen, das müssen Sie doch verstehen, ich kann bestätigen, daß sich Carl Hamilton im Dienst befindet, nein, ich kann nichts darüber sagen, womit das Personal unseres Nachrichtendienstes beschäftigt ist, dazu äußern wir uns nie, nein, es ist unsere Politik, in solchen Fragen weder etwas zu bestätigen noch zu dementieren, mit wie phantasievollen Szenarien Journalisten auch kommen mögen, nein, das bedeutet also nicht, daß ich etwas dementiert habe, aber bestätigt habe ich auch nichts.«

Und so weiter.

Nach etwa einer Stunde war es ihm gelungen, den Ball ans Außenministerium weiterzugeben. Dort wurde erst bedeutend später mit der Arbeit begonnen. Nach einer weiteren Stunde erfolgte eine Mitteilung des Außenministerium, durch die bestätigt wurde, daß sich Carl Hamilton, Fregattenkapitän des SSI, in einer dienstlichen Angelegenheit in Palermo aufgehalten habe. Punkt.

Damit kam Samuel Ulfsson glimpflicher davon. Immerhin akzeptierten die Journalisten, daß er Telefonnummer und Aufenthaltsort von Fregattenkapitän Hamilton nicht angeben durfte. Das Problem bestand darin, daß es ihm gar auch nicht möglich gewesen wäre.

Er rief den Alten an, der zu seinen Äpfeln und Enkelkindern unten in Kivik zurückgekehrt war. Der Alte meinte, man solle mindestens vierundzwanzig Stunden abwarten, ehe es Zeit sei, irgendwelche Maßnahmen zu ergreifen. »Es kommt mir immer noch am wahrscheinlichsten vor, daß die Jungs auf irgendeiner Insel sitzen und sich ausheulen. Es scheint mir ziemlich sicher zu sein, daß Carl sich zur Beerdigung einfindet. Etwas anderes kann ich mir nicht vorstellen. Außerdem findet die bald statt, und falls es sich als nötig erweist, können wir dann immer noch so etwas wie ein Flugverbot erteilen. Wir sollten aber zunächst die Beisetzung abwarten, denn aller Voraussicht nach werden wir ihn dort sehen. Bis dahin sind es ja nur ein paar Tage. Natürlich wird Carl zur Beerdigung kommen. Er stammt aus einer guten Familie, und da nimmt man es in solchen Dingen sehr genau.«

Samuel Ulfsson gab sich zunächst damit zufrieden.

Im Außenministerium war die Lage erheblich ruhiger. Der Außenminister war ziemlich schnell zu dem Schluß gekommen, daß es der Partei im Wahlkampf keineswegs schaden könne, wenn die Regierung zu einer so kraftvollen Maßnahme wie der Entsendung von Schwedens bekanntestem »Agenten« nach Palermo greife. Er sprach das Wort langsam und absichtlich ironisch aus. Die anschließende Tragödie sei jedoch zumindest politisch neutral. Denn dieser Carl Bildt beispielsweise könne doch kaum behaupten, die Herren Hamilton und Lundwall hätten unter einer bürgerlichen Regierung mehr Glück gehabt? So etwas könne er doch unmöglich behaupten, jedenfalls nicht dadurch, daß er auf die besseren Verbindungen der Konservativen zur italienischen Mafia hinweise. Nein, die Sache schade weder der Partei noch der Regierung. Ganz im Gegenteil, Bildt werde vor Neid mit den Zähnen knirschen, wenn man ihn nicht zur Beerdigung einlade, von der jetzt schon zu vermuten sei, daß sie ein halbes Staatsbegräbnis werde mit Fernsehen und Presse.

Außenminister Anders Stensson hatte sich entschlossen, selbst an der Beisetzung teilzunehmen. Er überlegte sich sogar, ob er eine Rede halten sollte, eine Rede über die Opfer der kleinen neutralen Nation in einer brutalen Welt, eine Rede über die Bedeutung des inneren Zusammenhalts bei äußerer Bedrohung, über die Bedeutung von Männern und Frauen in Schweden, die bereit seien, ihr Leben für die Nation hinzugeben – also in erster Linie eine Rede für die Außenpolitik sowie die Renten- und Steuerreformen der Sozialdemokraten.

Am Horizont des Außenministeriums waren folglich durch die jüngsten Enthüllungen in der Presse keine Probleme zu erwarten – zumindest solange die beiden schwedischen Entführungsopfer nicht in Form weiterer Kleinteile in wattierten Umschlägen nach Hause geschickt wurden. Falls es doch dazu komme, so der Außenminister, dürfe es um keinen Preis herauskommen, einmal aus Rücksicht auf die Angehörigen, zum andern im Hinblick auf bestimmte andere Dinge.

Carl war es ohne Mühe gelungen, den größeren Teil des Fluges schlafend zu überstehen, und seine Ankunft in Stockholm war wohl vorbereitet; das meiste hatte er schon auf dem Weg zwischen Ridgecrest und dem Flughafen von L.A. per Autotelefon erledigen können.

Carl nahm einen sehr arbeitsintensiven Vormittag in Stockholm in Angriff. Dieser begann in der Notariatsabteilung der SE-Bank, in der er im Lauf von zwanzig Minuten Aktien für rund dreißig Millionen Kronen veräußerte und die unvermeidliche Spekulationssteuer bezahlte, den Überschuß auf ein ruhendes Konto transferierte, ferner rund vierhunderttausend Kronen auf das American-Express-Konto eines Luigi Bertoni in San Diego überwies. Fast genausoviel zahlte er auf sein eigenes Kreditkartenkonto ein und hob zweihundertfünfzigtausend Kronen in bar ab, fünfhundert säuberlich verpackte Fünfhundert-Kronen-Scheine, die in seiner Aktentasche erstaunlich wenig Platz beanspruchten.

Anschließend begab er sich eilig zu seinem Anwalt, den er für immer Anwalt nennen würde, obwohl die Anwaltskammer ihn ausgeschlossen hatte – was wäre, wenn das Offizierskorps das gleiche Recht besäße, was hätten die wohl mit mir gemacht, pflegte er zu scherzen –, annullierte sein früheres Testament und hinterlegte ein neues mit einem dramatisch anderen Inhalt: Die Hälfte seines Vermögens sollte einer Kulturstiftung zufallen, die den Auftrag erhielt, jährliche Stipendien an vielversprechende junge Schriftsteller, Journalisten und Maler auszusetzen. Der Satzung zufolge sollte sie auch alle zwei Jahre einen größeren Preis einem jungen Künstler zuerkennen, der sich im Rahmen seiner Arbeit besonders für die Unterdrückten oder Armen der Welt eingesetzt hatte. Etwas in der Richtung. Möglicherweise war die Satzung ein wenig zu hastig aufgesetzt worden.

Erst danach nahm er ein Taxi zum Generalstab. Er kam gerade mit seinen Reisetaschen in den Händen auf den Flur Samuel Ulfssons, als dieser in die Kantine gehen wollte.

Statt dessen landeten beide natürlich sofort in Sams Zimmer, Carl immer noch mit den Reisetaschen in den Händen.

»Wo zum Teufel hast du gesteckt?« begann Samuel Ulfsson, der sich durchaus nicht so unfreundlich anhörte, wie die Formulierung vermuten ließ.

»Ich bin verreist gewesen. Ich habe mit ein paar Freunden über alte Erinnerungen gesprochen«, erwiderte Carl ruhig und mit einem fast erstaunten Tonfall, als käme die Frage völlig unerwartet.

»Und wo steckt Åke Stålhandske?« fuhr Samuel Ulfsson sichtlich beruhigt fort.

»Er ist irgendwo in den Schären und segelt. Das habe ich selbst vorgeschlagen«, erwiderte Carl in dem gleichen Tonfall.

»Wie hat er es aufgenommen? Ich nehme an, ihr habt ausführlich miteinander gesprochen?« fuhr Samuel Ulfsson fort und streckte sich zerstreut nach einer Zigarettenschachtel aus.

»Gut, den Umständen entsprechend gut«, sagte Carl und atmete erleichtert auf, da er die Gefahr schon als beseitigt ansah. »Auf jeden Fall besser als ich.«

»Mm. Du weißt, daß morgen die Beerdigung stattfindet, nicht wahr?«

»Ja«, log Carl, »das habe ich gehört. Wer wird kommen?«

»Von unserer Abteilung du, der Alte und ich. Dann der Oberbefehlshaber, der Marinechef und der Außenminister. Das wird eine ziemlich große Heerschau, und ich hoffe, du fühlst dich nicht ... daß es von dir aus okay ist?«

»Natürlich. Mir macht das nichts aus. Von mir wird doch hoffentlich nur erwartet, daß ich ich selbst bin, oder? Ich bin nicht sicher, ob ich für ein offizielles Auftreten oder so in Form bin.«

»Mach dir deswegen keine Sorgen«, beeilte sich Samuel Ulfsson zu sagen, »wenn du nur kommst, ist alles in Ordnung. Was gedenkst du anschließend zu tun?«

»Ich glaube, ich werde mit Åke segeln. Ich habe einige Familienprobleme, mit denen ich im Moment nicht umgehen kann.«

»Dann ist Segeln genau das richtige. Navigare necesse est«, schloß Samuel Ulfsson, erhob sich und klopfte Carl auf dem Weg hinaus auf die Schulter.

Carl ging in sein Zimmer, stellte die Reisetaschen ab und betrachtete mit feindseliger Miene das Telefon. Dann entschied er sich zunächst für die einfachste Möglichkeit, rief Erik Ponti vom *Echo des Tages* an und bat um ein sofortiges Treffen.

Erik Ponti war Chef des Auslandsressorts und saß in einer Konferenz, in der gerade heftig über die Beobachtung des Nahen Ostens und die Einsetzung neuer Auslandskorrespondenten gestritten wurde. Es war eine dieser internen Konferenzen bei Sveriges Radio, die sich mehrere Tage hinziehen konnten. Wenn noch Klatsch in der Abendpresse hinzukam, konnten mehrere Wochen daraus werden.

Der Posten eines Auslandskorrespondenten war aus Tradition eine Belohnung für lange treue Dienste und wurde als eine Art ökonomisches Legat angesehen, da er unter anderem drei oder gar fünf Jahre lang eine Befreiung von der schwedischen Einkommensteuer mit sich brachte. Man konnte sich dann also eine Villa oder eine Eigentumswohnung kaufen oder Studiendarlehen zurückzahlen oder sich eine Scheidung leisten und ähnliches. Da die journalistischen Aspekte einer Ernennung den Fragen der finanziellen Gerechtigkeit folglich völlig untergeordnet waren, waren Verhandlungen dieser Art von gewerkschaftlichen Interessen geprägt. Das führte zu einer Reihe schwieriger Fragen bei den Verhandlungen, die sich nicht ohne weiteres auf ausgewogene Weise klären ließen. Beispielsweise wenn es darum ging, wie sich ein Kandidat zu Fragen der Gleichberechtigung verhalten hatte, oder wenn zu beurteilen war, ob seine Berichte von diesem oder jenem Krisenherd der Welt allzu regimefreundlich oder regimefeindlich gewesen waren.

Eine Störung durch einen Anruf war für Erik Ponti bei einer solchen Konferenz also ebenso willkommen wie diplomatisch unmöglich. Er hatte seiner Sekretärin schon resigniert mitgeteilt, er werde innerhalb der nächsten Stunden von niemandem mehr ein Gespräch annehmen können, es sei denn, es wäre ein Ministerpräsident am Apparat.

Um so merkwürdiger erschien es da, daß sie jetzt plötzlich die Tür aufmachte und etwas von einem Anruf flüsterte, ohne zu sagen, wer es war. Ihrer Miene war jedoch zu entnehmen, daß das Gespräch wichtig genug war.

Noch bemerkenswerter war natürlich, daß Erik Ponti das Gespräch im Konferenzraum entgegennahm, seinen Namen nannte, ein paar Sekunden zuhörte und dann mitteilte, er werde sofort kommen. Die Anwesenden glaubten ihren Augen nicht zu trauen, als er auflegte, sich erhob und hinausging. In der Tür drehte er sich noch einmal um und sagte, er werde in etwa einer Stunde zurück sein. Die Konferenz ging kurz in einem chaotischen Stimmengewirr unter, bevor sie vertagt wurde.

Anschließend bestellte Carl sofort ein neues persönliches Gespräch mit Generalleutnant Giuseppe Cortini. Er bestellte das Gespräch absichtlich über die Zentrale, damit da unten in Rom gleich klar wurde, daß er nicht einfach aus einer Telefonzelle anrief. Dahinter steckte eine sehr einfach Psychologie. Wenn jetzt eine Reihe von Telefonistinnen und Sekretärinnen mitteilten, ein Fregattenkapitän Hamilton vom Generalstab in Stockholm wünsche Generalleutnant Cortini vom Verteidigungsministerium in Rom zu sprechen, wurde aus einem privaten Gespräch ein offizielles.

Carl sah unruhig auf seine Armbanduhr, da er niemals zu spät zu einem Treffen erschien und Erik Ponti in dreizehn Minuten sehen sollte.

Das Gespräch kam jedoch schnell zustande, und Cortini war selbst am Apparat. Carl teilte kurz mit, daß er um ein weiteres persönliches Treffen nachsuche, um über die neuen Komplikationen der Angelegenheit zu sprechen. Er schlug den gleichen Treffpunkt und die gleiche Uhrzeit in zwei Tagen vor.

Cortini akzeptierte sofort und ohne zu zögern, was sich vielversprechend anhörte. Noch vielversprechender war, daß er etwas über die neuen und unerwartet großen Dimensionen der Sache murmelte. Das war vielleicht ein Hinweis darauf, daß alles nicht nur wie berechnet lief, sondern überdies viel schneller als erwartet. Der große Bruder in der NATO war also aufgewacht.

Nach dem kurzen Telefonat begab sich Carl auf den Parkplatz vor dem Generalstabsgebäude und nahm sich einen der zivilen Dienstwagen der Firma. Sieben Minuten später holte er Erik Ponti ein, der zu ihrem alten Treffpunkt auf Djurgården zu Fuß unterwegs war. Carl verlangsamte die Geschwindigkeit, öffnete die Tür, und Erik Ponti stieg ein, ohne auch nur überrascht zu wirken.

»Long time no see«, sagte er zur Begrüßung.

»Ja«, erwiderte Carl lächelnd, »Leute wie ich pflegen sich meist von Leuten wie dir fernzuhalten. Es ist aber nichts Persönliches.«

»Nein, das glaube ich auch nicht. Und Leute wie ich müssen sich leider mächtig ins Zeug legen, wenn sie ein Wild deines Kalibers zu Gesicht bekommen wollen. Das ist auch nicht persönlich gemeint. Also. Krieg gegen die Mafia oder was?«

»Es ist nicht so, wie du glaubst. Ich habe soeben mein Testament geschrieben, und es betrifft dich.«

Erik Ponti wußte nicht, was er sagen sollte. Hamilton war im Augenblick der Mann, hinter dem das schwedische Journalistenkorps am meisten her war, das heißeste aller denkbaren Interviewopfer, zudem ein Augenzeuge der Ermordung eines schwedischen Kollegen auf Sizilien durch die Mafia. Daß Hamilton in einer völlig anderen Angelegenheit angerufen haben könnte als der, die in den Nachrichten jetzt alles andere überschattete, war Erik Ponti keine Sekunde eingefallen.

»Verstehe«, seufzte er resigniert. »Wir werden also nicht über Sizilien sprechen?«

»Nein, aber hör jetzt genau zu. Ich habe improvisieren müssen, da es etwas eilig ist. Du bist jedoch als Vorsitzender einer Stiftung eingesetzt, die im Fall meines Todes ein Kapital in der Größenordnung von vierzig Millionen Kronen verwalten wird. Der Satzung der Stiftung zufolge sollen die jährlichen Erträge als Kulturstipendien für jüngere, progressive Künstler verwendet werden.«

»Progressive?«

»Ja. Es steht zwar nicht genauso da, das Wort ist ja ein bißchen altmodisch, es sei denn bei Leuten wie uns. Aber darauf läuft es hinaus.«

»Teufel auch. Warum gerade ich?«

»Du bist der einzige gewesen, der mir einfiel, der einzige, dem ich vertrauen kann, wenn du so willst. Das Geld ist ausschließlich an diesen Zweck gebunden. Diese Dinge sind gesetzlich geregelt. Die Stiftung ist zwar noch nicht errichtet und tritt sozusagen erst dann in Kraft, falls ich zufällig das Zeitliche segne und der Testamentsvollstrecker alles in die Wege geleitet hat.«

Erik Ponti schwieg eine Zeitlang. Was die eigentliche Schenkung anging, hatte er seine Überraschung schon überwunden. So etwas hatte Hamilton ja schon früher getan, und er, Erik Ponti, hatte selbst anonym zwei Millionen Kronen in bar an die Afghanistanhilfe eingezahlt, Geld, das ihm Hamilton vor ein paar Jahren in einer Aktentasche draußen auf Djurgården überreicht hatte. Und trotz des gelinde gesagt erheblichen Betrags – die Stiftung würde zu einem der bedeutendsten Kulturfonds des Landes werden – war nicht das Geld das eigentlich überraschende Moment, sondern die Eile, mit der die Stiftung ins Leben gerufen worden war.

»Du gedenkst also ins Ausland zu reisen«, stellte Erik Ponti fest.

»Ja, schon bald. Morgen findet die Beisetzung statt, wie du vielleicht weißt, und anschließend verschwinde ich.«

»Eine Dienstreise?«

»Kein Kommentar.«

»Einmal Palermo hin und zurück?«

»Kein Kommentar.«

»Sei nicht albern. Du hast mir soeben mitgeteilt, daß du in aller Eile für dein eventuelles Hinscheiden Pläne machst, oder etwa nicht?«

»Ja, aber im Hinblick auf deine Stellung im Fall meines Hinscheidens glaube ich nicht, daß du dich versucht fühlst, die Sache groß hinauszuposaunen.«

»Das ist doch Erpressung.«

»Ja, das könnte man sagen.«

»Die Operation in Palermo ist also alles andere als beendet.«

»Kein Kommentar.«

»Kann man diese Funktion als Vorsitzender der Stiftung ablehnen?«

»Nein, erst wenn man vom Testamentsvollstrecker eingesetzt worden ist, und das ist erst dann möglich, wenn mein Testament wirksam wird.«

»Clever.«

»Wie ich schon sagte.«

»Dann können wir also recht offen reden.«

»Eigentlich ja.«

»Du wirst also wieder nach Palermo fliegen. Der Zweck ist, die Schweden mit Gewalt zu befreien, und du rechnest mit einem bedeutenden Risiko.«

»Worauf willst du jetzt hinaus?«

»Nehmen wir einmal an, es geht alles gut, und sowohl diese Bofors-Leute als auch du selbst kommen gut nach Hause.«

»Ja, nehmen wir das einmal an.«

»Dann will ich ein Exklusiv-Interview haben. *I just made an offer you can't refuse*, wie der Pate sagen würde.«

Carl hielt an und überlegte. Die Situation, daß er ohne Komplikationen aus Sizilien zurückkehren könnte, hatte er sich noch gar nicht vorgestellt. Er hatte sich auch nicht vorgestellt, daß er zurückkehren würde, bevor alles entschieden war. Wenn die Operation aber gegen alle Vermutung gut lief, wie Erik Ponti es soeben skizziert hatte, wie stand es dann mit dem Risiko, wenn er alles erzählte?

Man würde ihn natürlich feuern. Vielleicht auch wegen dieses oder jenes Delikts anklagen, was dann in der Öffentlichkeit bekannt werden würde. Dies fiele unter seine persönliche Verantwortung. Das würde er erzählen können, ohne durch die Geheimhaltungspflicht gebunden zu sein.

»Okay«, sagte Carl, wendete und fuhr wieder in Richtung Funkhaus, »dann haben wir eine Abmachung. Wenn das Unternehmen gut verläuft und alle Schweden unverletzt zur Basis zurückkehren, erzähle ich dir alles, was ich berichten kann, und niemandem sonst.«

»Und wenn es nicht gut geht?« fragte Erik Ponti mißtrauisch, da er einen zwar diffusen, aber weitreichenden Vorbehalt in der Zusage vermutete, die er soeben erhalten hatte.

»Wenn es nicht gut geht«, lachte Carl leise, »vermag ich, was uns betrifft, keine journalistischen Probleme zu sehen. Dann bist du Vorsitzender der Hamiltonschen Kulturstiftung, was du mit Stolz und Überraschung akzeptieren wirst.«

Erik Ponti schüttelte lächelnd den Kopf. Im Verlauf weniger Minuten hatte er Informationen erhalten, die in einfachen journalistischen Begriffen einen Weltscoop bedeuteten, und gleichzeitig war er mit ein paar Federstrichen zum Schweigen gebracht worden. Er hielt mehrere Male pro Jahr Vorlesungen an den Journalistenschulen und legte dabei größtes Gewicht darauf, daß man sich als Journalist nie zum Schweigen bringen lassen dürfe, daß man nie zusagen dürfe, wider besseres Wissen auf eine Veröffentlichung zu verzichten, und daß man nie mit Machthabern kungeln dürfe. Und jedesmal, wenn er so etwas predigte, glaubte er auch daran.

Und fast jedesmal, wenn er Carl Hamilton begegnete, wurde er in genau die Lage gebracht, gegen die er immer anpredigte.

»Ach, da ist noch etwas«, sagte Carl leichthin, als er an der amerikanischen Botschaft vorbei zur Rückfront des Funkhauses fuhr.

»Was denn? Keine neuen Ehrenaufträge, wie ich hoffe?« brummelte Erik Ponti.

»Doch, vielleicht. Ich habe da ein paar Neuigkeiten, die ich gern in den Massenmedien unterbringen möchte, vor allem in Italien.«

»Was für Neuigkeiten?«

»Daß es nicht ganz sicher ist, daß Schweden die Lieferung der verlangten Raketen nach Italien stoppen wird.«

»Ist das wahr?«

»Ja, vorausgesetzt, es gibt keine Gründe für den Verdacht, es könne mit den Lieferungen etwas faul sein.«

»Gibt es Gründe für diese Vermutung?«

»Offen gestanden ja.«

»Dann ist es also nicht wahr. Du glaubst doch wohl nicht, daß ich für dich Desinformation verbreite?«

»Es geht um das Leben zweier schwedischer Staatsbürger. Wenn die Mafia-Bande da unten den Eindruck gewinnt, daß Schweden niemals liefern wird, werden sie ihre Geiseln vermutlich umbringen.«

Erik Ponti fühlte sich unsicher. Es hatte den Anschein, als hätte sich Hamilton versprochen. Alle frühere Erfahrung mit diesem Mann lief jedoch darauf hinaus, daß er sich niemals versprach.

Carl hatte in der Nähe des Einfahrtstors von Sveriges Radio gehalten, überlegte es sich jedoch und begann zur Vorderseite zu fahren, da Erik Ponti mit der Antwort zögerte.

»Was du gerade gesagt hast«, begann Erik Ponti zögernd, »würde bedeuten, daß die beiden Bofors-Direktoren nicht entführt worden sind, um ein Lösegeld zu erpressen, sondern in der Absicht, Schweden zur Lieferung dieser Raketen zu zwingen. Habe ich das richtig verstanden?«

»Ja, das ist korrekt. Genau darum geht es.«

»Das sind keine schlechten Neuigkeiten. Und wie bekomme ich eine Bestätigung dafür?«

»Woher soll ich das wissen? Ich bin kein Journalist. Wir beim OP 5 wissen Bescheid, aber dort sagt niemand auch nur Pieps. Das Außenministerium und Sorman wissen natürlich auch alles, hehe. Sorman wird sich freuen, wenn du ihn anrufst und mit solcher Präzision fragst!«

»Dann heißt es doch wieder nur, kein Kommentar.«

»Vermutlich. Du hast aber die Angaben von mir erhalten, und ich bin doch eine normalerweise gutunterrichtete Quelle. Ich habe dich noch nie hereingelegt und habe auch nicht vor, es zu tun.«

»Was für einen Zweck soll es haben, diese Meldung zu lancieren?«

»Ich will, daß die beiden Schweden am Leben bleiben, bis ich sie abholen kann. Demgegenüber erscheint ein kleiner Bruch der Geheimhaltungspflicht doch gerechtfertigt, oder etwa nicht? Ich meine, ich bin natürlich deine geschützte Quelle mit dem Grundgesetz und deinen hohen Grundsätzen und all dem im Rücken?«

»Selbstverständlich. Gute Story. Dann habe ich jedenfalls eine Erklärung, wenn ich zu einer unterbrochenen Konferenz zurückkehre.«

»Mußt du so was erklären?«

»Du würdest mir nicht glauben, wenn ich dir erzähle, wie es da zugeht. Gibt es noch mehr, was wir zusammen aushecken müssen?«

»Ja. Was muß man tun, um solche Neuigkeiten in Italien zu verbreiten? Wie erreicht man das?«

»Ganz einfach. Ich bin mit dem Korrespondenten des *Corriere della Sera* hier in Stockholm befreundet. Wir rufen uns immer gegenseitig an, wenn es etwas gibt, was für beide Seiten interessant ist. Ich gebe ihm heute abend einen Tip wegen unserer Story, und morgen ist sie in Italien draußen. Ist dir das recht?«

»Das ist mir sehr recht. Falls wir uns nicht mehr sehen sollten: Es war jedenfalls sehr angenehm, mit Ihnen Geschäfte zu machen, Mr. Ponti.«

Carl lächelte und reichte Ponti die Hand zu einem festen und etwas langgezogenen Handschlag.

Erik Ponti hatte das starke Gefühl, daß sie sich nie mehr wiedersehen würden, daß Hamilton tatsächlich gute Gründe dafür gehabt hatte, sein Testament zu machen. Aber dagegen war nicht viel zu unternehmen. Jetzt galt es nur, das Material, das Hamilton ihm ja tatsächlich übergeben hatte und das unabhängig von den Motiven der Quelle interessant genug war, in den schwedischen Nachrichten ganz oben zu landen – zumindest in den kommenden vierundzwanzig Stunden –, zu lancieren. Die Mafia hatte also versucht, sich schwedische Spezialraketen zu verschaffen, eine phantastische Story.

»Noch etwas«, sagte Erik Ponti, als er schon ausgestiegen war und gerade die Tür zuschlagen wollte, »an wen will die Mafia denn die Raketen weiterexportieren?«

Carl schüttelte lächelnd den Kopf.

»Ich muß los. Es ist nicht gut, wenn uns jemand hier zusammen sieht«, sagte er und fuhr los, bevor Erik Ponti Zeit gehabt hatte, die Wagentür zu schließen.

Ponti sah hinter dem Wagen her, als er um den Parkplatz vor dem Funkhaus herumfuhr. Als der Wagen auf dem Weg zur Oxenstiernsgatan vor einer roten Ampel hielt, beugte sich Hamilton über den Beifahrersitz und schloß die Autotür.

Als die Ampel auf Grün schaltete, bog Carl nach links und fuhr in Richtung Strandvägen. Er war selbst erstaunt, als er sich dabei ertappte, zur Musik aus der Stereoanlage vor sich hin zu summen.

Für gute Laune war wahrlich noch nicht die Zeit. Bis jetzt hatte er nur die einfachen Vorhaben des Tages erledigt. Jetzt stand ihm noch etwas Schweres bevor.

Kurze Zeit später parkte er vor dem Postamt am Slottsbacken

und ging zu Fuß nach Hause. Er joggte die Treppen hoch und betrat ohne eine Sekunde zu zögern sein Haus, das er jetzt vermutlich zum letzten Mal sah. Im Flur fiel ihm als erstes auf, daß der Kinderwagen fehlte, und damit entwich sofort die Luft aus ihm. Er ging niedergeschlagen in die Küche und preßte ein paar Apfelsinen aus, trank den Saft in einem einzigen Zug, verschwand dann hinter seinen Stahltüren und zog sich schnell um.

Er begann, einige Serien zu schießen, abwechselnd mit Pistole und Revolver. Die Trefferquoten lieferten ihm so etwas wie eine wissenschaftliche Bestätigung dessen, was er in sich spürte, daß er sich nämlich in vollkommenem Gleichgewicht befand und sich harmonisch und entspannt fühlte. Das erfüllte ihn mit einer Mischung aus Freude und Zuversicht, und so setzte er seine Schießübungen viel länger fort, als er ursprünglich vorgehabt hatte.

Die Waffen wurden zu einem Teil seiner selbst, zu einer Verlängerung seiner Gedanken und Gefühle. Es gab nichts mehr außer dem verschwommenen Ziel und der scharfen Linie zwischen Kimme und Korn.

Als ihm schließlich aufging, daß ihm die Zeit zu sehr davonlief, packte er seinen Revolver ein, nicht den, mit dem er geübt hatte, sondern den, den er im Kampf verwendete. Er legte ihn in seine dafür vorgesehene besondere Aktentasche, wählte verschiedene Munitionstypen aus, die insgesamt gegen alles verwendet werden konnten, angefangen bei menschlichen Weichzielen mit maximalem Aufsaugeffekt nach dem Aufprall bis hin zu gepanzerten Zielen.

Dann wandte er sich seinem Gymnastikprogramm zu und schloß mit einem systematischen Durchgang der Nahkampfübungen, die er seit mehr als zehn Jahren so gut wie täglich praktiziert hatte. Dabei behielt er ständig sein Gefühl von Selbstbeherrschung und guter Laune.

Er duschte und setzte sich im Wohnzimmer aufs Sofa, um zu warten. Wahrscheinlich war sie mit dem Kind spazierengegangen. Es war zwar schönes und angenehmes Sommerwetter, doch er war jetzt schon mehr als zwei Stunden zu Hause und mußte bald wieder weg. Er überlegte, ob er ihr einen Brief hinterlassen sollte, ein paar kurze Zeilen, in denen er erklärte, wie es stand.

Doch das erschien ihm als Flucht, als feige Flucht, und außerdem löste sich das Problem von selbst. Sie kam nämlich nach Hause. Er saß still auf dem Sofa und hörte sie draußen im Flur leise vor sich hin fluchen und mit dem Kinderwagen hantieren. Er hörte, wie Johanna Louise quengelte, und dieses Geräusch ließ ihn kurz vor Zweifel zusammenzucken. Es war fast eine kleine Woge der Angst.

Sie kam mit Johanna Louise auf dem Weg in die Küche ins Wohnzimmer. Er stand gleichzeitig auf und erschreckte sie.

»Was, du bist zu Hause ... warum mußt du mich so erschrekken? Wo zum Teufel hast du übrigens gesteckt?« begrüßte sie ihn. Ihrem Gesicht waren mehrere widerstreitende Gefühle anzusehen.

Johanna Louise lallte fröhlich vor sich hin.

»Nach Joars Tod ist viel zu erledigen gewesen«, erwiderte er und schlug die Augen nieder. Er spürte, wie seine Entschlossenheit dahinschwand.

»Aber warum hast du nichts von dir hören lassen? Kapierst du nicht, daß man unruhig wird, wenn ... ja, wenn es in der Zeitung steht und im Radio zu hören ist?«

Sie blieb unentschlossen mit Johanna Louise auf dem Arm stehen, und er ging ihr nicht entgegen.

»Ich möchte mich scheiden lassen«, sagte er.

Sie antwortete nicht, sondern sah ihn nur an. Er konnte ihren Gesichtsausdruck nicht deuten.

»Es ist eine andere Frau, die schon vor dir da war. Jetzt gibt es sie wieder. Ich kann dich nicht länger betrügen, kann auch sie nicht länger betrügen und mich selbst auch nicht. So ist es.«

Sie antwortete nicht, sondern ging nur zum nächsten Sessel, setzte sich und betrachtete ihn prüfend, als wollte sie herausfinden, ob es sich um einen bizarren Scherz handelte, einen Test, ein selten unbedachtes Spiel, oder ob es ernst war.

»Wie ...wie wird es mit Johanna Louise ... was hast du dir gedacht ...?« begann sie, aber die Stimme versagte ihr.

»Du kannst hier wohnen bleiben, wenn du willst. Ich übertrage den Vertrag auf dich. Wenn du willst, kannst du dir eine neue Wohnung nehmen. Ich glaube, das heißt gemeinsames Sorgerecht. Deine finanziellen Verhältnisse sind geordnet. Ich werde eine Zeitlang verreisen.«

»Ist das alles, was du mir zu sagen hast?« fragte sie. Es kostete sie sichtlich Anstrengung, sich zu beherrschen.

»Ja«, erwiderte er kurz und ging an ihr vorbei. Er riß im Gehen die Aktentasche an sich, hielt demonstrativ seine Schlüssel hoch und legte sie auf eins der Tischchen neben dem Sofa. Dann ging er weiter, verließ die Wohnung, lief die Treppe hinunter und ging auf der Straße zu seinem geparkten Wagen, ohne innezuhalten oder sich auch nur einmal umzusehen. Auf dem Weg dorthin dachte er an nichts, erfaßte kaum, daß er sich fortbewegte, und holte sich erst ein, als er im Wagen saß und den Schlüssel ins Zündschloß gesteckt hatte.

Da erst befiel ihn der Schock. Er hörte Johanna Louise, plötzlich und überraschend, als säße sie auf dem Rücksitz, und sah Eva-Britt vor sich. Eine Flut von Erinnerungen durchspülte seinen Kopf.

Es dauerte eine Weile, bis er es über sich brachte, den Wagen zu starten.

Åke Stålhandske segelte. Von allem, was er während seiner fünf Jahre langen Ausbildung in Kalifornien miterlebt hatte, war ihm dies am überflüssigsten erschienen. Navigation über und unter Wasser ist in Ordnung, dachte er, ein Gefühl für Motoren und schnelle Motorboote ebenfalls, aber wann kann es jemals vorkommen, daß man dem Feind entgegensegelt?

Doch jetzt tat er es. Frische Brise, mäßiger Seegang, klares Wetter. Er hielt Kompaßkurs auf die nordwestliche Ecke Siziliens.

Das Boot war ein Zweimaster, achtzehn Meter lang und recht breit, so daß es ein wenig tief und schwer im Wasser lag. Es war eine Holzkonstruktion, vermutlich irgendwann in den vierziger Jahren gebaut, und würde unter den Kunststoffbooten der heutigen Zeit einen einigermaßen exzentrischen Eindruck machen. Am Heck wehte das Sternenbanner. Von jetzt an war er Al, Harpunen-Al, der sich einen Traum erfüllte, nämlich im Mittelmeer zu segeln und zu tauchen, nachdem er endlich diese Erbschaft von einem Onkel in San Diego angetreten hatte. Er hatte sich seit zwei Tagen nicht rasiert und beschloß, den Bart wachsen zu lassen.

Das Boot war langsam, dafür jedoch mit einem Dieselmotor ausgerüstet, und überdies hatte Åke Stålhandske für kleinere und schnellere Expeditionen ein Schlauchboot mit Außenborder gekauft. Früher oder später würde es wohl zu irgendeinem nächtlichen Landeunternehmen kommen. Und das wichtigste dürfte der Stauraum unter den Bodenbrettern sein, der sich früher oder später mit einer etwas tödlicheren Last füllen würde als jetzt, da noch die fröhlichen bunten Farben der Taucheranzüge, Preßluftflaschen und Harpunengewehre dominierten. Er hatte einen Preßluftkompressor gekauft, um die Preßluftflaschen nachfüllen zu können, und reichlich Eier und Schinken sowie Mineralwasser und kastenweise Bier gebunkert, dazu eine erhebliche Menge Whisky, der hauptsächlich wohl Requisite und Repräsentationsgetränk sein würde. Wie unwirklich und idyllisch alles jetzt auch wirkte bei klarem Wetter mit Möwen und Wind, bald würde die Wirklichkeit ganz anders aussehen.

Er war über Mailand nach Neapel geflogen und hatte dort ganz einfach einen der Hotelpagen als Reiseleiter und Unterhändler angeheuert, als er sich zu einigen der Marinas begab, die südlich der Stadt am Golf lagen. Wahrscheinlich hatten sowohl sein Reiseleiter wie die Bootsvermietung ihn ziemlich kräftig übers Ohr gehauen, da er einschließlich der Kaution für das Boot inzwischen schon mehr als zweihunderttausend Kronen ausgegeben hatte. Er hatte sich jedoch entschlossen, dem Geld keine Träne nachzuweinen. Die Art und Weise, wie ihm Carl mehr als eine halbe Million gegeben hatte, um die ersten Spesen zu decken, zeugte nicht gerade von mangelnden Geldmitteln für diese Operation.

Außerdem war es ihm ganz recht gewesen, als leicht hereinzulegender und naiver Amerikaner zu erscheinen, der nach Sardinien und Korsika wollte. Er hatte für die Gewässer gerade dieser Inseln zahlreiche Seekarten gekauft und sich erst dann widerwillig dazu überreden lassen, sicherheitshalber auch Seekarten für Sizilien mitzunehmen, sozusagen für alle Fälle.

Der Eigentümer der Marina hatte schnell erkannt, daß sich dieses Äffchen leicht ausnehmen ließ, doch dafür hatte Åke schnelle und effektive Hilfe bei der reichlichen Ausrüstung erhalten. Was Brennstoff und Proviant anging, war er jetzt wohl für einen Non-Stop-Törn bis Rio de Janeiro gerüstet.

Die Segel standen gut vor dem blauen Himmel, aus dem Radio dröhnte italienische Popmusik, unterbrochen durch Werbung, und er begann, sich methodisch die Markierungen der Seekarte für verschiedene Wassertiefen im Golfo di Castellammare einzuprägen.

In der ganzen Welt wußte jetzt niemand, wo er sich befand. Das war ein prickelndes Gefühl, eine Mischung aus Freiheit und Abgrund.

Er legte seine nackten Füße vor sich auf die Reling und spreizte die Zehen. Dann rückte er den breiten Strohhut zurecht. Seine skandinavische Haut neigte dazu, beim ersten Kontakt mit starkem Sonnenschein schnell einen rosafarbenen Ton anzunehmen. Das konnte zu unnötigen Reizungen führen, wenn man sich in einen engsitzenden Taucheranzug zwängen wollte. Andererseits hatte das wohl noch Zeit. Im Augenblick bestand sein Job wirklich nur darin, sich an einen genußvollen Urlaub zu gewöhnen und an nichts sonst.

Carl befand sich in einem Gewimmel kleiner, mehr oder weniger wichtiger, jedoch durchgehend bizarrer Vorhaben. Er mußte sich für die Beerdigung am nächsten Tag eine große Ausgehuniform besorgen, was er dadurch regelte, daß ihm ein ehemaliger Kollege eine lieh, der praktischerweise ebenfalls Fregattenkapitän war. Er mußte einen Flug nach Rom buchen, doch der einzige, der sich zeitlich mit der Beerdigung in Einklang bringen ließ, ging um 15.10 Uhr von Arlanda und würde erst um 19.50 Uhr auf dem Flughafen Leonardo da Vinci enden. Folglich mußte er General Cortini anrufen und die Verabredung für den Abend auf eine spätere Stunde verschieben.

Überdies hatten sich Vertreter des Affenhauses inzwischen bei Sam eingefunden, um die Beisetzung zu regeln. Ihr Sachverstand hatte die Lage analysiert, und das verhieß wie immer nichts Gutes. Denn sobald der Sachverstand des schwedischen Sicherheitsdienstes die Lage analysierte, kam er unfehlbar zu dem Ergebnis, daß die halbe arabische Welt bald mit erhobenen Krummsäbeln angestürzt käme. Und jetzt waren die Experten des Affenhauses somit zu dem Schluß gekommen, daß arabische Terroristen eine nicht zu unterschätzende Bedrohung der morgigen Beisetzung darstellten. Hauptmann Lundwall sei zwar, so erklärten sie, von der sizilianischen Mafia ermordet worden. Doch erstens gebe es Verbindungen der sizilianischen Mafia mit den arabischen Terrororganisationen, was mit dem Drogenhandel zu tun habe. Und zweitens sei es unter allen Umständen so, daß jetzt allgemein bekannt war, wann die Beerdigung stattfinden werde. Und sowohl der Außenminister als auch der Oberbefehlshaber sowie in gewissem Umfang auch Fregattenkapitän Hamilton stellten ja verführerische Terroristenziele da.

Folglich hatte die Säpo einen Wirrwarr verschiedener Fahrstrecken für das Trauergefolge zum Waldfriedhof und zurück erarbeitet. Es war sogar zum Schein ein falsches Gefolge organisiert worden. Außerdem sollte die Trauerkapelle »gesichert« werden, was unter anderem bedeutete, daß sowohl der Außenminister als auch andere denkbare Objekte von besonderem Wachpersonal der Säpo geschützt werden sollten. Als Alternative wurden schußsichere Westen vorgeschlagen.

Carl wies müde darauf hin, daß schußsichere Westen sich unter Frackhemden merkwürdig ausnehmen würden, und mehr noch unter den kurzen Westen, die zu der sogenannten großen Ausgehuniform gehörten. Die anwesenden Säpo-Leute lächelten nicht einmal, als sie sich bekümmert auf dieses neue taktische Problem stürzten.

Eigentlich spielte es gar keine Rolle, was das Affenhaus über das Risiko eines arabischen Überfalls auf Joar Lundwalls Beerdigung glaubte oder nicht glaubte. Doch Carl fühlte sich plötzlich tief verstört bei dem Gedanken, in einer Kapelle zu sitzen, in der er sich von Joar verabschieden wollte, und dabei zwei Idioten von der Säpo bei sich zu haben, wahrscheinlich einen auf jeder Seite, so daß es auf jeden Fall möglich wäre, alle drei von hinten zu erschießen.

Er konnte nicht anders, er mußte sich schließlich in die Diskussion in Sams Zimmer einschalten. Er teilte kurz und bündig mit, daß er aus privaten Gründen keine unvorhergesehene Begleitung in der Trauerkapelle bei sich haben wolle, daß es zwar unmöglich sein werde, zu verlangen, daß die Säpo sich von der Trauerfeier fernhalte, aber Manieren und Anstand sollten es durchaus möglich machen, zu fordern, daß die Sicherheitspolizei Achtung vor der Zeremonie an den Tage lege. Er schlage beispielsweise vor, die Beamten sollten sich dem Anlaß entsprechend kleiden, die Örtlichkeit rechtzeitig vor Ankunft der Gäste sichern und sie anschließend von außen bewachen. Ferner sollten sie sich hinterher davor hüten, etwas von Kuchen oder Keksen einzustecken, falls sie überhaupt die Absicht hätten, an dem anschließenden Kaffeetrinken in der Stadt teilzunehmen.

Sam hatte Mühe, mit Carls Vorschlägen umzugehen, und grunzte etwas, was sich sehr wohl als versteckte Kritik an dem anzüglichen Ton deuten ließ, und das Personal des Sicherheitsdienstes erhob sofort Einwände, es sei völlig unmöglich, anders aufzutreten, als sie selbst vorgeschlagen hätten, möglicherweise mit Ausnahme der schußsicheren Westen unter der Ausgehuniform der Marine.

»Ja«, sagte Carl, »das wäre vielleicht ein Anblick, wenn wir Schwimmwesten anhätten, das würde unpassende Heiterkeit erregen. Im übrigen möchte ich nur eins sagen: Sollten irgendwelche ungebetenen Zivilisten den Versuch machen, sich neben mir auf die Bank zu drängen, werde ich, ob in Ausgehuniform oder nicht, die fraglichen Personen entfernen. Falls nötig, mit Gewalt.«

Der stellvertretende Polizeipräsident des Affenhauses erhob sofort einen Strom von Einwänden.

»Wie gesagt, falls nötig, mit Gewalt«, wiederholte Carl und verließ den Raum.

Er ging in sein Zimmer und sprach mit Lallerstedt über die Lieferung der Kleidung per Taxi an die Wache im Generalstab, fragte nach den notwendigen Kleidungsstücken und erkundigte sich, welche Uniformdetails für den Anlaß erforderlich waren und welche nicht.

Beata hatte für den morgigen Tag eine Art Memorandum geschrieben, in dem die übrigen Fragen von Etikette und Zeremonie beschrieben wurden.

Alle diese Albernheiten waren für Carl so etwas wie eine Ruhepause gewesen. Jetzt saß er wieder mit der Hand am Telefon und sammelte sich kurz, bevor er die Nummer ihres Büros wählte. Es war ein Freitag um halb fünf nachmittags, und das in Schweden im Sommerhalbjahr. Tessie hatte als Ausländerin nicht begriffen, daß um diese Zeit kein Mensch mehr im Büro arbeitet.

Nach dem vierten Läuten nahm sie zerstreut ab. Sie hörte sich an, als wäre sie tief in Gedanken versunken gewesen.

»Ich bin wieder da. Es geht mir gut, und ich bin unverletzt«, sagte er zur Begrüßung.

Sie beantwortete das mit einem heftigen Wortschwall, von dem etwa die Hälfte eine wütende Kritik war, weil er sich nicht gemeldet hatte, und in der anderen Hälfte ging es um ihre Besorgnis und ihre Freude, endlich wieder von ihm zu hören.

Er sagte, er habe eine gute und eine schlechte Nachricht und fragte, ob er sie gleich abholen könne, damit sie irgendwo etwas essen könnten. Sie wollte natürlich sofort zumindest die gute Nachricht hören, doch er weigerte sich, etwas zu sagen, und erklärte, er wolle sie erst sehen, fügte aber hinzu, im übrigen bitte er darum, heute nacht bei ihr wohnen zu dürfen, da er im Augenblick wohnungslos sei.

Am anderen Ende wurde es einige Augenblicke still, da ihr aufging, daß er damit entweder die gute oder die schlechte Nachricht schon zur Hälfte erklärt hatte.

Sie vereinbarten, sich in einer halben Stunde am Karlaplan zu treffen. Er vermied es, im Hotel Reisen anzurufen und einen Tisch zu bestellen. Zwar hätten sie in seinem Stammlokal selbst dann einen Tisch hingestellt, wenn alles voll besetzt war. Doch das Reisen lag in zu großer Nähe seiner Wohnung. Meiner ehemaligen Wohnung, korrigierte er sich.

Statt dessen rief er erneut Lallerstedt an, der irgendwie mit einem der führenden Gastronomen des Landes verwandt war, und fragte, welches Restaurant das beste Stockholms sei. Die Antwort kam prompt. Entweder Eriks in Gamla Stan – was Carls ehemaliger Wohnung noch näher lag als das Reisen – oder auch Paul & Norbert am Strandvägen.

Carl blätterte eine Zeitlang im Telefonbuch, um die Nummer zu finden, rief an und fragte, ob in einer guten halben Stunde ein Tisch für zwei Personen frei sei. Die Antwort war nein. Da nannte er laut und deutlich seinen Namen und erhielt die Antwort ja. Es werde sich schon irgendwie regeln lassen.

Als sie verspätet am Treffpunkt erschien, erklärte sie es damit, die Bahn aus Kista habe sich irgendwie verspätet, aber er lächelte nur fröhlich und sagte, er habe noch nie erlebt, daß sie rechtzeitig gekommen sei. Dann nahm er sie bei der Hand, küßte sie behutsam und zog sie den Narvavägen hinunter. Sie gingen in der Mitte der Allee unter den hellgrün belaubten Bäumen; der Frühsommer war spät gekommen, und vor dem Historischen Museum blühte immer noch der Flieder.

»Well«, sagte sie nach kurzem Schweigen, »falls du meine Neugier wecken wolltest, ist es dir gelungen. Was ist also die gute und was die schlechte Nachricht?«

»Können wir damit nicht bis zu Vorspeise und Wein warten, damit dir weder das eine noch das andere den Appetit verdirbt?« erwiderte er, nachdem er einige Meter stumm neben ihr her gegangen war. Dann drehte er sich zu ihr um, faßte sie um die Schultern, zog sie an sich und küßte sie. Sie leistete erst unbewußt Widerstand und schaffte es noch, etwas von all den Leuten zu sagen, die zusehen könnten. Er entgegnete, sie solle sich nicht um das Publikum kümmern.

Ihm wurde schwindlig, und als sie vorsichtig auseinanderglitten, lachte er fast hysterisch auf.

»Was ist denn so lustig?« fragte sie.

»Verstehst du, ich war gestern in Ridgecrest, oder richtiger gesagt vorgestern, und ...«

»Du bist in Kalifornien gewesen? In den Zeitungen steht etwas von Palermo.«

»Ja, in Palermo bin ich auch gewesen, aber gestern und vorgestern war ich in Ridgecrest. Jedenfalls war dort ein junger Mann, gutaussehender Bursche, er würde dir gefallen. Er brachte mich dazu, mich irgendwie alt zu fühlen. Es war so etwas wie eine Vorahnung der *midlife crisis*, oder wie man das nennen soll. Und ich bekam den Einfall, daß ich am liebsten mit ihm tauschen würde, um wieder in jener Zeit zu landen, in der ich dir nicht von dem erzählte, was ich in Wahrheit tat, du weißt. Und das ist gerade erst passiert, vor ganz kurzer Zeit. Merkwürdiges Gefühl.«

Sie ging eine Zeitlang schweigend neben ihm her, betrachtete ihre Schuhspitzen und schien sich dann entschlossen zu haben, das Thema fallenzulassen, als spürte sie, daß es doch etwas mit der aufgeschobenen Frage der guten und der schlechten Nachricht zu tun hatte.

»Wie war es in Palermo?« fragte sie sachlich.

»Palermo ganz allgemein ist ein Höllenloch. Besonders dann, wenn der Mob einen meiner engsten Freunde erschießt.«

»Du bist dagewesen? In den Zeitungen heißt es, daß du dort warst.«

»Liest du jetzt schwedische Zeitungen?«

»Ja, einigermaßen. Ich kann ja die Kollegen im Büro bitten, das zu übersetzen und zu erklären, was ich nicht verstehe, aber als es um dich und diese Geschichte ging, konnte ich das ja nicht. Wie du weißt, kenne ich dich angeblich nicht.«

»Es wäre doch keinem aufgefallen, wenn du auf das neugierig gewesen wärst, was die größten Schlagzeilen macht? Ich bin jedenfalls dort gewesen und habe einen Meter von ihm entfernt gesessen. Es war nichts zu machen. Wir waren beide unbewaffnet.«

»Das tut mir leid, das tut mir wirklich schrecklich leid.«

»Es gibt bei euch im Englischen etwas, was sehr praktisch ist, ihr könnt nämlich etwas sagen. In unserer Sprache gibt es keine Entsprechung dafür, wir werden einfach nur stumm wie die Fische und können nicht einmal diesen einfachen kleinen Satz sagen: Es tut mir leid.«

»Wie geht es dir? Macht es dir zu schaffen? Ich nehme an, es muß entsetzlich für dich sein.«

»Irgendwie geht es nie vorüber, doch auf eine andere Weise bin ich schon darüber hinweggekommen. Joe kannte die Gefahren. Er starb im Dienst.«

»Ist das wirklich ein Trost?«

»Nein, vielleicht nicht. Vielleicht ist es nur etwas, was man so dahinsagt, was man sich einredet. Aber es scheint irgendwie zu helfen.«

Die Unterhaltung erstarb, und sie gingen stumm zum Strandvägen hinunter und mischten sich unter die Sommerflaneure, die zum Djurgården unterwegs waren oder von dort kamen. Tessie konnte nicht umhin zu bemerken, welche Aufmerksamkeit Carl bei den Passanten erregte. Dennoch hielt er ihre Hand und schien von allen Seitenblicken völlig unbeirrt zu sein, als gingen sie hier ganz allein oder als befänden sie sich irgendwo weit weg in einsamer Geborgenheit wie auf einem der Strände vor San Diego.

Das Restaurant hatte einen kleinen Extratisch direkt an das

Fenster zum Strandvägen gestellt. Carl scherzte, so dürfe man sich in Palermo nie hinsetzen. Dann beschloß er, sich fast demonstrativ mit dem Rücken zu dem großen Fenster und dem Eingang zu setzen und erklärte, so mache man das in Schweden. Die Dame müsse immer die beste Aussicht haben.

Sie überließ ihm die Bestellung, da die Speisekarte ihr schon nach einem schnellen Blick den klaren Eindruck vermittelte, daß dies weit eher sein Stil war als der ihre, und er bestellte schnell eins der angebotenen Menüs, mit weißem Burgunder zur Vorspeise und einem roten Bordeaux zum Hauptgang.

Er sprach ein wenig gezwungen über den Weißwein, als dieser kam, eine Flasche Meursault, und verhedderte sich in einem Vortrag über die Chardonnay-Traube und Kalifornien. Es sei eine der Traubensorten, mit denen man in Kalifornien Erfolg gehabt habe, obwohl bis zu dieser Qualität des Meursault noch einiges fehle. Tessie ließ sich bei diesem kalifornisch-französischem Vergleich fast mitreißen. Doch dann ging ihr auf, daß er ein wenig zu mechanisch drauflosredete, als fürchtete er sich vor dem, was jetzt kommen mußte.

»Okay, Schlaumeier«, lachte sie, »ich gebe mich geschlagen. Ihr in Europa macht bessere Chardonnay-Weine als wir in Kalifornien. Und was ist jetzt mit der guten und der schlechten Nachricht?«

Ihm blieb der Schluck fast im Hals stecken. Er entschuldigte sich lächelnd, stellte sein Weinglas ab und betupfte sich mit der Serviette vorsichtig den Mund.

»Es sieht so aus«, sagte er. »Die gute Nachricht ist, daß ich mich von Eva-Britt getrennt habe, und die schlechte Nachricht ist, daß ich morgen auf eine Dienstreise gehe und nicht weiß, wann ich zurückkomme.«

»Du hast es am Ende also doch getan«, sagte sie nach einer langen, verblüfften Pause. »Teufel auch, du hast es getan.«

Sie warf den Kopf in den Nacken und lächelte, wie sie es immer tat, wenn sie nachdachte oder dabei war, etwas Ironisches zu sagen. In ihrem Lächeln glaubte Carl jedoch ein Zögern oder Verwunderung zu lesen.

»Einfach so. Du hast es am Ende doch getan«, fügte sie nach einiger Zeit hinzu, da er nichts sagte.

»Ja«, erwiderte er, »einfach so. Aber jetzt muß ich auf Reisen gehen. Ich weiß, daß das nicht gerade ein Timing ist, wie man es sich wünschen würde, aber ich muß.«

Sie wurden durch das Erscheinen einer weiteren Vorspeise unterbrochen, marinierter Taubenbrust auf einem Bett aus Rosé- und Eichblattsalat.

»Wohin fährst du, und wie lange bleibst du weg?« fragte sie, als sie die Taubenbrüstchen schon halb bewältigt hatte.

Er überlegte kurz, während er weiterkaute.

»Es ist schon irgendwie komisch«, begann er, »aber ich war gerade dabei, mir dieses und jenes zurechtzulegen, wenn nicht gerade eine Lüge, so doch zumindest das, was Leute deines Schlages Verschweigen der Wahrheit nennen.«

»Was in juristischem Sinn der Lüge gleichgestellt werden kann, ja. Und?«

»Und genau das war zu Anfang unser eingebauter Grundfehler. Stell dir vor, wieviel einfacher in San Diego alles hätte werden können.«

»Wenn du gesagt hättest, wie es war? Daß du oben in Ridgecrest zu deiner militärischen Ausbildung warst, wenn du mehrere Tage pro Woche oder manchmal eine ganze Woche wegbliebst?«

»Ja. Das war es ja, was ich dir nie erklärt habe.«

»Vielleicht hätte das nichts geändert. Wir wissen nicht, was hätte geschehen können, wir wissen nur, was passiert ist. Und jetzt sitzen wir hier, ob nach Umwegen oder nicht, aber wir sitzen jetzt hier.«

»Du bist schlau wie eine Füchsin.«

»Wie eine was?«

»Wie eine Füchsin. Das ist so eine Redensart.«

Sie trank von dem Wein und musterte ihn lächelnd. Sie achtete darauf, daß sie ihm in die Augen sah, als könnte sie dort etwas anderes sehen als das, was er sagte.

»Also, fangen wir wieder von vorn an«, sagte sie. »Wohin reist du, und wie lange bleibst du weg?«

»Ich fliege nach Palermo«, sagte er und holte Luft, um dann alles folgende in fast einem einzigen Atemzug hervorzusprudeln. »Ziel des Unternehmens ist es, einmal diejenigen aufzuspüren und zu neutralisieren, die Joar Lundwall ermordet haben, zum andern die schwedischen Geiseln zu befreien und eine Mafia-Bande zu zerschlagen, und ich rechne mit mindestens einem Monat.«

»Das nenne ich eine genaue Auskunft«, sagte sie nach einigem Zögern; sie hatte in seinen Augen nicht den kleinsten Anflug von Scherz gefunden. »Bedeutet ›neutralisieren‹ das, was ich glaube?«

»Ja«, erwiderte er, während er beiden Wein nachschenkte, »es bedeutet, sie zu töten.«

»Aus Rache?«

»Das natürlich auch, doch dieses Motiv verbirgt sich praktischerweise hinter redlichen legalen Gründen.«

»Es fällt mir schwer, das zu glauben. So wie du jetzt schon deinen Vorsatz beschreibst, handelt es sich um Mord ersten Grades. Heißt das auch auf schwedisch so?«

»Nein, bei uns heißt es nur Mord. Auf der nächsttieferen Stufe der Skala heißt es Totschlag, und noch eine Stufe tiefer fahrlässige Tötung. Wir sprechen jetzt jedoch nicht von schwedischem Recht, sondern von italienischem, und da werden diese Nuancen noch verwaschener. Außerdem ist es eine Prognose. Ich beurteile nur die wenig wahrscheinliche Möglichkeit, daß wir diese Ganoven einfangen können, ohne daß sie heftigen bewaffneten Widerstand leisten. Und dann verlieren sie.«

»Bist du da sicher?«

»Natürlich. Wir wählen Zeit, Ort und Waffen und sind außerdem besser als die.«

»Wir?«

»Ja. Du glaubst doch nicht, daß ich allein in die Stadt reite wie eine Art Clint Eastwood? Wir befinden uns im Krieg mit ihnen, und du verstehst sehr wohl, was ich mit wir meine.«

»Den Geheimdienst Seiner Majestät?«

»Genau den.« Sie verstummte, nicht nur, weil sie durch das Hauptgericht – einen marinierten Lammrücken – unterbrochen wurden, das mit allen Schikanen serviert wurde. Es lag etwas grundlegend Unwirkliches in der ganzen Szene. Hier saßen sie mitten in Stockholm, unter ganz normalen schwedischen Restaurantgästen, und unterhielten sich höflich und leise, machten Konversation über Dinge, die niemand in ihrer Umgebung sich in seiner wildesten Phantasie vorstellen konnte. Sie sprachen mit der gleichen Selbstverständlichkeit von Mord wie andere über Banalitäten, so wie jetzt auch Carl, als er der Farbe des Weins soviel Interesse entgegenbrachte.

»Diese leicht ziegelrote Farbe kommt mit dem Alter des Weins«, erklärte er, als wäre es wirklich interessant. »Cheval Blanc. Der stammt aus St. Emilion, dem größten Weindistrikt im Bordeaux. Aus diesem Grund bin ich diesem Wein gegenüber vielleicht immer ein wenig mißtrauisch gewesen, als sollte man lieber in den kleineren Distrikten suchen, Pomerol, dem kleinsten, oder St. Estèphe, den wir früher immer tranken. Skål. Wovon sprachen wir gerade?«

»Skål«, sagte sie mechanisch. »Über damals in San Diego, draußen in diesem Hafencafé mit der Aussicht auf Coronado und die Flugzeugträger.«

»Wieso?« fragte er mit aufrichtigem Erstaunen, da er keinerlei Zusammenhang sah.

»Erinnerst du dich nicht mehr daran, als ich sagte, *hier und jetzt*, und du gekniffen hast?«

»Das ist keine gerechte Beschreibung. Ich hatte damals einen Auftrag, von dem ich dir nie erzählen kann, der aber zum Wichtigsten in meinem ganzen Leben gehört. Das nenne ich nicht gerade kneifen.«

»Nein, vielleicht nicht. Aber damals habe ich mich jedenfalls darüber lustig gemacht. ›Ein Mann muß tun, was er tun muß‹, du weißt schon.«

»Ja. Probier mal den Lammrücken. Er ist himmlisch, in Kräutern mariniert, gut abgehangen.«

»Das Lustige ist aber«, fuhr sie nach einiger Zeit fort, nachdem sie den Geschmack des Lammrückens mit ihrem Gesichtsausdruck bestätigt hatte und langsam und genußvoll weiterkaute, »jetzt fällt es mir nicht ein.«

»Was fällt dir nicht ein?«

»Eine Szene zu machen, mich darüber lustig zu machen, was ein Mann tun muß. Ich drohe nicht damit, wieder nach San Diego zu ziehen oder sonst etwas zu tun. Ich kann dich ganz einfach nicht hindern.«

»Nein. Und?«

»Ich habe nicht mal Lust, es zu versuchen. Das ist das Lustige. Ich finde mich gehorsam und lieb damit ab, oben im Turm zu sitzen und mit meinen Fahnen zu winken, wenn die Ritter die Burg verlassen. Und dann soll ich dasitzen und warten und züchtig und besorgt sein, und damit finde ich mich ab, und das kapiere ich nicht. Das ist doch wie im Mittelalter.«

»Das ist deine mexikanische Herkunft, die dich endlich eingeholt hat«, lachte er. »Viva Zapata! Viva la Revolución!«

»Halte deine Gringo-Pfoten von meiner Herkunft fern«, lachte sie, und damit hatten beide das Gefühl, als wäre das Gesprächsthema weggeweht. Sie erkannte sehr wohl, daß er die Bedeutung seiner Reise nach Palermo zu verdrängen versuchte, aber sie ließ es geschehen. Sie achtete darauf, daß es geschah, aus reiner Selbsterhaltung.

Er hatte sich zurückgelehnt und sah sie mit glitzernden Augen an. Sie hatte die Haare zu ihrer Lieblingsfrisur mit einem dicken Zopf zusammengesteckt, der ihr auf den Rücken hing, womit sie die Mexikanerin in sich betonte. Hier und da funkelte ein vereinzeltes graues Haar in der schwarzen, glänzenden Mähne, und er versuchte sich vorzustellen, wie sie in zwanzig oder dreißig Jahren aussehen mochte. Er war überzeugt, sie auch dann noch genauso schön zu finden, für immer oder bis der Tod sie schied.

Luigi hatte während der ganzen Mahlzeit gespürt, wie die Angst immer starker wurde. Es war alles etwa genauso geworden, wie er es vorhergesehen hatte. Das große lateinische Familientreffen mit den ererbten venezianischen Gläsern, mit dem goldgeränderten Festtagsporzellan, das man sonst nie auf den Tisch zu stellen wagte, die ganze verdammte Verwandtschaft, nein, die ganze geliebte Verwandtschaft, korrigierte sein italienisches Ich das Urteil seines schwedischen Ichs, die munter plaudernd vorgebrachten Pläne, schon am nächsten Tag auf den Landsitz der Familie zu fahren, und dann natürlich noch die aparte kleine schwedische Einlage, als sein Vater unter allgemeiner Heiterkeit mit einem Löffel gegen sein Glas klopfte und eine Rede hielt, wie es Schweden bei allen möglichen Anlässen tun. Und selbstverständlich ging es in der Rede des Vaters um die Heimkehr des verlorenen Sohnes, von der lichten Zukunft der Computertechnik, von dem langen, steinigen Ausbildungsweg bis zu einem MA in EDV, von den Vorzügen, die es mit sich bringe, Schwedisches und

Italienisches in sich zu vereinigen, um die schwedische Fähigkeit, sich so lange von seiner Familie fernzuhalten, um die Erfordernisse der Zukunft zu erfüllen, um die italienische Fähigkeit, die Familie zusammenzuhalten, um den Jüngling, der abgereist und als erwachsener Mann heimgekehrt sei.

Luigis Vater sprach ein annehmbares Italienisch, verhedderte sich jedoch immer, wenn er feierlich werden sollte. Da er auf schwedisch dachte und beim Sprechen nach und und nach übersetzte, gelang es ihm, ein paar prachtvolle Fehlleistungen zustande zu bringen, die bei der Verwandtschaft von Zeit zu Zeit erstaunte Heiterkeit erregten, beispielsweise wenn er statt von dem verlorenen Sohn von dem verlobten Sohn sprach.

Einen Straßenblock weiter stand ein vollbeladener Citroën-Kombi aus Wellblech. Am nächsten Morgen würde Luigi abreisen, ohne sagen zu können, wohin oder warum oder für wie lange. Dabei war er nicht mehr als vierundzwanzig Stunden zu Hause gewesen. Und ein Ausweg war ihm bisher auch nicht eingefallen. Carl hatte als Schwede nicht verstanden, welche Komplikationen einer Erklärung etwa des Inhalts folgen würden, er reise ab, um seine große Liebe zu treffen. Er überlegte, ob er seine Eltern beiseite nehmen und ihnen ganz einfach sagen würde, wie es sich verhielt. Nun ja, fast die ganze Wahrheit, jedoch kaum, daß er nach Palermo wollte, um auf die Mafia Jagd zu machen. Wie kühl und beherrscht seine Mutter in ihrer Rolle als Unternehmenschefin auch sein mochte, konnte sie sich dennoch blitzschnell in eine italienische Mutter verwandeln, wenn sie so etwas erfuhr.

Früher oder später würden sie doch erfahren, daß er bei den schwedischen Streitkräften angestellt war und kaum eine Karriere vor sich hatte, jedenfalls keine der Art, wie sie ihnen vorschwebte.

Sie wußten, daß er Fallschirmjäger war. Genau, er war ja seit fünf Jahren nicht mehr in Schweden gewesen, und da mußte es jetzt höchste Zeit für eine Wehrübung sein. Und als Offizier mußte er sich ja selbstverständlich zu einer Übung einfinden?

Aber wenn seinem Vater seine guten Kontakte in Schweden einfielen und er anfing zu telefonieren, um unter Hinweis auf Familienangelegenheiten einen Aufschub zu erbitten?

Dann wäre Luigi gezwungen, seinen Vater beiseite zu nehmen und ihm die Wahrheit zu sagen. Oder zumindest etwas, was der

Wahrheit nahe kam. So mußte er vorgehen, das war die einzige Lösung.

In der restlichen Zeit der langen Mahlzeit erzählte er seinem Großvater von Kalifornien, von Silicon Valley, der kalifornischen Weinproduktion und den Erwartungen, die in die amerikanische Automobilindustrie gesetzt wurden. Nachdem er beschlossen hatte, die Einberufung zu einer Wehrübung als Erklärung zu nennen, fühlte er sich entspannter. Die ganze Familie wußte immerhin, welch großen Wert er auf seine schwedische Identität legte, obwohl er sie immer dann, wenn er nach Mailand kam, wie einen Wintermantel ablegen konnte. Sie würden ihm die Geschichte abkaufen. Er würde einen Monat weg sein, um statt Bertoni Svensson zu sein, und das würden sie glauben.

Selbst wenn sie es nicht glaubten, würde ihn nichts daran hindern, am nächsten Morgen mit dem Kombi nach Süden zu fahren; *this is it, this is the real thing, this is what you have been trained for. Make us proud*, sagte die amerikanische Stimme in ihm. Befehl verstanden. Wird ausgeführt, sagte die schwedische Stimme.

Die Anwesenheit des Außenministers und des Fernsehens nahm der gesamten Veranstaltung den privaten Charakter und machte es Carl leichter, die Tränen zurückzuhalten.

Er hatte erwartet, daß der Sarg mit einer schwedischen Fahne geschmückt war, die dann zusammengefaltet und Joars Mutter überreicht wurde, doch dann ging ihm auf, daß das nur ein amerikanisches Ritual war. Die schwedische Marineflagge wurde von einem Offizierskameraden des KA 1 getragen, so wie der Sarg von jüngeren Offizieren der Küstenjägerschule getragen wurde.

Auf dem Sarg lag jedoch Joars grüne Baskenmütze, und auf einem Kissen vor dem Sarg zwischen den Kränzen der Marine und des Generalstabs lag die Medaille des Königs für Tapferkeit im Feld, die eher wegen Tapferkeit zur See hätte verliehen werden müssen, so wie das Ritterkreuz des Sankt-Olafs-Orden. Das waren Details, von denen sich die aufdringlichen Fernsehteams nicht losreißen konnten. Und so versteiften sie sich auf immer neue Versuche, die Gäste in aufdringlichen Nahaufnahmen einzufangen. Carl hatte fast ständig eine oder mehrere Fernsehkameras gleich neben sich. Sie gruben in seinem Gesicht und zerrten und rissen an verschiedenen Uniformdetails, den Ordensspangen, dem SEAL-Symbol, dem Fallschirmjägerabzeichen, dem Abzeichen des Generalstabs, den Rangabzeichen, und wanderten dann wieder zu seinem Gesicht zurück. All dies machte Carl wie versteinert. Er nahm von der Zeremonie kaum etwas wahr, hörte die Musik wie von fern, verlor die Konzentration, und seine Gedanken flatterten zu der Nacht mit Tessie los, worauf er sich schämte, als wäre es so etwas wie eine Sünde, und zwang sich wieder zu Joar zurück, der da vorn in seinem sizilianischen Sarg mit Löwenfüßen lag. Carl kramte im Gedächtnis nach den Musikstücken, die gespielt wurden, bemühte sich, starr geradeaus zu sehen und seine Gefühle mit keiner Miene zu verraten, versuchte vergeblich, die Erinnerungsbilder aus dem Café am Morgen zu verdrängen, als das Motorrad näher kam, versuchte den Mann mit dem weißen Fleck im Haar zu vergessen, der seine UZI hob, den kleinen dumpfen Laut der Treffer, als die Geschosse in Joars Körper einschlugen, den höhnisch hochgereckten Mittelfinger, der ihm hinterher gezeigt wurde, als Joar im Sterben lag, um dann wieder zur Trauerkapelle zurückzuwandern mit dem Sarg, den Kränzen und der Musik, deren Namen ihm nicht einfallen wollte, zu dem Nakken des Oberbefehlshabers, dem Nacken des Marinechefs, Sams Nacken, dem Nacken des Alten; der Alte war der einzige Vertreter des Militärs, der Zivilkleidung trug.

Der Außenminister hielt eine kurze Rede. Es war eine gute Rede, zumindest sehr viel besser, als Carl erwartet hatte, obwohl er nicht sonderlich hochgespannte Erwartungen gehabt hatte. Sie wurde nichts, was direkt mit dem laufenden Wahlkampf zu tun hatte. Zumindest hörte es sich nicht so an.

Der Außenminister sprach von Mut, von dem für die Umwelt so unfaßbaren Mut, den Männer wie Hauptmann Joar Lundwall repräsentierten, sprach davon, wie wichtig es für ein kleines neutrales Land wie Schweden sei, sich verteidigen zu können. Er sprach von der Mischung aus Dankbarkeit und Demut, die wir anderen vor den Männern und Frauen in unserem Land empfinden müßten, die nicht einmal zögerten, den äußersten Preis dafür zu zahlen, um das hochzuhalten, woran wir alle glaubten. Der Außenminister sagte ferner, daß die meisten Menschen es vielleicht vergäßen, daß die Tragödie, die jetzt wie ein Blitz aus dem immer unruhiger werdenden Himmel der Weltpolitik eingeschlagen habe, als Erinnerung daran dienen müsse, welchen Preis nicht nur Männer wie Hauptmann Lundwall in jedem Augenblick zu zahlen bereit seien, sondern erwähnte auch die Werte, die über allen politischen und ideologischen Gegensätzen stünden, die Werte, die uns als Land, als Nation und Volk vereinten.

Das war schön, maßvoll und nicht zu gefühlsbeladen und würde sich in den abendlichen Fernsehsendungen ausgezeichnet machen.

Hinterher defilierten die Gäste in festgelegter Reihenfolge an Joar vorbei, zunächst Joars Mutter und Carlos, der sie am Arm hielt und sie stützte. Sie blieben am Sarg stehen und weinten offen, als sie ihre Blumensträuße auf den Sarg legten. Beide hatten rote Rosen gewählt. Niemand der Anwesenden verzog eine Miene. Vielleicht verstand niemand außer Joars Mutter, Carl und Beata Carlos' Beziehung zu Joar.

Die Vertreter des Militärs verabschiedeten sich dem Rang nach von Joar. Als erster defilierte der Oberbefehlshaber am Sarg vorbei und Carl als letzter. Einer nach dem anderen nahm Haltung an, bevor alle zum Ausgang gingen. Joar sollte eingeäschert werden und blieb in der Kapelle.

Als Carl sie als letzter verließ, blieb er unrettbar im Chaos, dem Gedränge von Journalisten und Fernsehkameras stecken. Der Außenminister hatte soeben ein paar Überlegungen über das nationale Gemeinschaftsgefühl in solchen Momenten beendet, als Carl Mikrophone entgegengehalten wurden, denen er im Gedränge nicht entkommen konnte.

Jemand fragte ihn, was für ein Gefühl es sei, von einem Kollegen Abschied zu nehmen. Er brachte es nicht über sich zu antworten. Er empfand nur doppelte Verzweiflung darüber, weil er tatsächlich Abschied genommen hatte und weil die Frage so idiotisch und unmöglich war. In diesem Moment konnte er die Tränen nicht mehr zurückhalten, sich aber auch nicht aus dem Staub machen. Die Fernsehkameras nahmen alles gierig in sich auf. Die nächste Frage lautete, ob Maßnahmen ergriffen werden würden, um die Mörder aufzuspüren und zu bestrafen. Carl, der sich vergebens bemüht hatte, die erste Frage nach seinen Gefühlen zu beantworten, zwang sich jetzt, etwas zu sagen. Ihm war schwach bewußt, daß er im Fernsehen nicht einfach nur weinen konnte.

»Diese Frage kann aus einleuchtenden operativen Gründen nicht beantwortet werden«, sagte er, wobei ihm mehrmals die Stimme versagte. Er mußte seine ganze Selbstbeherrschung aufbieten, um weitersprechen zu können. Die Verwandlung seines Gesichts kam im Fernsehen außerordentlich gut an und wurde natürlich völlig falsch gedeutet, als er fortfuhr:

»Es würde mich sehr erstaunen, wenn die Mörder Hauptmann Lundwalls den Sommer überleben. Ebensowenig glaube ich, daß die Mafia-Organisation, die hinter dem Mord steckt, noch sehr lange am Leben bleiben wird.«

Daraus ergab sich für den Fernsehreporter die selbstverständliche Anschlußfrage, inwieweit Fregattenkapitän Hamilton persönlich an der Jagd nach den Mördern teilnehmen werde. Er antwortete, selbst wenn es so wäre, könne er sich nichts Ungeeigneteres vorstellen, als im voraus im Fernsehen darüber Auskunft zu geben. Im nächsten Augenblick entdeckte er eine Lücke im Gedränge. Es gelang ihm, sich zu entschuldigen und sich zu den Wagen zu bewegen, bei denen die Säpo-Leute standen und in ihre Sprechfunkgeräte sprachen.

Kaum hatte er sich in den schwarzen Wagen gesetzt und die Tür hinter sich zugezogen, hatte er Joar, Tessie, Schweden und alles andere hinter sich gelassen. Er befand sich schon in Palermo.

5

Am vierten Tag überkam ihn zum ersten Mal so etwas wie eine kurze Ruhe. Er hatte Palermo auf der Suche nach geeigneten Orten und Gebieten für all das, was kommen würde, mit fieberhafter Intensität durchsucht. Er hatte sich meist zu Fuß bewegt und seine Ortskenntnis in der Gegend um die Via Roma und das Hotel herum systematisch ausgeweitet. Er hatte auch das Hotel spät in der Nacht, fast schon in der Morgendämmerung, durchsucht und sich gezwungen, Autofahrten aus der Stadt und in die Stadt zu üben.

Er betrachtete den in mattem Gold und Kobaltblau schimmernden Jesus Christus. Das Heiligtum in Monreale stammte aus der Normannenzeit und war auf den ersten Blick eine Mischung aus oströmischen und arabischen Stilelementen sowie etwas anderem, was Carl nicht näher bestimmen konnte.

Die Gewölbe der beiden Kirchenschiffe waren ganz mit Goldmosaiken ausgekleidet, und die Motive waren Strafe und Belohnung, der Lohn der Tugend, den Noah erhielt, als die Arche am Ende der Bildserie schließlich sicher an Land stand, oder die Strafen, die von den Erzengeln den Sündern auferlegt wurden. Das vor achthundert Jahren herrschende Regime hielt die Bevölkerung in der Zucht und Ermahnung des Herrn, das ging aus den Bildern hervor. Das Regime mußte Frieden gehabt haben, denn das war die Voraussetzung für einen Wohlstand, der es erlaubte, Kunsthandwerker jahrzehntelang arbeiten zu lassen, damit sie eine Kirche mit Millionen kleiner Goldstücke ausschmücken konnten, die nach und nach eingefügt wurden. Es mußte ein völlig anderes Sizilien gewesen sein.

Da Piemonte kam exakt zur festgesetzten Zeit, als wäre er Offizier des Nachrichtendienstes. Er war allein, doch Carl machte sich keine Illusionen darüber, wie es draußen vor dem einzigen offenen Seiteneingang zur Kirche aussah.

Carl erhob sich, als sie sich die Hand gaben, worauf beide nebeneinander auf die Bank sanken und die Pracht eine Weile schweigend betrachteten.

»Nette Idee, daß wir uns hier treffen sollten«, sagte Carl

schließlich. »Soviel ich sehe, ist es normannische Kunst. Herrschte damals auf Sizilien Frieden?«

»Ja«, erwiderte Da Piemonte mit einem amüsierten Seitenblick, »ja, tatsächlich. Was bringt Sie darauf, Comandante?«

»Die Bilder. Ich finde, die Bilder sagen es aus. Sie zeugen von Stabilität, Recht und Ordnung. Es scheint damals keine übertriebene Straf- und Schreckenspropaganda gegeben zu haben, sondern eine ruhige, selbstbewußte Gottesfurcht, ungefähr so.«

»Lustige Beobachtung. Es stimmt natürlich vollkommen. Den Normannen gelang es, unvereinbare Dinge miteinander in Einklang zu bringen. Während dieser Periode hielten Araber, Sizilianer und Normannen Frieden. Ich kann nicht genau sagen, woran es lang, aber das war vielleicht Siziliens beste Zeit. Dann kamen die Spanier, und damit wurde alles anders.«

»Hat die Mafia ihren Ursprung im Widerstand gegen die Spanier?«

»Vielleicht. Norditalien geriet unter germanisches Recht, germanische Ordnung und polizeiliche Bürokratie. Vermutlich gab es auch dort etwas, was wir Mafia nennen würden, aber das wurde ausgerottet. Und jetzt sitzen wir hier sozusagen achthundert Jahre später. Ich habe heute mit dem Palazzo gesprochen. Das war meine erste Amtshandlung, als mir klar wurde, daß Sie zurückgekommen sind.«

»Und?«

»Rom scheint der Meinung zu sein, wir sollten unser Äußerstes tun, um Ihnen zu assistieren. Sehr interessant, vor allem, weil mir gar nicht klar ist, worauf Ihr Vorhaben hinausläuft.«

Carl blieb eine Zeitlang schweigend sitzen und betrachtete das große Christusbild unter der Kuppel. Es war definitiv nicht die Zeit für eine Beichte, aber auch nicht für Lügen.

»Das Ziel des Vorhabens ist die Zerschlagung sämtlicher Pläne des organisierten Verbrechens, mit anderen Worten der Pläne Don Tommasos und seiner Bande, hochkomplizierte Waffentechnik in die Hand zu bekommen, die sie weiterzuexportieren gedenken. Darum geht es letztlich.«

»Schwedische Waffen?«

»Ja, schwedische Waffen, die für die italienische Marine gedacht sind.«

»Das erklärt die Reaktionen in Rom. Es handelt sich also nicht um eine gewöhnliche kleine Entführung?«

»Nein. Wir haben natürlich trotzdem den Ehrgeiz, die Schweden freizubekommen. Sie werden so lange am Leben sein, wie Don Tommaso glaubt, Waffengeschäfte machen zu können.«

»Glaubt er das?«

»Ich hoffe es. Ich hoffe, er liest Zeitungen, denn das haben Sie sicher auch getan?«

»Ja, aber ich schenke solchen Berichten meist keinen Glauben. Nun, was kann ich für Sie tun?«

»Am Flughafen liegt eine große Sendung für mich bereit, und falls sie noch nicht eingetroffen ist, wird sie bald kommen. Sie lautet auf Ihren Namen, Sie sind also der Adressat, und der Absender nennt sich Naval Trading Company. Wie Sie verstehen, ist das natürlich kein ziviler Absender. Die Sendung wiegt vielleicht fünf- oder sechshundert Kilo und ist in zwei oder drei Stahlkoffern stabil untergebracht. Ich möchte Sie bitten, die Sendung entgegenzunehmen und unter Bewachung aufzubewahren, bis ich sie bei späterer Gelegenheit abhole.«

Oberst Da Piemonte wischte sich mit einem Taschentuch die Stirn, während er mit einem theatralischen Seufzer langsam und hörbar Luft entweichen ließ. Es war kühl in der Kirche, und die Temperatur konnte Da Piemonte unmöglich zum Schwitzen gebracht haben, wie Carl feststellte. Er zwang sich, nicht zu lächeln.

»Ich möchte nicht unhöflich sein«, sagte Da Piemonte mit einem scharfen Ton, der offenbar etwas anderes aussagte als die Worte, »aber wenn Sie wollen, daß ich für Sie etwas schmuggele, müßte ich zumindest wissen, was ich schmuggele, finden Sie nicht auch?«

»Doch, das ist eine vernünftige Forderung. Die Sendung enthält kein anderes organisches Material als Stoff. Im übrigen handelt es sich um Metall, technische Ausrüstung. Militärische technische Ausrüstung aus einem NATO-Land.«

»Ist das alles, was Sie mir zu erklären gedenken?«

»Mein lieber Oberst! Lassen Sie uns doch nicht unhöflich sein. Ich habe Ihnen jetzt sowohl gesagt als auch nicht gesagt, worum es sich handelt. Nichts ist illegal. Sie vertreten die italienischen

Streitkräfte und nehmen Verteidigungsmaterial von einem NATO-Verbündeten entgegen. Wir verstoßen also nicht gegen Gesetze. Die Sendung enthält nichts, was die italienischen Streitkräfte nicht entgegennehmen oder anwenden dürften.«

»Nein, aber die Frage ist doch, was geschieht, wenn ein anderer, Sie nämlich, dieses Material verwendet.«

»Ja, natürlich. Aber wir sind doch auch Verbündete, nicht wahr? Besprechen Sie die Angelegenheit ruhig mit Rom, wenn Sie sich unsicher fühlen. Die Kisten sind mit Kombinationsschlössern versehen. Wenn Sie darauf bestehen, kann ich zu Ihnen kommen und sie öffnen.«

Damit war das Gespräch beendet. Sie blieben noch eine Zeitlang sitzen und betrachteten das Goldmosaik. Von Zeit zu Zeit steckte ein Besucher eine Hundert-Lire-Münze in einen der Automaten an den Wänden des Kirchenschiffs, worauf eine oder mehrere Sektionen mit Scheinwerfern angestrahlt wurden, bis das Licht nach etwa einer Minute plötzlich ausging, falls kein neuer Besucher wieder eine Münze einwarf.

»Glauben Sie an Gott, Comandante?« fragte Da Piemonte schließlich.

»Nein«, erwiderte Carl. »Ich glaube nur an richtig und falsch, gut und böse und natürlich auch an den Sieg des Guten. Wieso?«

»Gott sei mit Ihnen, Comandante«, sagte Da Piemonte, klopfte Carl freundlich auf die Schulter und ging zum Ausgang.

Carl blieb sitzen. Er hatte das Gefühl, im Auge des Orkans zu ruhen, in absoluter Ruhe. Er verscheuchte jeden Gedanken an seine fieberhafte Planungsarbeit, alles, was er sich gemerkt hatte, alle verschiedenen Lösungen, welche die Logistik betrafen, die Kommunikation sowie direkte Aktionen, und ließ in aller Ruhe die Phantasie das Kommando übernehmen, während der Blick über die Bildfolgen von dem guten Noah und den Strafurteilen der Erzengel glitt. Er hatte das Gefühl, als stünde die Zeit still, als hätte er hier auch vor achthundert Jahren sitzen und derselbe Mensch sein und sich vor der unvermeidlichen Schlacht sammeln können. Andere hatten es vor ihm getan, doch alle diese anderen waren tot, verschwunden und von der ewig sich weiterentwickelnden Geschichte vergessen. In irgendeinem Sinn würde er auch selbst bald nicht mehr da sein, und *bald* konnte aus seiner Perspektive drei Tage oder dreißig Jahre bedeuten.

Der Tod befand sich dort ebenfalls an der Wand, natürlich der Sensenmann, doch erschien er nicht sonderlich erschreckend, sondern wirkte eher wie eine alltägliche Erscheinung unter all den Engeln und dem arbeitenden Volk, das bei der Ernte und an den Weinpressen arbeitete und dabei von den Engeln überwacht wurde. Hoch oben über allem die alles sehenden Augen im Bild von Jesus Christus.

Carl schloß die Augen, lehnte sich zurück und genoß die Stille in sich. Er ruhte im Augenblick.

Für Luigi Bertoni-Svensson hatten die letzten sechs Stunden eine entscheidende Veränderung gebracht.

Er hatte zwei Tage damit verbracht, in einem Dreieck zwischen dem kleinen Badeort Capo San Vito, der Hafenstadt Trapani, der Weinbaustadt Calatafimi und Castellammare del Golfo kreuz und quer herumzufahren. Am Tage ließ der Verkehr sofort nach, sobald er die Hauptstraße zwischen Castellammare und Trapani verließ. Zumindest in den Weinbaugebieten war während der heißen Stunden kein Autofahrer ohne zwingenden Grund unterwegs. Die Hauptstraßen hingegen waren ständig von Autoschlangen mit Caravan-Touristen blockiert, sogar während der heißesten Stunden des Tages.

Luigi hatte sich eine einigermaßen zuverlässige Auffassung davon verschafft, wo und wie ein Austausch stattfinden konnte, nämlich im Weinbaugebiet in der Nähe der Dörfer Buseto und Ballata zwischen zwei großen Hauptstraßen. Das eröffnete mehrere Möglichkeiten. Man konnte sich der Stelle aus jeder Himmelsrichtung nähern und in eine andere Richtung fliehen. Wenn man Transportmöglichkeiten zur See besaß, konnte man überdies nach Süden abbiegen, etwa zur Küste vor Marsala, statt in die erwartete Richtung Palermo zu fahren. Er durfte jedoch nicht vergessen, daß die Straßen kaum mit den Karten übereinstimmten und daß er Ankunft und Flucht noch öfter üben mußte.

Er hatte ein Gefühl von Unwirklichkeit gehabt. Es war ihm schwergefallen einzusehen, daß er tatsächlich an einem Unternehmen teilnahm. Dafür hatte er jedoch reichlich Zeit gehabt, alles zu planen und sich eine gute Methode auszudenken, wie er sich bei der ersten gefährlichen Gelegenheit telefonisch bei Trident melden konnte. Zu seinem Vergnügen hätte er um ein Haar sogar den Chef persönlich hereingelegt, als er ihn anrief und mit seinem filmreif übertriebenen italienischen Akzent sprach. Außerdem hatte er genau richtig geraten und auf Autovermietung getippt, als er erklärte, dieser kleine Fehler mit dem Fensterheber könne jetzt erledigt werden, wenn Signor Hamiltone nur so freundlich sein wolle, den Wagen zu bringen. Carl hatte erst nach einiger Zeit begriffen, daß er auf den Arm genommen worden war, worauf er um eine Wegbeschreibung bat. Der Rest war Routine gewesen.

Hamilton war natürlich aus der von Luigi vorgeschlagenen Richtung gekommen und schon darauf eingestellt gewesen, daß fünfhundert Meter vor dem Ziel wahrscheinlich ein Anhalter stand. Luigi war schnell eingestiegen und hatte den Wagen umdirigiert. Es war alles gut gegangen. Keine Verfolger und bis jetzt keine Gefahr, entdeckt zu werden.

Von jetzt an verfügten sie zumindest über eine sichere Kommunikation per Funk mit codierten Signalen. Jetzt galt es, den dritten Mann mit einem Funkgerät auszurüsten und einen Teil der Ausrüstung auf die Basis draußen auf See zu bringen. Danach wären sie mit dem größten Teil der routinemäßigen Vorbereitungen fertig und konnten in eine aktivere Phase übergehen. Dann würde alles, was jetzt noch unwirklich erschien, zu etwas völlig anderem werden.

Luigi schwankte zwischen Pessimismus, den er zu bekämpfen suchte, und übersteigertem Optimismus. Hätte man ihm oder einem seiner Bekannten gesagt, er werde mit Carl und Åke gegen eine Mafia-Familie mit Heimvorteil auf Sizilien antreten, wäre darüber nur gelacht worden. Sechs Millionen Einwohner, zehn Prozent davon mehr oder weniger mit der Mafia verbunden – das bedeutete unter anderem sechshunderttausend Feinde, sechshunderttausend Augenpaare sowie ferner, daß so gut wie jeder, jeder beliebige Obsthändler, Chorknabe, Vespa-Fahrer, Polizist, Kellner, Tankwart, Bademeister, Bäcker, angeblicher Urlauber, jeder junge Lümmel, jeder Autovermieter oder Parkwächter plötzlich eine *lupara* oder eine Automatic hervorziehen konnte, und zwar an jedem beliebigen Ort.

Hamilton schien sich der Schwierigkeiten jedoch durchaus bewußt zu sein. Über das Problem hatte er nicht sehr viel gesprochen, doch sein Hinweis darauf, daß alle Operationen koordiniert im Dunkeln stattfinden würden und niemals bei Tage, deutete darauf hin, daß er um die Größe der Schwierigkeiten wußte. Er hatte auch etwas davon gebrummelt, das Unbekannte jage immer mehr Angst ein als das Bekannte, daß die Strategie des Gegners gerade auf dem Wissen der Allgemeinheit aufgebaut sei, daß sie selbst aber nach genau entgegengesetzten Grundsätzen verfahren würden. Ihr Gegner würde nie erfahren, wie viele sie waren oder wie sie hießen, und würde auch nie Gelegenheit erhalten, Zeit und Ort zu wählen, würde nie die Initiative ergreifen dürfen, würde sie nie überraschen können.

Bei dem ständigen Schwanken zwischen Optimismus wegen des phantastischen Elements bei ihrem Vorhaben und Pessismus wegen der unmöglichen Erfolgsaussichten begann Luigi sich mehr und mehr für Optimismus zu entscheiden, ob nun aus Selbsterhaltung oder aus anderen Gründen, die mit Vertrauen in die eigenen Systeme zu tun hatten.

Zudem würde das Unternehmen innerhalb weniger Stunden allmählich anlaufen, wenn ihre Kommunikation funktionierte.

Åke Stålhandske fühlte sich schon etwas gereizt und ungeduldig. Rein theoretisch hatte er keine Mühe zu erkennen, welche Funktion die Tintenfischjagd, das Baden und Saufen oder vielmehr das vermeintliche Saufen hatten. Es ärgerte ihn jedoch, daß es ihm nicht gelang, dieses Arrangement zu genießen, sondern daß er es ausschließlich als Job ansah. Castellammare lag in einer Bucht, und der eine Arm der Bucht, der sich an einem hohen Bergrücken zum Meer hin erstreckte, war perfektes Jagdgelände. Der Berg fiel steil zum Meer hin ab, und in der Nähe des schmalen Strands variierte die Wassertiefe zwischen drei und zehn Metern. Das Bergmassiv war voller Höhlen und Grotten, in denen die Tintenfische leicht zu finden waren. Åke benutzte eine Handharpune, eine einfache Eisenharpune mit Holzgriff und Widerhaken an der Spitze. Er bewegte sich behutsam von Höhlung zu Höhlung, wo Tintenfische vermutet werden konnten, bis ein irritierter kleiner Arm mit Saugnäpfen hervorschoß und nach dem Feind tastete, um diesen in die Höhle zu ziehen und zu erledigen. So wie die Dinge lagen, endete es immer genau umgekehrt. Für diese Arbeit brauchte Åke nur eine halbe Stunde pro Tag, und die restliche Zeit schwamm er im Meer herum, lag auf dem Vorderdeck und sonnte sich oder fuhr mit dem Schlauchboot in den Hafen, wo er in den Straßencafés herumhing, nachdem er seinen täglichen Fang in einem der Restaurants abgeliefert hatte.

Es schien keine besondere Mühe zu machen, den Amerikaner zu spielen, denn am Ort gab es nur wenige Amerikaner, ganz im Gegensatz zu dem, was er erwartet hatte, und noch weniger Personen, die Englisch sprachen. Das machte es nicht ganz leicht, Bekanntschaften zu schließen. An und für sich war das ohne große Bedeutung, da er den Auftrag erhalten hatte, sich zu etablieren und sichtbar zu sein und einen bärtigen Amerikaner mit Strohhut zu spielen. Und für Åke Stålhandske war es kein Problem, in der Menge aufzufallen, da er eineinhalb Köpfe größer war als die meisten Männer seiner Umgebung. Er sprach laut, trank Bier und bezeichnete alles als mutterfickend. Schon nach ein paar Tagen im Hafen hatte er das Gefühl, als gehörte er längst zum Stadtbild.

Soweit, so gut.

Die Ungeduld wurde er trotzdem nicht los, obwohl ihm klar war, daß sowohl der Umfang des Unternehmens als auch die Anforderungen an die Vorbereitungen keine Schlamperei erlaubten. Falls Carl jetzt schon auf der Insel war, war auch er wohl nicht untätig.

Åke wurde ziemlich ungnädig, als einer der jungen Bewunderer, die er im Hafen kennenlernte, einmal darum bat, mit hinausfahren und sich das Boot ansehen zu dürfen; der Junge sprach zumindest ein begreifliches Englisch und sagte, er habe Verwandte in New York und sei selbst fast Amerikaner. In einem ersten Reflex hatte Åke Stålhandske die Bitte jedoch abgelehnt, bis ihm aufging, daß das Boot jetzt noch durchaus inspiziert werden konnte. Es befand sich kein einziger Gegenstand an Bord, der auf etwas anderes hindeutete als den amerikanischen Tauchenthusiasten, der seinen Lebenstraum verwirklicht hatte. Folglich entschuldigte er sich und lud den jungen Italiener zu einem Bier ein. Er nahm den jungen Mann im Schlauchboot mit und lächelte über seine Überlegungen. Von allen Leuten, denen er bisher begegnet war und bei denen er sich gefragt hatte, ob sie zum Feind gehörten oder nicht, entsprach dieser Typ zumindest am besten den Vorstellungen von einem jungen *mafioso*. Er war versnobt, arrogant und sichtlich eitel. Es lag ihm viel daran, wie ein Amerikaner zu wirken, obwohl er sich anhörte, als hätte er sich nie mehr als hundert Meter von Little Italy entfernt.

Nachdem sie das Schlauchboot vertäut hatten und an Bord gegangen waren, führte Åke Stålhandske sein Schiff fast demonstrativ ausführlich vor, nämlich für den Fall, daß er es mit einem Kundschafter zu tun hatte. Er öffnete sogar die Kleiderschränke unten im vorderen Salon, zeigte die Schlafkabinen und hob die Bodenbretter hoch, so daß sie ins Kielschwein hinunterblicken konnten, während er sich immer wieder neue Gründe für seine Vorstellung einfallen ließ und erklärte, wie ein kleineres Segelschiff ausbalanciert werden müsse, oder sonst etwas sagte, was ihm gerade einfiel. Schließlich bot er seinem Gast achtern in der geräumigen Plicht ein Bier an und begann mit ein paar albernen Bemerkungen über italienische Frauen und die Schwierigkeiten, die er an sich schon vorhergesehen habe, auf Sizilien eine Frau kennenzulernen, da man dabei mit der Gefahr von Eifersuchtsproblemen zu leben habe.

Der kleine Italiener lächelte nicht mal über den Scherz. Statt dessen stellte er seine Bierflasche langsam und mit demonstrativem Ernst hin, richtete sich aus seiner halb liegenden Position auf. Das war eine Art Vorbereitung, die Åke Stålhandskes Alarmsystem sofort in Funktion treten ließ.

»Hör mal, Joe«, begann der Italiener mit einem breiten, blitzenden Lächeln, das schnell und theatralisch zu Eis gefror, obwohl er immer noch die Zähne zeigte, »du bist naiv. Und naive Menschen neigen hier auf Sizilien dazu, zu verschwinden oder zu sterben. Und ich glaube, ich sollte dir jetzt einen guten Rat geben, einen Rat, der zum wichtigsten deines Lebens werden kann.«

»Aha«, erwiderte Åke Stålhandske munter, »dann geht es wohl nicht um Frauen oder Tintenfische, nehme ich an.«

»Sei jetzt nicht albern«, sagte der andere, dessen Lächeln jetzt vollständig verschwand und der sich noch aufrechter hinsetzte. »Wir wollen hier keine Amateurtaucher haben. Das endet nur mit einem Unglück und wäre nicht gesund für dich, Joe.«

»Nein, verstehe«, entgegnete Åke Stålhandske unbekümmert und begann gedankenverloren mit der Ankertrosse zu spielen, so daß er sich halb abwandte. »Verstehe, aber ich will ja mit niemandem Streit anfangen. Wer sind übrigens ›wir‹?«

»Das weißt du sehr gut. Wir haben dich seit deiner Ankunft beobachtet. Du sollst nicht glauben, daß so ein kleiner schwedischer Marineoffizier uns täuschen kann. Wie du weißt, haben wir uns hier schon um einen deiner Vorgänger gekümmert.«

»Verstehe gar nicht, wovon du da redest, mein Junge«, sagte Åke Stålhandske und blinzelte in die Sonne, während er die Ankertrosse lockerte und an einer Klampe befestigte.

»Doch, das verstehst du sehr gut, Käpt'n, und du mußt einsehen, daß du in einer Minute oder einem Tag oder in einer Woche tot sein kannst, wenn du dich mit uns anlegst. Wir können dich oder deinen Chef Hamilton schnappen, wann und wo es uns beliebt. Es wäre naiv, etwas anderes zu glauben. Wir sind hier nämlich zu Hause, wir sind auf Sizilien, Käpt'n.«

Åke Stålhandske blinzelte wieder in die Sonne, hob die Hand und hielt sie sich schützend vor die Augen. Er betrachtete den arroganten Aufschneider mit einem Lächeln und schüttelte dann den Kopf. Er drehte den Körper ein wenig, als wollte er sich umdrehen, wobei er die kleine Tasche im Auge behielt, nach der der Italiener sich jetzt ausstreckte. Im nächsten Augenblick schlug er zu.

Zu seinem Erstaunen wehrte der andere den Schlag ab und entglitt ihm mühelos. Als Åke Stålhandske sich zu einem neuen Angriff bereitmachte, hob der andere beide Hände zu einer abwehrenden Geste, während er gleichzeitig schnell und gewandt auswich und übertrieben herzlich lachte, bevor er etwas sagte.

»Hauptmann Stålhandske! Leutnant Svensson meldet sich auf Befehl von Trident zur Stelle!« sagte Luigi Svensson. Auf schwedisch.

Åke Stålhandske stand zunächst wie versteinert da. Er hatte sich auf einen tödlichen Angriff eingestellt, und er brauchte einige Sekunden, um die neue Situation zu erfassen.

»Vielleicht sollten wir uns setzen und dann weiterreden«, sagte Luigi fast flehentlich. Er bereute seine Maskerade schon jetzt.

»Das war verteufelt dämlich von dir«, sagte Åke Stålhandske, ließ sich auf die Sitzbank in der Plicht fallen und streckte sich nach seinem Bier aus. »Verteufelt dämlich. Ich hätte dich töten können.«

»Ich wußte ja, wie du schlagen würdest, als du die Körperhaltung ändertest.«

»Teufel auch, du kommst aus Kalifornien.«

»Wie gesagt. Leutnant Luigi Svensson, obwohl ich hier in Italien Bertoni heiße, meldet sich zu Stelle. Ich bin erst seit kurzem beim OP 5.«

»Teufel auch. Hast deine fünf Jahre da drüben abgerissen, nicht wahr? Bist du auch so eine Art Italiener?«

»Ja, meine Mutter ist Italienerin. Und du, bist du Finne?«

»*Finnlandschwede*, wenn ich bitten darf.«

»Ja, Verzeihung. Ich habe für dich ein Funksprechgerät mit, denn von jetzt an haben wir die Verbindungen hergestellt. Befehlssprache ist Englisch, die Mitteilungen sind verzerrt, die Dinger haben einen eingebauten Scrambler, und wir sind drei Mann beim Unternehmen, Orca, Trident und Triton, das sind die Anrufsignale. Bis auf weiteres jede volle Stunde.«

Åke Stålhandske nickte. Er war immer noch erschüttert über den Scherz seines Kollegen. Er mochte derlei nicht. Aber das war sicher die Art Dummheit, die er zu Anfang selbst hätte begehen können. Kein Grund, Streit anzufangen. Denn wenn sie zu dritt waren, war für Kontroversen und Animositäten kein Raum. Früher oder später würde ihr Leben von der Fähigkeit zu Kommunikation und gegenseitigem Vertrauen abhängen.

»Hmm«, sagte er. »Es ist sicher nicht die Absicht, daß wir beide zusammen sein sollen, ich meine, daß man uns zusammen sieht.«

»Nein, von jetzt an halten wir Funkkontakt. Ich bin dabei, geeignete Treffpunkte zu suchen. Das Ziel befindet sich hier in der Nähe. Der nächste Schritt wird darin bestehen, die Ausrüstung aufs Boot zu bringen. Das wird selbstverständlich ein nächtliches Unternehmen. Ich treffe mich mit Trident an einem geeigneten Ort. Dein Job wird also sein, eine Stelle in einiger Entfernung von hier zu finden, so daß es dir gelingt, in der Nacht dorthin zu kommen, eine Stunde lang ungestört zu laden und dann in der Morgendämmerung in diesen Sektor zurückzusegeln. Dann ist die Sache in Gang.«

»Weißt du etwas über das Ziel?«

»Nein.«

»Weißt du etwas über die Ausrüstung?«

»Nur, daß für alle Bedürfnisse vorgesorgt ist. Er hat sich so ausgedrückt.«

»Carl hat sich so ausgedrückt?«

»Ja.«

Åke Stålhandske lachte auf. Wenn Carl die Ausrüstung so beschrieben hatte, daß »für alle Bedürfnisse vorgesorgt« sei, gab es sicher eine Menge an Bord zu holen.

»Du bist verdammt gut darin, einen Italiener nachzumachen, der englisch spricht. Ich nehme an, das vorhin war reines Theater«, sagte Åke Stålhandske und stand auf, um ein neues Bier zu holen, überlegte es sich dann aber.

»Ja«, erwiderte Luigi leicht beschämt. Er bereute seinen theatralischen Auftritt. »Normalerweise spreche ich wie jeder andere in Kalifornien. Übrigens wird unsere Befehlssprache die ganze Zeit Englisch sein. Wir sollten lieber gleich dazu übergehen. Wollen wir ein bißchen tauchen, bevor ich verschwinde?«

»Kannst du tauchen?« fragte Åke Stålhandske mit so echt gespieltem Erstaunen, daß Luigi zunächst darauf hereinfiel.

Dann lachten beide gleichzeitig los.

Oberst Da Piemonte war unbehaglich zumute. Außerdem war er verlegen, weil er sich in diesem Punkt selbst durchschaute. Palermo war sein Königreich, zumindest zur Hälfte, weil er wie der weiße Ritter unbestreitbar die Macht mit dem schwarzen Ritter teilte. Dafür hatte er jedoch weder in Palermo noch überhaupt auf Sizilien einen Vorgesetzten und war deshalb nicht gewohnt, vor einem Mann, mit dem er sprach, Haltung anzunehmen.

Cortini war jedoch Generalleutnant und trat sichtlich mit dem Anspruch auf, auch als solcher behandelt zu werden. Dennoch hatte er in Palermo ein diskretes Entrée hinter sich. Er trug Zivil, reiste mit nur einem Leibwächter und hatte wider alle Vernunft vom Flughafen ein Taxi genommen. Mit der Folge, daß man ihn unten bei der Wache zunächst nicht hatte einlassen wollen, als er sich vorstellte. Die Irritation über diesen Zwischenfall lag noch wie eine Wolke über seinem Gesicht, als er mit einem kurzen

Klopfen Da Piemontes Amtszimmer betrat, ohne eine Antwort abzuwarten.

Da Piemonte wußte nicht viel über General Cortini, kannte ihn kaum dem Aussehen nach, was nicht ganz unverständlich war, da Cortini überwiegend hinter den hohen Mauern der Geheimhaltung beim Nachrichtendienst Karriere gemacht hatte. Von hier aus gab es Verästelungen zu den einzelnen Waffengattungen, den Carabinieri und dem Verteidigungsministerium, das heißt der Politik. Das war eine Welt, von der Da Piemonte sich stets ferngehalten hatte, da er von dort wie die meisten seiner Kollegen nur den abgestandenen Gestank von Intrigen, Freimaurern und Verschwörungen gespürt zu haben glaubte.

Es gab jedoch keinerlei Grund, an Cortinis Macht zu zweifeln, und der kleine, Pinochet so ähnliche Mann machte auch kein Geheimnis daraus, was er repräsentierte. Wenn er die Worte »wir« oder »Italien« verwendete, wurde sehr deutlich, welche Macht sich hinter diesem Sprachgebrauch verbarg.

Es war Cortini, der seinen Gastgeber bat, sich zu setzen, und das in einem Ton, als hätte er es mit einem Offiziersburschen zu tun. Da Piemonte gefiel die Situation ganz und gar nicht. Er wollte in nichts hineingezogen werden, das auch nur von fern an die Jahr für Jahr enthüllten römischen Verschwörungen erinnerte. Er hatte keine Lust, sein Bild neben pensionierten Generälen und heimlichtuenden Freimaurern in den Zeitungen zu sehen. Er nahm den Eid, den er einmal geschworen hatte, nämlich den demokratischen italienischen Staat zu verteidigen, sehr ernst und hatte überdies immer betont, daß der Eid auch den Kampf gegen die Mafia einschloß.

Der kleine Mann, der jetzt in dem Besucherstuhl saß und ihn prüfend musterte, während er mit langsamen Bewegungen seine dunkle Brille putzte, sah nicht nur wie eine Katze aus, die mit lüsterner Neugier ihre Beute studiert, sondern auch wie einer dieser Römer, die das Leben unter bestenfalls pragmatischen Gesichtspunkten betrachten.

»Ich habe vor kurzem das Vergnügen gehabt, mich mit unseren schwedischen Verbündeten zu beraten«, sagte Cortini weich und widmete seiner Brille übertriebenes Interesse, bevor er fortfuhr. »Wir befinden uns in einer, sagen wir, außergewöhnlichen Situation. Ich hoffe, Sie erkennen das, Oberst?«

»Selbstverständlich, Herr General«, erwiderte Da Piemonte, der nicht die leiseste Ahnung hatte, was mit den Worten »außergewöhnlich« oder »wir« eigentlich gemeint war.

»Nun. Es geht kurz gesagt um sehr deutlich geäußerte Wünsche unserer amerikanischen Verbündeten«, fuhr der General fort, hielt seine Brille gegen das Licht und setzte sie auf. »Den Amerikanern ist sehr dringend daran gelegen, und wenn ich sehr dringend sage, meine ich es auch, daß wir, wie sie sich ausdrücken, *spuren*. Dabei kann es einerseits vielleicht juristische Probleme geben und andererseits praktische, um nicht zu sagen politische. Aber Sie sind vielleicht ein Mann, dem politische Überlegungen zuwider sind, Oberst?«

»Aufrichtig gesagt ja, Herr General«, entgegnete Da Piemonte. Der übertrieben sanfte und leise geflüsterte Tonfall, dessen sich sein Vorgesetzter bediente, erzeugte in ihm ein starkes Unbehagen.

»Dann lassen Sie mich nur darauf hinweisen«, sagte der General in plötzlich viel schärferem Ton, »daß das Problem dem Verteidigungsministerium zu eingehenden Überlegungen Anlaß gegeben hat. Das Ministerium hat einige Beschlüsse gefaßt.«

»Als regionaler Befehlshaber bin ich natürlich dem Verteidigungsministerium unterstellt«, bestätigte Da Piemonte und gab sich große Mühe, sich seine Irritation darüber nicht anmerken zu lassen, daß sein Gegner, denn er sah Cortini plötzlich als seinen Gegner, nicht zu seinem eigentlichen Anliegen kam, sondern zunächst und sehr eingehend seine Macht demonstrieren mußte.

»Dieser Hamilton macht einen guten und vertrauenerweckenden Eindruck, oder was meinen Sie, Herr Oberst?« fuhr Cortini fort, als dächte er noch nicht im Traum daran, zur Sache zu kommen.

»Ja, das kann man sagen. Das ist auch meine Auffassung, auch wenn sein erster Besuch hier ein unglückliches Ende genommen hat«, erwiderte Da Piemone gemessen und sorgsam ausgewogen, damit eine eventuelle Ironie nicht spürbar wurde.

»Jaja, sowohl Hamilton als auch sein Begleiter waren damals unbewaffnet. Man kann natürlich diskutieren, ob das sehr klug war, doch jetzt dürfte Hamilton gut ausgerüstet sein, kann ich mir vorstellen.«

»Er hat die Einfuhr zweier Handfeuerwaffen angegeben und mir die Genehmigung des Verteidigungsministeriums gezeigt, Waffen zu persönlichem Gebrauch zu tragen, falls es das ist, was Sie meinen, Herr General.«

»Nun ja, darum geht es hier nicht. Inzwischen dürfte in Palermo eine Lieferung aus den USA eingetroffen sein, ist es nicht so?«

»Ja, ich habe gerade mit dem Flughafen gesprochen. Die Waren, welcher Art sie auch sein mögen, sind eingetroffen.«

»Aber das ist ja ausgezeichnet. Dann gehe ich davon aus, daß Sie Mittel und Wege finden, das Material möglichst schnell an Hamilton und seine eventuellen Mitarbeiter zu übergeben?«

»Er hat Mitarbeiter hier? Darüber hat er mich nicht informiert.«

»Nein, das unterließ er aufgrund meines ausdrücklichen Wunsches. Ich weiß auch nicht, wer sie sind oder wie viele. Wenn aber niemand etwas weiß, kann niemand etwas verraten, und überdies läuft keiner von uns Gefahr, den anderen oder dessen Organisation zu verdächtigen. Doch jetzt zu der heiklen Frage.«

Der General schwieg jedoch, ohne zu der heiklen Frage zu kommen. Statt dessen verwandte er eine irritierend umständliche Mühe darauf, eine Zigarette anzuzünden, Da Piemonte eine anzubieten und einen Aschenbecher zu holen, bevor er mit einem tiefen Zug den Faden wieder aufnahm.

»Hamilton wird in kurzer Zeit Don Tommasos Cosca in Castellammare erheblichem Druck aussetzen. Als ich vor einigen Tagen in Rom mit Hamilton zusammengetroffen bin, habe ich mir die Grundzüge des Projekts darlegen lassen. Den Rest der Zeit habe ich darauf verwendet, das Projekt im Ministerium und bei der Führung der Streitkräfte zu verankern. Aus diesem Grund besuche ich Sie erst jetzt.«

»In welchem Umfang wollen Sie mich über das Projekt informieren, Herr General? Ich möchte Ihnen gern mit den Mitteln beistehen, die ich zur Verfügung stellen kann, aber es wäre praktisch, wenn ich mehr über ... über das wüßte, was Sie das *Projekt* nennen.«

»Selbstverständlich, rein operativ lassen sich Ihre Handlungsmöglichkeiten nutzen. Juristisch sieht es jedoch etwas anders aus.

Wir können eine Cosca nie unter Druck setzen, wie unangenehm sie uns auch sein mag. Unser Ziel und unser Auftrag bestehen ja immer darin, Beweise gegen diese Kanaillen zusammenzutragen, sie hinter Schloß und Riegel zu bringen, solange es eben geht, ihnen Verteidiger zu besorgen und all das.«

»Natürlich. Das liegt daran, daß wir den demokratischen Staat vertreten und keine konkurrierende Cosca«, erwiderte Da Piemonte so betont, daß es ihn selbst überraschte.

General Cortini hob erstaunt die Augenbrauen und rauchte eine Zeitlang, bevor er sich zu entschließen schien, auf politische Darlegungen zu verzichten und direkter zu werden.

»Das Bild wird durch die übergeordneten politischen Überlegungen kompliziert, die Wünsche der Amerikaner und derlei. Daraus folgt, daß wir einerseits sehr auf Ergebnisse aus sein müssen, andererseits jedoch einen großen Teil der Verantwortung ausländischen Operateuren überlassen, die nicht die gleiche juristische Verantwortung haben wie wir selbst. Verstehen Sie den Gedankengang, Oberst?«

»Ja. Ich deute Ihre Worte so, daß ich darauf verzichten soll, möglichen kriminellen Handlungen allzu eifrig nachzuspüren«, erwiderte Da Piemonte vollkommen neutral, ohne auch nur mit einer Miene zu verraten, welchen Abscheu er bei seinen eigenen Worten empfand.

General Cortini lächelte ebenso plötzlich wie überraschend. Sein Gesicht sah aus, als hätte es plötzlich tausend Sprünge bekommen.

»Sehr gut ausgedrückt, Kompliment«, sagte er. »Sagen Sie, wenn ich richtig unterrichtet bin, haben Sie Pläne, gegen eine oder mehrere Heroinraffinerien zuzuschlagen?«

»Ja, General, das stimmt. Es ist jedoch eine komplizierte Operation, und ich befinde mich erst im Vorbereitungsstadium.«

»Worin bestehen die Komplikationen?«

»In erster Linie betreffen sie die Probleme mit der Geheimhaltung. Wenn wir einen solchen Schlag planen, muß es schnell gehen, innerhalb weniger Stunden. Sonst besteht das große Risiko, daß alle Vögel ausgeflogen sind, wenn wir an den Einsatzort kommen. Unsere Erfolgsquote bei solchen Unternehmen liegt bei bestenfalls fünfzig Prozent.«

»Hm«, bemerkte General Cortini, »fünfzig Prozent. Und dann kommen die meisten beim Prozeß davon, weil sie behaupten, sie hätten sich nur zufällig dort aufgehalten, hätten gerade Brot oder Erfrischungsgetränke anliefern wollen oder hätten nur angehalten, um zu pinkeln?«

»Ja, General. Das ist eine gute Beschreibung des üblichen Ablaufs.«

»Sehr interessant, sehr interessant. Nun, dann habe ich einen Vorschlag für Sie.«

»Einen *Vorschlag*, Herr General?«

»Nun ja. Es gibt häßlichere Worte als Vorschlag. *Befehl* zum Beispiel.«

Carl war ausgezeichneter Stimmung. Wären da nicht die privaten Schatten, die er nach Kräften zu verdrängen suchte, hätte er sich zu sagen gewagt, er sei strahlender Laune. Er war nochmals mit dem Wagen nach Monreale hinaufgefahren, um in aller Ruhe und ungestört eine Zeitlang herumzugehen und in der Kühle und der Dunkelheit die normannischen Mosaiken zu betrachten. Dann war er auf dem Corso Calatafimi direkt in die Stadt gefahren, hatte die Wärme und die Verkehrsstockungen fast genossen und sich elegant durch das System der Einbahnstraßen um den Palazzo dei Normanni und Vittorio Emanuele manövriert, am Hauptquartier der Carabinieri vorbei, und hatte ohne Schwierigkeiten das Museum für sizilianische Kunst gefunden. In einer Seitengasse fand er auf dem Bürgersteig sogar einen Parkplatz.

Das Museum mußte einmal ein privates Palais gewesen sein. Auf der Straßenseite waren nur hohe düstere Mauern mit kleinen Fenstern zu sehen. Das Gebäude hatte einen Innenhof mit einem Springbrunnen sowie Galerien im zweiten und dritten Stock. Dort oben stand er jetzt, lehnte sich gegen das steinerne Geländer und sah zu dem Springbrunnen in der Mitte des Hofs hinunter. Die sizilianische Kunst war zu neunzig Prozent religiös und stellte hauptsächlich die Madonna dar. Er hatte sie in etlichen hundert Varianten betrachtet. Das Museum war ein guter Treffpunkt. Von hier oben hatte man einen vollständigen Überblick darüber, wer das Gebäude verließ und wer hereinkam. Überdies gab es zahlreiche Möglichkeiten, Deckung zu suchen.

Er verscheuchte die Überlegung. Im großen und ganzen hatte er den operativen Teil schon durchdacht, und heute abend wollte er zum ersten Mal seit seiner Rückkehr eine reelle Mahlzeit zu sich nehmen. Das Restaurant oben am Teatro Massimo hatte wegen seines unwiderstehlichen Namens, *Lo Scudiero*, seine Aufmerksamkeit erregt. Es hörte sich an, als hätte es etwas mit Scud-Raketen zu tun, doch der Besitzer hatte erklärt, es bedeute so etwas wie »noch nicht richtig Ritter, aber beinahe«. Vermutlich war ein Schildknappe gemeint. Der große Vorzug des Restaurants waren die steinernen Wände. Man konnte drinnen im Schutz der Mauern sitzen und den Eingang gleichzeitig im Auge behalten. Perfekt. Niemand würde hereinkommen und ihn überraschen, und niemand würde einen solchen Versuch überleben. Der Schweiß lief in zwei kleinen Rinnsalen an beiden Seiten der Pistole entlang, die er auf dem Rücken in den Gürtel gesteckt hatte. Ein kurzärmeliger, verwaschener Collegepullover, den er über den Hosen trug, verdeckte die Waffe einigermaßen. Er hatte weniger als zwei Sekunden von der Entdeckung bis zu gezieltem Feuer, und diese Zeitspanne würde in den meisten Situationen genügen.

Carl widmete einige Zeit den bürokratischen Fragen, um zu sehen, ob irgendwo noch eine Lücke war, die er vor Beginn der Operation abdichten mußte. Er hatte seine Waffen schon in Rom angegeben, und dieser Cortini hatte auf direktes Befragen versichert, die Genehmigungen seien weit gefaßt und allgemein gehalten und könnten in der Praxis, falls sich die Lage irgendwann zuspitze, als Genehmigungen für praktisch sämtliche Waffen gelten, sowohl für ihn selbst wie für eine nicht näher spezifizierte Zahl von Mitarbeitern.

Die Nachricht von der Lieferung aus den USA schien Cortini nicht überrascht zu haben. Folglich hatte die amerikanische Bürokratie mit unüblicher Schnelligkeit gearbeitet. Also hatten sie den Köder geschluckt.

Cortinis Entgegenkommen war da mehr als nur eine andeutende Bestätigung gewesen, und Carl hatte zu seinem eigenen Erstaunen mehr über seinen Plan erzählt, als er sich zunächst vorgenommen hatte, hatte aber nicht den Eindruck gewonnen, als würde irgendeine Kraft in Rom auf die Bremse treten. Alles war unter Kontrolle. Jetzt brauchte er nur noch auf Da Piemontes Lieferung zu warten.

Carl begann in Richtung Hotel zu flanieren und erreichte die Via Roma genau dort, wo er es sich gedacht hatte, und entdeckte in einigen der Seitenstraßen einen fast orientalisch anmutenden Markt. Er bewegte sich zwischen den Ständen mit den reihenweise aufgehängten Zicklein, sah Tintenfisch in ungeheuren Mengen sowie Obst und Gemüse. Carl fragte sich, wie sich alles bei dieser Hitze frisch halten sollte. Das Eis schmolz unter den Fischkisten, so daß das Wasser auf dem Straßenpflaster in Rinnsalen dahinströmte. Schon bald würde er hier ohne Rückendekkung nicht mehr so unbekümmert im Gedränge herumgehen können, und schon bald würde er auch den Wagen nicht mehr benutzen können, doch jetzt genoß er seine Schonfrist und atmete die Düfte ein, in denen sich die Gerüche von Blut, Fleisch, Fisch und Gewürzen mit den Düften von Blumen und Parfum vermischten. Er fühlte sich vollkommen im Gleichgewicht, und seine Stimmung besserte sich noch mehr, als er das Marktgewimmel genau an der Stelle verließ, an der er es verlassen wollte, so daß er sich wiederum in der Via Roma befand, nur wenige Straßenblocks von seinem Hotel entfernt. Er ertappte sich dabei, Palermo plötzlich zu mögen, entdeckte Charme und Lebensfreude in den Gesichtern, die er betrachtete. Er sah verschwitzte Frauen mit überladenen Körben, die mit lauter Stimme über die Preise klagten, mürrische Männer in weißen Hemden, denen es nichts ausmachte, von allen Frauen beschimpft zu werden, die Taschendiebe, die überall herumwieselten – unter anderem sah er, wie zwei Handtaschen von Jungen leergemacht wurden, die kaum älter als zehn oder zwölf sein konnten –, die Mopeds, die überall durchkamen, die fast allgegenwärtige Musik, die aus den Fenstern der Gassen mit den Blumenkästen davor strömte, so daß Carl ein Gefühl von Fest und Beerdigung zugleich hatte, von Leben und Tod, und er lachte fröhlich überrascht auf, als einer der Taschendiebe an seine Pistole heranwollte. Er packte den Jungen an den Handgelenken und hielt ihn fest, ohne sich umzudrehen. Dann zog er ihn zu sich herum und sah ihm in die erschreckten schwarzen Augen, hob die andere Hand und verwarnte ihn mit dem Zeigefinger. Zu seiner Freude fiel ihm etwas Italienisches ein, was jedenfalls absolut verständlich klang: *molto pericoloso*. Die Bedeutung von *sehr gefährlich* war offenbar kristallklar. Und dann ließ er den Dieb laufen, so wie man einen kleinen Fisch aus dem Kescher kippt, und lachte leise über eine Kultur, in der kleine Taschendiebe nicht einmal davon zurückscheuen, sich an bewaffnete Männer heranzumachen, die doppelt so groß sind wie sie selbst. Vielleicht sollte ich es lieber für erschreckend halten, überlegte er, als er in der Via Roma weiterging. Möglicherweise würde der ängstliche kleine Junge in vier oder fünf Jahren schon ein Mörder sein, doch das brachte Carl jetzt nicht im mindesten aus seiner guten Stimmung. Vielleicht betrachtete er diese Stunden unbewußt als eine Art Urlaub, bevor es ernst wurde.

Fast zu seinem Verdruß begann der Ernst schneller, als er erwartet hatte. Im Hotel lag ein *messaggio*, das er zusammen mit seinem Zimmerschlüssel erhielt. Der Inhalt war behutsam formuliert, aber nicht sehr geheimnisvoll. Oberst Da Piemone habe ein Paket abzuliefern und bitte um Kontaktaufnahme.

Carl rief an, sowie er in seinem Zimmer war, und bekam den Obersten sofort an den Apparat. Dem folgenden Gespräch war zu entnehmen, daß die Ware abholbereit sei, daß es jedoch unpassend wäre, die Sache weiter am Telefon zu besprechen. Sie verabredeten, sich in einer halben Stunde zu treffen. Carl sah auf die Uhr. Es war drei Minuten vor vier. Noch drei Minuten bis zur vollen Stunde. Es gab keinen Grund, jetzt etwas zu verzögern. Das Essen im *Lo Scudiero* mußte warten.

Er rief Don Tommaso unter dessen vermutlich höchst privater und höchst geheimer Nummer an, denn am anderen Ende wurde sofort abgenommen. Carl hörte ein kurzes Grunzen, das wohl bezweckte, jedem Untergebenen gleich zu zeigen, wer der Herr war.

»Guten Tag, Don Tommaso, hier Fregattenkapitän Hamilton. Ich bin wieder in Palermo, um unsere Verhandlungen wiederaufzunehmen«, begann er in dem liebenswürdigsten Ton, den er aufbieten konnte.

Am anderen Ende blieb es lange Zeit still.

»Ich bedaure aufrichtig den Tod Ihres jungen Freundes«, erwiderte Don Tommaso nach einiger Zeit. Carl sagte nichts, sondern wartete nur auf eine Fortsetzung.

»Ich kann mir denken, daß Sie in der Zwischenzeit in Schweden gewesen sind, um über die Lage zu sprechen«, fuhr Don Tommaso mit einer Spur von Unsicherheit in der Stimme fort, die Carl erfreute.

»Ja«, erwiderte er. »Ich bin in Schweden gewesen und habe völlig neue Anweisungen erhalten. Ich besuche Sie morgen um die Mittagszeit und hoffe, daß wir uns dann sehen können.«

»Das geht ausgezeichnet. Sie sind in meinem Haus immer sehr willkommen«, erwiderte Don Tommaso und legte auf.

Carl sah eine Zeitlang triumphierend auf den Hörer in der Hand. Das Spiel war also noch nicht zu Ende. Der Gangster glaubte immer noch an eine Gewinnchance. Die Schweden waren noch am Leben. Jetzt konnte das wirkliche Spiel beginnen.

Carl sah erneut auf die Uhr, nahm sein Funkgerät und wartete ein paar Sekunden, bis er das Anrufsignal eingab.

Beide antworteten sofort.

»Trident an Orca und Triton. Achtung, eine Mitteilung«, begann er. »Das Signal ist kodiert, daher Klartext. Wir können unser Paket eventuell heute abend abholen. Steht der Verschiffungshafen schon fest? Orca, antworten!«

Carl erhielt den Namen des vorgesehenen Orts, San Andrea Bonnavia, und suchte eine Weile auf der Karte, bis er ihn fand. Er erkundigte sich bei Luigi, ob das Gebiet erkundet sei, was bejaht wurde, und befahl Luigi, sich nach Einbruch der Dunkelheit nach Palermo zu begeben. Åke solle sich gleich nach dem Dunkelwerden mit dem großen Boot zu dem vorgesehenen Ort begeben und dieses Manöver eventuell dadurch verschleiern, daß er schon früher in der falschen Richtung den Hafen verließ. Der nächste Funkkontakt wurde für zwei Stunden später vereinbart.

Carl steckte das Funkgerät in eine kleine Ledertasche, die er unter seinem luftigen, weichen Pullover am Gürtel befestigte. Es sah völlig unmöglich aus. Welcher Yuppie läuft in der Sommerhitze in der Stadt schon mit einem Telefon herum? Es mußte jedoch gehen, noch hatte der Krieg nicht begonnen. Und wenn er begonnen hatte, spielte es keine Rolle mehr.

Carl verließ das Hotel und ging schnell ein paar Einbahnstraßen hinauf, dann durch eine Fußgängerpassage, so daß er sich nur wenige Minuten später in einer der Hauptstraßen befand, der Via Ruggero Settimo. Dort hatte er das Glück, sofort ein Taxi zu finden. Falls ihn jemand zu Fuß verfolgt hatte, hatte er schon verloren, und mit dem Wagen oder einem Motorrad wäre es unmöglich gewesen.

Oberst Da Piemonte erweckte den Eindruck, als wäre er unangenehm berührt oder zumindest kühl und reserviert. Er schilderte kurz, welche Arrangements getroffen worden seien. Die Waren befänden sich in einem kleinen Brotlieferwagen, der manchmal für Fahndungsoperationen verwendet werde. Das einfachste wäre, wenn Carl diesen Wagen leihe und bei Gelegenheit zurückbringe. Der Wagen stehe in einer Garage auf halbem Weg nach Monreale. Vielleicht sei es am besten, wenn Carl sich aus einer Richtung in einem zivilen Fahrzeug hinfahren lasse, während die Eskorte des Brotwagens aus einer anderen Richtung komme?

Carl nickte zustimmend. Das schwache Glied in dieser Kette war gerade der Transport aus der Stadt. Carl schlug vor, die Ware vor Anbruch der Dunkelheit zu übergeben, damit er eine Weile herumfahren könne, um sicherzugehen, daß niemand ihn verfolge, bevor er sich zum Ziel begab.

»In dem Brotwagen befindet sich ein Funkgerät«, sagte Da Piemonte. »Wenn wir während des sensiblen Teils der Operation Funkkontakt herstellen können, könnte ich die Schutzmaßnahmen dirigieren.«

Die beiden Männer wurden sich nach sehr kurzer Zeit und in sehr geschäftsmäßigem Ton einig, ohne jede Liebenswürdigkeit von seiten Da Piemontes. Carl verzog keine Miene. Er hatte in etwa verstanden, was geschehen war, obwohl er nicht wußte, daß Cortini sich persönlich eingefunden hatte, um sowohl die Rangordnung als auch die Bedeutung der Sache zu betonen.

Eine halbe Stunde später begann Carl, am Stadtrand von Palermo mit dem schwerbeladenen Brotwagen herumzufahren. Er trug eine dunkle Brille und hatte sich einen Overall übergezogen, um zu vermeiden, daß man ihn aus Versehen entdeckte. Nach einer Stunde kam er zu dem Schluß, nicht verfolgt zu werden, und fuhr aufs Land hinaus. Er fand eine Straße, auf der er schon einmal mit Joar gefahren war, und hielt neben einem steilen Berghang an. Er stieg aus, als wollte er sich erleichtern, und beobachtete die vorbeifahrenden Autos. Erst kam ein mit Melonen beladener Laster, dann ein Wagen voller Kinder auf dem Rücksitz. Beide waren für eine Verfolgung ungeeignet. Danach kam nichts mehr.

Er nahm Funkkontakt mit Da Piemonte auf und teilte ihm mit, alles sei unter Kontrolle. Seine Eskorte könne umkehren und zur Basis zurückfahren.

Dann setzte er sich eine Weile hin und betrachtete die Aussicht im Wärmedunst zwischen den Bergen. Die Erde war rot und ausgedörrt. Die wenigen vorbeifahrenden Wagen wirbelten Staub auf. Weit hinten ahnte er das Meer. Sein privater Kummer meldete sich wieder. Das Bild Eva-Britts tauchte kurz in ihm auf, aber es gelang ihm, sofort wieder an anderes zu denken, da es sechs Uhr war und er wieder Kontakt aufnehmen mußte. Er schlug vor, Luigi solle sich zu dem kleinen Badeort Capo San Vito begeben.

»Das scheint mir ein guter Ort zu sein«, erklärte Carl, »Fahrzeuge abzustellen. Es gibt dort viele Touristen und viele Wagen mit nicht-sizilianischen Kennzeichen. Ab jetzt alle halbe Stunde Funkkontakt, damit wir einen exakten Zeitpunkt für das Treffen berechnen können. Du kannst dir in der Zwischenzeit einen passenden Treffpunkt überlegen.«

Carl ging zu dem Lieferwagen zurück und fuhr langsam von den Bergen hinunter. Carl legte die Pistole auf den Beifahrersitz und rückte den Rückspiegel zurecht. Er überlegte kurz, ob er anhalten und sich aus dem Gepäck eine Waffe mit größerer Feuerkraft holen sollte, verzichtete aber. Wenn der Feind ihm bis jetzt gefolgt wäre, hätte er schon zugeschlagen.

Trotz des Zeitverlusts hielt Carl sich recht lange auf kleinen Nebenstraßen auf. Wieder mußte er in jedem Dorf, das er passierte, das Verkehrschaos über sich ergehen lassen. Es war ohnehin das letzte Mal, daß er sich so fortbewegte. Die Abenddämmerung brach an, und mit der Dunkelheit kam die Sicherheit. Die einzigen, die seinen Weg verfolgen konnten, waren die Carabinieri, falls sie seinen Wagen mit einem Peilsender ansteuerten. Doch das spielte keine Rolle, da diese Spur am Strand hinter dem Ziel ohnehin enden würde. Plötzlich kehrte seine gute Laune zurück und damit auch ein unerwartet heftiger Hunger. Mit einem Mal bekam er Heißhunger auf Spaghetti alla siciliana mit Tintenfisch.

Während der Fahrt nahm er noch drei oder vier Mal mit Luigi Funkkontakt auf, bis sie sich schließlich auf einen Treffpunkt einigten. Ein paar Stunden später ließ er Luigi einsteigen, etwa einen Kilometer von der Stelle entfernt, an der dieser seinen Wagen abgestellt hatte. Sie befanden sich auf einer kleinen Straße zwischen hohen, düsteren Bergen. Von anderen Wagen war weit und breit nichts zu sehen. Von dort brauchten sie nur eine halbe Stunde bis zum Treffpunkt. Von Zeit zu Zeit stimmten sie ihre Positionen mit Åke ab, der noch draußen auf dem Meer war, aber mit Kurs auf den Treffpunkt. Es gelang ihnen, gleichzeitig dort anzukommen. Sie sahen die Umrisse von Åkes Boot, ein paar hundert Meter draußen auf dem Meer. Sie hatten jedoch schon vor dem kleinen Ort angehalten und baten Åke über Funk, noch abzuwarten. Sie wollten mit dem Wagen möglichst nahe an den Strand herankommen, da die Ladung schwer war und es nicht sehr passend wäre, mitten im Dorf umzuladen.

Sie brauchten einige Zeit, aber die Dunkelheit half. Sie fanden einen kleinen Badeplatz, hielten an und erkundeten die Umgebung. Carl blieb im Wagen sitzen, während Luigi sich draußen umsah. Dabei hielten sie ständigen Funkkontakt. Es sah gut aus. Kein Mensch in der Nähe, nur Mittelmeerstrand mit Felsen und Pinien um die kleine Sandlagune herum, und außerdem entdeckten sie einen Bootsanleger. Sie fuhren mit dem Wagen bis zum Anleger und riefen dann Åke herbei, der mit gelöschten Laternen und leise tuckerndem Dieselmotor näherkam. Das Boot paßte mit knapper Not an den kleinen Anleger. Der Rest war in einer halben Stunde erledigt, obwohl die Kisten so schwer waren, daß sie sich kaum über den Anleger schleifen ließen. Es war trotz Åkes Anwesenheit unmöglich, die Kisten ins Boot zu heben. Die drei Männer mußten sie auspacken und den Inhalt nach und nach ins Boot schaffen, bis die Kisten schließlich leicht genug waren. Sie arbeiteten stumm, aber mit Feuereifer. Von Zeit zu Zeit ließ Åke Stålhandske ein entzücktes Grunzen hören, als er verschiedene Gegenstände betastete, um sich eine Vorstellung davon zu machen, mit welchen Hilfsmitteln sein Segelboot jetzt in raschem Tempo bestückt wurde. Als sie mit dem Umladen fertig waren, einigten sie sich auf einen neuen Treffpunkt in der Nähe der Strände am Leuchtturm, wo Luigi seinen Wagen abgestellt hatte. Carl gab Anweisung, welche Gegenstände verstaut und welche in den nächsten Stunden leicht erreichbar sein mußten. Die beiden anderen sahen ihn fragend an, als er die nächsten Stunden erwähnte. Er erklärte kurz, die erste Operation werde schon im Lauf der Nacht beginnen, aber es bleibe noch genügend Zeit, die Lage zu besprechen, wenn sie sich das nächste Mal träfen. Damit verließ er sie. Während der Zweimaster wieder hinausglitt und in der Dunkelheit verschwand, setzte Carl sich in den Lieferwagen, den er so unauffällig wie möglich unter anderen Wagen in der Nähe des nächsten Treffpunkts abstellen wollte.

Das Meer lag in der Flaute wie ölig und blank da. Das Sternenbanner bewegte sich kaum in dem schwachen Fahrtwind. Sie fuhren mit gelöschten Laternen und einer Geschwindigkeit von etwa fünf Knoten. Die Nacht war warm. Vom Land her trieb der Duft von Erde und Pinien in Schwaden zu ihnen herüber, verschwand, kam wieder und wechselte mit dem Geruch von Meerwasser und Seetang. Luigi saß vollkommen still und betrachtete das Sternenbanner und die leisen Wasserwirbel achteraus, die schnell von der Dunkelheit verschluckt wurden. Unten im hinteren Salon lagen zwei Haufen mit Ausrüstungsgegenständen. Sie hatten alles zweimal durchgesehen, Detail für Detail, bevor sie eine Essenspause einlegten. Carl hatte ein paar Kartons mit lauwarmen Pizzen mitgebracht, da er den ganzen Tag nicht hatte essen können. Åke hatte sie im Backofen aufgewärmt. Sie hatten schweigend gegessen.

Die Ausrüstung sprach eine deutliche Sprache. Da befand sich nichts, was Luigi unbekannt war, obwohl er sich nicht erinnern konnte, mit dem amerikanischen Präzisionsgewehr jemals geschossen zu haben. In seiner Klasse an der Sunset Farm hatten sie meist deutsche Waffen verwendet. Doch das machte kaum einen Unterschied, wie überhaupt die Technik nicht das Problem war. Es fiel Luigi schwer, sich klarzumachen, daß es sich diesmal nicht um eine Übung handelte. Diesmal sollte die Ausrüstung tatsächlich verwendet werden, und schon die Auswahl der Munitionstypen, die Carl auf den Tisch gelegt hatte, sagte mehr als alle Worte. In der lauen, fast heißen Nacht draußen auf See in einem schönen alten Boot mit dem Sternenbanner am Heck kamen sie mit jeder Minute dem Ziel näher. Es war selbstverständlich und unfaßbar zugleich.

Carl klappte den Eßtisch in der Plicht hoch, breitete Karten und

Skizzen aus, machte eine kleine Taschenlampe an und besprach die Logistik des Unternehmens. Er sprach über Abstände, Schußwinkel und vorberechnete Zeiten für die verschiedenen Transportaktionen. Die beiden anderen hatten kaum Fragen. Es war eine wohldurchdachte Operation, deren Feinschliff von vornherein feststand. Die einzige Unsicherheit war, wie es sich mit Luigis Position verhielt, einer Ruine in etwa zweihundert Meter Abstand vom Ziel. Sie würden jedoch etliche Stunden Dunkelheit zur Verfügung haben, um letzte Vorbereitungen zu treffen und Waffen und Zielvorrichtungen zu montieren.

Sie betrachteten Don Tommasos burgähnliche Villa durch ihre Nachtgläser. In einem der Räume im Zwischengeschoß brannte Licht, alles andere war dunkel.

Die Villa lag fast am äußersten Ende der hohen Landzunge, die sich von Castellammare her erstreckte. Die Ruine lag in Richtung Stadt, ganz für sich allein. Unterhalb der Ruine war der steile Felshang leichter zu bewältigen. Sie würden sich dem Haus auf diesem Weg nähern und einigten sich darauf, daß der Aufstieg etwa eine halbe Stunde dauern würde. Carl würde eine weitere Stunde brauchen, um seine Position auf dem kleinen, zuckerhutähnlichen Berg auf der anderen Straßenseite zu erreichen.

Dabei bestand das Risiko, entdeckt zu werden, nämlich in dem Moment, in dem Carl die Straße überqueren mußte. Nachts sollte das jedoch kein Problem sein, da die Scheinwerfer der wenigen Autos auf der Straße schon von weitem zu sehen waren.

Sie gingen etwa tausend Meter vom Ziel entfernt vor Anker, verstauten ihre Ausrüstung in den wasserdichten Transportsäkken und prüften erneut die Sauerstoffausrüstung anhand einer Checkliste, die alle im Kopf hatten.

Carl stellte dann kurz fest, daß sie noch sechs Stunden Dunkelheit hatten. Da sie etwa drei Stunden brauchen würden, um ihre Positionen zu erreichen, sollten sie jetzt ein paar Stunden schlafen.

Zehn Minuten später lag Luigi in seiner Koje. Er wälzte sich herum, ohne eine bequeme Stellung zu finden, ohne Hoffnung, einschlafen zu können. Er hörte an dem Atem der anderen, daß sie schon schliefen. Sie hatten sich hingelegt, als stünde morgen eine beliebige Urlaubsreise bevor. Sie schliefen ruhig, bewegten sich nicht und träumten vermutlich auch nicht.

Luigi begann zu schwitzen. Er warf die Decke zur Seite, worauf ihm zu kalt wurde. Er rollte sich in ein Laken, drehte sich und wälzte sich herum. Die Gedanken surrten wie Feuerfliegen in der Dunkelheit, und er spürte zum ersten Mal einen Stich der Verzweiflung in sich. Sein Selbstvertrauen war dahin, als hätte er in dem Team im Grunde nichts zu suchen, als fehlte ihm etwas, was die anderen hatten, die sich einfach hinlegen und schlafen konnten, als erwartete sie am Ende des Schlafs nichts Besonderes.

Er versuchte an anderes zu denken. Zu Hause hatte man ihm von der bleiernen Dunstglocke erzählt, die den ganzen Winter über Mailand gelegen habe, bevor die Frühlingswinde aus den Alpen es endlich wieder möglich machten, im Nebel der Poebene zu atmen. Er hatte von den zerstörerischen Auswirkungen der Umweltverschmutzung auf die Kathedrale und andere Bauwerke gehört. Doch dann fielen ihm Großvaters Geschichten über die süditalienische Mafia ein, die offenbar die Baubehörde infiltriert hatte. Man hatte umfassende polizeiliche Ermittlungen begonnen, die vermutlich wie immer im Sande verlaufen würden.

Die Mafia hatte sich in Mailand eingenistet. Der Gedanke machte ihn hellwach, und er versuchte, sich in andere Erinnerungen von zu Hause zu flüchten. An der Scala hatte die Saison mit Mozarts »Idomeneo« begonnen. Die Karten für die Premiere hatten bis zu einer Million Lire gekostet, und es gab offenbar etliche Mailänder, die bereit waren, so viel zu zahlen, um den Meeresgott auftauchen zu sehen, der den törichten Sterblichen auf die Sprünge hilft.

Und damit war er wieder beim Thema. Ein Meerdämon, Triton. Trident. Operation Swordfish, *pesce spada* auf italienisch.

Er zwang sich erneut, an das Theater in Mailand zu denken. An dem zweiten Heiligtum, il Piccolo, hatte Giorgio Strehler den zweiten Teil des Faust inszeniert, und Luigis Mutter hatte sich über die fast lächerliche Unspielbarkeit des Stücks ausgelassen und sich sehr ironisch und unterhaltsam über die vermeintlich »prophetischen Metaphern über Macht, Geld, Krieg und den archetypischen Kampf des Nordens mit dem Mittelmeer« geäußert.

Damit war er sofort wieder da: Der Kampf des Nordens mit dem Mittelmeer würde in ein paar Stunden beginnen.

Noch etwas anderes von zu Hause? Großvaters Überlegungen zum Zusammenbruch der Banco Ambrosiano mit Licio Gelli als Hauptangeklagtem, und Großvater glaubte, sie würden Gelli niemals wegen ...

Damit war er schon wieder beim Thema. Gelli war die Mafia.

Er verließ Mailand in Gedanken und flüchtete nach San Diego, in eine Welt mit langsamen, klapprigen Autos, mit amerikanischem Football und Hamburger-Buden, Surfern an den Stränden und der langen, graublauen Dünung. Er konzentrierte sich auf die Dünung und schlief ein oder auch nicht, und die Zeit floß in einem Zustand zwischen Traum und Wachsein dahin, bis der Wecker ihn endlich befreite.

Er sprang schnell aus der Koje und machte das schwache Kabinenlicht an. Die beiden anderen bewegten sich grunzend und unwillig, als hätten sie viel lieber weitergeschlafen, als mit dem ersten Schritt des Unternehmens zu beginnen.

Luigi zog sich die dünne Tarnkleidung an. Åke Stålhandske gähnte, streckte sich und erhob sich schwer, um Kaffee und ein paar Butterbrote zu machen.

Carl und Luigi halfen einander, die Taucheranzüge überzustreifen, und begannen, die Ausrüstung zur Plicht zu schleppen. Oben in Don Tommasos Burg war kein Licht zu sehen.

Sie tranken schweigend ihren Kaffee. Dann half Åke den beiden anderen, ihre Sauerstoffgeräte umzuhängen und die Transportsäcke über die Reling zu kippen. Kurz bevor sie die Tauchermasken über das Gesicht zogen, trat Carl zu Luigi, faßte ihn an den Schultern und sah ihm lächelnd in die Augen.

»Gut geschlafen?« fragte er mit einem Augenzwinkern.

»Nein, das kann ich nicht behaupten«, erwiderte Luigi unsicher.

»Das ist normal. Du ahnst nicht, wie normal das ist«, sagte Carl und klopfte ihm auf die Schulter. »Deswegen brauchst du dir aber keine Sorgen zu machen. Wir sind ein gutes Team. Ich gebe dir Deckung, was immer du tust. Ich werde immer hinter dir sein, darauf kannst du dich verlassen. Und ich verlasse mich auch auf dich. Denk daran, Luigi, du bist the best of the best, vergiß das nicht.«

Carl betrachtete Luigi einige Augenblicke forschend und

lächelnd, bevor er die Maske vors Gesicht zog und sich rücklings über die Reling fallen ließ.

Luigi folgte ihm im nächsten Moment nach.

Als er in die Dunkelheit hinunterwirbelte, empfand er es als eine Befreiung. Endlich waren sie unterwegs. Carl, der dort unten gewartet und zu den schwachen Lichtreflexen an der Wasseroberfläche hinaufgeblickt hatte, packte ihn schnell am Handgelenk und befestigte eine Signalleine an einem Tragriemen des Aggregats. Kurz darauf waren sie mit ihren Vorbereitungen fertig und schwammen los. Carl schwamm voraus, da er die Orientierungsinstrumente hatte, während Luigi die Transportsäcke hinter sich her zog. Sie schwammen in mäßiger Tiefe, weniger als zehn Meter, und Luigi überkam erneut ein Gefühl von Übung und Unwirklichkeit. Er tat etwas, was er schon so oft getan hatte. Doch der Inhalt der Transportsäcke war nicht für eine Übung gedacht.

Sie schwammen mit gleichmäßigen Zügen und ohne jede Eile. Die Distanz war kurz, und sie hatten viel Zeit. Schon bald bekamen sie Bodenberührung und stiegen auf. Kurz darauf war zu hören, daß sie sich dem Strand näherten: Sie hörten das Rauschen von Wellen, das Rasseln von Stein und Metall.

Luigi wartete unter Wasser, während Carl an Land ging und sich umsah. Carl hatte in einem Kunststoffbeutel eine Nachtsichtbrille mitgebracht, so daß er den schmalen Strandstreifen bis zur Felswand schnell absuchen konnte. Als alles ruhig blieb, gab er Luigi mit der Leine ein Zeichen, er solle auftauchen. Die nächste halbe Stunde verbrachten sie damit, die Ausrüstung zu verstekken, die am Strand zurückbleiben sollte, alle Spuren zu beseitigen und sich den Teil der Ausrüstung umzuhängen, der mit nach oben sollte.

Sie beendeten ihre Vorbereitungen damit, daß sie die Kehlkopfmikrophone befestigten und die Funkverbindung miteinander und mit Åke draußen prüften. Åke saß unter Deck an seinem fest montierten Nachtglas und konnte ihnen mitteilen, daß kein Mensch in ihrer Nähe zu sehen sei. Bis jetzt gelte »go« für alle Systeme, und er habe eine gute Sicht auf den Bergrücken und den Steilhang über ihnen.

Sie begannen langsam den Aufstieg. Zwischen sich hatten sie eine Sicherheitsleine. Ihre Bewaffnung war nicht sehr schwer, obwohl es Mühe machte, sich damit lautlos zu bewegen. Der eigentliche Aufstieg war recht leicht, weil sie sich in einer Felsspalte bewegten, die von einem Erdrutsch ausgelöst worden war. Die Vegetation war hier sehr dicht, so daß sie jederzeit an Büschen oder Wurzeln Halt finden konnten.

Sie erreichten das Plateau in der berechneten Zeit, etwa hundert Meter von der Ruine entfernt, in der Luigi sich verstecken sollte. Carl gab Luigi ein Zeichen, daß er hier bleiben werde, bis Luigi angekommen sei, und daß sie später Funkverbindung aufnehmen sollten. Luigi winkte und machte sich in der Dunkelheit auf den Weg, die für sie keine Dunkelheit war, da sie Nachtbrillen trugen.

Einige Minuten später meldete Luigi, er habe seine Position erreicht und in der Nähe nichts Beunruhigendes sehen können. Jetzt konnte Carl sich auf den Weg machen.

Er brauchte eine weitere Stunde, um seine Position oben auf dem Berg zu erreichen, der wie eine Miniaturausgabe des Zuckerhuts von Rio de Janeiro aussah. Als er die halbe Strecke zum Gipfel zurückgelegt hatte, was ihm zu genügen schien, ließ er sich Zeit damit, eine für Waffen und Zielvorrichtungen geeignete Position zu suchen, die es ihm auch ermöglichte, sicht dort mehr als zwölf Stunden zu verbergen. Es war wichtig, einen bequemen Platz zu finden. In einer unbequemen Stellung zu sitzen, geht ein paar Stunden gut, aber bei zwölf Stunden wird die Belastung so groß, daß die Handlungsfähigkeit erlahmt.

Nachdem er sich ein kleines Nest bereitet hatte, begann er seine Waffe zu montieren, schob Kies und Steine beseite und schnitt ein paar Büsche in der Nähe zurecht, um seine Tarnung zu verbessern. Dann spannte er ein Tarnnetz mit gelbbraunen Farben auf, ein amerikanisches Produkt für die Kriegführung in der Wüste, und glaubte schließlich alles unter Kontrolle zu haben. Er zielte probeweise auf Don Tommasos Villa, war jedoch mit dem Ergebnis unzufrieden, da die starke Vergrößerung im Zielfernrohr unerbittlich das kleinste Zittern und jede Unsicherheit entlarvte. Der Abstand betrug fünfhundert Meter, und das bedeutete, daß selbst eine Bewegung von einem halben Millimeter im Fadenkreuz sich dort unten in einen Meter verwandeln würde. Er baute murrend die Stütze der Waffe um und nahm dann mit den beiden anderen Kontakt auf.

Åke Stålhandske hatte den Aufstieg der beiden Meter für Meter verfolgt und meldete jetzt, daß von seiner Position aus nichts zu sehen sei. Er habe keine feindliche Aktivität feststellen können.

Luigi meldete, er habe sich unter dem teilweise eingestürzten Dach der Ruine einen Liegeplatz bereitet und in der Mauer ein Loch erweitert, so daß er jetzt eine perfekte Position habe. Waffen und Zielvorrichtungen seien fest montiert. In der Ruine rieche es streng nach Schaf, doch sonst gebe es keine Probleme.

Carl schlug vor, sie sollten zu schlafen versuchen, gab sich aber große Mühe, dabei nicht ironisch zu klingen. Es fiel ihm nicht schwer, sich vorzustellen, wie sich Luigi da unten fühlte. Das Warten würde sehr lang werden, und das war eine bedeutend größere Leistung als das, was nach der Wartezeit geschehen würde.

Dann legte er sich hin, schloß die Augen und schlief in der ruhigen Gewißheit ein, daß Åke Stålhandskes wachende Augen dort draußen jede Gefahr entdecken würden.

Jan Sjöstedt hatte die schlimmste Nacht seines Lebens hinter sich. Das lag nicht nur an dem Schmerz in den Handgelenken, den eingeschlafenen Füßen und der Angst vor dem, was jetzt geschehen würde, denn das war nur zu offenkundig, sondern vor allem an der Furcht vor dem, was mit seiner Familie geschehen würde.

Er hatte immer geglaubt, sie würden ins Hauptbüro in Rom kommen, in die Via Campo Romano, und davon waren offenbar auch die italienischen Behörden und die schwedische Sicherheitspolizei ausgegangen, da sie das Wachpersonal dort in der letzten Woche verstärkt hatten.

Die Vorortvilla draußen in der Via Ospedaletto Giustiniani hingegen erschien mit ihren hohen Mauern und ihren elektronischen Schlössern als vergleichsweise sicher. Der aus Stockholm angereiste Kommissar der schwedischen Säpo hatte diese Beurteilung geteilt.

Doch genau dort kamen sie hin. Plötzlich betraten sie einfach das Wohnzimmer, traten einfach mitten ins Familienleben hinein, mitten in eine Diskussion darüber, welchen Videofilm man sehen wollte.

Die Männer waren höflich gewesen und hatten fast elegante Kleidung getragen. Sie hatten ihr Vorhaben ruhig und klar erläutert, ohne sich zu beeilen. Sie wußten nur zu gut, daß sie alle Alarmsysteme außer Funktion gesetzt hatten. Er müsse zu einer Reise mitkommen, wurde ihm erklärt. Seiner Familie werde nichts geschehen, aber man müsse leider alle fesseln und der Familie noch einige Stunden Gesellschaft leisten, um ein unnötiges Eingreifen der Behörden oder anderer zu vermeiden.

Am nächsten Tag werde man die Familie freilassen und das Hauptbüro der Firma Ericsson anrufen und mitteilen, was geschehen sei.

Der Rest war schnell gegangen. Einer der gutgekleideten Gangster hatte eine Tasche geöffnet, die Handfesseln und breites Klebeband enthielt, und innerhalb weniger Minuten lagen seine Familienangehörigen wohlverschnürt in ihren Betten, während man ihm selbst Handschellen angelegt und ihn geknebelt hatte. Dann waren sie auf die dunkle Gasse hinausspaziert und hatten ihn in einen großen, mit Wolldecken, Kopfkissen und einer Ventilationsanlage versehenen Kofferraum gesteckt und waren losgefahren. Das Ganze hatte keine zehn Minuten gedauert.

Die Männer hatten während des Transports mehrmals angehalten und ihn kontrolliert oder vielmehr seinen Gesundheitszustand untersucht, aber nicht, weil sie geglaubt hatten, daß es ihm gelingen würde, seine fest zugezogenen Handschellen oder die Ketten zu lösen, die man ihm um die Beine gewickelt hatte.

Während der letzten Stunden der Fahrt wurde der Weg immer holperiger, und er ahnte, wo sie sich etwa befanden; eine Tages- oder Nachtreise von Rom entfernt liegt Kalabrien.

Er hatte verzweifelt über die Hintergründe nachgegrübelt. Natürlich konnte es um Geld gehen und sich um eine der üblichen kommerziellen Entführungen handeln. Das Unternehmen würde schon bereit sein zu bezahlen, und er konnte nur hoffen, daß die Zentrale nicht erst mit Hilfe irgendeines abgeschnittenen Körperteils dazu überredet werden mußte.

Einen vernünftigen und logischen Zusammenhang mit der Entführung der beiden Bofors-Leute konnte er nicht erkennen, denn soweit die Säpo und die Botschaft ihm mitgeteilt hatten, ging es dabei um eine Art Erpressung, die sich eher gegen den schwedischen Staat als gegen Bofors richtete.

Ericsson hatte nicht das Geringste mit diesem Fregatten-

Geschäft zu tun. So gab es keine logisch erscheinende Verbindung zwischen ihm selbst und den anderen Entführungsopfern.

Seine Grübelei hatte nichts ergeben, aber er erkannte, daß er auch gar nicht in der Lage war, sehr klar zu denken. Er tat alles, um seine Phantasie daran zu hindern, sich vorzustellen, was zu Hause in der Villa nach seinem Abtransport geschehen sein konnte. Die Familie befand sich jetzt in den Händen zweier Mafiosi. Auftreten und Stil der Entführer verrieten sehr deutlich, daß dies keine einfachen sardischen oder kalabrischen Bauerntölpel waren. Sie waren Profis. Ihr ruhiges und kaltes Auftreten, die fast übertriebene Höflichkeit und das völlige Fehlen von Nervosität ließen da keinen Zweifel.

Als die Manner ihn aus dem Kofferraum herausholten, brachten sie ihn zu einem Jeep, zogen ihm eine Kapuze über den Kopf und warfen ihn auf den Rücksitz. Er hatte noch sehen können, daß sie sich in einer verlassenen Berglandschaft befanden, und vermutete, daß es irgendwo im Inneren Kalabriens sein mußte.

Die anschließende Fahrt war holperig und unerträglich unbequem gewesen, da er nichts sah und so Schlaglöcher und Unebenheiten nicht ausgleichen konnte, sondern mit ständig wackelndem Kopf dasaß. Die beiden Fahrer, die ihn übernommen hatten, ließen die Eleganz der ursprünglichen Entführer vermissen, doch er kam zu dem Schluß, daß das ohne Bedeutung war. Mafiosi an der Spitze unterschieden sich kaum von denen am Fuß der Befehlspyramide, was Grausamkeit oder Entschlossenheit anging.

Das Ende der Reise war leicht vorherzusehen. Nachdem sie etwa eine Stunde langsam durch Gelände gerumpelt waren, das kein Weg mehr zu sein schien, hielt der Jeep. Man ließ ihn aussteigen und führte ihn einen Bergpfad oder Berghang hinauf. Er stolperte und fluchte, sah aber ein, daß es vollkommen zwecklos sein würde, seine Bewacher zu bitten, ihm die Kapuze abzunehmen.

Im Gegenteil, das wäre gefährlich. Das wußte jeder, der bei einer Sicherheitskonferenz erfahren hatte, wie italienische Entführer vorgehen. Man durfte seine Entführer niemals sehen und sollte selbst um jeden Preis vermeiden, einen Blick auf sie zu erhaschen. Wer seine Entführer gesehen hatte, kehrte nie lebend zurück.

Man hatte ihn in eine Höhle geführt, ihm die Handschellen

abgenommen und ihn an einem Feldbett angekettet. Er besaß Geistesgegenwart genug, die Kapuze erst abzunehmen, als ihre Schritte draußen erstarben.

Es dauerte einige Zeit, bis sich seine Augen an die Dunkelheit gewöhnt hatten. Er entdeckte eine Kommode, deren unterste Schublade herausgezogen war. Sie war mit Sardinendosen gefüllt. Neben seinem Bett standen zwei weitere Feldbetten aus klapprigem Metall, auf denen dünne, schmutzige Matratzen lagen. Auf den Betten lagen zwei bärtige und apathische Männer. Sie waren ebenfalls angekettet.

Die Situation wurde schon bald sehr klar. Denn als er die Männer begrüßte und sich auf italienisch vorstellte, antworteten seine Mitgefangenen auf schwedisch.

Carl betrachtete Don Tommaso durch sein Zielfernrohr. Die vierundzwanzigfache Vergrößerung verwandelte den großen Abstand in etwas, was auf trügerische Weise als sicherer Schußabstand erschien. Doch so war es nicht, zumindest nicht, wenn er mit absoluter Präzision treffen wollte.

Don Tommaso nahm wie gewöhnlich seinen Lunch ein, saß am Kopfende des großen Tischs auf der Terrasse, umgeben von einer großen und lebhaften Familie und den mürrischen Leibwächtern, die sich an dem steinernen Geländer vor dem Abgrund und der Brandung da unten auf und ab bewegten. Von Zeit zu Zeit hob einer von ihnen ein Sprechfunkgerät hoch und sprach, wahrscheinlich mit Wachposten am anderen Ende des Hauses, möglicherweise mit den Männern, die am Außentor der Anlage Position bezogen hatten und immer wieder mit Ferngläsern die Straße absuchten.

Don Tommaso sah ständig auf die Uhr und wirkte etwas ungeduldig und reizbar, doch seine Miene hellte sich auf, als seine Enkelin zu ihm kam und sich auf seinen Schoß setzte.

Carl nahm Funkverbindung mit Luigi und Åke auf. Von deren Positionen sah alles normal aus. Luigi hatte einen freien Blick auf den Eßtisch und versicherte, die Waffen seien sicher montiert. Åke, dessen Position sich tausend Meter entfernt befand und überdies weit unterhalb der Villa, konnte von Zeit zu Zeit nur die Leibwächter sehen, als diese an der Balustrade unruhig auf und ab gingen.

Carl teilte mit, das Unternehmen gehe jetzt in Alarmstufe Rot über. Dann nahm er sein Funktelefon und wählte die Nummer Don Tommasos. Er sah, wie es läutete, und sah Don Tommaso den Hörer abnehmen.

»Guten Tag, Don Tommaso, hier Fregattenkapitän Hamilton. Ich bedaure, daß ich mich etwas verspätet habe«, begrüßte er den Mann freundlich.

»Das passiert uns allen mal. Sie sind trotzdem herzlich willkommen, Fregattenkapitän Hamilton«, erwiderte Don Tommaso fast leutselig. Er schien plötzlich guter Laune zu sein.

»Ich habe Ihnen einen Vorschlag zu machen«, fuhr Carl verbindlich fort, während er sein Zielfernrohr justierte und sich bereit machte, den Laserstrahl einzuschalten.

»Dann schlage ich vor, daß Sie herkommen. Es ist unpassend, geschäftliche Dinge am Telefon zu besprechen, und außerdem sind heute nacht ein paar Dinge passiert, die unsere Verhandlungslage verändert haben«, erwiderte Don Tommaso kurz angebunden.

Carl überlegte, ob er versuchen sollte herauszufinden, welche Komplikationen eingetreten waren, aber da er gleichzeitig entdeckte, wie das kleine Mädchen auf Don Tommasos Schoß sich drehte, als wollte sie freikommen, entschloß er sich schnell, weiterzumachen. Er drehte an dem Laserzielgerät und richtete es auf den Kopf des Mädchens.

»Ich habe Ihnen jetzt etwas sehr Wichtiges zu sagen, Don Tommaso, und ich wünsche, daß Sie genau zuhören«, fuhr Carl hart fort. »Erstens wünsche ich, daß Sie absolut still sitzen, Don Tommaso. Zweitens will ich Sie auf einen roten Punkt am Kopf des Mädchens aufmerksam machen. Wenn Sie sich ein wenig vorbeugen, können Sie ihn sehen.«

Don Tommaso schien zu erstarren. Dann beugte er sich sehr vorsichtig vor, während er das Mädchen fest in die Arme nahm. Es war genau zu sehen, wann er den roten Punkt entdeckte.

»Wie Sie verstehen, handelt es sich um ein Laserzielgerät, Don Tommaso. Ich habe den Finger am Abzug. Der rote Punkt markiert, wo der Schuß trifft. So, und jetzt wandert der Punkt von Giuliana zu Ihrer Brusttasche hoch. Werfen Sie einen Blick nach unten, dann sehen Sie ihn.«

Carl korrigierte die Einstellung des Laserzielgeräts ein wenig, so daß der Richtpunkt wie versprochen vom Kopf des Mädchens zu Don Tommasos Brusttasche wanderte. Carl lächelte über die Kaltblütigkeit des Mafia-Bosses, als dieser seine Beobachtungen machte, ohne einen der anderen Anwesenden der lebhaften Tischrunde wissen zu lassen, was er tat; die fröhliche, familiäre Unterhaltung war als munteres Stimmengewirr zu hören.

»Was wollen Sie? Was bezwecken Sie?« fragte Don Tommaso mit röchelnder Stimme, so daß er sich räuspern mußte.

»Ich kann Sie jetzt töten, Don Tommaso. Oder später. Oder ich kann Giuliana wählen oder Ihren Sohn oder Ihre Schwiegertochter. Wenn Sie wissen wollen, wo ich mich befinde: Ich bin oben auf dem Berg, fünfhundert Meter von Ihnen entfernt, auf der anderen Seite der Straße nach Trapani. Sehen Sie mal hoch, dann zeige ich es Ihnen.«

Als Don Tommaso den Blick hob und unter der Krempe seines Strohhuts nach oben blinzelte, nahm Carl einen kleinen Taschenspiegel und schickte ein paar Lichtreflexe hinunter, wobei er im Zielfernrohr erkennen konnte, daß Don Tommaso ihn entdeckt hatte.

»Wir können Sie oder Ihre Familie jederzeit treffen, Don Tommaso. Von jetzt an werden Sie sich nie mehr in Sicherheit befinden. Ihre Familie ebenfalls nicht«, fuhr Carl fort.

»Was wollen Sie?« fragte Don Tommaso, der sich anhörte, als hätte er seine Selbstbeherrschung zurückgewonnen, obwohl der rote Punkt sich jetzt zwischen seinem Hals und der Brusttasche hin und her bewegte.

»Lassen Sie das Mädchen los, damit es nicht vollgespritzt wird«, befahl Carl. Don Tommaso gehorchte sofort. Er sagte der Kleinen etwas, worauf sie den Tisch verließ.

»Wenn Sie mich töten, wird alles mißlingen, Fregattenkapitän«, sagte Don Tommaso, sobald das Mädchen in Sicherheit zu sein schien. »Sie können mich nicht töten, das wissen Sie.«

»Nein. Ich muß Sie jedenfalls bis zuletzt aufheben«, erwiderte Carl. »Aber meine Botschaft ist folgende. Wir wollen die Schweden wiederhaben. Wenn wir unsere Mitbürger nicht zurückbekommen, werden wir Ihnen einen immer höheren Preis abverlangen. Sie werden sich dann nirgends mehr sicher bewegen können, nicht in Ihrem Haus, nicht in Palermo, nirgends. Das gilt auch für den Rest Ihrer Familie. Jetzt beenden wir diese Unterhaltung, Don Tommaso. Ich werde aber wieder von mir hören lassen, dessen können Sie gewiß sein.«

Carl beendete das Gespräch und meldete sich per Funk bei den beiden anderen.

»Triton, mach dich bereit, gezieltes Feuer zu geben«, befahl er und betrachtete dann mit einem dünnen Lächeln die Panik, die unten am Mittagstisch von Don Tommaso zu entstehen begann. Frauen und Kinder wurden zur Seite geschoben und ins Haus gebracht. Die Leibwächter erhielten hitzige Befehle, traten ans Geländer und begannen, zu Carls Position hinaufzuspähen.

Neben den Leibwächtern stand Don Tommasos Sohn. Carl prüfte seinen Schußwinkel, war aber nicht ganz zufrieden. Er konnte nicht sicher sein, wo das Geschoß landen würde.

»Triton, Ziel im Auge behalten!« befahl er. »Siehst du das Ziel? Kommen!«

»Hier Triton. Ich sehe das Ziel deutlich. Drei Mann an der Balustrade. Kommen!«

»Der Mann links darf nicht verletzt werden. Hast du das verstanden? Kommen!«

»Verstanden. Die beiden anderen habe ich deutlich im Visier. Sie tragen schußsichere Westen. Kommen!«

»Gezieltes Feuer auf das Ziel ganz rechts. Ziel auf den Hals. Ist der Befehl verstanden? Kommen!«

»Befehl verstanden. Wird ausgeführt. Ende.«

Luigi wurde einen Augenblick schwindlig, als er behutsam auf den Abzug drückte. Die Männer da unten hatten ein Fernglas geholt, das sie sich gegenseitig aus der Hand rissen, um zu Carl hinaufzuspähen. Als der richtige Mann das Fernglas erhielt und beide Arme hob, war der Rand seiner Schutzweste unter dem hellen Hemd deutlich zu sehen. Luigi hob das Zielfernrohr ein wenig und preßte sacht den Abzug. Er spürte den Rückstoß nicht und begriff zunächst nicht, daß er geschossen hatte.

Carl sah, wie der Mann in einer Kaskade von Blut zurückgeschleudert wurde. Sie hatten sich als erste Alternative für weiche, halbummantelte Munition entschieden. Der Treffer hatte also sofort tödliche Wirkung.

In der anschließenden Panik sah er Don Tommaso erst aufstehen und das Blut betrachten, das ihn offenbar vollgespritzt hatte, bis ihm aufging, daß er sich zu Boden werfen mußte, um mit den anderen hinauszukriechen, die gerade Deckung suchten. Sie konnten nicht gesehen haben, woher der Schuß kam, da sie ihre Aufmerksamkeit alle in die falsche Richtung gelenkt hatten.

»Gut geschossen, Triton. Bis auf weiteres Funkstille«, befahl Carl, lehnte sich zurück und atmete mit einem tiefen Seufzer aus. Er fühlte sich merkwürdig leicht, fast friedvoll. Er lächelte über die aufgeregte Diskussion, die er sich dort unten in der Gangsterburg vorstellte. Würden sie versuchen, den Berg zu besteigen, um den Mörder zu bestrafen, oder nicht?

Es wäre klüger, sich solcher Experimente zu enthalten. Die heutige Vorführung dürfte einen pädagogischen Zweck erfüllt haben.

Niemand würde die Villa dort unten verlassen können, ohne beobachtet zu werden, solange es noch Tag war. Und wenn es dunkel wurde, würden sie weiter beobachtet werden, ohne es zu wissen.

Und es war wohl auch nicht daran zu denken, Mörder von woanders hierher zu dirigieren. Leute vom Schlage Don Tommasos mußten ja mit einiger Berechtigung davon ausgehen, daß ihr Telefon ständig abgehört wurde. Carl lächelte über die Verwunderung, die das heutige Telefongespräch bei Palermos Mafia-Jägern ausgelöst haben mußte. Sie mußten mitbekommen haben, wie ihr schwedischer Verbündeter Don Tommaso bedroht hatte. Doch über den Rest würden sie keine Informationen erhalten. Carl ging davon aus, daß Don Tommaso kaum die Polizei in sein Haus holen würde, um eine Tatortuntersuchung vornehmen zu lassen. Der tote Mafioso würde nur ein weiterer Sizilianer in der langen Reihe derer werden, die *la lupara bianca* ereilt hatte, der weiße Tod, der Tod durch Verschwinden.

Der Nachmittag schritt fort, ohne daß jemand das Haus verließ. Carl begann, sich steif und gelangweilt zu fühlen. Er nahm eine einfache Mahlzeit ein, den Notproviant der amerikanischen Marine, und prostete sich mit Wasser zu. Dann nahm er Kontakt mit den beiden anderen auf, um sich zu erkundigen, ob alles normal sei. Das wurde bestätigt. Åke hatte im Umfeld des Hauses keine Bewegung beobachten können. Luigi antwortete mit vollem

Mund, was ein gutes Zeichen war. Der Junge hatte Mumm in den Knochen. Auch er hatte nichts Verdächtiges beobachtet. Die Mafia-Bande saß ganz einfach dort im Haus und knirschte mit den Zähnen. Vielleicht warteten sie auf die Dunkelheit.

In der Dunkelheit waren sie jedoch ohne jede Chance. Die Frage war nur, ob sie das begriffen. Wenn nicht, würden sie es bald tun.

Operation Swordfish hatte damit einen sehr guten Start bekommen. Der nächste Schritt war leicht vorherzusehen und daher leicht zu parieren.

Carl begann, seine Ausrüstung zusammenzupacken. In einigen Stunden würde er wieder an Bord sein und nach einigen weiteren Stunden in Palermo.

Åke Malm hatte einen hektischen Arbeitstag gehabt. Eine weitere Entführung eines Schweden war schon an sich ein so großes Ereignis, daß es ihn voll beschäftigt hielt. Er begann aber allmählich zu begreifen, daß sich hinter dem mürrischen Vorhang des Schweigens und den knappen Kommentaren der schwedischen Botschaft etwas Großes und Kompliziertes verbarg.

Schweden hatte nach den ersten Entführungen etwas nach Palermo geschickt, was man als eine Art *hit team* bezeichnen mußte, und das hatte mit der Ermordung eines schwedischen Nachrichtendienstoffiziers geendet.

Als er die Familie des zuletzt entführten Schweden besuchte, kam heraus, daß die schwedische Botschaft sich veranlaßt gesehen hatte, alle in Italien arbeitenden Schweden zu warnen, unabhängig von ihrer beruflichen Stellung – alle mit Ausnahme des einzigen Vertreters der Massenmedien, wie es schien. Und die Säpo hatte eine Art Berater an die Botschaft entsandt.

Befand sich Schweden also im Krieg mit der sizilianischen Mafia, wie der *Corriere della Sera* andeutete? Der italienischen Zeitung zufolge ging es möglicherweise um Waffengeschäfte, folglich um etwas viel Größeres als um Lösegeld für einzelne Entführungsopfer. Und die wütenden Dementis der Regierungen Schwedens und Italiens machten diese Vermutung nicht weniger wahrscheinlich. Überdies schien eine neue Entführung darauf hinzudeuten, daß die Sache eskalierte.

Åke Malm bat seine Stockholmer Redaktion um die Genehmigung, wieder nach Palermo zu fliegen, um dort ein wenig herumzuschnüffeln. Falls man überhaupt irgendwo eine Fortsetzung erwarten konnte, dann dort. In Stockholm glaubte jedoch niemand daran, daß Palermo einen solchen Einsatz lohne. Er müsse zumindest warten, bis etwas Handfestes passiere.

Åke Malm verbrachte eine Stunde damit, bei der Führung der italienischen Streitkräfte alte Kontakte anzurufen. Sein Türöffner war ein pensionierter General, der alles und alle zu kennen schien, die sich bei den italienischen Streitkräften rührten, von Freimaurern und ähnlichen Verschwörern ganz zu schweigen.

Der General hatte versprochen, sich ein wenig umzuhören, und rief schon nach etwa einer Stunde zurück. Er erklärte ein wenig angestrengt, wie es schien, es sei »zu früh«, etwas zu sagen. Man habe ihm jedoch angedeutet, daß in Palermo wohl eine interessante Fortsetzung zu erwarten sei. Mehr lasse sich im Augenblick jedoch nicht sagen.

Åke Malm setzte sich hin, um nachzudenken. Hier war etwas Großes in Gang. Die Frage war nur, was. Seine berufliche Intuition sagte ihm, daß er möglichst schnell nach Palermo fliegen mußte, und der Tip, den ihm der General gegeben hatte, hatte auch in diese Richtung gewiesen.

Åke Malm blätterte nachdenklich in seinem Telefonbuch, fand eine alte Telefonnummer, die des klassischen Mafia-Hotels, zögerte kurz und wählte dann die Nummer, um ein Zimmer zu bestellen.

Als am anderen Ende abgenommen wurde, kam ihm ein Impuls aus dem journalistischen Rückenmark. Er bat, mit Fregattenkapitän Hamilton verbunden zu werden. Es dauerte eine Weile, worauf er die Nachricht erhielt, bei Fregattenkapitän Hamilton melde sich niemand, und er sei vermutlich nicht auf seinem Zimmer. Man werde ihm natürlich eine Nachricht ins Fach legen.

Was Åke Malm betraf, war die Sache damit entschieden. Er buchte sofort ein Zimmer und schlug dann die Nummer der Alitalia nach.

Carl parkte den Lieferwagen in der Hotelgarage, hob seine vollgestopfte Nylontasche heraus und trat zögernd auf die Straße. Es waren eineinhalb Straßenblocks bis zum Haupteingang des Hotels und ein wenig unpraktisch, mit einer schweren Tasche an einer Hand über die Straße zu gehen. Er wuchtete die Tasche in die linke Hand und löste die Pistole ein wenig, die an seinem schweißnassen Rücken klebte. Dann suchte er sorgfältig die Querstraße zur Via Roma ab, die er als erste überwinden mußte. Es sah gut aus. Er ging schnell zu der Kreuzung, sah einen Bus kommen und lief über die Straße, so daß der Bus ihn verdeckte. Nach wenigen Sekunden war er in der Hotelhalle.

Er ging auf sein Zimmer und packte die Ausrüstung aus, reihte die Gegenstände auf dem leeren Bett auf und memorierte einige Funktionen. Alles schien in Ordnung.

Dann legte er sich ein Stündchen auf das leere Bett, neben sich die Pistole, und betrachtete das Zimmer. So wie er jetzt lag, würde er sich mitten in der Schußlinie befinden, wenn jemand die Tür öffnete. Er mußte also künftig in der Badewanne schlafen und eins der Betten so herrichten, daß man einen schlafenden Mann darin vermuten konnte. Das mußte möglich sein. Er ging die Operation des Tages Moment für Moment durch, um Fehler oder Irrtümer zu finden. Er entdeckte jedoch nichts, was anders hätte ablaufen müssen.

Luigi hatte sich sehr gut gehalten, wirklich sehr gut. Angesichts der Tatsache, daß er schon bei seinem ersten Auftrag zum ersten Mal getötet hatte, war sein Auftreten sogar erstaunlich. Es war dennoch am besten, daß Åke und Luigi eine weitere Nacht zusammenblieben, bevor sie sich trennten. Luigi sollte erst anschließend geeignete Orte für ein Rendezvous oder eine Übergabe der Geiseln suchen. Carl grübelte eine Zeitlang darüber nach, was für einen Unterschied es machte, ob man jemanden spontan während eines Feuergefechts erschoß oder ob man es nach sorgfältiger Überlegung mit einem Zielfernrohr tat. Er selbst hatte es noch nie getan, aber Luigi hatte es geschafft. Carl kam zu keiner klaren Schlußfolgerung. Es hängt alles davon ab, wer man selbst ist und wer der Feind. Allgemeine Regeln für ein Verhalten in solchen Situationen gibt es nicht. Luigi hatte überdies nach dem Schuß mehrere Stunden in der Einsamkeit verbracht und somit reichlich Zeit gehabt, sich zu sammeln, bevor sie sich in der Dunkelheit wieder getroffen und unten am Strand ihre Taucherausrüstung angezogen hatten, um dann zur Basis zurückzukehren.

Carl ging ins Badezimmer, wusch und rasierte sich, widerstand aber der Versuchung, unter die Dusche zu gehen. Unter der Dusche würde er nichts mehr hören und nicht merken, wenn jemand hereinkam. Und dann konnte es schon zu spät sein. Das konnte zum Problem werden, denn er mußte während dieses Unternehmens schließlich auch auf seine persönliche Hygiene achten.

Er zog sich einen frischen weiten Pullover an, setzte sich hin und dachte darüber nach, welche Munition er für den Abend wählen sollte. Falls die Männer schußsichere Westen anhatten, wären sein Revolver und teflonbeschichtete Patronen mit Urankern am besten. Keine schußsichere Weste der Welt stoppt Patronen, die fünf Zentimeter starke Panzerung durchschlagen.

Der Revolver war jedoch unter der Kleidung schwer zu verbergen, und die Hitze draußen machte es praktisch unmöglich, mit Jacke und Schulterholster zu gehen.

Carl setzte darauf, daß sie keine schußsicheren Westen trugen, nahm seine Pistole und füllte das Magazin mit Hohlspitzenmunition, die darauf ausgelegt ist, in einem menschlichen Körper möglichst große Verwüstungen anzurichten. Dann steckte er sich die Pistole auf dem Rücken in den Gürtel, befestigte sein tragbares Telefon in dem albernen kleinen Yuppie-Holster am Gürtel und holte tief Luft, bevor er schnell die Hoteltür aufmachte und in den Korridor hinausging. Kein Mensch war zu sehen.

Er gab den Schlüssel ab und sagte, er wolle etwas essen. Unter dem Vorwand, daß jemand ihn vielleicht dringend telefonisch zu sprechen wünsche, nannte er den Namen des Restaurants. Dann trat er auf die Straße und begab sich schnell von dem hell erleuchteten Eingang weg und verschwand im Gewimmel auf dem Bürgersteig. Er ging so schnell, daß niemand ihn von hinten einholen konnte, ohne sich zu verraten. Und wer von vorn kam, würde keine große Bedrohung darstellen.

Er schlängelte sich auf den inzwischen vertrauten Einbahnstraßen durchs Menschengewimmel – von hinten konnte niemand mit einer Vespa oder einem Wagen auftauchen –, so daß er sich nach zehn Minuten oben auf der Piazza Verdi befand. Kurze Zeit später saß er in dem Restaurant, das er für seinen besonderen Zweck ausersehen hatte, der Pizzeria 59. Da es für sizilianische

Verhältnisse noch recht früh am Abend und zudem immer noch warm war, hatte er keine Mühe, den Tisch genau in der Ecke des Vorgartens zu bekommen, der ihm am besten zusagte. Er bestellte ein Pastagericht und bat um eine halbe Karaffe Wein, den er mehr als Requisite denn als Getränk auf dem Tisch haben wollte.

Er sah sich zufrieden um und ging in Gedanken noch einmal die Situation durch.

Hinter sich hatte er einen kleinen, von einem schmiedeeisernen Zaun umgebenen Garten. Dort konnte niemand herüberklettern, ohne daß man es merkte. Der Zaun war außerdem hell erleuchtet, da am anderen Ende des Gartens eine Banca Populare lag. Der Gartenteil des Restaurants wurde von einem Netz aus grobem Stahldraht begrenzt, der mit einer Art wildem Wein dicht überwuchert war.

Von Carls Platz waren es sieben Meter bis zu dem einzigen Zugang zum Lokal, einem breiten, mit Steinfliesen ausgestatteten Eingang. Grüne Tischtücher, wie ihm plötzlich auffiel, die gleiche Farbe, die Chirurgen heutzutage verwenden. Lag es etwa daran, daß man auf Grün das Blut weniger grell sieht?

Falls es so war, war Grün eine passende Farbe.

Das Ristorante Pizzeria 59 schien ein beliebtes Lokal zu sein. Für Carls Zwecke war es jedoch ebenfalls hervorragend geeignet. Da war allein schon die Tatsache, daß hinter dem Drahtzaun mit dem wilden Wein noch eine hohe Steinmauer um den Garten herum verlief. Er war also auf zwei Seiten durch die Mauer geschützt. Ihm gegenüber, auf der anderen Seite des Eingangs, erstreckte sich eine schmale Gasse, aber auch von dort war jeder Einblick wegen des dichten Grüns unmöglich. Der breite Eingang war der einzige Zugang. Anders konnte niemand hereinkommen.

Carl zog den Tisch etwas näher an sich heran, versteckte die Knie unter dem Tischtuch, zog seine Pistole heraus und legte sie auf die Knie und das Telefon auf den Tisch. Von Zeit zu Zeit lauschte er nach verdächtigen Geräuschen, fühlte sich aber dennoch recht entspannt. Es kam ihm wenig wahrscheinlich vor, daß sie eine Aktion so schnell improvisieren konnten, obwohl es ihm am liebsten gewesen wäre. Je eher sie kamen, um so besser.

Dann kam sein Essen, Spaghetti mit geräucherten Wurststükken und in Öl gebratenen Auberginen, die vielleicht ebenfalls geräuchert waren. Das Essen war gut. Es machte ihn aufgeräumt, so daß er sogar am Wein nippte. Er ermahnte sich, nicht mehr zu trinken, als er jetzt vertragen konnte, vielleicht zwei kleine Gläser.

Im Lauf der Zeit füllte sich das Restaurant immer mehr mit Gästen. Bald hatte er Leute an den Nebentischen sitzen, was ihm nicht recht war.

Er bestellte einen doppelten Espresso, den er zunächst nicht anrührte, damit er möglichst lange reichte.

Er hatte für diesen Abend schon aufgegeben und war gerade dabei, den letzten Rest Kaffee auszutrinken, als das Motorrad auftauchte. Es kam mit recht hoher Geschwindigkeit aus der Gasse, die dem Restaurant gegenüberlag. Der Fahrer fuhr auf den Bürgersteig, umrundete entschlossen die Steinmauer und näherte sich dem Eingang. Das war das entscheidende Signal.

Carl sprang in dem Moment auf, in dem das Motorrad im Eingang auftauchte. Er hielt die kleine Kaffeetasse in der einen Hand und seine Pistole in der anderen. Als der Beifahrer seine Waffe hervorzog, durchlief Carl so etwas wie ein Freudenschauer. Er hielt den ersten Schuß für den Bruchteil einer Sekunde zurück, als wollte er möglichst nahe an den Abgrund herankommen, an die äußerste Grenze. Dann gab er ruhig zwei Schüsse ab, hielt mitten aufs Ziel, und als der Schütze von den Treffern nach hinten geschleudert wurde und der Fahrer in plötzlicher Verzweiflung das Motorrad zu wenden versuchte, um zu entkommen, zielte Carl sorgfältig auf Hüften und Becken, bevor er erneut feuerte.

Das Motorrad kippte um, und der Motor heulte auf. Carl betrachtete das Vorderrad, das sich immer noch schnell drehte, während einer langen Sekunde, in der im Restaurant alles still war, vollkommen still, bevor die ersten Schreie zu hören waren und sich die ersten Anzeichen einer Panik bemerkbar machten.

Carl stellte die Kaffeetasse hin, die er immer noch in der linken Hand hielt, ging zu den beiden schwarzgekleideten Motorradfahrern und betrachtete sie. Der Fahrer war bei Bewußtsein, jedoch gelähmt. Sein Mund bewegte sich, als versuchte er, etwas zu sagen oder zu schreien, doch es kam ihm kein Laut über die Lippen. Der Schütze war schon tot. Beide Treffer saßen mitten in der Brust. Er lag auf der Seite. Auf dem Rücken befand sich ein Austrittsloch von mehr als zehn Zentimeter Durchmesser. Als das Herz jetzt zum Stillstand kam, quoll zunehmend weniger Blut hervor.

Nichts Verdächtiges in der Nähe. Keine weiteren Motorräder. Neben dem Motorrad lag eine UZI.

Carl hörte die Schreie und die Panik wie von fern, als wäre er für einen Augenblick nicht anwesend, als hätte er das Restaurant schon verlassen. Dann rief er einem Kellner zu, es sei alles vorbei, er sei Offizier, man solle die Carabinieri holen.

Die Gäste drängten sich fast in Panik an ihm vorbei. Er stand ihnen am Eingang mitten im Weg. Niemand wollte noch da sein, wenn die Polizei erschien. Die Menschen stapften auf dem Weg hinaus durch das Blut, so daß sich auf dem Fußboden schnell eine Blume aus blutigen Fußspuren bildete.

Die Mörder hatten keine Masken getragen. Keiner von ihnen hatte einen weißen Fleck im Haar. Es waren offensichtlich ganz andere Männer als die, die Joar Lundwall auf dem Gewissen hatten.

Carl fühlte sich beinahe traurig, als er es sich eingestehen mußte. Es wäre alles irgendwie reiner und einfacher gewesen, wenn sie diesmal die gleichen Leute geschickt hätten.

Die Polizei erschien in drei Wagen aus verschiedenen Richtungen, die fast gleichzeitig mit eingeschaltetem Blaulicht und heulenden Sirenen auftauchten. Die Beamten sprangen mit ihren Automatikwaffen im Anschlag heraus, und Carl hob gehorsam seine Pistole mit dem Kolben zuerst in die Höhe, während er mit der anderen Hand eine abwehrende Geste machte. Dann überreichte er die Pistole dem Beamten, der als erster zur Stelle war. Carl sagte, er sei Offizier und spreche Englisch.

Die Carabinieri baten ihn höflich mitzukommen. Er stieg behutsam über das Blut hinweg, um die Schuhe nicht zu beschmutzen, und kletterte zusammen mit einem Beamten, der eine Maschinenpistole trug, auf den Rücksitz eines der Wagen. Dieser fuhr mit kreischenden Reifen los und jagte mit Blaulicht und eingeschalteter Sirene davon.

In der folgenden Stunde entfaltete sich eine effektive Tätigkeit, die Carl erstaunte und schuldbewußt machte, weil er sich seine unbewußten Vorurteile gegen die italienische Bürokratie eingestehen mußte.

Er hatte damit gerechnet, daß Verhöre und Begegnungen mit Staatsanwälten, Rechtsanwälten und schwedischen Diplomaten einige Tage in Anspruch nehmen würden. Das einzig Besorgniserregende an dieser Aussicht war im Grunde nur, daß er aus schwedischer Sicht sozusagen sicher verwahrt sein würde. Schwedische Diplomaten würden ihn aufsuchen, wenn er eingesperrt war, und ihm den Befehl erteilen, nach Hause zu fliegen, was er verweigern würde. Andererseits waren zwei Tage hinter Schloß und Riegel eine angenehme Entspannung beim Warten auf die Fortsetzung. Der Feind würde wohl etwas Zeit brauchen, um sich etwas Besseres auszudenken als Schützen auf einem Motorrad. Und unterdessen konnten Åke und Luigi erneut zuschlagen.

Doch statt dessen ging alles rasend schnell.

Erst wurde er zum Polizeihauptquartier gegenüber dem Palazzo dei Normanni gefahren, in dem englischsprechendes Personal Dienst hatte. Er brauchte sich nicht einmal zu setzen, sondern wurde sofort zu einem Kommissar geführt, der so aussah und so sprach, als befänden sie sich in New York.

»Ich heiße Lario Lucente und habe heute abend Dienst. Bitte, nehmen Sie Platz, Fregattenkapitän«, sagte der Mann, der in der nächsten halben Stunde eher so etwas wie ein Gastgeber als ein Vernehmungsbeamter war.

Carl gab ihm die Hand und setzte sich. Dann zog er seine Brieftasche hervor und entnahm ihr das Papier, das ihn berechtigte, Waffen zu tragen. Er faltete es auseinander und legte es dem Polizeibeamten auf den Tisch.

Mario Lucente las unter zunehmendem Erstaunen, lächelte und schüttelte den Kopf.

»Okay, Fregattenkapitän. Ich will Ihnen gleich ganz offen sagen, wie es aussieht«, begann er, wobei er immer noch lächelte und den Kopf schüttelte. »Wir sind jetzt zwar nicht in New York, aber ich habe jedenfalls die Pflicht, Ihnen mitzuteilen, daß dies ein Verhör ist. Alles, was Sie sagen, kann gegen Sie verwendet werden, und so weiter. Aber das ist Ihnen sicher schon klar?«

»Selbstverständlich«, erwiderte Carl. »Haben Sie in New York als Polizist gearbeitet?«

»Ja, fünfzehn Jahre. Bin da geboren. Setzte mir eines Tages in den Kopf, mir ein ruhigeres Plätzchen zu suchen, wollte in die

Heimat ziehen und all das. Ruhigeres Plätzchen, ist das nicht ein Witz? Wie dumm darf man eigentlich sein? Nun, jetzt Ihre Story, Fregattenkapitän? Was ist passiert?«

Er schaltete ein Tonbandgerät ein und wartete ab. Carl fühlte sich unsicher, wieviel er erzählen sollte, entschied sich dann aber erst einmal für eine recht knappe Version.

»Wie Ihnen bekannt ist, ist vor einer Woche einer meiner Kollegen auf ähnliche Weise erschossen worden. Aus diesem Grund bin ich bewaffnet, wozu ich, wie Sie wissen, berechtigt bin. Als das Motorrad in der Pizzeria 59 erschien, konnte es kaum einen Zweifel geben, was die beiden vorhatten. Ich habe trotzdem gewartet, bis der Beifahrer seine Waffe hob. Ich hatte meine schon in der Hoffnung gezogen, die beiden würden das Vergebliche ihres Vorhabens einsehen. Aber so mußte ich ihn unschädlich machen. Der andere machte eine Bewegung, die sich nachträglich möglicherweise auf mehrere Arten hätte deuten lassen. Aber in dem Augenblick hatte ich keine Zeit für philosophische Überlegungen, und deshalb habe ich auch den zweiten Täter mit zwei Schüssen kampfunfähig gemacht, die ihn aber nicht töten sollten. Hinter den beiden Zielen gab es ausreichenden Kugelfang, so daß keine Gefahr bestand, daß unbeteiligte Personen verletzt wurden.

Die Art und Weise, wie die Täter auftraten, scheint mir ein Hinweis darauf zu sein, daß es Berufskiller waren. Dadurch glaubte ich mich zur Notwehr berechtigt.«

Mario Lucente lachte, fuhr sich mit einem Taschentuch über seine beginnende Glatze und stellte das Tonbandgerät ab.

»Verzeihung«, sagte er, »aber ich muß mich erst etwas sammeln, bevor ich ein paar ergänzende Fragen stelle. Mir machen Verhöre nicht immer soviel Spaß wie heute.«

»Spaß?« sagte Carl, ohne überhaupt den Erstaunten spielen zu müssen, und hob die Augenbrauen. »Es ist doch eigentlich eine recht düstere Geschichte?«

»Ach was! Ich hätte gern die Gesichter dieser Burschen sehen mögen, als ihnen aufging, was für ein einfaches Opfer man ihnen diesmal aufgehalst hatte. Diesmal sind sie an den Falschen geraten. Sie wußten, daß die Kerle kommen würden?«

»Nein«, erwiderte Carl wachsam. »Ich hatte Grund, eine gewisse Bereitschaft zu wahren. Hätte ich aber etwas von einem geplanten Verbrechen gewußt, hätte ich mich an die italienische Polizei gewandt.«

»Hören Sie, lassen Sie bitte diese Albernheiten. Es spielt übrigens keine Rolle. Sie haben zwei *picciotti* unschädlich gemacht und werden deswegen keinerlei Kritik ausgesetzt sein, falls es das ist, was Sie glauben. Sie haben in Notwehr geschossen. Diesmal werden wir sogar ein paar Zeugen haben. Die Täter sind schon als Berufskiller identifiziert, und außerdem ist einer von ihnen noch am Leben und wird vor Gericht gestellt werden. Es sieht alles sehr gut aus.«

Sie wurden von einem Polizeibeamten unterbrochen, der eintrat und einen Bericht auf den Schreibtisch legte. Der italienische Kommissar ergriff ihn schnell, damit er vom Windzug des Tischventilators nicht fortgeweht wurde. Er studierte den Bericht mit einem breiten Lächeln, legte ihn zur Seite und Carls Pistole als Gewicht obendrauf. Die Pistole hatte die ganze Zeit auf dem Schreibtisch gelegen.

»Well, well, well«, sagte er. »Das war ein ersehnter Fang, Fregattenkapitän. Die Herren Marinaro, tot, und Luchese, der im Augenblick operiert wird, zweiundzwanzig beziehungsweise einundzwanzig Jahre alt, beide sattsam bekannte Mitglieder von Gaetano Mazzaras Mob. Sie, Fregattenkapitän, wohnen übrigens in Mazzaras Sektor von Palermo. Wir sind schon recht lange ohne Erfolg hinter diesen Figuren her.«

»Gibt es Grund zu der Annahme, daß die Leute, die meinen Kollegen ermordet haben, zur selben Bande gehören?«

»Ja, es geschah ja im gleichen Teil der Stadt.«

»Was können Sie aus dem überlebenden Burschen herauspressen, wenn er wieder zu sich kommt?«

»Gar nichts. Aber wir können ihn einschließen und den Schlüssel wegwerfen, das zählt.«

»Es geht nicht, darüber zu verhandeln? Daß Sie ihm eine geringere Strafe anbieten, wenn er die anderen Mörder verpfeift?«

Mario Lucente lächelte und schüttelte den Kopf, als hätte er soeben etwas unfaßbar Komisches gehört.

»Wir befinden uns in Palermo, Fregattenkapitän, hier wird nicht gestanden, hier wird nicht verpfiffen, und hier macht man keine Zeugenaussagen. Jetzt wissen wir jedenfalls, welche Bande hinter Ihnen her ist. Das ist die einzige Erkenntnis von Bedeutung, die wir bei dieser Geschichte gewinnen können. Denn ich vermute, daß Sie sich das Ereignis überhaupt nicht erklären können. Sie haben keine Ahnung davon, worum sich das Ganze dreht? Und natürlich sind Sie als friedlicher Tourist in Palermo, der mit wachsender Verwunderung erlebt, daß man auf ihn schießt?«

»Ungefähr so ist es«, erwiderte Carl wachsam. Die Ironie gefiel ihm nicht, und er ahnte, daß ihm lange und unangenehme Verhöre zu diesem Thema bevorstanden.

»Hm«, ließ sich Mario Lucente vernehmen. »Oberst Da Piemonte, der drüben auf der anderen Straßenseite residiert, hat mir mitgeteilt, daß er Sie heute abend zum Essen zu sehen wünscht. Er meinte, unsere Gastfreundschaft mache das erforderlich, zumal Sie auf so unerfreuliche Weise bei Ihrer Mahlzeit unterbrochen worden seien.«

»Das ist sehr fürsorglich«, stellte Carl gleichmütig fest.

»Oberst Da Piemonte kann von Ihnen vielleicht einige andere Details erfahren, Details, die nicht nötig sind, um die Frage der Notwehr zu klären?«

»Ja, das scheint mir ein guter Weg zu sein.«

»Dann habe ich nicht mehr viele Fragen. Aber da ist noch etwas, was uns Kummer macht, Fregattenkapitän.«

»Was denn?« fragte Carl besorgt, da er der übertrieben freundlichen und entspannten Haltung seines Vernehmers nicht traute. Das Ganze war einfach zu gut, um wahr zu sein.

»Wir müssen Ihre Waffe mindestens vierundzwanzig Stunden bei uns behalten. Wir müssen ballistische Untersuchungen vornehmen und derlei. Wir brauchen Belege dafür, daß die Waffe nicht bei früheren Verbrechen verwendet worden ist, und so weiter.«

»Dagegen habe ich nichts einzuwenden«, erwiderte Carl schnell.

»Nein, aber es kommt mir sehr komisch vor. Wie ich sehe, verwenden Sie eine Beretta 92. Geschieht das aus Höflichkeit gegenüber dem Gastland?«

»Nein, sie ist eine meiner Dienstwaffen.«

»Das macht natürlich alles leichter. Sie können bei uns gegen Quittung eine Waffe des gleichen Modells erhalten, die Sie dann gegen Ihre eigene Waffe austauschen können. Wie ich sehe, ist die von Ihnen verwendete Munition in Italien jedoch illegal. Geht es auch mit vollummantelter Munition?«

»Kein Problem«, lächelte Carl. »Beim nächsten Mal werden sie wohl Schutzwesten tragen, und da hätte ich ohnehin vollummantelte Kugeln gewählt.«

»Das will ich nicht gehört haben«, lachte der Polizeikommissar. »Das könnte den Eindruck erwecken, daß Sie unsere Straßenmörder auch weiterhin abzuschießen gedenken. Es ist zwar erlaubt, sie unter bestimmten Gegebenheiten zu erschießen, wie zum Beispiel heute abend, aber es ist verboten, es im voraus zu planen. Verstehen wir uns?«

»Vollkommen.«

»Dann will ich Sie nicht länger aufhalten, Fregattenkapitän. Sie sollten nur schnell quittieren, daß Sie von uns eine Leihwaffe erhalten haben, dann können Sie gleich zu Da Piemonte gehen. Ich rufe ihn an und sage, daß Sie gleich kommen werden.«

Fünf Minuten später trat Carl auf die Treppe des Polizeihauses. Er hatte es entschieden abgelehnt, für den kurzen Spaziergang quer durch den Park zum Hauptquartier der Carabinieri eine Leibwache mitzunehmen.

Die Situation war eher komisch als unwirklich. Eine halbe Stunde, nachdem er einen Mann erschossen und einen zweiten niedergeschossen hatte, trat er einfach auf die Treppe des Polizeihauses, überdies mit einer geliehenen Waffe im Hosenbund, was ihn in die Lage versetzte, das, weswegen man ihn vernommen hatte, auf der Stelle zu wiederholen. Das erleichterte manches, und so würden schwedische Behörden nicht die Gelegenheit haben, ihn als mehr oder weniger verschnürtes Bündel nach Hause zu bekommen. Damit verschwand jedoch auch die Atempause von wenigen Tagen, die er sich vorgestellt hatte.

Er durchquerte den Park, ging unter den Palmen entlang und hielt direkt auf das Hauptquartier der Carabinieri zu. Er kreuzte vorsichtig, um nie auf weniger als zehn oder fünfzehn Meter an Männer mit Mützen heranzukommen, die im Dunkeln auf Parkbänken saßen, oder an kleine Trauben junger Leute mit Motorrollern, die hier und da herumstanden und sich unterhielten. Außerdem befanden sich zahlreiche uniformierte Polizeibeamte in der Nähe.

Man erwartete ihn schon. Er brauchte sich nicht auszuweisen und nicht einmal seine Waffe abzugeben, sondern mußte sie nur vorzeigen, als er bei der Wache am Eingang erschien.

Oberst Da Piemonte empfing ihn zunächst recht förmlich und verweilte kurz bei der bürokratischen Prozedur der kommenden vierundzwanzig Stunden. Der Polizeibericht werde schon am nächsten Tag an die Staatsanwaltschaft gehen, etwa um die Mittagszeit. Die Staatsanwaltschaft werde die Angelegenheit als klaren Fall von Notwehr zu den Akten legen. Es werde keine Anklage geben und auch keine weiteren Verhöre.

Zumindest nicht im Auftrag der Staatsanwaltschaft. Möglicherweise habe er, Da Piemonte, noch die eine oder andere Frage.

Der Italiener erweckte den Eindruck, als wollte er eine neue Phase der Arbeit beginnen. Er zündete sich eine Zigarette an und stellte ein Tonbandgerät an. Carl hörte seine Stimme mit atmosphärischen Störungen im Hintergrund. Es war sein Telefonat mit Don Tommaso, das abgehört und mitgeschnitten worden war, wie er erwartet hatte.

»Nun«, sagte Da Piemonte und stellte das Tonbandgerät ab. »Das dürfte als Probe genügen, nicht wahr?«

»Ja«, erwiderte Carl. »Ich bin davon ausgegangen, daß Sie Mäuschen spielen.«

»Wenn man es streng sieht, ist dies eine Form ungesetzlicher Bedrohung«, fuhr Da Piemont fort, der sich sichtlich bemühte, ein Lächeln zu bekämpfen.

»Ja«, bestätigte Carl. »In Schweden hätte man das jedenfalls nicht auf die leichte Schulter genommen. In Schweden wäre es auch nicht erlaubt gewesen, in Notwehr auf *picciotti* zu schießen.«

»Ach, tatsächlich nicht? Wie interessant«, sagte Da Piemonte, den diese Auskunft über die groteske Rechtsordnung in dem fernen Schweden aufrichtig zu erstaunen schien. »Nicht einmal, wenn sie bewaffnet sind und Waffen auf einen richten?«

»Nein, nicht mal dann. Man hätte mich zunächst festgenommen und ein paar Tage eingesperrt, um mich später wegen Totschlags zu verurteilen. Ich nehme an, daß ungesetzliche Drohungen gegen Mafiosi in Palermo ein wenig milder gewertet werden?«

»Selbstredend. Vor allem, da wir behaupten könnten, daß dies Bestandteil einer Arbeit ist, die darauf abzielt ... hm, sollen wir sagen, Geiseln zu befreien? Übrigens haben sie inzwischen wieder einen Schweden entführt.«

»Das ist eine gute Nachricht und eine schlechte zugleich«, sagte Carl. Er zeigte sich nicht überrascht, war es auch nicht.

»Inwiefern eine gute Neuigkeit?«

»Don Tommaso hat geglaubt, es gebe noch Spielraum für Geschäfte, den es aber nicht mehr gibt. Jetzt gilt es, ihn schnell davon zu überzeugen, daß ihm nur noch ein Geschäft bleibt: Geiseln gegen das eigene Überleben.«

»Die werden sich natürlich wieder über Sie hermachen. Wir müssen Ihnen eine Leibwache zur Verfügung stellen, und Sie müssen aus dem Hotel ausziehen. Ist Ihnen das bewußt, Comandante?«

»Ich bitte Sie herzlich dafür um Verständnis, daß ich eine andere Lösung vorschlage.«

Da Piemonte dachte nach und kam dann zu dem Schluß, daß die nachfolgende Diskussion nicht sehr kurz werden konnte. Folglich bat er gleich zu Tisch.

Die Prozedur, die Carl schon kannte, wiederholte sich. Jüngere Offiziere trugen Speisen und Wein auf und schoben die Schiebetüren zur Verlängerung des Büroraums auf. Kurz darauf machten sich beide mit gutem Appetit über die sizilianische Küche her.

Das Essen und der Wein machten die Begegnung weniger förmlich, was Da Piemonte vermutlich gewollt hatte, und wäre da nicht der harte und sehr konkrete Inhalt des Gesprächs gewesen, hätte man eher vermutet, daß sich hier zwei Männer munter über Theorien unterhielten.

Carl erklärte, er halte es für wünschenswert, sich an das italienische Recht zu halten. Das bedeute unter anderem, daß er den großzügigen gesetzlichen Regelungen vertraue, nach denen Notwehr definiert werde. Er werde Don Tommaso einem psychischen Druck aussetzen und ihn zwingen, Fehler zu machen, um ihn am Ende in die Verzweiflung zu treiben.

Da Piemonte wandte ein, das lasse sich nur rein theoretisch sagen. Es sei doch etwas völlig anderes, die Theorie in die Praxis umzusetzen. Oder?

Carl ging nach nebenan und holte sein tragbares Telefon, das er auf Da Piemontes Schreibtisch hatte liegen lassen, setzte sich wieder und wählte fröhlich lächelnd Don Tommasos Nummer. Am anderen Ende wurde fast sofort abgenommen.

»Guten Abend, Don Tommaso. Wenn Sie keine allzu großen Verluste auf sich nehmen wollen, schicken Sie beim nächsten Mal bitte keine Amateure. Und vergessen Sie nicht, daß Sie nie und nirgends sicher sind«, sagte Carl, zwinkerte Da Piemonte zu und brach das Gespräch ab.

»Verstehen Sie, Herr Oberst?«, sagte er und breitete die Arme in einer lateinischen Geste aus.

»Ja«, sagte Da Piemonte, während er nachdenklich auf ein paar Muscheln herumkaute. »Ja, Sie haben offenbar etwas Entscheidendes verstanden. Er wird seine Mörder jetzt in Schwärmen losschicken. Von jetzt an brauchen Sie Polizeischutz.«

»Nein«, entgegnete Carl. »Noch nicht. Sie können meinen Wagen aus der Hotelgarage holen lassen. Von jetzt an werde ich keinen Wagen mehr benutzen, und zwar aus einer Reihe selbstverständlicher Gründe. Ihr eigener Lieferwagen steht übrigens in derselben Garage. Sie können ihn später holen lassen. Aber noch wünsche ich keinen Schutz. Ich möchte erst noch ein paar Mörder treffen, am liebsten einen mit einem weißen Fleck im Haar.«

Da Piemonte aß eine Zeitlang schweigend weiter. Er gab sich große Mühe, nichts von den einander widerstreitenden Gefühlen sehen zu lassen, die an ihm zerrten. Begriff dieser Hamilton wirklich, bis zu welchem Niveau Don Tommaso einen solchen Krieg eskalieren lassen konnte?

Ein ähnlicher Mordversuch dieser Art würde in der nächsten Phase rund zwanzig Menschenleben gefährden, beispielsweise alle, die im Hotel weniger als fünfundzwanzig Meter von Hamilton entfernt wohnten.

Andererseits war Hamilton kein x-beliebiges Mordopfer. Es bestand die nicht unbeträchtliche Wahrscheinlichkeit, daß es möglich war, Don Tommaso einen weiteren mißlungenen Versuch zu erlauben. Um dann zu einer neuen Phase überzugehen. Dachte Hamilton in die Richtung?

»Darf ich Sie fragen, Comandante, ob Sie sich eine lange Reihe solcher Überfälle gedacht haben?«

»Natürlich nicht«, entgegnete Carl und schenkte sich etwas Wein nach, als wäre er hier schon ein lieber, altvertrauter Gast, »natürlich nicht. Nehmen wir einmal an, sie unternehmen einen ähnlichen Versuch, entweder draußen auf der Straße oder im Hotel. Das wird mißlingen, und damit erhalten Sie noch ein paar erschossene Mörder, die Sie zu Bündeln schnüren können. Aber dann, könnte ich mir vorstellen, wird Don Tommaso anfangen, in größerem Maßstab zu denken, und das dürfte der Zeitpunkt sein, zu dem ich aus dem Hotel ausziehen sollte. Ich denke dabei an die Sicherheit der Allgemeinheit. Im Moment jedoch ist das Hotel ein guter Köder. Dabei können Sie ruhig ein paar Uniformierte oder sonstwie erkennbare Wachposten in der Halle oder vor dem Hotel postieren. Würde das einige Ihrer Probleme lösen, Oberst?«

»Ja, ohne Zweifel. Ich habe eine gewisse Verantwortung. Es würde mir schwerfallen, Ihr Hinscheiden zu erklären, wenn wir uns nicht einmal die Mühe gemacht hätten, Sie zu schützen.«

»Gut. Dann sind wir uns vorerst einig, was das Praktische betrifft. Lassen Sie das Hotel sichtbar überwachen, dann sind Sie zufrieden, ich ebenfalls und unser Freund Don Tommaso sicher auch.«

»Wie sieht die nächste Phase aus?« fragte Da Piemonte unschuldig.

Carl seufzte und überlegte. Er wußte sehr wohl, wie die nächste Phase aussehen sollte. Es war jedoch die Frage, wieviel er Da Piemonte mitteilen konnte. Dieser war zwar Italiener und hatte einer in mancher Hinsicht sensationell liberalen italienischen Gesetzgebung zu folgen, aber man konnte dennoch nicht von ihm erwarten, daß er zu allem Ja und Amen sagte.

»Das läßt sich schwer beantworten«, sagte Carl gedehnt. »Es kann sein, daß ich Ihnen einen Bärendienst erweise, Herr Oberst, wenn ich zu aufrichtig bin. Lassen Sie es mich so sagen. Wir werden Don Tommaso weitere Verluste beibringen, und zwar im Rahmen des Erlaubten, Notwehr, und so weiter. Dann werden wir gemeinsam eine neue Phase besprechen müssen, wenn diese nicht die beabsichtigte Wirkung hat.«

»Die beabsichtigte Wirkung besteht darin, daß Don Tommaso einsehen soll, daß der Preis für die Nicht-Freilassung der Geiseln zu hoch wird?«

»Genau.«

»Ich glaube, Sie unterschätzen einen Mann wie Don Tommaso. Sie und ich würden so denken, wie wir es gelernt haben. Wir würden die Verluste zählen und Berechnungen anstellen, die Voraussetzungen für eine Gegenoffensive abschätzen, und so weiter. Aber einer wie Don Tommaso ... ich weiß nicht. Bei einem solchen Mann können völlig irrationale Gründe eine bedeutend größere Rolle spielen.«

»Und wenn er anfängt, um seine Familie zu fürchten?«

»Das kann nach beiden Seiten ausschlagen.«

»Wenn wir seine Finanzen treffen?«

»Damit würden wir ihn irgendwann zwingen, ökonomische Berechnungen anzustellen wie jeder beliebige Geschäftsmann. Aber wie soll das geschehen?«

»Ich weiß nicht. Was ist die Grundlage seiner Einnahmen?«

»Heroin. Schmuggel des Rohstoffs nach Sizilien, Herstellung des Endprodukts hier, Weitertransport zu dem Markt in den USA. Aber hinter all dem sind wir ja schon ständig her.«

Carl nickte. Es würde sich nicht ohne weiteres machen lassen, gegen die Aktivität zuzuschlagen, hinter der schon jeder Carabiniero und Zollbeamte her war.

Dann mußte es eben Don Tommasos »Familie« sein. Zumindest bis auf weiteres.

Sie aßen eine Zeitlang schweigend, beide intensiv mit ihren Gedanken über Don Tommasos nächsten Schritt beschäftigt.

Da Piemonte zögerte, ob er von den halb unausgesprochenen Ideen des *Palazzo* erzählen sollte, wie mit bestimmten Heroinraffinerien künftig umgegangen werden solle, statt sie nur wie gewohnt einzukreisen und zu sprengen. War es das, was man sich in Rom ausgedacht hatte, daß Hamilton und seine unbekannten Mitarbeiter sich die Raffinerien vornehmen sollten? Und kannte Hamilton in dem Fall die Möglichkeit, war das der Grund dafür, daß er so unbeschwert davon sprach, »Don Tommasos Finanzen zu treffen«?

Da Piemonte beschloß, die Frage vorerst nicht anzuschneiden. Zunächst mußte der erste Schritt bewältigt und überlebt werden.

»Darf ich Sie etwas völlig anderes fragen«, sagte Carl leichthin, »es ist eine rein theoretische Frage, sozusagen nur um meine Neugier zu befriedigen?«

»Selbstverständlich. Ich hoffe übrigens, daß Ihnen das Essen schmeckt.«

»O ja, danke, hervorragend. Ja, wenn Don Tommaso in seinem eigenen Haus, in seiner Burg sozusagen, Verluste erleiden sollte, würde er dann die Polizei hinzuziehen?«

»Nein«, schnaubte Da Piemonte. »Das kann ich mir kaum vorstellen. Wenn jemand zu Hause bei Don Tommaso stirbt, handelt es sich um *la lupara bianca*, unabhängig davon, wer der Täter ist. Kennen Sie diesen Begriff?«

»Den weißen Tod? Ja. Ich habe in letzter Zeit versucht, einiges zu lernen. Er würde sich also nicht, sagen wir mal, damit erniedrigen, daß ihn die Mordkommission in seinem eigenen Haus aufsucht?«

»So kann man es ausdrücken. Ist es das, was nach Ihrem abschließenden Telefongespräch geschehen ist? Um Himmels willen, Comandante, vergreifen Sie sich bitte nicht an Kindern!«

»So etwas würde mir nie einfallen, Herr Oberst. Wir müssen diesen Schweinen doch wohl zeigen, daß wir für eine andere Gerechtigkeit und eine andere Moral stehen als sie?«

Sie sahen sich lange an, ohne etwas zu sagen.

Die restliche Zeit der Mahlzeit versuchten sie einer Konversation über Kunst, Geschichte und Weinbau Siziliens zu widmen. Es wurde jedoch rasch ein wenig angestrengt, worauf Carl sich für den Abend bedankte und darum bat, nicht allzu auffällig nach Hause gefahren zu werden.

Als er wieder im Hotel war, mied er die Fahrstühle und lief schnell die Treppen hinauf und durch den Korridor zu seinem Zimmer. Bevor er die Tür aufmachte, untersuchte er sie mit einem kleinen Metalldetektor, den er in der Brusttasche gehabt hatte. Die roten Digitalzahlen enthüllten nichts Verdächtiges. Wenigstens hinter der Tür steckte keine Sprengladung.

Er schob die Tür auf, während er selbst hinter der Wand Dekkung nahm, um dann schnell das Zimmer zu betreten. Er hatte seine geliehene Pistole entsichert und hielt sie vor sich ausgestreckt.

Das Zimmer war leer. Er untersuchte es systematisch. Er begann unter den Betten und nahm sich dann eine Fläche nach der anderen vor. Niemand war hier gewesen. Im Grunde hatte er es auch nicht erwartet. Seit ihrem mißlungenen Versuch waren erst wenige Stunden vergangen, und wie temperamentvoll sie auch sein mochten, mußte man davon ausgehen, daß sie sich zumindest etwas Zeit zum Nachdenken und zum Planen gönnten, bevor sie wieder losrannten. Also frühestens in ein paar Stunden. Carl hatte schon eine sehr gute Vorstellung davon, worum es sich dann handeln konnte.

Er sah auf die Uhr. Es war kurz vor Mitternacht und damit Zeit für den Funkkontakt. Er verbrachte einige Minuten damit, sein Bett in der Badewanne zu machen und einige Alarmanlagen an der Tür zum Korridor und an der hinteren Badezimmerwand anzubringen, hinter der sich ein Fahrstuhlschacht befand, der Personalfahrstuhl.

Dann nahm er mit der Basis Kontakt auf. Åke Stålhandske antwortete und schien guter Laune zu sein. Der Feind habe den Zukkerhut mit Kundschaftern besetzt, die aber, soweit er sehen könne, keine Nachtgläser hätten. Sie hätten auch die Zahl der Wachposten verstärkt und patrouillierten in unregelmäßigen Abständen um die Außenmauern des Hauses. Überdies seien zwei Wachen ständig an dem schmiedeeisernen Tor an der Außenmauer postiert. Einige schwarze Wagen seien gekommen und wieder weggefahren. Es habe den Anschein, als hätten sie Kriegsrat gehalten. Und wie sei es Carl ergangen?

»Danke, gut«, erwiderte dieser. »Zwei Feinde kampfunfähig gemacht; einer tot, einer verwundet. Die gesamte Bürokratie erledigt.«

Åke Stålhandske sah sich genötigt, die Frage zu wiederholen. Ja, die gesamte Bürokratie sei schon erledigt. Es gebe nämlich einen Unterschied zwischen den Geboten Gottes und den Verordnungen der Menschen, wie der Alte gesagt hätte. Aber es gebe auch einen Unterschied zwischen italienischem und schwedischem Recht.

Danach erteilte Carl einen klaren Befehl. Zwischen 4.00 und 6.00 Uhr sollten die beiden Wachposten an dem schmiedeeisernen Tor erledigt werden. Eine geeignete Position sei Luigis Versteck. Es sei wichtig, beide Wachposten zu erledigen, damit keiner von ihnen berichten könne, woher die Schüsse gekommen seien. Und wenn die Wachen oben auf dem Zuckerhut es entdeckten, würden sie sich zu weit vom Ort des Geschehens befinden, um etwas unternehmen zu können. Die gleiche Annäherung wie zuvor, unter Wasser. Luigi solle Rückendeckung geben und Åke schießen. Alles verstanden?

Åke Stålhandske antwortete nach einigem Zögern, er habe den Befehl verstanden und werde ihn ausführen. In sachlicher Hinsicht war es ein sehr leicht verständlicher und klarer Befehl.

Carl beendete das Gespräch und widmete sich dann eine weitere halbe Stunde seinen Vorbereitungen.

Der Feind wußte inzwischen, daß er sich in seinem Hotelzimmer befand. Das war in doppelter Hinsicht ein Vorzug. Sie würden jetzt keinen Angriff auf ihre eigene Burg erwarten und fühlten sich vielleicht versucht, eine Attacke gegen das Hotelzimmer zu wagen. Mit etwas Glück konnte es eine ereignisreiche Nacht werden.

Er brauchte jedoch Ruhe, um in Form zu sein. Er hatte bei Da Piemonte natürlich zuviel gegessen und fühlte sich leicht übersättigt. Ein paar Stunden Schlaf würden ihm guttun.

Die Badewanne war altmodisch und geräumig. Er konnte sich einigermaßen bequem hinlegen und schlief fast sofort ein.

In der Dunkelheit glitzerten hier und da die roten Digitalzahlen. Er hatte einen Kopfhörer im Ohr, der ihn sofort wecken würde, sobald jemand sich an seiner Außentür zu schaffen machte oder mit dem Personalfahrstuhl nach oben fuhr. Die Vibrationen im Fahrstuhlschacht würden von seinem Instrument an der Badezimmerwand registriert werden.

Als der Alarm ihn weckte, hatte er keinerlei Zeitvorstellung und sah sofort auf die Uhr. Es war zwanzig nach vier. Jemand war im Personalfahrstuhl auf dem Weg nach oben. Und dieser Jemand war nicht der Zimmerservice, das stand fest.

Carl stand schnell auf und machte Licht. Er registrierte, daß er etwas steif war, und versuchte fieberhaft, ein paar Lockerungsübungen zu machen, während er sich ein paar weiße dünne Gummihandschuhe überstreifte. Er erkannte, daß es eilig war.

Er riß seine geliehene Pistole an sich und eilte blinzelnd auf den hellen Korridor und lief um die Ecke, so daß er die große Kammer erreichte, in der sich der Personalfahrstuhl befand.

Die Fahrstuhltür ging nach außen auf, was er in seinen Vorbereitungen bedacht hatte, und er stellte sich so hin, daß er hinter der Tür stehen würde, wenn diese aufging. In der Kammer war es fast völlig dunkel. Er hatte die Tür zum Hotelkorridor halb offen gelassen, um genügend Licht zu haben.

Im Fahrstuhl brannte jedoch auch Licht, und als dieser mit einem kurzen saugenden Laut hielt und die Tür sacht und vielversprechend vorsichtig geöffnet wurde, war der Mann hell erleuchtet. Gerade als der Killer herauskam und die Fahrstuhltür leise schließen wollte, schlug Carl ihn nieder, machte das Licht in der Kammer an und entwaffnete den Mann. Er hatte drei Waffen bei sich, eine italienische Pistole, anscheinend Kaliber 7,65, mit einem klobigen, langen Schalldämpfer, eine Handgranate und ein Messer.

Der Killer war bedeutend älter als die, denen Carl bisher begegnet war. Er hatte graue Haare und war grob und schwer gebaut, so daß Carl einige Mühe hatte, ihn in den Fahrstuhl zu bekommen.

Er schloß leise die Tür hinter sich und machte eine Zeitlang Wiederbelebungsversuche. Kurz darauf begann der andere sich zu rühren. Carl riß ihn auf die Beine und sah ihm in die Augen, während er dem Killer lächelnd dessen eigenes Messer an den Hals preßte.

»Wo sind die anderen? Wo sind deine Helfer?« flüsterte Carl. »Du bist doch nicht allein gekommen, verdammt noch mal. Wo ist deine Nachhut?«

»No speaka englisha«, röchelte der andere.

Es konnte sehr wohl wahr sein. Ein Verhör wäre nicht sonderlich sinnvoll. Carl überlegte kurz, während er seinen Gegner weiter fest in seinem gefährlichen Griff behielt. Dann entschloß er sich und drückte auf den Knopf für das Kellergeschoß.

Er war mit Joar diese Möglichkeit schon durchgegangen. Dort unten befand sich ein Gang, der auf den Hof und zu dem einzigen Hintereingang des Hotels führte, dem mit der Metalltür und dem leicht zu knackenden Schloß. Diesen Weg würden die Killer nehmen, falls sie einmal ins Hotel eindringen wollten. Falls es Helfer gab, warteten sie da unten. Als der Fahrstuhl jetzt wiederkam, würde es sie überraschen, daß der Mord so schnell verübt worden war, und sie würden dann noch eine vollkommen andere Überraschung erleben. Während der Fahrt in den Keller steckte Carl seine geliehene Pistole ein und machte die Waffe des Killers schußbereit. Es wäre nicht sehr gelungen, eine Waffe zu verwenden, die der italienischen Polizei gehörte.

Die Fahrstuhltüren im Keller waren fensterlos, was alles leichter machte. Als Carl die Tür aufschob und den vermeintlichen Mörder in die Dunkelheit hinausstieß, kamen ihnen zwei Männer flüsternd entgegen. Einer von ihnen hatte eine sowjetische Maschinenpistole in der Hand, richtete die Mündung jedoch auf den Boden.

AK 47. Ein interessanter Tausch gegen UZI, dachte Carl und erschoß die beiden Männer ohne irgendwelche Präliminarien. Er feuerte auf jeden drei Schuß ab. Sie sackten sofort zusammen. Die schallgedämpfte Waffe hatte einen bemerkenswert überraschenden Effekt. Er schaffte es, drei Schuß auf den ersten Mann abzufeuern, bevor er den zweiten erschoß.

Carl stellte seinen gescheiterten Mörder gegen die Kellerwand, ließ ihn die Beine spreizen und die Arme vor dem Gesicht kreuzen und überblickte dann die Situation. Kein Laut in der Nähe. Falls noch weitere Hintermänner da waren, warteten sie in einem Wagen auf der Straße. Carl trat zu den beiden am Boden liegenden Männern und stellte fest, daß einer von ihnen noch deutliche Lebenszeichen von sich gab. Carl schoß beiden mit den restlichen Patronen im Magazin der Pistole durch den Kopf und ging dann zu seinem gescheiterten Mörder zurück. Er steckte ihm die Pistole, das Messer und die gesicherte Handgranate in die Jackentaschen, die er vorher durchsucht hatte. In der Brusttasche des Jacketts fand er eine dicke Geldscheinrolle, die er einsteckte.

»Jetzt ist es doch anders herum gekommen«, flüsterte er, packte den anderen am Haar und zog seinen Kopf zurück. »Ob du Englisch verstehst oder nicht, es ist anders herum gekommen. Verschwinde jetzt, bye-bye!«

Er ließ los, trat ein paar Schritte zurück, richtete seine geliehene Pistole auf den Killer und wedelte mit der Mündung zu dem zwanzig Meter entfernten Ausgang hin.

Der andere starrte ihn erst zweifelnd an. Er schien davon überzeugt zu sein, daß Carl ihn in den Rücken schießen würde, sobald er losging.

»Idiot«, flüsterte Carl, »wenn ich dich hätte töten wollen, wärst du jetzt schon tot. Grüß Don Tommaso von mir. Geh jetzt!«

»Grazie«, flüsterte der andere heiser und begann dann erstaunlich ruhig hinauszugehen, der Freiheit entgegen.

Cooler Typ, dachte Carl und betrachtete nachdenklich seine Füße. Er stand in Strümpfen da. Dann blätterte er das gestohlene Geldscheinbündel des Killers auf. Es waren fest zusammengerollte Fünfzigtausend-Lire-Scheine. Er teilte das Bündel vorsichtig in der Mitte und überlegte kurz, wie sich die Fingerabdrücke verteilen würden, faltete es wieder und trat dann vorsichtig zu den beiden Toten hin. Er achtete sorgfältig darauf, nicht in die Blutlachen zu stapfen. Er drückte jedem der Männer ein Geldscheinbündel in den Mund. Die Körper waren immer noch warm und weich.

Dann betrat er den Fahrstuhl und suchte dessen Boden genau ab, um zu sehen, daß keine unvorhergesehene Spur zurückgeblieben war, und drückte dann auf den Knopf zu seinem Stockwerk. Als der Fahrstuhl stehengeblieben war, lauschte Carl eine Weile, strich mit den Füßen ein paarmal im Staub hin und her, um alle Fußabdrücke zu vernichten. Dann kehrte er schnell in sein nur wenige Meter entferntes Zimmer zurück und arrangierte seine Alarmanlagen neu. Es war jedoch nicht sehr wahrscheinlich, daß während der verbleibenden Nachtstunden eine neue feindliche Streitmacht auftauchte.

Er zog seine Gummihandschuhe und Strümpfe aus und verbrannte sie in einem Aschenbecher. Die Reste spülte er in der Toilette weg, stellte den Ventilator im Badezimmer an, wusch den Aschenbecher ab, trocknete ihn ab und stellte ihn wieder ins Zimmer, weichte sein Hemd im Waschbecken ein und rieb es am unteren Teil des rechten Ärmels sorgfältig mit einem Waschmittel ein. Dann spülte er es und weichte es erneut ein.

Er sah auf die Uhr. In zwei oder drei Stunden würde die Bürokratenhölle erneut losbrechen. Vielleicht hätte er dann nicht mehr Zeit anzurufen. Aber jetzt war es fünf Uhr.

Er beschloß, trotzdem anzurufen und sie zu wecken. Sie nahm nach dreimaligem Läuten ab. Er sagte, er habe viel zu tun, komme schwer an ein Telefon heran. Er liebe sie aber, der Job sei meist

Routine, sie brauche sich keine Sorgen zu machen, und er werde wohl schon in einer Woche wieder zu Hause sein, obwohl es schwer vorhersehbar sei. Falls er nach Hause komme, sollten sie irgendwohin verreisen, um endlich in Ruhe gelassen zu werden.

Sie fragte ihn schlaftrunken, was er mit »falls« meine. Er erwiderte, er habe nicht »falls«, sondern »wenn« gesagt. Ihm ging auf, daß sie seinen Freudschen Versprecher durchschaut hätte, wenn sie nicht so schlaftrunken gewesen wäre. Er hörte, wie sie sich im Bett wie eine Katze streckte und gähnte.

Luigi Bertoni-Svensson und Åke Stålhandske harrten schon seit mehr als einer Stunde in ihrer Position aus. Es gab folglich keinerlei Grund anzunehmen, daß man sie entdeckt hatte. Oben an der Villa waren gelegentlich die Wachposten zu sehen, die jedoch unaufgeregt ihren Dienst versahen. Und der Posten oben auf dem kleinen Zuckerhut, der dreihundert Meter weiter über ihnen saß, hatte sich lange nicht mehr gezeigt. In den Villen an der Straße nach Trapani brannte kein Licht.

Åke hätte schon mehrmals schießen können, hatte aber immer wieder in der Hoffnung, in eine bessere Position zu kommen, darauf verzichtet. Vor dem schmiedeeisernen Tor in der Maueröffnung standen zwei geflochtene Korbsessel, und darauf setzte er seine Hoffnungen.

Luigi machte sich an den Bildaufhellern zu schaffen. Das Licht war dabei, sich zu verändern, und er teilte kurz seine Beobachtungen mit. Sie hatten nur wenig miteinander gesprochen, obwohl sie deutlich außer Hörweite des Feindes waren. Es fiel ihnen jedoch schwer, über die Operation zu diskutieren, während rein praktisch alles so einfach war. Es war nicht leicht, sich so sorgfältig auf gezieltes Feuer gegen Wehrlose vorzubereiten. Das Schweigen machte ihnen auch noch zu schaffen.

Das Feuer der Mündungsflammen würde oben auf dem Berg nicht zu sehen sein, da sie im Schutz der Dachreste der Ruine lagen. Åke hatte die Waffe an einem Loch im Mauerwerk montiert, das Luigi bei seinem ersten Besuch erweitert hatte. Das Geräusch würde natürlich zu hören sein, aber niemand würde in der Dunkelheit sagen können, woher es gekommen war. Technische Probleme gab es also nicht.

Ein Gecko fiel auf den Bildaufheller, machte einen erschreckten Satz und sprang Åke ins Gesicht. Dieser reagierte unerwartet überspannt und angeekelt. Er lächelte Luigi in der Dunkelheit verlegen zu.

Jetzt kamen die Wachposten hinten am Tor heraus und setzten sich auf die Korbstühle. Ihre Automatikwaffen lehnten hinter ihnen an der Wand. Sie rauchten und unterhielten sich. Sie saßen einen Meter voneinander und zwei Meter vom Tor entfernt. Åke sah auf die Uhr und blickte dann zu Luigi hinüber, der ihm zunickte. Jetzt war die Chance zum Schuß da. Jetzt gab es keine Umkehr mehr.

»Hilf mir, die Schußmarkierung zu prüfen. Ich nehme erst den, der dem Tor am nächsten sitzt«, flüsterte Åke Stålhandske. Er spürte, wie er erstarrte, als er sich mit dem Gewehr zurechtlegte. Vierundzwanzigfache Vergrößerung, Abstand weniger als zweihundert Meter, und die Waffe war auf einer festen Lafette montiert. Technisch war es unmöglich, das Ziel zu verfehlen.

Er hörte, wie Luigi und er selbst heftiger zu atmen begannen. Einen kurzen Augenblick lang flimmerte das Bild, als hätte es einen technischen Fehler gegeben. Åke spürte sein Herz hart in der Brust pochen, während er das Fadenkreuz sacht bewegte, so daß es genau mitten auf der Brust des Mannes lag, der das erste Ziel werden sollte. Dann besann er sich eines andern und zielte etwas weiter nach oben, so daß das Fadenkreuz mitten im Gesicht lag. Der Mann da vorn hatte den Korbstuhl nach hinten gekippt, so daß dieser auf zwei Beinen stand und an der Mauer lehnte. Der Mann saß ruhig und still da und bewegte sich nur dann, wenn er die Zigarette zum Mund führte. Es hatte den Anschein, als lauschte er einer Geschichte, die der andere erzählte. Besser als jetzt konnte es nie werden.

»Okay«, flüsterte Åke Stålhandske. »Mach dich bereit, die Schußmarkierung zu beobachten. Gezieltes Feuer in zehn Sekunden.«

Luigi nickte und konzentrierte sich auf sein Fernglas.

Åke Stålhandske preßte den Abzug bis zum Widerstandspunkt, konzentrierte sich darauf, ruhig zu atmen, und drückte den Abzug sacht beim Ausatmen.

Als der Schuß losging, fühlte er, daß der Treffer richtig saß. Er entfernte sofort die leere Hülse, schob eine neue Patrone ein und suchte den zweiten Mann mit dem Fadenkreuz. Dieser war fast nach hinten gefallen und ruderte mit den Armen, um das Gleichgewicht wiederzugewinnen und aufzustehen. Er wurde mitten in die Brust getroffen und rückwärts an die Mauer geschleudert.

»Beide Treffer waren gut«, flüsterte Luigi heiser.

Die beiden Männer da vorn lagen reglos auf dem Boden. Åke memorierte, was er gesehen hatte, und versuchte seine Erinnerungen durch den Bildaufheller nachzuprüfen. Der Mann, den er als ersten getroffen hatte, mußte auf der Stelle gestorben sein. Die menschlichen Überreste an der weißen Mauer hinter dem umgekippten Korbstuhl sprachen eine deutliche Sprache. Der zweite Mann lag ebenfalls vollkommen reglos da.

Es gab keinen Grund, weiter zu feuern. Åke suchte eine Zeitlang in der Dunkelheit nach der leeren Hülse, während Luigi sein Fernglas auf den Beobachtungsposten des Feindes oben auf dem Berg richtete. Er sah, wie zwei Männer schlaftrunken – das war jedenfalls sein Eindruck – das Gelände immer wieder mit Nachtgläsern absuchten. Sie hatten also nicht gemerkt, woher die Schüsse gekommen waren.

»Okay«, flüsterte Luigi. »Die Lage ist unter Kontrolle. Jetzt müssen wir den Hintern hochkriegen, und dann nichts wie weg.«

Sie suchten leise ihre Ausrüstung zusammen, setzten ihre Nachtbrillen auf und stahlen sich an der Rückseite der Ruine hinaus. Hinten an der Villa noch immer keinerlei Aktivität. Sie prüften, ob die gesamte Ausrüstung mitgekommen und alles festgezurrt war, um dann zum Steilhang zu robben. Beim Abstieg konnten sie sich ein paar niedrige Büsche und Steinhaufen zunutze machen. Sie wählten den gleichen Weg wie beim Aufstieg, obwohl es jetzt länger dauerte. Luigi, der langsam hinter Åke Stålhandske her kletterte, mußte immer wieder innehalten, um Fußabdrücke und andere Spuren mit seiner freien Hand zu verwischen. Es war ein Wettlauf mit der Zeit, da die Morgendämmerung schon anbrach, aber ebenso wichtig war, nach Möglichkeit das Geheimnis zu bewahren, woher sie gekommen waren. Um Zeit zu sparen, als sie ihre versteckte Ausrüstung unten am Strand erreichten, stopften sie ihre Taucheranzüge in die Transportsäcke und streiften sich ihre Sauerstoffgeräte direkt über die Tarnuniformen.

Dann blieben sie neben einigen Steinen im Wasser eine Zeitlang liegen und spähten mit ihren Nachtgläsern den Felshang hinauf. Wenn jemand sie entdeckte, als sie abtauchten, würde ihre Basis dort draußen bald zum Angriffsziel werden, womit alles zerstört sein konnte.

Schließlich einigten sie sich darauf, daß alles ruhig aussah. Sie nickten einander zu und verschwanden erleichtert in die Dunkelheit, in der gleichen Reihenfolge wie auf dem Weg an Land. Åke Stålhandske schwamm als erster mit den Instrumenten, dann folgte die Signalleine zu Luigi, der die Transportsäcke hinter sich her zog.

Die Uniformen schlotterte unter Wasser schlaff und unangenehm, doch das war angenehm, fast so, als schwämmen sie durch eine Liebkosung von schwarzem Samt.

6

Samuel Ulfsson hatte eine zwiespältige Einstellung zu schwedischem Sommerurlaub. Als Belohnung für harte Arbeit gehörte es möglicherweise zu den höchsten Privilegien der Menschheit, im Sommer bei schönem Wetter in den Stockholmer Schären zu segeln. Außerdem hatte er der Familie versprochen, daß sie in diesem Jahr Urlaub machen würden. Sie hatten ein großes Segelboot gemietet, einen Zweimaster.

Jedoch nicht ohne unerwartete Schwierigkeiten. Samuel Ulfsson war zwar Kapitän zur See der Königlichen Marine und hatte früher in seiner Laufbahn Schiffe verschiedener Größe befehligt, angefangen bei kleinen Transportschiffen bis hin zum Zerstörer HMS Älvsnabben auf einer Reise um die Erde.

Zivilen schwedischen Bestimmungen zufolge hatte er jedoch nicht das Recht, ein Segel- oder Motorboot zu steuern. Sein siebzehnjähriger Sohn, der nach einem mehrwöchigen Winterkurs den Segelschein für küstennahe Gewässer gemacht hatte, durfte es jedoch. Folglich hatte der Sohn beim Unterschreiben des Mietvertrags als Skipper unterzeichnen müssen, was bei der Familie eine fast ungehörige Heiterkeit erregt hatte.

Samuel Ulfsson hatte einige Zeit darauf verwandt, nach Erklärungen zu suchen. Die Bestimmungen waren um 1980 geändert worden, vermutlich in der Absicht, der Marine den gleichen Aderlaß an Offizieren zu ersparen, den die Luftwaffe seit langem erlebte, deren Piloten zur Zivilluftfahrt abwanderten. Neuen Bestimmungen zufolge waren Kampfflieger ebenfalls nicht berechtigt, auch nur eine kleine Piper Cub zu fliegen, ohne erst ein ziviles Flugzertifikat zu erwerben und ihre Fähigkeit unter Beweis zu stellen, kleinere Flugzeuge zu fliegen.

Immerhin war das Problem gelöst worden, so wie irgendwann auch die Frage geklärt werden würde, wer an Bord etwas zu sagen hatte und wer nicht. Der Sohn hatte jedoch gemeint, er und niemand sonst sei juristisch verantwortlich, und folglich sei er der Befehlshaber. Samuel Ulfsson hatte knurrend erklärt, daß er das für einen Scherz halte.

Der schwedische Sommerurlaub hatte zumindest für die

Marine und den Nachrichtendienst aber auch eine problematische Seite. Der Frühsommer war die Hochsaison für den russischen U-Boots-Verkehr, da die Wasserverhältnisse in der Ostsee gerade um diese Zeit für Unterwasserfahrzeuge am günstigsten waren. Das Süßwasser, das mit den Flüssen in die Ostsee strömte, legte sich wie eine zweite Schicht auf das Brackwasser und schuf so einen wirksamen Vorhang gegen die Sonarsysteme. Und unabhängig von Perestroika und Glasnost waren in den letzten Jahren weiterhin sowjetische U-Boote vor den schwedischen Küsten aufgetaucht. Von einer Abnahme des Verkehrs war überhaupt nichts zu spüren. Irgendwo im Osten schien sich jemand darauf vorzubereiten, daß es eines Tages mit der Perestroika vorbei sein würde, was eine Rückkehr zum militärischen Normalzustand ermöglichte.

Es war also die falsche Jahreszeit, um Marine und Nachrichtendienst zu entvölkern. Doch die Korridore oben im OP 5 waren schon jetzt halb leer, und die Telefone verstummten zunehmend. Der Feind war so rücksichtslos, aus diesen grundlegenden schwedischen Umständen Vorteil zu ziehen.

Das Letzte, was Samuel Ulfsson an seinem letzten Arbeitstag vor dem Segelurlaub erwartete, war ein wütender Politiker am Telefon.

Doch Staatssekretär Peter Sorman war ohne Zweifel wütend.

»Was zum Teufel treibt dieser Hamilton eigentlich? Hallo, hier Sorman vom Außenministerium!« bellte er zur Begrüßung.

»Tja, wer das wüßte«, erwiderte Samuel Ulfsson erstaunt. Soviel er wußte, segelte Carl ebenfalls irgendwo in den Schären, doch darauf schien der Berater des Außenministers jetzt nicht abzuzielen.

»Kannst du dich ein bißchen deutlicher erklären?« fuhr er sanft fort.

»Er hat in Palermo zwei Mafiosi erschossen, verdammt noch mal. Jetzt ruft mich das *Aftonbladet* an und will einen Kommentar von mir. Ich glaube, es ist am besten, du kommst zu mir rauf.«

»Ich komme sofort«, erwiderte Samuel Ulfsson und legte auf. Er erkannte, daß er dabei war, wütend zu werden, und erkannte ebenfalls, daß er diese Regung beherrschen mußte.

Sorman hatte Carl also hinter dem Rücken der eigenen Organisation und der eigenen Chefs wieder nach Palermo geschickt. Zwar war die Regierung der höchste Chef der Firma, aber sie pflegte sich nicht so zu verhalten, und für das normale Vorgehen gab es noch wichtigere Gründe als nur die Etikette.

Als Samuel Ulfsson zwanzig Minuten später Peter Sormans Zimmer oben im Außenministerium betrat, sah er sofort, daß etwas nicht stimmte. Sorman war nämlich immer noch außer sich vor Wut.

»Warum hast du mir nichts davon gesagt, daß Hamilton mit seinem Auftrag in Palermo weitermacht?« eröffnete Sorman das Gespräch ohne weitere Präliminarien.

»Weil ich ihm einen solchen Auftrag nicht erteilt habe«, entgegnete Samuel Ulfsson ruhig und setzte sich. »Ich dachte, du hättest ihn beauftragt.«

»Das habe ich nicht, was dir inzwischen vielleicht klargeworden sein dürfte!«

»Aha. Ich habe es jedenfalls auch nicht getan. Was ist passiert?«

»Hamilton befand sich gestern abend in einem Restaurant irgendwo in Palermo. Er wurde offenbar von zwei Gangstern auf einem Motorrad überfallen. Er schoß sie nieder, hat einen getötet und einen verwundet. Es steht heute in der italienischen Presse und kommt morgen im *Aftonbladet*, sogar mit Hamiltons Namen.«

»Teufel auch.«

»Ja, das kann man wohl sagen. Hamilton macht also hinter deinem Rücken weiter?«

»Das ist eine philosophische Frage«, erwiderte Samuel Ulfsson vorsichtig. »Hamilton hat innerhalb der Abteilung bestimmte Chefbefugnisse, er kann beispielsweise selbständige Entscheidungen treffen.«

»Aber doch nicht dann, wenn es darum geht, nach Sizilien zu fliegen, um Gangster zu erschießen, oder irre ich mich da?«

»Nun ja. Wir haben in Übereinstimmung mit den Italienern dort eine Operation begonnen ... Haben die sich vielleicht beschwert?«

»Nein, mit keinem Wort.«

»Für sie ist demnach alles durchaus in Ordnung? Ist Hamilton festgenommen worden?«

»Nein. Die polizeilichen Ermittlungen sind offenbar schon beendet. Er befindet sich auf freiem Fuß und wird nicht wegen eines Verbrechens angeklagt werden. Zumindest jetzt noch nicht.«

»Das nenne ich schnelle Arbeit. Er hat zwei Personen erschossen und ist schon wieder auf freiem Fuß?«

»Ja.«

»Wo ist er?«

»Ich dachte, du wüßtest das!«

»Dann werde ich ihn wohl ausfindig machen und fragen müssen, was er eigentlich treibt.«

»Das scheint mir das mindeste zu sein. Hol ihn nach Hause und mach diesen Dummheiten ein Ende!«

»Wie du weißt, sind da unten jetzt schon drei Schweden entführt worden. Wäre es nicht am besten, zunächst zu untersuchen, was da unten vorgeht? Wir sollten uns danach erkundigen, wie unsere italienischen Partner die Sache sehen, und so weiter.«

»Und wie sollen wir uns den Medien gegenüber verhalten? Wer übernimmt die Verantwortung, du oder ich?«

»Keiner von uns. Unter uns übernehme ich die Verantwortung, wenn irgend was schiefgeht, wenn es gutgeht, bin ich überzeugt, daß wir die Verantwortung auf andere Weise verteilen können. Was die Medien betrifft, sagen wir einfach nur das Übliche, das heißt gar nichts.«

Peter Sorman drehte eine Runde im Zimmer und dachte nach. So wie es jetzt zu Beginn der Schlußphase des Wahlkampfs aussah, hatte er höchstens noch zweieinhalb Monate im Amt. Das war die alles überschattende Frage.

Die Medien würden bald erfahren, daß sich Hamilton wieder in Palermo befand, daß er mit dem italienischen Recht auf seiner Seite Gangster erschossen hatte und daß es bei seinen Anstrengungen irgendwie immer noch darum ging, die entführten Schweden nach Hause zu bekommen.

Wenn man diese Bemühungen brüsk abbrach, indem man Hamilton nach Hause zitierte, konnte das den Eindruck erwekken, als gäbe man sich keine Mühe mehr, das Leben der Schweden zu retten. Und falls das im Wahlkampf überhaupt eine Rolle spielte, so würde es jedenfalls keinen positiven Eindruck machen.

»Du nimmst mit Hamilton Kontakt auf und findest heraus, was zum Teufel da eigentlich los ist, entschuldige den Ausdruck. Und dann gibst du mir Nachricht, sobald du etwas erfährst«, sagte Peter Sorman, nachdem er zu Ende gedacht und sich zu Samuel Ulfsson gewandt hatte. Dieser war schon aufgestanden, als wäre ihm der Beschluß schon bekannt.

»Selbstverständlich«, erwiderte Samuel Ulfsson, nickte und verließ den Raum.

Als er die grauen Steintreppen hinunterging, wunderte er sich über seine innere Ruhe.

Als er in seinem Dienstwagen zum Generalstab zurückfuhr, fand er Zeit, seine Eindrücke etwas besser zu ordnen. Wenn Hamilton nach Palermo zurückgekehrt war, ohne etwas zu sagen, mußte er dafür gewichtige Gründe haben. Außerdem gab es allen Anlaß zu glauben, daß sich Åke Stålhandske keineswegs auf einem Segelurlaub befand.

Die beiden hatten da unten in Palermo eine Operation ausgeheckt. Die Frage war, worum es dabei in erster Linie ging. Ging es um Joar Lundwalls Mörder oder um die gefangenen schwedischen Industriebosse oder um beides?

Falls Hamilton den Wunsch geäußert hätte, mit einem solchen Unternehmen zu beginnen, welche Antwort hätte er dann von seinem Chef erhalten, von ihm, Samuel Ulfsson?

»Hör mal, Sam, ich bitte dich um die Genehmigung, mit Hauptmann Stålhandske nach Palermo zu fliegen, um die Mörder Hauptmann Lundwalls aufzuspüren und unschädlich zu machen sowie den Versuch zu unternehmen, die entführten Schweden zu befreien.«

Eine solche Bitte wäre mit einem sehr klaren Nein beantwortet worden. Wir sind Schweden, wir tun so etwas nicht. Man beginnt nicht eine solche Unternehmung, wenn man sich wegen eigener Verluste immer noch in einem Schockzustand befindet. Das riskiert man nicht, man handelt verantwortlich, man tut dies, man tut das.

Eine solche Antwort wäre selbstverständlich gewesen.

Und jetzt hatte Hamilton mit einer Operation begonnen und dabei offenbar gewisse Anfangserfolge erzielt, wenn nicht gar mehr. Die Italiener hatten sich weder erstaunt noch irritiert gezeigt. Die Frage war also, ob Hamilton somit seine Initiative gegen alle geltenden Regeln und Vorschriften in ein sanktioniertes schwedisches Unternehmen verwandelt hatte.

Wenn man ihn nicht sofort nach Hause rief, würde es so kommen. Andererseits gab es keinerlei Grund, ihn nach Hause zu holen, bevor man wußte, worum es überhaupt ging.

Samuel Ulfsson nahm den Hörer ab und zögerte kurz, bevor er die Nummer seiner Sekretärin wählte. Er hatte einen berufsmäßigen Widerwillen gegen Telefone.

»Hallo Beata«, sagte er. »Kannst du so nett sein, Carl ein Telex an zwei Adressen zu schicken, eins an den schwedischen Konsul in Palermo und eins an dieses Hotel, in dem er beim ersten Mal gewohnt hat. Text wie folgt: ›Erwarte dringend Erklärung.‹ Alles verstanden?«

»Ja, verstanden. Aber ist Carl in Palermo?« erwiderte Beata mit einem Erstaunen, das sich schnell legte. »Das erklärt ja alles. Die vom *Aftonbladet* rufen wie die Verrückten an und suchen nach dir. Sie erzählen, Carl soll in Palermo ein paar Gangster erschossen haben. Soll ich sagen, daß du noch ins Haus kommst?«

»Ja, tu das«, seufzte Samuel Ulfsson. »Aber sag nur das, nicht mehr.«

Carl betrachtete Santa Rosalia. Sie lag mit einem goldenen Stab unter dem linken Arm auf der Seite und drückte ein Kreuz an die Brust, den Blick zu Gott gerichtet. Sie war in Blattgold drapiert und in einer gläsernen Vitrine eingesperrt. Nicht einmal Palermos Schutzheilige war mehr vor Überfällen sicher, und vor rund zehn Jahren hatte man ihr sogar Gold und Geschenke gestohlen.

Das Heiligtum lag oben auf dem Monte Pellegrino mit einer weiten Aussicht auf den Hexenkessel Palermo dort unten. Hier auf der Höhe war es vergleichsweise kühl und roch frisch nach Piniennadeln.

Carl fühlte sich vollkommen entspannt und genoß einen stillen Gemütszustand, der sehr gut zum Besuch dieser Heiligen paßte. Da Piemonte stand ein Stück weiter weg, näher am Ausgang. Er hatte die Hände auf den Rücken gelegt, als wollte er den heidnischen Besucher mit der Schutzheiligen Palermos, der Stadt der Diebe und Mörder, aus Pietät allein lassen.

Der bürokratische Teil der Arbeit hatte diesmal längere Zeit in Anspruch genommen. Man hatte Carls Waffen beschlagnahmt, sein Hotelzimmer und den Hintereingang mit dem Personalfahrstuhl durchsucht. Es zeigte sich jedoch schon nach wenigen Stunden, daß keine seiner Waffen verwendet worden war, so daß die Polizei jetzt mit der anscheinend unerklärlichen Tatsache dastand, daß es ausgerechnet in Carls Hotel zu einem Mafia-Mord gekommen war, nur Stunden, nachdem er selbst einem Attentatsversuch ausgesetzt gewesen war.

Er hatte darum gebeten, sich das Fotoalbum mit Palermos bekannten Berufsmördern anzusehen, unter besonderer Berücksichtigung der Männer, die zu Gaetano Mazzaras Bande gehörten. Das Betrachten dieser Fotos hatte sich gelohnt, aber es blieb die Frage, wie er die entscheidende Information weitergeben sollte. Er hatte vorgeschlagen, das mit Da Piemonte persönlich zu diskutieren, am liebsten an einem anderen Ort, um sozusagen zwischen offizieller und inoffizieller Information zu unterscheiden. So hatte man sie mit schwerer Eskorte wie etwas ungewöhnliche Touristen zu Santa Rosalia hinaufgefahren.

Carl ging zu Da Piemonte und erwähnte all die Geschenke, die vor der Heiligen aufgereiht waren. Da fand sich alles, angefangen von Autoreifen mit eingeritzten Danksagungen bis hin zu kleinen Gegenständen aus Gold und sogar einfacheren Hausratsgegenständen. Wer in Palermo auf wundersame Weise mit dem Leben davonkam, mußte seine Danksagung zunächst an Santa Rosalia richten.

Da Piemonte trat an eine der Wände und legte die Hand auf ein schmales Rinnsal, das am Fels herunterlief, feuchtete die Handfläche an und leckte sie. Er warf Carl einen amüsierten Blick zu, feuchtete die Handfläche erneut an und benetzte damit Carls Stirn.

»Santa Rosalias Wasser besitzt magische Kraft. Es beschützt Sie, mein Freund«, lächelte Da Piemonte. »Worüber wollten Sie mit mir sprechen?«

»Über Salvatore Carini«, erwiderte Carl kurz, ohne den Segen zu kommentieren.

»Oh, über den ›Schlächter von Trapani‹? Was ist mit ihm?«

»Er gehört doch zu Gaetano Mazzaras Mob, nicht wahr?«

»Soviel wir wissen, ja.«

»Und folglich ist es Mazzaras Mob, der mit Don Tommaso zusammenarbeitet, oder wie wir das nennen wollen?«

»Eine richtige Schlußfolgerung. Und?«

»Fahnden Sie nach Salvatore Carini wegen der Morde an diesen beiden Picciotti, die im Hotel gefunden wurden. Suchen Sie auch nach seinen Fingerabdrücken auf den Geldscheinen, die im Mund der Opfer steckten. Dort finden Sie sie vermutlich auch. Was bedeutet diese Geste übrigens, Toten Geld in den Mund zu stopfen?«

Da Piemonte gab zunächst keine Antwort. Er trat nachdenklich an die Öffnung der Grotte und blieb dort stehen, um nachzudenken. Plötzlich drehte er sich zu Carl um.

»Das ist Mafia-Sprache. Das bedeutet, daß derjenige, der so stirbt, entweder zu geldgierig ist oder für Geld einen Verrat begangen hat. Woher wissen Sie das mit Carini? Haben Sie ihn möglicherweise in unserer Kollektion bekannter Mafiosi wiedererkannt?«

Da Piemonte sah vollkommen entspannt und gleichmütig aus, als er diese Frage stellte.

»Nein«, erwiderte Carl in einem Versuch, diesen Tonfall nachzuahmen. »Wenn ich ihn wiedererkannt hätte, würde das ja bedeuten, daß ich ihm schon mal begegnet bin, und das könnte uns vermuten lassen, daß diese beiden Männer mit einer schallgedämpften Pistole des Kalibers 7,65 erschossen worden sind. Ebenso wie ich Grund zu der Annahme habe, daß Sie an den Geldscheinen Carinis Fingerabdrücke finden werden. Man kann vielleicht nicht davon ausgehen, daß er noch seine Pistole hat, aber wer weiß?«

Da Piemonte antwortete nicht. Statt dessen begann er langsam auf den Ausgang zuzugehen, und nach einigem Zögern holte Carl ihn ein. Sie gingen die Treppenstufen vor dem Kloster hinunter – was die Sicherheitsbeamten nervös machte und zu irritierenden Positionswechseln veranlaßte –, traten an das steinerne Geländer und betrachteten eine Zeitlang die Aussicht auf Palermo.

»Einmal im Jahr wallfahrtet das Volk dort unten hierher«, sagte Da Piemonte nachdenklich. »Bemerkenswert, daß jemand es über sich gebracht hat, Santa Rosalia zu bestehlen. Nun, wenn wir wegen der Morde nach Carini fahnden, ist das gleichbedeutend mit seinem Todesurteil, denn dann ist er ein Verräter.«

Carl zuckte die Achseln. Da Piemonte hatte durch seine Feststellung gezeigt, daß er alles verstanden hatte, und es auf ebenso intelligente wie diskrete Weise getan.

»Ich glaube, es würde unserer Sache nützen, wenn es uns gelingt, in den Reihen der Gangster etwas Zwietracht zu säen«, erwiderte er trocken. »Bewegen Sie sich immer so ungezwungen unter Menschen, Oberst? Ich nehme an, daß Sie schon seit langem Palermos begehrteste Zielscheibe sind?«

Da Piemonte sah zu ihm hoch, als wäre er aus tiefen Gedanken gerissen worden.

»Wissen Sie, Comandante, auf Sizilien herrschen folgende Regeln. Erste Regel. Man muß sich als Mann erweisen. Ich habe aber noch eine andere Regel. Vor etwa einem Monat wurde ein junger Hauptmann von dem örtlichen Boß in einer kleinen Stadt oben in den Bergen mit dem Tod bedroht. Der Ort heißt Giardinelli und ist nicht weit von Corleone entfernt. Man hatte ihm gesagt, es könne dieses oder jenes eintreffen, wenn er in dieser oder jener Frage nicht beide Augen zudrücke. Er schrieb mir und bat mich um meinen Rat. Ich fuhr eines Nachmittags zu ihm ins Dorf. Es war später Nachmittag, kurz vor der Zeit für den üblichen Spaziergang auf der Dorfstraße. Unser junger Hauptmann befehligt drei Mann. Das ist die ganze Garnison in diesem Dorf. Ich ging in sein Büro, holte ihn ab, nahm ihn unter den Arm und spazierte mit ihm auf der Dorfstraße auf und ab. Schließlich blieben wir vor dem Haus des lokalen Bosses stehen, plauderten eine Zeitlang miteinander, wobei ich den jungen Hauptmann immer noch beim Arm hielt. Dann stieg ich in meinen Wagen und fuhr nach Palermo zurück. Verstehen Sie die Geschichte, Comandante?«

»Vielleicht«, erwiderte Carl zögernd. »Lassen Sie mich mal sehen. Sie haben damit eine bestimmte Botschaft übermittelt. Wer diesen Hauptmann anrührt, greift mich an, und dann werden sich die Schlünde der Hölle unter euch auftun. Ungefähr so?«

»Sehr gut, Comandante. Ungefähr so. Sie verstehen, hier auf Sizilien braucht man jemanden, der einen unter seine Fittiche nimmt. Ich nehme Sie jetzt auch beim Arm, jetzt zum Beispiel. Ich tue es gern. Das Problem ist nur, daß mich niemand beim Arm nimmt.«

Carl stellte keine weiteren Fragen. Sie gingen zögernd zu ihrem Wagen zurück, während die Sicherheitsbeamten sich nervös umgruppierten und in ihren Walkie-Talkies Mitteilungen austauschten. Sie fuhren ziemlich lange auf den Serpentinen der Straße hinunter, ohne etwas zu sagen.

»Wer sollte Sie denn unter seine Fittiche nehmen, Herr Oberst?« fragte Carl schließlich.

»Il Palazzo, Rom«, erwiderte Da Piemonte kurz. »Das tun sie aber nicht, und ich verstehe nicht, warum. Vielleicht können Sie mir etwas erklären. Eine ganze Menge scheint mit Ihnen zusammenzuhängen.«

»Ja«, erwiderte Carl, »einiges könnte ich vielleicht erklären. Doch zunächst müssen wir gewinnen, und wenn wir nicht gewinnen, spielen weder Erklärungen noch Santa Rosalia eine Rolle.«

Åke Malm war am Vormittag nicht untätig gewesen. Über die kleine Fotoagentur hatte er das schwedische Exklusivrecht an allen Bildern der zwei erschossenen Mafiosi gekauft, die am Vorabend vor der Pizzeria 59 an der Piazza Verdi fotografiert worden waren. Es hatte den Anschein, als könnte die Agentur noch Fotos von zwei weiteren Leichen beschaffen, nämlich den beiden, die im Keller des Grand Hotel et Des Palmes mit Geldscheinen im Mund gefunden worden waren.

Die beiden sizilianischen Zeitungen hatten den Namen des Schweden, der sich freigeschossen hatte, nicht genannt, da die Polizei sie gebeten hatte, davon abzusehen, und da die sizilianische Presse sich nur selten mit der organisierten Kriminalität oder der Polizei anlegt.

Es war zunächst jedoch gar nicht so schwer gewesen zu erraten, um welchen Schweden es sich handelte, da sich Hamilton nachweislich in der Stadt aufhielt. Außer Åke Malm ahnte jedoch kein anderer schwedischer Journalist etwas davon, denn er würde immer noch fünf oder sechs Stunden Vorsprung haben, bevor die Konkurrenten aus Stockholm, Paris oder London ankamen.

Sein Kontaktmann in der Fotoagentur hatte ihm Zugang zum Krankenhaus verschafft, und es war ihnen gelungen, einen Arzt dazu zu bringen, ausführlich über die Schußwunden der beiden erschossenen Picciotti zu berichten. Details dieser Art pflegten in Schweden normalerweise nicht auf so großes journalistisches Interesse zu stoßen wie in Italien. Einige der Angaben deuteten jedoch darauf hin, daß der unkonventionelle schwedische Besucher tatsächlich mit Tötungsabsicht schoß. Derlei ergibt immer ausgezeichnete Schlagzeilen.

Einer der Mörder, der Tote, war nämlich mit zwei Schüssen getroffen worden, die nicht mehr als drei Zentimeter auseinanderlagen. Beide Kugeln hatten das Herz durchschlagen und waren durchs Rückgrat ausgetreten. Der zweite Mann war mit der gleichen Präzision getroffen worden, jedoch mit der vermutlichen Absicht, das Opfer nur zu lähmen. Die Treffer saßen wie bei dem ersten Mann recht nahe beieinander, jedoch in den Hüft- und Beckenknochen. Die Operation hatte zehn Stunden gedauert, und es war zweifelhaft, ob das Opfer je wieder normal würde gehen können. Wahrscheinlich würde der Mann für den Rest seines Lebens an den Rollstuhl gefesselt sein, eines Lebens, das er überdies größtenteils im Gefängnis würde verbringen müssen. Es kam in Palermo schließlich nicht oft vor, daß ein Mörder am Tatort verblieb, so daß man ihn verurteilen konnte.

Überdies hatte Åke Malm einen lohnenden Besuch am Tatort gemacht und einen der Kellner gesprochen, der am Vorabend gearbeitet und den gesamten Ablauf mitangesehen hatte. Der Schwede sei einen Augenblick vor dem Auftauchen des Motorrads in dem breiten Eingang des Restaurants aufgestanden, als hätte er gespürt oder im voraus gewußt, was geschehen würde. Am deutlichsten erinnerte sich der Zeuge daran, daß der Schwede noch mit der Kaffeetasse in der Hand dagestanden habe, nachdem er geschossen hatte.

Das war eine vielsagende Zeugenaussage, überdies ungewöhnlich in einer Stadt, in der es Zeugen schon *qua definitionem* nicht gab. Die Polizei hatte allerdings erklärt, daß es diesmal nicht darum gehe, gegen Verbrecher auszusagen, was gleichbedeutend war mit dem sicheren Tod, lange bevor es zu einem Prozeß kam.

Hamilton hatte seinen potentiellen Mörder ganz einfach hingerichtet. Er hatte kalt auf dessen Erscheinen gewartet und ebenso kalt geschossen, um zu töten. Das war keine schlechte Story.

Der offizielle Sprecher der Carabinieri hatte sich außerdem ebenso unwillig gezeigt, auf Details einzugehen, wie er unwillig gewesen war einzugestehen, es gebe auch nur den geringsten Grund zu Kritik an dem Schweden, dessen Namen man nicht nennen wolle. Es sei ja absolut klar, daß der Schwede in Notwehr geschossen habe. Der Killer habe, was bewiesen sei, eine scharf geladene Maschinenpistole auf den Schweden gerichtet, bevor er selbst getroffen worden sei. In polizeilicher und juristischer Hinsicht sei die Sache damit erledigt. Die Staatsanwaltschaft habe ebenfalls keinerlei Grund gefunden, Kritik an der schnellen Entscheidung der Polizei zu üben, die Ermittlungen wegen eines eventuellen Verbrechens einzustellen.

Was die Gangstermorde im Grand Hotel et Des Palmes angehe, so sei das eine völlig andere Geschichte, in der übrigens noch ermittelt werde. Um alle Mißverständnisse zu vermeiden, habe man die Waffe des namentlich nicht genannten Schweden untersucht und herausgefunden, daß nicht er geschossen habe. Im übrigen gebe es keinerlei Verdacht in dieser Richtung, denn diese Geschichte erscheine eher als interne Auseinandersetzung in einer der bekannteren Mafia-Familien Palermos.

Ein guter Journalist braucht Glück, etwa wie ein guter Torwart, aber Glück kommt nicht nur von allein. Man muß auch Fragen stellen und zumindest selbst das versuchen, was zunächst unmöglich erscheint.

Und wenn im Augenblick etwas unmöglich zu sein schien, dann natürlich die Bestätigung der Story aus dem Mund Hamiltons. Aber wer nicht fragt, bekommt keine Antwort.

Als Åke Malm unten beim Empfang nach Herrn Carl Hamilton gefragt und gesagt hatte, er sei ein Landsmann und Bekannter, wäre er im nächsten Augenblick um ein Haar festgenommen worden. Zwei Polizeibeamte in Zivil hatten ihn plötzlich am Tresen flankiert, ihn gebeten, sich auszuweisen, und überlegt, ob sie ihn zu einem Verhör auf die Wache bringen sollten, waren jedoch unsicher geworden, als Åke Malm erklärte, Hamilton sei ein alter Freund, und es sei wichtig, daß er ihn treffe. Das Problem war dadurch gelöst worden, daß die beiden Beamten Malm einfach zu Hamiltons Zimmer im dritten Stock begleiteten.

Sie klopften an und sagten laut auf italienisch, sie seien Polizisten, erhielten zunächst jedoch keine Antwort. Sie klopften ein zweites Mal an, aber noch immer machte niemand auf.

Dann wurde die Tür aufgerissen, und Carl Hamilton zeigte sich mit einem Revolver in der Hand, den er auf seine zurückweichenden Besucher richtete.

Die Polizeibeamten wiesen sich aus und erklärten auf italienisch, sie kämen mit einem Schweden, der erwartet zu werden behaupte. Åke Malm erklärte schnell auf schwedisch, wer er sei, und erklärte dann, er werde in eine ziemlich üble Lage geraten, wenn Carl ihn nicht einlasse.

Carl lächelte und schüttelte den Kopf. Normalerweise hätte er nichts dagegen gehabt, daß die Beamten den Journalisten wegschleiften und am liebsten auch einbuchteten. Doch gerade jetzt konnte er einen Journalisten gut gebrauchen. Ihm war nämlich eine Idee gekommen.

Er ließ den Hahn seines Revolvers zuschnappen, schob ihn in sein Schulterholster und gab durch ein Zeichen zu verstehen, daß der Besucher eingelassen werden könne und daß alles in Ordnung sei. Die Polizisten nickten mürrisch und gingen. Carl zog Åke Malm herein, schloß hastig die Tür, preßte seinen Besucher gegen eine Wand und stellte fest, daß dieser nicht bewaffnet war. Dann bat er um einen Ausweis.

Es gab nur einen Besuchersessel im Zimmer, und Carl gab Åke Malm ein Zeichen, er solle sich dort hinsetzen. Dann zog er einen Schreibtischstuhl heran, drehte ihn um, setzte sich und breitete die Arme in einer Geste aus, aus der hervorging, daß er bereit sei, sich den journalistischen Wunsch anzuhören, der ihn nicht sonderlich überrasche.

In Åke Malm kämpften zwiespältige Gefühle, als er den Mann betrachtete, der ihm gegenübersaß. Jetzt wußte er, wer er war, denn er hatte eine ungefähre Vorstellung davon, um was für einen Menschentypus es sich handeln mußte. Wenn er es aber nicht gewußt hätte?

Hamilton sah wahrlich nicht so aus, wie man es von einem Berufskiller erwartete. Åke Malm ertappte sich dabei, daß er eher auf Eishockeyprofi getippt hätte. Die Narben im Gesicht wären auch dann berufsbedingte Verletzungen. Der durchtrainierte

Körper, die unschwedisch selbstverständliche Eleganz, die Selbstsicherheit, all das erinnerte an Eishockeyspieler, die beispielsweise nach einigen Jahren in den USA nach Schweden zurückkehrten. Blaue Augen, forschender Blick, eine entspannte Wachsamkeit, die einem das Gefühl eingab, daß nichts diesen Augen entging, während die gesamte Körpersprache Ruhe und inneres Gleichgewicht verriet.

Vor weniger als vierundzwanzig Stunden hatte dieser Mann zwei Picciotti getötet, erweckte aber den Eindruck, als hätte er gestern eine alltägliche Arbeit erledigt, als wäre er ein schwedischer Vertreter bei einem Kongreß von Werbeleuten, der eine Rede über Marketing gehalten hatte und jetzt einen Journalisten traf, der ihn zu seinem Vortrag befragen wollte.

»Nun«, sagte Carl mit einem feinen Lächeln, als Åke Malms Zögern sich so lange hinzog, daß es fast schon peinlich wurde. »Du bist also von *Aftonbladet.* Auch wenn ich dich angesichts deiner Lage vorhin nicht rausschmeißen wollte, mußt du doch verstehen, daß ich für ein Interview am Arbeitsplatz nicht der richtige Mann bin?«

»Mir ist schon klar, daß ich vielleicht nicht auf jede meiner Fragen eine Antwort erhalte. Aber versuchen könnten wir es doch?« entgegnete Åke Malm, ohne weder bittend oder übertrieben hoffnungsvoll zu klingen. Schon die Tatsache, daß er Hamilton getroffen hatte, war ein Scoop.

»Natürlich. Frag einfach, dann werden wir sehen«, sagte Carl und breitete die Arme aus.

»Du bist natürlich nicht als Tourist hier?« begann Åke Malm und holte Notizblock und Stift hervor, um sich Notizen zu machen.

»Nein, selbstverständlich nicht. Dies ist keine touristenfreundliche Stadt«, lächelte Carl.

»Gibt es eine Verbindung zu dem, was zuvor geschehen ist, als dein Kollege getötet wurde?«

»Die offizielle Antwort muß *Kein Kommentar* lauten, wie du verstehst. Gleichzeitig ist die Frage fast überflüssig.«

»Du hast gestern zwei Mafia-Killer erschossen?«

»Das dürfte inzwischen klargeworden sein.«

»Warum?«

»Weil sie versucht haben, mich zu erschießen. Hier in Palermo ist so etwas durchaus in Ordnung.«

»Ja, ich weiß. Aber ich meine, warum haben sie versucht, dich zu erschießen?«

»Darauf kann ich aus offenkundigen militärischen oder sagen wir lieber polizeilichen Gründen nicht eingehen. Ich kann aber so viel sagen, daß es sich um Konkurrenz zwischen zwei verschiedenen Gangsterbanden handelt. Wir haben sozusagen auch auf der Seite die Bösen und die Guten.«

»Und über die Guten willst du unsere schwedischen Entführungsopfer freibekommen?«

»Kein Kommentar.«

»Du willst auch nicht leugnen, daß es so ist?«

»Kein Kommentar, habe ich gesagt. Du weißt sehr wohl, was das bedeutet. Nächste Frage. Ich habe nicht die Zeit, dieses Interview allzu lang werden zu lassen.«

»Die beiden, die hier im Hotel erschossen wurden?«

»Ja, was ist mit denen?«

»Bist du in die Geschichte verwickelt?«

»Kannst du Informationen sozusagen *off the record* entgegennehmen?«

»Ich mag so etwas nicht. Aber die Alternative ist natürlich *kein Kommentar*?«

»Ja. Die Alternative lautet: kein Kommentar.«

»In Ordnung. Was du jetzt sagst, werde ich als, sagen wir, als aus *einer gutunterrichteten Quelle in Palermo stammend* bezeichnen?«

»Ja, das klingt gut und entspricht außerdem den Tatsachen. Die beiden hier im Hotel wurden nach einer Theorie, mit der die Carabinieri jetzt arbeiten, von einem gewissen Salvatore Carini ermordet. Man nennt ihn den ›Schlächter von Trapani‹, und er hat hier auf Sizilien offenbar eine lange Liste von Verdiensten. Er und die beiden anderen waren von derselben Bande engagiert worden wie die Männer, die mich erschießen sollten. Es war vorgesehen, mich auch diesmal zum Opfer zu machen. Aber dieser Salvatore Carini muß offenbar sozusagen zu den good guys übergelaufen sein. Statt mich zu überfallen, erschoß er die beiden anderen. Die Polizei fahndet jetzt wegen dieser Morde nach ihm. Das kannst du schreiben, darfst mich aber nicht als Quelle nennen.«

Åke Malm überlegte eine Weile, während er seine Notizen beendete. Schweden war also in eine interne Bandenauseinandersetzung auf Sizilien verwickelt, und inmitten dieses Konflikts befanden sich schwedische Geiseln und ein offiziell entsandter Berufskiller aus Schweden. Das war wirklich keine schlechte Story.

»Hast du nicht Angst, sie könnten es wieder versuchen?« fragte er schließlich und gab durch eine Geste zu erkennen, daß er nicht mehr viele Fragen hatte.

»Wenn sie es wieder versuchen, besteht die große Gefahr, daß sie weitere Verluste hinnehmen müssen«, lächelte Carl.

»Dir ist doch bewußt, von welchem Typ Gangster wir sprechen«, sagte Åke Malm verblüfft. »Die begehen hier in Süditalien ungefähr tausend Morde im Jahr.«

»Ja«, entgegnete Carl trocken. »Dessen bin ich mir durchaus bewußt. Sie haben auch einen meiner engen Freunde getötet. Aber damals waren wir unbewaffnet, und das sind wir jetzt nicht mehr.«

»Wir? Seid ihr zu mehreren hier?«

»Kein Kommentar. Damit ist das Interview beendet, wenn du entschuldigst.«

Carl erhob sich, gab seinem Besucher die Hand und machte eine Handbewegung zur Tür.

Als er wieder allein war, legte er sich aufs Bett und starrte eine Zeitlang an die Decke, während er nachdachte. Morgen würde Salvatore Carini in der schwedischen Presse bloßgestellt werden. Italienische Korrespondenten würden sich diesen Leckerbissen nicht entgehen lassen, und damit würde Herr Salvatore übermorgen im *Corriere della Sera* oder einer anderen landesweit verkauften italienischen Zeitung sein Todesurteil lesen können.

Und Don Tommaso würde glauben, einen Verräter am Hals zu haben. Falls dieser Carini dann noch am Leben war, würde er schön schwitzen müssen, um sich herauszureden.

Es war kurz vor einer neuen vollen Stunde. Carl holte sein Funkgerät hervor und notierte sich, was jetzt geschehen mußte, bevor er mit Luigi Kontakt aufnahm.

Luigi war mit seinem Pickup wieder kreuz und quer über Land gefahren und nahm seine neuen Befehle mit Erleichterung entgegen, da ihm die Einsamkeit zunehmend auf die Nerven ging.

»Nimm dir so schnell wie möglich ein Zimmer im Grand Hotel et Des Palmes in Palermo«, sagte Carl, »aber selbstverständlich kennen wir uns nicht, wenn wir uns zufällig in der Hotelhalle oder anderswo begegnen. Wir werden weiterhin nur Funkkontakt halten, auch im Hotel.«

Wie Carl schon geahnt hatte, war Luigi nicht mehr unbewaffnet. Er hatte von dem Vorrat an Bord einen Revolver und ein Messer mitgenommen, und diese Ausrüstung würde an den nächsten Tagen vielleicht gut zupaß kommen.

»Ach ja, da ist noch etwas«, fuhr Carl fort. »Der Feind liegt inzwischen mit zwei weiteren Männern hinten, denn sie haben auch ein paar Mörder ins Hotel geschickt. Wir dürfen also vermuten, daß sie allmählich sauer werden. Wenn du dir eine weiße Jacke oder so etwas besorgen kannst, damit du als Kellner, Etagenkellner oder so etwas durchgehen kannst, wäre das nicht schlecht. Sonst halten wir wie gewohnt per Funk Kontakt. Sobald du im Hotel ein Zimmer bekommen hast, solltest du dich per Funk melden. Am besten wäre ein Zimmer mit einem Fenster zum Hof. Das ist im Augenblick alles.«

Carl sprach eine Weile mit Åke Stålhandske, erkundigte sich danach, wie die Operation bei Don Tommasos Villa abgelaufen war, fragte, ob sie entdeckt worden seien und einiges andere, bevor er auf Luigi zu sprechen kam und dessen Wohlbefinden. Åke Stålhandske zufolge war Luigi für einen Grünschnabel erstaunlich stabil, aber etwas Gesellschaft werde ihm guttun.

»Er ist wahrscheinlich etwas zu lange an Bord geblieben«, fuhr Åke Stålhandske fort. »Er eignet sich wohl nicht dafür. Außerdem mußte er an seinen geparkten Wagen denken. Wenn der zu lange an ein und demselben Ort steht, kann er nicht nur gestohlen, sondern auch von den falschen Leuten entdeckt werden. Nein, etwas Gesellschaft würde Luigi bestimmt guttun. Und ich? Ich spieße weiter meine Tintenfische auf. Sonst wirkt hier in Castellammare alles ruhig.«

Carl räumte sein Funkgerät weg und rief Don Tommaso an. Erst nahm ein anderer ab, und Carl verstand nicht, was ihm gesagt wurde, aber da der Hörer nicht aufgelegt wurde, vermutete er, daß er warten sollte. Nach kurzer Zeit kam sehr richtig Don Tommaso persönlich an den Apparat. Er meldete sich mit einem heiseren Grunzen.

Carl kam gleich zur Sache.

»Ich möchte Ihnen ein Geschäft vorschlagen, Don Tommaso. Sie haben drei schwedische Produkte, die ich haben will. Sie haben dafür schon mit sechs oder sieben italienischen bezahlt. Wenn sich das Ganze noch länger hinzieht, steigt unser Preis. Dann müssen Sie für jedes schwedische Paket nicht zwei, sondern drei italienische Pakete zahlen. Habe ich mich klar genug ausgedrückt?«

»Sie sind ein sehr mutiger Mann, Comandante«, erwiderte Don Tommaso gedehnt. Es hörte sich an, als spräche er zwischen fest zusammengebissenen Zähnen.

»Ein sehr mutiger Mann«, fuhr Don Tommaso mit mühsamer Beherrschung fort. »Es stellt sich jedoch die Frage, ob Sie nicht auch ein bißchen dumm sind, verzeihen Sie mir, wenn ich das so sage. Falls wir Geschäfte machen sollen, geht das nicht per Telefon.«

»Nein, aber soll ich das so auffassen, daß Sie zu einer entscheidenden Abmachung noch nicht bereit sind?«

»Sie kennen den Preis der Ware. Wir sehen keinen Grund zu einem besonderen Rabatt.«

»Rufen Sie mich an, sobald Sie Ihre Meinung geändert haben, Don Tommaso. Sie wissen ja, wo Sie mich finden können, nicht wahr? Ach ja, noch etwas. Sie sind niemals sicher, Don Tommaso«, sagte Carl hart und brach das Gespräch ab, ohne eine Antwort abzuwarten.

Genau, sagte er zu sich selbst und warf sich auf eins der Betten. Er faltete die Hände im Nacken. Genau, Don Tommaso, du weißt, wo ich zu finden bin. Willkommen, Don Tommaso, herzlich willkommen.

Samuel Ulfsson wog ein Telex in der Hand. Es war in mehr als nur einer Hinsicht von geringem Gewicht. Der Text war kurz: »Die Operation wird im Einverständnis mit den entsprechenden italienischen Behörden durchgeführt. Alles wohlauf.«

Als Antwort auf Samuel Ulfssons Forderung, eine Erklärung abzugeben, war dies gelinde gesagt dürftig. Und der Oberbefehlshaber hatte ein Treffen unter vier Augen verlangt, bei dem sich Samuel Ulfsson in zehn Minuten einfinden sollte. Es war nicht schwer sich auszurechnen, worum es dabei gehen würde: ebenfalls um eine Erklärung.

Eine Möglichkeit wäre natürlich, die Kollegen im Verteidigungsministerium in Rom anzurufen. Aber das wäre noch schöner, die Italiener anzurufen, um zu fragen, was man selbst treibt.

Worum es bei dem Unternehmen auch gehen mochte, es erfolgte im Einverständnis mit Polizei und Militär Italiens. Um eine private Vendetta konnte es sich folglich nicht handeln. Es mußte also immer noch um das Problem der schwedischen Geiseln gehen.

Soweit Samuel Ulfsson sah, gab es jetzt jedoch nichts mehr zu verhandeln. Die Gangsterorganisation forderte schwedische Waffen, was natürlich nicht in Frage kam, unter gar keinen Umständen. In diesem Punkt hatten die Regierungen beider Länder sich sehr deutlich geäußert.

Folglich mußte es darum gehen, die schwedischen Geiseln auf andere Weise als durch Waffenlieferungen zu befreien. Zwei Möglichkeiten standen zu Gebote. Befreiung mit Gewalt, etwas, was Carl ja schon früher gelungen war.

Oder aber die Geiseln freizukaufen, nachdem man klargestellt hatte, daß außer der Zahlung einer üblichen Lösegeldsumme kein anderes Geschäft in Frage kam.

Oder eine Kombination dieser Möglichkeiten.

Schwedisches Militärpersonal war also in etwas engagiert, was sich in den Massenmedien zu einer schwer hantierbaren Geschichte entwickeln konnte. Noch war es möglich, alle Journalisten durch dickschädeliges Verhalten auf Abstand zu halten, Kommentare einfach zu verweigern und auf selbstverständliche militärische Geheimhaltung zu verweisen, auf Verbindungen zu einer fremden Macht und alles andere. Wenn sich aber die Kriegshandlungen dort unten ausweiteten?

Dreh- und Angelpunkt war jedoch die Tatsache, daß die italienischen Behörden einverstanden waren, und in diesem Punkt konnte Carls kurze Erklärung kaum fehlerhaft sein.

Doch Samuel Ulfsson mußte ganz einfach bedeutend mehr wissen als nur dies. Natürlich war es nicht möglich, das am Telefon vor den Ohren ungebetener Lauscher zu diskutieren.

Samuel Ulfsson nahm ein Blatt Briefpapier und schrieb eine Anweisung, man solle Carl Hamilton in Palermo persönlich aufsuchen, ihm mündlich eine vollständige Erklärung abverlangen und damit anschließend nach Hause zurückkehren.

Samuel Ulfsson rief Beata zu sich, gab ihr die Mitteilung und bat sie, die Anweisung verschlüsseln zu lassen und sofort zu senden.

Dann begab er sich in düsterer Stimmung zum Oberbefehlshaber, um wenigstens versuchsweise das zu erklären, was er sich nicht einmal selbst erklären, sondern nur vermuten konnte. Gleichzeitig beschloß er, allenfalls auf direktes Befragen zu beantworten, ob Fregattenkapitän Hamilton etc. – Herrgott, wie viele waren sie eigentlich da unten? – sich auf ausdrücklichen Befehl des OP 5 in Palermo befänden.

Es wurde eine kurze Begegnung, bei der nichts anderes berührt wurde als das, was in Palermo geschah.

»Unsere Operation da unten ist in eine neue Phase eingetreten«, begann Samuel Ulfsson so selbstsicher, wie er nur vermochte. Kaum waren die Worte »unsere Operation« heraus, ging ihm auf, daß er Carls private Flucht damit zu einem offiziellen Auftrag gemacht hatte.

Und der Oberbefehlshaber ließ sich im folgenden nur wenig Zeit damit, die nicht sonderlich ausführliche Erklärung zu akzeptieren, die sein Geheimdienstchef ihm gab. Er schien zu dem Schluß gekommen zu sein, daß ein allzu großes Wissen um die Vorgänge in Italien nur dazu führen würde, daß kein anderer als der Oberbefehlshaber persönlich gezwungen war, die Verantwortung zu übernehmen, falls etwas schiefging. In solchen Situationen galt es, nicht zu viele Fragen zu stellen.

Die Verantwortung für die laufende Operation unten in Palermo, worauf sie auch immer hinauslaufen mochte, war damit verteilt: Einmal war der Befehlshaber vor Ort, also Hamilton selbst, verantwortlich, dann der Chef des militärischen Nachrichtendiensts und der Oberbefehlshaber. Und damit handelte Hamilton von diesem Augenblick an im Auftrag Schwedens. Das war eine unabweisbare Tatsache und alles andere als gut. Die Alternative jedoch, nämlich die Aktion mehr oder weniger abrupt abzubrechen und Hamilton nach Hause zu holen, wäre unklug gewesen. Carl verdiente, daß man ihm einen beträchtlichen Vertrauensvorschuß gab, obwohl er im Grunde weit über das hinausgegangen war, was toleriert werden konnte.

Luigi Bertoni-Svensson hatte einen Abstecher zum Tempel und dem Amphitheater bei Segesta an der Straße nach Palermo gemacht. Die Ruinen lagen hoch auf einem Berg mit Aussicht auf die Dörfer Buseto und Ballata im Westen sowie auf das Meer und Castellammare im Norden. Luigi stand hoch oben im Amphitheater und ging in Gedanken die Erinnerungen an das Straßennetz dort unten durch, prüfte Abschnitt um Abschnitt. Ja, er kannte sich in der Gegend aus. Hier würden sich sowohl Treffen arrangieren als auch ein Austausch vornehmen lassen.

Der Tempel war gut erhalten. Seine sechsunddreißig Säulen standen immer noch aufrecht. Möglicherweise würden sie sich des Tempels bedienen können, da er so verlassen dalag und so hochgelegen war. Freie Aussicht nach allen Seiten. Nicht einmal jetzt, am Tag, hatten sich Besucher hierher verirrt, doch das lag vielleicht an der Hitze. Es mußten an die vierzig Grad im Schatten sein. Luigi war mit still dasitzenden Geckos und schnellen grünen Smaragdeidechsen allein, die ihm auswichen, als er langsam zur Mitte des Tempels ging. Auf einem kleinen Schild wurde die unklare Geschichte des Tempels angesprochen. Die Stadt, die es hier einmal gegeben hatte, wurde vor der Phönizierzeit erbaut. Vergil zufolge sollte der Tempel dem Trojaner Äneas gewidmet gewesen sein, aber darüber, so hieß es, könne heute nichts mehr mit Sicherheit gesagt werden.

Der Revolver scheuerte im Hosenbund. Luigi wünschte, er hätte eine Pistole mitgenommen.

Die Stadt habe, hieß es weiter, unter der Oberhoheit sowohl Karthagos als auch Athens gestanden. Aha.

Luigi setzte sich vorsichtig hin und lehnte sich mit dem Rücken gegen einen Säulensockel. Er sah zu dem blauen Himmel hoch und versuchte sich diesen Ort vor ein paar tausend Jahren vorzustellen, voller Menschen, voller Leben, Menschen, die sich das Jahr 1991 nicht in ihren wildesten Träumen hatten vorstellen können. Wie viele Mörder hatten hier schon gesessen, um den Versuch zu machen, mit sich ins reine zu kommen?

Er scheute vor dem Wort zurück. Es kam ihm vor, als hätte es ihn aus dem Unbewußten überfallen. Er wollte kein Mörder sein. Das hatte er sich nicht vorgestellt.

7

Es fiel Carl nicht schwer, seine Irritation zu zeigen. Oberst Nils Gustaf Sandgren hatte beim Hotelempfang nicht gerade ein diskretes Entrée gehabt. Er hatte sich sogar als Oberst vorgestellt und erklärt, er sei Schwede und wünsche in einer dienstlichen Angelegenheit Fregattenkapitän Hamilton zu sprechen.

Es war also nicht der Bericht, der ein Problem darstellte, im Gegenteil, das war in einer Viertelstunde erledigt gewesen. Sie saßen in der Bar und waren allein bis auf die paar uniformierten Wachen, die Carl zu sich gerufen hatte. Er wollte nicht erklären, warum ein Treffen oben im Hotelzimmer unpassend sei.

Doch jetzt, als der formelle Teil ihrer Begegnung erledigt war, bestellte sein Vorgesetzter, was der Oberst ja nicht nur kraft seines Dienstgrads war, sondern auch in seiner Eigenschaft als Abgesandter Samuel Ulfssons, eine neue Runde Bier und rieb sich die Hände vor froher Erwartung, als er fragte, welche Möglichkeiten für den Abend zu Gebote stünden.

Carl mißverstand die Frage zunächst und spielte fast den Dummen und den Unwissenden, als er zu erwidern versuchte, er sehe keine besonderen Möglichkeiten. Aber dann ging ihm auf, daß sein offenbar besonders dämlicher Landsmann tatsächlich einen Restaurantbesuch plante und, wie er selbst erklärte, etwas Remmidemmi wolle.

Carl starrte mißtrauisch in sein Bierglas, bevor er einen vorsichtigen Schluck nahm und sich entschloß, alle Höflichkeit fahrenzulassen.

»Was Sie betrifft, Oberst Sandgren, wird es leider weder Remmidemmi noch einen Restaurantbesuch geben«, begann er mit zusammengebissenen Zähnen.

»Ach, was soll diese Förmlichkeit, nenn mich Nils Gustaf, das tut jeder, aber ich hab den ganzen Tag noch nichts gegessen«, erwiderte der andere fröhlich und unbekümmert. Carl mußte erneut die Zähne zusammenbeißen, um von vorn anfangen zu können.

»Als operativer Chef hier unten werde ich Ihnen jetzt einen direkten Befehl geben, Oberst«, begann er unnötig hart. »Sie werden jetzt gleich zum Flugplatz zurückkehren und mit der ersten besten Maschine abfliegen. Den Transport zum Flughafen werden hoffentlich unsere Gastgeber besorgen. Es wird einen gepanzerten Wagen und zwei Begleitfahrzeuge geben, in denen Schutzpersonal mit Automatikwaffen sitzt. Wenn Sie auch nur einen Fuß vor das Hotel setzen, laufen Sie nämlich Gefahr, vom Feind sofort liquidiert zu werden. Wir werden hier unten keine weiteren schwedischen Verluste erleiden. Habe ich mich klar genug ausgedrückt?«

Der andere starrte ihn zunächst ungläubig an, als wäre das Ganze eine Art Scherz gewesen. Carls Blick erlaubte jedoch nicht im mindesten eine solche Deutung.

»Lassen Sie mich erklären«, fuhr Carl in etwas gedämpfterem Ton fort. »Sie haben sich hier mit Ihrem militärischen Rang angemeldet und mich gesucht. Folglich sind Sie, ob mit Recht oder Unrecht, als einer meiner Mitarbeiter identifiziert. Sie sind also ein Teil der schwedischen Streitmacht. Folglich sind Sie seit kurzer Zeit eine lebende Zielscheibe, wenn auch im Gegensatz zu uns anderen unbewaffnet und vielleicht auch nicht einmal darauf eingestellt, in jedem Augenblick zurückschießen oder vielmehr als erster schießen zu müssen.«

»Aber wenn wir einfach schnell irgendwo was essen ...?« versuchte der andere, obwohl er die Hoffnung schon aufgegeben zu haben schien.

»Dieses Essen würde schneller zu Ende gehen, als Sie glauben«, seufzte Carl. »Und es gibt keine Lösung des Problems. Einerseits kann ich es nicht verantworten, daß Sie allein und ohne Begleitung ausgehen, Oberst. Wenn ich andererseits mitgehe, bedeutet das garantiert einen Überfall. Diesmal würden sie zwar nicht auf einem Motorrad erscheinen, aber urplötzlich stehen zwei der Restaurantbesucher auf, die als letzte eingetreten sind, und kommen mit Maschinenpistolen auf uns zu. Wenn wir Glück haben, schaffe ich es, alle beide zu erschießen, bevor sie feuern. Haben wir Pech, na ja, das verstehen Sie sicher selbst, Oberst?«

Carl hatte sich endlich unzweideutig geäußert und sagte nichts mehr dazu, als er sein Telefon in die Hand nahm und Oberst Da Piemonte anrief. Es gelang ihm, das Problem ohne jede Ironie zu beschreiben. Da Piemonte konnte jedoch trotzdem nicht umhin, so laut zu lachen, daß es im Telefon zu hören war. Carl warf einen Blick auf seinen Landsmann und sah, wie dieser errötete.

Eine halbe Stunde später erschien die Eskorte in voller Montur, mit kugelsicheren Westen und Automatikwaffen und nahm den schwedischen Obersten mit, als wäre er kein Schutzobjekt, sondern vorläufig festgenommen. Carl sah ihm nach und schüttelte den Kopf.

Remmidemmi, murmelte er vor sich hin, stand auf und ging wieder auf sein Zimmer.

Als er die Tür untersuchte, schlugen seine Instrumente deutlich aus. Jemand war im Zimmer gewesen oder befand sich noch darin. Carl sah sich im Korridor um, entdeckte aber niemanden. In beiden Richtungen keine Menschenseele.

Er zog seinen Revolver, spannte den Hahn und schloß vorsichtig, aber nicht zu leise mit der linken Hand die Tür auf, während er den Körper von der Öffnung fernhielt.

Er schob vorsichtig die Tür auf, machte Licht und konnte schnell feststellen, daß kein Mensch im Zimmer zu sehen war. Er zog die Tür schnell hinter sich zu und ging zwei Schritte auf die Badezimmertür zu. Dann machte er im Bad Licht. Auch dort war es leer.

Er bückte sich und sah unter die Betten, obwohl das ein wenig wahrscheinliches Versteck war. Blieb noch der große Kleiderschrank. Er stellte sich neben die Öffnung, streckte sich mit dem linken Arm nach dem Schloß, während er in der Rechten die Waffe hob und die Tür öffnete. Der Schrank war ebenfalls leer.

Als nächstes untersuchte er die große Kommode mit der Marmorplatte, Schublade für Schublade, ohne Anzeichen dafür zu entdecken, daß jemand seine Kleider durchwühlt oder etwas versteckt hatte. Dann legte er sich auf den Fußboden und blickte unter das Bett, das der Zimmertür am nächsten war.

Die Bombe war mit Isolierband befestigt. Carl kroch vorsichtig heraus, suchte eine Taschenlampe und schob sich dann so weit unters Bett, daß die Bombe weniger als zehn Zentimeter von seinem Gesicht entfernt war.

Sie war nicht mit einem Zeitzünder versehen. Allmählich ging ihm auf, was das bedeutete. Der Plastiksprengstoff war hellorange. Es schien russisches Material zu sein. Der kleine schwarze

Kasten neben dem Sprengstoff war also kein Zeitzünder, sondern ein Fernzünder, der per Funk ausgelöst wurde. Carl lag also mit dem Gesicht an der Ewigkeit. Auf gewisse Weise war seine Zeit schon abgelaufen.

Eine unbegreifliche Ruhe überkam ihn, und er begann den Zündmechanismus der Bombe fast amüsiert zu betrachten. Er war nicht auf Berührung angelegt. Carl würde also die Bombe nicht selbst auslösen können. Alles hing davon ab, ob jemand in der Nähe, vermutlich im Hotel, jetzt auf den Gedanken kam, daß es der richtige Zeitpunkt war, das Signal zu senden. Carl mußte ein bißchen strampeln, um ein Bein hochzudrehen, so daß er sein Messer lösen konnte, und schnitt dann die beiden Kabel zwischen Zündmechanismus und Sprengstoff durch. Dann löste er den Zünder und warf ihn auf den Fußboden, kroch unter dem Bett hervor und legte den kleinen schwarzen Kasten unter das Sitzkissen seines einzigen schmutziggrauen Sessels. Wenn jemand jetzt versuchte, die Bombe zu zünden, würde es zu sehen sein und ein zerstörtes Sitzkissen kosten.

Carl nahm sein Funkgerät und rief Luigi, der sich sofort meldete.

»Bestell über den Zimmerservice ein Essen für zwei Personen, iß aber nichts, und bitte sie, den Wagen im Zimmer zu lassen«, begann er. »Hast du verstanden?«

»Ja, verstanden«, erwiderte Luigi. »Soll ich irgendwo servieren? Ist was passiert?«

»Ja, wenn alles nach Wunsch läuft, sollst du servieren. Die haben mir eine Bombe unters Bett gelegt. Sie wollen diesmal wohl keinen Nahkampf. Sie wird per Funk gezündet, so daß sie irgendwo Sichtkontakt haben müssen. Wahrscheinlich haben sie auch ein Fenster zum Hof. Ich mache gleich meine Jalousien etwas auf und gehe im Zimmer auf und ab. Versuch mal zu sehen, ob du irgendwo einen Beobachter entdecken kannst. Wahrscheinlich meinem Zimmer gegenüber oder schräg gegenüber. Verstanden?«

»Ja, verstanden. Melde mich wieder mit eventuellen Beobachtungen. Bis dahin Ende.«

Begabter Junge. Denkt schnell, sagte sich Carl. Er machte den Oberkörper frei, trat an die Fensteröffnung und versuchte sich den Anschein zu geben, als genösse er nachdenklich die relative Abendkühle. Er suchte prüfend die Fensterläden ab, konnte aber nichts entdecken. Wenn es dort irgendwo einen Beobachter gab, hätte er das Licht im Zimmer ausgemacht, um nicht als Umriß erkennbar zu sein.

Carl ging zu seinen Kisten zurück und kramte ein Infrarotzielgerät hervor, das er ohne klare Absicht ins Hotel mitgenommen hatte. Er legte eine Batterie ein, trat wieder ans Fenster und richtete das Zielgerät erst gegen den Nachthimmel, als wäre es ein gewöhnliches Fernglas. Dann suchte er schnell die gegenüberliegende Fensterreihe im gleichen Stockwerk ab, entdeckte aber keinen Menschen in der Nähe der Fenster. Er wiederholte die Prozedur mit dem obersten Stockwerk und entdeckte da fast sofort zwei menschliche Leiber, die dicht an die geschlossenen Fensterläden gepreßt dastanden. Sie hielten etwas in den Händen, etwas, was bedeutend kälter war als ihre Körper. Es waren offenbar Metallgegenstände, vermutlich Ferngläser.

Carl ging leise vor sich hin pfeifend ins Zimmer zurück, drehte eine Runde zum Badezimmer und holte ein Handtuch, als machte er sich für den Abend bereit. Sie wollten offenbar warten, bis er sich aufs Bett setzte.

Er nahm sein Funkgerät, verbarg es hinter dem Körper und ging zu der Skizze mit den Notausgängen und Hotelzimmern, die er sich angefertigt und neben der Badezimmertür an die Wand geklebt hatte. Dann ging er ins Badezimmer und nahm erneut mit Luigi Kontakt auf.

»Das Ziel befindet sich in Zimmer 480«, erklärte er. »Zwei Personen. Ich kann nicht erkennen, welches Geschlecht, wahrscheinlich Männer. Bewaffnung unbekannt, vermutlich Handfeuerwaffen sowie Ausrüstung für das Funksignal an meine Bombe. Sie haben offenbar versehentlich etwas beim Zimmerservice bestellt. Sieh zu, daß du einen lebend erwischst und melde dich, sobald du fertig bist. Ist alles verstanden?«

»Ja, verstanden«, erwiderte Luigi ohne die geringste Spur von Unsicherheit in der Stimme. »Der Zimmerservice ist schon unterwegs. Am liebsten einer lebend. Melde dich nicht bei mir, sondern warte, bis ich mich melde.«

»Verstanden. Bis dahin Ende«, erwiderte Carl und nahm

lächelnd eine Zahnbürste, mit der er dann draußen im Zimmer ein paar Runden drehte, als suchte er etwas, beispielsweise Zahncreme. Er tat, als hätte er sie gefunden, und ging wieder ins Bad.

Die beiden dort oben mußten ihn jetzt intensiv und mit zunehmender Spannung beobachten. Es mußte für sie aussehen, als hätten sie nur noch ein paar Minuten bis zum richtigen Zeitpunkt.

Luigi rückte seine weiße Jacke zurecht und kontrollierte seine Waffen, bevor er einen alten Mailänder Schlager zu summen begann, als er nur noch ein paar Meter bis zur Tür hatte. Der Korridor war im übrigen völlig menschenleer, was sich jedoch jeden Augenblick ändern konnte.

Er klopfte energisch an die Tür und rief, das Essen sei da. Im Zimmer war kurzer Lärm zu hören, worauf er nochmals anklopfte und sein Sprüchlein aufsagte. Jemand erwiderte, man habe nichts bestellt. Luigi wiederholte hartnäckig die Zimmernummer und schließlich wurde die Tür gereizt aufgerissen.

Der verkleidete Kellner lächelte einschmeichelnd, bedankte sich und machte Miene, den Wagen ins Zimmer zu rollen, wurde aber natürlich aufgehalten, bevor das erste Radpaar über die Schwelle gekommen war. Der Mann, der jetzt immer gereizter erklärte, sie hätten absolut nichts beim Zimmerservice bestellt, sprach mit einem starken palermitanischen Akzent und sah auch sonst wie ein süditalienischer Berufskiller aus. Luigi blieb hartnäckig und tat, als läse er einen Bestellzettel. Der andere Mann im Zimmer fragte, was zum Teufel los sei. Er sprach ein deutliches Amerikanisch.

Luigi hielt dem Mann in der Tür seinen angeblichen Bestellzettel hin, und als dieser den Kopf senkte, um den Text der Wäscherechnung zu lesen, schlug er ihn bewußtlos. Im nächsten Moment betrat er das Zimmer mit ausgestrecktem Revolver, während er gleichzeitig den bewußtlosen Mann mit den Füßen ins Zimmer stieß. Er zog die Tür zu und machte Licht.

Der Mann hinten am Fenster war mitten in einer Bewegung erstarrt, die auf das Ziehen einer Waffe hindeutete.

»Braver Junge. Ganz vorsichtig jetzt, dann passiert nichts«, sagte Luigi auf englisch. »Sollen wir übrigens Englisch oder Italienisch miteinander sprechen?«

Der andere antwortete nicht und bewegte sich auch nicht. Luigi ging langsam auf ihn zu und gab ihm mit seiner Waffe ein Zeichen, er solle sich mit gespreizten Beinen und ausgestreckten Armen an die Wand stellen, was offenbar ein wohlbekanntes Manöver war, da der Mann sofort gehorchte.

Luigi zog sich ein paar weiße Handschuhe an und verbrachte dann einige Zeit damit, das gesamte Arsenal des Zimmers zu sammeln, das er aufs Bett warf. Die beiden Männer waren gut bewaffnet gewesen, als hätten sie sich notfalls nach ausgeführtem Auftrag den Weg aus dem Hotel freischießen wollen: zwei automatische Waffen sowjetischer Herstellung, zwei Pistolen, zwei Handgranaten und zwei Messer.

»'ne witzige Ausrüstung habt ihr da. Wolltet ihr draußen auf dem Flur ein Duellschießen veranstalten?« scherzte Luigi, ohne eine Antwort zu erhalten. Er zog sein Funkgerät aus der Tasche und rief Carl.

»Zwei Fische gefangen, einer bewußtlos, einer steht hier an der Wand. Entschuldige das Schwedisch, aber es kommt mir jetzt am praktischsten vor. Was ist der nächste Schritt?« fragte er.

Carl zögerte etwas mit der Antwort und fragte dann, ob es im Zimmer eine Waffe mit Schalldämpfer gebe. Luigi verneinte.

»Dann warte ab, bis ich da bin«, sagte Carl. Er zog sich schnell an, kramte ein paar Handschellen hervor und verließ das Zimmer. Rechts im Korridor bei den Fahrstühlen stand ein Paar, das hinunter wollte. Carl ging in die andere Richtung. Die Korridore liefen um das ganze Gebäude, so daß er auch andersherum gehen konnte. Er drehte eine halbe Runde im Haus, bis er die Treppen erreichte, die in der Hotelskizze als Notausgänge gekennzeichnet waren, ging zum nächsten Stockwerk hoch und setzte seinen Weg im Korridor fort, bis er das richtige Zimmer erreichte.

»Ja, was haben wir denn da?« grüßte er munter, als er eintrat. »Warum sind die Korridore übrigens so leer? Ist das Hotel in Verruf geraten?«

»Nein. Es dauert noch eine Weile, bis die Leute essen gehen. Der Laden wird erst später voll«, erwiderte Luigi im gleichen Tonfall.

Carl ging zu dem Mann, der mit gespreizten Beinen an der gegenüberliegenden Wand stand, rasselte mit den Handschellen, legte die eine Hand des Mannes in dessen Nacken und befestigte die Handschellen, bevor sein Opfer die andere Hand senkte.

»Du hast das offenbar schon mal mitgemacht. Sprichst du Englisch?« fragte Carl, ohne eine Antwort zu erhalten.

»Ja, er spricht Englisch. Hört sich an wie New York«, warf Luigi ein.

»Okay, du Arschloch«, fuhr Carl fort. »Handschellen sind dir offensichtlich schon bekannt, aber ich habe nicht die Absicht, dir deine Rechte vorzulesen. Du hast nämlich keine. Wir wollen einen von euch lebend, und stell dir vor, was für ein Glück du hast. Du bist nämlich der Auserwählte. Wir drei wollen eine kleine Reise machen, und dabei sollst du heil und und unversehrt bleiben. Wir könnten dich aber auch hier töten wie deinen Kumpel. Wenn du dich wehrst, stirbst du. Hast du das verstanden, oder muß ich es dir noch mal vorkauen?«

»Fick dich doch ins Knie«, knurrte der Gefangene.

»Wunderbar«, sagte Carl. »Das legen wir als Bestätigung aus. Du hast also kapiert.«

Dann drehte er sich zu Luigi um und sagte auf schwedisch, der Gefangene solle in sein, Carls, Zimmer, um dort bis auf weiteres aufbewahrt zu werden. Er überlegte es sich jedoch anders, als ihm der Servierwagen einfiel und gab Anweisung, die Expedition solle sich in Luigis Zimmer begeben. Dort würden sie sich in ein paar Minuten treffen.

Als er allein im Raum war, hob er den kräftig mißhandelten Gangster hoch, der allmählich das Bewußtsein wiederzuerlangen schien, und ließ ihn neben dem Waffenhaufen aufs Bett fallen. Er überlegte kurz, wie er vorgehen sollte. Aus pädagogischer Sicht wäre es vielleicht angebracht gewesen, die Hinrichtung etwas nachlässig zu vollziehen, im Stil der Mafiosi. Dagegen sprachen jedoch kriminaltechnische Gründe. Er hatte beispielsweise keine Lust, überflüssige Blutspuren abzubekommen. Er hob den Mann erneut hoch und bemerkte den starken Knoblauchgeruch, der dem ganzen Körper zu entströmen schien. Er hob den Kopf des Mannes hoch, so daß der Nacken direkt auf dem zehn Zentimeter hohen Kopfende des Bettes lag, packte den Mann am Haar und beugte den Kopf nach hinten. Dann zertrümmerte er ihm mit der Handkante den Kehlkopf. Der Tod würde im Lauf einer halben Stunde eintreten, und als direkte Todesursache würde man Ersticken feststellen. Um diesen Ablauf zu erleichtern, drehte Carl sein Opfer halb um, so daß es mit dem Hals auf dem Kopfende liegenblieb. Das Körpergewicht würde den Rest der Arbeit erledigen.

Er wischte sorgfältig den Türgriff ab, nahm den Zimmerschlüssel und schloß ab, als er das Zimmer verlassen hatte.

Luigi war in der Zwischenzeit nicht untätig gewesen und hatte sämtliche Taschen des Gefangenen geleert. Unter anderem hatte er einen amerikanischen Paß gefunden, der echt zu sein schien. Der Gefangene saß in einem der zwei Sessel des Zimmers und stierte mißmutig vor sich hin.

»Soso«, sagte Carl munter, als er das Zimmer betrat, »damit haben wir eine Reihe interessanter logistischer Probleme vor uns. Hast du mit Åke die Möglichkeiten besprochen?«

»Ja«, erwiderte Luigi, »in Balestrate oder Trappeto. Auf der anderen Seite des Golfs hinter Castellammare gibt es ein paar geeignete Anleger. Mit dem Schlauchboot eine halbe Stunde von der Basis entfernt.«

»Faßt das Schlauchboot vier Mann plus Ausrüstung? Ja, natürlich tut es das. Die Frage ist, ob wir unseren Fahrgast dazu bringen können, im Boot still zu sitzen.«

»Ja, ich glaube nicht, daß es diesen Mafiosi gefällt, nachts auf dem offenen Meer herumzufahren. Die dürften da Vorbehalte haben«, bemerkte Luigi lachend.

Carl schüttelte den Kopf, nahm Luigis Funkgerät und rief Åke Stålhandske. Dieser saß draußen auf See gerade beim Essen. Sie vereinbarten zwei alternative Treffpunkte und die Funkkontakte der folgenden Stunden. Anschließend teilte Åke mit, welche Beobachtungen er in der Nähe der feindlichen Basis gemacht hatte.

»Sie haben inzwischen offenbar gemerkt, daß die zweihundert Meter entfernte Ruine bei unserer Aktion eine Rolle gespielt hat, denn jetzt haben sie auch dort eine Wache postiert. Sie halten jetzt Funkverbindung auf dem FM-Band. Es ist mir ein paarmal gelungen, ihre Gespräche mitzuhören, habe aber leider nicht verstanden, was sie sagten.

Oben auf der Veranda ist jetzt auch ein Mann postiert, und außerdem haben sie einen Schirm aus gepanzertem Glas errichtet, der die Schußwinkel von der Ruine und dem Zuckerhut abdeckt. Es hat sich also eine Menge getan.«

Als Carl das Gespräch mit Åke Stålhandske beendet hatte, wandte er sich an Luigi:

»Don Tommaso hat offenkundig nicht die Absicht, gleich aufzugeben. Die Frage ist jetzt, wie wir diesen Muffel hier zum Boot bekommen. Was meinst du?«

Luigi überlegte. Sein Kombi war in der Via Wagner geparkt, an der Rückseite des Hotels, etwa dreißig Meter von dem Personal- und Kücheneingang entfernt, den die gegnerische Mannschaft schon einmal benutzt hatte. Carabinieri bewachten Haupteingang und Halle des Hotels. Jedoch nicht den einzigen Hintereingang, da Carl besonders darum gebeten hatte, diese Passage frei zu lassen.

Luigi trat ans Fenster, öffnete es und sah auf den Hof hinunter. Irgendwo da unten miaute eine Katze, aber von Menschen war nichts zu sehen. Musik tönte aus einer Fensterreihe, die wahrscheinlich zu den Küchenräumen gehörte. Eine Frau erschien mit einem Müllbeutel, den sie in einen großen Container warf, um dann schnell wieder ins Haus zu gehen.

»Wir gehen mit ihm raus, als wären wir Polizisten. Er hat ja Handschellen an und sieht unverkennbar wie ein Verbrecher aus. Das dürfte für mich kein großes Problem sein, denn ich könnte als netter norditalienischer Polizist durchgehen. Die Frage ist nur, was wir mit dir machen«, meinte Luigi.

Sie überlegten hin und her. Wenn Carl das Hotel durch den Haupteingang verließ, würde das eine gewaltige Aktivität auslösen, nicht nur unter den zivil gekleideten Carabinieri, sondern vermutlich auch unter den allgegenwärtigen Repräsentanten des Feindes. Vom Sicherheitsstandpunkt aus war es überdies ein Nachteil, wenn sie sich trennten, zumal sie einen widerstrebenden Gast mitschleppen mußten.

Sie nahmen ihre kalte Mahlzeit ein, während sie überlegten. Ihr Gast verweigerte die Nahrungsaufnahme, als sie ihn zu drängen versuchten. Schließlich einigten sie sich darauf, daß ihnen kaum eine Wahl blieb.

»Jetzt hör mal zu, du Arschloch«, sagte Carl freundlich zu dem Gefangenen. »Mein Kollege hier sagt, daß du Englisch sprichst. Es ist sowohl für dich wie für uns wichtig, daß du verstehst, was ich jetzt sage. Du sprichst also Englisch?«

»Ich verstehe, was du sagst, aber erwarte bloß nicht, daß ich singe«, erwiderte der Gefangene mürrisch.

»Nein, das tue ich vorerst nicht«, fuhr Carl fort. Er war erleichtert, das Gespräch in Gang gebracht zu haben. »Ich will nur, daß du verstehst, was ich sage. Dein Partner ist tot, und ich habe es allmählich satt, ständig Leute wie dich auf den Fersen zu haben. Wir haben uns deshalb gedacht, daß wir dich an Don Tommaso zurückgeben. Als diplomatische Geste, oder wie man das nennen soll. Was hältst du von dem Vorschlag?«

Carl und Luigi betrachteten ihren Gefangenen freundlich und amüsiert. Natürlich stimmte es, daß sie versuchen würden, den Killer an Don Tommaso zurückzugeben, obwohl Carl vorsichtshalber nicht gesagt hatte, in welchem Zustand.

»Mit Don Tommaso treibt man keine Scherze. Er gerät außer sich, wenn man ihm Streiche spielt«, murmelte der Gangster.

»Ja, ich kann mir schon vorstellen, daß du es nicht für sehr angenehm hältst, dich Don Tommaso erklären zu müssen. Aber mal ehrlich: Das ist doch immer noch besser, als so behandelt zu werden, wie du es mit mir vorhattest? Wir haben ja immer noch die Bombe und sind durchaus in der Lage, mit solchen Dingern umzugehen. Die Bombe könnte euch beispielsweise in eurem Zimmer unter den Händen explodieren. Aber das wäre doch unangenehm? Ist es nicht besser, daß du dich jetzt wie ein lieber Junge verhältst und mitkommst, ohne Widerstand zu leisten?«

Der Gangster zuckte die Achseln und sah zu Boden. Er erweckte nicht den Eindruck, als ob dies die bessere Alternative für ihn sei.

Luigi räumte auf, verstaute seine weiße Kellnerjacke und zog sich eine dünne Wildlederjacke an, um Revolver und Schulterholster tragen zu können. Er nickte, als er bereit war.

Die erste Etappe des Transports führte in Carls Zimmer und erwies sich als völlig problemlos. Carl steckte die unschädlich gemachte Bombe in eine Aktentasche und zog ebenfalls eine Jacke über. Dann ging er den Korridor hinaus zum Personalfahrstuhl und steckte ein Streichholzbriefchen des Hotels in die Türspalte, damit der Fahrstuhl dablieb, kehrte ins Zimmer zurück, trat ans Fenster und blickte auf den Hof hinunter. Dort waren nur zwei Katzen zu sehen. Im übrigen war alles ruhig.

»Okay, dann versuchen wir es«, sagte er.

Sie gingen schnell in den Korridor hinaus und begaben sich zum Fahrstuhl. Luigi zog seinen Revolver und hielt ihn in der rechten Hand, den Lauf nach oben gerichtet, während er den Gefangenen mit der linken Hand an den gefesselten Händen packte. Carl drückte den Knopf zum Kellergeschoß. Im Stockwerk darunter sahen sie durch die Glasscheibe einen Kellner, aber als sie an ihm vorbeikamen, sah dieser gerade in eine andere Richtung.

Kaum hatten sie den Fahrstuhl im Keller verlassen, verschwand er nach oben. Der Kellner würde bald nachkommen. Sie hatten keinen Grund, auf eine bessere Lage zu warten, sondern gingen zum Kellerausgang und auf den Hof. Dort mußten sie an einigen Küchenfenstern vorbei. Nicht einmal die Katzen waren mehr zu sehen, aber aus der Küchenregion war immer noch Musik zu hören.

Sie gelangten ohne Probleme bis zur Hintertür aus grauem Stahlblech. Doch als Carl sie öffnen wollte, erschien aus einer Seitentür eine Frau, die einen großen Wäschekorb hinter sich her zog.

Sie blieb abrupt stehen, als sie die drei Männer entdeckte, und sah aus, als wollte sie gleich losschreien, legte sich statt dessen aber die Hand auf den Mund, als wollte sie sich demonstrativ oder zumindest instinktiv zum Schweigen bringen.

Luigi ließ seinen nach oben gerichteten Revolver langsam sinken, richtete ihn auf sie und spannte den Hahn. Carl traute seinen Augen nicht.

Luigi flüsterte leise etwas auf italienisch. Es endete mit einem »verstanden« oder etwas ähnlichem.Die Frau nickte verängstigt, worauf Luigi den Hahn zurückschnappen ließ und Carl zunickte. Dieser öffnete die Tür und sah auf die Straße.

Sie traten einzeln hinaus, während die Frau mit dem Wäschekorb wie versteinert stehenblieb. Carl erhaschte noch einen letzten Blick auf sie, als er behutsam die Metalltür schloß.

Auf den letzten dreißig Metern zu Luigis Wagen unterhielten sie sich leise. Sie gingen ohne jede Eile. Weiter hinten auf der Straße gingen Leute, aber sie entdeckten nichts Alarmierendes.

Carl setzte sich mit dem Gefangenen auf den Rücksitz und schob ein paar gelbe Sauerstoffflaschen zur Seite, damit sie beide bequemer sitzen konnten. Luigi drehte den Zündschlüssel und fuhr langsam los.

Carl und Luigi blickten beide intensiv in die Rückspiegel, während Luigi eine Zeitlang in der Stadt herumfuhr, bevor er sich für die Straße nach Monreale entschied, von wo aus Carl die Orientierung übernehmen konnte.

»Was hast du ihr gesagt?« fragte Carl, als ihre schlimmste Nervosität sich gelegt hatte.

»Ich sagte erst, ich hielte ihr Leben in der Hand. Das war, als ich zielte und den Hahn spannte«, lächelte Luigi. »Zum Teufel, du glaubst doch wohl nicht, daß ich vorhatte, sie zu erschießen?«

»Nein, natürlich nicht«, log Carl, »aber was hast du dann gesagt?«

»Daß ich ihr das Leben lassen würde, wenn sie vergäße, uns je gesehen zu haben.«

»Klappt das?«

»Das kommt darauf an, wer hier in Palermo fragt. Wenn Polizei, Staatsanwaltschaft oder Carabinieri fragen, klappt es. Wenn Don Tommasos Bande oder ähnliche Figuren fragen, klappt es nicht. Aber das macht doch nichts?«

»Nein, das macht gar nichts. Unser Fang wird für Don Tommaso kaum ein gut bewahrtes Geheimnis bleiben, jedenfalls nicht mehr lange.«

Oberst Nils Gustaf Sandgrens Laune besserte sich allmählich. Um essen zu gehen, war es nach schwedischen Verhältnissen spät, aber hier in Rom wurde ja spät gegessen, und obwohl man ihn unter mehr oder weniger brüsken Formen aus Palermo gejagt hatte, war die Arbeit immerhin erledigt, der Bericht an den Generalstab war abgegangen, und damit war die Sache aus der Welt.

In der Botschaft hatte der Emissär der Sicherheitspolizei umgehend mit ihm Kontakt aufgenommen, um ihm die neuen Sicherheitsinstruktionen mitzuteilen, die gegenwärtig für alles schwedische Personal in Italien galten. Das schien gelinde gesagt übertrieben zu sein, und als Sandgren erklärt hatte, er gedenke sich nicht noch einmal abspeisen zu lassen, hatte der Säpo-Mann erklärt, dann sollten sie gemeinsam essen gehen.

Dieser Vorschlag schien keine Sicherheitsmaßnahme zu sein.

Denn als sie jetzt im Restaurant saßen, hatte Sandgren eher den Eindruck, als wollte ihm der Polizist entlocken, was da unten in Palermo eigentlich vorging, was Hamilton trieb, all die Dinge, die in dem verschlüsselten Bericht enthalten waren.

Nils Gustaf Sandgren betrachtete amüsiert den schwedischen Kriminalkommissar auf der anderen Seite des Tischs. Glaubte der wirklich, durch eine Plauderei beim Essen den Inhalt eines Geheimberichts der Streitkräfte zu erfahren? Seit wann waren die Streitkräfte dem zivilen Sicherheitsdienst unterstellt?

Im übrigen war an dem Restaurant nichts auszusetzen. Es war ganz nach Nils Gustaf Sandgrens Geschmack. Nicht zu teuer, nicht zu billig, keine Touristenfalle, vorzügliches Kalbfleisch, höfliche Bedienung, alles, wie es sein sollte, mit Ausnahme vielleicht ihres Tischs, der in unangenehmer Nähe des Kücheneingangs lag, so daß ständig Kellner an ihnen vorbeirannten.

»Wir haben Grund zu der Annahme, daß die Botschaft sozusagen unter feindlicher Aufsicht steht. Das haben uns jedenfalls unsere italienischen Kollegen angedeutet«, sagte der Säpo-Mann und stocherte in seiner Vorspeise. Er schien noch nie in Italien gewesen zu sein und hätte einen fast lächerlich touristenhaften Eindruck gemacht, wäre da nicht die fast demonstrative Schaustellung seiner halb sichtbaren Dienstwaffe gewesen. Nils Gustaf Sandgren hatte sich diskret danach erkundigt, jedoch die Antwort erhalten, daß es teils zu den Anweisungen gehöre, teils von den italienischen Kollegen autorisiert sei. Und wenn er einen Obersten des Generalstabs schützen solle, könne er doch nicht gut unbewaffnet gehen, oder?

Der Säpo-Mann schien für einen Kommissar reichlich jung zu sein, obwohl er sich mit diesem Dienstrang vorgestellt hatte. Vielleicht war es bei denen aber wie bei den Streitkräften, daß es eine Inflation an Beförderungen gab. Außerdem schien der Mann ein bißchen dämlich zu sein, aber dieser Eindruck beruhte vielleicht nur darauf, daß der Kerl zu glauben schien, er könne sich Informationen über den an den Generalstab übermittelten Geheimbericht verschaffen.

Kriminalkommissar Gösta Svarving hatte von seinem Schutzobjekt ebenfalls keine hohe Meinung. Es stimmte zwar, daß die Militärattachés direkt dem Generalstab unterstellt waren und keine Befehle der Botschaften zu befolgen brauchten, in denen sie arbeiteten. Aber in der jetzigen Lage, in der jeder Schwede von einiger Bedeutung in Italien angegriffen werden konnte, wäre es selten einfältig, nicht zusammenzuarbeiten.

Daß der Mann Palermo überdies auf so aufsehenerregende Weise verlassen hatte, wie es den Anschein hatte, konnte dem Feind kaum entgangen sein. Es konnte nicht schwer gewesen sein, dem schwedischen Oberst vom Leonardo da Vinci-Flughafen zur Botschaft und weiter zu folgen. Die Mafia verdiente in mancherlei Hinsicht die Geringschätzung, die man ihr entgegenbrachte, aber unterschätzen durfte man sie nicht, was das Militär offenbar getan hatte. Einer dieser Leute war ja schon draufgegangen, und das mußte denen doch einen Hinweis auf die Lage gegeben haben.

Svarving glaubte zunächst, es sei so etwas wie ein Oberkellner, der zu ihnen an den Tisch trat, als zwei Kellner gerade dabei waren, zum Kalbfleisch das Gemüse zu servieren. Das verbindliche Lächeln und die Frage, ob das Essen schmecke, verstärkten diesen Eindruck wie selbstverständlich.

Er sah nicht, woher die Waffe kam. Plötzlich spürte er nur die Pistolenmündung, die ihm an den Hals gepreßt wurde, während der gutgekleidete Mann Svarvings Pistole mit geübten Fingern aus dessen Tasche fischte und sie schnell einsteckte.

»Hör gut zu jetzt, und kein Theater«, flüsterte der elegante Italiener mit einem breiten Lächeln, während er sich auf den gerade freigewordenen Platz setzte. Ein anderer Mann war dabei, Oberst Sandgren durch die Küchentür zu führen. »Wir werden hier eine Weile sitzen bleiben und uns nett unterhalten, nur Sie und ich. Sie verstehen, was ich sage? Sie sprechen doch Englisch?«

Gösta Svarving nickte und schluckte. Sein Gegenüber hielt die Pistole unter dem Tisch auf ihn gerichtet.

Åke Stålhandske packte den hundert Kilo schweren Italiener mit einem festen Griff um Hosenboden und Nacken und wuchtete ihn an Bord, als wäre er ein kleines Kind. Falls Åke dem Gefangenen mit dieser Demonstration hatte imponieren wollen, konnte dies nicht ohne Wirkung gewesen sein.

Während Åke Stålhandske den Gefangenen zum vorderen Salon schleifte und ihn fesselte, suchten die beiden anderen die Umgebung ab. Oben in Don Tommasos Villa brannte Licht, doch das konnte alles oder nichts bedeuten. Es war kurz nach Mitternacht.

Carl ging in den hinteren Salon hinunter, holte Block und Bleistift hervor und machte Licht. Er skizzierte die Umgebung von Don Tommasos Villa, während die beiden anderen aus verschiedenen Richtungen kamen und sich zu ihm setzten.

»Ich habe mir gedacht, daß wir Don Tommaso diesen Torpedo zurückschicken, aber nicht unbedingt in lebendem Zustand. Habt ihr Vorschläge?« fragte Carl nach einer Weile.

Die beiden anderen warfen einander einen schnellen Seitenblick zu, unsicher, wie sie sich zu dieser Frage verhalten sollten. Es war offensichtlich kein Scherz.

»Haben wir die Möglichkeit, in die Villa einzudringen? Und wird das nicht ein bißchen gefährlich?« fragte Åke Stålhandske mit kaum verhehltem Zögern, als das Schweigen zu lange dauerte.

»Ja«, erwiderte Carl schnell. «Wir haben einen Schlüssel und das Codesystem für ihre Alarmanlage. Wir kennen den Grundriß des Hauses, denn wie ihr wißt, bin ich mit Joar schon mal dort gewesen. Wir richten uns nach Joars Angaben. Er war es, der das Zielgebiet im Haus ausgespäht hat, und er hat auch den Code und den Schlüssel beschafft.«

Carl hatte Joars Namen beschwörend geäußert, denn strenggenommen war es sachlich ohne Bedeutung, wie die taktische Überlegenheit erreicht worden war. Wichtig war nur, daß sie sie besaßen.

»Was bezweckst du damit, diesen Typ hier zurückzugeben? Ich glaube übrigens, daß er mit Don Tommaso verwandt ist«, sagte Luigi gemessen, als das Schweigen erneut zu lang zu werden drohte.

»Ich habe die Absicht, Don Tommaso eine Todesangst einzujagen oder diesem Ziel zumindest möglichst nahe zu kommen. Woher weißt du übrigens, daß er mit Don Tommaso verwandt ist?« fragte Carl schnell, als wollte er betonen, daß ihr Vorhaben fast reine Routine sei.

»Der Name in seinem Paß deutet darauf hin. Dir ist klar, welche Bedeutung es hat, daß sie verwandt sind«, erwiderte Luigi leise.

»Ja«, sagte Carl. »Das ist eine Frage, über die ich mit Don Tommaso schon gesprochen habe. Wir wollen die Schweden lebend wiederhaben, sonst holen wir uns einen seiner Verwandten nach dem anderen. Wir kommen immer näher an ihn selbst heran, und am Ende schnappen wir uns auch ihn. Ungefähr so.«

»Ist es uns ernst mit dieser Drohung?« fragte Åke Stålhandske.

»Natürlich nicht. Aber jetzt haben wir eine goldene Gelegenheit, da dieser Typ sowieso nach Hause muß.«

»Sie haben überall Wachen«, murmelte Åke Stålhandske. »Ich habe etwas von ihrem Funkverkehr aufgenommen. Ich weiß ja nicht, was die so quatschen, aber Luigi könnte vielleicht ...«

Sie wurden durch diese neue und unerwartete Erkenntnisquelle, die so plötzlich aufgetaucht war, in ihren taktischen Überlegungen unterbrochen. Åke Stålhandske stellte ein Tonbandgerät auf den Tisch und spielte fünf Minuten Funkverkehr mit mäßigem Rauschen ab. Das war das Konzentrat dessen, was während der Nachmittags- und frühen Abendstunden gesagt worden war.

Luigi hörte lächelnd zu. Manchmal lachte er über das, was er zu hören bekam, während die anderen schwiegen. Sie verstanden kein Wort von dem, was gesprochen wurde.

»Es sieht so aus«, lächelte Luigi, als er alles gehört hatte. »Sie haben Wachen bei der Einfahrt zur Villa, oben auf dem Berg, in der Ruine und auf der langen Dachterrasse zum Meer hin. Sie sind so nett, Klartext zu reden, sofern man diesen Dialekt so nennen kann, und wenn es um Anrufsignale geht, legen sie keine übergroße Phantasie an den Tag: ›Adlerhorst‹, ›Schafhirt‹, ›Sankt Petrus‹ und ›Miramar‹. Es ist also immer klar, wer mit wem spricht und wer welche Beobachtungen macht. Sie haben an der Straße nach Trapani eine elektronische Alarmanlage installiert. Sie glauben nämlich, daß wir von dort gekommen sind. Außerdem machen ihnen Wildkaninchen zu schaffen, die dauernd in den UV-Strahl, oder was immer sie verwenden, hineinlaufen. Sie haben schon überlegt, ob sie ein bestimmtes Kaninchen abschießen sollen, aber darauf verzichtet, um die Nachbarn nicht zu beunruhigen. Das ist ungefähr das, was heute gesagt worden ist.«

»Es ist ja glänzend, wenn wir ihren Funkverkehr abhören können. Dann glaube ich schon mehr an dieses Unternehmen«, stellte Åke Stålhandske fest.

»Ja, aber dann haben wir ein Problem, das diesen Vorteil wieder zunichte macht«, murmelte Carl nachdenklich, als hätte er schon zu resignieren begonnen. »Du bist kein Bergsteiger, Åke. Du magst nicht mal große Höhen, doch das ist genau der Weg, um in das Haus einzudringen.«

Carl zeigte auf seine Skizzen. Don Tommasos Festung war auf allen Seiten bewacht, nur auf der uneinnehmbaren nicht, nämlich der, die Carl und die anderen als denkbare Angriffsfläche sehen mußten. Das Haus war so gebaut, daß es direkt am Steilhang zum Meer lag, und im obersten Teil neigte sich der Hang sogar nach außen. Bis zur Brandung da unten waren es sechzig Meter. Dort unten gab es nur rund drei Meter mit weichem Sand. Wenn man dort stand, konnte man wegen des Überhangs von der Dachterrasse aus nicht gesehen werden.

Carl zeichnete den Aufstieg mit Zickzacklinien in die Felswand. Wenn man die glatte Marmorwand erreichte, waren noch sieben oder acht Meter bis zum Terrassengeländer zu bewältigen, aber dieses Stück würde als einziges leicht zu bewältigen sein.

»Wir haben nämlich rund zwanzig Einbruchswerkzeuge im Gepäck«, erklärte Carl, »die eine Bande erfolgreicher Fassadenkletterer und Einbrecher schon in den sechziger Jahren in Los Angeles verwendet hat. Eine pfiffige Erfindung. Die Dinger sehen aus wie Handtuchhalter und haben mechanisch einstellbare Saugnäpfe an beiden Enden. Man befestigt sie mit zwei einfachen Hebeln, die man einfach herunterklappt, und danach halten sie eine Belastung von drei- oder vierhundert Kilo aus. Sie liegen zusammen mit der Bergsteigerausrüstung bei den Vorräten in der Vorpiek. Wie lange dauert dieser Aufstieg, Luigi?« fragte Carl, nachdem er seinen Bericht beendet hatte.

Luigi betrachtete die Skizze mit geneigtem Kopf und zählte an den Fingern, ging hinaus und nahm ein Nachtglas mit.

»Er ist Bergsteiger. So steht es zumindest in seinen Papieren«, erklärte Carl mit einem gespielt gleichmütigen Achselzucken dem verblüfften Åke Stålhandske.

»Mit der richtigen Ausrüstung können wir mit zwei bis zweieinhalb Stunden für den Aufstieg rechnen. Es scheint nicht so schwierig zu sein, wie es aussieht, denn die Felsen sind unregelmäßiger, als man glaubt, wenn man sie von fern sieht«, erklärte Luigi nach seiner Rückkehr. »Aber wir brauchen die richtige Ausrüstung.«

»Du hast doch die Ausrüstung gesehen, als wir das Zeug an Bord geholt haben«, erinnerte ihn Carl.

»Aber ja«, lächelte Luigi. »Ich dachte, es ist ein Geburtstagsgeschenk für mich. Ausgezeichnete Sachen.«

»Okay«, sagte Carl. »Wir besitzen also die Hilfsmittel, um den Hang zu bewältigen. Wir kommen an den Wachposten auf der Terrasse vorbei, überwinden Alarmanlage und Schlösser, begeben uns in Don Tommasos Schlafzimmer und kehren dann um. Wie lange dauert der Abstieg?«

»Höchstens fünf Minuten, wenn die Bergsteigerseile und die anderen Dinge in Ordnung sind«, erwiderte Luigi. »Es ist nicht schwerer, als an einer normalen Hausfassade herunterzuklettern.«

»Aber wie zum Geier soll denn dieser Mafia-Typ klettern?« wandte Aka Stålhandske mit einer Miene ein, aus der hervorging, daß er letztlich doch den Haken gefunden hatte.

»Der soll nicht klettern. Den hieven wir hoch. Wir bauen eine Art Fahrstuhl«, erwiderte Luigi. »Das Problem wird möglicherweise darin bestehen, ihn dazu zu bringen, die Schnauze zu halten.«

»Ich glaube nicht, daß das ein Problem wird«, lächelte Carl. »Das einzige, was ich über die Mafia weiß, habe ich im Kino gesehen. Wenn ich mich recht erinnere, gab es da jemanden, der total hysterisch wurde, als er am Morgen einen Pferdekopf in seinem Bett fand. Korrigiere mich, wenn ich mich irre, Luigi, aber müßte das nicht funktionieren?«

»Doch«, erwiderte Luigi zögernd, als wollte er sich vergewissern, daß er nichts Falsches gehört hatte. »Doch, das würde bei Don Tommaso genauso funktionieren wie bei einem von uns. Das erleichtert übrigens auch die Transportfrage«, fügte er hinzu, als wollte er die Einwände abblocken, die sein Gesichtsausdruck vielleicht provozierte.

»Gut«, sagte Carl. »Dann bleibt noch, daß Luigi ihren Funkverkehr verfolgen kann. Es wäre schade, wenn wir uns das nicht zunutze machen könnten, aber noch schlimmer wäre, wenn Åke und ich klettern müßten, während du hier sitzt und lauschst. Fällt dir eine Lösung ein, Åke? Ich habe eine Menge von dem Zeug mitgebracht, mit dem du arbeitest.«

Åke Stålhandske strahlte, weil er sich jetzt schnell auf sein Spezialgebiet zurückziehen konnte, das ihm im Moment unendlich viel passender erschien, als nachts in überhängenden Steilwänden herumzuturnen.

»Na ja«, lächelte er fast ein wenig verlegen und wischte sich mit seinem T-Shirt übers Gesicht. »Natürlich könnte ich ihren Funkverkehr mit Relais zu euch rüberfunken. Man braucht Luigi nur mit zwei Kopfhörern auszustatten, einem für den italienischen und einen für unseren Funkverkehr. Aber erst mal müßte ich eine Zeitlang mit den Sachen arbeiten.«

»Gut«, sagte Carl. »Dann bereiten wir uns wie folgt vor. Luigi beginnt mit der Beladung der Transportsäcke. Wir nehmen einen für die gesamte Bergsteigerausrüstung, einen kleineren für Bewaffnung und Funkausrüstung. Åke bastelt uns eine Kommunikationszentrale, und ich selbst führe ein kleines Gespräch mit unserem Freund vorn in der Vorpiek. Wenn ihr entschuldigt. Ich möchte mit ihm allein sein.«

Die beiden anderen sahen zur Seite. Es würde ihnen nicht im Traum einfallen, Carl in der nächsten Zeit zu stören.

Carl schnappte sich eine Kunststofftüte und etwas Klebeband vom Küchentisch und ging durch die zwei kleinen Räume in die Vorpiek, in der der Gefangene saß.

Er schloß die Tür, machte Licht und riß dem Gefangenen das Klebeband vom Mund.

»Buona sera, signor Di Maggio, denn das ist wohl Ihr richtiger Name?« grüßte er freundlich.

»Ich denke nicht daran zu quatschen. Aus mir kriegst du kein Wort raus«, murmelte der andere gequält. »Aber ich habe einen Wahnsinnsdurst.«

Carl schraubte den Deckel von einer Feldflasche, in die die Worte US Navy eingeprägt waren, und hielt sie seinem Gefangenen an den Mund. Er ließ ihn eine Weile trinken. Der Mann machte einen kraftvollen und entschlossenen Eindruck. Seine groben Gesichtszüge waren vor Konzentration oder vielleicht innerer, seelischer Vorbereitung hart und verschlossen. Es war irgendwie erstaunlich, daß er sich so leicht hatte fangen lassen und nicht einmal den Versuch gemacht hatte, sich den Weg freizuschießen, als Luigi hereinkam und ihn überwältigte.

Carl setzte sich etwa einen Meter von ihm entfernt hin und machte es sich zwischen zwei Taurollen bequem. Er bedachte kurz die Möglichkeit, den Gegner unterschätzt zu haben, daß man ihn provoziert hatte, einen Gefangenen zu nehmen, der irgendeinen Peilsender am Körper trug. Er kam jedoch schnell zu dem Schluß, daß das undenkbar war. Ein solches Unternehmen hätte sie dann schon jetzt einen Mann gekostet sowie einen weiteren, den sie als verloren abschreiben mußten.

»Ich weiß nicht, wo die Schweden sich befinden. Ich würde es natürlich auch nicht sagen, wenn ich es wüßte, aber ich weiß wirklich nicht, wo sie sind«, sagte der andere heiser und unterbrach Carl in seinen Überlegungen.

»Aha«, sagte Carl weich, »du weißt nicht, wo sie sind? Aber das hatte ich dich auch gar nicht fragen wollen. Aber jetzt, da du es selbst ansprichst ...?«

Carl lächelte breit und beendete den Satz mit einer auffordernden Handbewegung.

»Du kannst mir die Eier abschneiden oder sonst was mit mir machen, du Arschgeige, ich weiß es trotzdem nicht«, erwiderte der andere und sah verbissen zu Boden, als stellte er sich das schon vor, wovon er sprach.

Carl schüttelte den Kopf.

»T-t-t-«, schnalzte er, »was für Manieren. Wir sind Offiziere und Gentlemen und keine Straßenmörder aus Sizilien oder Little Italy. Aber, verstehst du, ich habe ein kleines diplomatisches Problem, bei dem du mir helfen kannst. Ich meine, ich bin kein Sizilianer, ich brauche deinen Rat.«

Der andere antwortete nicht und zeigte sehr deutlich, daß er keine Sekunde darauf baute, man könnte ihm Freundlichkeiten erweisen oder etwas versprechen.

»Du bist ein richtiger Mann, ein mutiger Mann, und ich weiß das zu schätzen«, fuhr Carl fort, ohne sich durch die negative Haltung des anderen entmutigen zu lassen.

»Aber du und ich werden Don Tommaso heute abend besuchen. Das Problem ist, daß er mich erwartet, dich aber natürlich nicht. Und da ihr miteinander verwandt seid, möchte ich gern wissen, ob ich irgendwie die Familie beleidige. Ich bitte dich ehrlich um einen Rat, sozusagen von Mann zu Mann. Klär mich auf!«

»Don Tommaso ist mein Onkel und mein Pate«, knurrte der Italiener. »Es wäre besser, du würdest mich töten, als mich so mitzunehmen, in Handschellen.«

»Oho, Pate?« kicherte Carl. »Habt ihr so was auch in Wirklichkeit? Ich dachte, das gäbe es nur im Kino. Aber verletze ich Don Tommaso, wenn ich dich mitbringe? Und ich habe in meiner skandinavischen Einfalt gedacht, er würde das Geschenk zu schätzen wissen. Himmel, aus euch Sizilianern wird man auch nie schlau.«

»Es spielt keine Rolle, was du zu verstehen glaubst und was nicht«, entgegnete der andere und seufzte schwer, als unterhielte er sich mit einem hoffnungslosen Fall, der doch nie etwas begreifen würde. »Wenn du mir das Leben schenkst, wird Don Tommaso dich zu schätzen wissen. Aber nicht mich. Wenn du mich wie so eine Art Jagdtrophäe mitschleifst, beleidigst du die ganze Familie. Dann tötet er mich. Aber es ist deine Schuld, daß er mich töten muß. Etwa so.«

»Barbarisch, barbarisch«, murmelte Carl und schüttelte teilnahmsvoll den Kopf. »Es sieht aus, als hätten wir beide ein Problem. Aber sag mir noch etwas. Nur noch eins, mehr um meine Neugier zu befriedigen, als daß es von großer Bedeutung wäre. Warum durfte diese Bande in Palermo nicht mit der Jagd auf mich weitermachen, Salvatore Carini und diese Leute? Warum muß er für einen einfachen Hit-Job einen Verwandten aus den USA kommen lassen?«

»Weil Salvatore Carini ein Verräter ist. Er stand als erster auf der Liste«, erwiderte der andere mit Worten, die er vor Verachtung fast ausspie.

»Dann war ich also Nummer zwei«, sagte Carl nachdenklich. Er stand auf, als wäre ihm seine Stellung unbequem geworden, und streckte sich ein wenig, während er die Situation überblickte. Er konnte nicht völlig aufrecht stehen, was ihn in seiner Bewegungsfreiheit behinderte. Der rotierende Fußtritt, der den gefesselten Mann jedoch im nächsten Augenblick direkt am Brustbein traf, hätte sehr wohl sofort tödlich sein können. Bei richtiger Ausführung reißt die Wucht des Tritts das Herz von der großen Körperschlagader ab.

Jedenfalls war der andere bewußtlos. Carl zog nachdenklich seine Plastiktüte aus der Tasche, streifte sie dem Mann über und klebte sie fest, so daß sie den Kopf von Salvatore Carinis Mörder fest umschloß.

Der Kopf mußte unbedingt trocken und ohne allzu sichtbare Spuren von Meerwasser bleiben, wenn er abgeliefert wurde. Es war aus mehreren Gründen wichtig, daß der Feind nicht erkannte, aus welcher Richtung der Angriff erfolgt war.

Als Carl zu den anderen zurückging, waren diese mit ihren Vorbereitungen schon ein gutes Stück weitergekommen.

Der Transportsack mit der Bergsteigerausrüstung war schon gepackt und lag hinter der Reling im Wasser vertäut. Er schwamm eben an der Oberfläche, und ein weiteres Bleigewicht würde ihn für den Unterwassertransport perfekt machen.

Luigi war dabei, Waffen in einen zweiten Sack zu stopfen, und Carl merkte an, das Gewicht werde zu groß. Wenn sie während der Operation entdeckt würden, wären sie ohnehin kaum in der Lage, einen Schußwechsel zu bestreiten. Zu viele Waffen würden am Hang nur Krach machen, und außerdem sei alles schon schwer genug. Eine Maschinenpistole reiche. Dagegen könnten sie sich wenigstens diesmal auch schallgedämpfter Pistolen bedienen, obwohl deren Kaliber kleiner sei als das der gewöhnlichen Dienstwaffen.

Åke Stålhandske hatte die Probleme des Funkkontakts ohne größere Schwierigkeiten gelöst. Er hatte seine ursprüngliche Idee sogar noch verbessert, so daß Luigi nur noch einen Empfänger im Ohr brauchte. Åke würde die Funkmeldungen einfach überspielen und nur zwischen zwei Kanälen wechseln. So würden sie auf ihrer kodierten Kurzwellenverbindung ständig einen offenen Kanal haben, Carl und Luigi über ihre Kehlkopfmikrophone und Åke über ein größeres Mikrophon neben der jetzt bedeutend umfangreicheren Funkanlage. Er scherzte, er werde heute abend als Diskjockey Dienst tun und ein paar sizilianische Schnulzen einblenden, wenn es zu langweilig werde.

Von Zeit zu Zeit war durch ein Rauschen hindurch eine italienische Unterhaltung zu hören, und Luigi spitzte die Ohren, setzte dann jedesmal jedoch die Arbeit mit einer Handbewegung fort, da oben werde nichts Wichtiges gesagt. Es gehe meist um dieses verdammte Kaninchen und derlei. Er zog eine Grimasse, machte lange Ohren und zeigte zwei Vorderzähne, was auf einen Nager hindeutete.

Sie setzten sich, sahen ihre Checkliste noch zweimal durch und kamen beim zweiten Mal zu dem Schluß, daß sie noch mehr Seile brauchten. Sie mußten eine Reserve haben und würden vielleicht auch mit dem Fahrstuhl Schwierigkeiten bekommen.

Carl holte noch mehr Seile aus der Vorpiek, untersuchte sie nachdenklich und stellte fest, daß sie deutscher Herkunft waren. Es war der gleiche Typ, den die GSG 9 verwendete. Dann vergewisserte er sich, daß der Mann, der mit Handschellen hinter dem Großmast festgebunden war und eine Plastiktüte über dem Kopf hatte, tot war. Er hatte in der Tüte nicht mal geatmet, so daß sie völlig durchsichtig war. Sein Gesicht war deutlich zu sehen.

Carl hockte sich hin und betrachtete das Gesicht des Mannes. Er versuchte sich einzureden, daß solche Männer nur eines natürlichen Todes sterben konnten, wenn sie lebenslänglich in Haft saßen. Dann verscheuchte er diese fadenscheinige Entschuldigung, machte den Mann los und schleifte ihn mit sich zu dem dritten Transportsack. Die beiden anderen gaben sich den Anschein, als würde nur weitere Ausrüstung herbeigeschleppt, aber ihre Blicke blieben doch wie festgenagelt an der Plastiktüte.

»Ich will hier im Boot keine Schweinerei«, erklärte Carl und riß den Reißverschluß des leeren Transportsacks auf. Die beiden anderen sahen sich verstohlen an, sagten aber nichts.

Erst einige Zeit später, nachdem Carl und Luigi einander in die Taucheranzüge geholfen hatten und sich hinhockten, um möglichst viel Luft hinauszupressen, ging ihnen auf, was bevorstand. Carl befestigte an seinem Gürtel ein Messer, das kein Tauchermesser war.

Sie prüften noch einmal, ob die Ausrüstung komplett war, und suchten das Zielgebiet ab. Der Funkverkehr dort oben war immer noch spärlich und routinemäßig. Von sonstiger Aktivität war nichts zu merken. Wenn der Feind bis jetzt nichts entdeckt hatte, so würde es ihm auch während des eigentlichen Transports unter Wasser nicht gelingen. Der Abstand betrug gut tausend Meter.

Carl und Luigi ließen sich ins Wasser gleiten, und Åke wuchtete die Ausrüstung hinterher.

Carl schwamm vorsichtig hinter das Heck des Boots und nahm den Kompaßkurs. Er sah Luigi an, der ein Zeichen gab, er sei bereit. Ein weiterer Blick zu Åke Stålhandske ergab das gleiche Signal.

»Noch etwas, Luigi«, sagte Carl flüsternd, als wäre es schon jetzt notwendig, »wenn wir noch etwa hundert Meter zum Ziel haben, halten wir an. Dann mußt du mir kurz mit dem letzten Transportsack helfen. Verstanden?«

»Ja, verstanden«, flüsterte Luigi und zog dann sofort seine Maske herunter, als wollte er schnell sein Gesicht verbergen.

Dann tauchten sie.

Der Schleppzug hinter ihnen war schwer und recht unförmig, so daß sie erheblich langsamer vorankamen als beim letzten Mal.

Luigi schwitzte heftig unter seinem Taucheranzug. Das Wasser war zu warm, um wirksam kühlen zu können, und die Gesichtsmaske war vermutlich schon vollkommen beschlagen. Das spielte jedoch keine Rolle, da sie sich in absoluter Dunkelheit bewegten.

Luigi mochte die Dunkelheit. Sie war ein Schutz, sie verscheuchte Gedanken. Er machte den Kopf von allem frei, außer der Konzentration darauf, ein absolut gleichmäßiges Tempo zu halten, damit sie nicht aus dem Takt gerieten und sich verspäteten. Carl vor ihm war für das Manövrieren verantwortlich und zählte ständig die Schwimmzüge und kontrollierte Uhr und Kompaß. Doch jetzt gab es keine größeren Schwierigkeiten. Sie hielten geraden Kurs aufs Ziel und brauchten die Abdrift durch die Strömung nur gelegentlich zu korrigieren.

Luigi hielt die Gedanken auch aus einem weiteren Grund fern, wegen des dritten Transportsacks. Ihm war noch nicht klar, wobei er eigentlich helfen sollte.

Als die Kontaktleine vor ihm schlaff wurde und sie Bodenberührung bekamen, begriff er, daß es soweit war. Carl zog ihn zu sich heran, packte ihn an den Schultern und drückte ihn sanft zu Boden, beugte sich vor und rief durch die Maske, er solle sich mit den Füßen an einem großen Stein festklammern und zeigte mit den Händen, wo sich der Stein befand. Als Luigi mit der Hand signalisierte, daß er den Befehl verstanden hatte, zog Carl die drei Transportsäcke zu sich heran. Luigi hörte das Geräusch des Reißverschlusses, der aufgezogen wurde, und kurz darauf spürte er, wie Carl ihm je ein Bein des Mannes unter die Arme schob. Dann beugte sich Carl erneut vor und rief, er solle festhalten, entfernte sich wieder und begann mit der Arbeit, die Luigi sich nur vorstellen konnte, während er sich dabei ertappte, das Fehlen von Haien im Mittelmeer dankbar zu notieren.

Nach einiger Zeit wurden die beiden Beine unter Luigis Armen weggezogen, und er begann gegenzuhalten, während er gleichzeitig einen knirschenden Laut hörte, der verstärkt zu werden schien, weil sie sich noch unter Wasser befanden. Es war unmöglich, nicht zu verstehen, was da zwei Meter entfernt geschah. Jetzt waren Fleisch und Halssehnen und alles andere durchschnitten, und jetzt brauchte nur noch der Halswirbel umgedreht zu werden. Plötzlich ließ der Widerstand nach, und Carl gab durch neue Handzeichen zu erkennen, daß es Zeit sei, loszulassen. Der Körper schien in der Dunkelheit zu entschweben, und dann war wieder das Geräusch zu hören, wie der Reißverschluß des Transportsacks zugezogen wurde. Carl übernahm erneut die Spitze und signalisierte, sie sollten weiterschwimmen. Das Gepäck war bedeutend leichter geworden. Als sie vorsichtig aus dem Wasser lugten, da die Wassertiefe nur noch einen Meter betrug, mußte Luigi die beschlagene Gesichtsmaske abnehmen, um sehen zu können. Er sah, daß Carl das gleiche getan hatte, und entdeckte, daß sie exakt ans Ziel gelangt und nicht einmal zehn Meter abgetrieben worden waren.

Das war vielleicht reines Glück. Doch jetzt machte er es schon zum dritten Mal mit und mußte sich widerwillig eingestehen, daß es kein Zufall war, daß die beiden anderen immer wieder die Orientierung unter Wasser übernahmen. Das gab ihm zwiespältige Gefühle ein. Es kränkte ihn auf eigentümliche Weise in seinem Selbstwertgefühl. Nach fünf Jahren in Kalifornien hatte er sich wie eine Art Weltmeister gefühlt – unbesiegbar. Doch seitdem er mit den beiden älteren Kollegen zusammen war, begann er einzusehen, daß er im Team nur Junior war. Er entschied sich für die positive Deutung, das Gefühl der Sicherheit, daß die beiden anderen nicht nur den Maßstab setzten, sondern in mancherlei Hinsicht noch besser waren.

Sie schleiften ihre Säcke schnell auf den Strand, legten sie nebeneinander in den Sand, kramten erst die Waffen und die Nachtbrillen hervor und dann die Funkgeräte.

Carl rief Orca, meldete ihre Ankunft und bat um einen Lagebericht. Vom Boot aus sei nichts von Interesse beobachtet worden, aber es habe einigen Funkverkehr gegeben, der jetzt auf Band aufgenommen sei und gesendet werden könne, wie Åke erklärte.

Luigi hörte sich eine Zeitlang den Funkverkehr der letzten Stunde an und stellte kurz fest, es sei nichts Interessantes dabei. Reine Routine und vielleicht sogar mangelnde Fähigkeit zur Funkdisziplin. Die Leute wirkten gelangweilt, als unterhielten sie sich manchmal nur miteinander, um sich die Zeit zu vertreiben. Das sei ausgezeichnet.

Sie befestigten schnell ihre Kehlkopfmikrophone und die Empfänger und testeten die Ausrüstung kurz durch ein Gespräch mit Åke. Alles funktionierte.

Anschließend legten sie ihre Ausrüstung auf verschiedene Haufen und begannen die Geschirre mit den Befestigungen für Seile und Karabinerhaken anzulegen. Luigi befestigte die groben Stahlspitzen mit Ösen, für die er verantwortlich war, an einer Seite des Körpers mit Klebeband. Auf der anderen Seite befestigte er seinen Hammer. Er stellte dankbar fest, daß dieser nicht aus Stahl war. Stahl wäre zwar effektiver, aber zugleich unerträglich laut gewesen. Dieser Hammer war aus Gummi und hatte einen schweren eisernen Kern.

Luigi prüfte noch einmal seine und Carls Ausrüstung, zog an Befestigungen und kontrollierte alle Spangen und Haken. Es war etwa die gleiche Routine wie bei Fallschirmjägern, ein übertriebenes, wiederholtes Kontrollieren.

Sie sortierten die verschiedenen Seile, die sie noch brauchen würden, und befestigten das längste an einem Felsblock. Sie kontrollierten die Verankerung immer und immer wieder, indem sie in verschiedene Richtungen zogen und rissen. Gerade diese Verankerung würde sich als ihre Lebensversicherung oder als ihr Tod erweisen.

Als Luigi schließlich mit einem Kopfnicken bestätigte, daß alles in Ordnung war, faßte Carl ihn an den Schultern und meinte, es sei zwar gar nicht nötig, es zu sagen, aber er wolle doch darauf hinweisen, daß Luigi während des Aufstiegs die Befehlsgewalt habe. Wenn sie oben seien, werde er, Carl, wieder die Befehlsgewalt übernehmen.

Der Aufstieg begann. Luigi konnte zunächst fünfzehn Meter ohne Mühe hochklettern, bis es Zeit war, den ersten Haken in die Felswand zu schlagen und die Sicherheitsleine durch den Karabinerhaken zu ziehen und zu Carl hinunterzulassen, der immer noch unten am Strand wartete. Luigi zog und riß an der Leine, um sie zu prüfen, und setzte seinen Aufstieg um drei weitere Meter fort, bis er in einer Felsspalte erneut einen Haken einschlug. Danach verankerte er das Seil und signalisierte Carl, er solle nachkommen.

Carl zog die Sicherheitsleine durch einen seiner Karabinerhaken, der an dem Geschirr auf der Brust befestigt war, und kletterte dann mit Hilfe des Seils schnell hinterher.

Sie konnten sich die ganze Zeit unterhalten. Åke konnte ihre Gespräche draußen im Boot verfolgen und gab ihnen von Zeit zu Zeit sogar gutgemeinte Ratschläge, während er das Ziel durch sein großes Fernrohr im Auge behielt.

Sie kamen bedeutend schneller voran, als Carl berechnet hatte, und Luigi füllte alles, was er tat, mit vollkommener Ruhe aus. Er war sein halbes Leben lang Bergsteiger gewesen, meist in den italienischen Alpen, doch das waren nur Worte in seiner Akte gewesen. Jetzt war es höchst vertrauenerweckende Wirklichkeit.

Die Schwierigkeiten begannen, als sie die letzten fünf Meter erreichten, wo die Felswand sich nach außen neigte. Jetzt wurde die Arbeit immer komplizierter. Luigi konnte sich jeweils nur etwa einen Meter fortbewegen, und beide mußten ihre kurzen Sicherheitsleinen jeweils zweimal verankern. Da beide am Sicherheitsseil verankert waren, würden sie nicht abstürzen können, jedenfalls nicht bis ganz nach unten. Sie würden jedoch einen oder zwei Sicherheitshaken mit sich reißen und im Fall aufeinander landen und sieben oder acht Meter tiefer mit voller Wucht gegen die Felswand prallen.

In der letzten halben Stunde hingen beide mit dem Kopf nach unten, das Gesicht der Felswand zugewandt und mit dem Rücken zum Abgrund. Sie versuchten sich dabei ständig durch geflüsterte Worte über Funk anzufeuern, und da Åke draußen auf See alles verfolgen konnte, was sie sagten, witzelten sie manchmal über seine Höhenangst.

Von Zeit zu Zeit verstummten sie, damit Luigi den Funkverkehr des Feindes abhören konnte. Aus irgendeinem Grund hatte der Wachposten mit der Bezeichnung Miramar, der sich jetzt weniger als fünfzehn Meter von ihrer Position entfernt aufhalten mußte, alle Kommunikation beendet. Einer der anderen beklagte sich darüber und fluchte über Miramar, der wohl eingeschlafen sei.

Carl und Luigi besprachen das Problem, während sie eine kleine Pause einlegten. Wenn Miramar sie bemerkt hatte, wäre er nicht verstummt, sondern hätte vielmehr die anderen gewarnt. Sie konnten schließlich nicht damit rechnen, daß ihr Funkverkehr abgehört wurde.

Wenn der Posten aber nur eingeschlafen war, konnten die anderen sich entschließen, ihn zu wecken. Andererseits bewachte er nur die Position, an der ein feindlicher Angriff als unmöglich angesehen wurde. Vielleicht überließen die anderen Miramar einfach sich selbst. Es wäre trotzdem bedeutend beruhigender gewesen, wenn Luigi auch von Miramar gelegentlich etwas gehört hätte.

Luigi war jetzt an dem entscheidenden Punkt angelangt. Er hatte seine Sicherung jetzt am äußersten Rand des Felsens befestigt. Der nächste Schritt würde sein, sich hochzuhieven und sich damit dem Mann zu zeigen, der vielleicht oben an der Balustrade stand und aufs Meer blickte.

Luigi konzentrierte sich kurz, um Kraft zu sammeln. Er spürte in den Armen, daß der Aufstieg mehr an seinen Kräften gezehrt hatte als erwartet, und dieser Moment würde ihm die größte Anstrengung abverlangen.

Zwei Versuche schlugen fehl. Er verlor dabei viel Kraft, ging zum Ausgangspunkt herunter und hing dort eine Weile, um sich auszuruhen. Er bekämpfte seine Verzweiflung mit einer energischen Anstrengung, wieder zu Kräften zu kommen.

»Warte lieber, bevor du dich noch mehr anstrengst«, flüsterte Carl. »Nimm es mir nicht übel, aber ich habe einen Vorschlag zu machen.«

Carl kletterte näher an ihn heran, streckte sich bis zum letzten

Haken an Luigi vorbei und befestigte dort seine kurze Rettungsleine. Dann schlang er seinen rechten Unterarm zwischen den beiden Seilen hindurch, fixierte ihn mit einem Knoten und faßte das gemeinsame Seil ein Stück weiter oben fest mit der linken Hand.

»So«, flüsterte er. »Du kannst auf meine Armbeuge treten und sie als Treppenstufe benutzen.«

»Das wird weh tun«, flüsterte Luigi.

»Ja, aber was meinst du, wie weh es tun wird, wenn wir herunterklettern müssen, ohne das Ziel erreicht zu haben?« kicherte Carl.

Luigi hatte schwere Bergstiefel an. Er zögerte etwas, bevor er das linke Knie hochzog und den Fuß in der menschlichen Öse befestigte, die Carl ihm hinhielt. Dann holte er tief Luft und wuchtete sich mit einer einzigen Bewegung über den Rand.

Er blickte instinktiv zur Krone der Bergwand dort oben hoch. Dies war der schwächste Punkt des Manövers. Wenn jemand da oben stand und mit einer Schrotflinte auf ihn wartete, wäre jetzt alles zu Ende.

Nichts geschah, und niemand war zu sehen. Luigi begann mit seiner ausgestreckten linken Hand tastend nach Halt zu suchen. Vor sich hatte er eine nach innen geneigte Felswand, bevor die glatte Marmorfläche begann. Er schwankte lange zwischen zwei Möglichkeiten und zwang sich, den Fuß in Carls Armbeuge zu lassen, obwohl ihm klar war, daß es inzwischen sehr schmerzen mußte. Doch gerade jetzt durfte er keinen Fehler machen.

Er zog sich nach vorn und nahm gleichzeitig den Fuß hoch, balancierte einen kurzen Augenblick lang am äußersten Ende des Absatzes auf den Knien, bis er langsam und behutsam erst das eine Knie und dann das andere weiterbewegte und dann aufstand. In diesem Moment hatten seine Hände keinen Halt. Vor sich und über sich hatte er keinerlei Sicherung. Luigi taumelte kurz. Es mußte die Müdigkeit sein, aber er bekämpfte schnell das Gefühl von Panik. Dann lehnte er sich nach vorn, um nicht hinunterzurutschen und in den Abgrund zu stürzen. Er trat einen Schritt vor und stand direkt an der Marmorwand. Endlich konnte er aufatmen, als wäre alles schon vorbei. Er löste vorsichtig einen der beiden Handtuchhalter, wie sie die Instrumente scherzhaft nannten, und befestigte ihn an der Wand. Erst prüfte er vorsichtig und dann mit Kraft, ob er fest saß. Jetzt konnte er schnell das Sicherheitsseil befestigen, den nächsten Halter anbringen und Carl Meldung machen.

»Okay«, flüsterte Carl. »Ich komme hoch. Hilf mir.«

Luigi zog Carl hoch, wobei er mit einer Hand die Sicherheitsleine an der Wand festhielt. Dann standen sie nebeneinander.

»Trident an Orca. Wir sind oben an der Wand. Siehst du uns?« flüsterte Carl.

»Hier Orca. Ja, ich sehe euch. Ihr steht wie Silhouetten vor dem weißen Hintergrund. Da oben ist von Miramar nichts zu sehen. Kein Funkverkehr.«

»Gut«, flüsterte Carl. Dann befestigten sie einen weiteren Handgriff an der Wand und Carl kletterte ein Stück an der Sicherheitsleine hoch, die an den Handgriffen befestigt war. Auf dem Weg nach oben kam er an einem erleuchteten Fenster vorbei. Luigi sah zu ihm hoch und entdeckte erst jetzt das, was unter Carl baumelte und im Dämmerlicht der Nachtbrille wie ein in Kunststoff gehüllter Kohlkopf aussah. Ein Blutstropfen fiel herunter und traf Luigis Handgelenk.

»Befehl folgt«, flüsterte Carl. »Begib dich wieder zu der Position unter der Felswand. Warte weitere Befehle ab. Ich übernehme von jetzt an das Kommando.«

»Zu Befehl«, flüsterte Luigi und ließ sich mit Hilfe der doppelten Leinen unter den Felsabsatz gleiten und sicherte sich so, daß er wie in einer Sänfte über dem Abgrund hing. Es hätte erholsam sein können, eine sehr notwendige Pause. Doch jetzt konnte er nur mit seiner Phantasie verfolgen, wie es weiterging.

Carl war inzwischen halbwegs oben und an dem erleuchteten Fenster vorbeigekommen. Es war das einzige Licht an der ganzen Fassade. Er besprach sich mit Åke Stålhandske, der jedoch nicht mehr als das Licht des Fensters sehen konnte, da der Abstand zu groß war.

Er sah auf die Uhr. In etwa einer Stunde würde es hell werden. Wenigstens war das kein Problem, denn jetzt hatte er nur noch ein paar Minuten bis zur Balustrade.

Er genoß fast den bequemen Aufstieg, als er eine der mit Saugnäpfen versehenen Fußstützen nach der anderen an der Marmorwand befestigte und so jeweils einen halben Meter vorankam.

Gleichzeitig wurde die recht schwere Last leichter, und seine Beweglichkeit nahm zu.

Den letzten Handgriff befestigte er zehn Zentimeter unterhalb der Mauerkrone. Vorsichtig löste er seine Sicherheitsleine, wikkelte sie um den obersten Handgriff, zog seine Pistole vom Rükken und entsicherte sie. Er überlegte kurz.

Wenn ihn jemand auf der anderen Seite gehört hatte, mußte dieser doch erst herausfinden, an welcher Stelle des Schußfelds das Ziel auftauchte.

Carl hob schnell den Kopf und duckte sich dann wieder. Kein Schuß. Er überlegte, was er hatte sehen können. Der Eßtisch stand an der gleichen Stelle. Die Stühle waren säuberlich aufgereiht, kein Tischtuch. Daneben ein Korbstuhl, recht nahe an der Tür zum Haus, auf dem vielleicht jemand saß.

Carl zog die Füße hoch, so daß er im nächsten Augenblick mit der ganzen Brust über den Schutz der Balustrade hochkam. Die Pistole hielt er vor sich.

Er überblickte die Lage. Ein Mann saß in dem Korbstuhl neben dem Kopfende des Eßtischs und schlief. Neben ihm lehnte eine Maschinenpistole an der Wand, und am Kopfende des Tischs lag ein Walkie-Talkie.

Carl schwang sich erleichtert übers Geländer und hatte zum ersten Mal seit zwei Stunden festen Boden unter den Füßen.

Er ging langsam auf den schlafenden Mann zu, zog sein Messer und überlegte. Beides konnte etwa gleich laut sein, vorausgesetzt, der Schalldämpfer funktionierte. Carl hatte schallgedämpften Pistolen jedoch schon immer ein gewisses Mißtrauen entgegengebracht. Ein normaler Pistolenschuß würde alles zerstören. Das Zappeln und die Gegenwehr eines Mannes, der mit durchgeschnittenem Hals starb, war auch keine gute Aussicht.

Aber doch etwas besser.

Carl ging um den Mann herum, steckte die Pistole wieder auf dem Rücken fest, nahm das Messer in die rechte Hand und legte die linke dem Opfer auf Mund und Kinn, wobei er das Kinn leicht nach hinten zog, um das Messer gut ansetzen zu können. Dann hielt er den zappelnden und zuckenden Körper eine Weile fest, während das Blut auf die Steinfliesen spritzte. Es war besorgniserregend laut.

Als es vorbei war, nahm er mit den beiden anderen Kontakt auf und teilte kurz mit, Miramar sei beseitigt, und er bereite jetzt das Eindringen vor. Falls die Alarmanlage ausgelöst werde, werde er das Paket auf der Terrasse lassen und sofort den Rückzug antreten.

Er zog den Schlüssel aus der Brusttasche und schob ihn ins Schloß. Er paßte. Sie hatten das Schloß nicht ausgewechselt. Aber warum hätten sie es auch tun sollen?

Er gab den Code ein und schloß auf. Nichts geschah. Im Haus schlug ihm nur Stille entgegen.

Er schloß die Tür, gab erneut den Code ein und wartete dreißig Sekunden für den Fall, daß sie den Alarmcode geändert hatten.

Nichts geschah. Das Zimmer im Obergeschoß war völlig leer und dunkel, doch irgendwo aus dem Geschoß darunter drangen Gesprächsfetzen zu ihm herauf. Die erste Strecke zur Treppe zum Zwischengeschoß war mit Perserteppichen belegt und somit völlig lautlos. Plötzlich fielen Carl Hunde ein, aber sie hatten bei ihrem ersten Besuch keine Hunde gesehen. Hunde konnten problematisch werden, da sie Lärm machen würden, bevor er sie töten konnte.

Als er die Treppe hinunterging, ging ihm auf, woher die Laute kamen. Im Zimmer neben Don Tommasos Schlafzimmer brannte Licht. Es war das Fenster, an dem er vorbeigeklettert war, und dort saß eine unbekannte Anzahl von Personen, die sich unterhielten.

Er überlegte, was am besten war. Wahrscheinlich wäre es am besten, das Geschenk auf Don Tommasos Bett zu legen und sich unentdeckt zu entfernen. Das würde später zu allerlei Kritik führen und großen Krach geben. Wenn Don Tommaso aber aufwachte – falls sein Schlafzimmer mit einer gesonderten Alarmanlage versehen war –, würde es anschließend kompliziert werden. Die Mafiosi waren immerhin mit Maschinenpistolen bewaffnet.

Carl schlich an Don Tommasos Tür vorbei und blieb kurz vor jener Tür stehen, durch die Licht und Stimmen zu ihm drangen. Er lauschte eine Weile und kam zu dem Schluß, daß es nicht mehr als zwei Personen waren. Sie schienen Karten zu spielen. Er hörte Geräusche, die sich anhörten, als würden Karten auf einen Tisch geknallt. Er sollte lieber gleich zuschlagen. Er schob sich die

Nachtbrille in die Stirn und ließ den Augen ein wenig Zeit, sich an das neue Licht zu gewöhnen. Dann schob er mit der linken Hand die Tür auf, trat ein und schaffte es, den ersten Mann zu erschießen, bevor die beiden ihn überhaupt entdeckt hatten. Er traute dem Kaliber nicht und gab noch einen Schuß ab, bevor er sich dem zweiten Mann zuwandte, der natürlich schon dabei war, aufzuspringen und sich nach seiner Waffe zu strecken. Der zweite Mann ging nach den Treffern recht geräuschvoll zu Boden und gurgelte und ächzte fünf oder sechs Sekunden laut, bevor er verstummte.

Carl ging schnell in den Korridor hinaus und lauschte an Don Tommasos Tür. Es war nichts zu hören, doch das war keine Garantie. Carl überlegte, ob er das Geschenk einfach vor der Schlafzimmertür auf den Fußboden legen sollte, während er es vorsichtig aus seiner Halterung löste und die Plastikhülle abzog. Er stellte fest, daß die Haare, an denen er den Kopf hielt, vollkommen trocken, aber etwas speckig waren. Gut. Sie würden nie herausfinden, daß das Patenkind unter Wasser hergekommen war.

Carl drückte die Klinke Millimeter um Millimeter hinunter. Die Tür ging mit einem leichten Quietschen auf. Carl zog seine Nachtbrille herunter und blickte durch die halboffene Tür.

Der Raum war spartanisch möbliert. Carl sah einen riesigen Kleiderschrank aus braunem Holz, ein großes Bett und einen Nachttisch. Das war alles. Auf dem Nachttisch lag neben einer kleinen Heiligenstatuette ein Revolver.

Don Tommaso lag mitten im Bett. Er lag mit halboffenem Mund auf dem Rücken und hatte die Hände über der Decke gefaltet. Carl ließ sich auf dem Weg zum Bett viel Zeit. Jetzt, da er so kurz vor dem Ziel stand, wollte er im letzten Moment nicht noch alles verpfuschen.

Ein Stück neben Don Tommaso lag ein zweites Kissen, als wäre dies der Platz seiner Frau gewesen. Carl trat an die Bettkante, wobei er aufmerksam Don Tommasos Gesicht nach Anzeichen dafür absuchte, ob er in Wahrheit wach war. Doch dieser lag immer noch mit beiden Händen über der weißen Decke und würde es nicht schaffen, seinen Revolver zu erreichen.

Carl legte den Kopf des Patensohns mit äußerster Behutsamkeit auf das freie Kissen und ließ ihn erst los, als dessen Gewicht ihn tief ins Kissen hatte sinken lassen. Er lauschte ein Zeitlang dem Atem Don Tommasos. Dieser war ruhig und ließ nur die Andeutung eines Schnarchens hören. Dies war der Mann, der Joar hatte ermorden lassen, und doch mußte er jetzt noch am Leben bleiben.

Carl steckte die kleine Heiligenfigur ein und zog sich vorsichtig zurück. Er schloß die Tür hinter sich und blieb kurz still im Korridor stehen. Er lauschte nach Geräuschen, bevor er sich wieder ins Obergeschoß begab. Auf dem Weg nach oben war ihm eine Idee gekommen.

Dort stand die große Stereoanlage, die offenbar mit Lautsprechern in jedem Zimmer und außerdem auf der Terrasse verbunden war. Er suchte eine Zeitlang unter den CDs. Es schienen ausschließlich Opern zusein. Carl kannte sich bei Opern zu wenig aus. Bei dieser Art Musik war er nie recht auf den Geschmack gekommen, was entweder auf Ungeduld zurückzuführen war oder nur auf Vorurteile aus der Kindheit. Doch jetzt reizte es ihn, da er ein Musikstück auswählen wollte, das etwas aussagte.

Verdis Macbeth? Im Hinblick auf die Umstände konnte Macbeth doch kaum falsch sein?

Er schob die CD ein, schob den Lautstärkeregler auf größte Lautstärke und drückte dann sämtliche Lautsprecherknöpfe.

Dann nahm er flüsternd zu den beiden anderen Kontakt auf.

»Trident an Orca und Triton. Hört ihr mich?« begann er. Sie bestätigten keuchend, ihn zu hören.

»Geschenk deponiert. Wachpersonal im Ober- und Zwischengeschoß ausgeschaltet. Ich werde jetzt das ganze Haus mit Opernmusik füllen. Vielleicht kannst du sie sogar noch hören, Orca. Nur damit ihr Bescheid wißt. Werde mich bald bei Triton einfinden. Beim Abstieg werde ich unsere Handgriffe hinunterwerfen. Die Musik wird jedes Klirren übertönen, zumindest im Haus. Alles verstanden?«

»Treibst du den Scherz jetzt nicht ein bißchen weit?« knurrte Åke Stålhandske.

»Bestätige, daß du alles verstanden hast, Triton!« befahl Carl.

»Alles verstanden. Mache mich bereit, dich in einer Minute zu sehen«, erwiderte Luigi.

Carl lächelte still vor sich hin, als er den Zeigefinger auf den Schalter legte und den CD-Player einschaltete.

Er schaffte es, bis zur Terrassentür zu kommen und war fast

schon draußen, als mit der Ouvertüre zu Macbeth im ganzen Haus die Hölle losbrach. Er verschloß schnell die Glastür, neutralisierte die Alarmanlage, steckte den Schlüssel in die Brusttasche, die er sorgfältig zuknöpfte, bevor er zu der steinernen Balustrade ging und sich hinüberschwang. Er kletterte ein paar Schritte hinunter und zog die Sicherheitsleine hoch, die er unter den Lederriemen auf der Brust feststeckte. Dann löste er schnell Handgriff um Handgriff und schleuderte sie über den Felsvorsprung, wo sie nacheinander geräuschlos in der Dunkelheit verschwanden.

Als er unten auf dem Felsvorsprung stand und den letzten Handgriff wegwarf, ging ihm auf, daß seine einzige Sicherheit in diesem Augenblick aus einer Leine bestand, die er in der Hand hielt und die sogar unter ihm befestigt war.

»Triton. Ich stehe auf dem Absatz über dir. Beginn sofort mit dem Abstieg, und zwar so schnell wie möglich. Wenn die Musik lauter wird, haben sie da oben die Terrassentür geöffnet.«

Luigi bestätigte den Befehl und begann, sich schnell hinunterzuschwingen. Carl hörte von Zeit zu Zeit das Klirren und Rasseln von Karabinerhaken, die immer wieder gegen die Metallhaken in der Felswand schlugen. Unterdessen stand er selbst auf dem Absatz und zog die Reste des hängenden Seils zu sich hoch, sobald er sich zu bewegen wagte, da er nicht Gefahr laufen wollte, das Gleichgewicht zu verlieren. Als er das Ende des Seils in der Hand hielt, zog er es zweimal zwischen den Riemen auf der Brust hindurch, kniete dann behutsam nieder und ließ sich vorsichtig über den Absatz gleiten. Er erlebte einen kurzen, schwindelerregenden Fall, bis er mit einem Ruck innehielt. Als er sich wieder orientieren konnte, sah er, daß er fünf oder sechs Meter unter dem überhängenden Felsvorsprung über dem Abgrund hing. In diesem Moment wurde die Musik dort oben brüllend laut. Jetzt war also jemand auf die Terrasse gerannt, doch im nächsten Moment erstarb die Musik abrupt. Folglich befanden sich da oben jetzt mindestens zwei Mann.

Bis auf weiteres hing er hier in Sicherheit, da man ihn wegen des Felsvorsprungs nicht sehen konnte. Er begann, das Seil zwischen den Riemen auf der Brust hindurchgleiten zu lassen, so daß er weich Meter um Meter hinabglitt. Von Zeit zu Zeit bremste er, damit es an den Händen nicht zu heiß wurde.

Diese Methode des Abstiegs war unkonventionell und natürlich weniger sicher, als wenn er den Karabinerhaken an dem Seil an der Bergwand befestigt hätte und sich so langsam abgesenkt hätte. Er hatte sich überlegt, daß er so schneller sein würde. Das war er auch. Der Abstieg nahm jedoch ein plötzliches und problematisches Ende, da die Leine nicht lang genug war.

An ihrem Ende hing er rund acht Meter über dem Strand. Das war viel zu hoch, um einen Sprung zu wagen. Er hatte nur eine Möglichkeit, und so begann er mit den Beinen zu schwingen, um immer näher an die Felswand heranzukommen, in der Hoffnung, dort die Leine zu erreichen. Er verfluchte sich selbst. Das immer weiter ausschwingende Schaukeln bedeutete, daß er mit jedem Mal zwar näher an die Felswand herankam, gleichzeitig aber auch weiter hinaus, so daß er für jemanden sichtbar wurde, der vielleicht dort oben stand und hinunterblickte.

»Orca, Trident an Orca, ich habe gerade eine Dummheit gemacht. Siehst du etwas? Siehst du jemand da oben?«

»Ich sehe dich. Das Schaukeln scheint dir Spaß zu machen, aber haben wir wirklich Zeit für so was? Ich sehe Leute da oben. Sie rennen herum und brüllen in ihre Funkgeräte, aber es steht niemand am Geländer.«

»Danke«, stöhnte Carl und prallte dann heftig gegen die Felswand, wo er seine Sicherheitsleine ergriff. Dann ließ er den Teil des Seils los, das er als Liane benutzt hatte, hielt das andere fest und rutschte so noch einige Meter hinunter, bevor er mit einem brennenden Ruck an den Unterarmen innehielt. Die Leine über ihm tanzte jetzt durch alle Ösen und fiel an ihm vorbei. Er wechselte erneut das Seil und ließ sich das letzte Stück hinab.

Luigi sagte nichts, da er voll damit beschäftigt war, dem aufgeregten Funkverkehr des Feindes zu lauschen, während er die Transportsäcke vollpackte und auch die Taucheranzüge hineinstopfte. Carl zog die Leine herunter, rollte sie auf und warf sie in einen der Säcke; die Karabinerhaken bildeten jetzt eine Perlenschnur an der Felswand, die aber erst zehn Meter über dem Sandstrand begann und kurz vor dem Felsvorsprung dort oben endete; es war wenig wahrscheinlich, daß der Feind sie sofort entdecken würde.

Carl und Luigi nahmen die Riemen und Geschirre ab und streiften sich die Sauerstoffausrüstung direkt über die Tarnuniformen. Dann schleiften sie die Säcke ins Wasser. Bevor sie tauchten, fragte Carl Luigi nach der Lage. Jetzt war das Funkgerät ja verstaut. Luigi gab ihm nur durch Zeichen zu verstehen, daß es dort oben zugehe wie in einem Hühnerhaus, aber nichts deute darauf hin, daß man sie entdeckt habe.

Dann wurden sie von der kühlen Dunkelheit verschluckt.

Jetzt erst begann Carl die Schmerzen in der rechten Armbeuge und an den Unterarmen zu spüren. Wahrscheinlich hatte er zahlreiche blaue Flecken bekommen, und eventuell waren auch Spuren des Seils zu sehen. Er würde in der nächsten Zeit Hemden mit langen Ärmeln tragen müssen.

8

Samuel Ulfsson brachte es nicht über sich, wütend zu werden, obwohl es eine Reihe von Gründen dafür gab. Doch dafür war die Situation viel zu ernst.

Er las den Bericht des in Rom und anderen Hauptstädten akkreditierten Militärattachés jetzt schon zum zweiten Mal. Es war ein zum Teil beißender Text. Nils Gustaf Sandgren hatte keine sonderlich angenehme Erinnerung an die Begegnung mit Carl Hamilton in Palermo. Am meisten schien ihn jedoch zu irritieren, daß man ihn nach Hause geschickt habe wie irgendeinen Subalternen, und so habe man ihn davon abgehalten, Palermo zur Nachtzeit zu genießen, »wo es vermutlich kühler gewesen wäre«.

Samuel Ulfsson seufzte. Alle ironischen Zitate »sogenannter Gefahr« und »angebliche Sicherheitsgründe« standen in einem sehr eigentümlichen Gegensatz zu der schlichten Tatsache, daß Nils Gustaf Sandgren entführt worden war, nachdem er seinen Bericht abgeschickt und das Botschaftsgelände in Rom verlassen hatte.

Überdies war er bei der Entführung mit einer Schutzwache zusammengewesen, der sogenannten Sicherheitspolizei. Hier waren ironische Anführungszeichen eher angebracht. Der einzige Schwede, der in Rom entführt worden war, seitdem die Säpo dort ihre Schutzfunktion übernommen hatte, war also genau der Mann, der sich unter Bewachung befunden hatte, und niemand sonst.

Samuel Ulfsson hatte einen der Bosse unten im Affenhaus auf Kungsholmen angerufen, wie der Sicherheitsdienst des Reiches vom Nachrichtendienst gemeinhin genannt wurde. Es wäre vollkommen sinnlos gewesen, deswegen Krach zu schlagen oder auch nur den Versuch zu machen, so etwas wie eine Erklärung einzuholen. Es schien sich jedenfalls in der Hauptsache um gewerkschaftliche Erklärungen zu handeln. Denn der Beamte, der an der Reihe gewesen war, ins Ausland zu reisen, hatte das Verdienst, daß er als einziger noch nicht zu einem solchen Auftrag abkommandiert worden war. Der Gewerkschaft zufolge war es eine Frage der

Gerechtigkeit gewesen. Ja, solche Rücksichten seien ab und zu nötig, erfuhr Samuel. Rein operativ wäre es vielleicht besser gewesen, einen etwas geschickteren Mann zu entsenden, doch darauf hätte sich die Gewerkschaft nie eingelassen. Immerhin war er mit dem Leben davongekommen, mochten die Entführer auch seine Pistole konfisziert haben.

Der Bericht Nils Gustaf Sandgrens blieb in mancherlei Hinsicht unklar im Ton. Einiges war jedoch konkret. An der Aktion seien jetzt drei Beamte des OP 5 beteiligt, von denen einer Italienisch beherrsche. Carl habe sich geweigert, Namen zu nennen, und darauf verwiesen, daß diese Erklärungen für C OP 5 vollauf genügten.

Bei näherer Überlegung taten sie dies auch. Daß einer der Mitarbeiter Åke Stålhandske war, der sich schon früh zu einer Beurlaubung abgesetzt hatte, »um zu segeln und nachzudenken«, war selbstverständlich. Aber der italienischsprechende junge Mann mußte einer der neuen Burschen aus Kalifornien sein, Bertoni.

Carl war also in die USA geflogen. Das ergab sich indirekt aus der Erklärung, die gesamte Ausrüstung und sämtliches Material seien nach dem Muster früher geschlossener Abmachungen von den entsprechenden amerikanischen Behörden zur Verfügung gestellt worden.

Carl hatte in den USA offenbar im Namen des schwedischen Generalstabs eine Lieferung bestellt. Samuel Ulfsson hatte vor dem Oberbefehlshaber das ganze Unternehmen schon sanktioniert, bevor er überhaupt davon erfahren hatte. Jedenfalls gab es so manches, was mit Carl Hamilton nach dessen Rückkehr besprochen werden mußte.

Der rätselhafteste Bestandteil des Berichts war jedoch die Behauptung, der Feind habe bedeutende Verluste erlitten, obwohl nur von zwei Mann die Rede war. Der Grund sei die Abneigung des Feindes, eigene Verluste einzugestehen und damit Behörden in die Sache zu verwickeln.

Ziel der Operation sei es, den psychologischen Druck auf den Feind nach und nach zu verstärken, bis diesem klar werde, daß die eigenen Verluste unerträglich würden, wenn die schwedischen Geiseln nicht freigelassen würden.

Die Behauptung war jetzt nicht mehr sonderlich glaubwürdig, da »der Feind« statt dessen die Zahl der Schweden in seiner Sammlung sogar erhöht hatte.

Die Verluste des Generalstabs betrugen bisher zwei Mann, einer entführt und der zweite im Dienst ermordet, wie Carl und sein Kameraden sagen würden. Dies hatte zur Folge, daß der Druck von Politikern und Massenmedien auf den Generalstab stärker werden würde. Doch Peter Sorman zufolge würde der politische Schaden erst dann untragbar werden, wenn die schwedischen Geiseln Schaden nähmen. Eigene Verluste, so Sorman, seien jedoch erträglich, solange es sich dabei um militärisches Personal handle. Das zeige nur, daß Schweden sich anstrenge. Und »Schweden« sei im Erfolgsfall gleichbedeutend mit dem Außenministerium und der Regierung, und bei einem Mißerfolg war »Schweden« ohne jeden Zweifel der Generalstab.

Vor dem Hintergrund des gestrigen Ereignisses war es dennoch schwer, an den Optimismus zu glauben, den Nils Gustaf Sandgrens Bericht in seinen wesentlicheren Teilen enthielt. Nur eins war an dem Bericht beruhigend: daß, wie behauptet wurde, alles in Zusammenarbeit mit italienischen Behörden und im Rahmen der italienischen Gesetze geschehe.

Unter normalen Umständen wäre es Samuel Ulfsson nicht im Traum eingefallen, einen seiner Leute draußen auf dem Feld anzurufen. Doch dies war keine normale Situation, und überdies sollte er sich bald bei Peter Sorman im Außenministerium einfinden. Samuel Ulfsson bat Beata, sich die Telefonnummer dieses Hotels in Palermo mit dem merkwürdigen französischen Namen zu besorgen und Carl Hamilton anzurufen. Sie fühlte sich genötigt, noch einmal nachzufragen, um sich zu vergewissern, daß sie sich nicht verhört hatte.

»O doch, du hast schon richtig gehört«, knurrte Samuel Ulfsson und zündete sich die achte weiße Bond des Morgens an. Es war kurz nach zehn. Er hatte sich zwar vage vorgenommen, vor dem Lunch nicht zu rauchen, doch der Ernst der Situation erforderte ein paar Kompromisse.

Carl nahm erst nach sieben- oder achtmaligem Läuten ab, und als Beata ihn durchstellte, hörte er sich verschlafen an.

»Habe ich dich geweckt?« fragte Samuel Ulfsson erstaunt.

»Ja«, murmelte Carl. »Das Nachtleben hier in Palermo ist hektisch. Es ist gestern spät geworden.«

»Es freut mich, daß ihr die Zeit da unten genießt«, entgegnete Samuel Ulfsson knapp. Er glaubte nicht einen Moment an ein Leben in Saus und Braus dort unten, aber es war schließlich auch nicht einfach, am Telefon zu sprechen.

»So ist das eben mit dem Telefon«, sagte Carl, als hätte er Samuel Ulfssons Gedanken gelesen. »Der Feind hat auf manchen Gebieten eine ziemlich hohe technische Kapazität, und ich glaube nicht einmal, daß unsere schwedische Sprache ihnen große praktische Mühe macht. Warum rufst du an? Was willst du wissen? Hast du Nils Gustafs Bericht nicht bekommen?«

»Doch, das habe ich. Das Problem ist nur, daß Nils Gustaf gestern abend in Rom entführt worden ist. Nachdem er seinen tröstlichen Bericht abgeschickt hatte.«

»Um welche Zeit?« fragte Carl, der sich plötzlich hellwach anhörte.

»Gegen zehn oder elf Uhr abends.«

»Schön. Dann hat sich im großen und ganzen nichts verändert. Wo hat man ihn geschnappt?«

»In einem Restaurant in der Innenstadt Roms. Er war mit einem Leibwächter aus dem Affenhaus zusammen.«

»Leibwächter von Säk«, stöhnte Carl. »Das erklärt alles. Das verändert unsere Lage trotzdem nicht. Wir haben nach dem fraglichen Zeitpunkt gestern ein bestimmtes Angebot gemacht, und es kann sein, daß ich schon heute eine Antwort erhalte. Wir sind in Übereinstimmung mit dem vorgegangen, was hoffentlich in Nils Gustafs Bericht steht, und wir haben Grund zum Optimismus.«

»Inwiefern Optimismus? Kannst du das näher erläutern?« hakte Samuel Ulfsson nach.

»Nein, nicht am Telefon. Wir werden ihnen heute kurz gesagt ein Angebot machen, von dem ich glaube, daß sie es nicht ablehnen können. Wir wollen schwedische Geiseln gegen eine Heilige tauschen.«

»Eine Heilige?«

»Ja. Aber ich kann dir das jetzt nicht im einzelnen erläutern. Die Lage ist jedenfalls alles andere als hoffnungslos. Wir haben durchgeführt, was wir wollten, und alle Maschinen sind zur Basis zurückgekehrt.«

»Ich werde gleich, na, du weißt schon, den Dings im Außenministerium treffen. Was zum Teufel soll ich ihm sagen?«

»Daß wir durchaus hoffen dürfen, bei den Verhandlungen schon bald einen Durchbruch zu erreichen.«

»Das ist nicht sehr erhellend.«

»Nein, aber es ist wahr. Ich bin jedenfalls guten Mutes. Schade, daß das mit Nils Gustaf passiert ist. Er wollte hier einen Zug durch die Gemeinde machen, und deshalb habe ich ihn eilig nach Hause geschickt. Es hat offenbar nichts geholfen, da er unter den Schutz der Säpo geriet. Das habe ich nicht ahnen können. Wenn ich es gewußt hätte, hätte ich ihn hierbehalten.«

»Weißt du, wo er sich befindet?«

»Nein, aber ich vermute, daß er sich bei dem anderen schwedischen Personal befindet, das in der gleichen Lage ist. Sie gehören zum Preis der Gegenseite.«

»Und deine Gegenleistung ist eine Heilige?«

»Ja.«

Samuel Ulfsson seufzte. Jetzt war nicht der richtige Moment, einige sonderbare Formalien wie etwa die Beschaffung von Ausrüstungsgegenständen und anderes zu besprechen. Interne Auseinandersetzungen dieser Art konnten bei offizielleren italienischen Mithörern als dem Gangstermob unangebrachte Heiterkeit erregen. Carls Telefon in Palermo mußte inzwischen das meistabgehörte Italiens sein.

»Sobald ihr einen Durchbruch erzielt oder auf unerwartete Schwierigkeiten stoßt, wünsche ich, daß du mich ins Bild setzt. Im Konsulat gibt es ein Telexgerät. Hast du Codeschlüssel bei dir?«

»Ja. Ich sende einen verschlüsselten Bericht vom Konsulat ab, sobald etwas Entscheidendes geschieht. Darauf hast du mein Wort.«

»Gut. Paß auf dich auf und grüß eventuelle Bekannte«, seufzte Samuel Ulfsson und legte auf. Seine Position vor der Begegnung oben im Außenministerum hatte sich durch das Gespräch nicht entscheidend verbessert. Je mehr er über alles nachdachte, um so klarer wurde sein Eindruck, daß er überhaupt keine Ahnung von dem hatte, womit sich die schwedische Streitmacht unten auf Sizilien beschäftigte. Und dennoch würde er mitteilen, daß die Lage gut sei. Es würde höchst unerfreulich werden.

Carl überlegte eine Zeitlang, für welches von drei notwendigen Telefonaten er sich entscheiden sollte. Ihm war vor allen dreien mulmig, jedoch auf höchst unterschiedliche Weise. Er entschloß sich zu warten und ging zu seinem Nachtlager im Badezimmer, schleifte die Bettwäsche ins Hotelzimmer und richtete sein Bett notdürftig wieder her, damit es so aussah, als hätte er darin geschlafen. Dann begann er, sich langsam zu rasieren. Als er sich im Spiegel sah, tauchten gerade solche Erinnerungen auf, vor denen er Angst hatte. Er sah sich die Schlüssel auf den Flurtisch legen und gehen. Er sah sich auf dem Weg zu seinem geparkten Wagen an Sankt Georg und dem Drachen vorbeigehen, hinten an der Post gegenüber dem Schloß. Ihm wurde kalt. Die Haare an den Armen sträubten sich. Das taten die Bartstoppeln jedoch auch. Unter großer Anstrengung gelang es ihm schließlich, sich ganz auf die Rasur zu konzentrieren und alles andere zu verscheuchen.

Er wählte ein blau-weiß gestreiftes Sommerhemd mit langen Ärmeln, da die kräftigen blauen Flecken auf seiner Haut sonst unnötig auffallen würden. Er räumte im Zimmer auf, obwohl es gar nicht nötig war, kontrollierte Teile seiner Ausrüstung, was ebenfalls überflüssig war, um erst dann das erste Telefonat zu führen.

Sie freute sich erst und wurde dann wütend, weil er so lange nichts von sich hatte hören lassen. Er sagte zum Teil die Wahrheit, daß er nämlich in den letzten vierundzwanzig Stunden kein Telefon habe erreichen können, was sie bestritt und als unmöglich bezeichnete. Er beharrte darauf, und so geriet das Gespräch von Anfang an in eine Schieflage.

»Bei der Arbeit ist es recht trist und einsam«, sagte sie, »denn mag die IBM auch ein amerikanisches Unternehmen sein, das Personal ist schwedisch, und jetzt im Juli läuft alles mit halber Kraft. Mein schwedischer Sprachkurs hält mich fast den halben Tag beschäftigt. Übrigens, können wir nicht in Schweden Urlaub machen, statt weit weg zu fliegen, wie wir es mal vorhatten?«

»Dann sollten wir zumindest in Schweden weit weg fahren«, scherzte er, »an einen Ort, an dem es kein Telefon gibt.«

Da taute sie etwas auf und sagte, sie habe Sehnsucht nach ihm. Er erwiderte, er vermisse sie auch sehr, und sagte, er werde bald wieder zu Hause sein. Der Job auf Sizilien sei meist Routine und Warten, werde aber wohl bald zu Ende sein. Nein, nein, absolut nichts Gefährliches, meist seltsame Verhandlungen. Nein, zu den Details wolle er sich am Telefon nicht äußern.

Nach dem Gespräch fühlte er sich innerlich leer und ausgehöhlt. Er ertappte sich bei der Erklärung, daß er unbewußt nicht damit rechnete, überhaupt nach Hause zu kommen, daß er gelogen hatte, was Tessie ihm vielleicht auch angemerkt hatte.

Dann raffte er sich auf und wählte mit übertrieben kraftvollen und entschlossenen Handbewegungen Don Tommasos Nummer.

Don Tommaso nahm sofort ab, als hätte er gleich neben dem Telefon gesessen.

»Buon giorno, Don Tommaso. Ich hoffe, Sie haben gut geschlafen«, sagte Carl in einem Tonfall, der zeigen sollte, daß dieser Wunsch geheuchelt war.

»Wo sind Sie, Hamilton?« erwiderte Don Tommaso heiser und mit einer Anstrengung, die ihm deutlich anzumerken war.

»Ich bin in meinem Hotel hier in Palermo, wo sonst?« entgegnete Carl, als überraschte ihn die Frage. »Ich bin aber der Meinung, daß wir im Hinblick auf die Entwicklung der jüngsten Zeit jetzt über unseren Handel sprechen sollten«, fügte er etwas geschäftsmäßiger hinzu.

»Was haben Sie zu bieten, was am Telefon gesagt werden könnte?« fragte Don Tommaso, der jetzt gefaßter oder konzentrierter zu sein schien.

»Ich habe eine Heiligenfigur, die sich auf Ihrem Nachttisch hervorragend machen würde, Don Tommaso. Ich habe sie jetzt in der Hand. Sehr schön, Gold und Elfenbein. Santa Rosalia, soviel ich sehen kann.«

»Die würde mich sehr interessieren. Sie dürfte soviel wert sein wie Ihr Leben, Mr. Hamilton«, entgegnete Don Tommaso mit unterdrücktem Zorn.

»Soso, Don Tommaso, diesen drohenden Ton sollten wir jetzt lieber lassen, zumindest am Telefon, denn sonst komme ich zu Ihnen und spiele Ihnen Macbeth vor. Mögen Sie Macbeth?« erwiderte Carl langsam und mit hörbarem Hohn.

»Sie sind ein sehr mutiger Mann, Mr. Hamilton, und auch ein Ehrenmann, das muß ich zugeben. Sie sollten Ihr Glück aber nicht zu sehr auf die Probe stellen. Es gibt auch für Beleidigungen eine Grenze. Ich hoffe, Sie verstehen das.«

»Aber selbstverständlich«, erwiderte Carl und schlug wieder seinen geschäftsmäßigen Ton an. »Wo und wann können wir uns treffen? Haben Sie einen Vorschlag?«

»Wollen Sie zum Lunch zu mir kommen?«

»Wenn ich daran denke, wie mein letzter Besuch bei Ihnen verlaufen ist, würde ich das nicht für sehr passend halten. Und im Hinblick auf den irritierenden Motorradverkehr hier in Palermo hielte ich es ebenfalls nicht für gut. Was halten Sie von einem friedlichen Ort auf dem Land?«

»Gern. Machen Sie mir einen Vorschlag. Ich würde Sie im Moment übrigens auch nicht gern als Gast in meinem Haus begrüßen. Ich fürchte, wir könnten Sie nicht mit der Höflichkeit behandeln, die ein Gast auf Sizilien verdient. Aber was schlagen Sie vor, Mr. Hamilton?«

»Nun«, sagte Carl etwas gedehnt, während er unter seinen Karten wühlte und die Liste mit Vorschlägen betrachtete, die Luigi für ihn gemacht hatte, »wie ich sehe, dürfte Calatafimi nur rund eine halbe Stunde von Ihrem Haus entfernt sein. Wenn man von Westen her nach Calatafimi hineinfährt, liegt da ein leeres Haus. Es liegt hoch oben auf einem Hügel und sieht aus wie ein verfallenes Herrenhaus. Man sieht es schon aus großer Entfernung. Drumherum überall nur Felder, klare Sicht sozusagen. Können Sie mir folgen?«

»Ja, durchaus. Ich weiß, von welchem Haus Sie sprechen. Und?«

»Was halten Sie davon, wenn wir uns in zwei Stunden dort treffen? Ich komme allein und bin bewaffnet. Sie warten im Haus und kommen heraus, wenn ich draußen mit dem Wagen halte. Sie kommen zu mir. Ist das ein guter Vorschlag?«

»Nun ja«, erwiderte Don Tommaso zögernd. Seine Stimme hörte sich endlich völlig normal an. »Es wird verdammt warm. Es scheint mir besser zu sein, Sie kommen ins Haus.«

»Nie im Leben, Don Tommaso. Ich habe nämlich Angst vor Schlangen«, lachte Carl. »Außerdem habe ich mir ein offenherziges und sehr konkretes geschäftliches Gespräch unter vier Augen vorgestellt. Sie wissen, daß ich Ihnen nicht weh tun kann, selbst wenn ich nachts an Ihrem Bett stehe und Ihnen von Ihrem Nachttisch Heiligenfiguren stehle. Bedauerlicherweise habe ich von Ihnen nicht die gleichen Garantien, und deshalb sollten wir Mißverständnisse vermeiden.«

»Dann haben wir eine Abmachung«, sagte Don Tommaso. Es hörte sich fast an, als lachte er leise vor sich hin. »Es ist nicht ganz einfach, mit Ihnen Geschäfte zu machen, Mr. Hamilton. Deswegen hoffe ich, daß wir jetzt ein konkretes Ergebnis erreichen. Der Preis ist inzwischen gestiegen, wie Sie vielleicht wissen.«

»Ja«, entgegnete Carl gemessen. »Das ist mir bekannt. Aber der Preis für Santa Rosalia ist vielleicht auch gestiegen. Wir sehen uns in zwei Stunden.«

Carl empfand fast so etwas wie Bewunderung für Don Tommaso, als er auflegte. Wer wäre in einer entsprechenden Situation ähnlich gefaßt gewesen? Das Aufwachen, als Verdis Macbeth im ganzen Hause dröhnte und der Kopf des Patensohns neben Don Tommaso im Bett lag, mußte der Alptraum schlechthin gewesen sein. Dennoch hörte sich der Mann eher an, als hätte er nur wegen Verdauungsproblemen eine etwas unruhige Nacht gehabt. Carl versuchte sich in Don Tommasos Lage beim Aufwachen zu versetzen, doch seine Phantasie reichte nicht aus.

Das folgende Telefongespräch war bedeutend einfacher. Er konnte gleich zur Sache kommen. Er teilte Oberst Da Piemonte mit, er müsse sich eine andere Unterkunft suchen, da es im Hotel offensichtlich zu unruhig sei. Kurz gesagt gebe es entscheidende Sicherheitsgründe dafür, woanders zu wohnen. Dann lud er sich mehr oder wenige selbst rechtzeitig zum Lunch ins Hauptquartier der Carabinieri ein.

Luigi lag in der Plicht auf dem Boden und schlummerte ein wenig. Nach seiner fast zwei Stunden langen Schwimmtour fror ihn schon lange nicht mehr. Erst bei der Rückkehr von dem Unternehmen gestern nacht war ihnen aufgegangen, daß es nicht gut aussehen würde, wenn Luigi ausgerechnet in der Nacht aus dem Hotel verschwand, in der dort jemand ermordet worden war. Folglich hatte Åke sie in der Morgendämmerung an den Strand gebracht, damit Carl und Luigi ins Hotel zurückkehren konnten. Was Luigi betraf, war es nur eine Fahrt hin und zurück, um zu bezahlen und auszuziehen, nachdem er unten im Speisesaal in demonstrativer Ruhe sein Frühstück eingenommen hatte. Dann hatte er auf Vorschlag Carls darum gebeten, seinen Pick-up in der Hotelgarage stehen lassen zu dürfen, um so klarzumachen, daß er wiederkommen wolle. Dann hatte er einen Wagen gemietet und seine Taucherausrüstung umgeladen, also die zivile Version mit Preßluftflaschen, um dann zur Bucht von Castellammare zurückzukehren. Er hatte den Wagen in der Nähe von Trapetto abgestellt und war dann mit seinem Harpunengewehr und der gesamten Ausrüstung aufgebrochen. Es war noch früh am Morgen gewesen, und er hatte in der Nähe nur wenige Menschen gesehen. Es würde niemandem auffallen, daß dieser Taucher nicht zurückkehrte.

Es war eigentümlicherweise ein wenig erschreckend gewesen, bei Tageslicht und klarer Sicht zu schwimmen. Das rhythmische Fauchen des Ausatmungsventils und der Strom von Luftblasen hinter ihm hatten ihm das Gefühl gegeben, ausgeliefert und verwundbar zu sein. Jetzt konnte man ihn entdecken, womöglich aufspüren, und er war ohne jeden Kontakt zu den beiden anderen. Da er wegen der Strömung unsicher war, war er überdies gezwungen gewesen, zweimal an die Oberfläche zu kommen, um seine Position zu kontrollieren. Und dort draußen, mitten in der Bucht, durfte es natürlich keinen Sporttaucher geben.

Er hatte es kaum geschafft, sich aus eigener Kraft ins Boot zu wuchten. Das Ganze erinnerte ihn vage an eine Art Hell Week unter realen Bedingungen. Sein Körper war immer noch ein wenig kalt, obwohl die Sonnenhitze von einem klaren Himmel brannte.

Åke hatte ebenfalls einen anstrengenden Morgen hinter sich. Kaum hatten die beiden Kameraden ihn verlassen, hatte er mit seiner Jagd auf Tintenfische begonnen, wenn auch weniger begeistert als je zuvor. Doch Carl hatte natürlich recht gehabt. Es war gerade an diesem Morgen besonders wichtig, in den Restaurants im Hafen von Castellammare mit ein paar Tintenfischen aufzukreuzen. Wer auf Tintenfischjagd gewesen war, mußte ja unschuldig sein und konnte zumindest nicht verdächtigt werden, die Nacht oben in Don Tommasos Burg verbracht zu haben.

Carls und Luigis Tarnuniformen hingen zum Trocknen unten

im hinteren Salon. Die gesamte übrige Ausrüstung war weggeräumt.

»Acht plus drei sind elf«, sagte Luigi plötzlich zum Himmel gewandt. Es war, als wären die Worte von selbst gekommen.

»Wie bitte? Dreh jetzt bitte nicht durch«, murmelte Åke Stålhandske schläfrig. »Was zählst du da, Junge?«

»Die, die wir getötet haben«, erwiderte Luigi, der plötzlich hellwach war. »Wenn ich es richtig verstehe, haben wir elf Menschen getötet.«

»Ja, und einen angeschossen«, murmelte Åke Stålhandske, den das Gesprächsthema nicht im mindesten amüsierte.

»Ach ja. Und haben in der Presse dazu aufgefordert, an einem weiteren die Todesstrafe zu vollstrecken. Und wenn ich Carl richtig verstanden habe, hat unser Freund ohne Kopf den anderen auch noch geschafft.«

»Salvatore Carini oder was? Diesen Schlächter von Trapani?«

»Ja, in dem Fall sind es zwölf. Ein Dutzend«, erwiderte Luigi.

Åke Stålhandske gab eine Zeitlang keine Antwort. Die Situation war ungewohnt für ihn. Er war unsicher, ob er die Rolle des beruhigenden und aufmunternden älteren Offiziers ausfüllen konnte. Es konnte schließlich nicht ganz unkompliziert sein, gleich bei der ersten Operation im Feld so etwas zu erleben. Es war ein riesiger Unterschied, ein mentaler Unterschied, ob man all diese Teufeleien theoretisch lernte oder sie in der Praxis ausführte.

»Na ja, wir könnten ja auch so sagen«, begann Åke Stålhandske vorsichtig. »Der Feind hat vier Attacken auf uns ausgeführt, von denen eine erfolgreich war. Wir haben mit drei Angriffen geantwortet, die sämtlich erfolgreich waren. Ihr Ziel ist, die schwedischen Geiseln zu behalten, und wir wollen sie befreien.«

»Und das sollen wir erreichen, indem wir mit immer neuen Morden ihre Reihen lichten«, konterte Luigi.

»Aber ja«, stellte Åke Stålhandske nüchtern fest. »So kann man es vielleicht ausdrücken. Aber du solltest nicht moralisieren. Denk doch nur daran, mit was für Leuten wir es zu tun haben.«

»Genau das tue ich ja. Wir befinden uns in einer Vendetta mit einer sizilianischen Mafia-Cosca und glauben auf unsere nordeuropäische Art, das, was wir tun, hätte Logik, Sinn und Verstand. Wenn wir selbst solche Verlustziffern hätten, zwölf zu eins an Toten sowie vier Gefangene, um die man verhandeln kann, würden wir zu sehr klaren Schlußfolgerungen gelangen. Hier stimmt etwas nicht.«

»Na, und was sagt die italienische Hälfte in dir?« fragte Åke Stålhandske ohne jeden Anflug von Ironie.

»Daß die Logik nicht für eine Vendetta spricht, daß sie einfach nur weitergeht und weitergeht, bis eine Familie die andere ausgelöscht hat. Ist es immer so, wenn man uns zu Aufträgen hinausschickt? Es ist nicht gerade das, was ich erwartet hatte.«

Åke Stålhandske richtete sich auf, streckte sich und gab der Umgebung den Blick auf seinen gewaltigen Körper frei. Er betrachtete Luigi dort unten aus den Augenwinkeln und versuchte, an dessen Gesichtsausdruck etwas abzulesen. Doch Luigi wandte das Gesicht nur der Sonne zu, und sein glattes Gesicht verriet nicht das geringste.

»Nein, es ist durchaus nicht immer so wie jetzt«, bemerkte Åke Stålhandske fast zu sich selbst. »Es ist schon langweiliger, kälter und gefährlicher gewesen, und es hat auf der Gegenseite auch schon höhere Verlustziffern gegeben. Es ist recht abwechslungsreich gewesen, könnte man sagen.«

Luigi richtete sich plötzlich auf und sah seinen vorgesetzten Kollegen forschend an, als wollte er dort nach Spuren von Scherz oder Ironie suchen, fand aber nichts davon.

»Stimmt das? Hast du im Dienst schon mal getötet?« fragte er gespannt.

»Ja«, bestätigte Åke Stålhandske knapp. »Das gilt für alle in unserer Abteilung. Das war auch bei Joar so, den sie in Palermo erschossen haben. Halte bitte den Kopf unten, ja? Ich will nicht, daß man dich sieht.«

»Ja, Verzeihung«, sagte Luigi und zog den Kopf zehn Zentimeter unter die Reling, »aber einfach so auf Wehrlose zu schießen, sich einfach mit einer Präzisionswaffe von Winchester hinzulegen und eine 300er Magnum-Patrone in einen reinzudonnern, der nur dasitzt und raucht ...«

»Ja?« sagte Åke Stålhandske mit einem gespielt fragenden Gesichtsausdruck, als Luigi die Worte auszugehen schienen. »Ich weiß ja nicht, was du erwartet hast, aber in der Wirklichkeit geht es doch nicht um Duellschießen. Der Feind ist ganz einfach böse. Wir müssen noch böser sein. Das ist alles.«

»Das kann doch nicht dein Ernst sein, daß es so einfach ist«, wandte Luigi mürrisch ein. »Es geht doch nicht nur um the good guys gegen the bad guys und survival of the fittest und dieses ganze Zeug.«

»Doch, verstehst du, genau darum geht es«, lächelte Åke Stålhandske, da er in Luigis Worten eine trostreiche Ironie entdeckt zu haben glaubte. »Schweden hat nicht so viele Leute wie uns. Es gibt bei uns nicht viele, die sich gegen Feinde dieses Schlages verteidigen können. Aber Schweden hat uns. Weshalb hat Schweden dich wohl fünf Jahre lang drüben wie einen Ackergaul schuften lassen? Was meinst du? Warum hast du wohl fünfmal die Hell Week gemacht?«

»Damit ich mich als der Beste der Besten fühlen kann und all das. Das habe ich auch getan. Bis jetzt.«

»Hör mal, zum Teufel«, lächelte Åke Stålhandske noch breiter. »Du solltest jetzt nicht gerade da hochsehen, aber wenn ich mir so bei Tageslicht diese Felswand da hinten ansehe? Stell dir vor, ihr seid nachts da hochgeklettert und habt euch in die Höhle des Löwen begeben, sogar in sein Schlafzimmer. Es gibt nicht viele, die euch das nachmachen könnten. Und der Teufel weiß, ob die da oben überhaupt kapiert haben, wie ihr's gemacht habt.«

»Ja, und dann haben wir drei weitere von ihnen getötet, wenn ich Hamiltons etwas knappe Berichterstattung richtig verstanden habe.«

»Ja schon, aber das war nicht das Schwierige, das war doch nur wie ein Spaziergang im Park, wie wir in Ridgecrest gesagt hätten. Schwierig war es, überhaupt da hochzukommen. Stell dir doch selbst mal vor, so aufzuwachen wie dieser Gangsterboß. Im ganzen Haus dröhnt so 'ne verdammte Wagner-Oper, neben dir liegt der Kopf deines Patensohns, die Wachen sind tot, die Türen verschlossen, und die Alarmanlage funktioniert.«

»Nicht Wagner. Es war Verdi«, murmelte Luigi, dessen Gesicht jedoch zugleich die erste Andeutung eines Lächelns zeigte. »Ja, zum Teufel. Vielleicht funktioniert es doch. Es könnte sein. Hamilton soll jetzt einen Vorschlag machen. Wir haben eine Feuerpause. Er wird ihnen einen Vorschlag machen, den sie nicht ablehnen können. Vielleicht klappt's. Aber wenn nicht? Was passiert dann? Was meinst du?«

»Dann müssen wir zu Phase zwei übergehen, wie Carl sagt. Warum nennst du ihn übrigens Hamilton? Wir sind doch hier per du miteinander?«

»Weiß nicht. In Baracke drei gibt es ein kleines Silberschild hinter einem der Betten. Es soll sein altes Bett sein. Es ist immer gemacht und wird nie angerührt. Es ist fast unwirklich, Hamilton kennenzulernen und ihn dann einfach mir nichts, dir nichts Kalle zu nennen. Auf italienisch würden wir uns vermutlich immer noch siezen.«

»O Teufel, haben sie sein Bett zur Erinnerungsstätte gemacht. Diese sentimentalen, blutrünstigen Freunde. Wie kommt es eigentlich, daß du dich so aufs Bergsteigen verstehst?«

»Habe es schon immer getan. Man besiegt sich selbst, man tut das Unmögliche. Mir macht das Spaß. Rock Climbing ist was Besonderes, nämlich ohne Hilfsmittel. Die Nordwand von Monte Cervinia im Winter mit Ausrüstung ist allerdings auch was Besonderes.«

»Monte Cervinia?«

»Ja, das Matterhorn, wie der Berg bei euch Nordlandbewohnern und den Deutschen heißt.«

»Teufel auch. Du hast die Nordwand des Matterhorns im Winter besiegt? Da gibt es doch Vorsprünge, habe ich nicht recht?«

»Ja, aber das hatten wir gestern abend auch, wenn auch nur einen kleineren.«

Beide lachten gleichzeitig los. Sie hatten das Gefühl, als wären die düsteren Wolken der Grübelei wie weggeblasen.

»Teufel auch«, lachte Åke Stålhandske. »Die Nordwand des Matterhorns im Winter. Und dann bist du natürlich auch Fallschirmjäger geworden. Weißt du, wir waren erst ein wenig mißtrauisch deswegen.«

»Wieso?« fragte Luigi und spielte den tief Beleidigten. »Muß man denn hier eine grüne Baskenmütze haben, muß man von diesem Froschkommando kommen?«

»Nein, nicht unbedingt. Carl ist ja Marineoffizier, aber vor dir gehörten alle in der Abteilung der Marine an, und jetzt sollte plötzlich jemand in so einer grünen Uniform dazukommen. Aber du bist schon in Ordnung, kannst zwar nicht sehr gut schwimmen, aber sonst in Ordnung.«

»Und ich dachte, ich wäre auch ein erstklassiger Schwimmer«, erklärte Luigi aufrichtig und fast etwas bekümmert, »aber hier fühle ich mich fast wie ein Transportsack, wenn ich hinter euch herstrampele. Wie zum Teufel schafft ihr es eigentlich, immer genau an der richtigen Stelle zu landen?«

»Weil es unser Job ist«, erwiderte Åke Stålhandske grimmig. »In diesem Job müssen wir immer genau das Ziel erreichen, sonst gibt es einen Gehaltsabzug.«

Beide lachten erneut los.

»Was für ein Mensch ist Carl eigentlich?« fragte Luigi, nachdem beide schweigend die Frage der grünen und blauen Uniformen zu Ende gedacht hatten.

»Wieso? Was meinst du mit *eigentlich*?« fragte Åke Stålhandske. Er machte ein Gesicht, als hätte er die Frage überhaupt nicht verstanden.

»Also, ich meine ...«, begann Luigi, bevor er erneut Anlauf nahm, »ich meine, er hat so etwas maschinenmäßig Unmenschliches an sich. Er beschreibt eine Operation und schildert die Details, als ginge es um irgendeine Übung, lächelt nicht, sagt kein Wort zuviel. Nicht der kleinste Scherz, und er verrät mit keiner Miene, daß das, wovon er spricht, einen Schwierigkeitsgrad hat, der sich dem Unmöglichen nähert. Und hinterher fassen wir nur kurz das Ergebnis zusammen, als hätten wir gerade ein Zielschießen beendet, und dann ist die Sache aus der Welt. Du mußt doch zugeben, daß das ein bißchen eigenartig ist?«

»Eigenartig?« wiederholte Åke Stalhandske und überlegte kurz, bevor er sich an eine Art Erklärung heranwagte. »Wenn du glaubst, für dein Herumklettern und dein gutes Schießen und anderes nicht genug gelobt zu werden, dann liegt es wohl daran, daß Carl an uns genauso harte Anforderungen stellt wie an sich selbst. Du darfst nicht glauben, daß er dich nicht schätzt, denn das tut er. Dieses Unternehmen gestern war ja die reine Zirkusnummer. Vielleicht ist er aber gerade draußen auf dem Feld anders. Ich habe nicht sehr darüber nachgedacht, da wir uns so gut kennen. Aber jetzt sind wir im Einsatz, und dann wird es eben so. Zu Hause können wir saufen und uns ausquatschen und so sein wie andere Menschen auch, wie ich hoffe, und er ist es dann auch. Aber nicht jetzt. Nicht im Einsatz. Unser Ziel besteht ja einfach nur darin zu gewinnen. Nichts darf schiefgehen. Wir müssen gewinnen, und Carl hat die Verantwortung. Das ist doch gar nicht so schwer zu verstehen?«

»Nein, vielleicht nicht«, seufzte Luigi. »Aber ich freue mich schon jetzt darauf, irgendwann in den Schären Würstchen zu grillen, damit wir etwas wirklicher werden.«

»*Menschlicher*, meinst du«, korrigierte Åke Stålhandske.

»Ja, vermutlich etwas in der Richtung«, gab Luigi zu.

»Mach dir deswegen keine Sorgen. Sieh nur zu, daß wir gewinnen, dann können wir hinterher bestimmt Würstchen grillen oder Spaghetti essen oder vielleicht sogar einen dieser verdammten Tintenfische«, brummte Åke Stålhandske, als wären Tintenfische plötzlich zu einem alles überschattenden Problem geworden. »Ich werde diese kleinen schwarzen Monster bald hassen«, fügte er nach einer kleinen Pause düster hinzu.

Es gab tatsächlich keine Stelle, an der man sich verstecken konnte. Carl stellte schnell fest, daß alles mit Luigis Beschreibung übereinstimmte. Die Landschaft war baumlos. Weiche wogende Hügel wie in manchen Teilen Skånes, aber die Ernte war eingebracht, so daß Kilometer um Kilometer nur noch braune, ausgedörrte Stoppeln zu sehen waren. Die Villa oder vielmehr das, was einmal eine prachtvolle Villa gewesen sein mußte, lag hoch oben auf einem Hügel und war schon aus mehreren Kilometern Entfernung zu sehen.

Carl fuhr das letzte Stück zu der Villa langsam weiter, aber es schien noch immer alles perfekt zu sein. Von der Straße verlief eine zur Hälfte eingestürzte Steinmauer zur Villa, aber sie war so niedrig, daß er trotzdem freies Blickfeld hatte. Oben an der Villa stand ein schwarzer Lancia.

Carl bog auf den holperigen Weg zur Villa ein und hielt gut hundert Meter vor dem Haus, blinkte mit den Scheinwerfern und stieg aus. Er hatte diesen Parkplatz aus einem einfachen Grund gewählt: Dort stand neben der Mauer eine Bank, und wenn man sich darauf setzte, war man gegen gezieltes Feuer aus jedem denkbaren Schußwinkel von der Villa her geschützt. Carl stieg schnell aus und setzte sich.

Don Tommaso kam nach einigen Minuten näher. Er schien es nicht eilig zu haben.

Er hatte einen weiten weißen Leinenanzug an, der wie Segeltuch an seinem massigen Körper saß, trug einen Stock und einen breitkrempigen weißen Hut zum Schutz vor der Sonne. Auf halbem Weg zu Carl blieb er stehen, zog ein großes weißes Taschentuch hervor und wischte sich das Gesicht; das konnte ebensogut ein Signal sein wie Ausdruck des einfachen Wunsches, nicht völlig verschwitzt bei Carl anzukommen.

Nebenan weideten einige Schafe, und da fiel Carl eine Passage aus der Odyssee ein, in der Schafe als Schutz vor dem Feind dienen. Als Don Tommaso näherkam, hielt Carl seine Pistole hoch und zeigte sie wie einen Ausweis. Dann steckte er sie wieder ins Schulterholster. Don Tommaso nickte kurz zum Zeichen, daß er gesehen und verstanden hatte.

»Entschuldigen Sie, daß ich nicht aufstehe, Don Tommaso, aber ich möchte jetzt ungern den Kopf hochhalten«, begrüßte ihn Carl, als der große, keuchende, massige Mann in Hörweite kam. Don Tommaso wartete mit der Antwort, bis er angekommen war und sich schwer neben Carl auf die Steinbank gesetzt hatte.

»Sie sind ein sehr mutiger Mann, Comandante, und scheinen außerdem nichts gegen die Hitze zu haben«, begann Don Tommaso und wischte sich erneut mit dem Taschentuch das Gesicht.

Carl suchte ihn verstohlen nach versteckten Waffen ab. Es gab jedoch mehr Möglichkeiten, als er auf einigermaßen höfliche Weise würde prüfen können, und so beschloß er, darauf zu verzichten, sich dafür aber außer Reichweite zu halten.

»Hitze und Dunkelheit sind ein Schutz, wenn man besser damit fertig wird als der Feind«, entgegnete Carl trocken. Er zog die kleine Heiligenfigur aus der Jackentasche und überreichte sie. »Als Zeichen meines guten Willens«, erklärte er.

Don Tommaso nahm die kleine Figur entgegen, als wäre sie brüchig, betrachtete sie nachdenklich und streichelte sie, bevor er sie vorsichtig neben sich auf die Bank stellte, als wollte er ihr um keinen Preis mangelnde Ehrerbietung erweisen.

»Sie ist meine Schutzheilige. Ohne sie wäre ich verdammt, verloren und bald tot«, erklärte Don Tommaso mit einem schiefen Lächeln, das mehrere Deutungen zuließ. »Ich weiß Ihre Geste wirklich zu schätzen, Comandante. Auch sie zeigt, daß Sie ein richtiger Mann sind. Haben Sie sie selbst an sich genommen?«

»Ja«, erwiderte Carl leise, als hätte er sich Don Tommasos Heiligenanbetung angeschlossen. »Ich habe heute nacht an Ihrem Bett gestanden.«

Don Tommaso nickte nachdenklich, nahm die Figur in die Hand und streichelte sie, als wollte er damit die Bedeutung ihrer Rückkehr noch mehr unterstreichen.

»Verzeihen Sie, falls ich Ihnen pedantisch vorkomme, Comandante, aber ich möchte zunächst gern auf ein paar Formalien eingehen.«

»Natürlich, gern, Don Tommaso«, erwiderte Carl verbindlich.

»Wie Sie verstehen, habe ich Grund gehabt, dieses Treffen mit einigen mir nahestehenden Personen zu besprechen. Die haben keine große Begeisterung an den Tag gelegt. Man hat mich gewarnt, nicht nur vor Ihrer Gefährlichkeit, Comandante, sondern auch vor bestimmten technischen Geräten, Mikrophonen und derlei. Ich glaube zwar nicht, daß Sie die Polizei in unsere Auseinandersetzung hereinziehen wollen, aber wissen kann man so etwas ja nie. Wie lösen wir das Problem? Denn Sie wollen sicher nicht, daß wir uns beide nackt ausziehen?«

»Nein, das würde ich höchst unpassend finden«, sagte Carl mit einem feinen Lächeln und mehr aus Bewunderung vor Don Tommasos gefaßter Geistesverfassung als vor seiner Ironie und komischen Untertreibung des Problems. »Wenn ich aber sofort ein paar Verbrechen eingestehe, könnten wir das Risiko heimlich lauschender Polizisten ausschließen, geben Sie mir da recht?«

»Es kommt drauf an, was für Verbrechen«, schnaufte Don Tommaso und wischte sich erneut das Gesicht und den Nacken.

»Dann lassen Sie mich laut und deutlich folgendes sagen«, fuhr Carl fort und warf gleichzeitig einen Blick auf die leere Villa, in der weder Wachposten noch Heckenschützen zu sehen waren. »Lassen Sie mich folgendes sagen. Ich bin es gewesen, der den Kopf Ihres Patensohns heute nacht in Ihr Bett gelegt hat. Ich bin es gewesen, der dem Wachposten oben auf der Terrasse den Hals durchschnitten hat. Ich bin es gewesen, der die beiden anderen Männer erschossen hat, einen mit zwei Schuß in den Rücken, einen in Brust und Herz, ebenfalls mit zwei Schuß. Ich habe die Musik ausgewählt, also diese Macbeth-Oper von Verdi. Etwas Passenderes konnte ich nicht finden. Nun. Wie man die Sache auch dreht und wendet, kann ich wohl kaum für etwas die Verantwortung übernehmen, was unsere Freunde, die Hüter des Gesetzes und ihre Staatsanwälte, als verbrecherisch ansehen müssen. Folglich kann es nicht sein, daß wir abgehört werden. Sofern Sie dieses Gespräch nicht selbst mitschneiden lassen, um das Band der Polizei zu übergeben.«

»Das wäre in meinen Augen höchst unpassend und vor allem respektlos«, grunzte Don Tommaso und ließ dabei ein schnelles Lächeln ahnen. »Ich akzeptiere also Ihre Versicherung. Wir haben somit keine Mithörer.«

»Sehr schön. Dann möchte ich Ihnen unseren Vorschlag unterbreiten«, sagte Carl und breitete die Arme aus, als wollte er einen Tisch decken.

»Lassen Sie hören«, erwiderte Don Tommaso und stützte das Kinn auf die Hände, die auf seinem Stock ruhten. Er blickte starr geradeaus und sah Carl dabei nicht an.

»Sie erhalten Ihre Madonna zurück. Das ist schon geschehen. Ich schenke Ihnen das Leben, Don Tommaso, obwohl Sie meinen besten Freund getötet haben. Ihnen bleiben weitere Verluste erspart. Bisher haben Sie einen angemessenen Preis bezahlen müssen, aber wir können ihn für Sie auch unerträglich hoch machen. Wenn wir unsere vier Schweden nicht zurückerhalten.«

»Und wenn wir nicht auf Ihren Vorschlag eingehen?« sagte Don Tommaso, ohne mit seiner Stimme auch nur eine Andeutung von Begeisterung, Ablehnung oder einem anderen Gefühl zu zeigen.

»Dann werden wir den Krieg gegen Sie eskalieren lassen. Denken Sie nach, Don Tommaso. Überlegen Sie, daß Sie bisher nur den Anfang erlebt haben. Sie wissen nicht, wie viele wir sind, und Sie wissen auch nicht, wo Sie uns finden können. Sie wissen nur eins: daß die hiesigen Behörden uns gewähren lassen und daß wir in Ihr Schlafzimmer eindringen können, wenn wir wollen. Wir können zu jeder Zeit jedes beliebige Mitglied Ihrer Cosca töten.

Wir können es tun, wenn Sie es am wenigsten ahnen. Wir können es aus großer Entfernung oder aus der Nähe tun. Sie können nur eins tun: mich jagen. Doch nach diesem Gespräch werde ich aufhören, für Sie die lebende Zielscheibe zu spielen. Wie ich es sehe, haben Sie kaum eine Wahl, Don Tommaso. Zumindest dann nicht, wenn Sie sich eher von der Vernunft als von Gefühlen lenken lassen.«

»Sind Sie fertig, Comandante?« fragte Don Tommaso in dem gleichen völlig neutralen Tonfall wie zuvor.

»Ja«, entgegnete Carl, der sich anstrengen mußte, überzeugend zu klingen. »Das ist mein Vorschlag.«

Don Tommaso schnaufte vor Anstrengung, als er sich von seiner Ruhestellung auf dem Stock erhob und sich langsam zu Carl umdrehte. Er sah Carl forschend in die Augen, als wollte er sich vergewissern, daß dort nicht mehr zu sehen war, als er gehört hatte.

»Und wenn wir die Geiseln töten?« fragte er sanft. »Wenn wir die Sache vernünftig betrachten, genau wie Sie vorschlagen, Comandante, könnte man ja etwa folgendes sagen. Das Ganze ist schon zu weit gegangen. Es hat schon zuviel Publizität und Aufregung gegeben, und damit ist das Geschäft unmöglich geworden. Wenn diese verfluchten Raketen von Schweden nach Italien geschickt werden sollen, werden sie bewacht wie die Kronjuwelen und so weiter. Und dann? Wir haben das Geschäft folglich verloren, nicht wahr? Was wäre da logischer, als alles zu beenden, die Geiseln zu vergessen, sie dem weißen Tod zu überantworten? Stellen Sie sich doch nur vor, wie beschwerlich das alles noch wird, Austausch, Übergabe und all das. Also ...?«

Don Tommaso endete, indem er die Arme zu einer fragenden Geste ausbreitete. Carl entschloß sich, den gleichen Gesprächston zu wahren, den er von Anfang an beim Umgang mit Don Tommaso angeschlagen hatte. Er durfte keinen Schritt vor ihm zurückweichen. Schon das wäre eine Niederlage.

»Sie können die Geiseln natürlich töten. Sie befinden sich in Ihrer Gewalt. Es wird Ihnen keine Mühe machen, sie umzubringen, und es ist ebenfalls wahr, daß Sie sich damit eine Menge Ärger ersparen könnten«, begann er und machte dann eine kurze Kunstpause. »Dann aber, Don Tommaso, das schwöre ich Ihnen, wird der Preis steigen. Dann werden Sie nicht mit drei, sondern vier Ihrer eigenen Leute für jeden Schweden bezahlen müssen. Wir sind nicht die Polizei und arbeiten nicht wie Polizisten. Das dürfte Ihnen inzwischen klar geworden sein. Und noch etwas: Beim nächsten Mal werden wir näher an Ihre Familie herangehen, falls es notwendig sein sollte. Bisher haben wir Ihre engste Familie geschont, Don Tommaso. Wir haben Ihnen einen gewissen Respekt entgegengebracht, aber auch das kann einmal zu Ende gehen.«

»Sie haben meinen Patensohn getötet und sowohl ihn als auch mich respektlos behandelt. Das müssen Sie doch zugeben, Comandante«, entgegnete Don Tommaso schnell und mit deutlich spürbarem unterdrücktem Zorn.

»Aber lieber Don Tommaso!« rief Carl aus, als zeigte er sich plötzlich bestürzt. »Sie haben ihn doch mit dem Befehl losgeschickt, mich in meinem eigenem Bett in die Luft zu sprengen! Was erwarten Sie dann von mir? Wie soll ein Mann eine solche Beleidigung einfach hinnehmen? Dafür mache ich Sie verantwortlich. Und daß ich ihn in dem Zustand zu Ihnen zurückbrachte, den Sie kennen, hatte wirklich nur einen Grund: Sie sollten verstehen, daß ich es ernst meinte, als ich Ihnen sagte, wir könnten Sie jederzeit und überall erreichen.«

»Sehr pädagogisch gedacht, aber vielleicht nicht sehr taktvoll. Darf ich übrigens fragen, wie Sie ins Haus gekommen sind?«

»Diese Frage ist taktlos, Don Tommaso. Aber denken Sie daran, daß sich der Verrat ständig in Ihrer Nähe befindet. Vergessen Sie es nicht. Denken Sie beispielsweise an diesen Salvatore Carini.«

»Der wird niemanden mehr verraten«, fauchte Don Tommaso gereizt.

»Nein«, seufzte Carl. »Ich habe ihm vorgeschlagen, er sollte sich unserem Schutz unterstellen, aber das wollte er nicht. Nun ja, mit dem Unverstand der Menschen müssen wir uns abfinden. Dieser schwedische Oberst, den Sie in Rom haben abholen lassen, schlug vor, wir sollten gemeinsam ausgehen und Palermo bei Nacht erleben, ein paar angenehme Restaurants besuchen und derlei.«

»Heilige Mutter Gottes!« brach es aus Don Tommaso hervor.

Plötzlich erschien ein amüsiertes Glitzern in seinen Augen. »Er wollte in Palermo ausgehen, obwohl unser Krieg gerade voll entbrannt ist? Nun, es freut mich jedenfalls, daß nicht alle auf Ihrer Seite Ihr Kaliber haben.«

»Er gehörte nicht zu unserer operativen Streitmacht hier. Er war nur ein Bote, ein Laufbursche«, erklärte Carl mit gerunzelter Stirn, als gefiele es ihm nicht, die schwedische Fahne beleidigt zu sehen. »So, jetzt sollten wir mit dieser Angelegenheit aber allmählich zum Schuß kommen. Was halten Sie von meinem Vorschlag, Don Tommaso? Geld, Abfertigungsgebühren, über derlei können wir natürlich auch diskutieren.«

Der Mafia-Boß beugte sich erneut vor, stützte das Kinn auf die Hände und den Stock und schwieg mehr als eine Minute nachdenklich, bevor er etwas sagte. Carl sah keinen Anlaß zu drängen. Er war der Meinung, alles gesagt zu haben, was möglich war, und war sicher, daß es keinerlei Mißverständnis geben und daß nichts als leere Drohung erscheinen konnte. Obwohl es natürlich eine leere Drohung war: Im selben Moment, in dem die Geiseln getötet würden und dies allgemein bekannt wurde, würde die schwedische Streitmacht mit blitzartiger Geschwindigkeit nach Hause beordert werden.

Schließlich richtete Don Tommaso sich schnaufend auf und wandte sich erneut zu Carl um. Er sah seinem Feind forschend in die Augen, forschend und zugleich fast freundlich.

»Sagen Sie, Comandante«, begann er weich. »Hätten Sie gern diesen Picciotto, der Ihren Freund getötet hat? Falls ja, schenke ich ihn Ihnen mehr als gern. Gern auf die gleiche Weise, wie Sie mir meinen Patensohn zurückgegeben haben.«

»An und für sich«, begann Carl etwas unsicher, bevor er sich zusammennahm, um den Vorschlag zu bewerten, als handelte es sich um eine beliebiges Geschäft, »an und für sich hätte ich gar nichts dagegen. Doch nicht um den Preis unserer vier Schweden.«

»Das wäre es dann wohl«, sagte Don Tommaso und erhob sich schwer. Er gab Carl durch ein Zeichen zu verstehen, dieser solle im Schutz der Steinmauer sitzen bleiben. »Ich würde mir wünschen – wie die Amerikaner sagen –, daß es angenehm wäre, mit Ihnen Geschäfte zu machen, Mr. Hamilton. Aber diese Sache ist nicht einfach, das ist sie wirklich nicht. Ehrlich gesagt, und ich hoffe jetzt wirklich, daß Sie mir glauben, sieht es so aus: Wenn ich allein Herr über unsere Entschlüsse wäre, würde ich es für klug und weise halten, das Kriegsbeil jetzt zu begraben und die Madonna gegen Ihre vier Schweden auszutauschen, ob nun mit oder ohne Abfertigungsgebühr. Ich habe jedoch noch andere zu überzeugen, junge Heißsporne, natürlich, obwohl die nicht das Hauptproblem sind, und dann noch ein paar gerissene Geschäftsleute. Wir sind ein Großunternehmen, und ich bin nur der Chef der hiesigen Niederlassung. Ich habe eine Konzernführung zu überzeugen und noch einige andere. Sie erhalten in vierundzwanzig Stunden Nachricht. Rufen Sie mich dann bitte an. Am Telefon können wir uns dann kurz verständigen.«

Er drehte sich um, um Carl die Hand zu geben, und dieser mußte schnell seinen natürlichen Impuls unterdrücken, sie zu nehmen. Er schüttelte lächelnd den Kopf.

»Ein Handschlag kann giftig sein, giftig und tödlich, Don Tommaso. Wir sollten damit warten, bis unser Geschäft abgeschlossen ist.«

Don Tommaso senkte erstaunt seine ausgestreckte Hand und schüttelte dann leise lächelnd den Kopf.

»Sie sind ein sehr bemerkenswerter Mann, Comandante. Sehr bemerkenswert. Schade, daß wir nicht zusammenarbeiten. Ich muß gestehen, daß ich Sie mag. Sie hätten Sizilianer sein sollen.«

Er begann langsam und keuchend zu seinem wartenden Wagen hinaufzugehen, während Carl ihm nachdenklich nachsah. Nach ein paar Metern drehte sich Don Tommaso wieder um, trocknete sich erneut mit seinem großen weißen Taschentuch, so daß Carl unbewußt den Kopf senkte, da es diesmal wie ein Signal aussah. Dann lächelte der Sizilianer breit und hob die Arme in einer Geste, die auf Ironie oder Unergründlichkeit des Lebens abzielen sollte.

»Diese letzte Geste sollte ein Kompliment sein. Es ist wirklich schade, daß Sie kein geborener Sizilianer sind, Hamilton«, rief er, schüttelte erneut den Kopf und drehte sich um, um seinen mühsamen Weg zur Villa und den versteckten Leibwächtern fortzusetzen.

Carl ertappte sich erneut dabei, den Gangsterboß fast zu bewundern. Es war unbegreiflich, wie jemand so gefaßt und mit solcher Sicherheit und einer so seltsamen Würde auftreten konnte, nachdem er eine solche Nacht und ein solches Aufwachen hinter sich hatte.

Åke Malm hatte der Heimatredaktion in Stockholm mit Erfolg getrotzt. Kaum war am vorhergehenden Abend die Entführung in Rom bekannt geworden, hatte man ihn angerufen und erregt erklärt, was Schweden betreffe, werde in Rom die Musik gemacht, und er solle sich sofort dorthin begeben. Zunächst redete er sich damit heraus, die letzte Maschine nach Rom sei schon weg, und zweitens bat er, man möge ihm den Namen des entführten schwedischen Obersten wiederholen. Dann legte er auf.

Es war zwecklos, nach Rom zu fliegen. Dort gab es nicht mehr zu sehen als das Restaurant, in dem die Entführung stattgefunden hatte. Und Berichte über den Tatort sowie die selbstverständlichen Personalinterviews würden ohnehin über die Nachrichtenagenturen in alle Welt gehen, da schwedische Entführungen in der letzten Zeit an den internationalen Nachrichtenbörsen immer höher gehandelt wurden.

Aber das, was in hohem Maße zu dieser Entführung beigetragen hatte, befand sich hier in Palermo, nämlich in Gestalt eines Fregattenkapitäns, den man zumindest in Italien mit Björn Borg vergleichen konnte.

So rief Åke Malm pflichtschuldigst den Diensthabenden in der schwedischen Botschaft in Rom an, um etwas ausführlicher zu erfahren, was Oberst Sandgren vor seiner Entführung getan oder nicht getan hatte. Wie erwartet, erhielt er auf keine seiner Fragen eine aussagefähige Antwort. Bis er fragte, woher Sandgren angereist sei, da er in Rom ja offensichtlich nur nebenbei akkreditiert war.

Aus Palermo, lautete die Antwort, als wäre diese Auskunft nur eine triviale Kleinigkeit und alles andere als ein Geheimnis.

Åke Malm bedankte sich schnell für den Bescheid und legte auf. In den folgenden Augenblicken ließ er sich mehr von seinem journalistischen Instinkt als von logischen Überlegungen leiten, als er den Empfang anwählte und fragte, ob man ihn mit dem schwedischen Oberst Nils Gustaf Sandgren verbinden könne. Er habe die Zimmernummer vergessen.

Er erhielt die Auskunft, Colonnello Sandgren habe offenbar in einer eiligen Angelegenheit abreisen müssen, denn er habe das Hotel schon gestern verlassen.

Bingo, dachte Åke Malm, dem sofort und gleichzeitig viele Fragen einfielen. Er fühlte sich wie ein blitzschnell aufgeblasener und fast abhebender Wasserstoffgasballon. Ein schwedischer Militär. Befand sich in Palermo. Im selben Hotel wie Hamilton. Eilige Abreise nach Rom. Entführt und verschwunden.

Rom war nicht der Ort, wo die Forsetzung zu erwarten war. Dorthin konnten die Kollegen fliegen, je schneller, um so besser.

Der im Grunde selbstverständliche Entschluß hatte im Verlauf des Morgens und der frühen Nachmittagsstunden gute und reichliche Frucht getragen. Erstens hatte man den »Schlächter von Trapani«, einen der berüchtigtsten Berufskiller Siziliens, unten im Hafen im Kofferraum eines Wagens gefunden. Die Leiche wies einige sehr sizilianische Charakteristika auf. Man hatte ihn mit seiner eigenen Pistole erschossen, die man ihm überdies in die Tasche gesteckt hatte. Man hatte ihn gefoltert, seine Geschlechtsteile auf traditionelle Weise abgeschnitten und ihm in den Mund gestopft. Die Fotos waren großartig, doch es war sehr fraglich, ob man solche Bilder zu Hause in Schweden bringen konnte. Auch in Italien war man ein wenig etepetete, was Geschlechtsteile im Mund von Leichen anging, doch ein Mann wie Salvatore Carini hatte bei seinen Nachrufen keinen Respekt zu erwarten.

Der Mann, den offenbar Hamilton denunziert hatte, hatte also die traditionelle Strafe des Verräters erhalten. Wenn Hamilton aber über derart detaillierte Informationen verfügte, mußte dies auch bedeuten, daß er über das, was jetzt im Gange war, genauestens Bescheid wußte. Und da Hamilton sich kaum in Palermo aufhielt, um einen Urlaub zu genießen oder sich gar in irgendwelche sizilianische Gangsterfehden einzumischen, mußte es eine Verbindung zu den Entführungen der Schweden geben. »Die Spannung steigt«, kicherte Åke Malm auf dem Rückweg von der Fotoagentur zum Hotel. Man weiß zwar nicht genau, was passiert, ahnt aber, daß es etwas Großes ist, dachte Åke Malm.

Und schon am Hoteleingang wurde alles noch rätselhafter. Am Hotel war die Hölle los. Überall blitzendes Blaulicht, und die ganze Straße war von Polizeiwagen und Carabinieri abgeriegelt. Er mußte sich zwischen Doppelreihen von Wachposten hindurchdrängen, indem er versicherte , er wohne im Hotel. In der Halle wimmelte es von Uniformen. Er wandte sich schnell an den Empfang und fragte, was geschehen sei, und erhielt die fast resignierte Antwort, man habe schon wieder eine Leiche gefunden, nämlich im vierten Stock. Auch diesmal ein Gangster, der auf rätselhafte Weise ermordet worden sei.

Während er den Portier auszuquetschen versuchte, kam Carl Hamilton mit ein paar Reisetaschen in den Händen die Treppe herunter. Er war von Carabinieri mit Maschinenpistolen in den Händen umgeben. Hamilton schien das recht gelassen hinzunehmen und schlenderte zum Empfang. Er nickte Åke Malm erstaunt zu und bat um seine Rechnung.

»Willst du Palermo verlassen? Weißt du etwas über die neuen Morde?« fragte Åke Malm so eifrig, daß er fast über die schwedischen Wörter stolperte. Die Umgebung sah der unbegreiflichen Unterhaltung erstaunt und mißbilligend zu, als Carl ironisch und fast aufreizend sagte, er habe keineswegs die Absicht, Palermo zu verlassen. Im Hotel sei es ihm jedoch allmählich zu unruhig. Es gebe zu viele Leichen und zu wenig Schlaf.

»Weißt du etwas über den neuen Mord?« beharrte Åke Malm und schaltete sein kleines Tonbandgerät ein.

»Natürlich nicht«, erwiderte Carl und blickte demonstrativ feindselig auf das Aufnahmegerät. »Wie soll ich auseinanderhalten können, welche Mafiosi sich gegenseitig umbringen, statt mich zu töten. Man darf schon dankbar sein, daß sie sich untereinander so sehr streiten, daß sie nie zum Schuß kommen.«

»Du glaubst also, daß sie schon wieder hinter dir her gewesen sind?« folgerte Åke Malm.

»Nein, das glaube ich nicht. Ich weiß es. Aber es ist ihnen auch diesmal wieder nicht gelungen, aber ich kann natürlich nicht sagen, weshalb.«

»Werden die schwedischen Geiseln gerettet werden können?« versuchte Åke Malm desperat, als Carl gerade seine unterschriebene Hotelrechnung zurückerhielt und sich offenbar bereit machte, mit seiner Eskorte zu gehen.

»Das hoffe ich«, lächelte Carl und war im nächsten Augenblick inmitten einer Horde schwarzer Uniformen mit roten Revers fast schon durch die Hoteltür verschwunden.

In den folgenden Stunden lief für Åke Malm alles wie am Schnürchen. Er war als einziger schwedischer Journalist in Palermo, da die Konkurrenten, die gestern eingeflogen worden waren, sofort nach Rom gereist waren, um einen Restaurantbesitzer zu interviewen, der natürlich nichts von einem entführten schwedischen Obersten wissen würde.

Und er wurde von der palermitanischen Kriminalpolizei gut und fast übertrieben höflich behandelt, da deren Beamte ebenso wie die meisten anderen Menschen in Italien sich von seinen italienischen Sprachkenntnissen entzückt zeigten.

Insgesamt also keine schlechten Nachrichten. In dem Hotelzimmer im vierten Stock, in dem man nur einen Ermordeten gefunden hatte, hatten sich zwei Personen aufgehalten. Beide waren inzwischen identifiziert worden, da manche Dinge zwischen Palermo und New York blitzschnell geklärt werden konnten. Beide hatten einer der etabliertesten Mafia-Familien in New York angehört, die Geschäftsbeziehungen zu einem gewissen Don Tommaso unterhielt, der in der Nähe von Castellammare del Golfo wohnte.

Der eine von ihnen war also in seinem Hotelzimmer ermordet aufgefunden worden. Der Täter hatte ihn übrigens mit einer schwer begreiflichen artistischen Mordmethode umgebracht, die nicht als typisch sizilianisch gelten konnte.

Der zweite Mann war im Hafen vor Castellammare del Golfo angetrieben worden, also nicht weit von Don Tommasos Residenz entfernt. Ihm hatte der Kopf gefehlt, was schon sizilianischer wirkte. Doch der Grund, weshalb man ihn so schnell hatte identifizieren können, war einfach: Der Hotelzimmerschlüssel steckte noch in seiner Jackentasche.

Es sah also aus wie eine Vendetta zwischen zwei Mafia-Familien, zwischen Don Tommasos Cosca in Castellammare und Gaetano Mazzaras Bande aus Palermo. Es hatte den Anschein, als hätte inzwischen jede Seite zwei Morde zu verbuchen, womit sich die spannende Frage ergab, ob es damit aufhören würde oder ob ein neuer Gangsterkrieg bevorstand. Soviel man wußte, waren gerade die Verbindungen zwischen Mazzara und Don Tommaso bis jetzt sehr gut gewesen. Man hatte sie als Verbündete angesehen, als mögliche Gegenkraft zu den Corleonesen. Doch jetzt war alles möglich. Und ein Mafia-Krieg war etwas ganz Besonderes. Die Polizei brauchte sich nur zurückzulehnen, die Arme auf der Brust zu verschränken und zuzusehen, wie das Ungeziefer sich selbst vernichtete. Im besten Fall konnte es so werden wie vor zehn Jahren, als vierhundert Mafiosi in die ewigen Jagdgründe eingingen, bevor sich der Pulverdampf verzog. Die italienischen Kriminalbeamten schienen angesichts einer solchen Aussicht fast aus dem Häuschen zu sein. Vielleicht war dies auch der Grund dafür, weshalb sie bei Gesprächen mit dem bislang einzigen anwesenden schwedischen Journalisten so hilfsbereit und redselig waren.

Åke Malms großes, alles überschattendes Problem war der Versuch, das zu erhalten, was Journalisten einen schwedischen Blickwinkel nennen. Denn irgendwo inmitten all dieser Turbulenz befand sich ein schwedischer Berufskiller, der sich wahrlich nicht zufällig in Palermo aufhielt und der im übrigen persönlich mindestens zwei der bisher sieben gefallenen Mafiosi erschossen hatte.

Außerdem mußte Hamilton irgendwie mit den schwedischen Entführungen zu tun haben. Und diese Entführungen mußten etwas mit dem beginnenden Mafia-Krieg zu tun haben.

Im Augenblick war nur eins selbstverständlich. Palermo war der richtige Ort, nicht Rom. Und überdies schien es gerade erst angefangen zu haben. Die Frage war jetzt, wohin die Carabinieri Hamilton gebracht hatten?

Carl hatte darauf bestanden, irgendwo in der Stadt zu essen. Erstens war er wirklich an der Reihe, die Gastfreundschaft zu erwidern, zweitens herrschte jetzt vermutlich so etwas wie Waffenruhe, und drittens mußte Flagge gezeigt werden.

Oberst Da Piemonte ließ sich widerwillig überreden. Das dritte Argument überzeugte ihn am meisten, und sie zeigten wirklich reell Flagge, als sie zu dem Restaurant fuhren, das Carl vorgeschlagen hatte. Das Lo Scudiero lag in einer Querstraße neben dem Massimo-Theater. Carl erklärte, weshalb er das Restaurant gewählt habe. Es höre sich an wie das »Scud-Raketen-Restaurant«, und außerdem imponierte ihm das Restaurantschild, ein blau-weiß-roter Wappenschild mit einem Helmschmuck, über dem eine Krone prangte. Das deute darauf hin, daß der Träger des Wappens Herzog oder Marchese gewesen sein müsse. Zu all diesen subjektiven Nichtigkeiten komme noch die praktische Überlegung hinzu, daß das Restaurant nicht mit Motorrädern angegriffen werden könne und daß die Sandsteinwände ausreichend Schutz böten.

Sie nahmen das Restaurant in bester sizilianischer Manier ein, mit heulenden Sirenen, blitzendem Blaulicht und schwerbewaffneten Wachen, die das Lokal zur Vorbereitung mehr oder weniger leerräumten.

»Ich habe seit rund vierundzwanzig Stunden nicht mehr gegessen und habe Hunger wie ein Italiener. Pasta möchte ich aber nicht«, erklärte Carl aufrichtig, als sie sich im Inneren des Restaurants gesetzt hatten und der nervöse Besitzer mit den Speisekarten erschien.

»Hungrig wie ein Italiener? Und keine Pasta?« fragte Da Piemonte lächelnd. »Nun, verlassen Sie sich ganz auf mich. Ich werde das schon machen. Und zu trinken?«

»Wir haben bis morgen mittag zwölf Uhr Waffenruhe, High Noon, sozusagen. Ich würde gern Wein trinken, am liebsten italienischen, vorzugsweise sizilianischen. Ich kenne mich auf dem Gebiet aber gar nicht aus.«

Oberst Da Piemonte machte sich mit äußerster Sorgfalt ans Werk. Als Vorspeise bestellte er Sardinen *alla Beccafico*, kleine, silbern glänzende Fische, gefüllt mit einer Mischung aus Brot und Pinienkernen sowie mit Apfelsinenschalen gewürzt, und als Hauptgericht *Arrosto Panato alla Palermitana*, was sich als eine mit Salbei gewürzte Variante des Wiener Schnitzels erwies. Dazu *Melanzane alla Parmigiana*, im Ofen gebackene Auberginen in Tomatensauce und Olivenöl mit Parmesan.

»Dazu sollten wir Siziliens besten Wein trinken«, erklärte Da Piemonte ernst und mit der Lesebrille auf der Nase. »Na ja, diese Dinge sind natürlich subjektiv, aber wenn ich nicht irre, haben Sie bei Rotwein einen französischen Geschmack, und bei Weißwein neigen sie in Richtung Chardonnay, nicht wahr?«

»Stimmt«, bestätigte Carl erwartungsvoll.

»Hm«, sagte Da Piemonte, »haben Sie eine Vorstellung davon,

was sich hinter *Nerello Mascalese* und *Nerello Cappucio* verbirgt?«

»Nein«, erwiderte Carl verlegen, »ich muß zu meiner Schande gestehen, daß ich von italienischen Rebsorten leider keine Ahnung habe.«

»Um so besser«, stellte Da Piemonte fest. »Wir haben hier Weine von Torrepalino. Das liegt am Hang des Ätna. Der vulkanische Boden ergibt nach meiner Auffassung einen ganz besonderen Wein. Mit der Sonne haben wir hier unten ja keine Probleme. Das Spezielle an diesem Wein ist die Tatsache, daß die Trauben eine kurze Zeit mit der Haut ziehen dürfen, nur ein paar Stunden. Ein ganz besonderer Geschmack.«

»Das ergibt zusätzlich Gerbsäure, sozusagen etwas mehr Herbheit?« fühlte Carl vor.

»Ja, nicht schlecht geraten. Aber die Farbe ist erstaunlich hell, ich meine beim Rotwein. Es ist angenehm, gemeinsame Interessen zu haben, nicht wahr, mein lieber Fregattenkapitän?«

»Ja. Und schön, eine Zeitlang ausspannen zu können«, seufzte Carl, als sie mit der Bestellung fertig waren.

»Nun, und wie wollen Sie sich jetzt herauswinden?« sagte Da Piemonte überraschend direkt, kaum daß Speisekarten, Weinkarten und Kellner verschwunden waren.

»Wie soll ich mich aus was herauswinden?« fragte Carl kurz zurück.

Oberst Da Piemonte klappte seine Lesebrille zusammen, rückte an seiner perfekten schwarzen Uniform etwas zurecht, was nicht zurechtgerückt zu werden brauchte, und betrachtete Carl lange und forschend.

»Fangen wir mit dem Hotel an«, begann Da Piemonte nach einigen Sekunden, wurde jedoch gleich unterbrochen, als die Weine zum Probieren gebracht wurden.

Sie widmeten sich eine Zeitlang der Weinprobe. Carl war über alle Maßen entzückt und erkundigte sich sofort, wie und wo er ein paar Kisten bestellen könne. Er hatte immer, vermutlich ungerechterweise, darauf verzichtet, seinen Gästen italienische Weine anzubieten, aber, so erklärte er, es wäre schön, eine solche Überraschung wie diese Weine auf den Tisch zu bringen. Sehr charakteristisch, ausgewogener Geschmack, erinnere möglicherweise an einige leichtere Cahors-Weine, und so weiter, und so weiter.

»Nun, was meinen Sie, Oberst?« fragte Carl, als die Prozedur erledigt war, so daß sie wieder sprechen konnten.

»Die Sterblichkeit in Ihrem Hotel hat einen solchen Umfang angenommen, daß das jetzt zu einer Angelegenheit für einige unserer gefürchteten Untersuchungsrichter geworden ist. Polizei und Militär haben Staatsanwälten und Richtern selbstverständlich keine Weisungen zu erteilen. Die nehmen eigenständige Untersuchungen vor. Ich kann Sie nicht ständig bei der Hand halten. Nach dem Essen müssen Sie zu einem unserer schlimmsten Mafia-Jäger zum Verhör.«

Da Piemonte machte eine Pause und forderte Carl mit einer Handbewegung auf, sich zu äußern.

»Haben Sie kriminaltechnische Untersuchungsergebnisse vom Fundort Herrn Carinis?« fragte Carl, der sich schnell entschlossen hatte, die Dinge der Reihe nach in Angriff zu nehmen.

»Ja. Er wurde mit seiner eigenen Pistole erschossen. Die Pistole befand sich noch am Tatort. Man hatte den Mann gefoltert, alles wie üblich. Der Rest erfordert natürlich Zeit, Faserspuren in Autos und all diese Dinge.«

»Die Pistole war ein Modell des Kalibers 7,65 und hatte einen Schalldämpfer.« Es war eher eine Feststellung als eine Frage.

»Völlig korrekt. Erlauben Sie mir die Bemerkung, daß ich Ihre hellseherischen Fähigkeiten bewundere, Herr Fregattenkapitän«, erwiderte Da Piemonte kalt.

»Sie werden entdecken, daß die beiden Ganoven, die im Keller meines Hotels erschossen aufgefunden wurden, mit derselben Waffe getötet worden sind«, erwiderte Carl im gleichen Tonfall. »Damit wäre die Geschichte wohl erklärt?«

Da Piemonte nickte nachdenklich, sagte aber nichts. Sie wurden erneut unterbrochen, als die Kellner mit den gefüllten Sardinen und dem vulkanischen Weißwein erschienen, der Carl an weißen Rioja erinnerte. Der Wein war erheblich kräftiger als die leichten Sorten, die er bisher probiert hatte. Die beiden Männer kommentierten pflichtschuldigst Speise und Trank, bevor Da Piemonte erneut den Faden aufnahm.

»Der Mann, der heute morgen in Ihrem Hotel ermordet aufgefunden wurde, hat auf sehr ungewöhnliche Weise den Tod gefunden. Die Gerichtsmediziner arbeiten mit Hochdruck, können vorläufig jedoch nur mitteilen, daß sie hier in Palermo noch nie etwas Ähnliches gesehen haben, obwohl man hier schon eine Menge erlebt hat. Der Mord ist sehr fachmännisch ausgeführt worden. Sie wälzen ihre Literatur und rufen Kollegen an, und so weiter, sagen aber, es stehe schon jetzt fest, daß der Mord als solcher ein wahres Kunstwerk sei.«

»Well«, sagte Carl und breitete die Arme in einer nachgeahmten italienischen Geste aus, als Da Piemonte seine Darstellung beendet hatte, die anscheinend als Frage gemeint war. »Well, was soll ich dazu sagen? Was meinen Sie?«

»Was Sie mir sagen, Hamilton, ist eine Sache. Wenn ich Rom richtig verstanden habe, und ich muß darauf leider noch einmal zurückkommen, so haben Sie vollständig freie Hand, soweit es uns Militärs betrifft. Sie können sich erlauben, was Sie wollen, wie es scheint. Aber Italien ist ein Rechtsstaat, und das möchte ich betonen. Ich selbst bin ein glühender Anhänger dieser Idee. Und Staatsanwaltschaft und Richter sind unabhängig, treffen selbständige Entscheidungen.«

»Ja«, sagte Carl, während er die gefüllten Sardinen genoß, »und falls ich jetzt wegen dieses Mordes verdächtigt werden sollte, was spricht dann gegen mich? Daß ich im selben Hotel gewohnt habe? Nun ja, ich habe in demselben Hotel gewohnt, in dem die beiden früheren Morde geschehen sind, die man Signor Carini zur Last legen wird, nicht wahr? Ich bin die ganze Nacht dienstlich unterwegs gewesen. Ich nehme an, die Polizei kann das mit Hilfe des Hotelpersonals oder auf andere Weise herausfinden?«

»Nein, das kann sie nicht. Falls Sie ausgegangen sind, haben Sie das Hotel durch den Hintereingang verlassen, den wir nicht überwachen sollten und der offenbar einen recht lebhaften Verkehr erlebt hat«, stellte Da Piemonte nachdenklich fest. Dann stürzte er sich energisch auf die Sardinen und spülte die ersten Bissen mit ein paar reellen Schlucken des kräftigen vulkanischen Weins herunter.

»Tja«, sagte Carl nach einer Weile, nachdem er seine Sardinen aufgegessen hatte, und wartete darauf, daß Da Piemonte ihn einholte, »tja, habe ich noch weitere polizeiliche oder staatsanwaltliche Probleme?«

»Mmm, noch nicht, aber bald«, erwiderte Da Piemonte. Er wischte sich den Mund ab und faltete die Serviette sorgfältig zusammen, bevor er fortfuhr. »In der Nähe von Don Tommaso sind eine ganze Menge Leichen gefunden worden.«

»Ach, tatsächlich«, sagte Carl und hob erstaunt die Augenbrauen. Er brauchte nicht einmal den Erstaunten zu spielen. »Das wundert mich aber. Ich dachte, Don Tommaso und sein Anhang praktizierten *la lupara bianca.*«

»Nun ja, was heißt in der Nähe«, Da Piemonte machte einen Rückzieher. »Einer von ihnen ist natürlich in der Nähe gewesen, eine Person ohne Kopf, die identifiziert werden konnte, weil der Mann praktischerweise den Zimmerschlüssel seines Hotels in der Jackentasche hatte. Sie werden kaum zu raten brauchen, um welchen Hotelschlüssel es sich handelte. Das hieße Ihre hellseherischen Fähigkeiten sträflich zu unterschätzen. Und dann haben wir noch einen Lastwagen, der auf der Straße zwischen Trapani und Erice aufgefunden wurde, an einem sehr schönen Ort übrigens. Auf der Ladefläche lagen die sterblichen Überreste von acht männlichen Personen. Soweit wir vorerst herausgefunden haben, haben sie zur Streitmacht Don Tommasos gehört.«

»Acht?« fragte Carl erstaunt. »Ich hätte sechs vermutet. Sind Sie sicher, daß es acht waren?«

»Absolut. Bis acht können wir noch zählen.«

»Hm«, sagte Carl und dachte eine Weile nach. Er trank langsam sein Weinglas leer und dachte erneut nach. »Wie viele von denen waren gefoltert worden? Nein, sagen Sie nichts! Lassen Sie mich raten. Ich vermute, daß nur zwei der acht toten Männer vorher gefoltert worden waren?«

»Das stimmt natürlich«, fauchte Da Piemonte, der jetzt zum ersten Mal seit Beginn ihrer Bekanntschaft einen Anflug von Irritation zeigte. »Und was sagen Ihre hellseherischen Fähigkeiten dazu?«

»Don Tommaso hat zwei seiner eigenen Leute foltern lassen, weil er glaubte, sie hätten ihn verraten. Die anderen sind von Don Tommasos Feinden getötet worden, jedoch auf eine solche Weise oder unter solchen Umständen, daß Don Tommaso nie Anlaß hatte, an Verrat zu denken. Öffentlich muß daraus wohl der Schluß gezogen werden, daß zwischen Don Tommaso und dieser Bande aus Palermo ein ausgewachsener Mafia-Krieg ausgebrochen ist?«

»Ja, das dürfte die einfache sizilianische Schlußfolgerung sein«, gestand Da Piemonte ein, obwohl er zeigte, daß er nicht ohne weiteres bereit war, diese Auffassung zu teilen. »Und diese Theorie wird noch dadurch gestützt werden, daß Don Tommaso Frauen und Kinder vor einer Stunde außer Landes geschickt hat. Es sieht mit anderen Worten aus, als bereitete er sich auf einen Krieg vor.«

»Es sieht aus, als wollte er Frauen und Kinder schützen«, wandte Carl ein. »Das braucht nicht unbedingt das gleiche zu sein. Morgen um zwölf erhalte ich Nachricht von Don Tommaso. Ich habe ihm vorgeschlagen, er soll unsere vier schwedischen Gefangenen ohne weiteren Streit zurückgeben.«

Da Piemonte sagte nichts. Er starrte Carl eine Zeitlang fragend an und erhielt vielleicht die Antworten, auf die er aus war. Dann schüttelte er sacht den Kopf und murmelte etwas auf italienisch, was Carl nicht verstand, jedoch als Anrufung irgendeines Schutzheiligen verstand. So entstand eine Pause in der Unterhaltung, die beide gut gebrauchen konnten, denn die Atmosphäre war äußerst angespannt geworden. Ständig wurde ab- und aufgetragen. Doch jetzt konnten sie sich über das Fleisch, die Auberginen in Tomatensauce und den Rotwein hermachen. Sie waren halb mit dem Gericht fertig, bevor Da Piemonte das Gespräch erneut aufgriff.

»Haben Sie Don Tommaso getroffen, wie Sie telefonisch verabredet hatten?« fragte er schließlich. Sein Ton war wieder leicht geworden, als hätte er die Situation unter Kontrolle.

»Ja«, erwiderte Carl. »Dabei habe ich ihm das Angebot gemacht, unsere Geiseln zurückzugeben. Er wird morgen antworten, wie ich schon sagte.«

»Wie war er? Was für einen Eindruck hat er auf Sie gemacht?«

»Er ist kraftvoll, imposant, besitzt große Geistesgegenwart. Er ist offenkundig ein Mann mit vielen ungewöhnlichen Erfahrungen.«

»Wird er auf Ihren Vorschlag eingehen?«

»Ich weiß es nicht. Ich kann es nur hoffen. Er selbst scheint interessiert zu sein, verweist aber auf andere Kräfte in der von ihm so genannten Konzernführung. Ich weiß es also nicht. Wenn er sich weigert, geraten wir in eine sehr schwierige Lage.«

»Inwiefern?«

»Wenn er sich nämlich weigert, wird er den Spieß umdrehen oder unsere Auseinandersetzung einfach beenden, indem er die Geiseln tötet. Er hat inzwischen eingesehen, daß die Hoffnung auf den Weiterverkauf der schwedischen Waffen vollkommen aussichtslos geworden ist.«

»Und was könnte ihn dazu bringen, auf Ihren Vorschlag einzugehen?«

»Angst vor weiteren Verlusten.«

»Gibt es noch mehr, womit Sie ihm drohen können?«

»Ich habe es angedeutet, aber praktisch ist es unmöglich.«

Da Piemonte aß eine Zeitlang schweigend weiter. Er arbeitete energisch mit den Kiefermuskeln, als wäre das Fleisch sein Gegner. Seine Kaumuskeln übertrieben den Kampf offenbar, denn das Fleisch war, wie Carl selbst feststellen konnte, zart wie eine Liebkosung. Carl ließ sich Zeit. Er ließ den Blick über die Sandsteinwände des Lokals gleiten, betrachtete die in die Wand eingelassenen Lampen aus gefärbtem Glas, las das Weinetikett, zog einen Kugelschreiber aus der Tasche und notierte sich Etna Rosso, Torrepalino 1987. Dann schrieb er die Namen der Rebsorten auf, die Da Piemonte erwähnt hatte, obwohl er bei der Schreibweise unsicher war.

Schließlich hatte Da Piemonte seine Mahlzeit beendet. Nachdem er erneut seine Serviette pedantisch zusammengefaltet und hingelegt hatte, hob er sein Weinglas. Sie tranken schweigend. Dann ergriff Da Piemonte das Wort. Er hatte offenbar sehr genau durchdacht, was er sagen wollte.

»Unterbrechen Sie mich jetzt nicht und kommentieren Sie nichts, Comandante, sondern lassen Sie mich einfach zusammenfassen. Es fällt uns beiden bemerkenswert leicht, einander zu verstehen, bemerkenswert leicht im Hinblick darauf, was Sie vertreten und was ich repräsentiere. Bei unserer netten kleinen Unterhaltung hier bei Tisch haben Sie mir jetzt gesagt, ohne es jedoch auf eine so unfeine Weise zu äußern, daß meine Pflicht als Polizist mich zwingen würde, aufzuspringen und zu bellen, daß Sie in mehr als ein Dutzend Morde verwickelt sind. Komisch, ich hätte nicht gedacht, daß Sie nach der Tragödie, die Ihren ersten Besuch beendete, überhaupt wiederkommen würden. Herr im Himmel, was für ein Irrtum! Nun, wir haben also dreizehn tote Mafiosi bei etwas, was wie ein Gangsterkrieg aussieht, in Wahrheit aber Ihr Werk und das Ihrer Mitarbeiter ist. Morgen kommt der Augenblick der Wahrheit, das glauben Sie zumindest. Nein, seien Sie so nett und unterbrechen Sie mich jetzt nicht! Wenn der Feind so dächte wie wir, Sie und ich haben das ja schon einmal durchgesprochen, wenn der Feind logisch vorginge, wie es etwa Norditaliener, Skandinavier, Deutsche oder wer zum Teufel sonst noch tun würde, hätte der Feind nach Verlustziffern dieser Größenordnung bedingungslos kapituliert. Sie hätten es getan. Ich hätte es getan. Aber jetzt haben wir es mit einem sizilianischen Feind zu tun. Und jetzt zu dem einzigen Punkt, zu dem ich von Ihnen eine Antwort wünsche. Sehen Sie von allem anderen ab, was ich gesagt habe, geben Sie keinerlei Kommentar dazu ab. Beantworten Sie also nur meine einzige Frage: Was geschieht, wenn der sizilianische Feind sich als genau so sizilianisch erweist, wie ich befürchte?«

»Dann sind wir in großen Schwierigkeiten«, gestand Carl knapp ein. »Ich würde mir wünschen, es gäbe eine Methode, einen Schlag gegen ihre Finanzen zu führen, denn wenn Terror bisher nicht funktioniert hat, verzeihen Sie mir meine Indiskretion, dann glaube ich nicht, daß er künftig bessere Ergebnisse bringen kann. Haben Sie einen Vorschlag, Oberst? Können Sie mich immer noch bei der Hand halten?«

»Vielleicht«, erwiderte Da Piemonte. Er wirkte unangenehm berührt, als gefiele ihm der Gedanke ganz und gar nicht. »Oben im *Palazzo* hat man die Entwicklung aufmerksam verfolgt und sich überdies über manches erstaunlich wohlinformiert gezeigt. Sie sollen gestern zur Nachtzeit bei Don Tommaso einen glänzenden Einbruch hingelegt haben. Wie auch immer. Dort oben will man, daß wir Ihnen alles zur Verfügung stellen, offensichtlich absolut alles. Folglich habe ich Ihnen etwas zu geben, wie unwohl mir selbst dabei auch zumute sein mag, da die Konsequenzen sich durchaus absehen lassen. Ich weiß nicht, wie viele Sie sind, aber ich weiß ungefähr, was Sie leisten können.«

»Hat man im Palast etwas von einem Einbruch bei Don Tommaso gesagt?« fragte Carl mit gerunzelter Stirn.

»Ja, das wurde mir angedeutet. Falls Sie italienische Mitarbeiter haben, könnte das die Sache ja erklären.«

Carl sah sich gezwungen, gründlich zu überlegen. Er hatte nur die Wahl zwischen Åke Stålhandske und Luigi Bertoni-Svensson. Åke Stålhandske war ausgeschlossen. Der würde nicht einmal in Rom anrufen können, da er nicht italienisch sprach. Arbeitete Luigi für zwei Regierungen?

»Womit würden Sie mir helfen können?« fragte Carl schließlich, als ihm klar geworden war, daß die italienische Regierung mitspielte und daß dies die Hauptsache war und nicht eventuelle Informationen von Luigi.

Oberst Da Piemonte wischte sich noch einmal den Mund mit der Serviette ab, bevor er antwortete.

»Falls Sie den Klauen des Staatsanwalts entkommen, was ich nicht garantieren kann, Comandante, treffen wir uns unmittelbar darauf. Wir sollen ja künftig für Ihr Nachtquartier sorgen, wenn die Staatsanwaltschaft es nicht tut. Auf dem Territorium Don Tommasos befinden sich zwei Heroinraffinerien. Die eine wird von seiner Familie betrieben, die andere von dieser Palermo-Bande.«

»Von Gaetano Mazzaras Mob? Den Leuten, die angeblich Krieg gegeneinander führen, es in Wahrheit aber nicht tun?«

»Genau denen. Sie sollten selbst am besten wissen, daß sie nicht Krieg gegeneinander führen, können da aber nicht sicher sein. Das kann man auf Sizilien nie, denn hier ist der Verrat zu Hause. Jede der beiden Gruppen hat dort oben eine Raffinerie, und beide haben gemeinsame Handelswege für den Import der Rohstoffe und den Export des veredelten Produkts. Das sind die beiden Stellen, gegen die wir zuschlagen wollten, falls die Nachricht von unseren Vorbereitungen uns nicht schon vorauseilt.«

»Doch statt dessen geben Sie mir Karte und Kompaß?«

»Bedauerlicherweise ja.«

»Wenn Don Tommaso morgen nicht nachgibt, werden wir sehr hart gegen seine Finanzen zuschlagen können. Dann muß er nachgeben. *Business first.* Wir erhalten unsere Schweden, und Sie erhalten eine definitive Lösung bestimmter Raffineriefragen«, faßte Carl zusammen, der sich plötzlich sehr aufgeräumt fühlte, als hätte er zuviel Wein getrunken.

Carl bezahlte trotz der heftigen Proteste Da Piemontes mehr oder weniger mit Gewalt. Dann traten sie auf die Treppe des Restaurants hinaus und wurden sofort von nervösen Wachposten umringt, die ihre Automatikwaffen in alle Himmelsrichtungen hielten, während sie die Hausdächer und die Nachbarschaft der Straße im Auge behielten. Die beiden Männer blieben auf der Treppe stehen, um wie zum Trotz sichtbar zu sein, bevor sie in die Wagen stiegen.

Carl wurde direkt zum Justizpalast gefahren.

»Ich hoffe, wir sehen uns. Der Offizier und der Krieger in mir hoffen, daß wir uns bald wiedersehen«, sagte Da Piemonte zum Abschied vom Rücksitz des schwarzen Wagens und streckte die Hand aus.

»Aber«, fügte er hinzu, »der Polizist in mir hofft, daß der Voruntersuchungsrichter Sie in die Klauen bekommt, damit ich vor Rom die Hände reinwaschen kann. Sie haben nichts dagegen, daß ich aufrichtig bin?«

»Durchaus nicht«, lächelte Carl. »Sie sind wirklich ein Mann, den man respektieren kann, Oberst«, sagte er, gab Da Piemonte die Hand und stieg aus, um die wenigen Meter bis zur Hintertür des Justizpalasts eskortiert zu werden.

Der Bau sah aus wie eine Festung. Sämtliche Fenster des Erdgeschosses waren mit engen Stahlgittern versehen. Der Eingang war schmal und sah mit den gepanzerten Glasscheiben und den kräftigen, blau gestrichenen Stahlbalken aus wie der Eingang zu einem Gefängnis. Über dem Eingang entdeckte Carl in hohen, langgezo genen Versalien das Wort GIUSTIZIA.

Man konnte die Schleuse nur einzeln passieren, und es war deutlich zu erkennen, welche Art von Gegenständen man hier abzuliefern hatte. Carl zog seine Pistole und legte sie in eine Stahlkassette, bevor er die Schleuse mit Metalldetektoren passierte. Sein Begleiter war jedoch nicht mehr da, und er hatte einige Mühe, seinen Waffenbesitz zu erklären, doch als er seine Genehmigung des Verteidigungsministeriums in Rom hervorkramte, besserte sich seine Lage ein wenig. Nach kurzer Diskussion, von der er kein Wort verstand, erhielt er eine Quittung für seine Waffe. Einer der Carabinieri gab ihm ein Zeichen mitzukommen.

Der untere Teil des Gebäudes bestand aus mehr als zehn Meter hohen großen Hallen. Alle Flächen waren aus Stein, Granit oder Marmor. Die Architektur war darauf angelegt, den Menschen kleiner und die staatliche Macht größer zu machen. Es war unmöglich, nicht an die Zeit der Faschisten erinnert zu werden. Carl fühlte sich wie in einem gewaltigen Aquarium.

Der Beamte führte ihn in den zweiten Stock und durch einen langen, hohen Korridor. Auch hier wieder Marmor und Granit, keine Möbel, nur glatte steinerne Flächen.

Das Amtszimmer von Untersuchungsrichter Giovanni Canella war dunkel, da die Fenstervorhänge zugezogen waren. Der Raum war vier mal fünf Meter groß und sehr sparsam möbliert: ein großer Schreibtisch mit glatter Tischplatte bis auf einen kleinen Stapel mit Dokumenten, zwei Reihen Aktenschränke an den Wänden und zwei kleine Sessel vor dem Schreibtisch.

Carl wurde, soviel er verstehen konnte, von dem jungen Offizier vorgestellt, der sich dann zurückzog. Darauf wurde er auf italienisch angeredet. Er verstand zwar nichts, nahm jedoch die ihm entgegengestreckte Hand und gehorchte der auffordernden Geste, sich auf den freien Sessel zu setzen. In dem zweiten saß eine elegante Frau mittleren Alters. Als der Mann auf der anderen Seite des Schreibtischs plötzlich verstummte und mit einer Handbewegung auf die Frau wies, erklärte sie, sie sei Dolmetscherin, und Untersuchungsrichter Canella bedaure, das Gespräch nicht auf englisch führen zu können. Es werde jedoch ohne weiteres möglich sein, ihm das, was er wissen wolle, zu übersetzen, auch wenn es etwas dauere.

Carl bat um Entschuldigung, weil er nicht Italienisch spreche, worauf noch einige weitere Höflichkeitsphrasen ausgetauscht wurden, bevor der Untersuchungsrichter den Eindruck machte, als wollte er zur Sache kommen. Er wühlte in dem kleinen Dokumentenstapel, las eine Weile und gestikulierte mit einer rotierenden, wiederholenden Handbewegung, die einen fast ironischen Eindruck machte. Carl versuchte sich den Anschein höflichen Interesses zu geben, während er die Übersetzung abwartete.

»Voruntersuchungsrichter Canella zählt einige Ereignisse auf, die nach Ihrem Eintreffen in Palermo passiert sind, Mr. Hamilton«, begann die Dolmetscherin, die dann abrupt innehielt, um etwas zu fragen, da sie in einem Punkt unsicher war.

»Ja, er wünscht, daß ich genau seine Worte wiederhole«, fuhr sie dann mit einer entschuldigenden Handbewegung fort. »Er weist darauf hin, daß die Sterblichkeit auf eine für Palermo ungewöhnliche Weise angestiegen ist ... ja, in Ihrer Nähe, könnte man sagen, und er möchte gern wissen, wie Sie das sehen.«

Carl erwiderte, die einzige Sterblichkeit, mit der er selbst Berührung gehabt habe, betreffe den Überfall oben in der Pizzeria 59, doch da habe er, soviel er wisse, volles Recht gehabt, sich zu wehren.

Während die Dolmetscherin übersetzte, blätterte der Untersuchungsrichter mit einer fast amüsierten Miene in den Akten, um dann sehr schnell zu sprechen, während seine Hände von Zeit zu Zeit auf die Dokumente knallten, als wollte er so den Ernst der Angelegenheit unterstreichen.

»Voruntersuchungsrichter Canella sagt, er habe mit Interesse die Dokumente studiert, die das von Ihnen erwähnte Ereignis behandeln, Mr. Hamilton«, begann die Dolmetscherin. Sie mußte anschließend erneut mit dem Richter konferieren, bevor sie fortfuhr. »Und es ist an und für sich richtig, daß der bereits erfolgte Niederschlagungsbeschluß rechtlich in Ordnung ist. Voruntersuchungsrichter Canella möchte jetzt jedoch hören, was Sie über die Morde an den Herren Genco und Sanglieri wissen.«

»Sind das die beiden Gangster, die im Keller meines Hotels erschossen worden sind?« fragte Carl und neigte den Kopf nachdenklich zur Seite. Er wartete die Übersetzung ab, die nicht notwendig zu sein schien.

»Dazu kann ich nur sagen, daß ich das Hinscheiden der Herren weder bedauern noch erhellendes Licht in das Ereignis bringen kann. Ich weiß insofern nicht mehr als andere Hotelgäste.«

Nachdem seine Antwort übersetzt worden war, huschte ein feines Lächeln über das Gesicht des Richters, der eine kurze, entschieden klingende Frage einschob.

»Der Voruntersuchungsrichter möchte wissen, was Sie hier in Palermo tun, was für einen Auftrag Sie haben und wer oder welche italienische Behörde hier in erster Linie für Ihre Tätigkeit verantwortlich ist?« rasselte die Dolmetscherin die Fragen herunter.

»Nun«, erwiderte Carl, »mein Kontaktmann ist der Chef der hiesigen Carabinieri, Oberst Da Piemonte. Ich bin hier als Beobachter tätig, um im Auftrag Schwedens und mit Wissen und Unterstützung des italienischen Verteidigungsministeriums die Fahndungsarbeit zu verfolgen, bei der es um einige entführte schwedische Mitbürger geht. Falls es gelingt, sie anzutreffen, soll ich sie sofort nach Schweden zurückbringen.«

Bei der folgenden Frage ging es um den Umstand, daß für Polizeiarbeit auf italienischem Territorium die italienische Polizei verantwortlich sei, was Carl natürlich sofort bestätigte. Anschließend wurde er direkt gefragt, ob er irgendwie die Absicht habe, mit Entführern zu verhandeln. Er versuchte spontan zu antworten, als hätte er gar nicht darüber nachdenken müssen, und erklärte, er habe keine solchen Pläne, denn soviel er wisse, sei es gegen italienisches Recht, mit der organisierten Kriminalität zu verhandeln.

Der Voruntersuchungsrichter lächelte fast fröhlich, als ihm die Antwort übersetzt wurde, und fragte dann kurz, ob Carl diplomatische Immunität besitze.

Carl hatte die Frage schon auf italienisch verstanden, winkte der Dolmetscherin ab und erwiderte, er reise zwar mit einem Diplomatenpaß, vermöge aber keine Gründe zu sehen, sich auf diplomatische Immunität zu berufen, sondern er wolle vielmehr gern alle Fragen beantworten, die der Herr Voruntersuchungsrichter ihm stellen wolle.

Der Mann hinterm Schreibtisch stellte jetzt in schneller Folge drei Fragen, die er mit den Fingern markierte. Es ging erstens um Carls Wissen um die Morde an den Herren Genco und Sanglieri, zweitens um sein Wissen bezüglich des Mordes an einem gewissen Di Maggio, der vor Castellammare del Golfo angetrieben worden sei, jedoch für das gleiche Zimmer gebucht gewesen sei wie ein weiterer Besucher aus New York, den man ebenfalls ermordet habe, und drittens, was Carl über diesen letztgenannten Mord wisse.

»Es erstaunt mich, Herr Richter«, begann Carl langsam und betont freundlich, »daß Sie mir so viele Erkenntnisse über etwas zutrauen, was sich mir als Außenstehendem als interne Auseinandersetzung unter Gangstern hier in Palermo darstellt. Ich habe keinerlei Wissen über diese Ereignisse.«

Der Voruntersuchungsrichter schüttelte leicht den Kopf und

lachte leise auf, als ihm die Antwort übersetzt wurde. Dann stellte er eine kurze Frage, die sich eher als ironischer Hinweis deuten ließ:

»Voruntersuchungsrichter Canella weist erneut darauf hin, daß die Sterblichkeit in Ihrer persönlichen Nähe, Mr. Hamilton, statistisch von solcher Signifikanz ist, daß es ihm schwerfällt zu glauben, daß Sie nichts damit zu tun haben.«

Carl breitete die Hände in einer fragenden Geste aus und zeigte durch sein ganzes Mienenspiel, daß er offenbar ein Opfer selten unglücklicher Umstände geworden sein müsse.

Die nächste Frage war präziser und unangenehmer:

»Zeitungsberichten zufolge sind Sie ein sogenannter Geheimagent mit dem Recht zu töten. Sie sollen bei mehreren Gelegenheiten solche Aufträge ausgeführt haben. Der *Corriere della Sera* führt sogar ein ganzes Verzeichnis auf. Stimmt das?«

»Ja«, erwiderte Carl, ohne sich näher zu erklären.

Die kurze Antwort überrumpelte Giovanni Canella dermaßen, daß er sofort aufhörte, in den Akten zu blättern, sich abwandte und aus dem Fenster sah, durch das er gar nichts sehen konnte, bevor er auf seinem Stuhl herumwirbelte und eine lange Tirade abfeuerte, der Carl nur die Empörung anmerkte, während er seine Antwort vorbereitete.

Die Dolmetscherin räusperte sich und nahm Anlauf, überlegte es sich dann und beriet erneut mit dem Richter, bevor sie sorgfältig und deutlich übersetzte.

»Voruntersuchungsrichter Canella möchte unterstreichen, daß Italien ein Rechtsstaat ist. Hier gibt es kein Recht zu töten. Die eventuellen Befugnisse, die Mr. Hamilton möglicherweise in Schweden hat, haben auf unserem Territorium folglich keinerlei Rechtskraft.«

Carl wurde viel Zeit gelassen, sich seine Antwort zu überlegen:

»Schweden ist ebenfalls ein Rechtsstaat«, begann er. »Überdies haben wir strengere Regeln, als Sie in Italien zu haben scheinen, und ich möchte darauf hinweisen, daß es hier in Palermo zumindest im Fall von Notwehr erlaubt ist, gezielt zu schießen. Was diese Formulierung ›Recht zu töten‹ angeht, so finde ich sie zutiefst abstoßend. Es gibt meiner Ansicht nach kein solches Recht. Jedoch haben Journalisten überall in der Welt diesen

Begriff dermaßen in das allgemeine Rechtsbewußtsein eingehämmert, daß es hoffnungslos ist, dagegen anzukämpfen. Daher meine möglicherweise etwas zynisch kurze Antwort.«

Carl machte eine Pause, gab der Dolmetscherin ein Zeichen und musterte aufmerksam den Juristen auf der anderen Seite des Schreibtischs, als er im Verlauf der Übersetzung an einigen Stellen nickte.

»Und um jedes Mißverständnis zu vermeiden, möchte ich betonen«, fuhr Carl fort, als die Dolmetscherin fertig zu sein schien, »daß meine Regierung keinerlei Auftrag solchen Inhalts erteilt hat – ferner, daß unsere italienischen Kollegen beim Militär selbstverständlich nicht einmal andeutungsweise Tötungsdelikte oder andere Gewalttaten sanktioniert haben oder auch nur Verhandlungen mit der organisierten Kriminalität. Ich unterstehe hier im Prinzip italienischem Befehl und halte ständig Verbindung mit meinem Kontaktmann Oberst Da Piemonte. Sollten Sie weitere Auskünfte wünschen, verweise ich auf ihn.«

Als die Übersetzung fertig war, nickte der Untersuchungsrichter nachdenklich, während er nochmals in der vor ihm liegenden Mappe blätterte. Dann stellte er noch ein paar Fragen, in denen es wieder darum ging, daß doch Carl etwas über die in seiner unmittelbaren Nähe erfolgten Morde wissen müsse.

Als Carl erneut glatt leugnete, mehr durch eine bedauernde Geste als durch Worte, kam ein kurzer, aggressiver Ausbruch, der die Dolmetscherin erneut verunsicherte, bevor sie sich räusperte und sorgfältig etwas formulierte, was Carl als deutliche Drohung auffaßte.

»Voruntersuchungsrichter Canella weist darauf hin, daß es in Italien ein Vergehen ist, Informationen, die für eine laufende Voruntersuchung von Bedeutung sein können, zu verschweigen, unabhängig davon, wie die entsprechende Rechtslage in Schweden ist. Ein solches Zurückhalten von Informationen stellt einen Verhaftungsgrund dar. Sie können wegen etwas verhaftet werden, was im Englischen wohl am zutreffendsten durch den Begriff *contempt of court* bezeichnet wird. Kennen Sie diesen Begriff?«

»Ja«, erwiderte Carl. »Ich habe Ihnen aber die Informationen gegeben, die ich habe. Ich bedaure, falls meine Auskünfte nicht so erhellend gewesen sind, wie Sie sich vielleicht erhofft haben. Ich bin mir der Bedeutung des angelsächsischen Rechtsbegriffs sehr wohl bewußt, habe aber trotzdem nichts mehr zu sagen. Außerdem möchte ich mich ungern auf meine diplomatische Immunität berufen.«

Der Voruntersuchungsrichter lauschte der Übersetzung und nickte gelegentlich mit dem Kopf. Er sah nicht erstaunt aus, horchte aber auf, als die letzten Worte über die diplomatische Immunität fielen. Da zuckte er zusammen und warf Carl einen forschenden Blick zu, um dann eine Weile schweigend über die offenbar recht hoffnungslose Situation nachzugrübeln.

Die Frage der diplomatischen Immunität ist nicht ganz unkompliziert. Es ist keineswegs so, daß ein Diplomatenpaß zu verbrecherischer Tätigkeit berechtigt. Die Polizei kann aber auch nicht einfach losrennen und Personen festnehmen, die sich auf diplomatische Immunität berufen.

Canella überlegte weiter: Hinzu kommt das rein Praktische. Es ist wenig wahrscheinlich, daß dieser Mann weich wird, wenn ich ihn einsperre. Er wartet dann nur ab, bis ich ihn nicht länger festhalten kann oder bis politische Kräfte sich einmischen und schon vorher befreien.

Auch Voruntersuchungsrichter Ciovanni Canella hatte einen kalten Hauch der Mißbilligung vom Palazzo her verspürt, was in seinem Fall ungewöhnlich war. Er war mit Mafia-Verbrechen befaßt, und normalerweise war es so, daß *Il Palazzo* nie etwas von sich hören ließ. Man unterstützte ihn nicht, legte ihm aber auch keine Steine in den Weg. Aber vor diesem Verhör hatte er einen seltsamen Anruf erhalten, der ihn zunächst in der Absicht bestärkt hatte, Hamilton nicht mit Samthandschuhen anzufassen, statt auf wohlgemeinte onkelhafte Ratschläge zu hören. Es bestand jedoch kaum Zweifel, wie es weitergehen würde, wenn er sich entschloß, Carl zu verhaften.

Canella stand auf und gab Carl die Hand.

Dieser verneigte sich erst höflich vor der Dolmetscherin, dann vor seinem Vernehmer und verließ das Zimmer.

Unten bei der Wache hatte es inzwischen offenbar einen Schichtwechsel gegeben. Die Quittung für seine Pistole löste einige Aufregung und Diskussionen aus, die er nicht verstand. Schließlich winkte man ihn durch die Schleuse und schob ihm seine Waffe durch die Luke der gepanzerten Glasscheibe, dazu eine Quittung, die er auf einer gepunkteten Linie unterschrieb. Er nahm jedenfalls an, daß es eine Quittung für die Rückgabe war. Dann schob er die Pistole ins Holster und ging in den strahlenden Sonnenschein und die brütende Hitze hinaus.

Der Wein hatte ihn schläfrig gemacht. Das merkte er jetzt, als die Hitze ihm zuzusetzen begann. Er schwitzte schon nach einem kurzen Spaziergang, konnte aber trotzdem die Jacke nicht ausziehen. Er vermutete wohl mit Recht, daß es selbst in Palermo zu großes Aufsehen erregen würde, wenn er sich offen bewaffnet zeigte.

Er schlenderte unbekümmert zur Piazza Indipendenza, seinem Orientierungspunkt, um sich in Da Piemontes Hauptquartier einzufinden, das gegenüber der Porta Nuova, dem massigen Triumphbogen mit dem aufgesetzten, klotzähnlichen Turm lag.

Der Triumphbogen wurde von vier Riesen gestützt. Carl betrachtete die Skulpturen eine Weile, um die Bedeutung der Figuren zu ergründen. Die beiden äußersten Riesen hatten die Arme auf der Brust verschränkt, den beiden Inneren hatte man die Arme in der Mitte abgeschlagen. Das konnte kein Zufall sein, das mußte etwas bedeuten.

Sie waren verstümmelt, besiegt? Wahrscheinlich. Irgendwann war ein König von einem siegreichen Feldzug heimgekehrt. Das lockige Haar der Riesen deutete eventuell auf Afrika hin, und die verschränkten Arme bezeichneten Unterwerfung. Abgehauene Arme etwa das gleiche, wenngleich auf sizilianisch.

Carl schritt unter dem Triumphbogen hindurch. Der Verkehr zwängte sich mühsam durch diesen Engpaß. Carl wäre nie auf den Gedanken gekommen, dort zu gehen, wenn nicht Waffenstillstand geherrscht hätte. Zwanzig Meter weiter war er wieder in Sicherheit. Die Wachposten der Carabinieri machten große Augen, als er ohne Eskorte angeschlendert kam. Sie führten ihn fast in Panik ins Obergeschoß, wo er eine Zeitlang warten mußte, bis Da Piemonte eine Konferenz beendet hatte. Hauptleute und Majore quollen aus einem Nebenzimmer.

»Soso, der Untersuchungsrichter hat Sie also laufen lassen«, stellte Oberst Da Piemonte sarkastisch fest, als sie allein waren und sich an den großen Schreibtisch gesetzt hatten.

»Ja«, erwiderte Carl fröhlich. »Es gibt keinerlei Verdachtsmomente gegen mich, jedenfalls nicht in solchem Umfang, daß sie rechtliche Schritte begründen könnten. Was für ein Glück, denn morgen ist vielleicht schon alles zu Ende.«

»Na ja, morgen können wir wohl bestenfalls den Anfang vom Ende sehen«, murmelte Da Piemonte. Dann knöpfte er zu Carls Erstaunen ein paar Uniformknöpfe auf und legte die schwarzen Stiefel auf den Tisch. Das schien nicht der Stil des sonst so korrekten Obersten zu sein.

»Wie haben Sie sich die praktische Durchführung gedacht, Comandante, falls sie sich bereit erklären, Ihnen die Schweden zurückzugeben? Sollen sie sie einfach irgendwo laufen lassen, oder wollen Sie die Vögelchen in die Hand bekommen?«

»Ich wünsche, daß sie von Don Tommaso persönlich heil und unversehrt abgeliefert werden«, erwiderte Carl abwartend. Er ahnte einen Einwand.

»Warum denn nur?« sagte Da Piemonte und machte ein fragendes Gesicht. »Es genügt doch, wenn sie einfach irgendwo freigelassen werden, egal wo?«

»Nein«, entgegnete Carl. »Es darf nicht so kommen, daß irgendeine konkurrierende Bande sie dann schnappt. Don Tommaso muß sie persönlich übergeben, sozusagen von Mann zu Mann, wie ein Sizilianer das ausdrücken würde. Die Frage ist aber, was geschieht, wenn er mir nun mitteilt, daß er das Geschäft lieber liquidieren möchte.«

»Genau«, bestätigte Da Piemonte. Er nahm die Füße von seinem Schreibtisch, stand auf und ging quer durch den Raum zu seinem Panzerschrank. »Genau, darauf habe ich nämlich gewartet.«

Er nahm zwei Kartenskizzen aus dem Schrank und eine kleine Mappe mit Fotos, die er zu Carl hinübertrug und ihm vorlegte, als wären es zerbrechliche Kostbarkeiten.

Carl warf einen schnellen Blick auf das Material und nickte. Da Piemonte setzte sich wieder hin. Beide sahen sich eine Zeitlang an, ohne etwas zu sagen. Carl wartete. Im Augenblick war ihm nicht danach zumute, spontan etwas zu sagen.

»Wollen wir mit den moralischen oder den rein taktischen Überlegungen beginnen?« fragte der Oberst schließlich. Die Wahl schien ihn zu quälen.

»Gern mit den moralischen«, erwiderte Carl, ohne eine Miene zu verziehen.

»Na schön«, nahm Da Piemonte Anlauf, »nun gut, fangen wir mit den moralischen Überlegungen an. In der Frage der Bekämpfung der organisierten Kriminalität hat es hier in Italien immer zwei Schulen gegeben. Die eine Schule könnte man mit einer sehr knappen amerikanischen Formulierung beschreiben: *Kill'em all.* Tötet sie alle, Schuldige wie Unschuldige. Es gibt sogar Leute, die Mussolini damit verteidigen. Er sei in neuerer Zeit immerhin der einzige gewesen, der die Mafia bekämpft habe. Ja, das haben Sie sicher auch schon gehört. Foltert alle, die wie Verbrecher aussehen, bis sie sterben oder andere denunzieren, und so weiter. Dann haben wir die zweite Schule, der ich mich selbst zurechne. Die Demokratie kann ihre Überlegenheit als System nur dadurch beweisen, daß sie ihren eigenen Regeln folgt. Für Ausnahmen ist kein Raum. Sie wissen sehr wohl, worauf ich hinauswill, nicht wahr?«

»Ja«, erwiderte Carl nachdenklich. »Anwälte, Rechtssicherheit, stichhaltige Beweise, unabhängige Gerichte, und so weiter. Was Sie da über Demokratie gesagt haben, bietet ideologische Vorteile. Darin bin ich übrigens Ihrer Meinung. Die Nachteile sind sozusagen rein operativ.«

»Sie geben mir recht?« sagte Da Piemonte und hob erstaunt die Augenbrauen. »Sie sind wirklich meiner Meinung? Dann würden Sie diese Information ja gar nicht brauchen.«

Er machte eine vielsagende Geste und zeigte auf das Material auf dem Schreibtisch.

»Die westliche Demokratie scheint manchmal eigentümliche Methoden zu bevorzugen, wenn es gilt, die Überlegenheit des Systems zu beweisen«, sagte Carl düster. Er empfand plötzlich so etwas wie Trauer. Es war kein unkompliziertes Dilemma, mit dem Da Piemonte ihn konfrontiert hatte.

»Aber«, fuhr Carl fort. »Gangster haben vier schwedische Mitbürger von mir gefangengenommen. Mein Auftrag lautet, sie zu befreien. Die Methoden sollen hinterher andere beurteilen. Ich soll nur das Problem lösen, und wir sind der Lösung des Problems schon recht nahe.«

»Das ist eine Ausflucht«, bemerkte Da Piemonte trocken. »Ich weiß nicht, was Sie von der Auslöschung des Irak halten, um ein

Beispiel in etwas größerem Maßstab zu nehmen, aber dabei ging es je nicht nur um eine rein operative Frage. *Wir* haben immer die technische Möglichkeit, *sie* auszurotten, nicht wahr? Stellen Sie die Frage en miniature, und sehen Sie sich dann Ihre eigenen Wahlmöglichkeiten an.«

»Das ist eine deprimierende Perspektive«, gestand Carl fast beschämt ein. »Ich habe es schon immer für eine Illusion gehalten, daß es möglich sein soll, die Dritte Welt zur Demokratie zu bomben. Die Parallele kann ich aber nicht ganz nachvollziehen. Wenn wir alles losschicken, was wir an Jaguar und F 16, F 18, F 117 und F 14 haben, alle Tornados, Raketenkreuzer, Cobras und alles andere, und es etwa gegen Damaskus oder Tripoli einsetzen, das wahrscheinlich das nächste Ziel sein wird, oder vielleicht Kairo oder ein anderer Ort, der unsere Anforderungen an gute Demokratie nicht erfüllt, werden alle sterben, Schuldige wie Unschuldige, Anhänger wie Oppositionelle, alle. Das Material, das hier auf dem Schreibtisch liegt, betrifft nur Schuldige.«

Carl spürte, daß seine Argumentation nicht stichhaltig war, und es war dem Gesicht Da Piemonte anzusehen, daß er sich nicht im mindesten überzeugt fühlte.

»Dann kann ich also annehmen, daß Sie auch für die Todesstrafe sind, Comandante?« fragte Da Piemonte sanft.

»Nein, natürlich nicht«, seufzte Carl.

»Auch nicht für kollektive Bestrafungen?« fuhr Da Piemonte unerbittlich fort.

»Selbstverständlich nicht«, erwiderte Carl mit defensiv gesenkter Stimme.

»Ich weiß nicht, warum die Führung unserer Streitkräfte so unbeirrt danach strebt, Don Tommaso und seine Bande auszulöschen. Ich weiß nur, daß Sie um jeden Preis diese Informationen erhalten sollten, die jetzt hier auf dem Tisch liegen. Aber wie Sie sehen, entzückt mich die Situation nicht gerade«, stellte Da Piemonte in einem Tonfall fest, der das Ende der Diskussion signalisierte.

»Nun, dann wollen wir hoffen, daß Don Tommaso sich morgen um zwölf Uhr für die einfache Lösung entscheidet«, sagte Carl und sah zu Boden. Er wußte selbst nicht, was er hoffte oder was er realistischerweise überhaupt hoffen konnte.

»Dann sollten wir uns jetzt vielleicht den taktischen Überlegungen zuwenden«, fuhr Da Piemonte in einem völlig anderen Gesprächston fort. »Wie haben Sie sich das Ende der Geschichte gedacht?«

»Ein Gebiet nicht allzu weit von Castellammare entfernt. Weite Felder, weiter Blick. Wagen von zwei Seiten, wir in dem einen, ich und zwei Mitarbeiter, der Mob in dem zweiten. Austausch oder Übergabe, beide Parteien bewaffnet. Unsere Feuerkraft und Präzision dürften absolut überlegen sein. Ungefähr so, nichts Kompliziertes«, faßte Carl schnell zusammen.

Da Piemonte nickte nachdenklich. Er beschloß, nicht weiter nachzufragen; ob nun die Geiseln gegen Geld getauscht werden würden, worauf das Arrangement unleugbar hindeutete, oder nicht, es war am besten, wenn er nichts davon wußte. Die im Augenblick alles überschattende Frage lautete, wie die Geschichte beendet werden konnte.

Carl bat für ein paar Stunden um Zugang zu einem Telex und einer Rechenmaschine. Er wolle einen Schlußbericht nach Hause schicken. Er lehnte ein weiteres Zusammentreffen am Abend mit der Erklärung ab, er müsse allein sein und sich auf seine Vorbereitungen konzentrieren. Das zugesagte Nachtquartier in der Kaserne oben am Corso Calatafimi scheine ihm eine angenehme Alternative zu sein. Er sei es leid, immer nur in Badewannen zu schlafen.

Einige Stunden später verließ der im Sonnenuntergang deutlich sichtbare Zweimaster unter vollen Segeln den Golf von Castellammare mit Kurs Nordosten. Am Ruder saß der blonde amerikanische Riese. Es hatte den Anschein, als wollte das Segelboot Sizilien verlassen, vielleicht in Richtung Festland, vielleicht in Richtung einer der kleinen Inselgruppen im Norden, die etwa einen Tagestörn entfernt waren.

Als sie sich weit genug von der Insel entfernt hatten, kroch Luigi von seiner hockenden Stellung in der Plicht hoch, faltete die Seekarten auseinander, zeigte Åke Stålhandske das Zielgebiet und berichtete über seine Inventur des Waffenvorrats in der Vorpiek.

Als die Dunkelheit anbrach, beschrieben sie einen weiten Halbkreis und orientierten sich mit Hilfe des Leuchtturms bei Cap San

Vito wieder in Richtung Land. Sie fühlten sich erleichtert, das Gebiet um Castellammare verlassen zu können; im Hafengebiet waren viele Polizisten unterwegs gewesen, und es hatte eine unangenehme Stimmung geherrscht. Die Dunkelheit war befreiend.

Als die Dunkelheit sich senkte, stand Carl in einem schäbigen Turnsaal in der Kaserne am Corso Calatafimi, geschützt durch hohe Mauern, Stacheldraht, Sandsäcke und Wachtürme.

Er war allein im Saal. Die Beleuchtung war schwach, die Hitze stickig. Aber als er sein Instrument testete, Teil um Teil, empfand er dies als reinigend wie eine kühle Dusche nach einem langen Geländelauf. Das Instrument oder Werkzeug war sein Körper, und er konzentrierte sich fest auf diese Vorstellung. Er brachte zwei Stunden mit elastischen Aufwärmübungen und sanften Gymnastikbewegungen zu, bis er schließlich wütend auf den abgewetzten Sandsack einschlug, der in einer Ecke des Turnsaals hing.

Nachdem er geduscht hatte, trug er die ihm zugeteilte Bettwäsche in einen völlig leeren Schlafsaal hinauf, in dem die Eisenbetten in Reih und Glied in den ausgetretenen Holzfußboden geschraubt waren und in dem es nach Wehrdienst roch.

Er breitete seine Bettwäsche auf einem der Betten aus. Das Leinen war grob, und die Matratze war mit Stroh gestopft. Er genoß die einfachen Düfte und wußte, daß er lange und traumlos schlafen würde.

9

Die Sondersitzung der Parteiführer war für 10.00 Uhr im Reichstagsgebäude anberaumt worden. Der Ministerpräsident war wie gewohnt Vorsitzender, und die Vertreterin der Umweltpartei kam wie gewohnt zu spät.

Diesmal hatte der Ministerpräsident es vorhergesehen und unterhielt sich mit den Anwesenden ein wenig über einige Erscheinungen des Wahlkampfs, die verfluchte Sensationsgier der Massenmedien, die überall »Affären« witterten, welche sich bislang immerhin einigermaßen gerecht zwischen Opposition und Regierungspartei verteilt hatten. Wie sich zeigte, hatte man auf beiden Seiten der Blockgrenze etwa gleich viele Steuerhinterzieher und Fälle von Trunkenheit am Steuer.

Samuel Ulfsson war es unbehaglich zumute, als hätte er in etwas Einblick genommen, womit er nichts zu tun hatte. Das war für den Chef eines Nachrichtendiensts gewiß ein ungewöhnliches Gefühlserlebnis. Aber dieser kameradschaftliche, kollegiale Ton der Parteiführer untereinander stimmte nicht mit seinen Vorstellungen von dem demokratischen Spiel überein. Allen schien das Problem gemeinsam zu sein, daß die Entführungsaffäre in Italien ständig andere Nachrichten überschattete, so daß ihre Wahlreden, Schachzüge und Angriffe gegeneinander ständig zu Nachrichten von zweitrangiger Bedeutung gerieten. Der Ministerpräsident witzelte sogar darüber und sagte, wenn diese Geschichte, wie es ja aussehe, bald zu Ende sei, hätten alle Anwesenden Anlaß, deswegen dankbar zu sein. »Alle« bedeutete offenbar alle Politiker.

Schließlich erschien auch die Vertreterin der Umweltpartei, und damit konnte das Treffen offiziell beginnen.

»So«, sagte der Ministerpräsident, dessen Stimme sich plötzlich genauso heiser und metallisch anhörte wie bei offiziellen Anlässen, »damit heiße ich euch alle willkommen. Laßt mich zunächst nur sagen, daß wir diese Sache erledigen können, ohne daß unsere eventuellen Vorräte an Wahlkampfadrenalin unser Urteil trüben.«

Er zögerte, als er seine Metapher nachträglich unter die Lupe nahm. Er fand sie – wie es schien – weniger gelungen.

»Wie auch immer«, fuhr er etwas entschlossener fort, »es sieht so aus, als ginge diese Entführungsgeschichte unten auf Sizilien jetzt ihrem Ende entgegen. Es ist jedoch noch etwas zu früh, Hurra zu rufen. Im Umgang mit dieser Angelegenheit gibt es ein paar heikle Probleme, die uns Kapitaän zur See Samuel Ulfsson in einem Vortrag erläutern wird. Ich glaube, zumindest einige von euch haben ihn schon kennengelernt. Du hast das Wort, Samuel.«

Samuel Ulfsson fiel es sichtlich schwer, in Gang zu kommen. Er blätterte nervös in Carls dechiffriertem Bericht. Er hatte erwartet, nur auf Fragen antworten zu müssen. Doch jetzt hatte ihm der Ministerpräsident das Wort erteilt, und alle sahen ihn an. Die Blicke waren durch Abstufungen von Sympathie oder Feindseligkeit gekennzeichnet, je nach Parteizugehörigkeit, und so blieb ihm nur, sich ins kalte Wasser zu stürzen.

»Die Lage ist kurz folgende«, begann er, ohne eine Vorstellung davon zu haben, wie er *kurz* fortfahren sollte, »wir erwarten ein endgültiges Angebot der Mafia-Organisation, die sämtliche vier Entführten als Geiseln hält. Die Gegenseite, also die Mafia, hat von Anfang an das Ziel verfolgt, uns – und mit uns meine ich in erster Linie den schwedischen Staat – dazu zu bewegen, mehr Waffen für die italienischen Fregatten zu liefern als ursprünglich vorgesehen. Des weiteren bestand die Absicht, einen Teil dieser Waffen an eine dritte Partei weiterzuexportieren. Uns ist es nun gemeinsam mit den Italienern gelungen, den betreffenden Gangsterorganisationen klarzumachen, daß ein solches Geschäft nie in Frage kommen kann, wie sehr uns auch gedroht wird und wie viele Entführungen es auch geben mag. Unser Personal vor Ort hat gemeinsam mit unseren italienischen Kollegen einen gewissen Druck auf die fragliche Gangsterorganisation ausgeübt, und wir erwarten noch heute die Nachricht, wie und wann ein Austausch stattfinden kann. Ja, das ist in etwa die Lage. Falls jemand eine Frage hat ...«

Samuel Ulfsson sah sich mit einem harmlosen Blick um, doch die Verblüffung war zunächst zu groß, als daß jemand eine Frage über die Lippen brachte.

»Dann möchte ich mich mit einer Frage an den Ministerpräsidenten wenden«, sagte der Chef der Konservativen nach einem Schweigen, das bedrohlich lang zu werden begann, als wollten plötzlich alle aufstehen und gehen. »Wo liegt der Hund begraben?«

»Der Hund?« sagte der Ministerpräsident und machte ein aufrichtig erstauntes Gesicht.

»Ja«, erklärte der Konservative, »du hast uns doch nicht mitten im Wahlkampf gebeten, alles stehen und liegen zu lassen, damit wir herkommen und uns anhören, was wir morgen abend auch in den Fernsehnachrichten hätten hören können. Wo liegt das Problem?«

»Ach ja, das Problem«, erwiderte der Ministerpräsident und rückte nervös seine Brille zurecht. »Ja, das Problem könnte darin liegen, daß die künftige Entwicklung eine nicht zu unterschätzende Gefahr von Gewaltanwendung in sich birgt.«

»Aha! Da kriecht die Made aus dem Apfel«, stellte der Chef der Konservativen zufrieden fest. »Und wofür willst du jetzt unsere Zustimmung? Was für Gewalt soll da sanktioniert werden beziehungsweise nicht?«

»Nun ja, es handelt sich eher um ein gewisses Risiko«, der Ministerpräsident machte einen Rückzieher, »aber ich möchte die Frage gleich an Samuel Ulfsson weitergeben. Könntest du uns also, wie soll ich sagen, die rein militärische Lage beschreiben, Samuel.«

»Die militärische Lage ist folgende«, begann Samuel Ulfsson mechanisch und etwas schneller als seine Gedanken. »Also es sieht wie folgt aus ... wir haben Personal vor Ort. Es ist bewaffnet und wird bei dem geplanten Austausch bewaffneten Gangstern begegnen. Beabsichtigt ist natürlich, daß alles ohne Gewaltanwendung von beiden Seiten abläuft. Es gibt jedoch ein Risiko, ich betone, ein Risiko, daß die Dinge nicht so verlaufen, wie wir hoffen. Unser Personal wird mit Gewalt einschreiten, wenn es sich als notwendig erweist, um die schwedischen Geiseln zu befreien. Ich nehme an, das ist es, was der Ministerpräsident gemeint hat.«

»Befinden sich Araber auf der anderen Seite?« fragte der Chef der Liberalen hoffnungsvoll.

»Nein«, erwiderte Samuel Ulfsson erstaunt, »das kann ich mir nicht vorstellen. Die Gegenseite ist das organisierte Verbrechen auf Sizilien, mit anderen Worten die sizilianische Mafia.«

»Gibt es überhaupt eine Mafia? Ist das nicht nur eine Erfindung Hollywoods?« fauchte die Grüne.

»Doch, es gibt die Mafia«, erwiderte Samuel Ulfsson kurz.

»Könntest du die Antwort etwas weiter ausführen?« beharrte die Grüne, was ihr einige Seufzer und mißbilligende Blicke der Umgebung eintrug.

»Was soll ich sagen«, erklärte Samuel Ulfsson zögernd, da ihm die Reaktionen der anderen nicht entgangen waren, »wir haben es mit einer verbrecherischen Milliardenindustrie zu tun, die mehrere hunderttausend Menschen beschäftigt. Dieses Hollywood-Bild, von dem du sprichst, scheint mir eher eine Verharmlosung der Wirklichkeit zu sein.«

»Vielleicht sollten wir versuchen, zur Tagesordnung zurückzukehren«, erklärte der Ministerpräsident irritiert. »Zunächst möchte ich darauf hinweisen, daß unser Personal selbstverständlich mit den italienischen Behörden zusammenarbeitet. Wir sind also nicht auf eigene Faust dort oder so, sondern das Arrangement hält sich im Rahmen italienischer Gesetze und Verordnungen.«

»Wo ist dann das Problem?« wollte der Chef der Konservativen wissen, ohne auch nur den Versuch zu machen, seine Aggressivität zu verbergen. Er ahnte schon, in welche Richtung es gehen konnte.

»Ja, die Frage ist hauptsächlich wohl die«, sagte der Ministerpräsident zögernd, »ob die Gefahr von Gewalttätigkeit bedeutet, daß wir das ganze Projekt abblasen und unsere Leute nach Hause holen sollten.«

»Was für Leute? Was sind das für Typen, die wir da unten haben?« fragte der Führer der Bauernpartei, der noch immer nicht wußte, wie er sich den eventuellen Problemen gegenüber verhalten sollte.

»Unsere Gruppe steht unter dem Befehl von Fregattenkapitän Hamilton. Es handelt sich um Personal der operativen Sektion des Nachrichtendiensts, etwa mit dem gleichen Hintergrund und der gleichen Ausbildung wie Hamilton«, erwiderte Samuel Ulfsson kurz und kernig.

Der Chef der Konservativen ließ einen erstaunten Pfiff hören.

»Dann werden die Mafia-Bosse aber rote Ohren kriegen«, stellte er entzückt fest.

Diese Äußerung erregte den Zorn sowohl des Kommunistenführers als auch der Grünen, und sie überschlugen sich fast in dem

Bemühen, als erste den Einwand zu äußern, man solle die Sache den italienischen Behörden überlassen, es gebe keinen Anlaß, schwedische Rambos in die Welt zu schicken und Schweden zu schaden. Eine Zeitlang sah es danach aus, als wäre totale Uneinigkeit das Ergebnis, da der Führer der Bauernpartei mit einigen zustimmenden Bemerkungen zu erkennen gab, daß er eventuell bereit war, nicht nur zusammen mit den Kommunisten, sondern auch mit den Grünen gegen seine künftigen Koalitionspartner zu stänkern.

Samuel Ulfsson erhielt vom Ministerpräsidenten mehr oder weniger Befehl, die juristische Problematik zu klären und den Grund dafür zu nennen, daß schwedisches Personal eingesetzt werden müsse.

»Es hat mit der italienischen Gesetzgebung zu tun«, begann Samuel Ulfsson. »Nach italienischem Recht dürfen die Behörden des Landes nicht mit dem organisierten Verbrechen verhandeln. Jeder Versuch dazu ist in Italien strafbar. Dagegen kann die italienische Regierung ausländischen Behörden so etwas wie Dispens gewähren oder, wie sollen wir sagen, Immunität. Das ist vielleicht ein besserer Begriff. Beispielsweise könnte es dazu kommen, daß Lösegeld gezahlt wird, was nach italienischem Recht ebenfalls verboten ist. Auf unserer Seite gibt es solche Hinderungsgründe nicht, und daher haben die Italiener uns gebeten, bei diesem Unternehmen mit ihnen zusammenzuarbeiten.«

»Das Ziel muß ja sein, unsere schwedischen Mitbürger lebend nach Hause zu bekommen«, ergänzte der Ministerpräsident.

»Werden wir bezahlen, um die Schweden freizubekommen?« fragte der Chef der Liberalen. »Und wer steht dann für die Rechnung gerade?«

»Ja, diese Möglichkeit besteht«, gab Samuel Ulfsson zu. »Und was die Rechnung betrifft, also das Lösegeld, so sind von den schwedischen Unternehmen, deren Leute entführt worden sind, Mittel zur Verfügung gestellt worden. Problematischer ist das schon im Fall der Person, die beim Generalstab angestellt ist. Die haben keine Fonds für derlei.«

»Läuft Oberst Nils Gustaf soundso, wie hieß er noch, damit Gefahr, als einziger in Geiselhaft zu bleiben?« fragte der Chef der Konservativen.

»Das glaube ich nicht«, erwiderte Samuel Ulfsson. »Wir brauchen die Mittel, die zur Verfügung gestellt worden sind, doch nicht zu spezifizieren, sondern bezahlen einfach in Bausch und Bogen. Falls es überhaupt zu einer Zahlung kommt, was noch nicht entschieden ist.«

»Ist die Alternative zu Lösegeld eine gewalttätige Lösung?« fragte die Grüne. »Wenn es so ist, werden wir uns dem entschieden widersetzen.«

»Es ist schwierig, das Risiko von Gewalt zu beurteilen«, gestand Samuel Ulfsson. »Gewalt gehört jedenfalls nicht zu unserer Planung, sie ist nur ein Risiko angesichts der Leute, mit denen wir es zu tun haben. Wir wollen sozusagen darauf eingestellt sein, jeder Form von Bedrohung begegnen zu können.«

»Wenn wir jetzt mal zusammenfassen«, sagte der Chef der Konservativen in einem Tonfall, als wäre er schon Ministerpräsident oder zumindest der unanfechtbare Sprecher der versammelten Opposition, »so gibt es zwei Alternativen. Erstens: Wir erlauben dem Personal des Generalstabs, diesen Versuch zu unternehmen, unsere Mitbürger freizubekommen, auch wenn ein Risiko besteht, daß es zu Gewaltanwendung kommt. Zweite Möglichkeit: Wir ziehen uns gerade wegen des Risikos von Gewaltanwendung zurück. Sollen wir die Problematik etwa so zusammenfassen, zu der die Regierung unsere Zustimmung wünscht?«

»Ja, das finde ich eine ausgezeichnete Zusammenfassung«, erklärte der Ministerpräsident. »Wir möchten nicht die Verantwortung auf uns nehmen, dieses Unternehmen abzublasen, denn es steht immerhin das Leben von vier schwedischen Bürgern auf dem Spiel. Aber im Hinblick darauf, daß der Fregattenkapitän beteiligt ist, na ja, wir kennen ja sozusagen sein Vorleben, wollen wir also kein Risiko eingehen, ohne eure Zustimmung zu haben. Wenn es nicht anders geht, ziehen wir uns zurück.«

»Kommt überhaupt nicht in Frage«, entgegnete der Chef der Konservativen blitzschnell und nagelte damit die Koalitionspartner einer künftigen bürgerlichen Regierung fest. »Wir haben ja schon früher ähnliche Diskussionen führen müssen. So waren wir beispielsweise ja nicht gerade einig darin, wie wir uns etwa zu Saddam Hussein verhalten sollten. Damals konnte die Regierung, ohne uns anzuhören, sich für eine gelinde gesagt feige schwedische Politik entscheiden. Ein Fehler wird jedoch dadurch nicht geringer, daß man ihn wiederholt.«

Da der Führer der Linkspartei schon eingeschlafen war, sah sich die Grüne auf sich allein gestellt. So fand das Treffen schnell ein Ende, und die meisten Anwesenden waren recht zufrieden. Der Ministerpräsident hatte eine gewisse Rückendeckung, falls auf Sizilien etwas schiefging. Wenn dort unten alles gut ging, würde das Verdienst eher der Regierung als der Opposition zugute kommen, da es dem Chef der Konservativen recht schwerfallen würde zu behaupten, er allein habe die Garantien für eine entschlossenes schwedisches Auftreten geschaffen.

Doch auch dieser war zufrieden. Es erschien ihm wichtig, daß Schweden so auftrat, wie es einer Demokratie anstand, jedenfalls nicht so wie damals, als Schweden die UNO-Koalition gegen den Irak nur äußerst halbherzig unterstützte. Verbrechern mußte entgegengetreten werden, falls nötig, mit der Waffe in der Hand.

Auf dem Weg hinaus wechselte er darüber einige Worte mit dem Chef der Liberalen, der sofort Parallelen zu arabischer Gewalt zog und erklärte, wie man künftig auch an dieser Front in Schweden entschlossener auftreten müsse. Eine der ersten Maßnahmen nach dem Regimewechsel werde beispielweise die sofortige Schließung des PLO-Büros in Stockholm sein.

Carl frühstückte in der Offiziersmesse der Kaserne und verbrachte dann erneut ein paar Stunden in der Turnhalle, bis die entscheidende Stunde näherrückte. In einer Ecke der Halle fanden etwa eine Stunde lang verschiedene Nahkampfübungen konventioneller militärischer Art statt, und Carl vermied daher sorgsam einige Übungen dieser Art. Er wollte sich innerlich reinigen und alle Gedanken verscheuchen, die nicht mit Sizilien, Don Tommaso, Joars Mörder und den rein technisch-praktischen Problemen zu tun hatten, die er mit seinem Auftrag verbinden konnte; nichts Privates, keine Schuldgefühle, kein Gewissen, nichts in der Richtung.

Punkt zwölf Uhr kam er mit einem Handtuch um die Hüften aus der Dusche, sammelte seine Kleidungsstücke zusammen, ging zu seinem Bett in dem leeren Schlafsaal und kramte sein Telefon hervor.

»Buon giorno, Don Tommaso, vielen Dank für unser nettes Zusammensein neulich«, begann er und wurde sofort ebenso höflich begrüßt.

»Ah, buon giorno, ich habe eine gute Nachricht und eine schlechte, wie die Amerikaner sagen, und werde gleich zur Sache kommen. Die gute Nachricht ist, daß ich Ihr kleines Geschenk auf eine, wie ich glaube, passende Weise erwidern kann. Sie haben inzwischen zwar eine neue Adresse, aber ich glaube trotzdem, daß die Nachsendung befriedigend funktionieren wird. Doch jetzt zu der Angelegenheit, die Ihnen etwas mehr Kummer machen wird, Comandante.«

»Lautet die Antwort nein?« schnitt Carl Don Tommaso das Wort ab.

»Nein, das kann man nicht sagen, aber die Geschäftsleitung hat mich auf bestimmte Bedingungen verpflichtet, die ich Ihnen jetzt nenne. Die Waren sind nur für einen Preis von zehn Millionen Dollar pro Stück zu haben. Da es sich um leicht verderbliche Frischware handelt, muß das Geschäft mit einiger Eile durchgeführt werden, denn sonst, so fürchte ich, müssen wir die Waren in der Reihenfolge ihres Verfalldatums vernichten. Habe ich mich verständlich ausgedrückt?«

»Ja, absolut«, entgegnete Carl kalt. »Wann wollen Sie eine Antwort?«

»Innerhalb von vierundzwanzig Stunden.«

»Gut, Don Tommaso. Ich schlage vor, daß wir morgen gemeinsam zum Lunch essen, um die näheren Geschäftsbedingungen zu besprechen, die wir beide nicht am Telefon erwähnen sollten. Sagen wir bei Ihnen zu Hause?«

»Ja, aber ich will vorher eine Antwort haben.«

»Da können Sie ganz sicher sein, Don Tommaso. Sie werden Sie erhalten. Meine respektvolle Empfehlung an Ihre Familie und auf baldiges Wiederhören«, sagte Carl so freundlich, wie es ihm nur möglich war, und brach dann das Gespräch ab.

Er zog sich schnell an, während er maschinenmäßig überlegte, was in der nächsten Stunde geschehen würde. Erstens würde er sich nicht bei Da Piemonte melden. Dieser würde zwar ungefähr verstehen, wohin die Reise ging, aber es würde ihm erspart bleiben, zu den kommenden Problemen Stellung zu nehmen.

Samuel und Ulfsson und die Heimatfront hatten einen einigermaßen ehrlichen Bericht erhalten, zumindest frei von Lügen, obwohl so manches verschwiegen worden war, und das müßte die Leute in Stockholm bis auf weiteres beschäftigt halten. Die Basis befand sich in Sicherheit. Blieb sein eigener Transport.

Wenn er einen Wagen nahm, ging er damit das Risiko ein, eventuelle Verfolger zu der eigenen Basis zu führen und die gesamte taktische Überlegenheit zu ruinieren. Er mußte davon ausgehen, daß der Feind wußte, wo er sich aufhielt und von jetzt an seine Bewegungen überwachte. Damit kam ein Auto nicht in Frage.

Carl streifte sein Schulterholster über, packte seine Aktentasche mit dem wenigen Reisegepäck voll, das er in die Kaserne mitgenommen hatte, und spazierte dann durch das Tor. Er ging den langen Corso Calatafimi hinunter, vorbei am Hauptquartier der Carabinieri. Ein eventueller Verfolger müßte annehmen, daß er dorthin gehen wollte. Dann ging er die ganze Via Vittorio Emanuele entlang, bis er zum Hafen kam.

Ihm und Joar war die Bootsvermietung aufgefallen, als sie bei einem ihrer ersten Erkundungsstreifzüge dort vorbeigekommen waren. Joar hatte gemeint, daß einige Boote offensichtlich für den Drogenschmuggel eingesetzt würden, da kein Zollkreuzer bei deren Geschwindigkeit mithalten könne.

Bei der Bootsvermietung erregte er natürlich einige Verwunderung, als er allein erschien und auf das teuerste Boot zeigte. Doch da er bar zahlen und überdies eine ansehnliche Kaution sowie Ausweise auf den Tisch legen konnte, ohne zu murren, war das Geschäft schnell geschlossen. Eine Viertelstunde später lotste er das gurgelnde, noch ruhende Monster zwischen Segelbooten und Motorjachten hindurch, bis er die offene See erreichte und Vollgas geben konnte. Mit einem fauchenden Brüllen wurde das Gefährt plötzlich auf eine Geschwindigkeit beschleunigt, die das Maximum der schwedischen Marine um einiges übertraf. Carl hielt zunächst auf die offene See zu, um so schnell wie möglich möglichst weit von der Küste wegzukommen, bis er nicht mehr aufgespürt werden konnte. Er überlegte, ob ein Verfolger es geschafft hatte, zu einem Telefon zu kommen, und wie der nächste Schritt aussehen würde. Hubschrauber?

Das wäre immerhin zu sehen. In dem Fall würde er den

Anbruch der Dunkelheit abwarten und das kommende Unternehmen auf einen späteren Zeitpunkt verlegen müssen.

Der Fahrtwind kühlte angenehm. Draußen auf offener See holte er sein Funkgerät hervor, klappte die Antenne auf und rief die Basis auf der vereinbarten Notfrequenz, die neben den routinemäßigen Kontakten zur jeweils vollen Stunde benutzt werden sollte. Gleich nach der Antwort wechselten sie auf die gewohnte Frequenz, um nicht abgehört zu werden.

»Folgender Befehl von Trident an Orca und Triton«, begann er munter. Er fühlte sich plötzlich voller Optimismus und heiter. »Bereitet Einsätze mit RPG vor. Rüstet die Granaten mit HEAT-Sprengköpfen aus. Zielgebiet befindet sich in der Nähe des Dorfs Purgatorio, etwa zehn Kilometer südöstlich des Leuchtturms von Capo San Vito. Untersucht die Möglichkeiten, dort im Dunkeln an Land zu gehen und zu Fuß zum Zielgebiet vorzurücken. Ich bin mit einem Boot unterwegs. Berechnete Ankunftszeit in eurem Gebiet in etwa zwei Stunden. Bitte wiederholt die Anweisungen.«

Åke Stålhandske hatte das Gespräch entgegengenommen und wiederholte ruhig und mechanisch, was Carl gesagt hatte, ohne in diesem Moment näher darüber nachzudenken, was die Wahl der Werkzeuge bedeutete. Sie befanden sich draußen auf See und hielten sofort auf die Küste zu. Luigi ging in die Vorpiek hinunter, um die Ausrüstung nach oben zu schleppen, von der sich keiner der beiden ernsthaft hatte vorstellen können, daß sie sie anwenden würden.

Luigi reihte verschiedene Typen von Sprengköpfen für das Granatengewehr auf, und da es zwei Varianten des HEAT-Sprengkopfs gab, die offenbar eingesetzt werden sollten, um Gebäude oder Installationen zu sprengen, legten sie die beiden Modelle beiseite. Sie wollten später über die Wahl diskutieren, wenn ihr Kommandeur da war, um die nächtliche Operation mit ihnen durchzusprechen.

»Es ist offenbar schiefgegangen«, bemerkte Åke Stålhandske nach einer Weile.

»Ja, und jetzt kommt die Quittung dafür. Glaubst du, daß man sich von so einem Ding überreden läßt?« fragt Luigi und hielt eine scharfgeladene Granatenspitze mit roter Farbmarkierung hoch.

Åke Stålhandske schüttelte nur den Kopf. Es gab nicht viel zu sagen. Ihnen stand ein Krieg bevor, und beide wußten es. Carls Instruktionen ließen keinerlei Raum für Mißverständnisse.

Carl beschrieb einen weiten Bogen weit außerhalb des Golfs bei Castellammare, und obwohl er kein Fernglas bei sich hatte, war er einigermaßen sicher, daß ihn am Himmel niemand verfolgte. Zu Wasser war es natürlich undenkbar. Das Boot machte sicher seine fünfzig Knoten, und es war ein Glück, daß die Wasserfläche sich in der schwachen Sommerbrise nur leicht kräuselte.

Er repetierte im stillen die verschiedenen Momente, Schritt für Schritt. Eine Voraussetzung war natürlich, daß die Heroinraffinerien nachts in irgendeiner Form bewacht wurden, doch dann schüttelte er leise vor sich hin lachend den Kopf. Es war undenkbar, daß solche Anlagen nachts unbewacht blieben. Damit war sichergestellt, daß der Angelhaken nicht ohne Köder blieb.

Es gab jedoch zwei Möglichkeiten. Bei einer kam es entscheidend darauf an, ob es gelang, einen von Don Tommasos Wachposten zu holen, um einen weiteren Köder zu haben. Das war die eleganteste Lösung, mit der sie es zunächst versuchen sollten.

Carl ließ seine Gedanken kurz abschweifen und ließ den Blick über die bergige Küste gleiten; Sizilien war natürlich eine schöne Insel. Zu warm im Sommer, aber im Februar oder November vielleicht perfekt?

Er fand die beiden ein paar Seemeilen vor der Küste treibend. Sie saßen nebeneinander und ließen die nackten Füße über die Reling baumeln und angelten mit Senkern, an denen mehrere Haken befestigt waren. Anscheinend ohne Erfolg.

»Ich glaube, es ist hier zu tief«, erklärte Åke Stålhandske, als er Carl ein Tauende hinwarf. »Was hast du dir da übrigens für ein Schmuggelmonster besorgt? Was verbraucht so ein Ding?«

»Was weiß ich? Vielleicht hundertfünfzig Liter pro Stunde«, lachte Carl, als er an Bord sprang und beiden demonstrativ die Hand gab, bevor er die Unterlagen für das kommende Unternehmen aus der Aktentasche nahm.

Sie klappten einen Tisch in der Mitte der Plicht hoch und falteten neben Carls detaillierten Skizzen und Fotos Karten und Seekarten auseinander.

Carl erklärte zunächst kurz die Lage.

»Don Tommaso hat einen derart hohen Preis und eine so kurze

Frist festgesetzt, daß es anscheinend darum geht, wie er am Telefon sagte, ›die Waren zu vernichten‹. Sie werden dann die Geiseln nach und nach töten, und zwar die Ältesten zuerst. Don Tommaso will in vierundzwanzig Stunden eine Antwort haben, und die bereiten wir jetzt vor.«

Carl zeigte auf die Lage der beiden Raffinerien.

»Die hier, die außerhalb von Purgatorio liegt – übrigens ein bemerkenswerter Name für ein Dorf –, also diese Raffinerie liegt auf Don Tommasos Territorium, wird aber von der seit kurzem nicht mehr sicher verbündeten Cosca aus Palermo betrieben. Don Tommasos Raffinerie liegt im Dorf und läßt sich fast direkt vom Meer aus angreifen.

Es gibt zwei Möglichkeiten. Die erste und theoretisch beste wäre, wenn es uns gelänge, uns einen von Don Tommasos Gorillas zu schnappen, etwa den, der da oben auf diesem Zuckerhut sitzt. Dann sollten wir ihn nach der Zerstörung der Raffinerie des Palermo-Clans als Spur dort deponieren. Dann hat Don Tommasos einen Bürgerkrieg am Hals und riskiert nicht nur gewaltige finanzielle Verluste, sondern auch sämtliche anderen Konsequenzen eines Bürgerkriegs.«

Sie erwogen das Für und Wider, aber meist ging es um praktische Entscheidungen. Etwa um die Frage, ob sie genügend Zeit haben würden, von einer Alternative auf die andere umzuschalten, falls es zu Hause bei Don Tommaso keine Wachposten zu holen gab.

In dem Fall würden sie weniger raffiniert vorgehen und beim ersten Angriff direkt gegen Don Tommasos Raffinerie zuschlagen, damit seine Finanzen bedrohen und anschließend mit ihm verhandeln.

Eine wichtige Voraussetzung dafür war, daß Luigis Wagen immer noch dort stand, wo er ihn geparkt hatte, nämlich in Trappeto gegenüber von Castellammare. Sie hatten jedoch noch viel Zeit, und Carl würde es schaffen, den Wagen zu holen oder einen neuen zu besorgen und rechtzeitig zurückzukehren.

Die Karten, die sie unter dem Material des Carabinieri-Chefs fanden, waren außerordentlich gut und beruhten auf Luftaufnahmen. Die lange Landzunge, die ins Meer hinausragte und draußen bei Capo San Vito mit dem Leuchtturm endete, hatte eine derart unzugängliche Küste, daß sie über weite Strecken völlig unbebaut war. Sie würden sich auf dem Seeweg bis auf ein paar Kilometer ans Ziel heranwagen können, und dann würde die schützende Dunkelheit den Rest besorgen.

Carl beschloß, mit Luigi den Versuch zu wagen, einen von Don Tommasos Wachposten einzufangen. Wenn es gutging, würden sie mit dem Wagen zur Basis zurückkehren. Luigi würde Carl und den Gefangenen in der Nähe des Ziels absetzen, den Wagen irgendwo verstecken und dann zur Basis zurückkehren. Gleichzeitig würde sich Åke zu Fuß auf den Weg machen, schwer beladen mit dem Granatengewehr und anderen Waffen, und sich in der Nähe des Ziels eine Position suchen. Diesen Teil des Unternehmens konnten sie unter ständigem Funkkontakt abwickeln.

Carl sollte seine eigene Ausrüstung schon aufladen, bevor er sich nach Trappeto begab, um den Wagen zu holen. Wegen der Beschaffenheit des Ziels, einem geschlossenen Gebäude, dem von außen nicht anzusehen war, was sich darin verbarg, mußte er Infrarot-Ausrüstung mitnehmen.

Sie wählten bestimmte Wege aus und diskutierten verschiedene Angriffswinkel und Treffpunkte, bevor sie sich die Ausrüstung ansahen. Die HEAT-Sprengköpfe waren einander so ähnlich, daß es fast eine Geschmackssache war, wofür sie sich entschieden. Carl schlug im Scherz vor, Åke solle nach Gewicht wählen, aber da beide Versionen nur um wenige Gramm voneinander abwichen, packten sie je ein Modell ein.

Carls technische Ausrüstung hatte in einem Rucksack Platz. Auf die Geräte stopfte er eine Mütze und ein Hemd in Tarnfarbe. Die restliche Kleidung mußte ein Kompromiß zwischen zweckdienlichen Kleidungsstücken und solchen sein, in denen er sich unter Menschen zeigen konnte.

Als er sich abfahrbereit machte, bat Luigi ihn, noch etwas zu bleiben, um die Ausrüstung noch einmal durchzusehen. Luigi war der Meinung, es gehe alles zu schnell. Soviel er wisse, gebe es noch mehrere unklare Punkte.

Carl machte sich in der kleinen Pantry an der Kaffeemaschine zu schaffen, um zu zeigen, daß sie sich nicht gehetzt fühlen sollten. Sie würden sich erst dann trennen, wenn alle Unklarheiten beseitigt waren.

Während Carl den Kaffee einschenkte, wies Luigi darauf hin,

daß der schwächste Moment des Unternehmens wahrscheinlich nach dem Feuern kommen werde. Das Ziel liege nur gut einen Kilometer von einer allgemeinen Straße entfernt, die überdies recht stark befahren sei und ihnen den Rückzug abschneide; die Straße müsse überquert werden.

»Was passiert, wenn es zu einem Menschenauflauf kommt?« fuhr Luigi fort. »Soll sich der Schütze etwa mit einem Granatengewehr auf der Schulter durch die Zuschauer drängen? Und wenn wir gegen das zweite Ziel im Dorf Purgatorio zuschlagen, wird das ganze Dorf wenige Augenblicke später nur so von Menschen wimmeln.«

Carl begegnete den Einwänden mit Geduld und bemühte sich, sie zu respektieren.

»Im ersten Fall«, begann er, »wenn Åke feuert, gibt es eine sehr einfache Möglichkeit, nämlich das Granatengewehr einfach liegen zu lassen. Das Ding ist weder geheim noch sonderlich kompliziert, und außerdem haben wir zwei Granatengewehre an Bord.

Im zweiten Fall, wenn wir gegen das Ziel im Dorf zuschlagen, müssen wir natürlich die direkte Umgebung ausspähen, und derjenige, der den Auftrag dazu hat, muß dann den Feuerbefehl erteilen und sich gleichzeitig zurückziehen. So wie das Ziel aussieht, dürfte es aus rund dreihundert Meter Entfernung zu beschießen sein, und zwar schräg von oben.«

Sie tranken noch eine Tasse Kaffee und gingen noch einmal alles durch. Anschließend hatte Åke Stålhandske nur noch eine Frage: Wie teuer würde den Feind das alles zu stehen kommen?

Carl zuckte die Achseln. Den Unterlagen zufolge werde die Heroinproduktion pro Raffinerie auf achtzig Kilo in der Woche geschätzt. Gehe man davon aus, daß eine Wochenproduktion auf Lager sei, und zähle man den Verlust des gesamten Produktionsapparats dazu, könnten sich leicht hundert oder zweihundert Millionen Dollar ergeben. Schwer zu sagen.

Auch Luigi hatte zum Schluß nur noch eine Frage zu stellen: Wie viele Menschen würden sich zum Zeitpunkt des Angriffs im Ziel aufhalten?

»Das läßt sich unmöglich sagen«, erwiderte Carl. »Aber da wir vermutlich zwischen zwei und vier Uhr morgens angreifen werden und berücksichtigen, daß dann weniger Verkehr herrscht, kann es sich höchstens um einen vereinzelten Wachposten handeln, ob nun innerhalb oder außerhalb des Ziels. Auch das läßt sich schwer sagen.«

Carl spülte seine Kaffeetasse aus, warf sich seinen verdächtig schweren Rucksack auf die eine Schulter, zog sein Motorboot heran und sprang an Bord. Die beiden anderen begannen die Segel zu setzen. Ihnen blieben noch viele Stunden, in Richtung Land zu segeln, und es sollte nach Möglichkeit so aussehen, als wären sie friedliche Touristen auf Sommerurlaub.

Inzwischen hatte der Wind aufgefrischt. Es war ein heißer Südwind, und die See wurde allmählich gröber, so daß Carl auf dem Weg nach Trappeto mit der Geschwindigkeit heruntergehen mußte. Als er den Leuchtturm bei Capo San Vito umrundete, landete er auf der Leeseite, so daß er die Geschwindigkeit wieder erhöhen konnte. In seinem Fernglas konnte er Don Tommasos Burg betrachten. Es sah aus, als fände da oben wie üblich ein Essen für rund zehn Personen statt, aber die Entfernung war zu groß, um sehen zu können, ob nur Männer dort saßen oder auch Frauen. Carl versuchte sich vorzustellen, worüber sie sprachen. Wenn er und seine Kameraden sich jetzt in der gleichen Lage befänden wie Don Tommaso, hätten sie natürlich nichts anderes getan, als sämtliche Möglichkeiten von vorn und hinten zu beleuchten, hätten versucht, die Reaktionen des Feindes abzuschätzen, seine eventuellen Schachzüge, mögliche Gegenaktionen. Carl hatte jedoch den Eindruck, daß an Don Tommasos Tafel nichts davon diskutiert werden durfte, zumindest nicht, wenn Frauen anwesend waren. Aber nein, Don Tommaso hatte Frauen und Kinder inzwischen in die USA geschickt.

Nein, er glaubte trotzdem nicht, daß Don Tommaso erlauben würde, daß bei Tisch über die Arbeit gesprochen wurde.

Trappeto erwies sich als typischer Touristenort mit zahlreichen Bootsanlegern, an denen Motor- und Segelboote dicht an dicht vertäut lagen. Carl nahm an, daß man ein Boot gegen Zahlung einer Gebühr dort parken konnte. Es gelang ihm auch mit einem einzigen Wort – »Parking«, – verstanden zu werden. Er vertäute seinen Renner, knöpfte die Persenning über der Plicht zu, schloß ab und ging, den Rucksack lässig über einer Schulter, als wöge er kaum etwas, an Land, um Luigis Mietwagen zu suchen. Plötzlich befiel ihn das unangenehme Gefühl, beobachtet zu werden, und so änderte er seine Pläne. Er beschloß, zunächst in Trappeto essen zu gehen.

Der Wagen schien nicht angerührt worden zu sein und war zumindest nicht aufgebrochen worden. Er stand auf einem reichlich bemessenen Parkplatz unter zahlreichen anderen Autos. Vielleicht war das der Schutz, etwa wie für einen Fisch in einem Schwarm: Es gibt noch so viele andere, über die man sich hermachen kann. Er beschloß, seine reichlich bemessene Zeit für die Suche nach einem ähnlichen Parkplatz zu verwenden. Alle auffallend geparkten Wagen in der Nähe des Zielgebiets würden Aufmerksamkeit auf sich ziehen, und Luigis Wagen würde sich leicht zu dem Mann zurückverfolgen lassen, der ihn gemietet hatte.

Trappeto war weniger als fünfzehn Autominuten von Castellammare entfernt, an dem er in den Außenbezirken vorbeifuhr. Dann fuhr er auf der Corniche in Richtung Trapani weiter und war nach einigen Minuten bei dem Berg, den sie den Zuckerhut getauft hatten. Er konnte dort keinen Wachposten sehen, wollte aber auch nicht anhalten und mit einem Fernglas Aufmerksamkeit erregen.

Fünf Minuten später bog er in Richtung Süden auf kleinere Nebenstraßen ab, um eventuelle Verfolger zu entdecken. Es herrschte noch Tageslicht, und er hatte nach allen Seiten ziemlich weite freie Sicht. Niemand folgte ihm. Darauf bog er wieder nach Norden in Richtung Trapani ab und erreichte kurz darauf das Dorf Purgatorio, an dem er auf dem Weg nach Capo San Vito und zur Basis vorbeikommen würde.

Nach einiger Zeit wechselte die Landschaft den Charakter. Die wogenden Felder gingen in eine karge, bergige Landschaft mit verdorrter Vegetation und roter Erde über, die zwischen den hellen, unebenen Felsblöcken aussah wie eine offene Wunde. Es war, als hätte Gottes Segen plötzlich ein Ende genommen, als hätte ein Strafurteil die Landschaft getroffen; Carl fragte sich, ob der Name Purgatorio etwas damit zu tun hatte. Der Name mußte von *purgatorium* herrühren, der äußersten Reinigung, dem Fegefeuer.

Das Dorf Purgatorio bestand aus einer einzigen Straße mit niedrigen Häusern auf beiden Seiten. Die einzigen Menschen, die zu sehen waren, waren ein paar spielende Kinder, die in lebensgefährlicher Nähe der Straße ein Rad vor sich her rollten. Der Verkehr war recht dicht, da man hier durch mußte, um zur Landzunge und den Badestränden bei Capo San Vito zu gelangen.

Carl zählte die Häuser und stellte fest, daß alles so aussah wie auf den Fotos. Er hatte keine Mühe zu erkennen, welches Haus Don Tommasos Raffinerie war. Es lag etwa in der Mitte der Dorfstraße, hatte geschlossene Fensterläden und sah verriegelt aus.

Es war natürlich unmöglich, daß die Dorfbewohner nicht wußten, was in diesem Haus vorging. Alle waren einverstanden, arbeiteten mit oder wurden nach bekanntem regionalem Muster zum Schweigen gebracht.

Plötzlich war das Dorf zu Ende. Gleich links hinter dem letzten Haus lag ein Olivenhain. Carl stellte schnell fest, daß der Weg oberhalb des Olivenhains ein ausgezeichneter Angriffsweg sein würde.

Fünf- bis sechshundert Meter hinter dem Ende des Dorfs machte die Straße eine scharfe Biegung nach links. Etwa gleichzeitig tauchte eine Baustelle auf. Es war offenbar geplant, rechts eine Straße zu bauen, die auf den dort liegenden Berg hinaufführte. Es stimmte alles. Noch knapp einen Kilometer die noch unfertige Straße hinauf, und Carl befand sich zweihundert Meter oberhalb des Ziels. Eine ausgezeichnete Schußposition für Åke, wenn es soweit war.

Polizei, Feuerwehr, Carabinieri und andere würden mindestens eine halbe Stunde brauchen, um zum Ort des Brands zu kommen. Dann würden er und Åke schon im Schlauchboot sitzen und Richtung Basis fahren oder bestenfalls sogar schon da sein.

Auf halbem Weg auf der Landzunge lag ein kleines Dorf namens Macari. Es hatte einen touristenfreundlichen Badestrand und einen großen asphaltierten Parkplatz, der direkt am Wasser lag. Dort stand eine Traube von Caravans und rund fünfzig Autos. Das mußte reichen, obwohl die meisten Wagen nachts verschwunden sein würden. Carl parkte und zog sich eine Badehose an. Er nahm eine Wolldecke vom Rücksitz, ging zum Strand hinunter und fand in ausreichendem Abstand vom Wagen einen guten Platz.

Weit weg vor der Küste sah er ein Segelboot, einen Zweimaster. Alles stimmte. Wenn es soweit war, konnte er Luigi am Treffpunkt Nummer drei abholen. Er hatte Hunger, aber es war nicht das Risiko wert, Kontakt mit der Basis aufzunehmen und sich abholen zu lassen, nur um satt zu werden. Es wäre auch keine sehr gute Idee, in der Gegend herumzulaufen und sich in Restaurants zu zeigen. Er beschloß, den Angriffsplan noch einmal zu modifizieren und Luigi zu bitten, etwas Eßbares mitzubringen. Damit gab es keine weiteren Details zu bedenken. Für die nächsten vierundzwanzig Stunden war bis zur letzten Einzelheit alles geplant.

Åke Malm hielt seinen Vorsprung vor den Konkurrenten, die erst nach Rom hatten fliegen müssen, um ein leeres Restaurant zu beschreiben. Überdies hatte er etwas herausgefunden, was die anderen nicht entdecken würden.

Doch jetzt stellte sich die Frage, wie die neue Entwicklung hier in Palermo zu deuten war. Daß von Zeit zu Zeit lose Köpfe aufgefunden wurden, war an sich nicht sonderlich sensationell. Das war fast schon ein Teil der sizilianischen Folklore. Aber dieser Kopf hatte eine besondere Eigenheit gehabt. Daß er im Kofferraum eines geparkten Wagens gelegen hatte, war ebenso üblich wie trivial. Doch dafür war der Kopf mit einem blaugelben Geschenkband aus Seide verschnürt gewesen, als wäre er so etwas wie ein Weihnachtsgeschenk.

Die schwedischen Farben sprachen natürlich eine deutliche Sprache, ebenso die Tatsache, daß der gestohlene Wagen mit dem Präsent vor der Albergo Grande geparkt war, wie das Hotel auf italienisch hieß, obwohl es immer noch den snobistischen langen französischen Namen führte.

Hatte jemand Schweden einen abgeschnittenen Kopf zum Geschenk gemacht? Rein journalistisch war das keine dumme Frage.

Åke Malm hatte darauf verzichtet, im Hauptquartier der Carabinieri etwas in Erfahrung zu bringen, da er den Eindruck gewonnen hatte, daß man dort schwedischen Journalisten gegenüber nicht sonderlich freundlich eingestellt war, zumindest nicht solchen schwedischen Journalisten, die etwa die Frage stellten, wohin Hamilton verschwunden sei.

Statt dessen hatte sich Åke Malm zur Squadra Mobile begeben, der Sondereinheit der palermitanischen Kriminalpolizei, die bei der Bekämpfung der Mafia eingesetzt wurde oder zumindest in regelmäßigen Abständen Zusammenstöße mit ihr hatte.

Dort zeigte man sich sehr entgegenkommend, als sich zeigte, daß Åke Malm ein perfektes Italienisch sprach, obwohl er Schwede war. Der diensthabende Kommissar, der im Moment auch für den fraglichen Kopf verantwortlich war, versprach Malm auch mit einem Augenzwinkern, beim Auftauchen anderer Schweden seine Informationen zurückzuhalten.

Der Kopf war inzwischen identifiziert worden. Er gehörte einem gewissen Toni Sanglieri, dem kleinen Bruder des Sanglieri, der vor einiger Zeit in der Albergo Grande ermordet aufgefunden worden war. Am interessantesten war jedoch die Tatsache, daß nach einem Mann gefahndet wurde, dessen Personenbeschreibung erstaunlich gut auf Toni Sanglieri paßte. Die Fahndung lag nach einer vor mehreren Wochen erstatteten Anzeige in mehreren Kopien vor. Die Identifikation war kaum zu bezweifeln. So besondere Kennzeichen wie ein völlig weißer Haarfleck an der Schläfe waren ungewöhnlich.

Toni Sanglieri war ohne Zweife der Picciotto, den der schwedische Fregattenkapitän Hamilton wegen des Verdachts, seinen Kollegen ermordet zu haben, angezeigt hatte. Jemand hatte also den Mörder des Schweden ermordet und ein blaugelbes Band um den abgeschnittenen Kopf geschlungen, um keinen Zweifel zu lassen.

»Wenn dieser Hamilton Sizilianer wäre«, scherzte der Kommissar, »stünde mit absoluter Sicherheit fest, auf wen der Verdacht fallen würde. Aber Ihr Schweden rächt euch wohl nicht auf diese Weise?«

Es fiel Åke Malm schwer, das Gesicht zu einem Lächeln zu verziehen. Es stimmte zwar, daß Schweden sich meist nicht mit sizilianischen Methoden rächten, jedenfalls keine normalen Schweden. Aber Hamilton war, soviel man wußte, ein Berufskiller.

Aber warum sollte er Spuren auslegen, um die Polizei auf sich aufmerksam zu machen?

Und wenn sich ein anderer zugunsten von Hamilton gerächt hatte? Mit Mafia-Methoden?

Würde Hamilton mit einer Gangsterbande gegen eine andere zusammenarbeiten? Auch das schien völlig abwegig zu sein.

Der Kriminalkommissar der Squadra Mobile nahm an, daß jetzt beide Mörder im Fall Joar Lundwall tot seien. Die beiden hätten immer zusammengearbeitet, erklärte er, und wenn der kleine Bruder damals der Schütze gewesen sei, sei wahrscheinlich der große Bruder der Fahrer des Motorrads gewesen.

Und der ältere Sanglieri war im Keller des Grand Hotel et Des Palmes ermordet aufgefunden worden. Zu einer Zeit, als Hamilton dort wohnte.

Das tat er jetzt nicht mehr. Jetzt war er irgendwo auf Sizilien untergetaucht, und niemand schien zu wissen, wo.

Åke Malm gelang es, ein paar Bilder des mit den schwedischen Farben geschmückten Kopfs aufzutreiben, womit er die Titelseite der morgigen Ausgabe gesichert hatte. Auf dem Rückweg ins Hotel grübelte er fieberhaft darüber nach, was er eigentlich schreiben sollte. Mit Sicherheit wußte er nur, daß der Verbrecher, der den schwedischen Hauptmann Joar Lundwall in Gegenwart Hamiltons ermordet hatte, jetzt selbst hatte ins Gras beißen müssen.

Wahrscheinlich hatte den zweiten Mörder im Fall Lundwall das gleiche Schicksal ereilt. Doch das war nur eine plausible Vermutung, keine gesicherte Erkenntnis. Und genau wissen würde man es vermutlich nie.

Joar Lundwalls Mörder in Palermo hingerichtet.

Das entsprach den Tatsachen und war eine ausreichend reißerische Überschrift. Besonders dann, wenn sie im *Aftonbladet* auch den Kopf brachten; ekelhaft, aber auflagesteigernd. Endlich einmal ein Kopf, der für schwedische Leser interessant war. Früher hatten Ressortchefs und Chefredakteure immer wieder auf solche Berichte aus Süditalien verzichtet.

Als Åke Malm ins Hotel zurückkehrte, fragte er ohne jede Hoffnung auf Antwort, ob Fregattenkapitän Hamilton sich gemeldet habe.

Zu seinem großen Erstaunen wurde die Frage bejaht. Hamilton habe vor einiger Zeit angerufen und darum gebeten, sein altes Zimmer zu bekommen. Er habe gesagt, er werde wahrscheinlich morgen früh da sein.

Åke Malm zog schnell einen Fünfzigtausend-Lire-Schein aus der Tasche, das größte Bakschisch, das er in Italien je gezahlt hatte, und bat den Portier, nichts über Hamilton zu verraten, falls zufällig ein anderer schwedischer Journalist frage.

Schon die kleinste Antwort Hamiltons, und sei es nur ein »Guten Tag, es geht mir gut, und ich bin unschuldig«, wäre im Augenblick journalistisches Gold.

Åke Malm war voller Energie und Begeisterung, als er die lange Reihe praktischer Probleme in Angriff nahm. Zunächst galt es, Farbfotos des Kopfs auf dem schnellsten Weg nach Stockholm zu schicken. Wenigstens diesmal würden die da oben der Meinung sein, aus Italien endlich mal einen Knüller zu erhalten.

Luigi trat in dem Augenblick auf die Straße, in dem Carl sich näherte. Er brauchte nur zu bremsen, auszusteigen, seine Tür offen zu lassen, um den Wagen herumzugehen und sich auf den Beifahrersitz zu setzen, da waren sie schon wieder unterwegs. Er wühlte eifrig in Luigis Gepäck und entdeckte ein paar reelle amerikanische Sandwiches mit mehreren Schichten Thunfisch, Mayonnaise, Fleisch und anderem. Die Handschrift war unverkennbar die von Åke Stålhandske. Carl aß gierig und sprach mit vollem Mund, als er die Kartenblätter auseinanderfaltete und die in Frage kommenden Entfernungen zur Kontrolle maß. Sie kamen einen Kilometer südlich des Zuckerhuts von Süden her, hoffentlich aus einer völlig unerwarteten Richtung.

Luigi kannte sich in der Gegend aus und wußte sofort, wo er in der Nähe der Burg einen Parkplatz finden konnte. Die Dunkelheit brach schnell herein, aber die Hitze hielt sich, und der Wind flaute nicht ab. Luigi erklärte, es sei ein afrikanischer Wind, den die Araber Khamsin oder etwas in der Richtung nannten. Er könne sich wochenlang halten und die Menschen den Erzählungen zufolge in den Wahnsinn treiben.

Es herrschte nur wenig Verkehr, und als sie auf die Nebenstraßen abbogen und die Hauptstraße nach Trapani hinter sich ließen, konnten sie schnell feststellen, daß man sie nicht verfolgte.

Sie parkten auf einem Rastplatz in einem Pinienhain neben einigen von Unrat überquellenden Mülltonnen, stiegen aus und stellten ihre Ausrüstung für den ersten Einsatz des Abends zusammen. Åke Stålhandske hatte Luigi ein zusätzliches kleines Funkgerät mit Ohrhörer gegeben, mit dem er den routinemäßigen Funk des

Feindes verfolgen konnte, vorausgesetzt, dieser hatte inzwischen nicht die Frequenz gewechselt. Im übrigen hatten sie nur wenig zu tragen, nur Nachtbrillen und leichte Bewaffnung.

Sie standen still und lauschten eine Zeitlang. Bevor sie den Berg hinaufgingen, suchten sie das Gebiet mit einem Nachtglas ab. Der heiße Wind zerrte und riß an ihrer Kleidung; da es ein Südwind war und sie aus südlicher Richtung kamen, scherzte Carl über den Spürsinn von Sizilianern: An Wildschweine oder Rehe werde man sich so nie ranschleichen können. Der Wind in Bäumen und Büschen nahm dem Feind jedoch auch das Gehör. Sie brauchten sich also kaum Sorgen zu machen. Sie konnten weder gesehen noch gehört werden, konnten aber selbst sehen und nach einiger Zeit auch hören. Der Feind hatte noch immer die gleiche Frequenz.

»Er ist allein und heißt Falcone. Sitzt wie in einem Falkenhorst, wie er sagt«, erklärte Luigi, als er das erste Mal stehenblieb, um zu lauschen. Sie gingen schnell weiter, fast nachlässig, bis sie nur noch hundert Meter zum Ziel hatten. Sie befanden sich hoch oben auf dem Bergrücken und sahen dort unten am Meer schon die Lichter von Castellammare glitzern, ebenso das Licht aus Don Tommasos Festung. Ihren Wachposten sahen sie jedoch nicht.

Dieser mußte also ein Stück weiter unten sitzen, was ihm auch vor dem unangenehmen Wind Schutz bot. Sie wollten ihn jedoch lebend haben. Die ganze Expedition hatte keinen Sinn, wenn sie nur einen erschossenen Wachposten daließen.

Carl schlug vor, sie sollten ganz einfach bis zum Rand des Felsens gehen und nachsehen. Mehr könnten sie kaum tun. Von diesem Augenblick an bemühten sie sich, leise zu sein.

Als sie über den Felsrand blickten, sahen sie ihn fünf Meter weiter unten. Er hatte sich tatsächlich ein kleines Nest gemacht. Es sah komfortabel aus. Der Mann saß mit dem Rücken an der Bergwand auf ein paar zusammengefalteten Wolldecken und hatte ein Funkgerät in der Hand. An einem Stein lehnte eine Maschinenpistole. Die Waffe war in Griffweite. Der Mann saß auch recht nahe am Abgrund, nur rund eineinhalb Meter davon entfernt.

Carl und Luigi zogen sich behutsam zurück und setzten sich im Wind hin, um zu beraten. Es wäre zu riskant, einfach fünf Meter hinunterzuspringen. Auch wenn sie damit einen erheblichen

Überraschungseffekt erzielen konnten, konnte der Betreffende stolpern und Lärm machen und damit alles verderben. Von unten war an das Nest nicht heranzukommen. Der einzige Zugang war von oben möglich, über eine breite und rauhe Felsspalte voller loser Steine, die sofort Alarm schlagen würden, wenn jemand versuchte, auf dem Weg hinunterzukommen. Eine Möglichkeit wäre natürlich, den Mann einfach nur anzuschießen, aber das würde erstens Transportschwierigkeiten nach sich ziehen und zum anderen die Gefahr mit sich bringen, daß er irgendwie Alarm schlagen konnte. Überdies war es schwierig, eine für ihre Zwecke geeignete Verwundung von oben anzubringen.

Carl fiel ein, daß es vielleicht nicht sehr sinnvoll sei, einen versteckt abgestellten Wagen voller Ausrüstung für eine halbe oder eine ganze Million auf Sizilien allzu lange unbewacht zu lassen. Vielleicht sollten sie auf dieses Vorhaben verzichten und zu Plan B übergehen, das heißt gleich gegen Don Tommasos Raffinierie zuschlagen.

Luigi gebot Carl plötzlich zu schweigen und lauschte zunächst intensiv. Dann lächelte er fröhlich und zeigte auf seinen Ohrhörer.

»Das Problem hat sich von allein gelöst«, sagte er eifrig, als er genug gehört hatte. »Ein Mann ist hierher unterwegs, um unseren Falken abzulösen, und der muß etwa hier vorbeikommen, wo wir sitzen.«

Sie nickten einander begeistert zu und gingen, ohne daß etwas gesagt werden mußte, zu je einer Stelle, um in die Dunkelheit hinunterzuspähen, die für sie kein Problem bot. Carl sah niemanden kommen, doch bald erschien Luigi bei ihm und teilte mit, die Ablösung sei auf dem Weg nach oben und habe noch etwa hundert Meter zurückzulegen. Beide schlenderten wieder zu dem anderen Hang und betrachteten den Mann, der sich mühsam hochkämpfte. Der Mann hatte eine zwar steile, aber nicht sonderlich schwierige Kletterpartie zu bewältigen.

»Er scheint Anfang fünfzig zu sein und ist hoffentlich schon etwas mürbe, wenn er hier ankommt«, bemerkte Carl. »Siehst du den Busch da unten, etwa acht Meter tiefer?«

Luigi nickte. Er ahnte schon, wie das Ganze ablaufen sollte.

»Geh runter und warte dort auf ihn. Leg ihm Handschellen an

und verkleb ihm den Mund mit Klebeband. Erklär ihm alles, was er nicht verstanden hat, auf englisch«, kicherte Carl.

Luigi nickte und stieg behutsam zum Treffpunkt hinunter, während Carl seine Pistole zog, sie entsicherte und ein paar Mal zur Probe zielte. Es schien eine ziemlich große Bestie zu sein, die da unten hochkam. Carl empfand eine kindliche Erwartung, etwa so wie früher vor einer Sonntagsvorstellung im Kino. Er trat ein paar behutsame Schritte zurück, um nicht als Silhouette am Nachthimmel zu erscheinen. Dann verschränkte er die Arme, hielt die Pistole schußbereit und wartete auf den Beginn der Vorstellung.

Luigi hatte inzwischen seine Position eingenommen. Er empfand es als unbehaglich, Hamilton als Publikum dort oben zu wissen. Er brachte es immer noch nicht über sich, Carl als Carl zu sehen, sondern nannte ihn immer nur Hamilton. Gerade dort, wo er stand, befand sich ein kleiner Absatz. Der Mafioso würde sich vermutlich mit einem letzten langen Schritt dorthin hochkämpfen und sich dann ausstrecken, um ein wenig auszuruhen.

Genau das tat er auch. Doch in dem Moment, in dem Luigi zur Tat schreiten wollte, nahm der andere seinen Walkie-Talkie und sagte, er sei jetzt fast oben. Er wurde von jemandem angeblafft, er habe sich verspätet, stellte daraufhin aber sofort das Gerät ab. Luigi hatte weniger als einen Meter dahinter gestanden und auf das Ende des Gesprächs gewartet, voller Unruhe, der andere könnte sich in Gedanken beim Sprechen plötzlich umdrehen. Doch im selben Moment, in dem die Funkverbindung unterbrochen wurde, setzte Luigi seinen Griff an und ließ den Mann mit voller Wucht mit dem Gesicht gegen die Bergwand schlagen, bog ihm eine Hand auf den Rücken und richtete seine Pistolenmündung auf dessen Nacken.

»Bleib vollkommen ruhig, dann überlebst du. Wir werden dich an Don Tommaso zurückgeben«, flüsterte er auf italienisch, ohne eine Antwort zu erhalten. Er wiederholte die Worte, fragte, ob der andere ihn verstanden habe, und erhielt ein stöhnendes Kopfnikken und ein ersticktes Fluchen zur Antwort. Da riß Luigi dem Mann auch den zweiten Arm hoch, legte ihm die Handschellen an, die er in einer Gesäßtasche mitgenommen hatte, und klebte seinem Gefangenen den Mund zu. Dann hob er ihn vorsichtig hoch und flüsterte, es gehe jetzt weiter bergauf. Das Walkie-Talkie hob er auf und steckte es in seine freie Gesäßtasche.

»Das war eine hübsche Vorstellung. Ausgezeichnet«, flüsterte Carl, als das Gespann sich mühsam zu seiner Position emporgearbeitet hatte. »Wir gehen. Du kannst ja hören, ob es zu Klagen über die verspätete Ablösung kommt.«

Sie flankierten den Gefangenen und packten ihn unter den Armen, um ihn in der stockdunklen Nacht, wie es dem Mann erscheinen mußte, wegzuführen. Der heiße Wind schlug ihnen mit Staub und starkem nächtlichen Piniendurft ins Gesicht.

Sie waren fast schon beim Wagen angekommen, als der Wachposten namens Falcone sich über Funk zu beschweren begann.

»Soll ich ihm was Witziges antworten? Er möchte wissen, wo zum Teufel die Ablösung bleibt«, flüsterte Luigi.

»Sag, daß die Ablösung zu Gaetano Mazzara unterwegs ist. Nur das, nicht mehr«, flüsterte Carl zurück. Luigi schaltete das Walkie-Talkie ein, sagte sein kurzes Sprüchlein auf und schaltete dann sofort wieder aus, da er plötzlich einen wütenden Wortschwall zu hören bekam.

»Das hat ihnen Beine gemacht. Da hab ich wohl in ein Wespennest gestochen«, bemerkte Luigi kurz darauf.

»Unterwegs zu Gaetano Mazzara. Ja, irgendwie stimmt das ja auch«, murmelte Carl nachdenklich und schloß den Wagen auf. Zu seiner Erleichterung konnte er feststellen, daß alles unberührt zu sein schien. Dann zog er den Gefangenen auf den Rücksitz und setzte sich neben ihn, während Luigi den Wagen anließ und mit gelöschten Scheinwerfern losfuhr. Die Nachtbrille mußte genügen.

Carl riß dem Gefangenen das Klebeband vom Mund. Der Mann begann sofort heftig durch den Mund zu atmen.

»Erklär diesem Ganoven jetzt, wer wir sind. Sag ihm, daß wir in Don Tommasos Villa zu Besuch gewesen sind. Erzähl ihm noch etwas mehr, damit ihm klarwird, daß es für ihn kein Entkommen gibt«, bat Carl und wartete, bis Luigi alles übersetzt hatte. Der Mafioso sagte etwas, und Luigi übersetzte, es laufe darauf hinaus, daß alle Schweden sterben würden, wenn die Waffenruhe gebrochen werde.

»Sag ihm, daß dieses Problem in erster Linie ihn selbst betrifft, wenn er sich nicht ruhig verhält«, bat Carl. Nach dieser Übersetzung behielt der Gefangene seine Meinung für sich. Carl nutzte die Gelegenheit, dem Mann einige Waffen abzunehmen, die er nach und nach aus dem Seitenfenster warf. Der Gefangene hatte trotz der Hitze dunkle Kleidung und eine Jacke an. Das war hervorragend, da würde man ihn in der Dunkelheit nicht sehen. Carl verklebte ihm erneut den Mund.

Dann kramte er sein Funkgerät hervor und rief draußen auf See Åke Stålhandske. Carl teilte kurz mit, sie hätten noch etwa eine Viertelstunde bis zur Lieferung, und es könne weitere fünfundvierzig Minuten dauern, bis Luigi an Treffpunkt Nummer zwei eintreffe, um das Schlauchboot zu übernehmen, während Åke sich zu seinem Ziel begebe. Alles sei gut verlaufen, keine Komplikationen. Åke Stålhandske erklärte, er habe etwas mit dem Wind zu kämpfen, aber sonst sei auf der Basis alles unter Kontrolle.

Luigi fuhr nicht besonders schnell. Der Feind sollte nicht wissen, welcher Wagen unterwegs war und in welche Richtung er fuhr. Es gab keinerlei Grund, Aufmerksamkeit zu erregen. Als sie ein paar Mal überholt wurden, spannten sie sich jedoch unbewußt an. Gerade die Augenblicke, in denen der Überholende Wagen längsseits auftauchte, waren eine tödliche Situation.

Purgatorio lag leer und verlassen da, als gäbe es so gut wie keine Einwohner. Langsam fuhren sie durch das Dorf. Hier und da sah man durch Spalten in den Jalousien Licht brennen, so auch in dem Haus, vom dem sie wußten, daß es eine Heroinraffinerie war.

Carl lächelte ein wenig über den Gefangenen, der sich genau in dem Augenblick, in dem sie an dem Haus vorbeifuhren, unbewußt anspannte. Er wußte also Bescheid.

»Möchte gern wissen, was dieser Ganove dachte, als wir da eben vorbeifuhren«, sagte er mehr zu sich selbst als zu Luigi.

»Er glaubt, daß wir mit ihm ans Meer fahren. Er wird aber gleich große Augen machen«, erwiderte Luigi.

»Warum soll er glauben, daß wir ihn ans Meer bringen?« fragte Carl.

»Wie dämlich darf ein Schwede eigentlich sein?« witzelte Luigi, machte ein paar übertriebene italienische Gesten und ließ das Lenkrad mit beiden Händen los. »Wozu das Meer hier auf Sizilien zu gebrauchen ist, ja? Ganz einfach. Man drückt die Köpfe von

Mafiosi unter Wasser, bis man eine Antwort bekommt«, scherzte Luigi weiter.

Dann fuhr er an den Straßenrand und hielt. In der Nähe war kein Wagen zu sehen, und so war es nicht nötig, die Prozedur noch zu verlängern. Carl riß den Gefangenen und seinen Rucksack heraus und winkte Luigi zu, er solle losfahren. Dieser hob die Hand zum Abschied, bog auf die Fahrbahn und war verschwunden.

Carl führte den Gefangenen langsam unter die Olivenbäume. Es blieb noch viel Zeit, so daß er langsam gehen konnte. Die Olivenpflanzung war länglich und schien sich zwischen den beiden Bergketten durch das ganze Tal zu ziehen. Wenn sie sich erst einmal gesetzt hatten, würde das Warten ziemlich langweilig werden. Es gab also keinen Grund zur Eile. Nach einer Viertelstunde entdeckte er das Haus in seinem Nachtglas. Sämtliche Fensterläden waren geschlossen, die Türen ebenso, und vor dem Haus war kein Mensch zu sehen. Durch das Nachtglas waren an den Fenstern jedoch zahlreiche Lichtspalten zu sehen. Da vor dem Haus keine Wachen postiert waren, konnte Carl mit seinem Gefangenen recht nahe herangehen. Das Haus lag oben auf dem Abhang, wo die Olivenbäume etwas spärlicher wurden, doch dafür verlief eine halbverfallene Steinmauer in etwa fünfundzwanzig Meter Entfernung parallel zum Haus. Es war perfekt.

Carl fand einen Platz an der Steinmauer mit freier Sicht auf die Tür, die sowohl Ein- als auch Ausgang sein mußte. Er drückte seinen Gefangenen mit dem Rücken an die Mauer, damit er einigermaßen bequem saß, ließ dann seinen schweren Rucksack zu Boden gleiten und begann, einen Teil der Ausrüstung hervorzukramen. Von Zeit zu Zeit warf Carl dem Gefangenen einen Seitenblick zu, um herauszufinden, ob dieser etwas von dem ahnte, was bevorstand. Ihm war offenbar nur klar, daß Carl ihn nicht zu einem Spaziergang in den Wald geführt hatte, um ihn hinzurichten. Außerdem mußte er sich ausgerechnet haben, daß man ihn schon am Zuckerhut hätte umbringen können, falls Carl und Luigi dies beabsichtigt hätten. Wie auch immer: Es gab für den Mann genug Stoff zum Nachdenken. Um so besser, dachte Carl. Solange Hoffnung besteht, gibt es auch gute Gründe, sich nicht zur Wehr zu setzen.

Er montierte sein Infrarotgerät und begann, das Haus von einer Schmalseite zur anderen systematisch abzusuchen.

Ihm gefiel nicht, was er sah. In der Mitte des Hauses befand sich eine starke Wärmequelle. Das bedeutete, daß mit Volldampf gearbeitet wurde. Um die große Wärmequelle herum bewegten sich jedoch auch gelb-rot-blaue Gestalten. Das konnten nur Menschen sein. Carl zählte sieben oder acht. Das war alles andere als gut. Es war zehn vor elf und würde fast eine Stunde dauern, bis Åke Stålhandske sich oben an der halbfertigen Straße am Berghang in seiner Position befand.

Die Leute im Haus mußten zu Fuß gekommen sein, da sich in der Nähe keine Fahrzeuge befanden. Bedienten sie sich also auch der Dunkelheit?

In dem Fall bestand keine Gefahr. Vielleicht handelte es sich nur um eine Art Nachtschicht, wenn auch in der Heroinbranche.

Das war jedoch nicht das Beunruhigendste, daß plötzlich Leute abgelöst werden und nach Hause gehen konnten. Besorgniserregend war vielmehr, daß einige der menschlichen Gestalten dort im Haus verdächtig klein aussahen. Das wärmemessende Instrument stellte Menschen als eine Art Feuerelfen dar. Es sah poetisch aus, schön und phantasieanregend. Es war jedoch nicht auszumachen, wie die Gesichtszüge aussahen. Das Geschlecht war ebenfalls nicht zu bestimmen. Oder das Alter.

Carl verdrängte das Problem eine Zeitlang und setzte seine Maschinenpistole zusammen. Er hatte ein kompaktes deutsches Modell ausgesucht, das im Rucksack nicht viel Platz einnahm.

Åke Stålhandske würde ebenfalls eine Maschinenpistole mitschleppen, wenn auch eher aus Sicherheitsgründen. Ihr Einsatz war nicht geplant. Carl erwog die Möglichkeit, die Planung zu ändern. Sie würden sich auch mit Gewalt Zutritt verschaffen und das Erschießen anders regeln können. Sie würden sich die Opfer aussuchen können.

Nein. Überlebende Zeugen würden alles zerstören. Damit würden sie die vier schwedischen Geiseln zu einem sofortigen und wahrscheinlich recht qualvollen Tod verurteilen.

Carl beschloß, Åke Stålhandske nichts davon zu sagen, daß es die einzige Lösung war. Dieser würde sich dem Ziel nur auf höchstens zweihundert Meter nähern, und von dort oben würde er nicht erkennen können, was hier unten geschah. Er würde überdies nicht einmal Zeit haben, sich darüber Gedanken zu machen.

Nein. Er würde Åke den Befehl erteilen. Über das Ergebnis jedoch nur in streng zensierten Bildern berichten. Für andere Lösungen blieb jetzt keine Zeit. Er mußte bis zu Don Tommasos Lunch morgen um zwei Uhr mittags eine Entscheidung herbeigeführt haben. Bis dahin blieben noch knapp fünfzehn Stunden. In fünfzehn Stunden würde es ihm nicht gelingen, ein Lösegeld von vierzig Millionen Dollar zu beschaffen, falls überhaupt. Er überlegte kurz, was die schwedischen Direktoren der Exportindustrie für das Leben von ihresgleichen zu zahlen bereit waren. Carl fragte sich, ob sie darüber diskutiert hatten oder eine Obergrenze festgelegt hatten: zehn Millionen Kronen und kein Öre mehr!

Was war ein Vorstandsmitglied in den Augen seiner Kollegen wert? Natürlich mehr als ein Arbeiter, aber wie viele Millionen mehr? Fünf? Acht? Neun?

Carl widmete sich erneut seinem Infrarotgerät. Doch, da drinnen wurde mit Volldampf gearbeitet. Acht Personen, von denen zwei der Körpergröße nach Kinder sein konnten. Diese Scheißkerle setzten für die Heroinherstellung Kinder als Arbeiter ein. So war es.

Oder sollte man das Ganze nur als eine Art Familienbetrieb sehen, in dem alle mitarbeiteten, die am Eßtisch saßen, einem großen, lärmenden italienischen Mittagstisch, und im Haus die letzte Nacht ihres Lebens arbeiteten, ohne eine Ahnung davon zu haben, daß sie durch die Wände beobachtet wurden?

Nein, Åke Stålhandske gegenüber würde er kein Wort davon verlauten lassen. Nachdem er sich entschieden hatte, rief er die beiden statt dessen über Funk, um sich die Position geben zu lassen. Åke hatte schon mehr als die Hälfte des Wegs zurückgelegt, und Luigi war schon längst an Bord. Die Basis arbeite störungsfrei und sei jetzt überdies mit militärischem Personal bemannt, wie Åke scherzte.

Von Zeit zu Zeit war ein einzelner Wagen zu hören, der in Richtung der Badeorte fuhr. Doch insgesamt konnte von Verkehr nicht die Rede sein. Das Unternehmen konnte im Hinblick auf das eventuelle Störungsmoment beginnen, sobald Åke Stålhandske in Position war. Theoretisch konnten sie bis etwa vier Uhr warten.

Dann würde es zu hell sein. Mußten diese verdammten Kinder ausgerechnet die ganze Nacht arbeiten!

Carl sah kurz nach seinem Gefangenen und nahm ihm das Klebeband vom Mund. Er bot ihm etwas Wasser an und fragte, ob er Englisch sprechen könne. Er erhielt kaum eine Antwort, aber doch so etwas wie einen gegrunzten Dank für das Wasser. Dann konnte er ihm genausogut wieder den Mund verkleben. Er begann, das Nachtzielgerät an der Maschinenpistole zu befestigen. Seiner Bestellung zufolge sollten alle Zielgeräte bei der Lieferung erprobt sein, aber vor einem Test konnte man es trotzdem nicht wissen. Andererseits spielte das bei einer aus relativer Nähe abgefeuerten Maschinenpistole keine sehr große Rolle. Man sah die Treffer und konnte die Zielrichtung beim Salvenschießen korrigieren.

Carl schaltete seine Instrumente aus und setzte sich neben den Gefangenen. Er seufzte, als befänden sie sich beide in der gleichen schwierigen Lage. Im Augenblick war Carl sogar der Meinung, er sei am schlimmsten dran. Der andere wußte ja nicht, was geschehen würde, sondern hoffte noch. Er begriff nicht, daß er sterben würde. Im Augenblick erschien das Carl fast als eine beneidenswerte Lage.

Er versuchte an etwas anderes zu denken, aber es gelang ihm nicht. Und die Zeit verstrich nicht langsam, sondern unerbittlich schnell. Carl hatte das Gefühl, als sei erst eine Viertelstunde vergangen, seit er mit Åke Stålhandske gesprochen hatte. Doch dann erhielt er über Funk die Nachricht, daß Åke seine Position erreicht und das Ziel im Visier hatte. Åke erklärte, er warte auf den Befehl zum Feuern.

Carl richtete sich von Zeit zu Zeit auf den Knien auf, um seine Instrumente einzuschalten. Im Haus war nichts von einer Veränderung zu sehen. Alle arbeiteten fleißig weiter. Und die Zeit raste. Für Åke dort oben mußte es genau umgekehrt sein. Einfach fabelhaft, daß er seine Funkstille wahrte und sich versagte zu fragen, was dieses verdammte Warten solle.

Carl stand auf, streckte sich und machte ein paar Lockerungsübungen, wobei er die Augen ständig auf die Instrumente gerichtet hielt. Es war offenbar unvermeidlich.

Er nahm einen Stein von der Mauer und wog ihn in der Hand.

Er schien gerade richtig zu sein. Dann trat er wie in Gedanken langsam vor den Gefangenen und schlug ihm mit dem Stein drei- oder viermal auf den Kopf und ins Gesicht. Die Schläge waren hart genug, um den Mann bewußtlos zu machen, jedoch hoffentlich behutsam genug, um ihn nicht zu töten.

Carl löste die Handschellen des Gefangenen, steckte sie ein und riß das Klebeband fort, das nicht länger gebraucht wurde. Er vergewisserte sich, daß der Gefangene noch atmete.

Dann zog er seine Brieftasche hervor, entnahm ihr einen Hundert-Dollar-Schein, faltete ihn zusammen und zerriß ihn in der Mittel. Die eine Hälfte steckte er in die Brieftasche, die andere in die Brusttasche des Gefangenen.

Er kontrollierte die Ausrüstung. Es war zwar nicht notwendig, aber er tat es dennoch. Dann noch einmal. Er zog sich dünne schwarze Handschuhe an und wischte seine Waffe lange und sehr sorgfältig ab.

Ein letzter Blick auf das Infrarotgerät. Keine Veränderung. Er beschloß, bis hundert zu zählen, und zählte bis hundert. Dann korrigierte er sich, fünfhundert. Er zählte bis vierhundertsiebenundachtzig und streckte sich schon nach dem Funkgerät, als die Tür da vorn vorsichtig geöffnet wurde.

Im Haus mußte man erst in einer Art Flur das Licht ausgemacht haben, denn es war niemand als Silhouette zu erkennen. Aber in der Dunkelheit, die keine Dunkelheit war, sah Carl trotzdem deutlich, was geschah. Eine Frau verließ das Haus mit zwei Kindern, die sie an den Händen hielt. Sie wirkten müde und quengelten. Die Frau ermahnte sie, still zu sein.

»Achtung, bereitmachen. Gezieltes Feuer in fünf Minuten«, flüsterte Carl ins Funkgerät, während ihm die Tränen über die ausgedörrten Wangen liefen.

Er versuchte erneut, sein Infrarotgerät zu kontrollieren, mußte sich jedoch erst sammeln und sich das Gesicht abwischen, bevor er einen neuen Versuch machte.

Es stimmte. All die tanzenden Elfen dort drinnen hatten jetzt die gleiche Größe, schienen sich jetzt aber auch etwas langsamer zu bewegen. Die Wärmequelle in der Mitte des Hauses war etwas abgekühlt. Er schaltete das Funkgerät ein und räusperte sich.

»Ziele hoch, etwas östlich von der Mitte des Hauses, ein Schuß,

Feuer!« befahl er und blickte dann instinktiv zum Berghang hoch, um die Mündungsflamme zu sehen. Es dauerte zehn Sekunden, bis der Schuß kam. Carl warf sich Bruchteile einer Sekunde vor der Explosion hinter die Steinmauer. Splitter von Mauerwerk und Steine flogen in einem Feuerregen in alle Richtungen. Einige Sekunden später schlugen zehn Meter hohe Stichflammen hoch.

»Bereithalten für den zweiten Schuß. Etwas westlich von der Mitte und tiefer zielen!« rief er, entsicherte seine Maschinenpistole und richtete sie auf die Tür.

Zwei Personen taumelten ins Freie. Die eine sackte auf der Treppe zusammen und wurde von Flammen eingehüllt, die sich von hinten heranfraßen. Die zweite torkelte mit etwas heraus, was wie ein Schrotgewehr aussah. Der Mann schien geblendet zu sein. Carl wartete, bis der zweite Mann sich etwa zwanzig Meter vom Haus entfernt hatte, bevor er zwei kurze Salven mit sichtbarer Wirkung abfeuerte. Dann nahm er wieder das Funkgerät in die Hand.

»Gezieltes Feuer nach Befehl, dann sofort zur Basis zurückkehren!« rief er und ging in Erwartung der nächsten Detonation in Deckung.

Nach dem zweiten Treffer flammte das Feuer mit neuer Heftigkeit auf, als hätte sich ein Sprengstoffvorrat entzündet. Carl ging auf, daß er es sehr eilig hatte. Er kippte seinen Gefangen über die Mauer und setzte ihn auf der anderen Seite aufrecht hin, warf seine Maschinenpistole daneben und rannte kauernd in der Hitze zu dem Mann, den er erschossen hatte. Er drehte ihn um und nahm ihm die Schrotflinte weg, die er bis in den Tod krampfhaft festgehalten hatte. Dann lief Carl ein paar Meter weg und erschoß seinen Gefangenen. Er traf ihn mitten in der Brust. Dann warf er die Schrotflinte neben den Toten, dem er sie weggenommen hatte, lief zu dem Gefangenen zurück, kauerte sich hin und vergewisserte sich, daß der Mann tot war. Der Schuß war ein Volltreffer gewesen, da gab es keinen Zweifel.

Carl richtete sich auf und lauschte einige Augenblicke, bevor er mit der Arbeit fortfuhr. Noch war nichts zu hören, doch es war erst eine Minute vergangen.

Er hob die Maschinenpistole auf und drehte das Magazin heraus. Er entnahm ihm einige Patronen und stempelte sie mit den

Fingerspitzen des Toten, steckte die Patronen wieder ins Magazin und wiederholte den Vorgang mit der Waffe. Dann kontrollierte er, daß er sie nicht aus Versehen gesichert hatte und legte sie neben den Füßen des Toten auf die Erde.

Er lauschte wieder. Immer noch keine alarmierenden Laute außer dem Knistern und dem Brüllen des Feuers. Alles andere war gespenstisch still, als wäre nichts geschehen. Irgendwo weit weg hörte er eine Nachtigall und staunte, daß sie um diese Jahreszeit noch sang.

Dann verstaute er seine Ausrüstung im Rucksack, suchte den Erdboden in der Umgebung sorgfältig ab, verwischte die Abdrücke, wo sie gesessen hatten, und begann sich langsam und leise zu entfernen. Jetzt kam es darauf an, ständig nach allen Seiten Ausschau zu halten und zu lauschen. Mit dem Losrennen konnte er warten, bis er die andere Seite der bemerkenswert verkehrsarmen Straße erreicht hatte.

Oben in Purgatorio mußten sie die Explosionen gehört haben. Es war unbegreiflich, daß sie immer noch nicht reagiert zu haben schienen.

Åke Stålhandske hatte ähnliche Beobachtungen gemacht. Sobald er seinen zweiten Schuß abgefeuert und die Wirkung des Treffers notiert hatte, nahm er sein Granatengewehr auseinander und entfernte sich im Laufschritt von seiner Position. Er lief quer über den Berghang, um rechtzeitig verschwinden zu können, bevor Leute aus dem Dorf angerannt kamen. Als er die asphaltierte Straße erreichte, hielt er inne und lauschte kurz, bevor er langsam die Straße überquerte. Im Dunkeln sind schnelle Bewegungen besser zu erkennen als langsame.

Als er auf der anderen Seite ein Stück in den schütteren Wald hineingekommen war, blieb er kurz stehen und lauschte erneut. Es war noch zu früh, Carl über Funk zu rufen, aber da er nichts von ihm gehört hatte, gab es offenbar keine Probleme. Åke begann in Kompaßrichtung zu gehen und gab sich mehr Mühe, leise zu gehen, als Zeit zu gewinnen, da er Carl um einiges voraus sein mußte. Er schwitzte heftig nach dem ersten Lauf, und der Wind brachte keine Kühlung.

Er kam an einer Stelle an die Küste, an der es viel zu steil war, um den Abstieg zu wagen. Nun mußte er in einem Halbkreis weiterlaufen, bevor er erneut in Richtung See gehen konnte. Als er noch dreißig Meter bis zum Strand hatte, setzte er sich in ein Gebüsch, zog das Funkgerät aus der Tasche und rief Luigi. Dann nannte er seine Position. Luigi saß da draußen in der Dunkelheit schon im Schlauchboot und teilte mit, er komme jetzt zum Treffpunkt.

Carl kam in dem Augenblick an, in dem Luigi mit dem Schlauchboot auf den Strand zuhielt. Erst da hörten sie in der Ferne Sirenengeheul. Inzwischen mußte mehr als eine halbe Stunde vergangen sein, etwa so, wie sie berechnet hatten.

Der unzugängliche Strand war völlig menschenleer, und sie spürten schon in dem Moment, in dem sie in das Schlauchboot kletterten, daß alles vorbei war. Dann stritten sie sich darum, wer paddeln durfte. Es gab nämlich nur zwei Paddel.

»Wie ist es gelaufen?« flüsterte Luigi, als sie hundert Meter vom Land entfernt in den stürmischen Wind gerieten. Sie mußten schon jetzt von der Dunkelheit verschluckt und außer Hörweite sein. Da keiner der beiden etwas gesagt hatte, war ihm klar, daß alles so gegangen war, wie sie es gedacht hatten, aber das Schweigen begann ihm auf die Nerven zu gehen.

»Befehlsgemäß«, flüsterte Åke Stålhandske zurück.

Sie hatten Rückenwind zum Segelboot und erreichten es in einer Viertelstunde. Schweigend luden sie ihre Ausrüstung um, verstauten alles und räumten sämtliche Karten und Skizzen weg, bevor sie sich in den hinteren Salon setzten. Carl hatte immer noch Hunger. Er machte sich ein Butterbrot, nachdem er die anderen fragend angesehen und ein Kopfschütteln zur Antwort erhalten hatte. Dann holte er eine Flasche Whiskey und drei Gläser hervor.

»Der militärische Teil der Operation dürfte jetzt beendet sein«, erklärte er und schenkte ein. »Zumindest, was euch betrifft.«

Er hob das Glas.

»Vielen Dank für den außerordentlichen Einsatz heute abend. Nichts hätte besser laufen können«, sagte er. Während sie schweigend tranken, bedachte er, daß einige Dinge entsetzlich viel schlechter hätten laufen können. In der Erinnerung flimmerte plötzlich das Bild dieser zwei quengelnden Kinder und der Frau auf, die vielleicht ihre Mutter gewesen war.

»Und was dich betrifft?« platzte es plötzlich aus Åke Stålhandske heraus.

Carl hatte fast schon vergessen, was er eben noch gesagt hatte, und mußte nachdenken, bevor er antwortete.

»Nun, was mich betrifft, sollte es jetzt auch vorbei sein«, begann er nachdenklich. »Ich glaube es wenigstens. Zwar werde ich diese andere Mafia-Bande in Palermo auf die Palme bringen, so daß ich mich eine Zeitlang unsichtbar machen muß. Aber das müßte gutgehen. Morgen kommt für Don Tommaso der Augenblick der Wahrheit. Das wird spannender.«

»Und wenn Don Tommaso wütend wird und sich weigert?« fragte Luigi weich, als schämte er sich fast, einen Einwand zu äußern.

»Dann fliegt morgen nacht seine Raffinerie in Purgatorio in die Luft«, erwiderte Carl gemessen. Sie hatten diese Möglichkeit schon durchgesprochen. »Außerdem kann er nicht wissen, welche weiteren Teufeleien uns noch einfallen. Vier schwedische Menschenleben dürften für ihn die billigste Möglichkeit sein, sich freizukaufen.«

»Und wenn sie die Raffinerie nun heute nacht evakuieren?« wandte Åke Stålhandske ein.

»Glaube ich nicht«, entgegnete Carl und schüttelte lächelnd den Kopf. »Inmitten all der Feuerwehr- und Streifenwagen, die im Augenblick kreuz und quer durchs Dorf fahren? Es dauert ja einige Zeit, ehe sie erfahren, daß es kein Unglück war, und dann herrscht Tageslicht. Damit ist es zu spät.«

»Okay, General Schwarzkopf. Wir scheinen die Lage unter Kontrolle zu haben«, sagte Åke Stålhandske und nickte grübelnd.

»Das war nicht lustig, überhaupt nicht lustig«, sagte Carl. Er stand hastig auf, riß ein Kissen an sich und ging in Richtung Vorpiek.

»Verzeihung«, sagte Åke Stålhandske und kniff die Augen zusammen. Er sah aus, als wollte er sich die Zunge abbeißen.

»Weckt mich, falls ich verschlafe. Luigi und ich sollten morgen in Richtung Trappeto«, murmelte Carl, bevor er seine Tür hinter sich zuzog.

Luigi blickte Åke Stålhandske fragend an, doch dieser lächelte nur verlegen und schüttelte leicht den Kopf.

»Nicht sonderlich lustig, nein, wirklich nicht«, erklärte er. »Sonst ist er so, wie soll ich sagen, ich meine, er kann jederzeit schlafen. Aber das willst du sicher nicht, jedenfalls jetzt nicht. Ich übrigens auch nicht. Darf es noch ein Whiskey sein?«

Luigi zögerte, schüttelte aber schließlich den Kopf.

»Zier dich jetzt nicht so, es ist erlaubt. Es ist nach Dienstschluß«, lachte Åke Stålhandske und schenkte in beide Gläser ein.

Åke Malm hatte fast drei Stunden in der Hotelhalle auf der Lauer gelegen, als Carl auftauchte. Dieser war verschwitzt, als wäre er gelaufen, und hatte als Gepäck nur eine Aktentasche bei sich. Åke Malm erhob sich von seinem verdeckten Platz neben einer der mächtigen Säulen und versuchte, sich unbemerkt anzuschleichen, um eine Frage stellen zu können. Es schien gutzugehen. Er erreichte Hamilton gerade in dem Augenblick, in dem dieser seine Sonnenbrille abnahm und die Anmeldung auszufüllen begann.

»Ich kann keine Fragen beantworten«, sagte er, als Åke Malm ihn erreicht hatte und überrascht zu haben glaubte.

»Ich möchte dir ein Foto zeigen«, sagte Åke Malm zu dem abgewandten Carl und wechselte blitzschnell die Taktik. Die überrumpelnde Frage, die er hatte stellen wollen, würde Carl jetzt nicht mehr überraschen. Åke Malm konnte nicht verstehen, daß Hamilton ihn gesehen hatte. Er hatte schließlich keine Augen im Nacken.

»Was für ein Foto?« fragte Carl, ohne sich umzudrehen.

»Von einem abgeschnittenen Kopf«, erwiderte Åke Malm. Er begann, sich angesichts von Hamiltons Rücken ein wenig albern zu fühlen.

»Was für ein Kopf?« fragte der Rücken.

»Von einem gewissen ... nun, dieser Kopf hat einem gewissen Toni Sanglieri gehört«, erwiderte Åke Malm. Diese eigenartige Unterhaltung machte ihn verlegen.

»Toni? Hieß er nicht anders?« wollte der Rücken wissen.

»Nein, es ist ein Neuer, also sein Bruder. Man glaubt, daß er derjenige ist, der deinen Kollegen ermordet hat«, sagte Åke Malm.

Das funktionierte. Carl schob die ausgefüllte Anmeldung zur Seite, nahm den Zimmerschlüssel in Empfang, drehte sich um und nickte kurz, als hätten sie sich erst jetzt getroffen.

»Gehen wir in die Bar«, sagte er und ging sofort los.

Die Bar war leer. Åke Malm bestellte Limonensaft mit Eis, ohne zu fragen, was Carl haben wollte. Dann entnahm er seiner Dokumentenmappe ein großes Farbfoto, das er auf den Tisch legte.

Carl verzog keine Miene. Åke Malm hätte ebensogut einen Aschenbecher auf den Tisch stellen können.

»Nun«, sagte Carl, nachdem er aufmerksam, aber mit ausdruckslosem Gesicht das Bild studiert hatte, »und wo hat man diesen Kopf gefunden?«

»In einem Wagen vor dem Hotel. Im Kofferraum«, erwiderte Åke Malm.

Carl ließ plötzlich ein feines Lächeln ahnen, als enthielte diese Auskunft bedeutend mehr und bedeutend erfreulichere Informationen, als man ahnen konnte.

»Aha«, sagte Carl, nahm das Saftglas und leerte es mit drei kräftigen Schlucken. »Verzeihung, ich hatte Durst. Ach, tatsächlich, vor dem Hotel. Jaja. Es stimmt jedenfalls. Dies war der Mann, der Hauptmann Joar Lundwall ermordet hat. Da bin ich mir absolut sicher.«

Åke Malm atmete erleichtert auf. Er hatte seinen Text für die heutige Ausgabe der Zeitung schon abgeliefert, und wenn jetzt ein Dementi gekommen wäre, wäre es für ihn sehr unpraktisch gewesen.

»Wer hat ihn ermordet?«, sagte Åke Malm ins Blaue hinein, nachdem sich seine Aufregung gelegt hatte.

Carl lachte kurz auf. Es hörte sich fast an wie ein Schnauben.

»Das wirst du schon die Polizei fragen müssen. Ich bin es jedenfalls nicht gewesen, falls es das ist, was du wissen willst. Ich hätte die blaugelben Rosetten in diesem Zusammenhang geschmacklos gefunden.«

»Was sollen diese blaugelben Rosetten bedeuten, wie du sie nennst?« fragte Åke Malm, der allmählich das Gefühl hatte, auf glühenden Kohlen zu sitzen. Jede Sekunde, die er den schwer greifbaren Hamilton mit Fragen festhalten konnte, war wertvoll.

»Meine Vermutung dürfte kaum besser sein als deine«, sagte Hamilton nachdenklich, als versuchte er tatsächlich, den Zusammenhang zu begreifen. »Es muß sozusagen eine Anspielung auf die Vergangenheit sein. Irgend jemandem hat es nicht gefallen, daß dieser Typ einen schwedischen Kollegen ermordet hat.«

»Kennst du diesen Jemand, wenn es so ist?«

»Das ist eine idiotische Frage. Das verstehst du doch. Wie immer es sich verhalten hat, du würdest nie eine andere Antwort erhalten als ›kein Kommentar‹. Ist während meiner Abwesenheit sonst noch etwas Dramatisches geschehen?«

»Nein«, erwiderte Åke Malm, ohne seine Nervosität zu zeigen. Er wollte unbedingt beim Thema bleiben. »Nein, wenn man davon absieht, daß sie heute nacht eine Heroinraffinerie in die Luft gesprengt haben, und zwar buchstäblich. Wo bist du übrigens gewesen? Du bist gelinde gesagt schwer erreichbar gewesen.«

»Es ist auch nicht meine Absicht, daß man mich leicht finden kann, denn dann würde ich wohl bald so enden wie der da«, lächelte Carl und zeigte durch ein Kopfnicken auf das Foto auf dem Tisch. »Wer oder welche haben gesprengt?«

»Das weiß man nicht«, erwiderte Åke Malm, der sich allmählich manipuliert fühlte, ohne etwas dagegen tun zu können. »Die meisten Leichen waren so verbrannt, daß man sie nicht hat identifizieren können, aber es sieht nach irgendeinem Gangsterkrieg aus. Die Fabrik gehört einem der Cosca-Führer hier in der Stadt, und die Angreifer haben einen Mann am Tatort zurückgelassen oder ihn vielmehr nicht mitnehmen können, da er tot war. Von den Verteidigern erschossen. Die Polizei weigert sich, weitere Angaben zu machen.«

»Aha«, sagte Carl leichthin und stand auf. »Danke für die kleine Plauderei und vielen Dank für das Getränk. Ich kann mir vorstellen, daß Don Tommasos Bande in Castellammare Gaetano Mazzaras Konkurrenzfirma überfallen hat.«

Carl war schon auf dem Weg zum Ausgang, als Åke Malm zu seiner letzten Frage ansetzte.

»Besteht noch Hoffnung, unsere Schweden freizubekommen? Haben diese Ereignisse etwas mit dem Geiseldrama zu tun?« rasselte er schnell herunter, wenn auch im Grunde ohne Hoffnung, Antwort zu erhalten.

Carl hielt in der Tür inne und drehte sich um.

»Wann hast du die nächste Möglichkeit, etwas gedruckt zu bekommen?« fragte er.

»Für heute habe ich alles abgeliefert. Ich kann erst morgen wieder was ins Blatt kriegen«, erwiderte Åke Malm schnell.

»In dem Fall kann ich sagen, daß wir uns einer Entscheidung nähern. Es kann gut ausgehen oder auch schlecht, aber wir dürften es bald wissen«, sagte Carl und war verschwunden.

Åke Malm sah auf die Uhr. Wenn er jetzt anrief, würde Hamiltons letzte Äußerung noch mit aufgenommen, zumindest für die späteren und auflagenmäßig interessanteren Ausgaben der heutigen Zeitung.

Hamilton hatte jedoch unter der Voraussetzung geantwortet, daß heute nichts veröffentlicht werden dürfe. Im Normalfall würde jeder Journalist sich über solche Mißverständnisse hinwegsetzen, wenn die Sache wichtig genug war, was sie natürlich auch war. Doch dies war kein normaler Fall, und wenn eine Lösung des Geiseldramas tatsächlich bevorstand, war es entschieden der falsche Anlaß, Hamilton mit einem kleinen Bluff zu reizen. Immerhin konnte es zu einem Wettlauf um die ersten Interviews mit den befreiten Geiseln und derlei kommen. Und die Konkurrenzsituation war außerordentlich gut, da *die andere Zeitung* nur ihren Pariser Korrespondenten losgeschickt hatte, der nicht Italienisch sprach und die Hotelbar, von der aus er seine Aufträge meist zu erledigen pflegte, nur selten verließ.

Åke Malm sah auf seinen Notizblock. Er hatte die Hauptpunkte des Gesprächs routinemäßig hingekritzelt. Hamilton bestätigte, daß der Mörder des Hauptmanns jetzt selbst ermordet worden war. Er dementierte, diesen Mord selbst begangen zu haben, was sich gedruckt sehr gut machen würde, da es gedruckt genau umgekehrt aussehen würde.

Hamilton schien über den andauernden Gangsterkrieg bemerkenswert gut informiert zu sein. Das sprach für die Richtigkeit der Theorie, daß er etwas mit der Sache zu tun hatte und daß die Sache wiederum mit der Entführung zusammenhing.

Und da war noch etwas völlig anderes, was sich zusammenreimen ließ: Der Mörder Toni Sanglieri hatte der Mafia-Familie aus Palermo angehört. Hamiltons Aussage zufolge schien die Castellammare-Mafia der palermitanischen jedoch außerdem eine ganze Heroinraffinerie in die Luft gesprengt zu haben. Ob das ein Racheakt war? Falls ja, wofür?

Åke Malm beschloß, einige sizilianische Kollegen bei der Zeitung *L'Ora* zu besuchen und die Angelegenheit mit ihnen zu besprechen. Was sie in der morgigen Ausgabe unterbringen konnten, würde nicht mit dem schwedischen Markt konkurrieren. Sie würden sich aber für wertvolle Informationen revanchieren können.

Åke Malm spürte mit Befriedigung, wie sein Vorsprung vor allen schwedischen Konkurrenten mit jeder Stunde größer wurde.

Carl war schon oben in seinem Zimmer und damit beschäftigt, es nach einem versteckten Mikrophon abzusuchen. Zum Glück hatte er von Don Tommasos Geschenk erfahren, bevor er diesen anrief. Auch jetzt noch, als er allein war, blieb er dabei, daß es geschmacklos gewesen war, das Geschenk mit den Farben der schwedischen Fahne zu schmücken. Soviel er sehen konnte, gab es keine Mikrophone im Zimmer. Er verstaute seine Ausrüstung in der Aktentasche und legte seine Pistole neben das Telefon auf den Nachttisch. Dann legte er sich aufs Bett und blickte eine Zeitlang an die Decke. Die Pokerpartie näherte sich dem entscheidenden Moment.

Das Personal hatte die durchgebrannte Glühbirne im Kronleuchter ausgewechselt. Sonst war alles wie zuvor, eins der häßlichsten Hotelzimmer, die er je bewohnt hatte.

Er versuchte, sich eine Zeitlang mit den Risikomomenten des morgigen Tages zu beschäftigen, dem Transport von der Basis und seinem in Trappeto liegenden Schmugglerboot, dem Risiko, daß jemand ihn, das Schlauchboot, Luigi oder sonst etwas wiedererkannt hatte, um dann zwei und zwei zusammenzuzählen. Vermutlich spielte das jedoch keine große Rolle mehr. Falls die Gangster versuchten, die Basis draußen auf See einzunehmen, würde das nur mit ihrer Vernichtung enden. Und »der militärische Teil« des Unternehmens war jetzt hoffentlich zu Ende.

Doch genau das mußte noch abgewartet werden. Carl richtete sich abrupt auf und wählte Don Tommasos Nummer. Ein anderer nahm ab. Die lange, wortreiche Erklärung bedeutete ihm, er solle warten. Nach einer Weile kam Don Tommaso an den Apparat.

»Buon giorno, Don Tommaso. Ich möchte mich zunächst für Ihr Geschenk bedanken«, begann Carl in dem freundlichsten Tonfall, den er aufbieten konnte.

»Keine Ursache, Comandante. Das ist für mich im Augenblick eher eine Bagatelle«, brummelte Don Tommaso, der keineswegs so guter Laune zu sein schien wie Carl.

»Ich bin überzeugt, daß wir uns schon heute endgültig über den Preis einigen können, Don Tommaso, würde aber vorschlagen, daß wir unsere Verhandlungen persönlich führen, wie wir schon mal vereinbart hatten«, fuhr Carl schnell fort, um alles am Telefon so schnell wie möglich zu erledigen.

»Es ist möglich, daß es im Augenblick nicht sehr passend ist. Wir haben noch ein paar andere Geschäfte, die uns Kummer machen«, erwiderte Don Tommaso im gleichen Tonfall wie zuvor.

»Ganz im Gegenteil, Don Tommaso. Ich kann Ihnen versichern, daß jetzt genau der richtige Zeitpunkt ist, unser Geschäft abzuschließen. Ihre anderen Sorgen dürften Sie dann mit Sicherheit los sein. Glauben Sie mir. Ich spreche jetzt zu Ihnen von Mann zu Mann. Sie können mir glauben, Don Tommaso, es ist so.«

Am anderen Ende blieb es eine Zeitlang still. Es hatte den Anschein, als ließe sich Don Tommaso Carls Worte durch den Kopf gehen, als müßte er sich vergewissern, sich nicht verhört zu haben.

»Sie sind zum Lunch herzlich willkommen, Hamilton. Die gleiche Zeit wie zuvor«, sagte er schließlich und legte grußlos auf.

Er dürfte jetzt etwas ins Schwitzen geraten sein, murmelte Carl fröhlich vor sich hin und drückte die Gabel herunter. Dann nahm er sofort wieder ab und rief den Generalstab in Stockholm an.

Beata nahm ab. Sie sagte, Sam sei beim OB zum Vortrag, aber sie werde sich wieder melden, sobald er wieder da sei. Carl solle ihr nur seine Telefonnummer geben.

Carl gab ihr die des Hotels und erklärte, er wohne noch immer in Zimmer 340. Und es sei wichtig, daß Sam gleich nach seiner Rückkehr anrufe.

Dieser meldete sich schon nach einer Viertelstunde. Der OB habe ihn mehr oder weniger heruntergeputzt und so getan, als seien die Politiker besser informiert als er selbst. Was er, Sam, sich durchaus vorstellen könne, da der Ministerpräsident ein paar sehr kategorische Aussagen über die Fortschritte bei der Jagd nach den schwedischen Geiseln gemacht habe.

»Soweit ich das politische Spiel verstehe«, fuhr Sam fort, »beruht die Schneidigkeit des Ministerpräsidenten darauf, daß es ihm gelungen ist, bei so einem merkwürdigen Treffen die Opposition einzubinden. Ich war selbst anwesend. Eine verrückte Veranstaltung, der Kommunist war eingeschlafen, und außerdem mußten wir alle warten, bis die Vertreterin der Grünen kam. Na ja, so ist nun mal die Politik. Und sonst? Hat es ein paar Fortschritte in der Richtung gegeben, die der Ministerpräsident schon hinausposaunt hat?«

»Ja«, erwiderte Carl, »die hat es gegeben. Ich möchte am Telefon natürlich nicht zu ausführlich werden. Die Dinge haben sich in der letzten Zeit jedoch ruhig und gut entwickelt, und obwohl nichts Dramatisches passiert ist, erwarte ich schon heute nachmittag einen Durchbruch bei den Verhandlungen. Ach ja, jemand hat den Mörder Joar Lundwalls ermordet. In ein paar Stunden kannst du es sicher im *Aftonbladet* lesen. Über den Fortgang der Verhandlungen halte ich dich jedoch lieber wie beim letzten Mal per Telex auf dem laufenden.«

Sam wollte wissen, wie es zu dem Mord an Joar Lundwalls Mörder gekommen war, und Carl merkte Sams Tonfall an, daß dieser schon das Schlimmste befürchtet hatte. Carl erklärte kurz und ohne jede Ironie, er habe nichts mit der Sache zu tun und hätte dem Killer zumindest nicht den Kopf abgeschnitten und so wie geschehen mit blaugelben Bändern und kleinen Rosetten umwikkelt.

Sam sah sich genötigt, nochmals zu fragen, und Carl wiederholte die Beschreibung von Herrn Toni Sanglieris Tod und verwies auf die Farbfotos, die das *Aftonbladet* veröffentlichen werde. Aber sonst, erklärte er, sei alles ruhig und undramatisch verlaufen. Er und die anderen hätten ein paar Routinemaßnahmen ergriffen, doch darüber könne er sich bei einer späteren und passenderen Gelegenheit äußern. Wichtig sei jetzt nur, daß sie vor einem Durchbruch stünden. Carl versprach, sich später am Tag oder am Abend zu melden.

»Was den OB betrifft«, fügte er hinzu, »kannst du ihm dies sagen. Dann ist er zumindest besser informiert als die Regierung, falls das ein Vorteil ist. Im übrigen befindet sich das gesamte schwedische Personal in Sicherheit. Sonst gibt es im Moment nicht viel mehr zu sagen.«

Nach dem Gespräch stand Carl auf und sicherte die Tür durch eine Alarmanlage, obwohl er es ernsthaft nicht für notwendig hielt. Sonst wäre er schon längst wieder in die Badewanne umgezogen. Er schlief traumlos und sorgenfrei, als sagte ihm sein Instinkt, er dürfe nicht immer wieder alle Möglichkeiten im Kopf herumwälzen, denn schon bald werde sich alles in deutlich sichtbarem und scharfem Schwarzweiß zeigen, ohne jeden Raum für Mißverständnisse.

Nach etwa der Zeit, auf die er sich unbewußt programmiert hatte, wachte er mit einem Ruck auf. Er stand auf und rasierte sich, duschte und zog sich frische Kleidung an.

Er wog sein Funkgerät in der Hand und überlegte, ob er es mitnehmen sollte oder nicht, beschloß aber, es im Hotelzimmer zu lassen. Es war ein Stück hochentwickelter Elektronik, die nicht in den Händen von Gangstern landen durfte. Dagegen schnürte er sich sein Schulterholster mit der Pistole um, jedoch eher, um sie nicht im Hotelzimmer zu lassen, als daß er sich vorstellte, sie noch zu brauchen. Dann ging er in die Halle hinunter, nickte den zivil gekleideten Polizeibeamten zu, die offenbar wieder ihren Dienst angetreten hatten, trat auf die Straße und ging sofort zum Taxistand an der Ecke. Dort standen zwei Wagen. Er wählte zum Verdruß der beiden Fahrer den zweiten und zahlte dem ersten nach einigem Hin und Her eine großzügige Entschädigung. Dann sagte er seinem Fahrer, er wolle nach Castellammare, was der Mann offenbar schon beim dritten Erklärungsversuch verstand.

Jetzt konnte er davon ausgehen, daß Gaetano Mazzaras Bande erfahren würde, wohin er fuhr. Das paßte ihm hervorragend ins Konzept.

Das Taxi schlängelte sich elegant durch die Autoschlangen Palermos, bis sie aus der Stadt hinauskamen. Die Geschwindigkeit wurde bald größer. Der heiße Wind wehte durch die offene Seitenscheibe des Fahrers herein und trocknete allen Schweiß. Carl zog vorsichtig die Jacke aus, um nicht überhitzt anzukommen. Wie er beabsichtigt hatte, fielen dem Taxifahrer das Schulterholster und die Pistole auf, jedoch ohne sichtliche Überraschung.

Carl sah auf das glitzernde Meer hinaus und zwang sich, an etwas anderes zu denken als die bevorstehende Begegnung. Er hatte sich immer gesagt, daß es nicht gut ist, immer und immer wieder an die getroffenen Vorbereitungen zu denken, da man dann nur bei vorgefaßten Meinungen hängenbleibt und die Fähigkeit zum Improvisieren verliert.

Er dachte an die beiden Kinder und ihre Mutter. Er sah sie vor sich in dem graugrünen Licht, das für ein normales Menschenauge Dunkelheit war, erinnerte sich daran, wie sie gequengelt hatten, als wären sie zu übermüdet gewesen, um sich schlafen zu legen. Ihre Mutter hatte sie vermutlich aber doch dazu gezwungen. Die Frau mußte heftig auf sie eingeredet und sie ausgeschimpft haben, weil sie nicht still waren.

Konnten Kinder so große Geheimnisse für sich behalten? Vielleicht spielte das in einem Dorf keine Rolle, das, wie arm es von außen auch aussehen mochte, doch in eine organisierte Kriminalität eingebunden war, die Hunderte von Millionen Dollar umsetzte. Im Monat.

Warum hatte er so total die Beherrschung verloren, als er die Kinder sah? Sie waren genauso schuldig oder unschuldig wie andere, zumindesten ebenso unschuldig wie die übrigen Dorfbewohner, die wahrscheinlich in der Heroinwerkstatt ihrer Arbeit nachgingen, als wäre es gewöhnliche Feldarbeit. Wie viele Menschen dort drinnen waren Frauen gewesen? Mit dem Infrarotgerät war es nicht zu erkennen gewesen. Während der letzten Minuten ihres Lebens hatten sie wie gewohnt gearbeitet, während Åke Stålhandske das Haus in seinem Zielgerät betrachtete und er, Carl, die Menschen durch die Wände beobachtete. Doch welche Menschenleben waren für die elektronischen Zielgeräte »schuldig« und welche »unschuldig«? Immerhin gibt es auch keine klugen Bomben, sagte er sich, sondern nur Bomben, die Befehlen gehorchen. Er dachte kurz an seine Tochter und fand noch die Zeit zu denken, daß sie wohl etwas mit seiner Überreaktion zu tun gehabt hatte, als die Kinder das Haus verließen. Dann schlug er sich alle gefährlichen Gedanken dieser Art aus dem Sinn, blickte aufs Meer hinaus und achtete auf die Charakteristika der Dörfer, durch die sie hindurchfuhren.

Das letzte Stück von Castellammare bis zu Don Tommasos Villa dirigierte er den Fahrer mit Handbewegungen. Er bezahlte mit einem großen Geldschein und erklärte, er brauche das Wechselgeld nicht, da er in zehn Minuten vielleicht schon tot sei. Es ging ihm jedoch sehr wohl auf, daß der Taxifahrer kein Wort verstanden hatte, als er sich wortreich bedankte.

Carl stand vor dem schmiedeeisernen Tor. Auf der anderen Seite standen zwei mürrisch dreinblickende Männer mittleren Alters mit Mützen, Schnurrbart und nicht sehr gut versteckten Automatikwaffen in Griffweite. Carl zog langsam seine Jacke an, machte den Krawattenknoten enger, trat ans Tor und versuchte freundlich Guten Tag zu sagen. Er nannte Don Tommasos Namen und zeigte auf das Haus.

Einer der Männer nahm mit ausdruckslosem Gesicht einen Telefonhörer ab und wechselte ein paar Worte mit jemandem im Haus, nickte und legte auf. Der Mann drückte auf einen Knopf, worauf sich das Tor öffnete und sofort wieder hinter Carl schloß, als dieser nach auffordernden Handbewegungen auf den Haupteingang der Villa zuging.

Auf dem Hof vor dem Haus standen drei schwarze Limousinen. Die Wachposten, die ihn am Eingang in Empfang nahmen, machten einen nervösen Eindruck und schnippten auf der anderen Seite des Panzerglases irritiert mit den Fingern, er solle näherkommen. Carl zog seine Pistole und legte sie in die stählerne Kassette, ging zu der Schleuse mit dem Metalldetektor und ließ sich untersuchen. Im Schloß war ein Klicken zu hören, so daß er eintreten konnte. Auf der anderen Seite unterzog man ihn einer Leibesvisitation. Gut, dachte er, gut, daß ich nicht diese deutsche Kunststoffpistole mitgenommen habe, die sie mir hier doch abgenommen hätten.

Don Tommasos Sohn kam die Treppe herunter. Er sah unrasiert aus und hatte blutunterlaufene Augen. Er wechselte ein paar Worte mit den Wachposten. Wahrscheinlich ging es darum, daß Carl jetzt unbewaffnet sei. Dann zeigte der Sohn die Treppe hinauf und ging selbst vor, obwohl er sich ständig umdrehte und zurückblickte, damit der Abstand zwischen ihm und Carl nicht kleiner wurde. Du Idiot, dachte Carl. Wenn ich dich hätte schnappen wollen, hättest du nie die Zeit gefunden, eine Waffe zu ziehen. Und wenn doch, hätte ich sie dir sofort abgenommen.

Don Tommaso war nicht allein auf der Terrasse. Bei ihm waren drei Männer über fünfzig mit außerordentlich finsteren Mienen. Die Opernmusik kam leiser aus den Lautsprechern, als es Don Tommasos Geschmack zu entsprechen schien. Carl tippte auf La

Traviata. Es war jedenfalls eine italienische und sehr bekannte Oper.

»Ah, Hamilton. Pünktlich wie immer. Herzlich willkommen«, sagte Don Tommaso ohne spürbare Begeisterung und ohne aufzustehen. »Ich bedaure, daß Sie zufällig in andere und größere Geschäfte hineingeraten als bei unserer kleinen Auseinandersetzung«, fuhr er fort und zeigte auf einen der freien Stühle am Tisch. Einer der Männer, der Carl gegenübersaß, zog demonstrativ einen Revolver aus der Jacke und legte ihn vor sich auf den Tisch. Wie es schien, außer Reichweite für Carl. Der Tisch war vergleichsweise bescheiden gedeckt. Carl sah nur wenige Vorspeisen, einige Wasserkaraffen, einen Eisbehälter und Weißwein.

»Ich weiß, was Ihnen so großen Kummer macht, und habe vor, die Probleme für Sie zu lösen«, begann Carl. Er war zu dem Schluß gekommen, daß die Stimmung nicht dazu angetan war, mit Small Talk über das Klima, über Opernmusik und Kindererziehung zu sprechen. »Kann ich in Anwesenheit dieser mir unbekannten Herren offen sprechen, Don Tommaso?« fragte er dann angestrengt freundlich.

Don Tommaso nickte leicht und zeigte mit einer Handbewegung, daß Carl fortfahren sollte. Also gut, dachte Carl. Dann kann ich mich gleich in den Abgrund stürzen.

»Wir sind es gewesen, die gestern abend dort oben Ihren Wachposten geschnappt haben«, begann er und zeigte auf den zuckerhutförmigen Berg. »Wir haben ihn vor Don Gaetanos Werkstatt abgesetzt, und wir waren es, die sie gesprengt haben. Irgendwelche Fragen?«

Es zeigte sich, daß alle Anwesenden Englisch verstanden. Sie starrten ihn verblüfft an und verrieten dabei etwas, was sich nur als zunehmende Wut deuten ließ.

»Ich werde jetzt meinen Preis nennen, Don Tommaso, und werde dabei sehr exakt sein«, fuhr Carl fort. »Wir wollen also vier heile und gesunde Schweden wiederhaben. Ich wünsche, daß Sie sie persönlich liefern, und zwar an mich, Don Tommaso. Als Gegenleistung erhalten Sie folgendes: Erstens kann ich das Mißverständnis mit Don Gaetano aus der Welt schaffen. Ich kann beweisen, daß wir gestern zugeschlagen haben und nicht Sie. Zweitens bleiben Ihnen weitere Zerstörungen erspart, Don Tommaso.

Sonst werden wir nämlich beim nächsten Mal gegen Ihre Fabriken oder direkt gegen Ihr Zuhause zuschlagen. Vier Schweden gegen Frieden. Das ist ein großzügiges Angebot, Don Tommaso.«

Carl beugte sich vor und schnappte sich eine Olive, die er sich ungeniert in den Mund steckte. Er kaute langsam darauf herum, während er auf die Wirkung seiner Worte wartete. Die anderen Männer starrten mal einander, mal Don Tommaso mit wilden Blicken an. Es hatte den Anschein, als wollten sie seine Initiative abwarten, als müßte er bestimmen, wie es weiterging, obwohl sie selbst am liebsten gleich aufgesprungen wären, um Carl in Stücke zu schießen.

Don Tommaso trank nachdenklich sein Glas mit Eiswasser aus und sah Carl forschend an. Er wollte sich offenbar nicht nur vergewissern, was den Tatsachen entsprach, sondern auch in Erfahrung bringen, was ihm vielleicht größer und wichtiger erschien. Carl nahm sich unterdessen eine weitere Olive, brach ein Stück Brot und wiederholte dann eine von Don Tommasos Handbewegungen, etwa des Inhalts, na, was sagen Sie?

»Sie sind wirklich *un uomo di valore*, ein richtiger Mann, Comandante. Ich muß es immer wieder sagen, damit ich es nicht vergesse. Die Amerikaner haben, wie Sie wissen, einige andere vulgärere Ausdrücke dafür, *you got balls*, und so weiter. Aber Sie spazieren hier einfach herein, setzen sich an meinen Tisch und erzählen, daß Sie etwas angerichtet haben, was einer Katastrophe nahekommt.«

Don Tommaso schüttelte sacht den Kopf. Tief in den glühenden Augen unter der Hutkrempe sah er fast traurig aus.

»Ich habe Ihnen einen Vorschlag gemacht«, sagte Carl und breitete die Hände in einer nachgeäfften italienischen Geste aus, die er in Luigis Nähe nicht gewagt hätte, »einen angesichts der Umstände großzügigen Vorschlag.«

»Lassen Sie uns essen, während wir nachdenken«, grunzte Don Tommaso. »Sei so nett und nimm das Ding da weg, ja?« fauchte er den Mann mit dem Revolver an, der sofort gehorchte.

»Gäste meines Hauses pflegen nicht unter Androhung von Waffengewalt zu essen, sondern höchst freiwillig«, fügte er mit einem Lächeln hinzu. Er nickte einem der Bediensteten hinten an der Tür zum Haus zu. Sofort wurden zahlreiche Platten aufgetragen, als hätte das Personal gleich hinter der Tür gewartet. Ein gutes Zeichen, dachte Carl, änderte jedoch sofort seine Meinung, als ihm aufging, daß die Männer eher eine Kapitulation feiern als über eine Bedrohung nachdenken wollten.

Während der Mahlzeit schleppte sich die Unterhaltung zäh dahin. Auf der anderen Seite des Tischs war man zu einem geflüsterten Italienisch übergegangen, und Don Tommaso schien in Gedanken versunken zu sein. Er überließ Carl bis auf weiteres ganz sich selbst. Carl aß mit gutem Appetit. Es war halb Theater, halb echt. Auf einen auffordernden kurzen Blick Don Tommasos hin hielt er sogar seinen Teller hin und erhielt einen zusätzlichen Schlag Spaghetti mit Pilzen oder Oregano. Er trank ziemlich gierig von dem Weißwein mit Eisstücken, nur um einen vollkommen unbekümmerten Eindruck zu machen. Er vermutete, daß Don Tommaso seine psychologischen Gründe hatte, die Diskussion aufzuschieben, und daß es nicht nur darum ging, bei Tisch heilige Ruhe zu bewahren.

Den Spaghetti folgte gegrillter Schwertfisch in saftigen, goldbraunen Schnitten. Carl goß sich ungeniert mehr Wein ein und hob die Karaffe fragend zu den anderen, doch nur einer der mürrischen Männer biß an. Das Lächeln wurde jedoch nicht erwidert.

»Sagen Sie mir, Hamilton«, begann Don Tommaso überraschend, als käme ein Blitz aus heiterem Himmel, und schob seinen nur halb leergegessenen Teller beiseite, »sagen Sie mir, warum Sie so sicher sind, daß wir auf Ihren Vorschlag eingehen werden.«

»Nun«, sagte Carl und betupfte sich mit der Serviette den Mund, »das werde ich Ihnen gern sagen. Leider kenne ich nicht viele Sizilianer. Der einzige, den ich ein wenig kenne und der mir etwas sagt, sind Sie, Don Tommaso. Sie haben wirklich meinen Respekt, nicht nur weil Sie mutig sind, denn jeder Idiot kann mutig sein, sondern weil Sie ein kluger Mann sind, der nichts übereilt.«

»Danke für die Schmeichelei, aber kommen Sie zur Sache«, knurrte Don Tommaso.

»Aber gern«, fuhr Carl fort. Die brüske Zurechtweisung schien ihm nicht das geringste auszumachen. »Sehen wir uns Ihre Erfahrungen an, Don Tommaso. Zunächst sind Ihre Mordversuche mißglückt. Wir haben überdies gezeigt, daß wir Sie jederzeit und an jedem Ort erreichen können. Wir können Ihren Funkverkehr verfolgen, ja, das haben wir natürlich die ganze Zeit getan. Wir können Sie in Ihrem eigenen Haus abhören. Wenn wir wollen, können wir uns sogar in Ihrem Schlafzimmer Einlaß verschaffen. Wir können Sie in der Dunkelheit töten. Wir können uns Ihre Wachen schnappen und töten. Wir können Ihre Fabriken in die Luft sprengen oder Ihr Heim zerstören. Ich glaube nicht, daß ich noch mehr aufzählen muß. Sie sind vielleicht der Meinung, daß ich im Augenblick Ihr Gefangener bin, aber lassen Sie mich daran erinnern, was geschah, als Sie zuletzt eine solche Drohung aussprachen. Also. So sieht einerseits Ihr Verhältnis zu uns aus. Sie wissen nicht einmal, wer wir sind oder wie viele. Andererseits haben wir die, wie ich wohl annehmen muß, immer komplizierter werdende Beziehung zu Don Gaetano in Palermo. Er dürfte inzwischen ziemlich sauer sein. Sie riskieren einen Bürgerkrieg und damit alle Ihre Geschäfte, alles. Mein Vorschlag läuft auf eine Paketlösung hinaus. Ich überzeuge Don Gaetano davon, daß wir seine Leute getötet und seine Drogenfabrik gesprengt haben und nicht Sie. Das ist das eine Angebot. Das zweite besteht darin, daß Ihnen weitere Zerstörungen erspart bleiben. Das sollte ziemlich klar und leicht zu begreifen sein. In meinen Augen handelt es sich um ein einfaches, streng geschäftliches Problem, wie ich es sehe, obwohl ich kein Sizilianer bin.«

Carl warf den Männern auf der anderen Seite einen Blick zu. Sie waren immer noch aggressiv, hatten aber wenigstens nachzudenken begonnen. Und Don Tommaso selbst machte einen sehr nachdenklichen Eindruck.

»Und wenn wir Sie gefangennehmen? Verzeihung, Hamilton, aber sagen wir einfach der Argumentation halber, wir wären dazu in der Lage. Ich meine, ich will Sie keineswegs beleidigen, aber doch darauf hinweisen, daß Sie sechzig Meter über dem Meer ohne Waffen mit Ihren schlimmsten Feinden beisammensitzen.«

Bei diesen Worten lächelte Don Tommaso fast freundlich aus den Falten seines fleischigen Gesichts, und Carl entschied sich schnell dafür, das als ein gutes Zeichen zu sehen.

»Ja«, sagte Carl und hielt den Männern gegenüber fragend die Weinkaraffe hin. Sie lehnten fast aggressiv und widerwillig ab. »Ja, lassen Sie uns der Argumentaion halber einmal davon ausgehen. Sie töten mich auf mehr oder weniger angenehme Weise. Setzen wir das mal voraus. Das bietet aber erstens keine Lösung des Problems mit Don Gaetano, denn mein Hinscheiden dürfte nicht genügen, ihn zu trösten. Zweitens dürfte Ihre Phantasie hoffentlich ausreichen, sich ein Bild von der Vendetta zu machen, die Sie dann heimsuchen würde, und zwar in etwa einer Stunde.«

Carl breitete erneut die Arme in einer nachgeäfften italienischen Geste aus. Die Erkenntnis, daß er wahrscheinlich Robert de Niro nachäffte, machte ihn plötzlich verlegen.

»Dann lassen Sie uns weiter argumentieren«, fuhr Don Tommaso langsam und mit einer deutlichen Tendenz zu einem feinen Lächeln fort, ob nun wegen Carls Robert-de-Niro-Imitation oder aus anderen Gründen. »Sie haben recht. Es wäre im Augenblick nicht sehr klug von uns, unseren Kummer an Ihnen persönlich auszulassen, ganz abgesehen davon, daß es Ihnen als Gast gegenüber äußerst unfein wäre. Aber wie wollen Sie Don Gaetano überzeugen? Er glaubt vielleicht nur, daß Sie und ich zusammenarbeiten, was wir in gewisser Hinsicht strenggenommen ja auch getan haben. Ich denke da an mein kleines Geschenk. Nun, was sagen Sie? Wie soll er Ihnen glauben?«

»Das ist gar nicht so schwer, wie man glauben könnte«, erwiderte Carl ernst. Er nahm sich vor, die Neigung zu theatralischen Effekten künftig zu bezwingen. »Wie könnte ich beispielsweise Sie davon überzeugen, daß wir gestern abend zugeschlagen haben?

Tja, wenn ich etwa sage, wir sind aus der Richtung Monte d'Inci gekommen, auf dem ein recht junger Mann saß, der sich Falcone nannte, und wenn ich weiter sage, daß wir gewartet haben, bis die Ablösung erschien, um den Mann dann zu schnappen und auf Ihrer Funkfrequenz mitzuteilen, übrigens auf italienisch, daß er zu Don Gaetano unterwegs war, wenn ich ferner sage, daß wir Ihren Mann zwar erschossen, es aber so arrangiert haben, daß es so aussehen mußte, als wäre er bei einem Schußwechsel mit einem der anderen aus der Fabrik gefallen. Dieser andere hatte eine Schrotflinte. Ihr Mann ist mitten in die Brust getroffen worden. Neben ihm lag eine Maschinenpistole der Marke Heckler & Koch, Typ MP 5, also das kleine Format. Nun, muß ich noch fortfahren?«

»Stimmt. Allerdings nur, wenn Sie nicht mit Don Gaetano

zusammenarbeiten und er Ihnen das alles nicht erzählt hat«, warf einer der gegenübersitzenden Männer ein. Er sprach ein deutliches Amerikanisch mit hörbar italienischem New Yorker Akzent.

Carl seufzte, schüttelte den Kopf und wechselte einen Blick mit Don Tommaso, um festzustellen, ob auch er den Trugschluß erfaßt hatte. Das hatte er offenkundig.

»Tja«, fuhr Carl freundlich fort, »wenn ich aber das alles zusammen mit Don Gaetano veranstaltet hätte, wäre es ja ein bemerkenswerter Abschluß, ausgerechnet seine Fabrik in die Luft zu sprengen, in der außerdem noch sein Personal arbeitete. Ich meine, dann hätten wir lieber Ihre Fabrik in Purgatorio in die Luft jagen sollen. Das ist eine Möglichkeit, die uns übrigens immer noch zu Gebote steht.«

»Also gut«, sagte Don Tommaso schnell, um alle sichtbaren Reaktionen darauf zu verwischen, daß Carl den im Augenblick verhängnisvoll schwachen Punkt in Purgatorio kannte, »also gut, Sie haben uns überzeugt. Aber wie wollen Sie Don Gaetano überzeugen?«

»Ihr Mann vor Ort, der sozusagen den Verräter spielt, hat etwas bei sich, was ich ihm in die Tasche gesteckt habe. Und was dann diese Geschichte mit Carini oder wie immer er hieß, also den ›Schlächter von Trapani‹ betrifft, bin ich es ebenfalls gewesen, der ihn getötet hat. Nämlich indirekt, indem ich es so aussehen ließ, als wäre er ein Verräter, was Ihren Verdacht erregt hat. Wie ich das getan habe? Nun, mir sind genügend Details darüber bekannt, wie das im Hotel vor sich ging, denn ich war dort. Ich weiß jedenfalls genug, was mit dem übereinstimmt, was Carini beteuerte, als man ihn zu Tode folterte.«

Don Tommaso nickte nachdenklich. Er machte jetzt einen überraschend aggressionslosen Eindruck und wirkte nur nachdenklich, als hätte er nur ein kniffliges Kreuzworträtsel vor sich, das er bald lösen würde.

»Nun«, sagte er schließlich, »wie wollen Sie Don Gaetano treffen, um dieses für uns so bedauerliche Mißverständnis aus der Welt zu schaffen und die für Sie selbst so tödliche Wahrheit zu übermitteln? Don Gaetano wird Sie nicht gerade ins Herz schließen, wenn es Ihnen gelingt, ihn zu überzeugen.«

»Nein«, entgegnete Carl, »er wird natürlich sauer werden.

Aber gerade das sehe ich als ein kleineres Problem an. Ich möchte vorschlagen, daß Sie selbst dieses Treffen arrangieren, Don Tommaso.«

»Wann und wo wollen Sie das Treffen?« fragte Don Tommaso schnell, als hätte er schon damit begonnen, in praktischen Bahnen zu denken.

»Heute nachmittag in meinem Hotel, gern in der Bar«, erwiderte Carl ebenso schnell.

»Sie sind ein Mann schneller Entscheidungen und einfacher Lösungen, Comandante«, sagte Don Tommaso und lachte im nächsten Augenblick laut auf. »Tja, im Hotel kann er Sie ja kaum bei lebendigem Leibe verspeisen. Obwohl ich mir natürlich vorstellen kann, daß er einen ganz anderen Treffpunkt vorschlagen wird.«

»Seien Sie nicht albern, Don Tommaso«, sagte Carl ärgerlich, »diese Sache ist für Don Gaetano genauso wichtig wie für Sie. Ich kann mir vorstellen, daß es einige Aufmerksamkeit erregt, wenn er und ich ein Bier oder ein Glas Marsala oder sonst was zusammen trinken. Ich selbst bin aber derjenige, dem es nachträglich nur peinlich sein kann, mich mit ihm getroffen zu haben. Außerdem wird es für mich am schwersten werden, ein solches Treffen zu erklären. Für Sie beide aber muß dies lebenswichtig sein. Wenn Sie einen Krieg vermeiden wollen, müssen Sie die Gelegenheit dazu ergreifen, denn sonst geht die eine Seite unter. Vielleicht müssen auch beide untergehen. Das muß doch auch ein Don Gaetano verstehen?«

»Falls es zu dieser Lösung kommt«, begann Don Tommaso, überlegte es sich dann aber und dachte kurz nach, bevor er fortfuhr. »Also gut, lassen Sie uns sagen, es kommt zu dieser Lösung. Sie treffen sich mit Don Gaetano und überzeugen ihn. Er ruft mich unter Tränen an, und wir sind wieder Brüder und können wieder intensiv zusammenarbeiten, um hier aufzuräumen und zu retten, was noch zu retten ist. Insoweit keine Probleme. Aber Sie wollen doch auch die Schweden wiederhaben?«

»Genau«, erwiderte Carl hart, »und ich wünsche Sie von Ihnen persönlich geliefert zu bekommen, hier in der Nähe, spätestens morgen abend.«

»Warum so kompliziert«, entgegnete Don Tommaso mißbilligend. »Wozu neue merkwürdige Risiken? Einigen wir uns doch darauf, daß wir sie einfach irgendwo freilassen. Das wäre doch praktischer?«

»Nein«, sagte Carl entschlossen, »ich will Sie aus Ihrer Hand bekommen, von Ihnen persönlich, Don Tommaso. Teils weil ich sonst niemandem vertraue, teils weil wir noch eine Trumpfkarte im Ärmel behalten müssen. Solange ich mich mit meiner Streitmacht auf Sizilien befinde, können wir Sie töten, wenn Sie die Bedingungen nicht erfüllen. Wenn wir in dem Glauben abreisen, es werde sich schon alles regeln, laufen wir Gefahr, hereingelegt zu werden.«

»Aber je länger Sie bleiben, um so mehr Zeit bekommt Don Gaetano, Sie zu jagen«, wandte Don Tommaso ein. Er schien seinem Einwand allerdings selbst keinen Glauben zu schenken.

»Nun ja«, sagte Carl mit dem ersten breiten Lächeln des Gesprächs, »das hat er ja schon früher ohne Erfolg versucht. Wenn er noch mehr Picciotti verlieren will, ist das seine Sache. Das sehe ich nicht als Problem an. Das Problem besteht in einer Garantie für eine schnelle Lieferung lebender und unversehrter Schweden.«

»Vertrauen Sie meinem Ehrenwort nicht?« Don Tommaso versuchte es mit einem Anflug von Verzweiflung in der Stimme. Ihm ging allmählich auf, daß sein Gegner ihn in eine unmögliche Verhandlungslage gedrängt hatte.

»Bei allem Respekt, Don Tommaso, aber ein Ehrenwort, das mit Drohungen erpreßt wird, gehört zu den Dingen, die viele Menschen in ganz anderen Teilen der Welt als Sizilien ebenfalls nicht ganz ernst nehmen würden. Sie haben doch früher auf Ihre Konzernleitung hingewiesen, nicht wahr? Wir beide trennen uns, ich habe Ihr Ehrenwort, dann werden Sie von der Konzernleitung überfahren, und wir stehen mit leeren Händen da. Es wird für alle Beteiligten am besten, wenn wir es so regeln, wie ich es gesagt habe. Sie, Don Tommaso, übergeben die Gefangenen direkt an mich, und zwar hier in der Nähe. Wir wählen den Ort. Spätestens morgen abend, am liebsten schon heute abend.«

»Wenn Sie so freundlich sein wollen, uns eine Weile allein zu lassen?« erwiderte Don Tommaso, als gäbe es nichts mehr zu sagen. Carl sah noch, wie der Sizilianer die Hand nach dem Telefon ausstreckte, als Carl ihm den Rücken kehrte und zum anderen Ende der Terrasse ging, das jetzt von einer dicken Panzerglasscheibe blockiert war.

Carl klopfte prüfend auf das Glas. Ja, eine Gewehrkugel würde es schaffen, würde es zumindest zersplittern lassen und sie zerstören. Er fühlte, daß das Projekt dabei war zu gelingen. Zugleich überraschte ihn das Gefühl schwer faßbarer Enttäuschung, als ob alles zu gut ginge, als wäre alles zu einfach, als verliefe alles zu geradlinig nach Plan, als hätte er irgendwie damit gerechnet, zu diesem Zeitpunkt schon tot zu sein. Er verstand seine Gefühle nicht.

Don Tommaso saß immer noch unter dem Spalier mit Weinreben am anderen Ende der Terrasse und telefonierte. Es schien ein intensives Gespräch zu sein. Carl sorgte sich schon, Don Tommaso könnte zu viel sagen und der mithörenden Polizei somit verraten, wo in etwa die Geiseln gefangen gehalten wurden. Carl fürchtete, die Carabinieri könnten schwer bewaffnet losziehen und seine Pläne vereiteln. Er zog sein Jackett aus, lockerte den Krawattenknoten, lehnte sich mit den Ellbogen auf die Balustrade und sah über Meer und Bucht auf Castellammare hinunter. Ein Segelboot mit zwei Masten und einer amerikanischen Flagge am Heck glitt mit laufendem Hilfsmotor langsam gegen den Wind. So wie er jetzt stand, mußten sie ihn von dort unten sehen und beobachten können.

Don Tommaso rief und winkte ihm zu, er solle kommen. Mit der Jacke über der Schulter schlenderte Carl zurück und setzte sich wieder auf seinen Platz. Die anderen Männer machten grimmige, verbissene Gesichter.

»Das Treffen mit Don Gaetano und einem Dolmetscher findet heute nachmittag um fünf Uhr statt«, begann Don Tommaso. »Ich sollte Ihnen lieber schon jetzt sagen, daß er wütend und mißtrauisch ist, außerdem temperamentvoller als ich.«

»Seien Sie unbesorgt, wenn er nur versteht, was ich sage«, entgegnete Carl. »Und wie wird es mit unseren Geiseln? Ich hoffe, Sie haben am Telefon nicht zu viel darüber gesprochen. Ihr Telefon wird ja abgehört.«

»Natürlich nicht«, sagte Don Tommaso verärgert und verzog das Gesicht zu einer mißbilligenden Grimasse. »Ich lebe mit abgehörten Telefonen, solange ich mich zurückerinnern kann. Die schwedischen Waren können frühestens gegen Mitternacht hier in der Nähe sein.«

»Ich möchte vorschlagen, daß der Austausch etwa fünfundzwanzig Autominuten von hier entfernt stattfindet und daß wir ihn morgen früh um fünf Uhr vornehmen. Sie werden von uns auf Ihrer Funkfrequenz Anweisungen auf italienisch erhalten. Wir nennen Ihnen den genauen Ort der Übergabe, aber es bleibt beim Zeitpunkt fünf Uhr.«

»Warum fünf Uhr? Warum nicht um eins oder zwei?« wandte Don Tommaso ein, als sähe er nicht den geringsten Grund für Carls Verzögerung des Vorhabens.

»Weil es um zwei noch völlig dunkel ist, um fünf aber schon etwas heller, fast schon taghell«, erwiderte Carl mit einem Achselzucken.

»Und was für einen Vorteil hat das?« fragte Don Tommaso mißtrauisch.

»Wir können im Dunkeln sehen, Sie aber nicht«, sagte Carl fast uninteressiert. »Ich möchte sicherstellen, daß niemand zu Schaden kommt, nur weil plötzlich jemand unnötig nervös wird. Sie werden ja auch bewaffnet sein, nicht wahr?«

»Ja«, sagte Don Tommaso und bedachte, was Carls Erklärung bedeutete. »Ja, das ist wohl so üblich. Aber was meinen Sie damit, daß sie im Dunkeln sehen können?«

»Wir haben technische Hilfsmittel, die es uns erlauben«, erwiderte Carl knapp. »Sind wir uns jetzt einig? Vorausgesetzt, Don Gaetano kann Ihnen irgendwann nach fünf Uhr heute nachmittag einen positiven Bescheid geben. Dann findet der Austausch im Morgengrauen um fünf Uhr statt. Sind wir uns einig?«

Don Tommaso nickte schwer. Carl stand auf, zog sein Jackett an und streckte sich nach einem Walkie-Talkie, das auf dem Tisch lag. Er entschuldigte sich, als wollte er nur schnell mal telefonieren, zog die Teleskopantenne heraus, schaltete das Gerät ein und betrachtete lächelnd die erstaunten Gesichter der anderen.

»Trident ruft Orca und Triton, Trident ruft Orca und Triton auf der Frequenz des Feindes. Kommen!« sagte er auf schwedisch und wartete einige Sekunden, bis ebenfalls auf schwedisch geantwortet wurde.

»Hier Orca. Wir hören dich klar und deutlich. Gibt es Probleme? Kommen!« sagte Åke Stålhandske.

»Ganz und gar nicht. Alles verläuft nach Plan. Melde mich später auf der abhörsicheren Frequenz. Ende!« sagte Carl, schob die Antenne zusammen und schaltete das Gerät aus.

»Ich wollte mich nur vergewissern, daß kein Kommandotrupp hier plötzlich eindringt und Sie mißhandelt, während ich abwesend bin«, sagte er entschuldigend und machte sich bereit zu gehen.

»Noch eine einzige Frage, Comandante, wenn Sie nichts dagegen haben«, sagte Don Tommaso mit einem Anflug von Unsicherheit in der Stimme. Carl machte eine auffordernde Handbewegung, antwortete aber nicht.

»Nun ja, falls es Ihnen aus irgendeinem praktischen Grund nicht unmöglich ist, es zu erzählen, würde ich gern wissen, ob Sie mich neulich in der Nacht tatsächlich selbst besucht haben. Und wie Sie hereingekommen sind.«

Don Tommaso holte tief Luft, als hätte es ihn einiges gekostet, die Frage zu stellen.

»Auf diesem Weg«, sagte Carl und zeigte über die Balustrade. »Wir sind an der Bergwand hochgekommen und dann an der Hauswand. Wir sind davon ausgegangen, daß Sie es für unmöglich halten würden. Es war also kein Verrat, falls es das ist, was Sie sich gefragt haben. Von zehn Meter über dem Erdboden an bis zu dem kleinen Absatz dort werden Sie überall Bergsteigerhaken finden. Sie können Sie bei Gelegenheit ja entfernen«, fuhr er fort und schüttelte lächelnd den Kopf, als er zur Tür ging. Er hob die Hand, um sie zu öffnen, überlegte es sich dann aber.

»Ach ja, ich brauche eine Fahrgelegenheit nach Palermo. Können Sie das für mich regeln, Don Tommaso?« fragte er.

Dieser nickte und streckte die Hand nach dem Telefon aus.

»Ja, wir werden Sie in die Stadt fahren. Warten Sie, wir machen Ihnen die Tür auf«, sagte Don Tommaso, der dann dadurch abgelenkt wurde, daß am anderen Ende abgenommen wurde.

»Nicht nötig«, sagte Carl. Er tippte gleichmütig den Code ein und öffnete die Tür. »Ich komme allein zurecht.«

Er machte sich nicht mal mehr die Mühe, sich noch einmal umzudrehen und ihre verblüfften Gesichter zu betrachten, als er die Terrasse verließ. Unten an der Schleuse erhielt er seine Pistole, die er ins Schulterholster steckte. Auf der anderen Seite der Panzerglasscheibe wurde er von einem nervösen jungen Mann in Empfang genommen, der ihm in einer Mischung aus Italienisch und Englisch erklärte, er werde Carl nach Palermo fahren. Der Wagen sei mit schußsicherem Glas ausgerüstet.

Das Hotel schien sich in einer Art Belagerungszustand zu befinden. Inzwischen war ein neuer Trupp uniformierter Carabinieri mit automatischen Waffen eingetroffen, und vor dem Hoteleingang hatte man Absperrgitter aufgestellt. In der Halle wimmelte es von Polizeibeamten in Zivil – und von Journalisten, die sich sofort erhoben, als Carl eintrat. Sie bewegten sich aus allen Richtungen gleichzeitig auf ihn zu. Die Fragen prasselten auf Carl nieder, als er am Tresen stand und auf seinen Schlüssel wartete. Er nahm ihn in Empfang, machte auf dem Absatz kehrt und ging ohne ein Wort durch die Menge der Journalisten auf die Treppe zu. Schon nach den ersten Schritten ließ er die ersten Verfolger hinter sich.

Als er in seinem Zimmer war, rief er den Empfang an und teilte knapp mit, er erwarte in Kürze den Besuch zweier sizilianischer Herren. Sie hätten vereinbart, sich in der Bar zu treffen, doch das sei im Augenblick recht unpassend. Die beiden Besucher seien vielmehr oben in seinem Zimmer willkommen. Man hatte dort unten inzwischen offenbar das Personal ausgetauscht, denn man verstand ihn sofort, obwohl er Englisch sprach. Vielleicht hatten auch nur Polizeibeamte den Job übernommen.

Carl ließ sich schwer auf den einzigen Sessel des Zimmers fallen und spürte, wie ihn Unbehagen befiel. Eine Meute von Journalisten war in diesem Augenblick alles andere als ideal. Sie hatten ihn auf schwedisch, englisch und italienisch angesprochen. Inzwischen waren viele interessante Dinge ans Licht gekommen, und das, was als Finale gedacht war, lief jetzt Gefahr, zu einer Art öffentlicher Darbietung zu werden. Er überlegte, ob er sich ein anderes Hotel suchen sollte, mußte sich aber eingestehen, daß es nicht viel nützen würde. Sie würden ihn auch dort finden, und er würde nur in einem Hotel landen, in dem er sich nicht zurechtfand und in dem er folglich das Leben anderer und sein eigenes in

Gefahr bringen konnte. Die Frage war, wie munter Journalisten um sechs Uhr morgens waren. Würden Sie schon in aller Hergottsfrühe in der Hotelhalle sitzen und ihm auflauern?

Übrigens spielte das keine große Rolle mehr. Wenn es soweit war, würde das meiste schon vorbei sein.

Er nahm den Hörer ab, um Tessie anzurufen, überlegte es sich dann aber. Er wollte sich nicht schon wieder in eine Diskussion darüber verwickeln lassen, warum er nicht angerufen hatte. Statt dessen holte er sein Funkgerät hervor, rief die Basis und teilte mit, er gehe jetzt in die nächste Phase. Sie würden vermutlich Anweisung erhalten, sich wieder auf die andere Seite der Landzunge zu begeben und Capo San Vito zu umrunden, und zwar in etwa einer Stunde. Es scheine alles gutzugehen.

Er klang nicht besonders begeistert. Er merkte es selbst und wiederholte deshalb der Deutlichkeit halber, es scheine wirklich alles gut auszusehen.

Kurze Zeit darauf klopfte es an der Tür. Er zog seine Pistole und richtete sie auf die Tür, ohne sich zu bewegen oder auch nur den Hahn zu spannen.

»Herein!« rief er.

Ein Mann in den Dreißigern zeigte sich zögernd in der Türöffnung. Carl stellte schnell fest, daß von einer sichtbaren Bedrohung keine Rede sein konnte, und bat den Besucher, die Tür zu schließen und sich zu setzen. Er steckte seine Pistole wieder ins Holster. Der andere Mann war auffallend elegant und sah trotz Krawatte und Jackett bemerkenswert frisch aus, als wäre er soeben aus einem Wagen mit Klimaanlage ausgestiegen. Er setzte sich ein wenig verlegen auf den einzigen Platz, der überhaupt in Frage kam, auf eins der Betten, und zupfte sich die Bügelfalten auf den Knien zurecht, bevor er etwas sagte.

»Mr. Gaetano schlägt einen anderen Treffpunkt vor«, sagte er schließlich.

»Kommt nicht in Frage. Angesichts dessen, worüber wir sprechen müssen, kann ich natürlich nicht in der Gegend herumkutschieren«, erwiderte Carl irritiert.

»Nein, natürlich nicht«, sagte der andere ernst, »aber das hatte sich Mr. Gaetano auch nicht gedacht. Er wartet jetzt in der Sala Wagner.«

»Wo ist die Sala Wagner?« fragte Carl mißtrauisch.

»Hier im Hotel, im ersten Stock. Wir haben dafür gesorgt, daß niemand stört«, erklärte der andere geduldig.

Carl überlegte. Rein logisch betrachtet durfte es in dieser Lage keinerlei Bedrohung geben, bevor die Geiseln freigelassen worden waren. Den Gangsterbossen mußte schließlich klar sein, daß jeder allzu frühe militärische Einsatz von ihrer Seite die gesamte Abmachung gefährden und zumindest einem von ihnen einen großen Teil des Geschäfts kosten würde.

»Na schön«, sagte Carl. »Gehen wir.«

Er stand auf, zog das Jackett an und zeigte mit der Hand, der andere solle vorgehen.

Sie sprachen kein Wort miteinander, als sie hinuntergingen und dann den langen dunklen Korridor im ersten Stock entlangschritten. Als sie die Eingangstür erreichten, wartete dort ein weiterer Mann, der etwa so wie der erste aussah. Er machte sofort die Tür auf und forderte Carl mit einer Handbewegung auf, mit seinem Begleiter hineinzugehen. Er selbst blieb als Wachposten draußen.

Die Sala Wagner war ein großer Raum, zehn mal zehn Meter, mit weißem Marmorfußboden und perlgrauen Wänden, die mit goldfarbenem Stuck übersät waren, sowie mit spanisch wirkenden Kachel-Intarsien auf dem Fußboden, die sich an den Wänden wie ein Fries entlangzogen. Der Saal wurde offenbar als Konferenz- oder Empfangsraum genutzt, da der größere Teil der Fläche von einfachen schwarzen Kunststoffstühlen eingenommen wurde, die an einem Tisch mit grünem Tischtuch aufgestellt waren. Über allem schwebte ein riesiger Kronleuchter in schwülstigem Barockstil mit nackten Glühbirnen.

Don Gaetano stand an der hintersten Stuhlreihe. Er sah aus wie das genaue Gegenteil von Don Tommaso: klein, zartgliedrig, wieselhaft mit klaren schwarzen Augen und einem schmalen Schnurrbart, der wie ein dünner Strich oder die Narbe eines Messerschnitts auf der Oberlippe saß. Er sagte nichts. Er musterte Carl von oben nach unten und sah schon jetzt gehässig aus. Er trug einen schwarzen Anzug mit einer silberfarbenen Weste und eine gelbe Krawatte. Schließlich sagte er etwas zu Carls Begleiter. Dieser übersetzte, Don Gaetano habe nicht viel Zeit und schlage vor, gleich zur Sache zu kommen. Carl erwiderte, er sei der Meinung, sie sollten sich setzen. Dann ging er zu dem Konferenztisch mit dem grünen Tischtuch, zog auf der einen Seite demonstrativ zwei Stühle heraus und setzte sich selbst auf der gegenüberliegenden Seite hin. Dann zeigte er mit einer Handbewegung, die beiden anderen sollten es ihm nachtun. Sie schienen zunächst zu zögern. Carl bemerkte, daß der Tisch an der Wand zur Via Wagner an der Rückseite des Hotels stand und daß es folglich nicht möglich war, den Tisch von draußen mit Feuer zu bestreichen. Doch das kam beiden Seiten zugute.

Nachdem sie sich gesetzt hatten, sah sich Don Gaetano um und sagte etwas, was in Carls Augen nichts mit der Sache zu tun hatte. Der Dolmetscher übersetzte, dieser Raum habe eine historische Vergangenheit, hier seien größere Beschlüsse gefaßt worden, als heute zu erwarten sei. Carl überhörte die Anspielung auf den amerikanisch-sizilianischen Pakt von 1957, oder worauf der Gangsterboß angespielt haben mochte, und fragte, ob er anfangen solle, oder ob es zunächst einige praktische Dinge zu klären gebe. Als der Dolmetscher übersetzte, antwortete Don Gaetano mit einer verächtlichen Geste, die etwa heißen sollte, rede einfach drauflos.

»Gut«, sagte Carl entschlossen. »Dann fangen wir mit Mr. Carini an. Er begab sich im Fahrstuhl in mein Stockwerk, um zu meinem Zimmer zu kommen. Der Fahrstuhlschacht verläuft nämlich gleich hinter dem Raum, in dem ich wohne. Da ich den Fahrstuhl hörte, ja, ich hatte natürlich eine Alarmanlage, ging ich hinaus, stellte mich hinter die Fahrstuhltür und fing Mr. Carini ab, als er herauskam. Die Fahrstuhltür geht nämlich nach außen auf. Ich nahm ihm seine Waffe ab, worauf wir ins Kellergeschoß hinunterfuhren. Bitte übersetzen Sie.«

Carl wartete, während seine Worte übersetzt wurden, und betrachtete aufmerksam Don Gaetano Gesicht. Dieser nickte immer wieder, als hakte er jedes Detail ab.

»Als wir unten ankamen«, fuhr Carl fort, »warteten dort zwei von Mr. Carinis Helfern. Sie sahen ihn als ersten aus dem Fahrstuhl kommen, entdeckten mich aber erst, als es zu spät war. Ich habe sie mit je zwei Schüssen getötet. Von vorn. Ich stellte Mr. Carini gegen eine Wand und beendete dann die Arbeit mit den beiden anderen. Ich schoß das Magazin leer, steckte Mr. Carini seine Pistole in die Jackentasche und ließ ihn laufen. Übersetzen Sie?«

Als die Übersetzung beendet war und Carl sich bereitmachte fortzufahren, winkte Don Gaetano irritiert mit der Hand ab, um Carl zu bremsen, und schnarrte statt dessen ein paar Fragen hervor. Der Dolmetscher übersetzte sie sorgfältig. Die erste lautete, wie und wo Carini mißhandelt worden war, die zweite, wie die Meldung von Carinis Verrat in den *Corriere della Sera* hatte gelangen können. Carl bemerkte, daß es intelligente und vermutlich entscheidende Fragen waren. Er mußte jedoch erst nachdenken, um sich daran zu erinnern, was er mit Carini hinter der Fahrstuhltür getan hatte.

»Mr. Carini muß eine kräftige Schwellung an der linken Seite des Nackens gehabt haben«, begann Carl nachdenklich und zeigte die Stelle an sich selbst, »außerdem Schwellungen und starke Schmerzen in der Gegend der rechten Niere, etwa hier«, erklärte er und zeigte es erneut. »Und was die Angaben in der italienischen Presse angeht, kommen sie von einer schwedischen Zeitung. Ich habe einem schwedischen Journalisten den Tip von Carinis angeblichem Verrat gegeben, nämlich in der Absicht, daß die Meldung dem Korrespondenten des *Corriere della Sera* in Stockholm auffällt und daß er sie in Italien verbreitet. Das hat funktioniert.«

Carl beendete seine Darlegung mit einer Handbewegung, die anzudeuten schien, damit sei alles erklärt. Don Gaetano nickte und stellte eine neue Frage, mit der er das Thema wechselte. Jetzt kam er auf den Sabotageakt oben bei Purgatorio.

Carl zog seine Brieftasche hervor und entnahm ihr einen halben Hundert-Dollar-Schein, den er Don Gaetano hinüberschob.

»Die andere Hälfte dieses Geldscheins«, sagte er leichthin, »lag in der Brusttasche des Wachpostens, den wir bei Don Tommaso abgeholt haben. Neben dem Wachposten lag eine deutsche Maschinenpistole. Seine Fingerabdrücke werden sich an einigen der obersten Patronen im Magazin finden. Alle anderen Patronen sind sorgfältig abgewischt worden. Ferner hat die Waffe Fingerabdrücke von der rechten Hand des Wachpostens. Ich gehe davon aus, daß solche Angaben noch nicht öffentlich sind, daß Sie sie aber irgendwie bei der Polizei kontrollieren können.«

Damit hob Carl erneut die Hände und wartete die Übersetzung ab. Als der Dolmetscher fertig war, saß Don Gaetano stumm da und stützte das Kinn auf die Fäuste. Er schien hart mit sich zu ringen, um die Selbstbeherrschung zu bewahren. Sein Körper erzitterte leicht. Kurz darauf nahm er sich mit sichtlicher Anstrengung zusammen und begann langsam zu sprechen. Er gab dem Dolmetscher Anweisung, Satz für Satz zu übersetzen.

»Was Sie sagen, Hamilton, ist wahr, Sie haben mich überzeugt«, lautete der erste Satz. Es folgte eine neue innere Kraftanstrengung, bevor Don Gaetano es über sich brachte fortzufahren. Er sah aus, als wollte er einem Herzinfarkt entgehen.

»In einer Hinsicht ist mir ein Stein vom Herzen gefallen, Don Tommaso und ich sind keine Feinde«, lautete der zweite Satz. Und während sich Don Gaetano für die Fortsetzung rüstete, die Carl inzwischen mühelos erraten konnte, schien der zartgliedrige kleine Mann vor Wut zu vibrieren.

»Hingegen sind Sie und ich Feinde, Hamilton, und ich schwöre, daß ich Sie töten werde. Ich werde Ihnen bei lebendigem Leib das Herz herausschneiden, Hamilton«, lautete der dritte Satz.

Carls Gesicht hellte sich auf. Das war unleugbar ein offenes Wort. Auf mehr hatte er nicht hoffen können. Damit waren alle Mißverständnisse der Gangsterbosse untereinander ein für allemal ausgeräumt.

»Ich kann mir vorstellen, daß Sie das glauben, Mr. Mazzara«, sagte Carl hochmütig, »aber wenn Sie oder einer Ihrer Gorillas jetzt auch nur eine aggressive Bewegung machen, werden Sie sterben. Ich hoffe, das ist Ihnen klar.«

Carls verbindliches Lächeln bildete einen solchen Gegensatz zu dem, was er sagte, daß Don Gaetano nicht verstanden zu haben schien. Der Dolmetscher erbleichte und zögerte, ob er übersetzen sollte.

»Übersetzen Sie genau das, was ich gesagt habe!« sagte Carl im Befehlston. Der Dolmetscher schien mit einigen Entschuldigungen zu beginnen, die wohl auf die Versicherung hinausliefen, er, der Dolmetscher, äußere sich hier nicht, sondern es sei der Feind – Geste zu Carl hin –, der sich so respektlos ausdrücke. Dann übersetzte er.

Don Gaetano leckte sich langsam die Lippen, während seine Augen in einer Grimasse von Haß und beherrschter Wut zu schmalen Schlitzen wurden.

»Sie können sich nicht auf mich stürzen, bevor Don Tommaso und ich unser Geschäft abgeschlossen haben. Ich hoffe, Sie verstehen das?« sagte Carl freundlich. »Erst das Geschäft, dann das Privatleben, nicht wahr, Mr. Mazzara?«

Carl schüttelte den Kopf und gluckste. Die Verfassung seines Gegners schien ihn unbekümmert zu machen und zu amüsieren.

Don Gaetano erhob sich so heftig, daß der Stuhl hinter ihm umkippte. Er streckte seine rechte Hand aus und schüttelte die Faust vor Carls Gesicht, während er einen Strom von Verwünschungen ausstieß.

Carl stand lächelnd auf, wehrte die Übersetzung des Dolmetschers mit einer Handbewegung ab, da Don Gaetanos Worte auch ohne Übersetzung deutlich genug waren, und zeigte zur Tür.

Don Gaetano drehte sich ohne ein Wort des Abschieds um und ging mit langen, entschlossenen Schritten zur Tür. Sein junger Begleiter nickte wie aus Versehen, fast ehrerbietig oder zutiefst erschreckt, und folgte seinem Herrn mit schnellen Schritten. Sie ließen die Tür geöffnet.

Carl bemerkte, daß Don Gaetano trotz seiner kochenden Wut die Geistesgegenwart besessen hatte, den halben Hundert-Dollar-Schein mitzunehmen. Das deutet auf eine gewisse Selbstbeherrschung, dachte Carl. Das scheint darauf hinzudeuten, daß er sich damit begnügen wird, ungeduldig dazusitzen und mit den Zähnen zu knirschen, bis alle Streitigkeiten zwischen Carl und Don Tommaso ausgetragen sind. Erst dann wird er seine Killer wieder losschicken.

Das kann natürlich zum Problem werden, aber kommt Zeit, kommt Rat, dachte Carl. Dann ging er auf sein Zimmer, ohne sich sehr sorgfältig umzusehen. Im Augenblick war er vermutlich eine der sichersten Personen in Palermo.

Bis auf weiteres gab es für ihn nicht viel zu tun, nur einige Kleinigkeiten. Er holte sein Funkgerät und sah auf die Uhr. Es blieben noch ein paar Minuten bis zur vollen Stunde. Da konnte er ihre sicherste Frequenz benutzen. So beschloß er zu warten, nahm sich Papier und Bleistift und stellte eine kurze Liste zusammen.

Sie sollten in das Gebiet um Macari auf der anderen Seite der Landzunge zurückkehren, wo Luigis Wagen stand. Im Lauf des Abends sollte Luigi nach Palermo zurückkehren und seinen offenen Kleinlaster in der Hotelgarage an der Via Michele Amari abholen und den kleinen Wagen in der Garage abstellen, nein, irgendwo, und die Schlüssel beim Empfang abgeben.

Er müsse unbedingt darauf achten, daß ihm niemand zu ihrem Treffpunkt in der Nähe des Parkplatzes bei Macari folge.

Sie sollten es mit der Bewaffnung nicht übertreiben, aber ein Granatengewehr mußte schon einiges Überredungsvermögen besitzen, wenn man es in der Schlußphase zeigte. Im übrigen für jeden eine Automatikwaffe. Nein, auch eine Präzisionswaffe und dann Handfeuerwaffen. Das mußte genügen.

Carl glaubte nicht, daß Don Tommaso so etwas wie ein Schlußduell mit dem Gegner vorschwebte, den er letztlich als technisch überlegen ansehen mußte.

Luigi sollte den Treffpunkt wählen und ihn dem Feind auf dessen Frequenz übermitteln. Nicht den Zeitpunkt, der war schon bekannt, und eventuelle Mithörer sollten nichts erfahren. Nur den eigentlichen Ort. Die Auswahl würde Luigi nicht schwerfallen.

Nein, es war wohl am besten, wenn er zunächst nur mitteilte, der Treffpunkt sei schon ausgewählt, um dann zu erklären, die exakte Angabe werde erst eine Stunde vor dem Treffen erfolgen. Damit niemand, Freund oder Feind oder beide, Zeit finden konnten, Empfangsvorbereitungen zu treffen.

Das war offenbar alles. Im Augenblick mußte nichts weiter bedacht werden. Folglich stand ihm in Palermo der letzte Abend in Sicherheit bevor. Carl entschloß sich, auszugehen und ein paar Stunden spazierenzugehen, und wenn aus keinem anderen Grund, als seinen Bewachern Rätsel aufzugeben. Vielleicht sollte er sich ein angenehmes Restaurant suchen und dann ins Hotel zurückkehren, als wollte er schlafen gehen.

Er sah aufs Telefon, entschied sich dann aber, niemanden anzurufen. Sam nicht, Da Piemonte nicht, nicht einmal Tessie.

Nils Gustaf Sandgren hatte am ganzen Körper blaue Flecken. Es tat sehr weh. Es wurde wahrscheinlich nicht besser davon, daß er gefesselt unter einer Ladung rumpelnder Knollenfrüchte lag. Man hatte ihm eine Kapuze übers Gesicht gezogen und den Mund mit Klebeband verklebt.

Dennoch empfand er zum ersten Mal seit seinem Fluchtversuch so etwas wie Optimismus. Die anderen hatten einen fast apathischen Eindruck gemacht, als man ihn wieder in die Höhle schleifte und an dem letzten freien Eisenbett ankettete. Sie waren nicht einmal munter geworden, als sie erfuhren, daß immerhin Versuche unternommen wurden, sie zu befreien oder über ihre Freilassung zu verhandeln. Sie seien ja in Kalabrien und nicht auf Sizilien, betonten sie.

Er hatte ihnen klarzumachen versucht, daß das ohne jede Bedeutung war, denn jeder wisse, daß die verschiedenen Gangsterorganisationen zusammenarbeiteten.

Vielleicht waren die anderen jedoch schon zu lange gefangen gewesen, um noch Hoffnung zu haben. Einer dieser Bofors-Leute hatte überdies eine pochende häßliche Entzündung im Stumpf seines Zeigefingers. Er fürchtete sich vor Brand.

Nils Gustaf Sandgren war es also gelungen zu fliehen. Zumindest glaubte er selbst bis zuletzt, daß es ihm gelungen war.

Sein Eisenbett war ziemlich klapprig gewesen, und das Bein, das man im Steinfußboden der Höhle festgemauert und mit seiner Fußkette verbunden hatte, hatte er beim ersten Versuch losreißen können. Nach einigem gutem Zureden war es ihm gelungen, den Mann der Firma Ericsson dazu zu bringen, ihm dabei zu helfen.

Danach hatte das Problem für ihn nicht darin bestanden, sich an den Wachen vorbeizuschleichen, denn die saßen ein Stück tiefer am Berghang in einer Hütte, sondern darin, noch vor dem Morgengrauen Hilfe zu holen. Die anderen wußten in etwa, aus welcher Himmelsrichtung sie gekommen waren, und wenn man in der Nacht lauschte, konnte man in der Ferne Verkehr hören.

Wenn er es nur schaffte, zu einer öffentlichen Straße zu kommen, würde es vielleicht gelingen, hatte er geglaubt.

Nachdem er mehrere Stunden in den Bergen umhergeirrt war, erreichte er tatsächlich eine Straße. Und tatsächlich hatte er ein paar Bauern in einem klapprigen Lastwagen getroffen, denen er ohne Schwierigkeit seine Lage erklären konnte. Die beiden Bauern hatten verständnisvoll genickt. Außerdem war noch reichlich Zeit bis zum Morgengrauen gewesen, und es hatte den Anschein gehabt, als würde alles gutgehen.

Der Bauer am Lenkrad hatte gewendet und erklärt, er wolle

eine Abkürzung zum nächsten Dorf nehmen, wo es einen Posten der Carabinieri gebe. In Wahrheit waren sie jedoch in ihr eigenes Dorf gefahren, wo sie ihn in eine Scheune eingesperrt und mißhandelt hatten. Dann hatten sie den Gangsterboß der Gegend angerufen, der ihn abholen ließ, um ihn erneut verprügeln zu lassen.

Dieses Ende eines ebenso sinnlosen wie heroischen Versuchs war eine düstere Erfahrung. Von den zahlreichen Geiseln Kalabriens hatte keiner von der lokalen Bevölkerung auch nur das geringste Verständnis zu erwarten, denn das Geschäft Geiseln gegen Geld war hier eine Industrie. Geiseln mußten bei Fluchtversuchen eher mit Entrüstung rechnen, weil sie die Geschäfte der Gegend durcheinanderbrachten.

Nur eins ließ Nils Gustaf Sandgren hoffen: Die Tatsache, daß sie ihn nicht getötet hatten, daß er lebend immer noch mehr wert zu sein schien als tot. Obwohl auch das nicht zweifelsfrei feststand.

Die Industriebosse erzählten, sie hätten wenigstens die Möglichkeit, Geld für ihre Freilassung zu erhalten. Einer von ihnen hatte sogar eine Art Versicherung gegen Entführung abgeschlossen, und er behauptete, wenn man in Italien arbeiten wolle, sei das fast selbstverständlich.

Daß das private Unternehmertum für ihre Direktoren zahlen konnte, war eine Sache. Eine völlig andere, wie sich der Generalstab zu solchen Ansinnen stellen würde.

Als die Gangsterbande erschien, um sie abzuholen, bestand das erste gute Zeichen darin, daß alle Gesichtsmasken trugen. Wären sie gekommen, um die Geiseln zu töten, wäre das nicht nötig gewesen.

Aber sicher konnte man auch da nicht sein. Vielleicht war es nur ein Trick, und sie hatten vor, ihre Geiseln zur Hinrichtung abzutransportieren. Möglicherweise wollten sie während des Transports so wenig Gejammer und Gezeter wie möglich.

Gefangene, die sich auf dem Weg in die Freiheit wähnen, verhalten sich ruhig und gehorsam.

Die Fahrt dauerte jetzt jedoch schon auffallend lange. Und nach den Geräuschen draußen zu urteilen, hohl dröhnendem, metallischem Rasseln und einigem anderen, waren sie jetzt an Bord einer Autofähre gefahren. Es hätte zunächst auch eine größere Garage oder Halle sein können, doch nach einiger Zeit war der Seegang deutlich zu spüren.

Eine Fähre von Kalabrien nach Sizilien. Eine andere Möglichkeit war kaum denkbar.

Nils Gustaf Sandgren verfluchte seinen Knebel. Er hätte seine optimistischen Theorien gern mit den anderen besprochen, die in so furchtbar schlechter körperlicher und seelischer Verfassung zu sein schienen. Es mußte schlimm sein, Stunde um Stunde inmitten von Knollenfrüchten zu liegen und zu glauben, es sei die letzte Fahrt.

Nils Gustaf Sandgren jedoch verspürte inzwischen große Hoffnung in sich, und das half gegen die Schmerzen im Körper. Es gelang ihm sogar, in einen schlafähnlichen Zustand zu sinken.

Eine Stunde vor der vereinbarten Zeit für das Treffen teilte Luigi dem Feind über Funk den Treffpunkt mit. Er wiederholte die Orts- und Wegbeschreibung und beschrieb ihren Wagen. Der Mann am anderen Ende schien keine Mühe zu haben, die Angaben zu verstehen.

»Wir haben grünes Licht«, stellte Luigi fest, als er das Funkgerät ausschaltete. »Wir kommen von Süden, sie von Norden. Jetzt fahren wir.«

Er ließ den Motor des Pick-up an und fuhr wieder auf eine öffentliche Straße. Die anderen sagten nichts. Åke Stålhandske saß auf dem geräumigen Rücksitz und kontrollierte ihre Waffen. Carl hatt ein lichtstarkes Fernglas in der Hand und machte mit seinem Schweigen auf die beiden anderen einen fast düsteren Eindruck.

Der Treffpunkt lag in einer weiten, platten Landschaft mit Weinkulturen und abgeernteten Weizenfeldern. Es war ein mehrere Quadratkilometer großes Gebiet ohne Häuser oder Bäume. Sie fuhren in einem Z-Muster durch das gesamte Gebiet, hielten von Zeit zu Zeit an und suchten die Umgebung nach Verdächtigem ab. Sie hatten in der beginnenden Morgendämmerung eine Sicht von mehreren Kilometern. Die Scheinwerfer des Wagens waren gelöscht, und sie fuhren nur langsam weiter. Als sie den Treffpunkt erreichten, stiegen sie aus, lauschten und suchten erneut die Umgebung ab.

Sie wußten sehr wohl, welche Schwäche ihre Position hatte, sprachen aber nicht darüber. Es war trotzdem äußerst unwahrscheinlich, daß Don Tommaso sein Glück jetzt mit einem Angriff herausfordern würde. Er wußte schließlich nicht, wie viele sie waren, und überdies hatte er keinen Grund zu glauben, den Feind mit einem einzigen Schlag erledigen zu können. Außerdem war seine Streitmacht nicht kampfstark genug.

Der andere Wagen kam zur festgesetzten Zeit. Es war ein schwarzer oder dunkelblauer Dodge-Bus. Carl nickte den beiden anderen zu. Sie nahmen ihre Ausrüstung an sich und machten sich bereit. Sie stützten ihre Waffen an der Motorhaube des Wagens.

»Hundert oder zweihundert Meter? Was würden die Herren vorziehen?« fragte Carl, der die Hand an der Lichthupe hatte.

»Je größer der Abstand, um so besser sind wir«, flüsterte Åke.

»Was sagst du? Ich höre nicht!« witzelte Carl mit lauter Stimme. »Na schön, sagen wir hundertfünfzig Meter.«

Als der andere Wagen etwa die Entfernung erreicht hatte, die Carl festgesetzt hatte, blinkte er zweimal mit der Lichthupe. Der andere Wagen blieb sofort stehen und erwiderte das Signal.

»Haltet mir jetzt die Daumen«, sagte Carl und ging mit deutlich sichtbarer Pistole in der Hand auf den anderen Wagen zu. Als er die Hälfte der Strecke zurückgelegt hatte, blieb er stehen.

Eine der Wagentüren dort hinten ging auf, und Don Tommaso ließ sich mühsam zur Erde gleiten. Trotz des Halbdunkels und der Entfernung konnte es keinen Zweifel geben, wer sich da vorn bewegte. Carl hörte ihn verärgert brummeln. In der Umgebung war es vollkommen still. Der heiße Wind hatte sich überraschend gelegt, und die Morgenbrise, die sich gerade zu regen begann, empfanden sie fast als kühl. Carl stand vollkommen still. Die Pistole hing schlaff an seiner Seite. Noch für einige Zeit konnte es keine Gefahr geben. In der jetzigen Situation würde Don Tommaso als erster sterben.

»Buon giorno, Comandante«, schnaufte Don Tommaso, als er endlich ankam. »Damit begegnen wir uns noch ein letztes Mal.«

»Ja, das wollen wir hoffen«, erwiderte Carl ernst. »Ein weiteres Treffen würde für keinen von uns etwas Gutes verheißen.«

»Jaja«, sagte Don Tommaso mit leichter Irritation in der Stimme, »was immer Sie glauben, so betrachte ich das hier als unsere Endabrechnung. Es ist letztlich viel zu mühsam und kostspielig, Sie töten zu wollen. Und außerdem dürfte mein alter Freund Don Gaetano diese Aufgabe mehr als gern übernehmen. Lassen Sie uns jetzt zur Sache kommen.«

»Ja«, erwiderte Carl, »wir sollten über das Geschäft reden. Haben Sie die Geiseln bei sich?«

»Sie sitzen da hinten im Wagen, alle vier.«

»Ausgezeichnet. Dann können wir es schnell hinter uns bringen.«

»Hören Sie, wir sollten jetzt sorgfältig vorgehen, Comandante«, wandte Don Tommaso ein. »Die Geiseln kommen her, passieren die Mittellinie, etwa hier, wo wir stehen. Was geschieht dann?«

»Ich ziehe mich mit den Geiseln zurück, und Sie gehen wieder zu Ihrem Wagen. Unser beider Schützen behalten uns im Auge und die Nerven unter Kontrolle. Das dürfte am praktischsten sein. Oder haben Sie einen anderen Vorschlag?«

»Ja«, erklärte Don Tommaso mit dumpfer Schwere in der Stimme. »Angesichts Ihrer Treffsicherheit und der Ihrer Kollegen befinde ich mich mit meinen Leuten in einer schwierigen Lage, wenn wir beide wieder bei unseren Wagen sind und Sie die Geiseln in sicherer Verwahrung haben.«

»Trauen Sie mir nicht, Don Tommaso?« lachte Carl.

»Sie wissen selbst, wie es mit Versprechungen ist, wenn viele Personen beteiligt sind«, entgegnete Don Tommaso mit hartnäkkiger Griesgrämigkeit, die deutlich erkennen ließ, daß er nicht nachgeben wollte.

»Können die Geiseln gehen?« fragte Carl.

»Nein, sie müssen geführt werden. Sie tragen Kapuzen oder Augenbinden. Na ja, Sie wissen, wie das gemacht wird.«

»Na schön«, sagte Carl. »Dann machen wir es wie folgt. Einer Ihrer Männer führt die Geiseln zu uns. Sie und ich bleiben stehen. Sie geben Ihrem Mann Befehl, die Geiseln zu unserem Wagen zu bringen. Er kommt zurück. Dann gehen Sie beide zu Ihrem Wagen, während ich hier stehenbleibe. Ich bleibe stehen, bis Sie in Ihrem Wagen Platz genommen haben und losfahren. Wie gefällt Ihnen das?«

»Gut«, erwiderte Don Tommaso und nickte. »Aber wollen Sie wirklich das Risiko eingehen, allein hier stehenzubleiben?«

»Ja«, sagte Carl, »das ist kein großes Risiko, wenn Sie nur vernünftig bleiben. Falls Sie das Feuer eröffnen, dürfte der Abstand keine Rolle spielen. Sie werden mich vielleicht treffen, aber ein paar Sekunden später sind Sie erledigt. Kein gutes Geschäft. Weder für Sie noch für uns.«

Don Tommaso nickte. Er hob ein weißes Taschentuch und winkte ein paarmal damit. Es dauerte ein wenig, dann ging die Seitentür des Dodge-Busses auf. Zwei Mann mit Maschinenpistolen über der Schulter sprangen heraus und halfen vier Personen beim Aussteigen. Diesen schienen die Hände auf dem Rücken gefesselt zu sein, und sie trugen Augenbinden. Man schnitt ihnen ihre Handfesseln auf, zog ihnen unsanft die Knebel aus dem Mund und sorgte dafür, daß sie gehen konnten. Carl blinzelte intensiv in die Dunkelheit, sah aber nichts, was darauf hindeutete, daß es sich um unechte Gefangene handelte. Außerdem hatten Luigi und Åke hinter ihm alles in ihren Zielgeräten und würden einen Bluff schnell entdecken.

Einer von Don Tommasos Männern ließ die Gefangenen hintereinander antreten. Sie mußten sich bei den Händen nehmen, worauf der Mafioso den ersten Schweden mit sich zog, so daß die anderen stolpernd folgten.

Als die Prozession die halbe Strecke zurückgelegt hatte, erkannte Carl erleichtert Nils Gustaf Sandgren wieder. Dieser humpelte zwar bedenklich, schien aber sonst unversehrt zu sein. Als die Gruppe im Gänsemarsch Don Tommaso erreicht hatte, befahl er auf italienisch, sie sollten bis zu dem anderen Wagen weitergehen. Sein Mann an der Spitze schien protestieren zu wollen, wurde aber mit wenigen Worten zum Schweigen gebracht, die Carl wie saftige Verwünschungen vorkamen. Das taumelnde Gefolge setzte den Weg zu dem Citroën-Pick-up fort.

Oberst Nils Gustaf Sandgren war jetzt eine entsetzliche Gewißheit gekommen. Sie sollten von einer Gangsterbande an eine andere verkauft werden. Derlei war in Italien gang und gäbe. Sobald jemand die Bezahlung für die Freilassung seiner Geiseln erhalten hatte, wurden diese zu Schlußverkaufspreisen weiterverkauft, und zwar an jemanden, der ebenfalls abkassieren wollte. Sandgren erkannte, daß sie sich an einem menschenleeren Ort befanden und daß sie auf einem trockenen, sandigen Weg geführt wurden, wahrscheinlich weit weg von der nächsten Ortschaft. Und der Verdacht wurde zu schreckensvoller Gewißheit, als der Mann, der sie in Empfang nahm, mit dem Lieferanten italienisch sprach. Im nächsten Augenblick wurden ihre Augenbinden abgerissen. Der Italiener dankte dem Lieferanten mit ein paar scherzhaften Formulierungen, die Nils Gustaf Sandgren nur zur Hälfte verstand, aber es ging dabei um den betrüblichen Zustand der Waren und einen »Rabatt« oder derlei. Im nächsten Augenblick trieb der Italiener, der ein Gewehr mit Zielfernrohr in den Händen hielt, sie alle zusammen und schob oder schleuderte sie fast in den Straßengraben.

»Liegenbleiben! Wir sind vom Generalstab. Willkommen beim OP 5 und in der Freiheit, aber bleibt unbedingt liegen!«

Die vier Schweden warfen einander Blicke zu. Sie hatten etwa das gleiche gedacht, als sie das Italienische hörten. Und es war fast ein Schock, eine Erkenntnis in Zeitlupe, den italienischen Mafioso plötzlich ein perfektes Schwedisch sprechen zu hören. Erst allmählich ging ihnen die Bedeutung der Worte auf. Sie sagten nichts. Vielleicht waren sie zu trocken im Mund, um überhaupt sprechen zu können. Sie sahen sich nur an, als wollten sie sich vergewissern, daß auch die anderen das gleiche gehört hatten. Einer der Bofors-Direktoren begann zu zittern, als hätte er Schüttelfrost.

Der Mafioso kam gerade dort an, wo Carl und Don Tommaso standen. Am Horizont war von der aufgehenden Sonne ein roter Lichtstreifen zu sehen. Es wurde allmählich hell.

Don Tommaso und Carl sahen sich an, sagten aber nichts. Schließlich streckte ihm Don Tommaso prüfend die Hand hin. Carl zögerte, doch dann lächelte er und nahm die Hand. So blieben sie einige Sekunden stehen, bevor Don Tommaso vier Pässe aus der Tasche zog und sie Carl überreichte. Dann drehte er sich auf dem Absatz um und ging hinter seinem Untergebenen her.

Carl blieb wie vereinbart stehen, bis die anderen sich in ihren Wagen gesetzt hatten und dieser gewendet wurde. Dann lief er zu dem eigenen Wagen zurück und fragte schon von weitem, ob sie etwas in der Nähe gesehen hätten. Beide hielten ein Fernglas und suchten systematisch das gesamte Blickfeld ab, sahen aber nichts. Irgendwo in der Ferne war ein Hubschrauber zu hören. Er war etwa drei Kilometer entfernt, doch das war alles. Don Tommasos Wagen entfernte sich langsam mit gelöschten Scheinwerfern.

Carl ging zu den vier mehr oder weniger übel zugerichteten Schweden im Straßengraben, zog ein Messer und begann die Reste ihrer Fesseln durchzuschneiden, die sie immer noch trugen.

»Mein Name ist Hamilton. Fregattenkapitän Carl Hamilton«, sagte er, ohne aufzusehen.

Als er fertig war, hob er einen nach dem anderen auf und versuchte sich ein Bild von ihrem Zustand zu machen. Sie sagten kaum etwas und schienen immer noch unter Schock zu stehen. Er half dem Mann, der den schwächsten Eindruck machte, zum Wagen und warf einen letzten Blick zu Don Tommasos Wagen, der schon fast verschwunden war.

In diesem Moment explodierte er in einem großen qualmenden Feuerball, und eine Sekunde später kamen die Geräusch- und Druckwellen. Carl hatte den Schweden sofort wieder aus dem Auto gezerrt und ihn fast wieder in den Straßengraben geschleudert.

»Habt ihr was gesehen? Was war das?« rief er den anderen zu.

»Es sah aus wie eine Rakete, eine Hellfire oder so was«, sagte Åke Stålhandske, der mit dem Fernglas den Himmel absuchte.

»Eine Hellfire?« fragte Carl und spürte plötzlich, wie die Panik an ihm hochkroch. »Siehst du einen Hubschrauber?«

»Nein«, sagte Åke Stålhandske mit zusammengebissenen Zähnen, »aber wir haben ja gerade einen gehört.«

»Bis zu drei Kilometern, unabhängig von den Lichtverhältnissen, funkgesteuert«, erwiderte Åke Stålhandske, ohne das Fernglas von den Augen zu nehmen.

Carl versuchte seine Gedanken zu ordnen. Im Wagen wären sie am wenigsten sicher. Über das offene Feld zu gehen war jedoch auch keine angenehme Alternative. Gegen einen Hubschrauber konnten sie sich nicht verteidigen.

»Weg vom Wagen«, befahl Carl. »Alle weg vom Wagen, schnell wie der Blitz!« Åke und Luigi schnallten sich ihre Waffen um die Schulter und reichten Carl eine Maschinenpistole. Dann eilten alle drei zum Straßengraben und rissen ohne viel Federlesens ihre vier Landsleute hoch und versuchten sie dazu zu bringen, möglichst schnell an der Straße entlang wegzulaufen.

Sie hatten an einem Abschnitt gehalten, auf dem nur noch Weizenstoppeln zu sehen waren, aber hundert Meter weiter begann ein Weinfeld. Sie stießen ihre vor Atemnot keuchenden und stöhnenden Landsleute zwischen die Weinstöcke, zerrissen verzweifelt Weinreben und deckten die Männer zu, worauf sie selbst fünfzig Meter weiter rannten, wo sie einen Brunnen fanden und in Stellung gehen konnten.

»Wie sicher bist du, damit einen Hubschrauber zu treffen?« fragte Carl und zeigte auf Åke Stålhandskes Granatengewehr. »Was hast du übrigens für einen Sprengkopf?«

»Panzerbrechend. Es könnte gehen. Kommt aber auf den Winkel an. Wenn sie uns direkt von oben angreifen, sind wir geliefert«, erwiderte Åke Stålhandske.

»Hast du gesehen, was es für Waffen waren?« fragte Carl, an Luigi gewandt.

»Ich fand auch, daß es wie eine Hellfire aussah, die Siegerwaffe des Golfkriegs«, erwiderte Luigi ruhig, während er wieder den Horizont absuchte.

»Wie zum Teufel können Mafiosi so etwas in die Finger bekommen? Und wo haben sie gelernt, damit umzugehen?« knurrte Carl. Es war nicht gerade ein unkompliziertes Waffensystem.

Dann entdeckten sie den Hubschrauber. Er tauchte mit hoher Geschwindigkeit neben der Straße auf und flog in geringer Höhe auf ihren Wagen zu. Dahinter tauchte ein weiterer Hubschrauber auf. Die tödliche Gefahr näherte sich in Gestalt zweier bedrohlicher schwarzer Rieseninsekten. In diesem Moment ging am Horizont die Sonne auf, so daß sie in den Kabinenfenstern der Hubschrauber Lichtreflexe sahen.

Der erste Hubschrauber hielt in der Luft inne und schwebte zwanzig oder dreißig Meter hinter ihrem Wagen, während der andere sich schräg nach oben schwang, als wollte er seinen Rottenkameraden decken.

»Das sind doch Cobras!« stellte Åke Stålhandske fest. »Das darf doch nicht wahr sein! Ich traue meinen Augen nicht.«

Einer der Hubschrauber schwankte ein wenig zu Seite, so daß das italienische Hoheitszeichen voll sichtbar wurde, als wäre es beabsichtigt, es zu zeigen. Dann setzte er langsam den Flug an der Straße entlang fort.

Und fünfzig Meter vor ihnen landete er und blieb kurz mit heulenden Rotorblättern stehen, bevor alles still wurde.

»Commander Hamilton, please show yourself!« dröhnte es aus einem Lautsprecher. Carl sprang sofort auf und signalisierte, wo er sich befand.

»Wartet hier«, befahl er knapp und lief im Laufschritt auf den Hubschrauber zu, aus dem schon ein Mann ausstieg:

»Danke für die gute Jagd, Commander«, sagte der General, der wie Pinochet aussah, als Carl ihn erreichte.

General Cortini trug Felduniform und nahm gerade seinen Hubschrauberhelm ab.

»Lassen Sie uns einen Moment unter vier Augen sprechen, Fregattenkapitän. Wir haben nicht viel Zeit«, sagte er väterlich, legte Carl die Hand auf die Schulter und führte ihn ein Stück weg.

Er sagte nichts, sondern zog statt dessen ein kleines Tonbandgerät aus der Tasche und schaltete es ein.

»*Achtung, bereithalten. Gezieltes Feuer in fünf Minuten*«, hörte Carl seine eigene flüsternde Stimme. Kurz darauf ein Rauschen und: »*Ziele hoch, etwas östlich von der Mitte des Hauses, ein Schuß, Feuer!*« Dann erneut Rauschen und anschließend: »*Bereithalten für den zweiten Schuß. Halte westlich von der Mitte, etwas tiefer!*«

General Cortini schaltete demonstrativ das Tonbandgerät aus.

»Wir haben seit Ihrer Ankunft und dem Beginn Ihrer Operation Ihren gesamten Funkverkehr belauscht und mitgeschnitten, Fregattenkapitän. Ich kann verstehen, daß Sie erstaunt sind. So etwas dürfte doch gar nicht möglich sein, nicht wahr? Nun, unsere amerikanischen Freunde wünschten unbedingt, daß Ihr Unternehmen erfolgreich wird, und haben uns gebeten, sozusagen einen politischen Regenschirm über Sie zu halten. Das haben wir auch getan, da unsere NATO-Brüder uns die Codes für Ihren Funkverkehr gegeben haben. Dieses zweite Drogennest oben in Purgatorio haben wir vor fünf Minuten zerstört. Mit der gleichen Effizienz übrigens wie Sie, wenn ich das so sagen darf.«

»Aha«, sagte Carl matt. »Unsere vereinten Streitkräfte scheinen einen glänzenden Sieg errungen zu haben.«

»Es gibt keinerlei Grund zur Ironie, Fregattenkapitän«, entgegnete der General scharf. »Den Krieg zu gewinnen ist eine Sache, den Frieden zu gewinnen eine andere. Jetzt haben wir bestimmte Möglichkeiten, auf die wir beide uns einigen müssen, und zwar innerhalb weniger Minuten. Wir können am hellichten Tag nicht lange hier herumstehen.«

»Verstanden, General. Lassen Sie hören«, erwiderte Carl, dem böse Ahnungen kamen.

»Eine Möglichkeit besteht darin, diese Bänder an die zivile Polizei hier auf Sizilien oder einem bestimmten Untersuchungsrichter zu übergeben. Sie und Ihre Mitarbeiter werden dann unweigerlich wegen Mordes verurteilt werden. Ich kann mir diesen oder jenen Anwalt vorstellen, dem es fabelhaft angenehm wäre, Sie zu verteidigen, aber selbst angesichts mildernder Umstände sind es trotzdem zu viele Morde, um weniger als zwanzig Jahre zu bekommen. Nicht nur für Sie, sondern auch für Ihren jungen Freund Bertoni und diesen anderen.«

»Wahrscheinlich«, sagte Carl kalt, als bedeutete ihm das Ganze nicht viel, »wahrscheinlich wird es so, wie Sie sagen, wenn Sie die Bänder an den genannten Personenkreis übergeben. Dann würde ich allerdings als Zeuge über Ihre Morde aussagen.«

»Eben, genau«, sagte der General scharf, »und das darf einfach nicht sein. Das gibt einen Skandal. Allerdings wird man mich freisprechen und Ihnen auch dafür die Schuld geben. Sie gehen für zwanzig Jahre in den Knast. Und, wie gesagt, Ihre jungen Mitarbeiter ebenfalls.«

»Schon möglich, aber das ist es nicht, was Sie mir vorschlagen wollen, General. Bei allem Respekt, aber welche Alternative wollen Sie mir anbieten, die ich nicht ablehnen kann?« fragte Carl, der sich plötzlich sehr müde fühlte oder alles zutiefst satt hatte.

»Sie treten heute bei einer Pressekonferenz auf, am liebsten mit einer der befreiten Geiseln. Sie übernehmen für einen Teil dessen, was geschehen ist, die Verantwortung, für einiges andere nicht. Sie beschreiben in etwas unscharfen Formulierungen, wie Sie bei der Mafia einen Bürgerkrieg ausgelöst haben und sie gezwungen haben, die Geiseln freizulassen. Dabei betonen Sie mit Entschiedenheit, wie wichtig es ist, der Mafia gerade auf diese Weise entgegenzutreten. Verstehen Sie?«

»Ja«, erwiderte Carl leise, »ich glaube schon. Sie wollen eine politische Botschaft übermitteln, nämlich wie wichtig es sei, die

Mafia mit Gewalt zu bekämpfen. Wenn ich diese Botschaft öffentlich vortrage, gehen meine Mitarbeiter und ich straffrei aus, sonst gehen wir in den Knast. Netter Vorschlag.«

»Keine Ironie, wenn ich bitten darf«, schnaubte der General. »Führen Sie die Schlußphase befehlsgemäß durch und finden Sie sich heute abend in Rom ein!«

»Zu Befehl. Aber wie soll ich diese letzte Explosion erklären? Wir haben keine Hellfires.«

»Sie haben Granatengewehre verwendet. Es kam zu einem Endkampf. Sie wurden beschossen und haben das Feuer erwidert. Es wird keine technische Untersuchung stattfinden, bei der festgestellt werden könnte, welchen Typ von Granatengewehr Sie verwendet haben. Die Wirkung hat sich ja schon an anderer Stelle sehr deutlich gezeigt. Aber was Sie auch tun, geben Sie nur Tötung in Notwehr an. Alles andere ist auf Mafiosi zurückzuführen, die sich gegenseitig überfallen haben. Viel Glück!«

Der General gab ihm kurz die Hand, setzte sich den Helm auf und kletterte in den Hubschrauber, dessen Rotor sofort zu surren begann. Carl sprang zur Seite, um nichts von dem aufgewirbelten roten Staub abzubekommen, und ging dann langsam zu den wartenden Schweden zurück.

»Was zum Teufel ist eigentlich los?« wollte Åke Stålhandske wissen, offensichtlich im Namen aller Anwesenden.

»Die italienischen Streitkräfte waren der Meinung, wir würden das Finale nicht aus eigener Kraft schaffen. Da haben sie ein wenig übertrieben«, erwiderte Carl, der sich plötzlich einer kommenden Komplikation bewußt wurde. Er beschloß aber, diese Sache vorerst auf sich beruhen zu lassen.

»Rein in den Wagen«, sagte er. »Jetzt fahren wir nach Hause.«

Sie drängten sich alle in den Wagen, und Luigi setzte sich ans Lenkrad.

»Welchen Weg soll ich nehmen? Besteht die Gefahr einer unwillkommenen Begegnung?« frage er.

»Nein, es besteht keine Gefahr«, erwiderte Carl und rieb sich mit Daumen und Zeigefinger die Augenbrauen. »Nimm die Autobahn und fahr auf direktem Weg zum Hotel. Ich habe das Gefühl, daß einige von uns sich rasieren, baden und frische Kleidung anziehen müssen. Wir sollten übrigens noch ein paar Sachen besorgen. Wenigstens habe ich die Pässe der Herren, damit wir uns nicht mit der Bürokratie herumplagen müssen.«

Er verstummte eine Zeitlang. Angesichts der äußeren Umstände war er bemerkenswert düster. Dann drehte er sich zum Rücksitz um, zu den vier Fahrgästen, die sich immer noch erstaunlich still verhielten.

»Es dauert nicht mehr lange, dann liegt jeder von euch in einer Badewanne«, begann er. »Ich nehme an, daß ihr auch zu Hause anrufen wollt. Wir haben euch für eine Maschine gebucht, die gegen zwei nach Stockholm fliegt. Zwischenlandung in Mailand. Am frühen Abend seid ihr zu Hause.«

Er drehte sich um, ohne irgendwelche Kommentare zu erwarten. Dann nahm er sein Telefon und rief Da Piemonte, den er aus dem Schlaf riß, zu Hause an.

»Guten Morgen. Verzeihen Sie, daß ich störe. Die vier befreiten Geiseln sind jetzt auf dem Weg ins Hotel. Berechnete Ankunftszeit in weniger als einer Stunde. Zimmer sind gebucht. Wir brauchen Bewachung, bis sie das Land verlassen können, was mit der Zwei-Uhr-Maschine nach Mailand geschieht.«

»Gratuliere, aber ich möchte noch mit Ihnen sprechen, bevor Sie verschwinden«, erwiderte Da Piemonte in einem Tonfall, als wäre er plötzlich hellwach, was an und für sich nicht sehr erstaunlich war.

»Natürlich«, erwiderte Carl und brach das Gespräch ab.

Nach einiger Zeit wandte er sich erneut zum Rücksitz um und unterbrach damit sofort das Gespräch, das inzwischen in Gang gekommen war.

»Ich möchte euch um einige Gefälligkeiten bitten«, sagte er müde, als ginge es nur um Bagatellen. »Erstens möchte ich, daß ihr die Identität meiner Mitarbeiter geheimhaltet. Sie sind beide beim Nachrichtendienst des Generalstabs angestellt und haben sogenannte geheime Identitäten. Verstehen wir uns?«

Die vier Schweden auf dem Rücksitz überschlugen sich fast in dem Bemühen, eiligst zu versichern, man könne ihnen wirklich vertrauen.

»Gut«, fuhr Carl in dem gleichen müden Tonfall fort, »und dann ist da noch etwas. Dieses letzte Ergebnis ist eine Kampfhandlung zwischen uns und der Mafia gewesen, nicht zwischen der Mafia und den italienischen Streitkräften, was allerdings die Wahrheit ist, wie ihr selbst vielleicht gemerkt habt. Das ist der Preis der Italiener für eure Freiheit, sozusagen die Bezahlung eurer Fahrkarte. Ich kann nicht genug betonen, wie wichtig es ist, daß die Wahrheit in dieser Hinsicht nicht herauskommt. Das ist das einzige, worum ich euch bitten möchte. Alles andere könnt ihr erzählen, wem ihr wollt.«

Palermo sah in der frühen Morgenstunde idyllisch, beinahe schön aus. Der Himmel erstrahlte noch immer in einem sanften Rot, als sie in die Stadt fuhren. Es gab wenig Verkehr um diese Zeit.

»Ihr macht folgendes«, sagte Carl langsam zu Luigi und Åke Stålhandske. »Ihr setzt uns ab, fahrt diesen Laster in die Garage, ladet die gesamte Ausrüstung in den Pkw um, den ihr in die Gerage bringt und vorher sicherheitshalber untersucht. Ja, ihr wißt schon. Hier sind die Schlüssel. Dann kehrt ihr zur Basis zurück und wartet neue Befehle ab. Die gesamte Ausrüstung muß mit. Alles verstanden?«

Die beiden nickten, worauf Carl sich wieder dem Rücksitz zuwandte.

»Jeder hat ein eigenes Zimmer. Ich werde neue Kleidung besorgen, und ihr könnt sofort zu Hause anrufen, sobald ihr auf euren Zimmern seid. Dann könnt ihr die Ankunftszeit mitteilen und alles andere. Bestellt euch ein Frühstück und macht, was ihr wollt. Die Rechnung geht an den Staat oder Bofors. Ihr braucht jedenfalls nicht zu zahlen.«

»Wir haben seit einer Woche nichts als Sardinen gegessen«, betonte Nils Gustaf Sandgren fast im Kommandoton, als wollte er endlich wieder seinen militärischen Rang geltend machen.

»Tja«, lachte Carl, »jeder, der Italienisch kann, kann über den Zimmerservice bestellen. Die anderen werden wohl kaum was kriegen.«

Es war fast halb sieben, als sie vor dem Hotel vorfuhren. Der Eingang war immer noch durch Absperrgitter und Streifenwagen blockiert. Sobald ihr Wagen hielt, rannten bewaffnete Polizisten herbei und umstellten den Wagen. Åke Stålhandske schob die Seitentür zurück und forderte die Fahrgäste mit einer ausholenden Geste zum Aussteigen auf. Er drehte das Gesicht zur Seite, da er draußen im Gewimmel einen Pressefotografen entdeckt zu haben glaubte. Die vier befreiten Schweden wollten sich mit Handschlag bedanken, wurden jedoch von Carl unterbrochen. Er wies irritiert darauf hin, daß sie dafür im Moment keine Zeit hätten. Sie müßten jetzt schnell ins Hotel. Dann stieg er selbst aus und half den anderen recht brüsk, schlug die Wagentüren zu und winkte Luigi zu. Dieser ließ sofort den Motor an und fuhr weg.

Sie wurden von einer Menge schwarzer Uniformen wie eine kleine Schafherde ins Hotel getrieben. Dort wurden sie von einem englischsprechenden Carabinieri-Offizier in Empfang genommen, dem Carl einige kurze Erklärungen gab. Dann wurden die neuen Gäste unter schwerer Bewachung zu ihren Zimmern geleitet, während Carl etwas trivialere Dinge zur Sprache brachte. Er wollte den Einkauf von Kleidung regeln und über das Frühstück sprechen und erklärte, auf wessen Rechnung alles gehen sollte, nämlich seine.

»Ich selbst brauche auch eine gewisse Bewachung. Ich möchte mich nämlich schlafen legen, und dieser Gaetano hat geschworen, mich zu töten«, sagte er entschuldigend zu dem freundlichen und äußerst korrekten Major, an den er sich aus Da Piemontes Hauptquartier dunkel erinnerte.

»Von der Seite droht Ihnen, glaube ich, keine größere Gefahr mehr«, sagte der Major lächelnd. »Don Gaetano ist heute morgen gegen fünf mit seiner ganzen Familie ermordet worden.«

»Aha. Das vereinfacht die Dinge ja etwas«, sagte Carl, ohne die Freude seines Offizierskollegen auch nur im mindesten zu teilen. Carl nahm seinen Schlüssel, nickte kurz und ging auf sein Zimmer.

Er begann übellaunig, seine beiden Reisetaschen zu packen, wurde dann jedoch müde und legte sich aufs Bett. Er sah an die Decke. Er grübelte kurz darüber nach, wie Gaetano Mazzara hatte ermordet werden können. Waren es Don Tommasos Leute gewesen oder das italienische Militär? Sollte er auch dafür die Schuld auf sich nehmen? Oder galt auch hier das Märchen vom Bürgerkrieg der beiden Banden? Er schlug sich alle Gedanken an das, was gewesen war, aus dem Kopf und versuchte zum ersten Mal seit sehr langer Zeit nach vorn zu sehen. Er sollte sich »befehlsgemäß« in Rom einfinden und hatte nicht einmal nach dem Grund gefragt. Er hatte es trotzdem nicht eilig.

Er versuchte zu schlafen, doch es gelang ihm nicht. Außerdem begann das Telefon zu läuten. Die Journalisten waren inzwischen auf den Beinen.

Er rief den Empfang an und bat, künftig keine Anrufe von Journalisten mehr durchzustellen, sondern ihnen mitzuteilen, daß um zehn Uhr in der Sala Wagner eine Pressekonferenz stattfinden werde.

Fünf Minuten später läutete es trotzdem wieder. Es war Oberst Da Piemonte. Er bat um ein sofortiges Treffen. Er werde einen Wagen hinüberschicken. Carl sah sich außerstande, nein zu sagen. Er stand auf, wusch sich mit kaltem Wasser das Gesicht und zog ein frisches Hemd an. Er wollte gerade aus der Tür gehen, als er plötzlich innehielt. Ihm ging mit einem Mal auf, was eine Pressekonferenz bedeutete, nämlich für ihn privat. So ging er wieder ins Zimmer zurück, nahm den Hörer ab und wählte ihre Nummer. Nach dem vierten oder fünften Läuten hatte er sie geweckt.

»Entschuldige, daß ich dich geweckt habe«, sagte er.

»Das macht nichts. Ich wollte sowieso gerade aufstehen«, begann sie schläfrig, um dann gleichzeitig mit ihrem Zorn wach zu werden. »Du neigst dazu, unregelmäßig anzurufen. Kapierst du denn nicht, daß ich mir Sorgen mache«, fuhr sie fort. Er spürte, wie er sich am Telefon fast krümmte.

»Ja«, erwiderte er leise. »Vielleicht ist das der Grund, weshalb es mir so schwerfällt, dich anzurufen. Ich mag dich nicht anlügen, und das weißt du.«

»Aha. Das, was du da unten tust, ist in Wahrheit also gefährlich. Ist es das, was du mir sagen willst?«

»Nein. Nein, es ist nicht gefährlich, jedenfalls jetzt nicht mehr. Es ist alles vorbei. Die schwedischen Geiseln sind frei und sind jetzt bei mir im Hotel. Sie fliegen nachher nach Hause und sind heute abend wieder in Schweden.«

»Wow!« rief sie aus, und es hörte sich an, als wäre der plötzlich hochkochende Zorn verraucht. »Das ist ja fabelhaft. Warum hast du das nicht gleich gesagt? Wann kommst du nach Hause?«

»Es wird wahrscheinlich noch einen Tag dauern. Es gibt hier noch eine Menge Papierkrieg, denn am Ende gab es noch ein ziemliches Durcheinander. Außerdem darfst du nicht alles glauben, was morgen in den Zeitungen steht.«

»Was meinst du mit Durcheinander? Warum kannst du nicht gleich nach Hause kommen?«

»Es sind etliche Personen gestorben, und dann muß man Papiere ausfüllen. Ich kann dir das jetzt nicht erklären, aber es ist jedenfalls alles vorbei. Ich fliege heute abend nach Rom und rufe dich von dort an. Versprochen.«

»Diesmal ganz bestimmt?«

»Ja, bestimmt. Ich sehne mich nach Hause, ich liebe dich, und wir sehen uns bald wieder. Ich habe in Stockholm übrigens keine Bleibe. Darf ich bei dir übernachten?« fragte er in einem Ton, als wäre es kein Scherz. Sie lachte aber hell auf, als hätte er etwas sehr Witziges gesagt, und zwang ihn zu versprechen, rechtzeitig Bescheid zu sagen, wann er kommen würde, damit sie einiges vorbereiten könne.

Er fühlte sich erleichtert, als er auflegte. Er hielt den Hörer noch einige Zeit in der Hand und lächelte zum ersten Mal seit sehr langer Zeit still vor sich hin, bis er auf die Uhr sah und die Nummer von Samuel Ulfssons Privatwohnung wählte. Wie sich zeigte, hatte er Sam um ein paar Minuten verpaßt. Dieser war schon auf dem Weg ins Büro. Er bat Sams Frau, dort anzurufen und zu sagen, daß die Schweden frei seien und schon heute abend wieder zu Hause sein würden. Er werde sich später am Tag mit weiteren Einzelheiten melden.

Die Nachricht war in Schweden jedoch nicht mehr neu. Die ersten Agenturmeldungen waren schon in den Sieben-Uhr-Nachrichten gesendet worden.

Carl ging in die Halle hinunter und drängte sich durch eine kompakte Mauer aus Polizisten und Journalisten zu dem wartenden Wagen, der sofort mit kreischenden Reifen und heulender Sirene losfuhr.

Der Wagen fuhr nicht, wie er erwartet hatte, zu Da Piemontes Hauptquartier, sondern zum Gebäude der Regionalregierung auf der anderen Seite des Parks. Der Fahrer bog in das Tor ein. Dann wurde Carl von dem Fahrer und einem Offizier zur Rückseite des normannischen Palasts geleitet und in eine Kapelle geführt, in der Oberst Da Piemonte allein auf ihn wartete. Dieser sorgte mit einer Handbewegung dafür, daß man sie sofort allein ließ. Die beiden Männer sahen sich eine Zeitlang an, ohne etwas zu sagen.

Da Piemonte machte eine auffordernde Handbewegung, und Carl folgte ihm. Außer ihnen war kein Mensch zu sehen. Da Piemonte setzte sich in die Mitte der Kirche und forderte Carl auf, sich ebenfalls zu setzen, noch immer ohne ein Wort.

Carl wartete und ließ den Blick durch das Innere der Kapelle wandern. Marmorsäulen, Goldmosaiken sowie ein Jesus in Blau und Gold, etwa der gleiche Jesus wie oben in Monreale.

»Ich weiß, daß Sie kein religiöser Mann sind, Hamilton«, begann Da Piemonte schließlich mit einiger Anstrengung. »Ich habe mir aber trotzdem vorgestellt, daß es hier leichter sein wird, die Wahrheit zu sagen, als in meinem Büro. Gleichzeitig kann ich Ihnen hier etwas Schöneres von Sizilien zeigen als das, womit Sie in Berührung gekommen sind. Das ist jedoch natürlich von untergeordneter Bedeutung.«

»Ja«, sagte Carl zögernd. »Arabische Stilelemente, normannische, alles in einer märchenhaften Mischung. Die das hier gebaut haben, lebten in Frieden miteinander. Ein bemerkenswerter Gedanke, aber wir sitzen ja sozusagen in dem Stein gewordenen Beweis.«

»Was ist heute morgen passiert?« fragte Da Piemonte, ohne Carl anzusehen.

»Ich habe mich mit Don Tommaso getroffen. Er übergab mir wie vereinbart die schwedischen Gefangenen. Soweit ist alles gutgegangen«, begann Carl zögernd, da er nicht wußte, was er tun sollte: lügen, die Wahrheit verschweigen oder die Wahrheit sagen.

»Und was passierte dann?« fragte Da Piemonte unerbittlich.

»Dann tauchten zwei Armeehubschrauber des Typs Cobra auf«, begann Carl und beschloß die Wahrheit zu sagen, bevor er fortfuhr. »Sie feuerten eine funkgesteuerte Rakete ab, vermutlich des Typs Hellfire. Sie traf Don Tommasos Wagen. Es kann niemand überlebt haben.«

»Nein«, sagte Da Piemonte kurz angebunden. »Niemand hat überlebt. Don Tommaso nicht und auch sein einziger Sohn nicht. Und dann?«

»Dann landete General Cortini und machte mir ein Angebot, das ich sozusagen nicht ablehnen konnte.«

»Sie sollen für dieses oder jenes die Schuld auf sich nehmen?«

»Ja. Er berichtete, sie hätten die zweite Heroinwerkstatt oben in Purgatorio etwa zur selben Zeit ausgelöscht, in der sie Don Tommasos Wagen beschossen. Später hörte ich, daß Don Gaetano heute morgen ermordet worden ist.«

»Und dafür sind Sie nicht verantwortlich?«

»Nein, natürlich nicht. Wir waren dort in der Gegend von Castellammare mit den Schweden beschäftigt. Wir waren alle drei dort.«

»Drei?«

»Ja. Wir haben hier mit drei Mann operiert.«

»Die Morde an Don Gaetano und seiner Familie sind bemerkenswert ... wie soll ich sagen, militärisch ausgeführt worden. Aber dann hat man einige Leichen so zugerichtet, daß es nach einer Mafia-Auseinandersetzung aussieht.«

»Fragen Sie Cortini. Wir sind es jedenfalls nicht gewesen. Ich werde bald eine Pressekonferenz abhalten und andeuten, daß es auch dabei um eine interne Auseinandersetzung der Mafia gegangen ist.«

»Was Sie auch über die erste Raffinerie sagen werden, denn die haben doch wohl Sie erledigt?«

»Ja. Das sind wir gewesen.«

»Grandios ausgeführt. Gratuliere. Sogar Statisten waren dabei, soviel ich verstehe. Wie haben Sie sie dazu gebracht, mitzumachen? Haben Sie Ihnen ein Angebot gemacht, zu dem Sie nicht nein sagen konnten?«

»Ja, etwa so«, erwiderte Carl und wandte sich voller Unbehagen ab.

»Wie sieht Ihre Abmachung mit General Cortini aus?«

»Wenn wir ihm mit einem bestimmten Propagandaeinsatz helfen, wird er uns nicht wegen Mordes einsperren lassen. Es wäre mir sehr schwer geworden, nicht auf den Vorschlag einzugehen, vor allem mit Rücksicht auf meine jüngeren Mitarbeiter, die wirklich nur Befehle befolgt haben.«

»Ja, das kann ich verstehen«, sagte Da Piemonte leise, fast melancholisch. »Ich meine, es ist schwer, Cortini etwas abzuschlagen. Nun ja. Jetzt wird folgendes passieren: Er und seine Bande werden auf die große Pauke hauen. In unserem Parlament werden in Kürze neue Gesetze eingebracht werden, Ausnahmegesetze, andere Methoden zur Bekämpfung der Mafia, und so weiter. Ich glaube, Sie wissen schon, in welche Richtung das geht.«

»Ja«, erwiderte Carl finster. »Das geht sozusagen in Richtung Mussolini.«

»Das hieße möglichweise etwas übertreiben. Aber Sie haben einigen Verschwörern oben in Rom wirklich massive Schützenhilfe gegeben. Ist das den Preis wert? Was meinen Sie?«

»Das kann ich nicht beantworten«, erwiderte Carl wahrheitsgemäß. »Die schwedischen Geiseln sind frei. Diese Tatsache liegt sozusagen in einer Waagschale.«

»Ja, zugegeben. Und vielleicht sind vorübergehend zehn Prozent der organisierten Kriminalität hier auf Sizilien außer Gefecht gesetzt worden. Das liegt möglicherweise in derselben Waagschale.«

»Aber in der anderen?« fühlte Carl vor.

Da Piemonte antwortete nicht. Statt dessen stand er auf und reichte Carl die Hand wie zum Abschied.

»Sie werden nach Rom fliegen, höre ich?« sagte er leichthin, während sie die Hände schüttelten.

»Ja«, bestätigte Carl. »Ich muß nach Rom, weiß aber nicht warum.«

»Weil der italienische Staat Sie mit Ehrenbezeugungen überhäufen wird, Comandante. Je mehr Gold und Lametta auf Sie fällt, um so richtiger erscheinen Ihre Methoden. Sie müssen entschuldigen, daß ich das nicht freundlicher ausdrücke, aber ich bin im Augenblick das Opfer widerstreitender Gefühle. Ich bin nur ein einfacher Offizier, der seine Arbeit zu tun versucht, aber mich hält niemand an der Hand.«

Er blickte auf beider Hände und machte sich mit einem demonstrativen Lächeln frei.

»Wie gesagt«, sagte er und setzte sich. »Mich hält niemand an der Hand. Leben Sie wohl, Hamilton.«

Carl ging, ohne noch etwas zu sagen.

Die Sala Wagner war bis zum letzten Platz besetzt. An den Türen herrschten Gedränge und Aufruhr, denn die Carabinieri hatten dort eine Schleuse mit Metalldetektoren und Ausweiskontrollen eingerichtet.

Die vier Schweden saßen schon vorn am Podium, als Carl, der sich durch die vielen Blitzlichter und Fernsehkameras belästigt fühlte, von vier schwarzgekleideten Polizeibeamten hereingeführt wurde, die ihm mühsam einen Weg zu dem unvermeidlichen Mittelpunkt der Vorstellung bahnten.

Auf dem Tisch war schon ein Wald von Mikrofonen aufgebaut worden. Die vier Schweden waren frisch rasiert und hatten frische Hemden an und machten den Eindruck, als wären sie fast euphorisch. Sie scherzten, witzelten und lärmten.

»Hallo. Was zum Teufel macht ihr hier?« fragte Carl mürrisch und nahm Platz. Die Antworten ergaben, daß sie seit der ersten halben Stunde belagert worden waren, aber dann hatte jemand vorgeschlagen, sie könnten alles hinter sich bringen, indem sie an der Pressekonferenz teilnähmen.

»Aha«, sagte Carl und erhob sich. »Ich bedaure, daß wir diese Pressekonferenz auf englisch abhalten müssen. Ich möchte Ihnen kurz darlegen, was geschehen ist. Eine auf Sizilien beheimatete Gangsterorganisation hat vier schwedische Staatsbürger in der Absicht entführt, den schwedischen Staat in einer bestimmten Frage zum Nachgeben zu zwingen. Verzeihung, ich sollte Ihnen vielleicht sagen, wie ich heiße. Mein Name ist Hamilton, Carl Hamilton.«

Das Gekicher, das nach diesen Worten im Saal entstand, brachte ihn aus der Fassung. Er verstand nicht, was es sollte. Soviel er wußte, hatte er nichts Lustiges gesagt. Er stellte die vier anderen vor, während er sich überlegte, womit er fortfahren sollte. Die Kamerablitze wurden auch weiterhin unerbittlich auf ihn abgefeuert.

»Also«, fuhr er nach einiger Zeit fort, »in Zusammenarbeit mit der italienischen Polizei und dem hiesigen militärischen Nachrichtendienst bin ich für einige schwedische Einsätze hier verantwortlich gewesen. Am Ende ist es uns gelungen, unsere Mitbürger freizubekommen. Wir haben die Absicht, schon heute nach Schweden zurückzukehren. Ja, das dürfte alles sein. Irgendwelche Fragen?«

Carl sah sich in der verblüfften Versammlung um, die wahrscheinlich eine etwas ausführlichere Darstellung erwartet hatte. Doch nach einigen Sekunden Stille hagelte es Fragen, auf italienisch, englisch und schwedisch.

»Ich bedaure, daß ich auf italienisch nicht antworten kann«, sagte Carl verwirrt, »das heißt, wenn niemand übersetzt ...«

Åke Malm erbot sich zu dolmetschen. Und dann prasselten die Fragen erneut los. Carl ignorierte nach und nach all die Fragen, deren Beantwortung ihm schwerfallen würde, und ging nur auf solche ein, die er beantworten zu können glaubte.

»Wie viele schwedische Nachrichtendienstoffiziere sind auf Sizilien im Einsatz gewesen? Es handelt sich doch um Offiziere des Nachrichtendiensts?«

»Die letzte Frage kann ich mit ja beantworten. Wie viele hier im Einsatz gewesen sind, darf ich aus Sicherheitsgründen nicht sagen. Die beteiligten italienischen Behörden kennen jedoch die Zahl und haben uns alle bevollmächtigt.«

»Wie viele Personen wurden von Ihnen getötet?«

»Diese Frage kann ich nicht exakt beantworten, glaube aber, daß es sich um vier oder fünf Personen handelt.«

»Vier oder fünf? Die Gesamtzahl der Todesopfer beläuft sich doch auf fünfundzwanzig oder dreißig oder noch mehr?«

»Ja, mag sein. Das liegt jedoch daran, daß wir zwei konkurrierende Organisationen sozusagen zu einem Bürgerkrieg aufgehetzt haben.«

»Inwiefern aufgehetzt?«

»Wir haben ihre Organisation unterwandert und sie dazu gebracht anzunehmen, daß sie sich im Kriegszustand befinden. Zu einem bestimmten Zeitpunkt haben wir die Seite, welche die Geiseln gefangenhielt, über die Zusammenhänge aufgeklärt und im Austausch gegen die Freilassung der Geiseln Frieden angeboten.«

»Haben Sie direkt mit der Mafia verhandelt?«

»Nun ja. Wir haben einige klare Drohungen für den Fall übermittelt, daß wir unsere Mitbürger nicht zurückerhalten. Ich weiß nicht, ob man das verhandeln nennen kann. Mir scheint es eher zweifelhaft.«

»Wie ist es zu Don Tommasos Tod gekommen?«

»Es bestand die Absicht, einen friedlichen ... ja, also nur die Geiseln zu übergeben. Aber es ist etwas schiefgegangen. Sie eröffneten das Feuer, wir erwiderten es, und unsere Feuerkraft war bedeutend größer.«

»Bedeutend größer? Sie haben ihren Wagen in die Luft gesprengt?«

»Ja, das ist zutreffend, ja. Nächste Frage.«

»Sie sind offenbar der Meinung, dies sei eine gelungene ... Operation, heißt es wohl in der Militärsprache?«

»Ja, selbstverständlich. Unsere eigenen Verluste waren vergleichsweise gering, und außerdem haben wir unsere Mitbürger freibekommen, die als Geiseln gehalten worden waren.«

»Meinen Sie nicht, eine Art Overkill betrieben zu haben?«

»Schon, was die Nebenwirkungen betrifft. Allerdings muß man berücksichtigen, mit wem wir es zu tun gehabt haben. In unserem Land haben wir keine Mafia. Es ist also schwierig, einen Vergleich anzustellen. Ich persönlich bin jedoch der Auffassung, daß man die Auswirkungen des eigenen Einsatzes der Fähigkeit und den Absichten des Feindes anpassen muß. Insoweit sind wir unserem Gegner so entgegengetreten, wie er es verdiente. Allerdings bin ich kein Italiener und möchte auch keine Ansicht dazu äußern, mit welchen Bedingungen Sie es hier in Italien zu tun haben. Wenn Sie die Mafia mit Samthandschuhen anfassen wollen, ist das Ihre Sache. Mir als Schweden fällt es schwer, diese Einstellung zu verstehen.«

»Haben Sie keinen Augenblick gezögert, als Sie etwas planten und durchführten, was sich am Ende als Massenmord erwies?«

»Ich distanziere mich ganz entschieden von diesem Ausdruck. In Wahrheit geht es um bestimmte unvermeidliche Nebeneffekte. Wir haben mit diesen Mafiosi in der Sprache gesprochen, die sie selbst sprechen und die sie verstehen. Im übrigen möchte ich betonen, daß diese Verbrecher zu Beginn unseres Aufenthalts hier meinen besten Freund und Offizierskameraden ermordet haben, als wir beide unbewaffnet waren. Danach haben wir beschlossen, nicht mehr unbewaffnet aufzutreten.«

»Ist es wahr, daß Sie diese Organisationen tatsächlich dazu gebracht haben, sich gegenseitig zu bekämpfen, oder sagen Sie das nur, um Ihre eigenen Aktivitäten zu verbergen? Und wie hätte es Ihnen übrigens gelingen sollen, sich in Mafia-Organisationen einzuschleichen, wenn Sie nicht einmal Italienisch sprechen?«

»In unserer Sektion des schwedischen Nachrichtendiensts gibt es Personal, das perfektes Italienisch spricht«, erwiderte Carl.

Ihm ging jetzt auf, daß er manchen Fragen recht leicht ausweichen konnte, indem er sie nur zum Teil beantwortete, so daß der fragende Journalist schon im nächsten Augenblick von irgendeinem Kollegen niedergetrampelt wurde. Nach einiger Zeit wurde es fast zu einem perversen Spiel. Carl kreuzte leicht und locker zwischen allen Untiefen hindurch und wiederholte schließlich, als die Frage nach Massenmord oder ähnlichem zum vierten oder fünften Mal gestellt wurde, daß diese Mafiosi seinen besten Freund getötet hätten und daß dies seine Entschlossenheit unleugbar beeinflußt habe. Im übrigen brauche er sich nicht so viele Fragen dieser Art zu stellen, denn er sei nur Offizier. Er gehorche den Befehlen seiner Vorgesetzten oder seiner Regierung und brauche sich folglich nicht mit politischen oder kriminalpolitischen Fragestellungen zu befassen.

Nach einiger Zeit betrafen die Fragen eher alberne Dinge wie sein Privatleben, und überdies begann man sich auch für die schwedischen Geiseln und deren Erlebnisse in der Gefangenenschaft zu interessieren. Manche wollte sogar wissen, was ihre Frauen bei den ersten Anrufen zu Hause gesagt hätten.

Man brachte Carl dazu, sich in die Mitte der vier Schweden zu stellen, und machte Aufnahmen, auf denen sie ihm alle gleichzeitig die Hand zu geben versuchten.

Er machte sich bereit zu gehen, als eine junge italienische Journalistin fast verzweifelt eine Frage in den Saal rief, die er nicht verstand, aber die ihm Åke Malm übersetzte. Er bereute, die Frage überhaupt zugelassen zu haben, denn es war eine Frage, die man ihm schon früher gestellt hatte.

»Muß ein Offizier Befehlen um jeden Preis gehorchen? Gibt es keine Grenze für das, was das eigene Gewissen zuläßt?«

»Die Antwort auf diese Frage kennen Sie sehr genau«, erwiderte er und drängte sich dann schnell aus dem Saal. Die vier schwarzgekleideten Carabinieri schützten ihn vor allen weiteren Fragen.

EPILOG

Am folgenden Tag wurde in der schwedischen Botschaft in Rom ein Empfang gegeben, bei dem Carl, Luigi Bertoni-Svensson und Åke Stålhandske der italienische Verdienstorden verliehen wurde, L'Ordine al Merito della Repubblica. Anwesend war nur Carl, und die anderen wurden namentlich nicht genannt. Den Beschluß, die drei Männer auszuzeichnen, hatte der Präsident der Italienischen Republik persönlich gefaßt. Dieser hatte sich sehr großzügig gezeigt, denn Carl Gustaf Gilbert Hamilton wurde die Klasse *grande ufficiale* zuerkannt, seinen anonymen Helfern die Klasse *commendatore*. Dabei hatte keiner der Schweden im Staat oder beim Militär eine derart hohe Stellung, daß diese Klassen gerechtfertigt gewesen wären.

Für diese außergewöhnliche Ausnahme gab es jedoch sichtlich Gründe in Form überschwenglichen Lobs, nicht nur wegen heldenmütiger Einsätze, sondern auch wegen der Bedeutung, die es für Italien gehabt hatte, daß ein Nicht-Italiener eine ebenso entschlossene wie effektive Methode gezeigt hatte, mit der organisierten Kriminalität umzugehen, der weltweit bekannten Plage der Nation.

Diese sowie andere Manifestationen lösten juristische Debatten aus, die noch weit außerhalb der Grenzen Italiens Wellen schlugen.

Als die Presseberichte eine immer blutigere und immer abstoßendere Vorstellung von dem vermittelten, was die schwedische Streitmacht tatsächlich auf Sizilien bewirkt hatte, kam es bei bestimmten schwedischen Funktionsträgern hinter verschlossenen Türen zu einer erregten Diskussion. Die fotografischen Beweise hatten dabei eine nicht unerhebliche Rolle gespielt.

Einige dieser Funktionsträger meinten, das, was Hamilton und seine Helfer auf Sizilien getan hätten, lasse sich nach schwedischem Recht nur als vorsätzlicher Mord bezeichnen. Nach geltenden schwedischen Rechtsgrundsätzen können Bürger, die im Ausland Verbrechen begehen, in Schweden vor Gericht gestellt werden. Dies wiederum beruht auf einem anderen schwedischen Grundsatz, nämlich niemals schwedische Staatsbürger auszuliefern. Schweden hat somit die Verpflichtung auf sich genommen, seine Verbrecher selbst vor Gericht zu stellen.

So fiel es einigen nicht schwer, darauf hinzuweisen, daß selbst sehr großzügige italienische Bestimmungen über »Notwehr« und ähnliches nach schwedischer Betrachtungsweise veritable Massaker weder begründen noch legalisieren könnten.

Im Grunde mußte der Reichsanwalt zu der Frage Stellung nehmen, der dem Wortlaut des Gesetzes nach ein von der Regierung völlig unabhängiger Beamter ist. In Wahrheit ist es jedoch nicht mehr so. Der Reichsanwalt ist ebenso wie die meisten anderen Beamten in Schweden der Regierung verpflichtet, die ihn ernannt hat.

Und als die Frage in der Staatskanzlei zur Sprache kam, befand sich das Land in der intensiven Schlußphase des Wahlkampfs.

In dieser Situation war es ein unangenehmer Gedanke, einen Prozeß gegen einen Nationalhelden anzustrengen, Grundsätze hin, Grundsätze her.

Die Legalisten auf der politischen Seite, die dazu neigten, beide Augen zuzudrücken, konnten ebenfalls tragfähige Argumente ins Feld führen. Denn wenn der italienische Staat den Einsatz Fregattenkapitän Hamiltons und seiner Mitarbeiter auf Sizilien so sichtbar sanktionierte, indem man bei der Auszeichung sehr hoch gegriffen habe, wäre es doch recht bizarr, von schwedischer Seite sozusagen zu mißbilligen, was die italienische Regierung auf ihrem eigenen Territorium mehr als nur geduldet habe.

Damit war eine eventuelle Anklage wegen Mordes zu Fall gebracht, und an die Öffentlichkeit gelangte nicht einmal die Diskussion darüber.

Es blieb noch ein juristisches Problem, das sich für Fregattenkapitän Hamilton zunächst als eine Falle darstellte, der er unmöglich entgehen konnte. Er hatte nachweislich bestimmte Sozialleistungen mißbraucht, nämlich seinen Vaterschaftsurlaub. Während seines angeblichen Vaterschaftsurlaubs war er in Wahrheit im Dienst gewesen, hatte jedoch die mit dem Vaterschaftsurlaub verbundenen finanziellen Zuwendungen in Anspruch genommen. Der Generalstab bezeugte nämlich auf Anfrage, Hamilton sei dienstlich auf Sizilien gewesen und nicht aus Anlaß einer privaten Reise. Was, worauf ebenfalls hingewiesen wurde, der Ablauf der Ereignisse mehr als deutlich illustriere.

Damit stand Hamilton formal als jemand da, der sich Soziallleistungen erschlichen hatte. Doch da wurde ein anderes und verständlicheres juristisches Prinzip geltend gemacht. Wenn man nämlich bei der Untersuchung eines Verbrechens Anlaß findet, den Beschuldigten in den wesentlichen Punkten straffrei zu lassen, kann es keinen Grund geben, sich mit Gesetzesübertretungen zu befassen, die sich daneben als Petitessen ausnehmen. Und im Vergleich zu Massenmord mußte Erschleichung von Sozialleistungen selbst in Schweden als Petitesse erscheinen, wenn es letztlich darum ging zu untersuchen, ob rund dreißig Personen ermordet worden waren oder nicht. Es wurde jedoch beschlossen, Hamilton zur Rückzahlung von 13 623 Kronen zu zwingen. Damit war auch diese Frage erledigt. So hatte schließlich auch die schwedische Justiz nach genauer rechtlicher Würdigung herausgefunden, daß die Expedition nach Sizilien mit dem geltenden schwedischen Recht und den demokratischen Traditionen des Landes in Einklang gestanden habe.

Auf Sizilien traten kurz darauf strenge Ausnahmegesetze in Kraft, die sich gegen das organisierte Verbrechen richteten. Unter den neuen Bestimmungen befanden sich etwa Präventivhaft für Personen, die zwar verdächtigt wurden, denen man aber nichts nachweisen konnte, ferner das Recht für die Polizei, Verhöre in Abwesenheit von Verteidigern zu führen, sowie das Recht, ohne vorhergehende Warnung zu schießen, wenn Polizeibeamte gegen das organisierte Verbrechen im Einsatz waren. Hinzu kamen weitere neue Bestimmungen, die es abweichend von dem bisher geltenden Recht erleichterten, sogenannte Zwangsmittel wie etwa Hausdurchsuchungen und Lauschangriffe einzusetzen.

Was Carl persönlich betraf, der nie davon Kenntnis erhielt, welche drakonischen Gesetze bei ihm und seinen Kollegen um ein Haar angewandt worden wären, so gab es nicht einmal eine Prüfung der ökonomischen Aspekte der Expedition nach Sizilien. Samuel Ulfsson rief Carl nach dessen Rückkehr natürlich sofort zu sich und fragte, wie zum Teufel er auf die Idee gekommen sei, sich auf eigene Faust nach Italien zu begeben und im Namen des schwedischen Nachrichtendiensts Waffen und Ausrüstung zu requirieren, ohne erst zu fragen.

Carl erwiderte knapp, wenn er gefragt hätte, hätte die Antwort nein gelautet.

Samuel Ulfsson stimmte ihm in dieser Schlußfolgerung zu. Als das Treffen beendet war, gelang es Samuel Ulfsson, sich jede Andeutung eines Lächelns zu verkneifen.

Luigi und Åke blieben Auseinandersetzungen mit Vorgesetzten oder schwedischen Behörden erspart. Einem per Funk erteilten Befehl gemäß segelten sie nach Neapel, um das Boot zurückzugeben. Draußen auf See versenkten sie sämtliche Waffen und behielten nur einige technische Ausrüstungsgegenstände zurück, die sie später der schwedischen Botschaft in Rom übergaben. Diese hatte einige unerwartete bürokratische Schwierigkeiten mit den Vorschriften zu überwinden, bei denen es darum ging, was per Diplomatenpost verschickt werden darf und was nicht.

Der wirtschaftliche Aspekt des Unternehmens läßt sich mit wenigen Sätzen darstellen. Da Bofors bedeutende Geldmittel für den Freikauf seiner Direktoren zur Verfügung gestellt hatte, die man völlig kostenlos freibekommen hatte, bat man Carl, eine Reisekostenabrechnung vorzulegen. Sie belief sich am Ende auf eine knappe Million. Womit das Unternehmen ein vergleichsweise glänzendes Geschäft gemacht hatte. Luigi Bertoni-Svensson erhielt nach einigen Manipulationen Carls nach dem Aufenthalt auf Sizilien sein erstes Monatsgehalt. Somit erfuhr er nie, daß er in Wahrheit eine private Reise unternommen oder an einer privaten Vendetta teilgenommen hatte, statt im Auftrag des Geheimdiensts Seiner Majestät tätig zu werden.

Nach einiger Zeit kam es in Schweden zu einer erregten Debatte. In der ersten Zeit, als die Wellen der Publizität noch hoch schlugen, ging es nicht nur um die dramatischen Etnwicklungen auf Sizilien, sondern in erheblichen Umfang auch um die Erlebnisse der schwedischen Geiseln, ihre Gefühle, ihre Kinder und Familien sowie ihre Berichte über einen Italiener, wie sie zunächst geglaubt hätten, einen Mann, der sich jedoch als Schwede erwies und sie im Namen des schwedischen Generalstabs genau in dem Augenblick in der Freiheit begrüßte, in dem sie schon gemeint hatten, alle Hoffnung fahren lassen zu müssen. Angesicht dieser eher gefühlsbetonten journalistischen Beiträge zum Thema war für Proteste und Einwände kaum Raum. Der Jubel war zu groß, der schwedische Sieg ebenfalls.

Nach einiger Zeit tauchte am Horizont jedoch die erste Sturmschwalbe auf, nämlich in Gestalt eines Diskussionsbeitrags in *Dagens Nyheter*. Darin wurde gefordert, Schweden dürfe sogenannte Agenten mit dem Recht zu töten nicht kreuz und quer durch die Welt schicken. Schweden solle nicht wie einige selbsternannte Weltpolizisten auftreten, und es sei im übrigen beklemmend, die kindliche Begeisterung zu sehen, die das Massenmorden ausgelöst habe.

Dieser Artikel löste eine Flut von weiteren Beiträgen und Leserbriefen aus. Nach einiger Zeit wurden Forderungen laut, man solle die Abteilung beim Generalstab, die beschönigend als operative Sektion des militärischen Nachrichtendiensts bezeichnet werde, ganz einfach abschaffen. In einer Zeit des Friedens und der Abrüstung brauche Schweden eine solche Abteilung nicht mehr zu unterhalten.

Die Antwort des Generalstabs war einfach. Carl Hamilton wurde zu einer langen Interview-Serie mit dem Auslandschef vom *Echo des Tages* abkommandiert. Ein recht bizarrer Beitrag war die Stunde, in der Carl die Fragen von Hörern beantworten mußte.

Danach wandelte sich das, was eine kritische Debatte hätte werden können, in eine für das OP 5 tödlich gefährliche Debatte. Nunmehr ging es plötzlich um die Verantwortung der Intellektuellen und darum, wie sie sich zu dem sizilianischen Unternehmen gestellt hätten und weshalb. In dieser Debatte ging es auch darum, *wann* bestimmte Kritiker geboren waren und welche Bedeutung dies möglicherweise für ihre Stellungnahmen oder ihren Mangel an Stellungnahmen haben könne.

Beim Generalstab herrschte bald wieder Ruhe. Alles kehrte wieder zu der gewohnten Ordnung zurück. Man ging überdies davon aus, daß es kaum je wieder zu extremen Situationen wie auf Sizilien kommen könne.

Diese Hoffnung erwies sich jedoch schon bald als außerordentlich naiv. Wer überlegene Waffen besitzt, wird sie auch einsetzen.

»Coq Rouge«, der Agent mit menschlichen Regungen

Jan Guillou

Coq Rouge

Roman. 440 Seiten. Serie Piper 5578

»Clever mischt Guillou verbürgtes Insiderwissen und realistische Fiktion, und so ist ›Coq Rouge‹ ... zu einer kompakten Agentenreportage geworden, die es mit den Romanen eines John le Carré aufnehmen kann.«
Stern

Der demokratische Terrorist

Roman. 418 Seiten. Serie Piper 5592

»Die präzise Schilderung vom Hamburger Hafenstraßen- und Geheimdienstmilieu, die politische Auseinandersetzung im fiktiven Dialog mit Terroristen, deren Biographien echt sind, fasziniert. Das Ende schließlich schockiert, aber es steigert das Gefühl, mehr als einen Thriller gelesen zu haben.«
Neue Presse Hannover

Feind des Feindes

Roman. 436 Seiten. Serie Piper 5632

Ein hochbrisanter Thriller voller packender Action und mit überraschenden Wendungen.

Im Interesse der Nation

Roman. 482 Seiten. Geb.
»Was die Action-Romane von Guillou so faszinierend macht, ist die Mischung aus Science-fiction und Insiderwissen, sowie das Nebeneinander von knallharten Handkantenschlägen und richtig menschlichen Regungen des Helden.«
Abendzeitung
